Elliot Perlman

Tonspuren

Roman

Aus dem Englischen
von Grete Osterwald

btb

Die Arbeit der Übersetzerin an diesem Text wurde mit einem Stipendium des Deutschen Übersetzerfonds e.V. gefördert.

Die Originalausgabe erschien unter dem Titel
The Street Sweeper bei Random House Australia Pty. Ltd.

MIX
Papier aus verantwortungsvollen Quellen
FSC® C083411
FSC
www.fsc.org

Verlagsgruppe Random House FSC® N001967
Das für dieses Buch verwendete FSC®-zertifizierte
Papier *Lux Cream* liefert Stora Enso, Finnland.

1. Auflage
Genehmigte Taschenbuchausgabe Juli 2015

Umschlaggestaltung: Lübbeke Naumann Thoben, unter
Verwendung einer Fotografie von © plainpicture/Mira
Druck und Einband: CPI books GmbH
SK · Herstellung: sc

Printed in Germany
ISBN 978-3-442-74936-2

www.btb-verlag.de
www.facebook.com/btbverlag
Besuchen Sie auch unseren LiteraturBlog www.transatlantik.de!

Zur Erinnerung an

Rózia Robota,
Ester Wajcblum,
Ala Gertner,
Regina Safirsztajn

und
Denise McNair,
Carole Robertson,
Cynthia Wesley,
Addie Mae Collins,

die alle an verschiedenen Erscheinungsformen desselben Übels starben.

Vor diesem Leid beugen sich die Berge …
und immer singt die Hoffnung in der Ferne.
Anna Achmatowa

Erster Teil

Seneca,
der erste gefrorene Apfelsaft,
angereichert mit Vitamin C.
Reichhaltiger, köstlicher Seneca …

Die Erinnerung ist ein sturer Hund. Sie lässt sich nicht rufen oder wegschicken, aber ohne dich kann sie nicht überleben. Sie kann dich stärken oder von dir zehren. Sie kommt, wenn sie hungrig ist, nicht wenn du es bist. Sie hat ihre eigenen Zeiten, die du nie kennen wirst. Sie kann dich vereinnahmen, dich in die Enge treiben oder dich befreien. Sie kann dich zum Heulen bringen und zum Lächeln.

Reichhaltiger, köstlicher Seneca
mit natürlicher Süße.

»Der Trick ist, dich nicht selbst zu hassen.« Das hatten sie ihm im Knast gesagt. »Wenn du es schaffst, dich nicht zu hassen, dann kannst du dich an fast alles erinnern, ohne dass es wehtut: an deine Kindheit, an deine Eltern, an das, was du getan hast oder was dir angetan wurde«, hatten sie ihm gesagt. Aber schon damals fand Lamont, dass viele von denen, die mit ihm saßen, sich selbst eher nicht genug hassten. Er erinnert sich, dass viele von ihnen nur zu schnell bereit waren, sich zu verzeihen.

Manche, regelrecht übersprudelnd vor Selbstvergabe, verstanden nicht, wenn es anderen nicht so leicht fiel, ihnen zu verzeihen. Diese Abspaltung von dem, der du warst, und wo du warst, war manchmal fast sogar komisch.

Eines Abends, allein im Nachtverschluss, musste er unwillkürlich lächeln, als er darüber nachdachte, und irgendwie steckte in dem Lächeln das Gefühl, anders zu sein als all die anderen Männer in all den anderen Zellen. Es war nicht nur Unschuld, die Lamont in jener Nacht empfand, sondern mehr als das: Er fühlte sich, als wäre er nur zu Besuch in seiner gegenwärtigen Lage, als wäre er ein Gast hier. Er stellte sich vor, ein Mann zu sein, der aus Versehen in den falschen Zug oder den falschen Bus gestiegen war und im Augenblick nicht raus konnte. Er musste eine Weile damit leben, eine vorübergehende Unannehmlichkeit. Das hätte jedem passieren können. Mit diesem Gedanken, davon getröstet, schlief er ein. Aber morgens war das Lächeln weg und so auch das Gefühl, anders zu sein als all die anderen. Als dann auch er in einer langen heißen, langsam vorwärtsschlurfenden Schlange inhaftierter Männer auf das Frühstück wartete, erschienen die Beschwerden der anderen ganz und gar nicht mehr komisch, und es war ihm vollkommen unbegreiflich, wie er je so hatte empfinden können. Er erinnert sich, dass er sich dieses Gefühl zurückwünschte. Er wünscht es sich immer noch zurück, auch jetzt. Manchmal genügt fast die Erinnerung an ein Gefühl. Komisch, woran man sich erinnert. Unmöglich, es irgendwie zu kontrollieren.

Hier drinnen gab es einen Gefangenen – sie nannten ihn Numbers –, ein kleiner Kerl. Der brachte einen zum Lächeln. Numbers sprach alles aus, was ihm gerade einfiel, was auch immer den Weg in seinen Kopf fand, und versuchte es als Tatsache zu verkaufen, eine Tatsache, die Gott persönlich ihm soeben süß ins Ohr geflüstert hatte. Einmal wollte er Lamont weismachen, zweiundsiebzig Monate, das sei die Zeit, die man im nationalen Durchschnitt für Raubüberfall aufgebrummt bekomme. Numbers war sich da ganz sicher. Schon während Lamont das hörte, wusste er, dass Numbers es erfunden hatte. Selbst wenn Numbers *recht* hatte, hatte er es erfunden. Was sollte das überhaupt heißen? Deckte es alle Staaten ab? Was war mit Fällen, die der Bundesgerichtsbarkeit unterstanden? Schloss es *bewaffneten* Raubüberfall mit ein? Was, wenn es mehrere Anklagepunkte gab, wenn Raubüberfall nur einer davon war? Was, wenn man keine Vorstrafen hatte? Lamont hatte keine Vorstrafen. Er war ein paar Mal auf der Anklagebank gelandet, aber nur als Jugendlicher, und nichts war hängen geblieben. Eines heißen Abends hatte ein Freund gefragt, ob Lamont ihn und einen anderen, sehr viel jüngeren Typen aus der Nachbarschaft, mit dem sie unterwegs gewesen waren, um sich für eine Video- und Fernsehnacht Pizza zu besorgen, am Spirituosenladen vorbeifahren würde. Lamont war, in zweiter Reihe geparkt, in seinem Lieferwagen geblieben und hatte Radio gehört, während die beiden in den Laden gingen. Was sie tatsächlich vorhatten, merkte Lamont erst, als sie herausgerannt kamen und ihn anschrien, loszufahren, so schnell er könne. Der Jüngere, viel jünger, wirklich, ein richtiger Teenager noch, den Lamont kaum kannte, hatte eine Schusswaffe gehabt. Lamont Williams war diesem Jungen höchstens drei Mal im Leben begegnet. Der andere, der ältere, war sein Freund, seit sie in die Schule gekommen waren.

Zweiundsiebzig Monate, das sei der nationale Durchschnitt für bewaffneten Raubüberfall, hatte Numbers gesagt. Zuerst war es der Durchschnitt für Raubüberfall gewesen, dann der für *bewaffneten* Raubüberfall. Numbers schob Korrekturen nach, wie er es immer machte. Aber was war, wenn du vorher gar nichts von der Sache gewusst hattest? Was, wenn irgendein Kid dich reingelegt und als Fahrer benutzt hatte? Also ja, das alles seien Faktoren, stimmte Numbers zu. Was, wenn du überhaupt nie Ärger gewollt hattest? Wenn du allein mit deiner Großmutter lebtest?

Was, wenn das hübscheste Mädchen in der Nachbarschaft deine Cousine war, deine beste Freundin und Vertraute? Was, wenn sie klug war und sagte, dass sie in *dir* etwas sieht? Was, wenn sie dir vertraut hat, dass du keinen Ärger mehr machtest? Michelle hatte nie Ärger. Sie ging eigene Wege. Sie hatte gesagt, Lamont könne mit ihr gehen. Was wäre der Durchschnitt an Jahren, die du sitzen müsstest, wenn du so jemand warst? Was, wenn die beiden anderen unter Eid bezeugten, du hättest nichts von der Sache gewusst? »Das könnte ein Faktor sein«, gab Numbers zu. Numbers war ein Idiot. Er war nicht immer ein Idiot gewesen, doch als Lamont ihn kennenlernte, hatte die Kombination von Drogen und den im Knast bezogenen Prügeln ihn zu einem Statistikfanatiker gemacht. Aber gefragt, wie die Chancen stünden, dass man einem Schwarzen aus der Bronx glauben würde, wenn die beiden mitangeklagten Schwarzen sich des bewaffneten Raubüberfalls für schuldig bekannten, schienen Numbers Augen plötzlich überzuquellen vor Mitgefühl. Sie füllten sich mit augenblicklichem Verständnis. »Das gibt Ärger, Lamont.«

Jetzt, aus dem Gefängnis entlassen, war Lamont über dreißig Jahre alt und lebte wieder bei seiner Großmutter in Co-op City in der Bronx. Während er mit dem Aufzug nach unten fuhr, lächelte er in sich hinein. »Der Trick ist, dich nicht selbst zu hassen«, hatten sie ihm bei einem der Beratungsgespräche gesagt. Nein, das war es nicht. Er hatte sich nie selbst gehasst, und das war nicht der Trick. Der Trick war, ruhig zu bleiben und das Problem zu meiden oder es auszusitzen. So hatte er den Knast überlebt. So hatte er schließlich einen Job gefunden, und so würde er den Job auch halten. So würde er für eine eigene Wohnung sparen und wieder eine Art Vater für seine Tochter werden. »Guten Morgen, Mrs Martinez.« Sie war schon immer ihre Nachbarin gewesen, solange er zurückdenken konnte.

Der Schnellbus nach Manhattan fuhr planmäßig zwei Mal in der Stunde, einmal zur halben, und dann wieder zur vollen.

Lamont war um zwanzig nach da, zehn Minuten zu früh. Er stand am Dreiser Loop gegenüber dem Einkaufszentrum in Section 1. Es war die erste Haltestelle, wenn man nach Manhattan wollte, und die letzte auf dem Weg nach Hause. Ein leerer Bus, nur mit dem Fahrer besetzt, parkte hundert Meter hinter der Haltestelle schon am Straßenrand. Die Türen geschlossen, stand er für die Abfahrtszeit bereit. Ein paar Frauen – die meisten, aber nicht alle älter als Lamont – warteten ebenfalls. Ein Latino im Anzug ging auf und ab. Er sah ungefähr so alt aus wie Lamont. Lamont fragte sich, ob er ihn vielleicht kannte, hütete sich allerdings, ihn anzustarren. Der Mann kehrte ihm den Rücken zu und hielt sowieso nicht lange genug still, als dass Lamont ihn richtig hätte sehen können. Lamont schaute sich um. Auf der anderen Straßenseite lärmte eine Gruppe Teenager. Es gab ein Farbengeschäft und einen 99-Cent-Laden, wo früher eine Amalgamated Bank gewesen war. Lamonts Großmutter sagte, die sei nach Section 4 umgezogen, konnte sich aber nicht genau erinnern, wann. Es gab keinen vernünftigen Grund, warum sie sich daran hätte erinnern sollen, und wenn auch, fragte sich Lamont, was hat Vernunft schon mit Erinnerung zu tun?

Seneca,
der erste gefrorene Apfelsaft …

Um acht Minuten vor halb bewegte der Fahrer den Bus im Schneckentempo hundert Meter vorwärts und stellte den Motor ab. Der Latino im Anzug stieg als Erster ein. Der Fahrer schien bereit, etwas vorzeitig abzufahren. Lamont freute sich. Er war früh fertig gewesen, und nun würde er vielleicht auch früh bei der Arbeit sein. Er ließ die Frauen vor, ehe er selbst einstieg. Er ging an dem Latino vorbei, der zuerst im Bus gewesen, aber vorn stehen geblieben war, als wollte er sich mit dem Fahrer anlegen. Lamont nahm ungefähr in der Mitte auf der Fahrerseite Platz, zwischen den verstreut sitzenden Frauen. »Seit über zwanzig Minuten stehen Sie da hinten rum!«, hörte Lamont den Latino sagen. »Was soll das, über zwanzig Minuten? Manche von uns haben einen Job, wissen Sie! Manche müssen *pünktlich* bei der Arbeit sein!«

Der wartende Bus war ein Ersatz für den, der zur abgelaufenen halben Stunde hätte fahren sollen und eine Panne gehabt hatte. Der Busfahrer, ein alter Schwarzer in blauer MTA-Uniform, saß reglos und schweigend da, den Blick nach vorn aus dem Fenster gerichtet. Die Tür stand noch offen. Der Latino zeigte auf das Lesegerät für die Magnetstreifen der Fahrkarten und fuhr fort: »Und dafür brauche ich jetzt auch noch so 'ne verdammte Karte.«

Der Busfahrer blickte weiter stur aus dem Fenster, aber das schien den Mann im Anzug nur noch mehr zu ärgern. »Werden Sie mir wohl antworten? Zwanzig Minuten! Sie sitzen da mit geschlossener Tür und lassen niemanden rein. Zwanzig beschissene Minuten! Sagen Sie endlich was? Ich hab ein Recht, das zu wissen. Wie ist Ihre Kennnummer?« Der Fahrer, immer noch stur geradeaus blickend, schloss wortlos die Tür und ließ den Motor an. Wenn er glaubte, das würde den Mann im Anzug besänftigen, hatte er sich geirrt. Der Latino machte keine Anstalten, sich zu setzen. Er blieb bedrohlich dicht beim Fahrer stehen und beschimpfte ihn. »Warum sitzen Sie, verdammt noch mal, zwanzig beschissene Minuten rum und drehen Däumchen?« Die Passagiere erstarrten auf ihren Sitzen. Einige Frauen warfen sich heimliche Blicke zu. Niemand wollte Ärger. Niemand brauchte noch eine Anekdote. Niemand wollte zu spät kommen. Der Motor lief, aber der Bus rührte sich nicht, und ihr Tag war plötzlich gekidnappt.

»Glauben Sie, wir müssen uns das gefallen lassen? So ein Scheißdreck. *Sie sind* Scheißdreck! Glauben Sie, wir sind blöd? Was haben Sie gemacht … geschlafen? Kriegt die MTA eigentlich *irgendwas* gebacken? Und Sie, Sie haben nichts zu sagen, was, *motherfucker?* Recht so, einfach das Maul halten. Sagen Sie nichts. Ich werd's melden, verstehen Sie? Dann sehen Sie zu, ob Sie was zu sagen haben. Ihr Leute … Ihr von der Gewerkschaft, was erwartet ihr eigentlich? Dass wir euch unterstützen, wo ihr kein bisschen Respekt für uns habt?«

Der Fahrer spürte den Atem des Mannes auf seiner Haut. Lamont stellte sich vor, wie sich das anfühlen musste. Er wusste genau, wie es sich anfühlte. Er selber war in Situationen gewesen, wo der hitzige Atem aus dem Mund eines anderen Mannes sein Ohnmachtsgefühl angefacht hatte. Es war schlimm genug, in dieser Lage zu sein, aber so viel schlimmer, wenn andere Leute es sahen. Du erlebst es dreifach, wenn andere es sehen: einmal durch deine Haut, dann durch die Augen der Zeugen und zum Dritten, mit etwas Abstand, wenn du dich, in kalten Schweiß gebadet, nachts im Bett oder zu irgendeiner anderen Zeit plötzlich daran erinnerst, von einem fast unbewussten, tief sitzenden Schrecken erfasst. Manchmal kommt der Schweiß zuerst, um anzukündigen, woran du dich im nächsten Augenblick erinnern wirst.

Dagegen gibt es nur ein Mittel. Der Mann, der den Atem auf seiner Haut spürt, musste zurückschlagen, egal, wie sinnlos der Versuch auch sein mag, egal, was für Prügel er beziehen wird, wenn sein Widerstand gebrochen ist. Es ist eine Chance, deine Würde zu retten, wenn auch zu einem brutalen Preis. Vielleicht denkst du nachher, wenn alles vorbei ist, immer noch, dass es sich gelohnt hat. Aber wie soll man das im Voraus wissen? Wo immer du nachher endest, gibt es ein Gesicht im Spiegel. Wird es das Gesicht dessen sein, der zurückgeschlagen hat, oder das eines Mannes, der den stinkenden, heißen Atem eines anderen gespürt und in sich aufgesogen, ihn geschluckt hat? So sitzt du da, mit der Puste, die ein anderer dir in den Nacken bläst. Du wägst deine Optionen ab, versuchst dich zu entscheiden. Sicher ohne Rücksicht auf die Schmerzen, die du dir einhandeln wirst, oder deren Dauer. Und genau dann, wenn du alle deine Kräfte zusammenreißen musst, öffnet sich eine zweite Front –

der Körper gegen den Verstand. Du kannst nicht beide retten. Du brauchst deine ganze Wut, ein klares Ziel und absolute Entschlossenheit, aufzustehen und schnell etwas zu tun, aber immer ist da etwas in dir, das dich anfleht, gehört zu werden, dir sagt, es lohnt sich nicht. Lamont saß eine halbe Buslänge vom Fahrer und dem Anzugmann entfernt, aber er spürte den Atem des Mannes auf seiner eigenen Haut.

»Wird's bald, geben Sie mir Ihre Nummer?«, schrie der Latino. Lamont war der einzige andere Mann im Bus. Konnte er es mit diesem wütenden Kerl im Anzug aufnehmen? Er fragte sich, ob er fähig wäre, ihn zu überwältigen. Aber wie? Lamont zuckte beim bloßen Gedanken, es zu versuchen. Der alte Fahrer war vielleicht nicht mal in der Lage, etwas zu seiner eigenen Rettung beizutragen. Warum musste der Mann im Anzug sich gerade *diese* Zeit aussuchen, um durchzudrehen? Warum konnten nicht ein paar andere männliche Fahrgäste im Bus sein?

»Ich will seine Nummer«, schimpfte der Anzugmann, nun an die erschreckten Passagiere gewandt. »Wird's bald, *motherfucker?*... Ich red mit Ihnen! *Maricón.* Ich will Ihre Nummer, und ich will wissen, warum verdammt... warum *verdammt noch mal* Sie zwanzig beschissene Minuten einfach da rumgesessen haben. Ich habe einen Job. Ich muss zur Arbeit. Manche Leute arbeiten, wissen Sie.« Er fuhr fort, indem er sich zwischendurch zu den Fahrgästen umdrehte. »Ich muss zur Arbeit«, verteidigte er sich.

»Wir *alle* müssen zur Arbeit«, ergriff plötzlich eine ältere schwarze Frau das Wort. Lamont sackte auf seinem Sitz in sich zusammen. Da konnte nichts Gutes bei herauskommen.

»Das sag ich ja«, fuhr der Latino fort, als hätte die ältere Frau ihn nur unterstützt. »*Unsereins,* manche haben *echte* Jobs, aber wissen Sie... so geht das schon die ganze Zeit, seit die MTA die Strecke übernommen hat. Seit die dran sind–«

»Lassen Sie ihn fahren«, rief die ältere Schwarze mutig. Der Bus bewegte sich immer noch nicht. Der Fahrer starrte stur geradeaus. »Jetzt sind *Sie* dafür verantwortlich, dass wir zu spät kommen«, ergänzte eine jüngere schwarze Frau. Lamont spürte den Druck, der einzige andere männliche Passagier im Bus zu sein. Wussten sie, dass er der einzige andere Mann im Bus war? Natürlich wussten sie es. Wenn er die Ohrringe der jungen Frau, den Duft ihres Parfüms bemerkt hatte, wenn er wusste, welche Farbe ihr BH hatte, dann wusste sie genauso gut wie alle anderen Frauen, dass er außer dem Latino der einzige Mann hier war. Trotzdem hoffte Lamont immer noch, man würde ihn nicht auffordern, etwas zu tun. Was ist das für einer, der da sitzt und so etwas zulässt? Ein Mann auf Bewährung. Aber was für ein Mann lässt unschuldige Frauen voller Angst in einem öffentlichen Bus sitzen, ohne was zu tun? »Der Trick ist, dich nicht selbst zu hassen«, hatten sie ihm im Gefängnis gesagt. Nein, der Trick war, als jemand geboren zu sein, der es sich leisten kann, dir das zu sagen. Lamont hatte eine Tochter. Was würde er seiner Tochter sagen, was von dem Mann zu halten sei, der in diesem Bus saß und nichts tat? Der Trick war, ruhig zu bleiben und das Problem zu meiden oder es auszusitzen, lange genug zu überleben, um den Luxus zu genießen, dich selbst zu hassen.

»Er kann fahren«, rief der Latino von vorne. »Ich will ja nur, dass er mir ... Ich *bitte* ihn ja nur, mir seine ... Ich hab ein Recht, diese verdammte Nummer zu erfahren. Ihre Nummer, *pendejo!*« Zwischen seinen diversen gebrüllten Bitten gab es keinen Laut außer dem Summen des Motors, wie um Fortschritt zu versprechen. Auf Lamonts Stirn bildeten sich kleine feuchte Perlen.

»Setzen Sie sich hin!«, rief plötzlich eine andere Frau.

»Wissen Sie, so geht das schon die ganze Zeit, seit die MTA übernommen hat. Mit der Gewerkschaft schieben sie'n verdammt bequemen Job und geben einen Dreck auf Leute, die wirklich arbeiten. *Die* arbeiten nicht. Die streiken. Machen, was sie Lust haben.« Der Latino wandte sich abwechselnd an den Busfahrer und an die Passagiere. »Sollen wir das etwa draußen regeln? Sie *müssen* mir Ihre Nummer geben. Ich habe Zeugen. Geben Sie mir Ihre Nummer oder regeln wir das draußen?« Der Busfahrer, immer noch schweigend, sah prüfend in den Rückspiegel, in den Seitenspiegel und begann loszufahren, aber das besänftigte den Latino nicht. »Na was, sind Sie feige oder taub? … Nicht Manns genug, es draußen zu regeln. *Pendejo!*«, schrie er den Fahrer an.

Der Bus setzte sich in Bewegung. Lamont warf einen verstohlenen Blick auf den Hinterkopf des Fahrers. Jeder normale Mensch würde früher oder später auf solche Pöbeleien reagieren. Er glaubte, den Busfahrer leicht zittern zu sehen. Wenn er zittern musste, sollte er unbedingt versuchen, es zu verbergen und synchron mit dem Bus zu vibrieren. Der Fahrer ist erledigt, wenn er den Mann im Anzug auch nur eine Spur von Zittern erkennen lässt, dachte Lamont. Er muss sich zusammenreißen, um nicht ängstlich auszusehen. Sich darauf konzentrieren. Er muss auch den Bus fahren. Es darf kein böses Ende nehmen. Lamont schloss die Augen, nur einen Moment. Die jüngere schwarze Frau flüsterte ihm laut zu: »Und Sie, tun Sie was?« Es war laut genug, dass die anderen es hörten. Lamont antwortete nicht. Der Latino im Anzug setzte sich nicht hin.

»Ich will Ihre Nummer, habe ich gesagt, *motherfucker!* Wenn ich *meinen* Job verliere, sind Sie *Ihren* auch los …«

Erneut wütend zu Lamont hin flüsternd, sagte die jüngere Schwarze: »Was ist, sitzen Sie einfach da?«

»Also, ich weiß nicht–«, begann Lamont. Was meinte sie, was er tun sollte?

»Er würde es nur noch schlimmer machen«, unterbrach die ältere Frau leise.

Irgendwann würde der Busfahrer mürbe werden, mit Sicherheit. Früher oder später musste er reagieren. Lamont bemerkte einen schweren Lastwagen, der den Bus auf der linken Seite einholte. Sollte er etwas tun? Aber was nur? Er hatte einen ganzen Plan, um wieder auf die Beine zu kommen. Er hatte einen Job. Er hatte eine Tochter. Dieser Idiot hatte womöglich eine Waffe. Der Mann war verrückt. Lamont verstand sein eigenes Verrückt, aber dies war puerto-ricanisches Verrückt. Er hatte puerto-ricanisches Verrückt im Knast erlebt. Es verdiente Respekt. Womöglich war der Busfahrer bewaffnet. »Rufen Sie doch die Transportgesellschaft an«, versuchte die ältere Frau den Mann zu besänftigen.

»Ich weiß, die MTA. Aber ich brauche seine Kennnummer«, erwiderte er, bevor er sich wieder dem Fahrer zuwandte. »Rücken Sie endlich die verdammte Nummer raus, Mistkerl.«

»Würden Sie sich bitte setzen? Sie bringen meine Passagiere in Gefahr.« Endlich sagte er was, der Busfahrer. Seine Stimme war leise, sein Akzent jamaikanisch.

»*Sie* sind hier die Gefahr, Freundchen! Ich will Ihre Nummer, *maricón!*«

»Würden Sie sich bitte setzen, Sir?«, wiederholte der alte Busfahrer ruhig.

»Wollen Sie mich zwingen? Ich will die verdammte Nummer, ehe ich mich setze.«

»*Oye, el número está allá*«, rief eine ältere Latina.

»Wo?«, fragte der wütende Mann. Sie zeigte auf die Tafel, unter der er stand.

»*Cálmate. Basta ya. Coge el número,* und setzen Sie sich hin, okay?"

Der Mann guckte nach oben und sah die Kennnummer. Da war sie, direkt über ihm, wie die Frau gesagt hatte. Ihm gingen die Argumente aus, sich nicht zu setzen. Er dachte nach. Alle Fahrgäste beobachteten ihn beim Nachdenken, und er beobachtete sie in dem Bewusstsein, dass sie, was auch immer sie an Beschäftigungen vortäuschten, ihn beobachteten. Warum starrten sie so? Der Bus fuhr, und nun hatte er die Kennnummer. Aber er wollte sich nicht setzen. Noch nicht. So leicht würde er den

Fahrer nicht vom Haken lassen. Dieser Kerl hatte ihn zwanzig Minuten aufgehalten und war schuld, wenn er arbeitslos wurde. *Er* würde seinen Job verlieren, während der Busfahrer auf seinem faulen Hintern saß, Gewerkschaftsgeld kassierte und einfach fuhr, wann er Lust hatte. Was zum Teufel sollte er mit der Kennnummer? Wo doch jeder weiß, dass sie alle unter einer Decke stecken. Aber er hatte eine solche Show wegen dieser Nummer abgezogen, und nun hatte er sie. Der Mann blickte zu der Tafel auf, zog einen Stift aus seiner Brusttasche und fummelte mit der freien Hand an sich herum. »Hat jemand ein Stück Papier?« Der Fahrer reichte ihm seine *New York Post*. Der Latino nahm sie, schrieb die Nummer unten auf die Titelseite, riss den Schnipsel ab und gab sie dem Fahrer zurück, der sie in Empfang nahm, ohne die Augen von der Straße abzuwenden. Der Latino steckte Papierschnipsel und Stift in seine Brusttasche und ging verlegen durch den Mittelgang. Zum ersten Mal stellte er sich vor, wie er auf die anderen Fahrgäste im Bus gewirkt haben musste. Er setzte sich auf den Platz vor Lamont. »Normalerweise mache ich so was nicht, die Älteren beschimpfen«, sagte er leise zu den beiden schwarzen Frauen, der älteren und der jüngeren.

»Schon gut. Ich glaub's Ihnen ja«, sagte die ältere.

»So bin ich nicht erzogen worden, aber … er hat zwanzig Minuten einfach da rumgesessen, und *jetzt* … ich meine, ich könnte meinen Job verlieren.«

»Ich bin sicher, es wird alles gut«, sagte die ältere Frau mit einem kleinen Wink zu der jüngeren, die sich von dem Latino abwandte und wieder nach vorn schaute. Lamont sah die jüngere Frau, als sie den Kopf umdrehte, in seine Richtung mit den Augen rollen. Was sollte das bedeuten? Warum hatte sie das gemacht? Es gab keinen Trick, mit dem er sie dazu bringen könnte, gut von ihm zu denken. Er hatte es nicht nötig, dass sie irgendwas Bestimmtes dachte. Idioten glaubten, das sei der Trick, Idioten und jüngere Männer. Frauen wie sie gab es in jedem Bus und in jeder U-Bahn. Er hatte nur *eine* Tochter. Er hatte einen Job. Es hätte alles viel schlimmer enden können. *Er* kam nicht zu spät zur Arbeit. Noch nicht. Egal, was diese Frau dachte. Lamont beobachtete den Busfahrer und sah, wie er sich mit dem Handrücken die Stirn rieb.

»Seit die MTA hier … sie … den Fahrpreis auf 5 Dollar raufgesetzt. Ich würde nicht … So bin ich nicht erzogen worden, die Älteren beschimpfen … Es ist nur, es geht um meinen *Job*«, sagte der Latino leise zu jedem, der es hören konnte.

Was sollte das bedeuten – diese Art, wie sie ihn angesehen hatte, fragte Lamont sich. Der Trick ist, dich nicht selbst zu hassen. Komisch, woran man sich erinnert. Er schaute aus dem Fenster, und das Lied ging ihm immer noch nicht aus dem Sinn.

Seneca,
der erste gefrorene Apfelsaft,
angereichert mit Vitamin C.

Den Apfelsaft hatte er als Kind getrunken. Seine Großmutter hatte früher immer diesen Saft für ihn gekauft, und jetzt kaufte sie ihn wieder. Was war eigentlich so gut an Vitamin C? Weiß das überhaupt jemand, fragte er sich. Der Latino saß still da. Der Bus hatte Midtown beinahe erreicht. Vielleicht war das Schlimmste vorüber. Lamonts Großmutter schwor auf Vitamin C – Vitamin C und Jesus. Redeten die Leute immer noch so viel von Vitamin C wie früher? Lamont glaubte nicht. Jesus dagegen war immer noch in. Bei all den Forschungen über Krebs und das ganze Zeug sollte man doch meinen, sie hätten endlich was gefunden, was sich mit Vitamin C kurieren lässt. Aber wahrscheinlich nicht, wenn man bedachte, wie ruhig es im Vergleich zu seiner Kindheit um Vitamin C geworden war. Seine Großmutter hatte ihm am Morgen, bevor sie aus dem Haus ging, ein Glas Apfelsaft hingestellt. Das war es, daran hatte sich das Lied in seinem Kopf aufgehängt: Er hatte vergessen, ihn zu trinken, hatte den ganzen Apfelsaft vergessen, bis er ihn, als er zur Tür raus rannte, um den Bus nicht zu verpassen, auf dem Küchentisch stehen sah. Der Verkehr lief stockend.

»O Gott«, murmelte Lamont in sich hinein, als der Latino bei der 59th Street aufstand, um auszusteigen – genau wie er selbst. Während der Mann zur Tür ging, wartete Lamont noch einen Augenblick. Er konnte es sich nicht verkneifen und drehte sich zu der jungen Schwarzen um, die in seiner Nähe gesessen hatte. Merkte sie, dass er ausstieg? Hatte sie seine Augen gesehen? Hatte sie eine Großmutter, die ihr Apfelsaft eingoss? Sie war jünger, aber wahrscheinlich waren sie mit demselben Essen aufgepäppelt, von denselben Kinderkrankheiten befallen, vom selben Doktor behandelt worden. In derselben Gegend aufgewachsen, hatten sie den Frost, die Wärme derselben Sommer und Winter gespürt. Hatte sie wirklich mit den Augen gerollt? Lamont erhob sich langsam. Wenn sie dort groß geworden war, wo er herkam, musste sie doch verstehen. Verstand sie *überhaupt* etwas? Er tat einen kleinen Schritt. Der Bus bremste. Länger konnte er nicht warten, ohne seine Haltestelle zu verpassen. Sie schaute ihn nicht an. Er sah den Latino in der Menge auf der 59th Street verschwinden, während er selber sich in Richtung 57th Street wandte, um den 31er-Bus weiter nach Osten, zur York Avenue, zu nehmen. Sie schaute ihn nicht an.

Lamont war der erste Kandidat eines neuen Sozialhilfeprogramms, den die Memorial-Sloan-Kettering-Krebsklinik für geeignet hielt, dort zu arbeiten. Die Klinik hatte sich zur Teilnahme an einem Pilotprojekt bereit erklärt, das nicht gewalttätigen Sträflingen mit vorbildlicher Führung Gelegenheit zur Wiedereingliederung in einem Arbeitsbereich bieten wollte, der ihnen nach den Worten des Programms die Chance bot, »der Gemeinschaft etwas zurückzugeben«. Nur zufällig hatte Lamont davon gehört. Als bekannt wurde, dass er vorzeitig entlassen werden sollte, hatte ein Freund im Knast ihm geraten, zu einer Organisation in East Harlem zu gehen, wo man ihm vielleicht helfen könne, einen Job zu finden. Die Organisation entpuppte sich als die Exodus Transitional Community. Lamont hatte den Namen nicht behalten, aber irgendwie die Adresse – Ecke 104th Street und Lexington. Zusammengestoppelt aus privaten Spenden, einem unregelmäßig hereinsickernden Zufluss öffentlicher Mittel und allem, was an gutem Willen aufzutreiben war, hatte die Exodus Transitional Community es geschafft, die Memorial-Sloan-Kettering als Partner für ihr Projekt zu gewinnen. Doch die Vereinbarung hatte nicht viel gebracht, weil Exodus keinen einzigen Exhäftling gefunden hatte, der den strengen Anforderungen der Klinik genügte. Für eine erfolgreiche Bewerbung wurde von dem Kandidaten eine Laufbahn ohne Gewaltverbrechen oder Drogenmissbrauch erwartet, und er musste einen festen Wohnsitz haben. Vor Lamont Williams war keiner der Exodus-Klienten in der Lage gewesen, all diese Bedingungen zu erfüllen. Wie groß die Bedeutung seiner Teilnahme an dem »Versuch« war, wurde ihm von beiden Seiten der Vereinbarung nachdrücklich klargemacht.

Einmal überprüft, befürwortet und angenommen, war Lamont wie jeder andere neue Angestellte der Memorial-Sloan-Kettering behandelt und einer sechsmonatigen Probezeit unterworfen worden. Die ersten drei Tage waren ziemlich gut gelaufen, und nun war er ungeachtet seiner beschämenden Tatenlosigkeit angesichts der qualvollen Prüfung des Busfahrers rechtzeitig da, um Tag vier in Angriff zu nehmen. Es gefiel ihm, in einem Krankenhaus zu arbeiten. Er freute sich darüber. Es gefiel ihm, einfach das Haustelefon abzunehmen, wenn er jemanden aus einer anderen Abteilung etwas fragen wollte, den Anschluss der anderen Person zu wählen und mit den Worten zu beginnen: »Hier Lamont Williams vom Gebäudeservice …«

Er ging durch den Klinikeingang an der First Avenue und trug sich ein, bekam aber gesagt, sobald er die Uniform anhabe, solle er sich unverzüglich zum Eingang an der York Avenue begeben. Er werde dort für etwas gebraucht, und was das sei, würde man ihm an Ort und Stelle sagen. Als er an den York-Avenue-Eingang kam, sah er niemanden vom Gebäudeservice und erst recht niemanden, der als Vorgesetzter infrage kam. Er blickte sich um und beschloss, etwas zu warten. Vielleicht kam der Zuständige gleich? Obwohl Lamont eine Uhr trug, hatte er vergessen, sich zu merken, um welche Zeit er an diesem Eingang angekommen war. Er hatte nicht erwartet, dass es ihn interessieren würde, wie spät es genau war, als er dort eintraf – es konnte nicht lange nach Beginn seiner Schicht gewesen sein –, aber jetzt kam es ihm vor, als wartete er schon eine Ewigkeit. Sicher waren es nur Minuten? Vielleicht sollte er draußen vor dem Eingang warten. Vielleicht war sein Vorgesetzter schon längst da. Er steckte den Kopf rasch durch die Tür zur Straße, konnte aber auch dort keine Spur von einem Vorgesetzten sehen. Sollte er ein Haustelefon suchen und jemanden anrufen? Vielleicht hatte er die Anweisung von vornherein falsch verstanden. Es war erst sein vierter Tag. Es war ein guter Job. Er musste die Probezeit unbedingt bestehen. Nur sechs Monate. Sie hatten gesagt, nach zwölf Monaten wäre das Unternehmen sogar bereit, die Studiengebühren zu bezahlen, wenn man es in ein College schaffte. Wie gut würde das klingen – zwölf Monate in der Klinik angestellt und dann auf dem College? Wie gut würde das für einen Richter klingen? Wenn er einen Gerichtsbeschluss brauchte, um seine Tochter zu sehen, wie gut würde das klingen? Er fragte einen der anderen, ob er das Prinzip richtig verstanden habe. Es klang zu gut. »Klar, wenn du in Harvard angenommen wirst, dann zahlen sie.«

Die Probezeit dauerte sechs Monate. Jetzt war die erste Stunde von Tag vier, und der Vorgesetzte war auch draußen nicht zu finden. Vielleicht sollte Lamont von sich aus *sehen,* was zu tun war, vielleicht sollte er das Problem selbst erkennen,

Eigeninitiative zeigen. Er blickte sich draußen um, ob es irgendwas gab, was offenkundig nach einem Job für jemanden vom Gebäudeservice aussah. Unter dem Vordach der Klinik wurde geraucht, alle rauchten – Sanitäter, verängstigte Familienangehörige, sogar Patienten. Was wahrhaftig keinen Sinn ergab. Aber vielleicht waren sie gerade dabei, es sich abzugewöhnen. Oder die Patienten unter den Rauchern hatten einen *anderen* Krebs als Lungenkrebs und brauchten die Zigaretten zum Trost, um durchzuhalten. Wie auch immer sich das erklären mochte, an den haufenweise verstreuten Kippen auf dem Gehweg neben dem Eingang gab es keinen Zweifel. Konnte es das sein, was er tun sollte, den Gehweg am York-Avenue-Eingang von Kippen säubern? Es sah nicht so aus, als hätte jemand von der letzten Schicht sich darum gekümmert, aber so furchtbar dringend wirkte es nun auch wieder nicht.

Es gab einen Abstellraum in der Nähe. Lamont wusste wo. Er konnte sich Besen und Schaufel holen, und wenn der Vorgesetzte kam, würde er damit beschäftigt sein, den Gehweg zu fegen. Vielleicht war der Mann ja aufgehalten worden. Würde das nicht gut aussehen – Lamont am Aufkehren der Zigarettenkippen vor dem Eingang, wenn der Vorgesetzte kam? Er drehte sich gerade zur Tür, um Schaufel und Besen aus dem Abstellraum zu holen, als ein von der Straße kommender Mann ihn ansprach: »Kennen sie Yale Bronfman? Er ist bei der Kontrollstelle.«

»Tut mir leid, Sir, ich bin vom Gebäudeservice.«

»Sie kennen Yale Bronfman nicht?«

»Nein, Sir, ich bin –«

»Ist hier denn der richtige Eingang zur Kontrollstelle?«

»Ich weiß nicht, Sir. Ich bin vom Gebäudeservice.«

»Aber … Sie kennen das Gebäude nicht?«

»Vielleicht fragen Sie bei der Information da drüben, Sir …? Dort kann man Ihnen sicher helfen.«

»Ojeoje!«, sagte der Mann und steuerte auf den Informationsschalter in der Halle zu.

Wurde von Lamont wirklich erwartet, dass er jeden kannte, der dort arbeitete? Müsste er wissen, *was* das überhaupt für eine Kontrollstelle war und wo sie sich befand? War ihm das gesagt worden? Hatte er es vergessen? Er ging schleunigst zum Abstellraum. Es würde das Beste sein, wenn der Vorgesetzte an den York-Avenue-Eingang kam und sah, dass Lamont arbeitete, anstatt tatenlos auf Anweisungen zu warten. Alle zwölf Monate musste der Vorgesetzte seine Untergebenen auf einer Skala zwischen Null und Fünf einstufen. Die Punktezahl besagte, wie hoch die Lohnerhöhung ausfiel, sie war ein prozentualer Anteil des Gehalts. Niemand in der Klinik hatte je eine Fünf erreicht. Du konntest eine Drei bekommen, eine Drei-Komma-Sieben oder Vier-Komma-Zwei, aber niemand hatte je die Fünf erreicht, da eine Fünf auf der Skala Vollkommenheit bedeutete und, wie jeder weiß, kein Mensch vollkommen ist. Der Vorgesetzte besaß große Macht. Er bestimmte, wie nah du an Vollkommenheit herankamst.

Lamont fegte vor dem Eingang zur York Avenue, und noch immer keine Spur von einem Vorgesetzten. Rauchwolken wehten ihm ins Gesicht und durch die Haare. Er nieste. Das war sicher Heuschnupfen. Die Bäume an der Rockefeller University auf der anderen Straßenseite konnten die Hölle für eine empfindliche Nase sein. Das war Lamont schon gesagt worden: Niesen schob man lieber auf die Bäume an der Rockefeller University oder auf den Qualm der Raucher vor den Eingängen, weil man nicht krank zur Arbeit kommen durfte. Man durfte eine bestimmte Stundenzahl im Jahr wegen Krankheit fehlen, aber wer das tat, musste ein Trottel sein, weil der Vorgesetzte es in der Akte sehen und gegen ihn verwenden würde. Wenn du niesen musstest, solltest du die Schuld lieber auf die Bäume an der Rockefeller schieben. Und wenn du wirklich krank warst, solltest du versuchen, trotzdem herzukommen und nach einer Weile melden, dass du dich krank fühltest. Dann würden sie dich sofort nach Hause schicken, aber es tauchte nicht in deiner Akte auf. Es würde einen guten Eindruck machen. Du hattest dich aufgerafft, zu kommen. Denk an die Bäume an der Rockefeller. Sie können dir helfen. Das alles wusste Lamont schon – inoffiziell, von dem Mann, der ihn am ersten Tag herumgeführt hatte. Niemand hatte etwas von einer Kontrollstelle gesagt. Und wenn, dann erinnerte er sich nicht. Komisch, woran man sich erinnert. Man kann es sich nicht aussuchen.

Das Fegen fühlte sich gut an. So wusste er wenigstens für einen Augenblick, was er machte und dass er es gut machte. Lange würde es nicht dauern, darum hatte er beschlossen, wenn er mit dem Fegen fertig wäre und sein Vorgesetzter immer noch nicht da, würde er dorthin zurückkehren, wo er sich bei seiner Ankunft auf der First-Avenue-Seite des Gebäudes eingetragen hatte.

»Entschuldigen Sie.« Lamont hörte eine Stimme, nahm aber an, er sei nicht gemeint. Erst als sie insistierte, drehte er sich um. »Entschuldigen Sie«, sagte ein älterer Patient im Rollstuhl. »Ich bin aus meinem Zimmer zum Luftschnappen nach unten gebracht worden, aber hier ist es zu … Es ist zu verqualmt, darum sollte ich wieder rein. Könnten Sie mich wieder auf mein Zimmer bringen?« Der alte Mann – er sprach mit irgendeinem Akzent – hing an einem IV-Tropf.

»Sie wollen rein, Sir?«

»Ja, hier ist es zu verqualmt. Unglaublich, dass sie alle rauchen.«

Lamont schaute sich um. Er erinnerte sich an eine andere Sache, die man ihm gesagt hatte – der Kunde habe immer Recht. Dieser kranke alte weiße Mann mit fremdem Akzent war ein Patient, folglich ein Kunde. »Also wissen Sie, Sir, ich bin beim Gebäudeservice –«

»Was sind Sie?«

»Gebäudeservice.«

»Ja, im Gebäude ... achter Stock.«

Lamont blickte sich um. »War da nicht jemand, der Sie runtergebracht hat?«

»Ja, vom achten Stock, aber hier ist es zu verqualmt.«

Es gab Vorschriften für Patiententransporte. Nur bestimmte Mitarbeiter durften Patienten von einem Ort zum anderen bringen. Vor Stufen und Aufzügen mussten spezielle Warnungen gegeben werden. Dafür brauchte man eine Schulung. Das alles stand klipp und klar in den Versicherungspolicen der Klinik.

»Sir, war da nicht jemand von der Patientenbegleitung, der Sie runtergebracht hat?«

»Doch, natürlich. Jemand hat mich runtergebracht. Er sagte, er sei gleich wieder da, und jetzt ... ist er nicht da. Könnten Sie mich nach oben bringen ... in den achten Stock?«

»Ich bin da nicht zuständig.«

»Was?«

»Ich darf keine –«

»Hier ist es zu verqualmt ... mit all denen da.«

»Warten Sie, ich seh mal nach, ob ich jemand finde. Bin gleich wieder da.« Lamont packte mit einer Hand Schaufel und Besen und ging nach innen, zum Pförtner. »Ich hab draußen einen Patienten, der auf sein Zimmer will. Müsste da nicht jemand von der Begleitung bei ihm sein?« Der Pförtner rollte mit den Augen. »Verdammter Jamal! Hat den Patienten auf der Straße gelassen! Und seine Probezeit ist nächste Woche um. Hoffentlich büffelt er für seine Prüfung. Er macht den HIPAA-Test.«

»Also ja, den Patienten hat er auf der Straße gelassen. Was ist ein HIPAA-Test? Muss ich den –«

»Scheiße! Okay, du gehst wieder hin und bleibst bei dem Patienten. Ich versuche, einen von der Begleitung zu erwischen. Verdammter Jamal!«

Lamont kehrte zu dem alten Mann im Rollstuhl zurück. Da saß er und hielt mit einer Hand seinen Morgenmantel zu, mitten unter den Rauchern an der York Avenue. Ein leichter Wind wehte durch seine Haarbüschel. Er sah einsam aus. »Tut mir leid. Der Mann, der *andere,* hätte Sie nicht allein lassen dürfen.«

»Ich bin ganz Ihrer Meinung«, sagte der alte Mann.

»Gleich müsste jemand kommen.«

»Das hier ist ja kein *Smoking,* wissen Sie.«

»Was?«

»Das hier ist kein *Smoking«,* sagte der alte Mann, mit einem Grinsen auf seinen Bademantel deutend.

»Nein, nein, das nicht.«

Als der Mann wieder fragte, ob Lamont ihn nicht auf sein Zimmer im achten Stock zurückbringen könne, erklärte Lamont noch einmal, dass er nicht dürfe. Es sei gegen die Vorschriften. Er wiederholte, was ihm über die Klinikversicherung gesagt worden war. Sein Vorgesetzter kam und kam nicht. Aber vielleicht war er da gewesen und wieder gegangen, während Lamont beim Pförtner war. Jamal hatte es fast bis zum Ende der sechs Monate Probezeit geschafft. »So sind die Vorschriften.«

»Wissen Sie was? Ich wette, Sie wären sehr vorsichtig.«

»Ich kann's nicht machen.«

»Aber Sie würden bestimmt gut auf die Stufen achten.«

»Tut mir leid, Sir. Ich kann nicht.«

»Wegen der Vorschriften?«

»Ja, Sir.«

»Sonst würden Sie?«

»Ich würde, wenn ich könnte.«

»Ich bin ein alter Mann –«

»Tut mir leid, Sir.«

»Wissen Sie, warum ich hier bin?«

»Krebs?«

»Sie könnten mich im Dienstaufzug nach oben bringen. Die Einzigen, die uns sehen würden, wären *auch* vom Gebäudeservice, dann bekämen Sie keinen Ärger.«

»Tut mir leid, Sir.«

»Oben könnten Sie mich einfach im Zimmer abstellen, dann könnte ich den Knopf drücken und die Schwester rufen.«

»Ich kann nicht.«

»Sie wären schon wieder weg, und die Schwester würde mir ins Bett helfen.«

»Ich weiß, was Sie meinen, Sir, aber ich kann wirklich nicht.«

»Wegen der Vorschriften, stimmt's?«

»Stimmt.«

Der alte Mann winkte Lamont mit dem Finger, sich näher herabzubeugen. Näher, näher, lockte der Finger erstaunlich energisch, bis Lamont neben dem alten Mann kniete, sodass dieser ihm ungeachtet des lärmenden Verkehrs auf der York Avenue ins Ohr flüstern konnte. »Zum Teufel mit den Vorschriften.« Lamont musste lächeln.

Der Dienstaufzug war leer, und sie schafften es bis in den achten Stock, ohne dass jemand stutzig wurde. Auf dem Weg nach oben schwiegen sie beide. Lamont blickte nicht vom Boden auf, hielt Ausschau nach jeder Stufe. Er würde den Vorgesetzten suchen gehen, sobald das vorbei war. Wie standen die Chancen, dass je ein Mensch davon erfuhr? Wie standen die Chancen, dass er die Probezeit durchhielt und die HIPAA-Vorschriften lernen musste, so wie Jamal? Wo war Numbers, wenn man ihn brauchte? Wahrscheinlich immer noch im Knast. Was waren diese HIPAA-Vorschriften überhaupt? Musste man die wirklich auswendig können?

Der alte Mann dirigierte Lamont in sein Zimmer im achten Stock, mit Blick auf die York Avenue. Wie lange dauerte es, bis er dieses Seneca-Lied endlich aus dem Kopf bekam? Er konnte es nicht beeinflussen. Es gab schlimmere Dinge, an die man sich erinnern konnte. Vorerst hatte er andere Sorgen, das Auswendiglernen der HIPAA-Vorschriften zum Beispiel. Er hatte sechs Monate Zeit, sich darum zu sorgen, falls er so lange überlebte.

Er sorgte sich ständig ums Überleben. Vor dem Fenster seines Zimmers hob der alte Mann die Hand zum Zeichen, dass er stehen bleiben wollte. Er schaute hinaus. »Ist das der East River?«

»Mm-hmm.«

»Dann ist das also … New Jersey?«

»Nein, New Jersey ist auf der Westseite, am anderen Ufer des Hudson. Das ist Queens.«

»Und das … dieses Land da?«

»Das ist Roosevelt Island.«

»Roosevelt?«

»Mm-hmm. Ich muss los, Sir.«

»Und *die* da?«

»Was … die Schornsteine?«

»Ja … drei Schornsteine … was ist das, wo die sind, Roosevelt?«

»Ich glaub nicht … wohl eher Queens. Sie sind nicht von hier, Sir, oder? Ich sollte gehen.«

Der Trick ist, dich nicht selbst zu hassen. Egal, woran du dich erinnerst.

»Ich muss jetzt wirklich. Ist es okay so, dass Sie die Schwester rufen? Ich muss gehen. Glücklich so, am Fenster? Man wird Ihnen helfen, wieder ins … Sir? Sir?« Der alte Mann starrte aus dem Fenster.

»Es gab sechs Todeslager.«

»Was?«

»Es gab sechs Todeslager.«

»Sechs was?«

»Todeslager.«

»Was meinen Sie, ›Todeslager‹?«

»Es gab genau sechs davon, aber in jedem konntest du mehr als ein Mal sterben.«

Zweiter Teil

Als Adam Zignelik, fast vierzig Jahre alt, an einem Montagmorgen um kurz vor vier Uhr dreißig aufwachte, war er einen Moment unsicher, wo er sich befand. Er spürte eine Atemnot, wie sie manchmal mit einem Herzinfarkt oder zumindest der akuten Panik eines Albtraums einhergeht. Trotz der heruntergelassenen Jalousien war das Schlafzimmer des Apartments in Morningside Heights, das er als Mitarbeiter der Columbia von der Universität gemietet hatte, in einen schwachen, bläulichgrauen Schein getaucht, den jeder kannte, der in den Straßen der näheren Umgebung irgendwann einmal um diese Stunde wach geworden war. In den übrigen Teilen von Manhattan war das Licht irgendwie anders, aber niemand schien je darüber zu sprechen. Als er an diesem Montagmorgen kurz vor vier Uhr dreißig aufwachte, trug das Licht nur dazu bei, den surrealen Anstrich zu verstärken, den sein Unbewusstes wie einen feinen Nebel über die Wahrnehmung des neuen und schon flüchtigen Tages sprühte.

Kurz vor dem Aufwachen, hatte eine Flut von Bildern, fast alle in Schwarz-Weiß, ein Zittern bei ihm ausgelöst, das sich, stoßweise zunehmend, kaum von Krämpfen unterschied. Die Bilder, hauptsächlich von Schwarzen, stammten aus einer anderen Zeit, der Zeit seines Vaters. Da war Emmett Till, sitzend, für immer vierzehn Jahre alt, die Hand seiner Mutter auf der Schulter. Im August 1955 hatte Emmett sein Zuhause auf der

South Side von Chicago verlassen, um Verwandte in Money, Mississippi, zu besuchen. Bewaffnet nur mit einer Sprachbehinderung durch eine Polioerkrankung, als er drei gewesen war, betrat der vierzehnjährige schwarze Junge Bryant's Grocery and Meat Market, um sich ein paar Süßigkeiten zu kaufen. Im Hinausgehen sagte er, vielleicht schüchtern, vielleicht auch nicht, »Bye, Baby« zu der weißen Dorfschönheit Carolyn Bryant. Als Emmetts Leiche drei Tage später im Tallahatchie River gefunden wurde, konnten seine Verwandten aus den Südstaaten ihn nur noch an seinem Ring erkennen. Der Ventilator einer Baumwollentkörnungsmaschine war mit Stacheldraht an seinem Hals befestigt, ein Auge war ihm ausgestochen worden, eine Kugel steckte in seinem Schädel und die Hälfte seiner Stirn war zertrümmert. Adams Schlaf hatte beides aufgenommen, sowohl das Foto von Emmett Till mit der Hand seiner Mutter auf der Schulter, als auch das spätere, das letzte, von Emmetts eingeschlagenem, aufgedunsenen, in Flusswasser eingeweichten Kopf, das seine Mutter, Mamie Till Bradley Mobley, dem *Jet Magazine* zur Veröffentlichung überließ, damit alle Welt es sehen konnte. Adam sah diese Bilder vorbeiflackern und vergehen, danach sah er einen Augenblick seinen eigenen Vater, ebenfalls in Schwarz-Weiß. Dann verschwand auch sein Vater.

Er sah die Fotos von Carole Robertson, Cynthia Wesley, Addie Mae Collins, alle drei vierzehn Jahre alt, und der elfjährigen Denise McNair, lächelnd, ihre Zöpfe fest mit Schleifen zugebunden – vier kleine schwarze Mädchen, die eines Sonntags, im September 1963, wie gewohnt zur Sonntagsschule in die 16th Street Baptist Church in Birmingham, Alabama, gegangen waren. Doch am 15. September erlangten diese kleinen Mädchen nationale Berühmtheit, als Anhänger der Rassentrennung einen Bombenanschlag auf die Kirche verübten. Fünfzehn Menschen wurden verletzt. Alle vier Mädchen starben. Man schätzte, dass in Birmingham, Alabama, zum Zeitpunkt ihrer Ermordung ein

Drittel aller Polizeibeamten entweder Mitglieder des Ku-Klux-Klans waren, oder ihm nahestanden. Obwohl die Mädchen getötet wurden, bevor Adam Zignelik geboren war, kannte er sie und sah sie in den Minuten, bevor er an jenem Montagmorgen gegen vier Uhr dreißig in Schweiß gebadet aufwachte. Er sah kurz auch seinen Vater, einen Weißen, in Schwarz-Weiß.

Er sah die fünfzehnjährige Elizabeth Eckford am 4. September 1957 allein inmitten einer Menge draußen vor der Central High School in Little Rock, Arkansas. Elizabeth war eine der neun Schülerinnen und Schüler, die als erste Afroamerikaner diese Schule besuchen wollten. Alle neun Kinder sollten zusammen dort ankommen. Sie sollten sich um acht Uhr dreißig an der Ecke 12th Street und Park Avenue treffen und mit zwei Polizeiautos zur Schule gebracht werden. So war es geplant gewesen. Elizabeths Vater, Oscar, war Wartungsarbeiter bei einem Speisewagenbetrieb, und ihre Mutter, Birdee, brachte blinden und tauben Kindern an einer segregierten schwarzen Schule bei, ihre Kleider selbst zu waschen und zu bügeln. Aber im September 1957 besaßen die Eckfords noch kein Telefon. Niemand hatte Elizabeth etwas von dem Plan gesagt.

Sie stand morgens auf, um in ihre neue Schule zu gehen. Sie zog ein neues schwarz-weißes Kleid an, das sie gemeinsam mit ihrer Mutter zur Ehre des Tages genäht hatte. Es war makellos gebügelt. Adam hatte sie vor Augen, Elizabeth in dem duftigen Faltenrock ihres eng taillierten Kleides. Bei den Eckfords liefen die Fernsehnachrichten. Bevor Birdee Eckford den Apparat ausstellte, hörten sie und ihr Mann Oscar, der nach einem Rhythmus in der Brust über die Dielen im Flur ging, eine unangezündete Zigarre in der einen Hand, eine unangezündete Pfeife in der anderen, den Nachrichtensprecher zwischen dem Wetterbericht und einer Reihe von Werbespots darüber spekulieren, ob die neun farbigen Kinder an diesem Tag tatsächlich in die Schule gehen würden – einen Tag, nachdem Gouverneur Orval Eugene

Faubus gewarnt hatte, wenn sie es täten, werde »Blut auf den Straßen fließen«. Elizabeth hatte es auch gehört. »Lasst sie nicht gehen!«, rief Adam Zignelik, aber kein artikulierter Laut, nichts, was Sprache ähnlich war, kam aus ihm heraus. Und sowieso befand er sich in einem Apartment in New York, wo er fast fünfzig Jahre später neben seiner Freundin, Diana, im Bett lag. »Lasst sie nicht gehen, um Himmels willen. Lasst sie nicht gehen!«

Aber weder Elizabeth noch ihre Eltern, Birdee und Oscar Eckford, hörten Adam Zignelik, noch spürten sie, während sie zum Beten niederknieten, wie heftig er auf sein Bett eindrosch, als er seinen Vater anflehte, etwas zu tun und Elizabeth davon abzuhalten, an diesem Tag in die Central High zu gehen. Adams Vater, Jake Zignelik, ignorierte ihn ebenfalls. Elizabeth *musste* gehen. Weit entfernt, sie davon abzuhalten, *wollte* Jake Zignelik, dass sie hinging. Das war doch das Ziel der ganzen Sache! Adam musste es verstehen.

Elizabeth setzte ihre dunkle Sonnenbrille auf. Sie sagte ihren Eltern Auf Wiedersehen, küsste sie und ging zur Haltestelle, wo sie ruhig auf den öffentlichen Bus wartete, der sie zu ihrer neuen Schule bringen würde. Doch als sie bei der Central High ausstieg, sah sie keins der anderen acht schwarzen Kinder, die an diesem Tag mit ihr zusammen dort anfangen sollten.

»Um Himmels willen, lasst sie nicht gehen!«

Sie sah überhaupt keine Schwarzen. Sie sah ein Meer weißer Leute, Tausende aus ganz Arkansas und, den Autokennzeichen nach, auch aus anderen Bundesstaaten. Sie sah Hunderte von Soldaten in voller Kampfuniform: Stiefel, Helme. Die Soldaten waren bewaffnet. Sie sah Bajonette, unzählige.

»Sie muss gehen, Adam. Sei nicht kindisch.«

Sie sah die Wachen an, die am Rand der zur Schule führenden Straße aufgereiht standen, und sie betrachtete die weiße Menschenmenge. Am Vortag war ihr gesagt worden, sie solle den Haupteingang nehmen. Von dort, wo sie stand, war er einen

Block entfernt. Sie dachte, es sei vielleicht sicherer, wenn sie die Strecke bis zum Haupteingang hinter den Wachen entlang ginge, sodass während dieser Zeit eine Reihe von Wachen zwischen ihr und der Menge stünde. An der Ecke versuchte sie, durch die Reihe der Wachen zu schlüpfen, um hinter ihnen auf der geschützten Seite zu sein. Sie trug eine Sonnenbrille und das schwarz-weiße Kleid mit dem Faltenrock, das sie mit ihrer Mutter zusammen genäht hatte. Es war ihr erster Tag in der neuen Schule. Sie war fünfzehn, und sie wählte einen beliebigen Soldaten aus. Der Soldat sagte nichts, sondern zeigte über die Straße in Richtung der Menge. Sie bemühte sich, nicht ängstlich auszusehen, und ging, wie der Zufallssoldat sie angewiesen hatte. Was hätte ein anderer Soldat gemacht? Elizabeth hatte immer hervorragende Noten bekommen, sie war immer eine glänzende Schülerin gewesen.

»Dad, sie ist erst fünfzehn!«

»Lass mich, Adam.«

Elizabeth Eckford ging auf die Menge zu und die Leute, die ihr am nächsten waren, wichen – jedenfalls im ersten Moment – zurück, fast als hätten sie Angst vor ihr, Angst, sich etwas Ansteckendes zu holen. Dass man nur nicht sie *wurde,* wenn man zu dicht bei ihr stand. Die anderen würden einen anschauen. Du würdest einfach dadurch, dass du in diesem Teil der Menge warst, unfreiwillig auffallen. Du hattest nicht erwartet, aufzufallen. Dafür warst du nicht gekommen. Aber nun fielst du womöglich auf, ohne etwas dafür zu können. Also solltest du lieber dafür sorgen, dass alle um dich her wussten, wo du wirklich stehst. Du hasst sie. Du hasst sie genauso, wie jeder andere in der Menge. Vielleicht sogar noch mehr. Indem sie in deine Nähe kommt, macht sie dir besonders unbehagliche Gefühle, unbehaglicher als allen anderen, und was sie empfinden ist nur, was du eben noch empfunden hast, bevor sie dich für das besonders Unbehagliche auswählte. Warum ausgerechnet dich? Sie schafft

Ärger, wo immer sie hingeht. Du siehst es ja. Dein ganzes Leben lang hat man es dir gesagt, immer hast du es gewusst, aber jetzt spürst du es am eigenen Leib. Sie bringt dich ins Schwitzen. Sie macht dir Herzklopfen. Alle schauen, weil sie in deiner Nähe steht. O Gott, wie du sie hasst. Warum muss sie dir solche Gefühle machen? Du hasst sie so über alle Maßen.

»Dad!«

Dann bewegte die Menge sich langsam auf sie zu. Die Münder aufgerissen, um die Wut und den Hass hinaus zu lassen. Das ganze Gift, das sich in ihren dunklen, stinkenden Gehirnwindungen angesammelt hatte, ergoss sich über eine Fünfzehnjährige, die zur Schule gehen wollte. Ihre Beine begannen zu zittern, und sie fragte sich, ob die Menge es bemerkte. Bis zum Haupteingang hatte sie noch den ganzen Block vor sich. Sie brauche sich nicht zu fürchten, sagte sie sich. Egal, was die Menge schrie, sie brauche sich nicht zu fürchten, da seien ja die Wachen. Eine ganze Reihe Wachen, um sie zu beschützen. Die Menge bewegte sich auf sie zu.

»Sie kommt. Macht euch gefasst!«, rief jemand.

Elizabeth bewegte sich von der Menge weg, näher an die Wachen. Sie ging schnell, aber ohne zu rennen. Das Geschrei der Menge war überall. Sie müsse es nur bis zum Haupteingang am Ende der Straße schaffen, sagte sie sich.

»Dad!«, versuchte Adam Zignelik fünfzig Jahre später zu rufen.

Elizabeth schaffte es bis vor die Schule. Sie ging auf einen anderen Soldaten zu. Dieser wich ihrem Blick aus. Er starrte in die Ferne, über ihren Kopf hinweg, als wäre sie nicht da. Das Geschrei war rundherum, es hing in der Luft. Der Soldat ließ sie nicht durch. Sie sah, dass es etwas weiter vorne einen Weg gab, direkt zum Haupteingang. Sie bog dorthin ab. Sie hatte sich nicht klargemacht, dass die Schule so groß war. Weiße Schüler gingen zu den Wachen am Eingang und wurden durchgelassen. Immer noch mit dem Gefühl, ihre Knie könnten jeden Augenblick nachgeben, trat sie vor den Soldaten, der die weißen Schüler durchließ. Er rührte sich nicht. Wieder schien es, als wäre sie nicht da. Sie versuchte, zwischen ihm und der nächsten Wache durchzuschlüpfen. Er hob sein Bajonett und versperrte ihr den Weg. Die anderen Wachen rückten näher. Auch sie hoben ihre Bajonette. Als kündigte sich etwas an, eine Veränderung oder neue Phase, kehrte für einen Moment Ruhe ein. Elizabeth wusste nicht mehr, was sie tun sollte. Sie wandte sich von den Wachen ab und stand einfach da, zwischen den Soldaten und der Menge. Jetzt rückte die Menge näher, und sie hörte: »Lyncht sie! Lyncht sie!«

Wo war Jake Zignelik in diesem Augenblick? War da jemand, der ihr helfen würde, irgendjemand, der tatsächlich da war? Was geschieht in einem Mob mit der Menschenliebe? Kann sie dort überhaupt existieren, oder wird sie restlos ausgelöscht? Elizabeths Blick fiel auf eine ältere weiße Frau, deren Ausdruck mit Freundlichkeit nicht unvereinbar war. Zuerst war es nur ein flüchtiger Blick, doch durch die Sonnenbrille sah Elizabeth etwas, was sie in diesem Moment mehr brauchte als alles andere. Sie drehte sich zur Seite und ging auf die alte weiße Frau zu, aber als sie näher kam, spuckte die Frau ihr ins Gesicht. Die Spucke blieb hängen. Elizabeth wollte sie nicht anfassen. Die Menge rückte näher, und sie hörte jemanden rufen: »Diese Niggerschlampe kommt uns nicht in unsere Schule. Los, zeigt's ihr!«

Sie wandte sich den Wachen zu, aber wieder blieben die Soldaten ungerührt und ließen sie nicht passieren. So etwas wie das Geschrei dieser Tausende von wütenden Weißen hatte sie noch nie gehört. Sie hatte immer gute Noten bekommen. Sie war immer sehr höflich, immer ein braves Mädchen gewesen, hatte ihren Lehrern keinen Ärger gemacht, immer gut aufgepasst. Diese Menschen kannten sie nicht. Was hatte sie in den fünfzehn Jahren ihres Lebens so Schlimmes getan, dass die Leute sie derart hassten? Es waren so viele, und alle hassten sie. Schienen dermaßen erfüllt davon, obwohl niemand sie kannte. Es fiel ihr schwer, einen Gedanken zu fassen, aber es kam einer, an den sie sich klammerte: Es sei vielleicht doch besser, wenn sie versuchte, sich wieder zu der Bushaltestelle, von der sie gekommen war, durchzuschlagen. Das war ein neuer Plan: zur Bank an der Bushaltestelle zurück. Sie drehte sich um und machte sich auf den Rückweg, zu beiden Seiten von der Menge flankiert. Weiterhin rannte sie nicht, aber ihre Beine fühlten sich an, als würden sie jederzeit einknicken. Sie trug die Spucke einer alten weißen Frau im Gesicht. Als sie die Bushaltestelle schließlich erreichte, knickten ihre Beine leicht ein, aber sie hievte sich gerade noch auf die Bank.

Trotz allem, was sie sah, und allem, was sie hörte, trotz der Angst, die sie schubweise wie Elektroschocks bis zu den Nervenenden durchströmte, fand sie in ihrem Innersten eine Würde, die anderen Verhaltensregeln zu entsprechen schien, fremd jener Welt, die sie um sich her erlebte. Eine Würde, die ihre Eltern irgendwie in sie eingepflanzt, fünfzehn Jahre lang in ihr genährt hatten. Auf der Bank an der Bushaltestelle suchte Elizabeth in ihrem tiefsten Inneren danach. Die Menge rückte ihr zu Leibe und sie hörte jemanden schreien: »Schleift sie rüber, zu dem Baum hier! Der werden wir's zeigen, Niggergöre!«

»Dad!«

Adam Zignelik war noch nicht geboren, als dies geschah, als ein paar junge Männer, die ihr aus der Menge heraus auf dem Rückzug zur Bushaltestelle gefolgt waren, nun hinter Elizabeth zu schreien begannen: »Lyncht sie! Die Niggerschlampe kommt uns nicht in unsere Schule. An den Baum mit ihr! Lyncht sie! Lyncht sie!«. Jake Zignelik war schon geboren, aber er war nicht da. Wer war da am Morgen des 4. September 1957, wer für Elizabeth bei der Bank an der Bushaltestelle in der Nähe dieses

Baums in Little Rock, Arkansas? Tausende von Menschen waren da. Aber wer für sie?

Fernsehkameras waren da. Rundfunkjournalisten. Daisy Bates, die Vorsitzende der National Association for the Advancement of Colored People, auch NAACP genannt, im Bundesstaat Arkansas und Chefredakteurin der schwarzen Zeitung *Arkansas State Press,* war mit ihrem Mann da, L. C. Bates, dem Verleger der Zeitung. Die beiden hatten nachts nicht schlafen können, weil ständig hupende Autos vor ihrem Haus auf und ab gefahren waren und Passanten riefen: »Daisy, Daisy, hast du's schon gehört? Die Nigger kommen nicht in die Central High!« Daisy und L. C. Bates waren mit dem Auto unterwegs zu der Schule, wo sie neun schwarze Kinder anzutreffen hofften, als sie den Sprecher im Autoradio hörten: »An der Central High greift der Mob ein Negermädchen an …«

Daisy Bates begriff, dass es Elizabeth sein musste, das Mädchen, das mit seinen Eltern und dem kleinen Bruder in einem Haus ohne Telefon wohnte. Elizabeth wusste nichts von dem Plan. Niemand hatte es ihr gesagt. Daisy hielt auf der Stelle an, L. C. Bates sprang aus dem Wagen und rannte los, um Elizabeth zu suchen. Daisy wollte mit dem Auto kommen. Aber sie waren nur zwei, beide schwarz, und sie waren ein paar Straßen entfernt.

Tausende waren schon in der Nähe der Bank an der Bushaltestelle bei dem Baum. L. C. Bates gelangte gerade hin. Jake Zignelik war nicht da. Adam Zignelik, der das alles an besagtem Montagmorgen kurz vor vier Uhr dreißig sah, war noch nicht geboren. War sonst noch jemand da?

Benjamin Fine, ein Redakteur aus dem Bildungsressort der *New York Times,* war da. Er drängelte sich hinter die Bank, auf der Elizabeth an der Bushaltestelle saß. Dann etwas weiter vor. Er schaffte es, sie zu erreichen, sich neben sie zu setzen. Er legte seinen Arm um sie. Er hob ihr Kinn ein klein wenig und sagte:

»Lass sie keine Tränen sehen.« Grace Lorch war da, eine weiße Frau, verheiratet mit einem weißen Mann, der an einem schwarzen College in der Gegend unterrichtete. Sie schlug sich zu Elizabeth durch und redete freundlich mit ihr, aber in dem ganzen Schrecken kam die Freundlichkeit nicht an. Grace Lorch führte Elizabeth durch die johlende Menge zu einem nahen Drugstore, um ein Taxi zu rufen. Aber die Tür des Ladens wurde ihnen vor der Nase zugeknallt. Grace Lorch blieb bei Elizabeth, und die beiden fuhren mit dem Bus zu der segregierten schwarzen Schule, wo Birdee Eckford blinden und tauben Kindern beibrachte, ihre Kleider selbst zu waschen und zu bügeln.

Von da an war jede Menschenmenge für Elizabeth ein Mob, und sooft sie den Mob nachts in ihrem Zimmer sah, schrie sie. Dann wurde ihr Bruder wach, und ihre Eltern gingen zu ihr. Aber manchmal schrie sie, ohne einen Laut herauszubringen, genau wie Adam Zignelik fast fünfzig Jahre später an besagtem Montagmorgen kurz vor vier Uhr dreißig in dem Morningside-Heights-Apartment der Columbia University, wo er – der Sohn von Jake Zignelik – Geschichte lehrte.

»Man muss alles im Kontext sehen«, erklärte Jake Zignelik seinem Sohn. Die »Little Rock Nine«, als die sie bekannt wurden, waren die ersten schwarzen Schüler in Arkansas, die versuchten, eine öffentliche Schule zu besuchen, drei Jahre, nachdem der Oberste Gerichtshof seine wegweisende Entscheidung im Fall *Brown versus Board of Education* getroffen hatte. »Aber sind drei Jahre eine lange Zeit?«, fragte Jake Zignelik seinen achtjährigen Sohn bei einem Hähnchensalat-Sandwich und Limonade im Bryant Park. Adam dachte einen Moment nach, ehe er vorsichtig antwortete.

»Kommt drauf an«, sagte er. Worauf sein Vater ihn umarmte.

»Genau! Stimmt genau. Die perfekte Antwort. Kommt drauf an. Drei Jahre, das ist eine lange Zeit, um den Atem anzuhalten, stimmt's? Aber ist es lang genug, um die Mentalität von mehr als einer halben Nation zu verändern? Ist es lang genug, um eigennützige Interessen aufzugeben? Ist es lang genug, um generationenalte Ängste zu durchbrechen?«

Der junge Adam hatte das Gefühl, sein Vater wollte ihn zu einem Nein verleiten, aber Nein war mit Sicherheit die *falsche* Antwort, also wartete er ab. Und wie er es sich denken konnte, fuhr sein Vater fort zu reden, sodass die Antwort ihm erspart blieb.

»Wann war der Amerikanische Bürgerkrieg?«

»1861 bis 1865«, antwortete der junge Adam.

»Richtig. Und worum ging es da?«

»Die Sklavenbefreiung«, sagte der Achtjährige, den Mund voller Sandwich, wie aus der Pistole geschossen.

»Ja, unter anderem. Genau. Genau. Und wann proklamierte Lincoln die Emanzipation?«

»1863.«

»Naja, proklamiert wurde sie schon im September 1862, aber sie trat erst am 1. Januar 1863 in Kraft. Und wann fiel die Entscheidung des Obersten Gerichtshofs im Fall *Brown versus Board of Education?«*

»1954.«

»Und was hat sie bewirkt, worauf zielte sie ab?«

Das ratterte Adam herunter, als hätte er es auswendig gelernt: »Anwalt Thurgood Marshall, inzwischen Justice Thurgood Marshall, Richter am Obersten Gerichtshof der Vereinigten Staaten, gewann den Prozess *Brown versus Board of Education*. Das Urteil führte zum Ende der Rassentrennung in öffentlichen Schulen und kippte die alte Doktrin ›Getrennt, aber gleich‹ des Urteils im Fall *Plessy versus Ferguson* von 1896.«

»Genau, richtig«, sagte sein Vater.

Jake Zignelik war da gewesen, am Obersten Gerichtshof, als Thurgood Marshall 1954 sein Plädoyer im Prozess *Brown versus Board of Education* hielt. Ein paar Jahre zuvor, 1949, hatte

Jake, ein New Yorker Jude und frisch gebackener Jurist von der Columbia Law School, für eine Rechtshilfeorganisation der NAACP zu arbeiten begonnen, den Legal Defense and Educational Fund, später kurz LDF genannt. Thurgood Marshall wurde sein Mentor. Im Lauf seiner langen Karriere vertrat er Martin Luther King und viele andere, plädierte in zahlreichen Bürgerrechtsprozessen vor dem Obersten Gerichtshof. Er vertrat schwarze Studenten, die um ihre Aufnahme in weiße Colleges oder Fachhochschulen kämpften, schwarze Männer, die der Vergewaltigung weißer Frauen bezichtigt wurden, und schwarze Soldaten, die beim Waffendienst rassistische Diskriminierungen erfuhren. Später wurde er Chefberater des LDF.

»Sehr gut«, sagte er zu seinem Sohn Adam. »Pass auf deinen Koffer auf. Pass immer gut auf deinen Koffer auf, besonders im Park. Also, diese drei Jahre zwischen der *Brown*-Entscheidung und den ›Little Rock Nine‹ waren in Wirklichkeit nur ein Bruchteil von über neunzig Jahren – so lange wartete man schon darauf, dass die Regierung ihr Versprechen hielt. Und genau das hat Thurgood gesagt. Es war nach seinem Plädoyer für die schwarze Studentin Arthurine Lucy. Er wurde gefragt, ob er Gradualist sei. Weißt du, was das ist, ein Gradualist?«

»Ja.«

»Und was ist es?«

»Jemand, der Veränderung will, aber nur langsam, graduell«, antwortete der junge Adam, wie er es gelernt hatte.

»Stimmt genau. Und nach dem Urteil im Fall *Lucy* sagte Thurgood, er glaube durchaus an Gradualismus, aber er glaube auch, über neunzig Jahre, das sei schon ziemlich graduell. Was meinst du, hatte er recht?«

»Klar.«

»Ja, das meine ich auch. Es ist lange, wenn man neunzig Jahre darauf warten muss, mit derselben Würde behandelt zu werden wie jeder andere, und wie es dem Gesetz nach sein sollte.

Denn sieh mal, was nützt ein großartiges Gesetz, das Menschen schützt und ihnen hilft, ihr Leben so gut wie möglich zu leben, wenn es nicht angewandt, nicht durchgesetzt wird? Das ist so, als würde man sagen, es gibt Gesetze, die du achten und einhalten musst, und andere Gesetze, um die du dich nicht zu kümmern brauchst. Und zufällig war es dann immer so, dass die Gesetze, um die du dich nicht zu kümmern brauchtest, dieselben Menschen betrafen.«

»Die Schwarzen.«

»Genau: die Schwarzen. Seit der Zeit, als ihre Vorfahren verschleppt wurden – kannst du dir das vorstellen, du wirst mit Gewalt von deiner Familie getrennt und nicht mehr als Person, sondern als Sache behandelt, nur damit andere Leute reich werden? –, also, seitdem hat es nie eine Zeit gegeben, in der Schwarze nicht diskriminiert wurden, in der sie es nicht schwerer hatten als andere, nur weil sie einer bestimmten Gruppe angehörten, einer Gruppe, in die sie hineingeboren waren. Natürlich, andere Leute hatten es auch schwer, einschließlich deiner Großeltern. Alle möglichen Leute leiden zu unterschiedlichen Zeiten aus unterschiedlichen Gründen, aber die Schwarzen sind Nachkommen von Menschen, die nicht mal freiwillig hier waren, die oft wie Tiere behandelt wurden, weil es den Weißen Geld brachte. Und was hat unsere Regierung, ihre Regierung getan? Trotz der schönen Unabhängigkeitserklärung, trotz der schönen Emanzipationsproklamation, ja sogar trotz der Entscheidung des Obersten Gerichtshofs, für die Thurgood Marshall im Fall *Brown versus Board of Education* gekämpft hatte, kehrte die Regierung der schwarzen Bevölkerung den Rücken.«

»Dann ist die Regierung also der Feind?«

»Nein, die Regierung hat nur den Auftrag, für Gerechtigkeit zu sorgen. Das sollte man von einer Regierung erwarten.«

»Also dann … wer ist der Feind?«, fragte der junge Adam, sein Sandwich in der einen Hand, die andere auf dem Koffer.

»Der Feind«, erklärte Jake Zignelik, »ist der Rassismus. Aber weißt du, Rassismus ist keine Person. Das ist ein Virus, der die Menschen befällt. Der ganze Dörfer und Städte, ganze Länder befallen kann. Manchmal siehst du es den Menschen im Gesicht an, wenn sie krank davon sind. Er kann sogar gute Menschen lähmen. Er kann Regierungen lähmen. Wir müssen ihn bekämpfen, wo immer wir ihn finden. Das ist es, was gute Menschen tun.«

So viel von dem, was Jake Zignelik seinem Sohn jedes Mal, wenn der ihn in New York besuchte, viel zu hastig erzählte, blieb bei Adam hängen: Namen und Daten von Persönlichkeiten, die für die Rechte der Schwarzen gekämpft hatten, und dieser Glaubensartikel, der Adam ständig begleitete. Wie ein Mantra kehrte er in Momenten wieder, in denen andere sich vielleicht auf einen religiösen Spruch oder ein göttliches Gebot beriefen: »Das ist es, was gute Menschen tun.« Er kehrte wieder, sobald sein Vater ihn mit einem Abschiedskuss ins Flugzeug nach Hause zu seiner Mutter gesetzt hatte. Auf dem endlos langen Flug nach Australien war Zeit genug, es immer wieder vor sich hin zu murmeln, während Adam angeschnallt, eine Decke über den Knien, die Tränen in seinen Augen vor den neben ihm sitzenden Passagieren oder vor den Flugbegleiterinnen zu verbergen suchte, die bei allein auf Langstreckenflügen mitreisenden kleinen Jungen geradezu erpicht auf solche Dinge schienen: »Das ist es, was gute Menschen tun.«

Immer, wenn Adam zu Hause in Melbourne ankam, erzählte er so vielen Leuten, wie er konnte, alles, woran er sich erinnerte – und er erinnerte sich an alles, was sein Vater ihm gesagt hatte. Er erinnerte sich daran, was sein Vater bei der Arbeit machte, an die Personen, mit denen er zusammenarbeitete, an Orte und Daten, die Gesetze, die Fälle, die diversen Entscheidungen verschiedener Gerichte, und was das alles zu bedeuten hatte. Er erzählte es seinen Freunden, die nichts verstanden und sich nicht dafür interessierten. Er erzählte es seinen Lehrern, die mehr verstanden und sich oft mehr hätten dafür interessieren können, was Adam abwechselnd erschütterte und ärgerte. Schließlich war sein Vater immerhin Jake Zignelik. Vielleicht hatten sie schon mal von ihm gehört? In New York hatte jeder, dem der junge Adam begegnete, von Jake Zignelik gehört. Wobei der kleine Junge natürlich nur Leuten begegnete, mit denen sein Vater ihn bekannt machte. Adam war Justice Marshall mehrfach, ja ziemlich oft sogar begegnet. Was waren das für Menschen, Erwachsene, Lehrer, was machten die mit ihrem Leben? Er sprach verdammt noch mal von Justice Thurgood Marshall! Er *kannte* ihn. Er erzählte es seiner Mutter, die alles verstand und sich sehr dafür interessierte. Sie hatte sich vor langer Zeit so sehr dafür interessiert, dass sie Jake Zignelik vom anderen Ende der Welt für sich erwählt hatte.

In den Jahren nach dem Ersten Weltkrieg, während in manchen Ecken Osteuropas Pogrome gegen die Juden ausbrachen, wurde der Zustrom jüdischer Einwanderer in die USA durch den Johnson-Reed Act zu einem Rinnsal gedrosselt. Alle osteuropäischen Juden, die auf ein neues Leben in der Neuen Welt gehofft hatten, mussten nun eine noch neuere Welt ins Auge fassen. Adams Großeltern mütterlicherseits waren Anfang der Dreißigerjahre in Australien angekommen, einem Land, so weit entfernt, dass sie bis zu dem Moment, da sie im Hafen von Melbourne anlegten, nicht ganz sicher waren, ob es tatsächlich existierte. Sie zogen nach Carlton, ein Viertel nahe der Innenstadt, wo sie sich mühsam mit der Herstellung von Strickwaren durchschlugen, Jacken und Pullovern oder »Jumpers«, wie sie in Australien genannt wurden, die sie auf einer einzigen, zuerst manuellen, dann motorisierten Strickmaschine in ihrem Esszimmer anfertigten und an einem Stand auf dem Victoria Market verkauften. Sie bekamen zwei Kinder, einen Sohn, der keine fünf Jahre alt wurde, und eine Tochter, der sie all die ängstliche Fürsorge zukommen ließen, die ihre angegriffene Gesundheit, ihre

Sprachschwierigkeiten und die unsichere soziale und finanzielle Lage ihnen erlaubte.

Immer die Beste in ihrer Klasse, schaffte die Tochter zu Beginn der Sechzigerjahre den Sprung in die Sandsteinhörsäle der juristischen Fakultät der Melbourne University. Dort erfuhr sie von der Arbeit der NAACP, und nachdem sie mit dem College fertig war, beschloss sie, nach New York zu gehen und sich um ein Praktikum bei dieser Organisation zu bewerben. Als sie Jake Zignelik kennenlernte, einen älteren, noch unverheirateten Mann und damals Chefberater des LDF, verliebte sie sich auf der Stelle. Wechselseitige Anziehung, Schmeichelei und Bewunderung blühten im Treibhaus langer Arbeitsstunden und der Probleme anderer Leute zu einer Büroromanze auf. Dabei hätte es bleiben können, aber als die junge australische Anwältin schwanger wurde, fühlte Jake sich verpflichtet, sie zu heiraten. »Das ist es, was gute Menschen tun.« Kurz vor Adams Geburt musste seine Mutter ihre Arbeit beim LDF aufgeben, und später wurde ihr klar, dass sie, einmal aus Jakes Arbeitsleben herausgefallen, auch aus dem Teil seines Lebens fiel, der ihm eigentlich am wichtigsten war. Mit kränkelnden, alten Einwanderereltern am anderen Ende der Welt und ohnehin schon Strohwitwe, scherzte sie, dass Jake, wenn sie ihn irgendwann verließe, Jahre brauchen würde, um es zu merken. Adam hat die genauen Umstände nie erfahren, aber als er drei wurde, war die Ehe geschieden, und er lebte mit seiner Mutter in Melbourne.

Jake Zignelik gab mehr als ein Mal zu, er wisse, dass er kein guter Vater sei, aber das erste Eingeständnis, das ihm während einer Verhandlungspause des Obersten Gerichtshofs vertraulich über die Lippen kam, machte er nicht gegenüber seiner Exfrau oder Adam. Er machte es gegenüber seinem langjährigen Freund und LDF-Kollegen William McCray. William, ein doppelter Veteran – sowohl der Bürgerrechtsbewegung als auch der nach Rassen getrennten Truppeneinsätze im Zweiten Weltkrieg –, hatte ebenfalls ein Kind. Aber er war seinem Sohn Charles ein weit besserer Vater, als Jake es Adam war. Kurz nachdem Jake den achtjährigen Adam ins Flugzeug nach Australien gesetzt hatte, gestand er es William beim Kaffee während einer Verhandlungspause ein.

»Nicht, dass ich ihn nicht liebe – natürlich liebe ich ihn sehr«, sagte er und schaute über den aus seiner Tasse aufsteigenden Dampf hinweg.

»Jake, wenn du ihm kein guter Vater sein kannst, könntest du ihm wenigstens sagen, dass du *weißt,* dass du keiner bist.«

»Ich sehe ihn ja nie.«

»Aber das ist nicht *seine* Schuld. Worüber hast du mit ihm geredet, als er hier war? Sicher über die Entscheidung *Brown versus Board of Education,* oder?«

Jake dachte einen Augenblick nach, aber auch, als er sich erinnerte, antwortete er nicht. Er dachte daran, wie er mittags mit Adam im Bryant Park gesessen hatte.

»Stell dir vor, es wäre 1863«, sagte er zu seinem Sohn. »Mitten im Bürgerkrieg. Ein heißer Sommer in New York. Lincoln hatte die Sklavenbefreiung schon im September proklamiert, aber sie war erst seit Januar in Kraft. Dabei ging es um die Sklaven des Südens, der sich im Krieg mit dem Norden befand. Allerdings durften die Sklavenhalter derjenigen Südstaaten, die sich zwischen September 1862 und Januar 1863 der Union der Nordstaaten anschlossen, ihre Sklaven trotzdem behalten. Da siehst du mal, sogar die Emanzipationsproklamation hatte ein Schlupfloch. Aber jetzt, nachdem sie in Kraft getreten war, konnte man den Schwarzen die Schuld an dem Krieg in die Schuhe schieben.«

»Warum das?«

»Weil man jetzt sagen konnte, ohne die Schwarzen gäbe es überhaupt keinen Krieg. Siehst du, wie verdreht das ist, Adam? Diese Menschen werden wie Vieh gekauft und weiterverkauft.

Am Ende kommt man schließlich überein, dass so etwas schlicht unrecht ist, dass man menschliche Wesen nicht so behandeln darf. Aber es gibt eigennützige Interessen, weißt du noch?«

»Die Sklavenhalter?«

»Genau, die Sklavenhalter. Also, die wollen nicht aufgeben, was sie als ihr Eigentum betrachten. Dafür wollen sie kämpfen und sich sogar von der Union abspalten. Das nennt sich Sezession. Ist dir klar, was das bedeutet?

»Sie wollten ein anderes Land sein.«

»Genau. Ein anderes Land, und sie waren entschlossen, dafür zu kämpfen. Die Union schlug zurück, und als die Bevölkerung anfing, unter dem Krieg zu leiden, glaubten manche, sie könnten die Schwarzen für den ganzen Schlamassel verantwortlich machen. Viele arme weiße Arbeiter, viele irische oder deutsche Einwanderer und deren Nachkommen wurden dazu gebracht, sich vor den Folgen der Emanzipationsproklamation zu fürchten.«

»Warum sollten sie sich fürchten?«

»Weil man ihnen sagte, es würde eine Flut ehemaliger Sklaven aus dem Süden nach New York strömen und ihnen ihre Jobs wegnehmen. Sie fürchteten, die Sklaven wären bereit, für noch niedrigere Löhne zu arbeiten als sie, die Iren und die Deutschen.«

»Weil die Sklaven es gewöhnt waren, für gar nichts zu arbeiten.«

»Kluger Junge! Genau das hat man ihnen erzählt.«

»Wer hat das erzählt?«

»Befürworter der Sklaverei.«

»Gab es die auch in New York?«

»Sicher.«

»Wer war das?«

»Eine Menge Leute. Leute aus der Demokratischen Partei.«

»Du meinst, die Demokraten?«

»Ja.«

»Ich dachte, die wären gut? Sind *wir* nicht Demokraten?«

»Die waren auch nicht immer gut. Niemand ist immer gut. Aber hör zu, es kommt noch schlimmer. Es ist also ein heißer Sommer 1863, mitten im Bürgerkrieg. Der Union läuft die Sache aus dem Ruder, und um mehr Truppen zu bekommen, erlässt Lincoln ein neues Einberufungsgesetz. Weißt du, was das bedeutet?«

»Nicht richtig.«

»Wenn die Regierung Menschen zwingen will, Dinge für sie zu tun, die sie freiwillig nicht tun wollen, werden sie ›einberufen‹. Sie werden gezwungen, gegen ihren Willen zu handeln, und in diesem Fall wurden sie zum Dienst bei den Truppen der Union einberufen.«

»So wie zwangsweise?«

»Genau. Lincoln erließ ein Bundesgesetz, das strenger war als jedes andere zuvor. Die Einberufung fand in Form einer Zwangsauslosung statt. Jeder männliche Bürger zwischen fünfundzwanzig und fünfunddreißig Jahren musste damit rechnen, dass sein Name gezogen wurde, und wenn ja, musste er zur Armee. Massenhaft Männer waren betroffen. Massenhaft Männer hatten Angst, dass ihr Name gezogen würde, sie waren ängstlich und wütend.«

»Konnten sie denn irgendwie da raus?«

»Wie ein kleiner Anwalt denkst du schon! Ja, man konnte raus, aber stell dir vor, wie. Wenn du Geld genug hattest, einen Ersatzmann zu bezahlen, der an deiner Stelle gehen würde.«

»Aber wer würde so was machen?«

»Tja. Es gab nicht viele, die Ersatzmann spielen wollten, darum kostete es viel Geld, einen zu bekommen. Und wer hatte nicht viel Geld?«

»Die Schwarzen?«

»Stimmt, aber die Schwarzen waren ausgenommen, das heißt, sie kamen bei der Auslosung gar nicht vor. Weißt du warum?«

»Weil Abraham Lincoln die Schwarzen mochte?«

»Nein, weil sie nicht mal als Staatsbürger anerkannt waren. Darum waren sie von der Einberufung ausgenommen. Aber arme weiße Männer, Iren oder Deutsche, die waren sehr wohl dabei und konnten es sich nicht leisten, Ersatzmänner zu kaufen. Wobei es noch einen anderen Ausweg gab. Man konnte der Regierung einfach eine Gebühr bezahlen, und schon war man raus. Klingt ziemlich einfach, nicht wahr?«

»Sicher, nur was, wenn du das Geld auch nicht hattest?«

»Genau! Wenn du der Regierung eine Gebühr von 300 Dollar gabst, konntest du die ganze Sache vergessen. Aber weißt du, wie lange man im Durchschnitt brauchte, um 300 Dollar zu verdienen?«

»Keine Ahnung.«

»Ein ganzes Jahr. Ein gewöhnlicher Arbeiter brauchte ein ganzes Jahr, um 300 Dollar zu verdienen. Und es war ja nicht damit getan, ein Jahr zu arbeiten und zu hoffen, dass dein Name nicht gezogen würde, solange du noch am Sparen warst. Wovon solltest du leben? Du musstest ja auch essen, Kleider kaufen, Miete bezahlen. Vielleicht gab es eine Frau, vielleicht gab es Kinder, die ernährt werden mussten. Wo sollte ein Arbeiter plötzlich den Lohn für ein ganzes Jahr hernehmen? So kam also der heiße Sommer 1863, und viele Zeitungen wurden von Herausgebern gemacht, die für die Sklaverei waren.«

»Hatten sie selber Sklaven?«

»Wahrscheinlich nicht, aber Leute mit viel Geld haben oft die größte Sympathie für andere Leute mit viel Geld. Also hielten die Zeitungsmacher meistens zu den Sklavenhaltern. Sicher wussten sie, wie sehr New York von der Sklaverei profitierte. Die Sklaven waren nicht hier, sie waren unten im Süden, aber die ganze Baumwolle, die ganzen Ernten – alles, was die Sklaven für ihre Herren in den Südstaaten produzierten –, das alles musste an andere Märkte verkauft, in den Handel gebracht oder transportiert werden, sogar nach Übersee.«

»Wie Australien?«

»Nein, das war zu früh, von Australien redete noch niemand. Es war ja erst 1863. Ich meine Europa. Aber wenn man Waren nach Europa verschiffen wollte, von wo aus würde man das tun?«

»Von New York?«

»Genau – dem größten Naturhafen Amerikas. Alles, was die Sklaven produzierten, kam früher oder später nach New York. Zumindest war es so gewesen, *bevor* der Bürgerkrieg ausbrach. Also wussten die Zeitungsmacher, was New York von der Sklavenhaltung hatte, und sie fingen an, in ihren Zeitungen Artikel, Geschichten und sonst was zu veröffentlichen, um die Wut der irischen und deutschen Arbeiter auf die Regierung und das Einberufungsgesetz zu schüren.«

»Dabei waren sie doch schon wütend.«

»Stimmt. Aber die Zeitungen konnten die Leute noch wütender machen. Und das taten sie. Sie warfen der Regierung vor, diesen ganzen Ärger nur wegen eines ›Niggerkriegs‹, wie sie es nannten, gestiftet zu haben. Sie schufen eine Atmosphäre, dass die weißen Männer der Arbeiterklasse glaubten, sie wären plötzlich weniger wert als Sklaven. Während ein Sklave für ungefähr 1000 Dollar zu kaufen war, wären *sie,* die Iren und die Deutschen, jetzt dreckige 300 Dollar wert, so viel, wie es kostete, sich von der Einberufung freizukaufen.«

»Na ja, sie waren doch wenigstens noch frei. Sklaven blieben ewig Sklaven, bis zum Tod.«

»Du hast recht, absolut recht. Aber so war es damals, so dachten erwachsene Männer, weil sie Angst hatten, weil sie arm und wütend und krank von diesem Virus waren.«

»Rassismus.«

»Und ob! Samstag, den 11. Juli, fand die erste New Yorker Auslosung statt, bei der sich zeigen würde, wer in den Krieg musste. Die ganze Stadt war in Unruhe. Es war heiß. Die Menschen, vor allem die Arbeiter, lebten downtown in vollgestopften Mietshäusern. Ganze Familien in einem Zimmer. Um nach draußen zu kommen, sich Luft zu verschaffen, gingen die Männer in Tavernen und tranken. Sie tranken und redeten über alles, was sie bedrückte. Es gab viel, was sie bedrückte, und so tranken sie viel. Zwei Tage später, irgendwann zwischen sechs und sieben Uhr morgens, rotteten sie sich auf der Lower East Side zusammen. Sie zogen nach Westen, über den Broadway, zu den Büros der Einberufungsstelle. Bewaffnet mit Holzstöcken, Brettern und Eisenstangen.

Während sie sich nordwärts bewegten, schlossen sich mehr und mehr Männer an, unzufriedene, wütende Männer, die durch ihre Lebensumstände, ihre Armut schon so erniedrigt waren, dass sie sich selber nicht mehr kannten. Sie hatten ihre Individualität verloren. Verstehst du, was ich meine?«

»Nicht wirklich.«

»Jeder hatte vergessen, was ihn von dem Mann neben ihm unterschied. Und nun kam zu der chronischen Erniedrigung auch noch seine Wut über die Ungerechtigkeit dieser Lotterie hinzu, über die Aussicht, kein Mensch mehr zu sein, sondern nur noch ein Tier in einer großen Meute. Es waren Tausende solcher Männer, unterwegs zur Einberufungsstelle an der 3rd Avenue. Bis sie dort ankamen, war ihre Zahl auf fünfzehntausend angeschwollen, und sie begannen, das Gebäude zu zerstören. Sie demolierten es und ließen es in Flammen aufgehen. Sie steckten alles Mögliche in Brand, andere Gebäude, einfach alles. Sie zerschnitten die Telegrafendrähte, damit dem Häufchen anwesender Polizisten keine Verstärkung geschickt werden konnte. Ein großer Teil der regulären Polizeikräfte war schon bei der Armee. Eine kleine Militäreinheit befand sich an der Einberufungsstelle, aber trotz ihrer Gewehre konnte sie gegen den Mob nichts ausrichten. Der Ansturm war zu gewaltig. Ein Soldat wurde entwaffnet, dann geschlagen und zu Tode getreten, bevor sie seine Leiche sechs Meter in die Tiefe warfen.

Eisenbahnschienen wurden herausgerissen. Straßenbahnwagen zertrümmert. Das Waffenarsenal an der 21st Street wurde erst geplündert, dann verwüstet. Schwarze Rauchsäulen verdunkelten die Julisonne. Sie stürzten sich auf jeden Polizisten, den sie kriegen konnten, auf Politiker, auf wen auch immer, der reich genug aussah, um die 300 Dollar fürs Freikaufen von der Einberufung zu bezahlen.«

»Wie wollten sie das erkennen?«

»Am Aussehen, wie jemand angezogen war.«

»Aber da konnten sie sich vertun. Vielleicht trugen arme Leute gerade ihre besten Kleider.«

»Sicher, aber das kümmerte sie nicht. Es war ihnen egal. Pass auf, dein Koffer. Passt du auch gut auf deinen Koffer auf? Gegen halb zwölf an diesem Montagmorgen wurde die Auslosung, zumindest in New York, vorläufig abgesagt. Aber es war zu spät. In Manhattan herrschte der Mob. Um halb drei Uhr nachmittags erreichte er das Colored Orphan Asylum. Das war eine wohltätige Einrichtung für schwarze Kinder, die ihre Eltern verloren hatten und um die sich niemand mehr kümmerte. Das Waisenhaus hatte eine eigene Krippe, eine Schule und eine Krankenstation. Ungefähr zweihundertdreißig Kinder lebten dort. Es war ein ganz normaler Tag für sie, als der Mob plötzlich über das Gebäude herfiel. Alles, was nicht niet- und nagelfest war, wurde geplündert und aus dem Gebäude geschleppt: Bettlaken, Decken, Kleider, sogar Essen. Sie stahlen das Spielzeug. Was übrig blieb, ging in Flammen auf, nachdem jemand aus der Menge gebrüllt hatte: ›Verbrennt das Niggernest!‹ Es waren schwarze Waisenkinder. Gab es irgendjemanden in der ganzen Stadt, der so verwundbar war wie sie? Der Mob stürmte das Waisenhaus. Mit Knüppeln, Ziegelsteinen, allem, was ihnen in die Hände fiel. Es dauerte nur zwanzig Minuten, bis es ein Trümmerhaufen war.«

»Hat niemand versucht, sie aufzuhalten?«

»Ja, doch. Es wurde berichtet, ein Mann – ein Ire – habe den Mob angefleht, den Kindern zu helfen, aber sie gingen auch auf ihn los.«

»Und was … was ist mit den Kindern passiert?«

»Sie wurden, die Arme vollgepackt mit ihren Habseligkeiten, von Betreuern durch einen Seiteneingang aus dem Haus geschleust und von einer Polizeiwache durch die Straßen begleitet. Ein paar bewaffnete Soldaten haben sie mit Bajonetten vor dem Pöbel geschützt.«

»Dann haben sie alle überlebt?«

»Ein Kind wurde getötet, ein zehnjähriges Mädchen.«

»Wie kam das?«

»Als die Kinder von dem Gebäude weggeführt wurden, schleuderte der Mob ein Möbelstück aus dem Fenster, das dem Mädchen auf den Kopf fiel. Es ist schrecklich, Adam, wozu Menschen fähig sind.«

»Haben ihre Freunde es gesehen, die anderen Kinder meine ich?«

»Bestimmt, sie müssen es gesehen haben.«

»Und was ist mit dem Rest passiert, den anderen Kindern?«

»Also, in einem Bericht habe ich gelesen, dass sie auf ein Polizeirevier an der 35th Street gebracht wurden, aber woanders stand, man habe sie auf einen Kahn gesetzt, der mitten in den East River geschleppt wurde, um sie vor dem Mob in Sicherheit zu bringen.«

»Und was stimmt?«

»Ich weiß nicht. Vielleicht gibt es Leute, die es wissen. Vielleicht ist das aber auch so eine Sache … eine von den Sachen, die man nicht richtig weiß.«

»Warum weiß man die nicht richtig? Warum gibt es zwei Geschichten? Bedeutet das, eine davon stimmt nicht?«

»Ich weiß es nicht. Das machen Historiker, dafür sind Historiker da. Sie nehmen das Rohmaterial und flicken es zusammen. Daraus ergibt sich das, was unsereins Geschichte nennt.«

»Was meinst du damit, ›Rohmaterial‹?«

»Alles, was sie finden können, Berichte von Augenzeugen, Polizeiberichte, Zeitungsartikel – was auch immer. Willst du sehen, wo es passiert ist?«

»Das Colored Orphan Asylum?«

»Es ist nur eine Straßenecke weiter. Ich glaube, du kannst sogar von hier aus sehen, wo es war. An der Ecke 43rd und 5th. Da drüben, siehst du? Wir gehen hin, aber dann wird es Zeit, dass wir uns ein Taxi suchen.«

Das Taxi sollte sie zum Flughafen bringen, wo Jake Zignelik seinem Sohn Auf Wiedersehen sagen und ihn dem langen Flug zurück zu seiner Mutter überantworten würde. Doch bevor es so weit war, zog der Vater ihn, der seinen Koffer zog, zur Ecke 43rd Street und 5th Avenue, wo einst das Waisenhaus gestanden hatte. Der junge Adam reckte den Hals und schaute nach oben. Er schaute nach Möbeln, die womöglich von Leuten aus dem Fenster geschmissen würden, um Kinder zu töten, Kinder, die schon ihre Eltern verloren hatten. Genau hier war es passiert. Es war kein Märchen, nicht mal ein düsteres mit hintersinnigen Bedeutungen, die nur Erwachsene verstanden, nur Leute, die Geschichte studierten, keine unheilvolle Legende, die, eigentlich nicht für Kinder bestimmt, aus den tiefen Wäldern Europas über den Atlantik gekommen war. Nein, das war etwas, das sich genau hier, an dieser Ecke, ereignet hatte. Es war New York gewesen, wo das Waisenhaus gestürmt wurde. New York, wo ein zehnjähriges schwarzes Mädchen durch ein heruntergeworfenes Stück Möbel starb, als es vor dem Mob aus dem Waisenhaus floh, in das man es als hilfloses Kind geschickt hatte. Es war dasselbe New York, in dem sein Dad arbeitete und lebte.

Mehr als das Empire State oder das Chrysler Building, die Freiheitsstatue, der Broadway oder Times Square war dies das

New York, an das der junge Adam dachte, als er zu seiner Mutter nach Hause kam. Dieses New York nahm er mit ins Flugzeug. Die Stadt, in der die Waisenkinder überfallen worden waren. Ungeachtet der Tatsache, dass Jake Zignelik glaubte, er habe den Akt der Trennung, zuerst von seiner Frau, dann von seinem Sohn, in eine Kunst verwandelt, ungeachtet der Sandwich-Delis mit witzigen alten Obern, die über Gott und die Welt Bescheid wussten, ungeachtet der schwärmenden Freundinnen seines Vaters mit ihren berauschenden Parfüms und Zigarettenetuis, deren knackendes Geräusch beim Zuschnappen er immer nachahmen wollte, hübsche Damen, die einem kleinen Jungen mit derselben innigen, aber flüchtigen Zuneigung wie einer gerade anwesenden Katze übers Haar strichen, ungeachtet der Shows, die er nicht unbedingt verstand, der Museen und Kunstgalerien, die so interessant waren, dass ihm am Ende die Beine wehtaten, ungeachtet der Parks und, das Größte überhaupt, des einzigartigen Central Park, auch ungeachtet des netten William McCray und seines Sohnes Charles, der sich manchmal, wenn ihre Väter wichtige Arbeiten zu erledigen hatten, um Adam kümmerte – ungeachtet all dessen war New York für den jungen Adam Zignelik in erster Linie die Stadt mit dem Colored Orphan Asylum. Der Ort der Waisenkinder. Weißt du das, fragte er bei jeder Gelegenheit, weißt du, was im Colored Orphan Asylum passiert ist? New York war die Stadt der Waisen.

»Wie hieß sie?«

»Was?«

»Wie hieß das kleine Mädchen?«, fragte Adam seinen Vater im Taxi unterwegs zum Flughafen, während er auf das Queens der späten Siebzigerjahre hinausblickte.

»Welches kleine Mädchen?«

»Das von dem rausgeschmissenen Möbelstück erschlagen wurde.«

»Oh, das weiß ich nicht.«

»Gibt es jemand, der es weiß?«

»Das weiß ich auch nicht.«

»Aber wenn die anderen Kinder … wenn von denen welche gesehen haben, wie es passiert ist … da müssen doch welche ihren Namen gekannt haben, auch wenn sie vielleicht schüchtern war … und dann hätten sie es den Soldaten mit den Bajonetten sagen können, damit ein paar Erwachsene den Namen wussten.«

Jake Zignelik, der in Gedanken woanders gewesen war, merkte, wie nachhaltig die Geschichte, die er seinem Sohn erzählt hatte, den Jungen beschäftigte, und er wusste nicht, ob er sich freuen, ob er stolz oder vielleicht beunruhigt sein sollte.

»Gut möglich, dass sie es gemacht haben«, sagte er hinten im Taxi zu Adam, während er ihm nun übers Haar strich. »Gut möglich, dass ihr Name bekannt ist, und dass nur … *ich* ihn nicht weiß. Dass *wir* ihn nicht wissen. Vielleicht wäre das etwas, das du erforschen könntest, wenn du mich nächstes Mal besuchen kommst. Du könntest es nachlesen und mir ihren Namen sagen.«

William McCrays Sohn, Charles McCray, war mittlerweile Fachbereichsleiter für Geschichte an der Columbia University. Einer der jüngsten, die diese Position je innegehabt hatten, war er zugleich der erste Afroamerikaner an der Spitze des Fachbereichs. Er hatte eine fast zehn Jahre jüngere, ungewöhnlich schöne Frau geheiratet, Michelle, die als Sozialarbeiterin tätig war. So sehr sie auch versuchte, sich unscheinbar zu kleiden, fühlte sie sich durch ihr Aussehen bei der Arbeit behindert. Charles und Michelle hatten ein Kind, eine Tochter, Sonja.

Adam Zignelik sollte das, was sein Vater ihm über die Einberufungslotterie, die New Yorker Unruhen, den Mob und dessen Angriff auf das Colored Orphan Asylum im Sommer 1863 erzählt hatte, nie vergessen. Doch er fand nie heraus, wie das kleine

Mädchen hieß, das von einem aus dem Fenster geschleuderten Möbelstück erschlagen worden war.

An diesem Montagmorgen, als er kurz vor vier Uhr dreißig aufwachte, einen Moment unsicher, wo er sich befand, spürte er eine Atemnot, wie sie manchmal mit einem Herzinfarkt oder zumindest der akuten Panik eines Albtraums einhergeht. Kurz vor dem Aufwachen hatte eine Flut von Bildern, fast alle in Schwarz-Weiß, ein Zittern bei ihm ausgelöst, das sich, stoßweise zunehmend, kaum von Krämpfen unterschied. Die Bilder waren, außer denen von seinem Vater und einem weißen Nachrichtensprecher des australischen Fernsehens, hauptsächlich von Schwarzen. Sie stammten aus einer anderen Zeit. Er sah Emmett Till und Emmetts Mutter, Mamie. Er sah Carole Robertson, Cynthia Wesley, Addie Mae Collins, alle drei vierzehn Jahre alt, und die kleine Denise McNair, gerade einmal elf, lächelnd, ihre Zöpfe fest mit Schleifen zugebunden – vier schwarze Mädchen, die bei einem Bombenanschlag weißer Anhänger der Rassentrennung auf die 16th Street Baptist Church in Birmingham, Alabama, getötet worden waren. Er sah Arthurine Lucy. Er sah Elizabeth Eckford und die anderen der »Little Rock Nine«. Und er sah das Colored Orphan Asylum an der Ecke 43rd und 5th. Nur das kleine Waisenmädchen, das von dem herunterfallenden Möbelstück getroffen worden war, sah er nicht. Er schaute, konnte sie aber nicht finden. Da war er im Alter von acht Jahren, wie er sich suchend umschaute, abwechselnd nach ihr, nach fallenden Objekten und nach seinem Vater, der eben noch da gewesen war. Aber jedes Mal, wenn er sie zu sehen glaubte, war es nicht sie, sondern die kleine Denise McNair, ihre Zöpfe fest mit Schleifen zugebunden, lächelnd.

Es war unmöglich, jemandem etwas übel zu nehmen, der Denise McNair zu schützen versuchte, der versuchte, die Schwarzen im Kampf gegen unvermindertes Leid zu unterstützen; es war unmöglich, seinem Vater etwas übel zu nehmen. Aber William McCray, der gegen Hitler *und* gegen Jim Crow gekämpft hatte, war es gelungen, seinem Sohn Charles, jetzt leitender Historiker an der Columbia, ein guter Vater zu sein – einer, den sein Sohn *finden* konnte und *immer* hatte finden können. Adam Zignelik indes konnte seinen Vater an der Ecke 43rd Street und 5th Avenue nicht finden.

»Halt deinen Koffer fest.«

Das war er, aber als Adam sich umschaute, war er nicht mehr da. Adam war da und hielt Ausschau nach Denise McNair, während alle anderen auf der 5th Avenue vorbeieilten, blind für die Gefahr. Genau hier, an dieser Ecke, hatte der Mob Waisenkinder getötet. Jakes Vermächtnis hatte eine Rolle gespielt, vor allem aber war es das Beispiel von Charles McCray gewesen und später dessen Unterstützung, die Adam in den geschichtswissenschaftlichen Fachbereich der Columbia University geführt hatten. Er begann dort Geschichte zu studieren. Doch weil er unsicher war, was er nach dem College machen wollte, und Schuldgefühle hatte wegen seiner allein zurückgelassenen Mutter, kehrte er nach Australien zurück und versuchte sich eine Journalistenkarriere aufzubauen. Beinahe sechs Jahre lang rackerte er sich ab, aber es ärgerte ihn, dass er nicht schneller vorankam. Bis Charles McCray, mit dem er in regelmäßigem Kontakt geblieben war, ihn dazu brachte, eine Promotion in Geschichtswissenschaft mit Blick auf eine akademische Laufbahn ins Auge zu fassen. Als Achtundzwanzigjähriger zog Adam wieder nach New York und schrieb sich als Doktorand an der New York University ein. Seit etwa zehn Jahren hatte sich in der Erforschung der Geschichte der Bürgerrechte der Trend entwickelt, die alte Schultheorie von den »großen Männern« fallen zu lassen und sich auf die Sozialgeschichte all der Namenlosen, die das Fundament der Bürgerrechtsbewegung bildeten, zu konzentrieren.

Angeregt durch das Beispiel seines Vaters, wollte Adam die Aufmerksamkeit der Gelehrten für die Bedeutung der juristischen Wegbereitung der Bürgerrechte zurückgewinnen. Ohne Gesetzesänderungen, argumentierte er, hätten die lokalen Aktivisten keine Grundlage für ihren Kampf gehabt. Nur dank der juristischen Erfolge in Fällen wie *Brown versus Board of Education* seien sie in der Lage gewesen, die schwarzen Bevölkerungen überall im Land, namentlich in den Südstaaten, aufzurütteln und ihnen zu sagen, das Recht sei nun auf ihrer Seite. Das war ein Ansatz, um zu kämpfen. Adam wollte denen, die sich als Historiker mit der Bürgerrechtsbewegung beschäftigten, durch seine Dissertation in Erinnerung rufen, wie schwierig es im Klima der damaligen Zeit gewesen war, solche Prozesse von der ersten Instanz bis hinauf zum Obersten Gerichtshof durchzufechten, und wie hart man um Gerichtsentscheidungen in Sachen Bürgerrechte ringen musste. Er schrieb über die Notwendigkeit, die juristischen Erfolge neu zu betrachten, nicht als Werk eines großen Mannes oder einer großen Frau, sondern als Ergebnis der gemeinsamen Anstrengungen einer Gruppe: einer Gruppe von Anwälten.

Während Adam an der NYU eingeschrieben war, ließ er den engen Kontakt mit der wissenschaftlichen Gemeinde der Columbia nie abreißen. Er besuchte Kurse dort, und ein Mal im Monat ein Seminar über »Politik und Gesellschaft im zwanzigsten Jahrhundert«. Er unterhielt alte und neue Freundschaften zu Studienkollegen aus dem geschichtswissenschaftlichen Fachbereich der Columbia. Durch einen dieser Freunde hatte er Diana kennengelernt, die Frau, der die Wiederkehr seiner jüngsten Albträume nichts Ungewohntes mehr war. Und natürlich war da Charles McCray, für Adam eine Mischung aus Mentor, älterem Bruder und konspirativem Vertrauten. Konspirativ in dem Sinne, dass sie beide Kinder einer politischen Bewegung waren. Sie konnten sich Dinge sagen, die man sich vor anderen besser verkniff.

Charles und Adam hatten ein Spiel daraus gemacht, sich allein, rein privat, »Sachen« zu sagen, die im offiziellen politischen Diskurs unannehmbar gewesen wären. Manchmal waren es Behauptungen oder Äußerungen, von denen viele wussten, dass sie wahr oder zumindest wahrscheinlich waren. Manchmal einfach Verunglimpfungen, die etwas zu lachen hergaben. Aber nichts davon konnte, jedenfalls nicht öffentlich, gesagt werden, ohne als politisch unkorrekt Anstoß zu erregen. Oft, wenn sie etwas getrunken hatten, waren die »Sachen« reiner Jux, Dinge, von denen sie beide wussten, dass der andere sie nicht glaubte. Bei diesen, mehr noch als bei den Ersteren, waren sie am Ende des Abends so aufgelöst, dass sie Tränen lachten.

Aufgrund seiner Promotion – und auch diesmal wieder mit Unterstützung von Charles, der zwar noch nicht Vorsitzender, aber schon ein hoch angesehenes Mitglied des Fachbereichs und ausgewiesener Spezialist der Reconstruction-Ära war – bekam Adam einen Lehrauftrag bei den Historikern der Columbia University. Er schrieb seine Dissertation zu einem Buch um. Als telegener Sohn von Jake mit britisch klingendem Akzent wurde Adam, zumindest eine Zeit lang, von den Medien als »der Sohn« hochgejubelt, sodass sein Buch sich besser verkaufte als irgendjemand, einschließlich Adam, es erwartet hatte. Er schrieb ein paar nicht wissenschaftliche Artikel für Zeitungen oder Magazine und wurde sogar gebeten, als Kommentator in einer Fernsehdokumentation aufzutreten.

Schon während dieser Zeit fragte er sich, ob andere glaubten, dass sein öffentliches Image ihm zu Kopfe stieg. Doch dem war nicht so. Seine Furcht davor, was die Kollegen denken mochten, hätte es gar nicht zugelassen. Sie verdrängte fast alles andere. Aber egal, ob sie dies oder jenes von ihm dachten, eins begannen sie ihn zu fragen: »Was ist eigentlich dein nächstes Projekt?« Wichtiger noch, begann er sich dasselbe zu fragen. Als er keine Antwort fand, drängte sich verstärkt eine tiefere Frage auf, die er lange unterdrückt hatte. War er ein intellektuelles Leichtgewicht? Vielleicht gab sein Geist einfach nicht mehr her als eine einzige Idee. Er fragte sich, ob er fähig wäre, ein anderes Buch zu schreiben, das wissenschaftlich irgendwie von Bedeutung war.

Aber die Sorge, ob er *je* eine andere taugliche Idee haben würde, war gegenwärtig schon ein Luxus, den er sich nicht mehr leisten konnte, weil es nicht genügte, irgendwann eine taugliche Idee zu haben. Wahrscheinlich genügte es nicht mal mehr, jetzt eine zu haben. Er hätte sie wirklich etwas früher haben müssen, denn nachdem er fünf Jahre an der Columbia verbracht und nur ein einziges Buch aufzuweisen hatte, war er als Lehrbeauftragter, der eine Festanstellung anstrebte, in höchster Not. Es bedurfte der Entscheidung eines fakultätsinternen Gremiums, um ihn für eine Festanstellung vorzuschlagen. So war der Gang der Dinge. Wenn es geschah, kam die Sache vor ein universitätsweites Gremium, den »Ad-hoc-Ausschuss«, der aus Akademikern der gesamten Universität bestand. Aber die eigentliche Schwelle war sein eigener Fachbereich, der sich mittlerweile unter dem Vorsitz seines Freundes Charles McCray befand, und Charles ahnte sehr wohl, dass Adam nichts Rechtes vorzuweisen hatte. Sonst hätte er es sicher mit Charles besprochen. Was Charles jedoch nicht ahnte, war, dass es für Adam nicht nur eine Frage der Zeit war, selbst wenn das eine einfache Frage gewesen wäre. Adam rannte gegen eine Wand an. Er hatte nicht einmal eine Spur von einer interessanten Idee. Er fühlte sich erledigt und wollte Charles nicht in die unangenehme Lage bringen, ihm bestätigen zu müssen, dass er tatsächlich erledigt war. Charles hatte auf dem Band nette Nachrichten hinterlassen, dass es Redebedarf gebe. Ihre Freundschaft und die gemeinsame Geschichte würden nur Nettigkeit erlauben. Aber wie lange? Die Zeit, in der es legitim erschien, noch nicht auf Charles' Nachrichten geantwortet zu haben, war verstrichen. Es blieb nur eine Art Galgenfrist. Bald würden die unterlassenen Antworten selbst zum Thema ihrer nächsten Begegnung werden. Im Grunde war es vielleicht das, was Adam wollte.

Früher oder später würde er mit ihm über Diana reden müssen, die jede Nacht neben ihm lag. An diesem Montagmorgen kurz vor vier Uhr dreißig hatte er sie in seinen krampfartigen Zuckungen fast geschlagen, während sie schlafend neben ihm lag und er, in einer aus der Realität gefallenen Zeit, als achtjähriger Junge an der Ecke 43rd Street und 5th Avenue seinen Hals reckte. Er hatte den Namen des kleinen Mädchens, des Waisenkinds in der Stadt der Waisen, nie herausgefunden, aber auch jetzt, all die Jahre später, kurz vor vier Uhr dreißig an diesem Montagmorgen, nur Stunden vor seiner Lehrveranstaltung, bevor er seine spezielle Version von »Was ist Geschichte?« auf die Studenten losließ, ersetzte er das fehlende Bild des kleinen Mädchens aus dem Colored Orphan Asylum, das 1863 dem Mob zum Opfer gefallen war, durch das Bild von Denise McNair, die hundert Jahre später aus denselben Gründen von denselben Rassisten in der Baptistenkirche von Birmingham in Alabama getötet worden war.

Adam sah die elfjährige kleine, muntere und doch besorgte Denise McNair. Er hätte sich auf jedes andere der betroffenen Kinder fixieren können. Es waren ihre Augen. Mehr als alles andere waren es ihre Augen. Nicht nur schöne, sondern ausdrucksvolle Augen. Es lag mehr darin, als in Kinderaugen liegen sollte. Schalk, Wärme, Intelligenz und etwas kindlich Süßes, ja, aber auch eine Art Verstehen, als hätte sie Dinge verstanden, die du erst noch verstehen musstest. In diesen Augen sah Adam das kleine Mädchen aus dem Colored Orphan Asylum, das 1863 dem Mob zum Opfer gefallen war.

»Dad!«

Auf einem schwarz-weißen Bildschirm verlas ein Sprecher die australischen Fernsehnachrichten. Ein kleiner Junge saß im Schneidersitz davor und wartete auf etwas Erzählenswertes, das seinen Vater interessieren könnte, wenn er am Ende der Woche über die weiten Meere hinweg am Telefon mit ihm sprach. Sein

Vater hatte ihm einmal gesagt, er finde, »dieser Hawke klingt ziemlich gut«. Wie hieß er noch? Bob – Bob Hawke. Seither hatte Adam immer alles über Bob Hawke gesammelt, um es seinem Vater zu erzählen.

Bob Hawke, der als Rhodes-Stipendiat in Oxford studiert hatte, war der erste bezahlte Anwalt des größten Dachverbands der australischen Gewerkschaften vor dem Schlichtungsausschuss gewesen, der den Mindestlohn für das ganze Land festlegte. Später, als Präsident des Gewerkschaftsverbands und Mitglied im Verwaltungsrat der Internationalen Arbeitsorganisation, hatte er unter anderem gegen die Apartheid in Südafrika gekämpft. Jake Zignelik fand, der Mann klinge ziemlich gut.

Auf der Suche nach etwas, das seinen Vater interessieren könnte, rief der junge Adam ihn vom Haus seiner Mutter aus an und erzählte das Neueste über Bob Hawke. Umgekehrt behalf Jake sich aus der Not heraus, seinem Sohn etwas zu sagen, was nicht vollkommen belanglos war, oft mit der Frage: »Was macht dein Kumpel, Bob Hawke?«

Der kleine Junge saß allein im Schneidersitz auf dem Teppich vor den Schwarz-Weiß-Nachrichten und rannte dann durchs ganze Haus, schaute in jedes Zimmer, um es jemandem zu erzählen. Aber es war niemand da. Diana schlief noch. Sie wünschte sich ein Kind. Sie wollte Adam heiraten und ein Kind mit ihm haben.

»Dad!«

Charles hatte mit netten Worten auf dem Anrufbeantworter hinterlassen, dass sie reden müssten. Adam rannte gegen eine Wand an. Er wollte Charles die Peinlichkeit ersparen, ihm sagen zu müssen, dass es für ihn vorbei war. Diana wünschte sich ein Kind. Wenn du ein Kind hast, musst du es auch ernähren können.

»Pass auf deinen Koffer auf! Pass immer gut auf deinen Koffer auf.«

Als der achtjährige Junge an der Ecke 43rd Street und 5th Avenue den Hals reckte, um hinaufzublicken, sah er das Gesicht, die Augen von Denise McNair. Wenn du ein Kind hast, musst du seinen Namen kennen. Musst du nicht die Namen aller Kinder kennen? Kannst du ein Kind haben, ohne ihm einen Namen zu geben? War das möglich? Vielleicht sagte es ihm jemand, denn er wusste es wirklich nicht.

»Dad!«

Als Bob Hawke Premierminister von Australien wurde, war Adams Mutter bereits an Brustkrebs gestorben und sein Vater, Jake Zignelik, an einem Herzinfarkt. Kurz vor vier Uhr dreißig an diesem Montagmorgen wachte Diana neben dem sich windenden Adam, ihrem Adam, auf und nahm ihn in die Arme, um ihn zu beruhigen.

»Schhh, ruhig, ganz ruhig«, flüsterte sie besänftigend im gräulich-blauen Licht ihres Morningside-Heights-Apartments in der nordwestlichen Ecke einer Insel in der Stadt der Waisen.

»Schhh!«

Sie wärmte seinen Rücken mit ihrem Körper und umarmte ihn. Adam schnappte erschöpft nach Luft. Seine Wangen waren feucht. Sie drückte ihn fester an sich. Sie liebte ihn. Sie wollte ein Kind mit ihm haben. Adam war jetzt wach. In ein paar Wochen würden sie kein Paar mehr sein.

Dritter Teil

An einer Ampel kam der Bus Richtung Uptown ruckartig zum Stehen. Die plötzliche Veränderung des Fahrgefühls weckte Lamont Williams auf. Er hatte den Tag überstanden, den vierten seiner Probezeit als Angestellter beim Gebäudeservice der Memorial-Sloan-Kettering-Krebsklinik. Er hatte es sogar geschafft, im ersten der beiden Busse, die er auf dem Rückweg nach Hause in die Bronx nehmen musste, einen Sitz, einen Fensterplatz zu ergattern. Einen Moment lang war er, den Kopf am Fenster, eingedöst, und vor seinem inneren Auge waren Bilder aus den Jahren, die er in Mid-Orange gesessen hatte, vorbeigezogen. Manchmal träumte er, er sei wieder dort oder in Woodbourne, wo er vor seiner Verlegung nach Mid-Orange drei Jahre inhaftiert gewesen war. Manchmal träumte er von seiner Tochter, die, als er auf dem Heimweg im Bus aufwachte, acht Jahre alt war. Ihr Alter gehörte zu jenen Dingen, die unabhängig davon waren, ob Lamont sie finden würde oder nicht. Für solche Träume, die sich um seine Tochter drehten, brauchte er nicht zu schlafen.

Es war das Ende seiner Schicht, und der Bus war voll besetzt. Sein Kopf lehnte noch am Fenster, und niemandem, der ihn beobachtet hätte, wäre aufgefallen, dass er wach war, als er sich mit fast geschlossenen Augenlidern umsah. Der neben ihm sitzende Mann las die *New York Post*. Eine ältere weiße Frau, die seitlich im Gang stand und einen Käfig mit einem niedlichen

Kätzchen in der Hand hielt, versuchte, so viel wie möglich in der Zeitung mitzulesen. Lamont hatte Schwierigkeiten einzuschätzen, wie alt oder von welcher Rasse das Kätzchen sein mochte, aber er wollte lieber nicht zu genau hinschauen, damit die Katzenfrau nicht merkte, dass er wach war und sich für ihr Kätzchen interessierte, und dann seinen Sitzplatz für sich reklamierte.

Lamonts Tochter konnte irgendwo in der Stadt sein. Sie konnte allerdings auch gar nicht in der Stadt sein. Vielleicht war sie nicht einmal in diesem Bundesstaat. Und doch, wer wusste, ob sie nicht hier, im selben Bus saß. Er war zu voll, um alle sehen zu können, aber selbst wenn – Lamont hatte seine Tochter das letzte Mal gesehen, als sie zweieinhalb gewesen war, also wen genau suchte er eigentlich die ganze Zeit seit seiner Entlassung? Wie viele hellhäutige schwarze Mädchen würde er in Bussen, in der U-Bahn oder auf der Straße finden, wenn er scharf genug hinschaute? Er wusste, wegen allzu scharfen Hinschauens konnte er festgenommen werden, aber das hielt ihn nicht ab.

Irgendwo in der Stadt kroch ein anderer Bus, Rauchwolken ausstoßend und seine Nase vorsichtig durch den Verkehr schiebend, die Straßen entlang. Er war nur mäßig voll, und nur ein paar Leute standen. Unter den Stehenden war ein Kind. Ein hellhäutiges schwarzes Mädchen, die Zöpfe fest mit roten Schleifen zugebunden, ungefähr zwischen sieben und zehn Jahren alt. Über einem roten T-Shirt trug sie eine Übergangsjacke mit offenem Reißverschluss, als wäre mitten am Tag ein Wechsel der Jahreszeiten zu erwarten. Als sie weiter hinten im Bus, in dem Bereich, wo die Sitze sich für Rollstühle hochklappen lassen, einen Platz frei werden sah, nahm sie ihn ein. Aber sie saß kaum eine Minute, da bot sie ihn, frisch erobert, einem Mann an, der sich, wie sie gerade bemerkt hatte, im Stehen mit einem sitzenden Freund unterhielt.

Der stehende Mann hatte sich keineswegs verzweifelt nach einem Sitzplatz umgeschaut, und als das kleine Mädchen ihm von sich aus den Platz freimachte, war er sogleich bezaubert von ihrem Charme, ihrer Höflichkeit und der Wärme, die sie ausstrahlte. Sie hatte das alles nicht nur durch ihre zuvorkommende Art preisgegeben, sondern auch durch etwas in ihr, für das sie zu jung war, um es sich bewusst zu machen, und erst recht zu jung, um es zu benennen. Nachdem er sie ein paar Minuten lang in ein Gespräch verwickelt hatte, fragte er, ob sie allein unterwegs sei. Unbeeindruckt von der Frage winkte das kleine Mädchen, die Zöpfe fest mit roten Schleifen zugebunden, nach vorn, ans andere Ende des Busses, wie um zu zeigen, dass sie nicht allein war. Worauf der Mann erleichtert schien.

Eine oder zwei Haltestellen später bewegte das kleine Mädchen sich zur Tür. Zwei ältere Frauen, beide über sechzig, standen mit ihr am Ausgang. Sie waren aus dem vorderen Teil des Busses gekommen. Das Mädchen sprach so selbstverständlich mit ihnen, dass man es einem unbeteiligten Beobachter nicht hätte verübeln können, eine der beiden für die Großmutter zu halten. Alle drei stiegen mit einem Pulk anderer Leute an der nächsten Haltestelle aus. Durch die noch offene Tür konnte man eine der Frauen – sie waren bereits auf der Straße – fragen hören: »Bist du ganz alleine unterwegs, Kleine?«

In Mid-Orange hatte Lamont eine Geschichte über einen katzenfreundlichen Gefängniswärter gehört, der ein paar Jahre vor ihm dort gewesen war.

Dem Wärter war aufgefallen, dass ein Häftling streunende Katzen im Gefängnis fütterte. Er schrieb nicht nur keine Beschwerde, die ins Führungszeugnis des Mannes eingegangen wäre, sondern ließ ihn weiterhin die Katzen füttern. Dann begannen dessen Kumpel, ihm dabei zu helfen, und da der Wärter sah, welche Wirkung es auf diese oft verbitterten, zornigen Männer hatte, sich um die Katzen zu kümmern, brachte er tütenweise Trockenfutter mit in die Haftanstalt. Dann, eines Tages, als der falsche Wärter den falschen Gefangenen mit einer

Tüte Katzenfutter erwischte, brach plötzlich die Hölle los, und was bis dahin möglich war, durfte nicht mehr sein.

Nach einer Weile kamen nicht mehr so viele Katzen in den Gefängnistrakt. Aber irgendjemand, der etwas zu sagen hatte, musste die Wirkung des Katzenfütterns auf die Gefangenen bemerkt haben, denn zu der Zeit, als Lamont von Woodbourne nach Mid-Orange verlegt wurde, gab es dort ein offizielles Programm, um Gefangenen den Umgang mit Tieren zu ermöglichen. Es bezog sich auf Hunde, nicht auf Katzen, und die Männer sollten sie nicht nur füttern, sondern auch trainieren. »Welpen hinter Gittern« hieß das Programm. Die Häftlinge wurden darin geschult, Führhunde für Blinde auszubilden. Nach dem 11. September wurden einige Hunde sogar für den Einsatz bei der New Yorker Polizei und dem ATF, dem Amt für Alkohol, Tabak, Schusswaffen und Sprengstoffe, trainiert und aufs Erschnüffeln von Sprengstoff abgerichtet. Natürlich legte man ihnen im Gefängnis keinen Sprengstoff hin, aber die Übungen waren großenteils dieselben wie für Blindenhunde. Sie mussten Sozialverhalten lernen, wie mit Menschen umzugehen ist, und auch in Stresssituationen Anweisungen zu befolgen. Die Männer genau wie die Hunde.

Wie viele andere Insassen auch, hatte Lamont sich für das Hundeprogramm beworben. Aber kaum jemand bekam die Chance, in diesem Bereich zu arbeiten. Es war eine Wohlfühlgeschichte. Sogar eine wahre. Aber das änderte nichts an der Tatsache, dass die meisten Programme für die große Masse der Insassen von Mid-Orange nur dem Namen nach existierten. Es gab einfach nie genug Plätze, also trug man seinen Namen ein und wartete wie auf alles andere. Wer etwas zu tauschen oder zu verkaufen oder gute Beziehungen hatte, wurde bevorzugt. Es ging der Spruch um »Soll's flutschen, musste lutschen.«

»Man muss schon irgendwie anatomisch begabt sein, entweder so rum oder so rum«, hatte Numbers Lamont erklärt, nachdem er – genau wie Numbers einige Zeit zuvor – von Woodbourne nach Mid-Orange verlegt worden war. Als Lamont um Erklärung bat, versuchte Numbers es deutlicher.

»Also, ich meine, woher soll einer, der hetero ist, denn wissen, wie man einen bläst? Ausprobieren, würd ich sagen, aber auch *das* sollte wohl besser nicht schiefgehen. Und am andern Ende funktioniert's mit dem Ausprobieren sowieso nicht. Verstehste, was ich sagen will?«

»Nein.«

»Okay, also manche sind da unten so empfindlich, dass es bei jedem zweiten Kacken aufreißt. Die haben richtig Angst vor Tiefbohrung. Aber es gibt welche, da schiebt sich's einfach rein wie nix, als wären sie schon mit Vaseline drin auf die Welt gekommen. Wenn der Wärter dir also nach einem Extrabesuch von der Familie oder was die Backen spreizt, hat so einer gut lachen, weil er weiß, dass die blöden Säcke von Wärtern ihm da drin nicht viel kaputt machen können. Der ist echt gut dran, der ist ein reicher Mann hier drinnen, ein lebendes, atmendes, wandelndes Fort Knox. *Lernen* kann das keiner. Das ist 'ne Gabe Gottes.«

Lamont war weder anatomisch noch sonst wie begabt. Er trug seinen Namen in das Welpenprogramm ein, genau wie in das zum Klempnern, Tischlern und zum Gärtnern. In keins kam er rein. Wie fast die Hälfte der Insassen von Mid-Orange schob er Dienst beim Putztrupp, fegte Kippen und anderen Müll der Häftlinge auf. Aber es war das Hundeprogramm, bei dem er wirklich gern dabei gewesen wäre, besonders nachdem er einmal in der Ferne andere Gefangene erblickt hatte, die ein paar Labradore, kaum größer als Welpen, an der Leine führen und dann bürsten durften. Insgeheim hatte er sich der Fähigkeit gerühmt, seine Wünsche und Erwartungen einschränken zu können. Das schien ihm die beste Möglichkeit, seine Strafe zu überleben. Egal, welchen Trost Zigaretten hätten spenden können, er weigerte sich sogar zu rauchen, um nicht von einer Währung, für die er handeln müsste, abhängig zu werden. Aber die Hunde zu sehen, verletzte ihn unerwartet. Es durchfuhr ihn wie ein Stich.

Er fragte sich, ob er seine Tochter je wieder in den Armen halten, sie an sich drücken, in den Schlaf wiegen würde. Er sagte sich, ja. Er schwor es sich. Wie sah sie jetzt aus? So wie er? Wie ihre Mutter oder eine Mischung aus beiden, die sie ja war? Oft, wenn er im Gefängnis einen Blick auf sein eigenes Spiegelbild erhaschte, versuchte er sich die Verschmelzung verschiedener Züge seiner selbst und der Mutter seiner Tochter im Gesicht eines kleinen Mädchens vorzustellen. An einem Frühlingstag, als er im Hof von Mid-Orange gerade um eine Pfütze herumfegte, glaubte er einen Moment, es gefunden zu haben. Endlich hatte er es, in der Pfütze, wenn er die Augen bis auf einen Spalt zusammenkniff, vollkommen ruhig, das Gesicht eines kleinen Mädchens. So sah sie bestimmt aus. So musste sie aussehen. Er könnte das Bild jederzeit neu heraufbeschwören, wenn er nur einen klaren Widerschein von sich selbst erwischte.

»Drei Jahre«, verkündete Numbers. »Dann kommt niemand mehr, nach drei Jahren. Sie geben dich auf… als wärst du tot. Sogar Weihnachten kannst du aus dem Kalender streichen. Reiß es raus.«

»Was ist das für ein Drei-Jahre-Quatsch?«, fragte Lamont.

»Ich sag ja nur.«

»Es gibt kein Gesetz, dass dich nach drei Jahren niemand mehr besucht.«

»Ist ein Durchschnittswert, Lamont.«

»Na weißt du, wenn's ein Durchschnitt sein soll, dann kommen manche nicht mehr, *bevor* drei Jahre um sind, und manche kommen auch *nach* drei Jahren noch, richtig? Das ist es, was Durchschnitt bedeutet.«

»Wird wohl«, gab Numbers zu, ehe er nachsetzte: »Ich hab hier noch keinen über dem Durchschnitt gesehen.«

Lamont verbrachte die ersten drei seiner sechs Jahre Haft in Woodbourne und die letzten drei in Mid-Orange. Von den wenigen Personen, die ihn in Woodbourne ab und zu besuchten, hielt allein seine Großmutter über die drei Jahre hinaus durch und besuchte ihn auch weiterhin in Mid-Orange. Wegen ihrer Arbeit als Küchenhilfe und der Entfernung von Co-op City konnte sie allerdings nicht so oft kommen. Außerdem war sie alt und gebrechlich. Seine Cousine Michelle besuchte ihn ein Mal in Mid-Orange. »Eins ist gut an Mid-Orange«, klärte Numbers ihn auf, als Lamont dort seine Zeit antrat und sie sich wiedersahen, »es gibt vier Coffeeshops im Umkreis von fünf Meilen. Das ist mehr als üblich für 'nen durchschnittlichen Landesknast mittlerer Sicherheitsstufe. Erhöht die Chancen für Besuch. Das Problem ist nur … sind alles Dunkin' Donuts. Wer fährt schon zwei Stunden, um den Scheiß zu essen.«

Am Anfang seiner Haft in Woodbourne hatten sich noch einige aus der Nachbarschaft auf den Weg gemacht, Lamont zu besuchen. Seine alten Freunde. Michael konnte nicht kommen, weil er selbst woanders seine Zeit absaß. Michael war derjenige gewesen, der Lamont gebeten hatte, mit seinem Lieferwagen zum Spirituosenladen zu fahren, dem Ziel dessen, was ohne Lamonts Wissen ein bewaffneter Raubüberfall werden sollte, für den er sechs Jahre sitzen würde. Aber Michaels kleiner Bruder, den er nur flüchtig kannte, kam in der ersten Zeit öfter zu Besuch. Lamont verstand nicht, warum. Er war kein unangenehmer Typ, aber doch ein ganzes Ende jünger, und die Besuche bereiteten ihm offensichtlich nicht den geringsten Spaß. Im Übrigen hätte er Michael, seinen eigenen Bruder, gehabt, wenn er einen Vorwand für Knastbesuche brauchte. Er mochte leeres Gerede genauso wenig wie Lamont, kam aber trotzdem und stellte die üblichen Fragen mit dem üblichen, vielleicht sogar mehr als üblichen Unbehagen.

Nach einer Weile wurde Lamont klar, dass der kleine Bruder um Michaels willen kam, vielleicht sogar in dessen Auftrag. Das war die einzige Erklärung, die er finden konnte. Lamont dachte sich, Michael habe ihn nie in diesen Raubüberfall hineinziehen wollen. Er selber sei unter den Einfluss eines viel jüngeren Kerls geraten, eines drogensüchtigen Helden mit einer Knarre und einer Art zu reden, einer Art zu sein, von der manche fasziniert waren. Der Raubüberfall sei die Idee des Jüngeren gewesen, und Michael habe erst mitgemacht, nachdem Lamont sie zu dem Laden gefahren hatte. Michael sagte selbst, er habe von der Sache nichts gewusst, bis er und der jüngere Mann das Geschäft betreten hatten. Hatte Michael sich beteiligt? Auf dem Überwachungsvideo des Spirituosenladens sah es ganz so aus. Der Jüngere hatte die Waffe. Michael wusste nichts davon. Das sagte er zumindest. Es gab kaum einen Zeitabstand zwischen dem im Kopf des jüngeren Mannes entstandenen Plan und seiner Ausführung. Er hatte die Waffe bei sich. Sie hatten Lamonts Lieferwagen. Die Gelegenheit war ihm zu günstig erschienen, um sie sich entgehen zu lassen. Deshalb, stellte Lamont sich vor, musste Michaels kleiner Bruder ihn um Michaels willen besuchen. Es war ein Versuch, die Dinge so gut wie möglich wieder in Ordnung zu bringen, nachdem er Lamont unfreiwillig reingerissen hatte, und nun nicht mal in der Lage war, ihm ein bisschen Geld zu schicken.

Andererseits, wurde Lamont bewusst, bestand auch die Möglichkeit, dass Michael ihn getäuscht hatte, dass er den Überfall auf den Spirituosenladen zusammen mit dem jüngeren Mann schon die ganze Zeit geplant hatte, ohne es Lamont zu sagen, um ihn dann als Fluchtfahrer zu benutzen. Diese Annahme war naheliegend. Lamont konnte Auto fahren und besaß einen Lieferwagen. Nicht jeder in der Nachbarschaft hatte einen Wagen. Das könnte der Grund gewesen sein, warum Michael ihn mit dem jungen Waffenträger zusammengebracht hatte.

Diese Hypothese verwarf Lamont schnell wieder. Er konnte nicht glauben, dass Michael ihn ausgetrickst hatte, nicht auf diese

Art. Er glaubte eher, dass Michael sich nicht hatte verspotten lassen wollen, als der Junge plötzlich beschloss, den Laden auszurauben, und um seiner neuen, noch unerprobten Bekanntschaft zu imponieren, alle Vernunft über Bord geworfen hatte, ganz zu schweigen von einer Freundschaft, die fast so alt war wie er selbst.

Auch Michael war in Co-op City aufgewachsen, und sie waren von der ersten Klasse an Freunde gewesen. Michaels Mutter hatte ihrem Sohn erlaubt, nach der Schule mit zu Lamont nach Hause zu gehen, obwohl sie wusste, dass seine Großmutter um diese Zeit noch bei der Arbeit war. Sie vertraute Lamont. Die beiden Jungen würden sich einen Hawaiian Punch oder Hohes C aus dem Kühlschrank holen und Filme schauen, Sachen wie *Looney Tunes,* die *Electric Company,* alte *Tom und Jerry*s oder die Abenteuer von Rocky und Bullwinkle, die Lamont lieber mochte als Michael. Lamont kam eigentlich ganz gut damit zurecht, allein zu sein. Diese Selbstgenügsamkeit war etwas, worum Michael ihn beneidete, ohne zu wissen, was er da eigentlich empfand. Es hatte ihn nur dazu gebracht, Lamonts Zeit und Aufmerksamkeit umso mehr zu schätzen.

Sie hatten gleichzeitig Rad fahren gelernt und waren zusammen den ganzen Greenway entlang von Section 1 bis Section 4 zum Kino oder der Baskin-Robbins-Eisdiele geradelt. Sie waren sogar in die Zoohandlung gegangen und hatten sich ihre Lieblingstiere ausgesucht, die sie kaufen würden, wenn einer von ihnen eins halten dürfte. Als sie etwas älter und mutiger wurden, fuhren sie weiter nach Section 5, dem neuesten Außenbezirk, durch die sogenannte Todeskurve. Einmal hatte Michael die Kontrolle verloren, war über den Lenker gestürzt und musste mit fünf Stichen an der Brust genäht werden. Lamont hatte sich um alles gekümmert. Weil er Angst hatte, Schwierigkeiten mit Michaels leicht explodierender Mutter zu bekommen, und da seine eigene Großmutter noch bei der Arbeit war, rief er von einer Telefonzelle aus seine Cousine an, Michelle.

Obwohl sie nur zwei Jahre älter war, spielte Michelle in Lamonts Leben eine Rolle, die zwischen guter Freundin und großer Schwester schwankte. Nachdem Michelle sich vergewissert hatte, dass es kein Streich war, sagte sie, sie werde einen Krankenwagen rufen, und Lamont solle bei seinem Freund bleiben. Sie selber kam noch vor dem Krankenwagen mit dem Fahrrad an. Sie sah Lamont neben Michael sitzen, seine Jacke über dessen Brust gelegt. Sie begleiteten ihn gemeinsam in die Notaufnahme. Während Michael genäht wurde, fragte Lamont seine Cousine, wie sie auch nur eine Sekunde an einen Streich hatte glauben können. Wäre es einer *gewesen,* hätte Michael ihn dazu angestiftet, erklärte Michelle, während sie im Wartezimmer saßen. Er wollte schon protestieren, es sei ungerecht, seinen Freund schlechtzumachen, als ihm ein paar Vorkommnisse einfielen, die Michelles Ansicht stützen konnten, und so ließ er es bleiben, obwohl Michael im Allgemeinen nie fähig gewesen war, wirklichen Einfluss auf ihn auszuüben. Manchmal hatte Lamont aus Langeweile Dinge gemacht, die er hinterher bereute, aber das hatte kaum etwas mit fremden Einflüssen zu tun. Michael war nur zufällig gerade da gewesen.

Mit Michael hatte er zum ersten Mal den Kick erlebt, bei Cappy's, dem Schreibwarenladen um die Ecke, Sachen zu klauen. Lamont las gern in den Zeitschriften, aber Michael war immer mehr auf Süßigkeiten aus gewesen. Michael hatte als Erster geklaut und mit Süßigkeiten angefangen, Kaubonbons und Hershey-Riegeln. Lamont hatte sich in eine Zeitschrift vergraben und nicht gemerkt, was Michael machte, bis sie draußen vor der Tür waren. Michael sagte, er müsse es unbedingt auch mal versuchen. Es würde nie jemand was sehen. Es sei zu einfach, um es nicht wenigstens auszuprobieren. Geklaute Sachen schmeckten besser, sagte er. Wie die Wilden waren sie zum Pine-Island-Spielplatz neben Block fünf geradelt und hatten die Süßigkeiten bei den Schaukeln gegessen. Aber sie hatten Lamont nicht besser geschmeckt. Im Gegenteil, die Schokolade schien nicht so voll wie sonst. Ihr Geschmack kam ihm auf der Zunge und am Gaumen dünner vor. Es war, als hätte jemand Schokolade aus der Schokolade genommen, als hätte die Schande sie verdorben. Nie zuvor war er auf die Idee gekommen, dass etwas, das eine standardmäßige, fast vom Hersteller garantierte Belohnung sein sollte, durch sein Handeln verwässert werden könnte.

Ohne genau zu verstehen, warum, war er wütend geworden auf Michael, der seine Schokolade wie ein hungriges Tier verschlang und nach jedem Bissen grinste wie ein Idiot. Was würde Michelle sagen, wenn sie es wüsste? Eigentlich waren es sowieso die Zeitschriften, die Lamont gern gehabt hätte, nicht die Süßigkeiten. Später klaute er sich welche, und ein paar Comics. Auch das war eine Schande, aber wenigstens hatte er sie wirklich gewollt. Er hätte nie das Geld dafür gehabt. Schande konkurrierte mit dem Kick und dem Gefühl der Erfüllung. Am Ende wurde er erwischt.

Er fragte sich, wieso er seine Selbstgespräche meistens denen vorzog, die er mit Michael führte. Das Selbst, mit dem er redete, verstand ihn einfach so viel besser als Michael, besser als irgendjemand sonst. Dieses Selbst sah alles, was er erlebte, und vergaß nichts davon. Es sah seine Einsamkeit, auch wenn es sie nicht immer lindern konnte. Wo andere ihn missverstanden, verstand sein Selbst ihn richtig. Es sah ihn zugleich wollen und doch nicht wollen, dass seine Großmutter ihn fragte, wie es in der Schule gewesen sei, wenn sie abends nach Hause kam. Es sah ihn lieber fernsehen, als ihre Frage zu beantworten, und es dann bedauern. Er wollte nicht, dass sie aufhörte zu fragen. All diese Dinge konnte er sich selbst kaum eingestehen. Nur diesem Selbst konnte er sie sagen.

Jahre später, während seiner Haft in Woodbourne, dachte er daran zurück und überlegte, wer eigentlich seine Großmutter fragte, wie *ihr* Tag gewesen sei, solange er im Gefängnis war. Er hätte sie öfter fragen sollen, damals.

Mit Michelle zusammen zu sein war unendlich viel schöner als mit Michael, viel interessanter und lustiger, außer beim Court-handball, da ging gar nichts. Doch wegen des Altersunterschieds und weil sie etwas weiter weg wohnte, war es nicht so einfach, sie zu sehen. »Darf ich zu Chelle gehen?«, bettelte er immerfort bei seiner Großmutter, die sich darüber freute, wie ihre Enkelkinder aneinander hingen. Es war Michelle, die ihn in die *Xanth*-Saga von Piers Anthony eingeweiht hatte. Sie nahm ihn mit in die Bücherei, wo die Bücher, wie sie sagte, immer auf ihn warteten. Es machte ihm Spaß, dort zu lesen und zu zeichnen, aber er war unsicher, wem er das anvertrauen konnte. Einmal hatte er Michael mitgenommen, doch dem war schnell langweilig geworden. Michael schien zu spüren, dass es in der Bücherei für ihn nicht viel zu holen gab. Er wunderte sich und war manchmal sauer, wenn Lamont ausgerechnet in die Bücherei wollte.

Michelle hatte Papageien, die er füttern, halten und auf seine Schulter setzen durfte. Wenn ihr Vater mit ihr Sneakers kaufen ging, sorgte sie dafür, dass sie an einem Tag gingen, an dem Lamont bei ihr war, damit ihr Vater sich am Ende verpflichtet fühlte, Lamont auch ein Paar zu kaufen. Und er tat es. In einem Jahr suchte Lamont sich die blauen Wildleder-Pumas aus und zeigte ihr, wie das mit den Schnürsenkeln ging, wie man sie trug – zwei Farben zusammengezwirbelt und ohne sie zu binden so dick wie möglich unter die vorspringende Zunge gestopft. Seine Großmutter war ständig hinter ihm her, sich die Schuhe zuzubinden. Sie verstand das nicht. Michelle ja.

Es war besser, mit Michelle einkaufen zu gehen. Sie ermutigte ihn, die richtigen Jeans zu nehmen, welche von Sassoon, Jordache oder Sergio Valenti, und vor allem von Tale Lord. Es war schwierig, seine Großmutter dazu zu bringen, ihm zu kaufen, was er haben wollte, wenn sie mit ihm im Bus zur Fordham Road einkaufen fuhr. Je älter er wurde, umso schlimmer fand er es. Er liebte seine Großmutter über alles, aber nur eins war schlimmer, als wenn sie Kleidung für ihn kaufte: wenn andere Leute ihn mit ihr zusammen seine Sachen kaufen sahen. In solchen Momenten musste er dagegen ankämpfen, wegzulaufen oder sie regelrecht wegzustoßen. Er tat es nie, noch erlaubte er sich je, ihr etwas von seinem Missmut zu zeigen.

In dieser Phase seines Lebens, daran erinnerte er sich, hatte er zum ersten Mal das Gefühl einer dauernden, unterschwelligen Nervosität empfunden, eine mit Angst verbundene Unruhe, die mehr oder weniger gleich blieb und immer noch in ihm steckte. Es war, als erwartete ihn jederzeit ein furchtbares Unheil, das er nicht ergründen und darum auch nicht abwenden oder vermeiden konnte. Weder Schlaf noch Ruhe halfen gegen die Erschöpfung, in die er dadurch geriet. Doch da er es schon so lange nicht mehr anders kannte, kam dieses Angstgefühl ihm irgendwann normal vor, und in gewissem Sinne war es das für ihn. Womöglich hatte er es schon als kleines Kind gehabt. Wie sollte er das wissen?

Er hatte daran gedacht, mit Michelle darüber zu sprechen, denn wenn es jemanden gab, der verstehen konnte, wie er sich fühlte, dann sie. Sie war der klügste Mensch, den er kannte, vielleicht klüger als seine Lehrer, weil sie Dinge zu verstehen schien, die er eigentlich nicht hatte sagen wollen, und manchmal sogar solche, die er nicht aussprach. Vielleicht lag es daran, dass sie zwei Jahre älter war. Vielleicht daran, dass sie ein Mädchen war, oder dass sie mit beiden Eltern zu Hause lebte und alle – ihre Eltern, ihre Großmutter, die Erwachsenen in der Nachbarschaft –, sie alle wussten, aus *ihr* würde etwas werden.

Er hatte Michelle erzählt, wie er sich bei dem Zwischenfall mit dem Pfeilschwanzkrebs gefühlt hatte, und was in der Klasse abgelaufen war, und schon das Verständnis, das er ihrem Gesicht ablesen konnte, half ihm, etwas besser zu begreifen. In dem Moment, unter dem Eindruck ihrer konzentrierten Aufmerksamkeit, ihrer Augen, die so voll waren von der Geschichte, die er ihr erzählte, empfand er eine so große Liebe zu seiner Cousine, dass er sich vorstellen konnte, aus ihm würde allein dadurch, dass er sie kannte, auch noch etwas werden.

In der Schule, hatte er Michelle erklärt, war es um Dinosaurier gegangen. Mr Shapiro hatte schon ein paar Stunden lang die Ursprünge des Lebens durchgenommen, von den einzelligen Amöben übers Plankton und die verschiedenen Arten von Dinosauriern, Reptilien, Vögeln und Affen bis hin zum Menschen. Die Kinder sollten lebende Tiere nennen, die leicht als Nachkommen ausgestorbener Arten zu erkennen waren. Alles Mögliche wurde gerufen, einschließlich Zebras, Elefanten und Eidechsen. Aber Lamont glaubte, das beste Beispiel zu haben, und der Reaktion nach schien Mr Shapiro ihm Recht zu geben. Lamont wusste nicht, ob er sich je im Leben so gut gefühlt hatte. Pfeilschwanzkrebse! Die stammen von Trilobiten ab. »Toll!«, rief Mr Shapiro aus. »Wirklich ein gutes Beispiel.«

Ermutigt fuhr Lamont fort.

»Die sind richtig groß, mit langen spitzen Schwänzen. Und sie … sie sehen prähistorisch aus.«

»Hervorragend!«, sagte Mr Shapiro. »Würdest du nach vorn kommen, Lamont, und uns einen an die Tafel malen?«

Also stand Lamont auf, ging nach vorn und begann einen Pfeilschwanzkrebs zu malen.

»Sie haben Augen, sehen aber nicht so gut. Der Schwanz, das ist das Wichtigste. Wohl mehr als die Augen, kann sein. Sie benutzen ihren Schwanz im Sand und Dreck und dem ganzen Zeug am Boden. Ich glaube, die sind wirklich alt.«

»Hervorragend!«, sagte Mr Shapiro. »Dass du so viel darüber weißt, Lamont.«

»Ich hab sie gesehen.«

»In einem Buch?«

»Ja, schon, aber auch in echt.«

»Wirklich, Lamont? Da bin ich mir nicht so sicher.«

Aber Lamont hatte sie gesehen. Kurz vor Section 5, auf dem Weg von Section 1, wo Lamont wohnte, konnte man sich, wenn man es drauf anlegte, bis unten an den Hutchinson River durchschlagen. Lamont hatte das oft gemacht. Und dort, im seichten Uferwasser, hatte er Tiere entdeckt, die nach allem, was er aus der Bücherei wusste, Pfeilschwanzkrebse waren.

»Ich könnt's Ihnen zeigen, Mr Shapiro.«

»Das wäre schön. Irgendwann mal.« Mr Shapiro packte seine Aktentasche.

»Wann? Nach der Schule?«

»Sicher. Irgendwann nach der Schule.«

»Wann? Nächste Woche vielleicht?«

»Ja, vielleicht.«

»Nächsten Mittwoch nach der Schule?«

»Gut, okay, dann vielleicht nächsten Mittwoch.«

»Ich zeichne Ihnen den Weg auf. Wie Sie hinkommen.«

»Gut, danke. Danke, Lamont.«

Michael war bei ihm, am nächsten Mittwoch nach der Schule am Ufer des Flusses. Eineinhalb Stunden waren verstrichen, als er Lamont sagte, was er sich schon gedacht hatte: Mr Shapiro würde nicht kommen.

»Der will nichts mehr hören von dem Zeug. Das war's.«

»Na ja, könnte doch sein, dass er aufgehalten wurde oder so. Könnte sich verlaufen haben. Oder er glaubt, es würde regnen. Michael, es wäre blöd, wenn er später kommt, und ich bin nicht mehr da.«

»Der kommt nie, Lamont.«

»Okay, kann sein. Keine Ahnung. Ich weiß nur eins, hier gibt es Pfeilschwanzkrebse. Ich werd sie auch Michelle zeigen. Siehst du, wie sie den Schwanz benutzen, wenn sie laufen?«

»Shapiro … Der kommt nicht«, beharrte Michael. »Der glaubt nicht an den alten Pfeilschwanzscheiß … aber wenn du's schaffst, deine Cousine herzuholen … der könnte ich was zeigen … 'n echten Schwanz, spitz wie sonst was!«

Weiter kam er nicht, bevor Lamonts Faust in seinem Gesicht landete, so wuchtig, dass Michael zu Boden ging. Lamont stand einen Augenblick da und sah auf ihn hinunter, schockiert bei dem Gedanken, dass er es war, der das getan hatte.

Er wusste nicht, warum er sich von Michael so in Rage hatte bringen lassen. Stumm radelten sie gegen den Wind nach Hause. Danach sahen sie sich eine Weile nicht. Es machte Lamont nicht viel aus.

Auch Michelle hatte er in letzter Zeit nicht viel gesehen. Sie ging jetzt in die Highschool, die Bronx-Science, und behauptete, sie habe mehr Hausaufgaben denn je. So, wie sie das sagte, klang es wirklich heldenhaft, wie etwas, was ein Ansporn für Lamont sein könnte, aber ohne sich im Geringsten aufzuspielen oder anklingen zu lassen, dass sie sich irgendwie überlegen fühlte, weder ihm gegenüber noch sonst wem. So klang es zumindest am Telefon, sooft Lamont etwas traurig, aber ohne Vorwurf sagte: »Du musst jetzt sicher schuften, Chelle.«

Aber zu seinem Geburtstag hatten Michelles Eltern ihn, Michelle und ihre Großmutter in ein Steakrestaurant downtown eingeladen. Er wusste nicht mehr genau wo, nur dass es nahe am Union Square gewesen war, daran erinnerte er sich. Irgendwo dort musste es gewesen sein, denn von der Stelle, wo Michelles Vater das Auto geparkt hatte, waren sie, genau wie auf dem Rückweg, über den Union Square gegangen. Lamont ging gern mit Michelles Familie aus. Er hätte es sich öfter gewünscht. Die Mutter hatte, offensichtlich auf Michelles Empfehlung, einige Folgen aus der *Xanth*-Serie für Lamont gekauft, solche, von denen nur Michelle wissen konnte, dass er sie noch nicht gelesen hatte. Der Vater, ganz klar ebenfalls von ihr beraten, schenkte ihm ein paar Actionfiguren, die er toll fand, Micronauts mit durchscheinenden Plastikgliedern und allerhand Zubehör. Außerdem zwei der hochkomplexen original Shogun-Krieger, die es, wie Michelle später erklärte, nur in Chinatown zu kaufen gab. Es waren die ersten, bevor Mattel die Figuren auf den Markt brachte. So etwas zu besitzen, konnte dem sozialen Status eines Jungen wie Lamont mächtigen Auftrieb geben. Es war, als hätte Michelle im Bewusstsein, dass sie ihren Cousin immer seltener sah und dies weiterhin so sein würde, den Geburtstag so organisiert, dass er in Form partieller Entschädigungen daherkam. Es funktionierte.

Neuerdings war Lamont öfter mit Danny Ehrlich zusammen. Das gefiel Lamonts Großmutter, weil Dannys Vater Lehrer an der Truman Highschool war. Sie dachte, Danny Ehrlich würde einen besseren Einfluss auf ihren Enkel haben als Michael. Mr Ehrlich galt so ungefähr als der lässigste Lehrer an der Schule, eine Art ewiger Hippie. Das war einer der Gründe, warum die Geschichte, die man über ihn erzählte, die berühmte Mister-Ehrlich-Geschichte, sich wie ein Lauffeuer verbreitet hatte.

Es ging um einen Schüler aus Mr Ehrlichs Klasse, einen dünnen schwarzen Jungen aus dem sogenannten Valley in Boston Secor außerhalb von Co-op City, gleich hinter dem Highway, der eines Tages ein Hakenkreuz an die Tafel gemalt hatte. Einer der größten Flegel in der Klasse, wusste er, dass es ein schlechtes Symbol war, das die Leute schockierte, beleidigte, manchen sogar Angst machte, aber er hatte keine Ahnung, warum. An diesem Tag begriff er es ebenso wie jeder andere in der Klasse. Mr Ehrlich soll ausgerastet sein.

Natürlich kursierten verschiedene Versionen der Geschichte. Nach einer hatte er den Jungen windelweich geschlagen. Einer anderen zufolge machte der sich unter einem Hagel von Beschimpfungen in die Hose. Mal hieß es, Mr Ehrlich habe von Rassismus gesprochen. Mal war es Sklaverei. Manche sagten, er ließ die Klasse einen Aufsatz übers Anderssein schreiben. Andere sagten, er habe einen langen Vortrag über etwas namens »Nationalsozialismus« gehalten, dann sei er plötzlich ruhig geworden, und es war vorbei. Aber eins hatten alle Versionen gemeinsam: dass es einen Tag gab, nur diesen einen Tag, an dem der alte Hippie-Lehrer, Mr Ehrlich, vollkommen ausgerastet war. Und das blieb hängen.

Lamont war in derselben Klasse wie Danny, und keiner von beiden hatte Mr Ehrlich je als Lehrer gehabt. Auch Danny war ein *Xanth*-Fan. Nachdem sie in der Klasse öfter die Köpfe zusammengesteckt hatten, lud Danny ihn ein, nach der Schule zu ihm nach Hause zu kommen. Lamonts Großmutter hörte zum ersten Mal von der neuen Freundschaft, als ihr Enkel sie fragte, ob er hingehen dürfe. Er merkte ihr die Freude nur allzu deutlich an. Lamont nahm einen der Shogun-Krieger mit, die Michelles Vater ihm zum Geburtstag in Chinatown besorgt hatte. Er entschied sich für den Bösen, eine fantastische Mischung aus Metallguss und Plastik, mit beweglichen Gliedern und Kugelgelenken an Schultern, Füßen und sogar am Hals. Die Lackierung war glatt und sauber. Kein bisschen verlaufene Farbe, einfach ein scharf umrissenes knallrotes Schild mit gelben rippenartigen Vertiefungen, das die Brust bedeckte. Der Kopf, unverhältnismäßig klein und darum extra gruselig, bestand aus fast nichts als einem Schädel mit zwei blauen Streifen, die sich vom oberen Rand der Augenhöhlen über den Scheitel bis hinten an den Nackenansatz zogen. Außer den Füßen, die blau waren, schimmerte der ganze Rest metallisch silbern. Ihn sehen und haben wollen war eins, denn schon ohne ihn anzufassen, setzte er die Fantasie eines Jungen in Brand. Wenn du ihn das erste Mal in der Hand hieltest, warst du ergriffen, vor Ehrfurcht erstarrt.

Lamont beobachtete Dannys Augen, während er den bösen Shogun-Krieger aus der Tasche zog. Danny Ehrlich schaute hin, und seine Augen wurden immer weiter, bis sie rund waren wie

Golfbälle. Dann überreichte Lamont ihm feierlich die Spielfigur. Einen Augenblick stand Danny Ehrlich vollkommen still, versuchte nur, das Gewicht zu spüren. Vorsichtig ließ er den Daumen und Zeigefinger seiner linken Hand von oben nach unten über den Shogun-Krieger gleiten. Er atmete tief ein, atmete langsam aus und sagte leise: »Wow, unglaublich!«

Den Shogun-Krieger immer noch in der Hand, drehte Danny sich urplötzlich um und rannte schreiend den Flur entlang zu seiner Mutter in die Küche. »Mom, schau mal! Schau, was Lamont mir geschenkt hat. Ist das nicht Wahnsinn?«

Lamont schluckte schwer. Er hatte nicht erwartet, dass Danny es für ein Geschenk halten würde, und wusste nicht, was er machen sollte. Er ging langsam den Flur entlang in Richtung Danny und seiner Mutter. Er war noch nie in der Küche gewesen. Auch die Mutter hatte er noch nie gesehen. Danny Ehrlich schien seine Mutter sehr zu mögen. Er stand in der Küchentür.

»Danke vielmals, Lamont, für dieses unglaubliche Monster«, sagte die Mutter freundlich.

»Das ist ein Shogun-Krieger, Mom«, korrigierte Danny sie fast aufbrausend. »Sieh doch, die Waffen!«

Lamont konnte nicht ohne den Krieger nach Hause gehen. Ausgeschlossen. Seine Großmutter würde ihn vermissen. Da war er sich sicher. Er hatte sie um Erlaubnis gebeten, ihn mitnehmen zu dürfen, und ihr versprechen müssen, gut drauf aufzupassen. Er *hatte* aufgepasst. Den ganzen Tag in der Schule hatte er aufgepasst, ihn versteckt gehalten und nichts damit gemacht. Erst nachmittags, als er bei den Ehrlichs in der Wohnung war, hatte er ihn seinem neuen Freund gezeigt und Danny erlaubt, ihn in die Hand zu nehmen. Das war alles, was er gemacht hatte. Und jetzt steckte er nach allen Seiten in Schwierigkeiten. Vielleicht würde sogar Michelle den Shogun-Krieger eines Tages wiedersehen wollen. Sie hatte ihrem Vater genau beschrieben, was er für Lamont kaufen sollte und wo man es bekam. Es war eins der besten Dinge, die Lamont besaß. Vielleicht das beste überhaupt. Sein Onkel hatte es zu seinem Geburtstag extra in Chinatown besorgt. Wer weiß, was es gekostet hatte? Wer weiß, was passieren würde, wenn er es nicht wieder mit nach Hause brachte? Sollte er Danny Ehrlich etwas sagen? Unmöglich. Es war eine Katastrophe, genau das, was seine Angst schon die ganze Zeit geprobt hatte und noch lange proben würde, nachdem das Ereignis vorbei war. Es war der Vorgeschmack auf sein späteres Leben als Erwachsener.

Danny war nicht im Zimmer, als Lamont den Shogun-Krieger wieder in den Ranzen steckte. Er würde ihn in die Wohnung seiner Großmutter zurückschmuggeln. Niemand hatte es gesehen, und er fragte sich, ob er es schaffen würde, mit der Figur zu entkommen. Vielleicht würde Danny sie vergessen. Nein, das konnte nicht sein. War es möglich, dass Danny glaubte, den Krieger selber verloren zu haben? Schließlich hatte er ja einen Haufen Zeug. Aber das war unwahrscheinlich, schloss Lamont. Tatsächlich war es mehr als unwahrscheinlich, es war ausgeschlossen.

Lamont war übel geworden, als er Danny Ehrlich zu seiner Mutter sagen hörte, der Shogun-Krieger sei ein Geschenk. Ihm wurde noch übler, als er die Figur heimlich wieder in den Ranzen steckte. Zu dem Schmerz des immer noch drohenden Verlusts des schönen Kriegers, zu der Aussicht auf den Groll seiner Großmutter, die ihn schelten würde, Michelles Geschenk weiterverschenkt zu haben, und zu seiner Fassungslosigkeit darüber, dass etwas so Argloses sich in einen solchen Albtraum verwandelt hatte, kam nun nicht nur das quälende Schuldgefühl hinzu, seine eigene Figur zurückzustehlen. Da war noch etwas anderes, was ihn mit aller Gewalt erfasste, das schrie, so furchtbar schrie wie Danny Ehrlichs Vater in der Geschichte über ihn und den Jungen aus dem »Valley« – schrie, bis Schweiß seine Handflächen bedeckte. Es war reinster Terror. Lamont fürchtete, mit dem Spielzeug im Ranzen erwischt zu werden, obwohl es ihm gehörte. Wie das Schicksal es wollte, wurde er nicht erwischt. Er brachte den Shogun-Krieger unentdeckt nach Hause.

Er sagte seiner Großmutter nichts von dem Zwischenfall. Danny sagte am nächsten Tag auch nichts. Vielleicht hatte er noch nicht gemerkt, dass die Figur verschwunden war, spekulierte Lamont insgeheim. Aber das war natürlich falsch. Selbstverständlich hatte Danny es gemerkt. Lamont wurde nie wieder zu den Ehrlichs eingeladen. Genau genommen war es sogar so, dass Danny kaum noch mit ihm sprach. Und wenn, dann in einer seltsam höflichen Form, ganz und gar nicht, wie ein Junge seines Alters normalerweise reden würde, sondern im Tonfall eines Lehrers, eines Elternteils oder Sozialarbeiters. Es wirkte, als wäre er von einem Erwachsenen gedrillt worden, wie mit Lamont Williams zu sprechen sei, falls sich noch einmal die Notwendigkeit dafür ergab.

Michelle fragte nie wieder nach dem Shogun-Krieger, ebenso wenig wie nach etwas anderem, das Lamont zum Geburtstag bekommen hatte. Sie benutzte jetzt Parfüm, und ihr weiblicher Charme, der Michaels Fantasie an den Ufern des Hutchinson River so angeregt hatte, zeigte sich noch deutlicher. Hinzu kamen ihr Selbstvertrauen und ihr intellektueller Hunger nach Dingen, die knapp außerhalb von Lamonts Reichweite, außerhalb seiner damaligen Erfahrungswelt lagen. Nicht nur, dass er diese Dinge nicht verstand – er wusste nicht einmal, was sie waren, nur dass es sie gab. Michelle hatte eine etwas andere Art zu sprechen angenommen, und er spürte, es war eine bessere Art. Sie redete nicht mehr viel über *Jason und die Argonauten* und das ganze Ray-Harryhausen-Zeug oder über *Xanth*-Geschichten. Sie redete immer mehr wie ein junges Mädchen, das bald eine Frau sein würde, und war von einer Schönheit, die sie so wenig verbergen konnte, wie sie anderen verborgen blieb. Wenn sie schon einen festen Freund gehabt hatte, war es ihr gelungen, diesen

Bereich ihres Lebens von Lamont fernzuhalten. Was inzwischen auch nicht mehr schwierig war, weil sie sich sowieso immer seltener sahen. Wenn ihre Großmutter etwas über das Liebesleben ihrer Enkelin wusste, würde sie es bestimmt nicht sagen. Michelle war diejenige, immer diejenige gewesen, um die ihre Großmutter sich keine Sorgen machen musste. Vielleicht hatte sie vor lauter Lernen ja keine Zeit für einen Freund. Und wenn doch, war das vielleicht einer, der alles wusste, was Lamont sich vorstellte, dass Michelle es wissen wollte.

Michael zu sehen war manchmal besser als gar nichts. Oft auch nicht. Manchmal musste Michael seinen kleinen Bruder mitnehmen, den Jungen, der Lamont Jahre später in Woodbourne besuchen würde. Michael redete gern über Mädchen. Auf welche er scharf war, was er gemacht, wen er wo berührt hatte und was er machen würde – einfach über alles. Viel davon, das meiste, waren Lügen. So redete er sogar vor seinem kleinen Bruder, was Lamont nicht behagte. Lamont dachte auch an Mädchen, aber er redete nicht gern so viel darüber, und ihm lag nichts daran, Michael oder sonst wen über seine Erfolge in diesen oder anderen Dingen zu belügen. Sein Selbst würde wissen, dass er log, und er würde sich schämen.

Als seine Highschoolzeit auf ihr Ende zuraste, begann er ernsthaft, sich Gedanken zu machen, was er danach tun sollte. Er kannte ein paar Jungen aus der Nachbarschaft, die zur Armee gegangen waren. Er kannte sie nicht gut, aber die Vorstellung, alles zu sein, was er sein konnte, gefiel ihm: *Be all you can be,* das klang gut. Er dachte noch darüber nach, als die Schule vorbei war und er einen Job auf dem Bau annahm, ungelernt und auf die Hand bezahlt. Er hatte das schon früher als Ferienjob gemacht. Dadurch war er in der Lage gewesen, seine Großmutter finanziell zu unterstützen. Und es hatte sich gut angefühlt, etwas Geld zu haben – so gut, dass es ihn dazu brachte, nach dem Schulabschluss wieder dort zu arbeiten.

Ein paar Jahre waren vergangen, als er auf einer Baustelle einen jungen Latino aus Inwood kennenlernte. Sie kamen ins Gespräch, und der Mann erklärte, wie er seinen Lebensunterhalt mit dem einzigen Erbstück verdiente, das sein Vater ihm hinterlassen hatte, einem Pick-up-Transporter. Das Auto war alt und verlangte eine Pflege, die an Hätschelei grenzte, aber es sorgte nun für ihn, genau wie sein Vater versprochen hatte. In dem Pick-up, erklärte der Mann, könne man nur Kassetten abspielen, aber aus dem richtigen Blickwinkel betrachtet, habe sogar das sein Gutes. Er hatte ein paar Bänder mit Musik gefunden, einen Mix, den sein Vater immer gehört hatte. Er wusste nicht, von wem die Zusammenstellung stammte, aber immer wenn er durch die Stadt fuhr, Sachen einlud oder auslieferte, hatte er die laut aufgedrehten Songs seines Dad im Ohr. Als Lamont fragte, wie es möglich sei, dass der Pick-up seines Vaters für ihn sorgte, sagte der Latino, es gebe mehr Lieferungen, als er schaffen könne.

»Kein Grund, dass sich das ändern sollte, solange ich den Wagen gut in Schuss halte und konkurrenzfähig bleibe. Allein schon bei dem Ansturm auf IKEA in Elizabeth, New Jersey, machst du jede Menge Geld, Fuhren nach Manhattan oder sonst wohin. Die Leute brauchen Hilfe bei diesem Scheiß.«

Lamont hörte sich an, wie die Tage dieses Mannes aussahen, und es gefiel ihm. Später, bei einem Bier, fragte er ihn, ob er nicht einen zweiten Fahrer für zusätzliche Fuhren wolle. Der Mann sagte, er müsse drüber nachdenken. Er habe das Gefühl, sie kämen gut miteinander klar. Aber trotzdem, erklärte er höflich, müsse er vorsichtig sein, wem er den Pick-up seines Vaters anvertraue. Lamont sagte, das verstehe er und respektiere es.

»Ich höre jedes kleine Fiepen bei diesem Auto, weißt du?«

»Sicher, verstehe. Ich wette, dass du auch ein guter Fahrer bist.«

»Ich glaub schon … meistens jedenfalls.«

»Wahrscheinlich genügt es dir nicht mal, wenn du den Fahrer kennst. Du würdest auch den kennen wollen, der ihm das Fahren *beigebracht* hat.« Der Latino lachte.

»Im Ernst«, sagte Lamont.

»Was?«, fragte der Mann.

»Also ich meine, du scheinst *dich* ja gut zu kennen. Bring du mir das Fahren bei.«

»Du kannst nicht fahren?«, wiederholte der Latino und schüttelte ungläubig den Kopf. Warum verschwendete dieser Mann seine Zeit?

»Ich arbeite auf dem Bau. Ich lebe bei meiner Großmutter in der Bronx. Und nein, ich kann nicht Auto fahren. Du könntest es mir so beibringen, wie du glaubst, dein Vater würde es sich von jemandem wünschen, der seinen Pick-up fährt. Du könntest mir beibringen, auf das Fiepen und Keuchen zu achten, und du bekämst einen Anteil von dem, was ich schaffe, während du dich ausruhst.«

»Hör zu, Lamont, du scheinst ein netter Kerl zu sein, aber … ich weiß nicht.«

Lamont schrieb Namen und Telefonnummer auf die Rückseite eines Bierdeckels und sagte zu Ramón – so hieß der Mann –, er solle es sich durch den Kopf gehen lassen. Fast zwei Wochen vergingen, dann rief Ramón eines Abends bei ihm an. Seine Großmutter unterbrach die Zubereitung von Koteletts und Süßkartoffeln, um ans Telefon zu gehen. Es war irgendein Spanier, für Lamont.

»Welche Sorte Musik magst du?«, fragte Ramón.

»Warum fragst du das?«

»Ich muss wissen, ob ich die Kassetten von meinem Vater im Pick-up lassen soll«, antwortete Ramón. So kam es, dass Lamont anfing, seinen Lebensunterhalt mit Fahren zu verdienen. Aber erst musste er es lernen.

Als er Ramón vorgeschlagen hatte, ihm das Autofahren beizubringen, hatte er nicht wirklich damit gerechnet, dass etwas daraus würde. Aber mit Ramóns Einverständnis schien eine Zeit der Möglichkeiten anzubrechen, wie Lamont sie noch nie erlebt hatte. Er brauchte nicht lange, bis er fahren konnte. Er saß gern am Steuer, und obwohl es Ramóns Pick-up war, fühlte er sich wie sein eigener Chef. Sie wurden Freunde. Alles lief so selbstverständlich, so natürlich, als könnte es gar nicht anders sein, auf eine Weise, wie kein Glück ihm je begegnet war. Ramóns Vertrauen zu gewinnen, Fahren zu lernen, die Launen des Pick-ups von Ramóns Vater – sein Tuckern und Brummen – kennenzulernen, die New Yorker Straßen, sogar manche in New Jersey, die ihm völlig fremd gewesen waren, und ein bisschen Extrageld in der Tasche zu haben – das war alles wie ein neuer Anfang. Über mehrere Wochen fühlte er sich, als hätten seine Lungen sich geweitet, während sein Herz langsamer schlug, zum ersten Mal wirklich beruhigt, im Gegensatz zu jener Ruhe, die er sich als Panzer, als Schutz zugelegt hatte. Diese neue Ruhe, eine von der Art, wie sie einem Gefühl der Erfüllung entspringen kann, nahm ihm nichts von seiner Begeisterung. Nie im Leben war Lamont morgens so gerne aufgestanden. Die Erregung legte sich nach einer Weile, aber die Ruhe blieb jahrelang. Wenn er je im Leben eine Frau wie Chantal kennenlernen würde, dann in dieser Zeit. Und so war es.

In Wirklichkeit war es eher sein Gefühl, als er sie schließlich ansprach, das sein neues Glück ausmachte, und nicht der Umstand, dass eine so attraktive oder elegant gekleidete Frau mit ihm sprach oder gar bei Cappy's auftauchte, wo er so viele Stunden seiner Kindheit und Jugend verbracht, in Comics oder Zeitschriften gelesen und gelegentlich welche geklaut hatte. Aber Lamont sah es anders. Er glaubte, *Chantal* sei sein Glück, die Ursache der Veränderung, und seine Erfüllung.

Sie war erst neunzehn, als er sie traf. Sie arbeitete an einem Kosmetikstand in einem Nobelkaufhaus downtown. Normalerweise hätte Lamont sich nie im Leben einer jungen Frau genähert, die so aussah wie Chantal. Normalerweise wäre sie nie im Leben ernsthaft auf das leise Flehen eines schüchternen Mannes eingegangen, der sie nicht auf Machoart anbaggerte oder sich für ein Gottesgeschenk an die Damenwelt hielt. Normalerweise hätten sie bei einer zufälligen Begegnung – selbst auf Tuchfühlung in einem Laden, an einer Bushaltestelle oder im Kino – nicht mal einen Blick für einander übrig gehabt. Aber es war eben diese nicht normale Zeit. Er fühlte sich beflügelt von der Aussicht auf feste Arbeit, und sie war bereit, es mit einem Mann zu versuchen, der einen Job hatte, dafür aber keine Drogensucht, keinen Eintrag im Strafregister, keine Kinder von einer anderen Frau und so gut wie kein Geld. Also verabredete er sich mit ihr.

Obwohl sie nicht zum ersten Mal miteinander ausgingen, als Lamont sie einlud, Steak zu essen und aus Gläsern zu trinken, die nur für Wein bestimmt waren, nach unten hin rundlich und geschwollen wie aufgeschossene Tulpen, hatte er sich noch nicht daran gewöhnt, dass diese Frau immer Ja sagte, wenn er sie um eine Verabredung bat. Mit jedem Ja war er etwas sicherer geworden, aber nervös war er trotzdem. Diese Nervosität, die nicht zu weichen schien, hatte etwas Prickelndes, ein fast angenehmes Gefühl, das ihn nicht unbedingt störte. Er musste nur ein bisschen auf sich aufpassen, damit er nichts Unangebrachtes sagte oder tat, nichts, das er vielleicht bereuen würde, wenn er den Abend nachts im Bett oder noch später, im Pick-up von Ramóns Vater, noch einmal vor sich abrollen ließ. Es war schwierig, dem Drang zu widerstehen, sie zu berühren, als sie die Wohnungstür ihrer Mutter öffnete. Es war schwierig, diesem Drang zu widerstehen, als sie den Union Square entlanggingen.

Sie kannte die Umgebung besser als Lamont, weil sie in der Nähe arbeitete. Sie kannte Leute in den Läden dort – jedenfalls die von der Tagesschicht –, wusste, wo man mittags Essen holen konnte. Das beste Hähnchensalat-Sandwich gab's beim

Flatiron Building um die Ecke. Sagenhaft. Echt sagenhaft. Ein alter jüdischer Treffpunkt, wie vor tausend Jahren. 5th Avenue. Nein, Lamont glaubte nicht, dass er den kannte. Was kannte er? Die Cafeteria bei IKEA in Elizabeth, New Jersey, da wusste er Bescheid. Macht 'ne halbe Stunde früher auf als der Rest des Ladens. Man kriegt Eier mit Bratkartoffeln und Schinkenspeck für weniger als einen Dollar. Selber abräumen und Trinkgeld sparen, so halten sie die Sachen billiger. Scheint so. Könnte zum Konzept gehören. Und sie kaufen in Riesenmengen ein, alles. Hat in Europa angefangen, Schweden. Schon mal dort gewesen? – In Schweden? – Nein, bei IKEA. – Nein. – Und Elizabeth? – Wo ist das noch mal? – New Jersey. – Nein.

Sie hatte eine Freundin, die Model werden wollte. Das könnte für Chantal sicher auch was sein, hatte Lamont gemeint. Gutes Geld. Schön genug war sie bestimmt. Doch, wirklich. Eine Cousine von ihm war auch so schön, ging aufs College und hatte einen Professor geheiratet. Er bekam sie nicht oft zu sehen. Nicht in letzter Zeit. Nicht dieser Tage. Aber früher, als Kids, sehr eng. Die beiden hatten eine Tochter. Seine Nichte? Nicht wirklich, die Tochter einer Cousine, Sonja. Er dachte dran, sich einen eigenen Transporter anzuschaffen, sich selbstständig zu machen. War sich nicht sicher. Vielleicht. Chantal fand das eine tolle Idee. Sie sollten wirklich so nett sein, die Weinkarte auf Englisch zu drucken. Chantal lachte, Gott sei Dank. Er meinte es im Ernst, wollte aber auch, dass sie darüber lachte. Wusste nicht, was er eigentlich wollte. Egal. Sie lachte. Dieses Essen würde ihn umbringen, aber das war es wert. Vielleicht konnte er sich zusätzlich zum Fahren ein paar Tage Arbeit auf dem Bau verschaffen. Sinnlos, sich mit Brot vollzustopfen, wenn er das, was von dem Steak übrig blieb, nicht mit nach Hause nahm. Was er nur täte, wenn sie es tat. Und wie sollte er das im Voraus wissen? Es war das Risiko nicht wert. Er würde es einfach lassen. Obwohl, seine Großmutter liebte ein gutes

Steak. Das hätte er nicht sagen sollen. Seine Großmutter nicht erwähnen.

Sie gingen über den Union Square, und er dachte, er sei vielleicht in Chantal verliebt. So viel hatte er noch nie für ein Essen bezahlt. Wenn nur Michelle ihn jetzt sehen könnte. Er würde sich nach Anzahlungen auf ein eigenes Fahrzeug erkundigen. Je größer es war, umso mehr könnte er transportieren, aber umso teurer käme auch die Haltung. Er dachte, vielleicht sei er in Chantal verliebt. Seine Großmutter würde sich freuen.

Schau nur, all die anderen Leute, die vorbeigehen oder -fahren. Endlich einmal konnte er sie einfach anschauen und musste sie nicht gierig in sich aufsaugen. Wer weiß, ob die anderen nicht *ihn* aufsaugten, während er mit Chantal vorbeiging: *ihn*, den Mann an *ihrer* Seite. Wie sahen sie zusammen aus? Michelle hätte ihre Freude. Der Anblick würde ihr gefallen. Vielleicht würden sie eines Tages heiraten und ein Kind haben, eine Spielgefährtin für Michelles kleine Tochter Sonja. Er neigte sich Chantal zu, um sie, im Gehen redend, zu verstehen. Er musste es. Sie neigte sich ihm nicht zu. Dabei war es dasselbe Gedränge, derselbe Lärm für sie. Sie war denselben Dingen ausgesetzt. Aber sie war jünger. Vielleicht hörte sie besser als er? Er bemerkte dieses Ungleichgewicht nicht so. Nicht so deutlich. Aber sein Selbst sah es. Er versuchte, die Beobachtung von sich zu weisen, sie zu leugnen. Ein zufälliges Lächeln von ihr überzeugte ihn endgültig, dass wirklich nicht bei ihr angekommen war, was er zu ihr gesagt hatte. Vielleicht wird alles gut, wird alles werden? Könnte sein, dachte er.

Michelle hätte die ungleiche Körpersprache gesehen, eine Ungleichheit, die vermuten ließ, die junge Frau sei eher flüchtig zu Besuch in Lamonts Leben. Seine Großmutter hätte es vielleicht auch gesehen. Aber es gab etwas Ereignisreicheres an diesem Samstagabend, das sie nicht gesehen haben würde. Lamont war wieder zu seiner Großmutter gezogen, bis er Ersatz für seine alte Unterkunft in einem Abbruchhaus gefunden hatte. Sie sah es abends nicht, weil Lamonts Tür so dicht verschlossen war, dass weniger Licht herausdrang als sonst. Sie sah es auch am Sonntagmorgen nicht, weil sie in die Kirche gegangen war und es längst aufgegeben hatte, ihren Enkel dorthin mitnehmen zu wollen. Als er klein gewesen war, hatte sie versucht, mit ihm über Gott zu reden. Nicht, dass es ihn nicht interessiert hätte – er verstand einfach nicht, wovon sie redete. Offensichtlich schätzte sie das alles sehr, Gott, Jesus und die Kirche. Aber er kapierte es nun einmal nicht, und so war er schon damals kaum je mitgegangen. Erst recht nicht an diesem Sonntagmorgen. Stattdessen hatte er bereits am Vorabend Chantal in sein Zimmer eingeschleust und ging mit ihr ins Bett. Das war die Gelegenheit, bei der ihre Tochter gezeugt wurde. Kurz nach der Geburt schaffte Lamont sich seinen eigenen Transporter an.

Diese Nacht konnte ihm niemand nehmen, wenngleich es später so aussah, als könnte man ihm seine Tochter nehmen. Aber das stand noch bevor. Zuerst kam ihre gemeinsame Nacht in der Wohnung seiner Großmutter, das Essen im Steakhaus, ihr Bummel über den Union Square und wie die Männer Chantal angesehen hatten. Genau so, wie die Männer ein paar Jahre später im Besuchsraum der Haftanstalt von Woodbourne sie angesehen hatten. Lamont teilte seine Zelle mit einem Mann namens Darrell, und eines Abends machte er den Fehler, ihm anzuvertrauen, wie er sich fühlte, wenn andere Männer Chantal so ansahen. Es war schon mehrere Monate her, seit sie Lamont besucht hatte, aber da hatte auch Darrell sie gesehen, und nun – vielleicht, um ihn über ihre Abwesenheit hinwegzutrösten, oder einfach so, um sich zu amüsieren – zeichnete er ein Bild mit Worten, die in der stillen Luft der Zelle hängen blieben.

»Sie hat ein Leben zu führen. Hör bloß auf mit deiner Unschuld. Unschuldig, das ist doch jeder blöde Nigger hier im Knast. Denk an *sie*. Wie es für *sie* sein muss. Hast du für sie gesorgt? Sie ist die Mutter deiner Tochter, aber du hast nicht für sie gesorgt. Sie braucht mehr Geld, wenn die Kleine älter wird. Sie *hatte* einen Job, als du reinkamst, aber wer weiß, ob sie den nicht *verloren* hat. Sie muss sich um das Kind kümmern, deine Tochter. Du sitzt hier drin. Sie sind draußen. Wenn sie nichts zu essen hat, muss sie auf Sozialhilfe. Wie lange lässt man sie da warten, fünfundvierzig Tage, sechzig Tage, bis sie was bekommt? Du sagst, sie wohnt bei ihrer Mutter, aber vielleicht *nicht mehr*. Wollte ihre *Mutter* etwa noch ein Baby? Was soll sie machen? Hör zu, Junge, wenn du in den Knast wanderst, schauen die Leute sie anders an, besonders sie – eine schöne Frau –, weißt du, *anders* eben. Der Typ im Laden, der Typ in der Bar, ihr Chef – jeder. Sie *braucht* jetzt was, nicht zum Spaß, nicht zum Abfeiern. Sie hat Bedürfnisse, viele Bedürfnisse, und du befriedigst keins davon. Verstehst du, was ich meine? Sie braucht 20 Dollar für Milch und Zeugs, Kindersachen. Also geht sie zum Vermieter, sie geht zu ihrem Chef, und mit dem Wissen musst du leben. Du weißt nicht, wann, wo oder mit wem, aber du weißt, warum. *Du* hast sie dazu gebracht. Hier im Bau rasten viele aus, schimpfen ihre Frauen Nutten, Huren. Ich kenne das. Die Frau ist schuld, der Chef ist schuld. Jeder ist schuld, nur du nicht. Deine Tochter wächst die *ganze* Zeit. Eine gute Mutter tut, was sie zu tun hat, egal was. Kredite bringen einen um. Das weißt du. Also denk mal nach. Was glaubst du, wie lange es dauert, bis sie sich mit dem Kerl aus der Bar irgendwie arrangiert? Und ich hab sie *gesehen*. Alles, was dir am ersten Tag so gefallen hat an ihr – das alles feuert ihn noch an.«

Es war derselbe Mann, Darrell, der bei einer anderen Gelegenheit in die Dunkelheit hinein über die Glücksgefühle redete, die er beim Wiedersehen mit seiner eigenen Tochter empfunden hatte, als er das letzte Mal entlassen worden war. Sie war damals acht Jahre alt gewesen, ungefähr im selben Alter wie Lamonts Tochter jetzt, während er am Ende des vierten Tages seiner sechsmonatigen Probezeit beim Gebäudeservice der Memorial-Sloan-Kettering-Krebsklinik nach Hause fuhr. Darrell beschrieb die Wiedersehensszene. Der Schulbus seiner Tochter hatte sich bremsend der Haltestelle genähert, an der sie aussteigen musste, aber Darrell wusste, bevor er hielt, würde er ein Stückchen an dem Haus vorbeifahren, in dem sie mit ihrer Tante lebte. Wie der Zufall es wollte, schaute sie gerade aus dem Busfenster, und das überraschte Entzücken, der Ausdruck reiner Freude im Gesicht des kleinen Mädchens, als es ihn vor dem Haus warten sah, war etwas, das Darrell nie vergessen würde. Dann, sagte er, rannte sie mit ihrem schweren Ranzen, Schleifen im Haar und aufgerissenen runden Augen zu ihm hin. Sie schrie »Daddy« und packte ihn fester, als er je gepackt worden war – nicht mal von der Polizei, die ihn ein paar Monate später wieder festnahm. Sie erwischten ihn in einer Gasse, nachdem sie ihn von der Veranda vor dem Haus der Tante bis dorthin gejagt hatten, mit der Tochter hinterdrein, die ihm – dazwischen die Polizei – ebenfalls nachjagte, auch diesmal »Daddy« schreiend. Er war gerannt und hatte nur gesehen, was vor ihm lag, nicht ihr Gesicht. Aber ihr Ausdruck, als sie ihn bei seiner Rückkehr vom Schulbus aus gesehen, und wie sie ihn dann gepackt hatte, sagte Darrell, das war eine Erinnerung, die ihn durchhalten ließ. Das war es, dafür lebte man.

Lamont wusste schon, wofür er lebte. Wenn er aus dem Gefängnis kam, würde er seine Tochter suchen, bei ihr bleiben und ihr ein Vater werden. Er würde arbeiten gehen und nie wieder in den Knast, sagte er zu Darrell, der sich von jedem Mucks eines anderen automatisch angegriffen fühlte. Darrell schoss zurück: »Klar doch, Junge, du bist der schlauste Nigger, der je einen Fluchtwagen gefahren hat.«

Trotzdem, Lamont brauchte jemanden zum Reden. Sein Besucherstrom versiegte. Chantal tauchte nicht mehr in Woodbourne auf, und es gab sonst niemanden, der seine Tochter zu ihm bringen konnte. Anfangs kam Michelle. Ein oder zwei Mal sogar mit ihrem Mann, dem Professor. Bei einem Besuch war er allein und erklärte, Michelle habe kommen wollen, sich aber um Sonja kümmern müssen, ihre Tochter, die damals ungefähr acht gewesen sein musste.

Vielleicht tat es Michelle zu weh, ihren kleinen Cousin im Gefängnis zu sehen. Oder sie war ihm böse. Vielleicht war es ihr einfach zu anstrengend, zu unerfreulich, nach Woodbourne zu fahren, oder zu unerfreulich, dort zu sein. Sie war Sozialarbeiterin. Sie hatte den ganzen Tag mit solchen Typen zu tun, fünf Tage in der Woche. Aber er war Lamont, und er war nicht immer so einer – ein Fall oder »Klient« – gewesen. Er war ein elternloser kleiner Junge gewesen, der bei seiner Großmutter aufwuchs, ein kleiner Junge, der seine Cousine so geliebt, sie verehrt, auf sie gehört hatte. Kein Wunder, dass sie nicht kam.

Ein Teil von ihm hatte nicht gewollt, dass sie kam, nicht gewollt, dass sie ihn in dieser Lage sah wie einen der Typen, denen sie täglich zu helfen versuchte. Wer würde ihr sagen, dass sie, wenn sie käme, weder ihren Mann noch ihre Tochter mitbringen sollte, weder ihren Abscheu noch ihre Enttäuschung. Oder die Shogun-Kriegerfiguren. Lieber sollte sie Danny Ehrlich sagen, dass es ein Missverständnis gewesen war. Mr Shapiro, dass es am Hutchinson River wirklich Pfeilschwanzkrebse gibt. Und bring unsere Räder mit. Etwas Hoffnung, wenn du den Besuchsraum betrittst. Würde bitte jemand ihr sagen, wenn sie tatsächlich kommen wollte, dann nicht mit dem Teil von ihr, der die Version des Staatsanwalts über die Ereignisse an jenem Abend glaubte, als Michael und dessen neuer Freund in den Spirituosenladen gingen, ihn ausraubten und sein, Lamonts, Leben ruinierten? Er hatte immer das Gefühl gehabt, dass sie ihm nicht glaubte, wenn er sagte, er habe nichts davon gewusst. Fast niemand glaubte ihm, weder die Geschworenen noch sein Anwalt, und auch Michelle nicht, was das Schlimmste war. Aber er wusste, wann immer sie käme, wäre er nicht fähig, sich ihrem Besuch zu verweigern.

Am besten, sie konzentrierte sich auf ihr eigenes Leben, ihren Ehemann Charles, ihre Tochter Sonja, ihre Karriere. Charles, der Professor, war ein bedeutender Mann, sicher viel beschäftigt, den Lamont kaum kannte. Es gab keinen Grund, warum er den Weg nach Woodbourne auf sich nehmen sollte, um den Cousin seiner Frau zu besuchen. Es war nett von ihm, dass er überhaupt gekommen war. Lamonts Großmutter kam, sooft sie konnte. Aber sie war alt, und es schmerzte sie zu sehr, ihn dort zu sehen. Er wusste das und machte ihr keinen Vorwurf daraus, dass sie nicht häufiger kam.

Michaels jüngerer Bruder jedoch besuchte ihn gleich mehrfach in Woodbourne, jedenfalls in der ersten Zeit. Sie hatten nie viel miteinander zu tun gehabt. Was wollte er?

»Wie geht's dir, Lamont?«

»Ganz gut.«

»Ich könnte zwischendurch mal nach deiner Grandma schauen. Soll ich?«

»Sicher, gerne. Danke.« Was wollte er?

»Soll ich mal nach Chantal schauen … und dem Baby?«

»Sie ist zwei.«

»Was?«

»Meine Tochter ist zwei … beinah zweieinhalb.«

»Ach so, ja.«

Lamont hörte Darrells Stimme und die Worte, die wie ein böser Ohrwurm hängen geblieben waren. »Wenn du in den Knast wanderst«, hatte Darrell gesagt, »schauen die Leute sie anders an, besonders sie – eine schöne Frau –, weißt du, *anders* eben. Der Typ im Laden, der Typ in der Bar …«

»Soll ich mal nach Chantal schauen …?«, hatte Michaels Bruder gefragt. Vielleicht wäre sie sowieso nicht mehr gekommen. Er hatte sich zu erinnern versucht und meinte, als Michaels kleiner Bruder auftauchte, sei Chantal schon nicht mehr gekommen. Aber mit der Zeit, im Laufe der Monate wurde es immer schwieriger, sich der Dinge draußen oder was inzwischen dort geschehen war, sicher zu sein. Vielleicht hatten die Besuche der beiden sich einmal überschnitten, waren sie am selben Tag, mit demselben Bus gekommen. Wer zum Teufel sollte das wissen, und was machte es schon noch aus?

»Du weißt nicht, wann, wo oder mit wem, aber du weißt, warum«, hatte Darrell gesagt. Eines Nachts, vom Echo eines Schreiens in einer fernen Zelle der Haftanstalt geweckt, was keine Seltenheit war, versuchte Lamont, an glücklichere Zeiten zu denken. Seine Gedanken wanderten zum Union Square, wo er sich umherirrend, treibend, wie ein Steppenläufer durch die Gegend gepustet, nur ein paar Jahre früher mit ihr zusammen sah. Chantal. Schau sie an! Schau diese Frau an! Sie war scharf. Sie rauchte. Sie neigte sich ihm nicht zu.

Darrell erzählte ihm das Gute und das Schlechte. Das Gute war, dass es in Woodbourne Einrichtungen gab, die ihm helfen konnten, seiner Tochter auf die Spur zu kommen. Es gab eine Gefängnisbibliothek, Häftlinge, die sich in Rechtsfragen auskannten und sogar Besuchsangebote wohlmeinender, qualifizierter Leute, die ihre Hilfe zur Verfügung stellten. Du gibst ihnen den Namen deiner Tochter, und sie überprüfen bei den Krankenhäusern der Umgebung, ob sie in der Kartei ist. Fangen mit dem an, wo sie geboren wurde. Wenn sie nicht krank war oder mal ins Krankenhaus gebracht wurde, kann man sie trotzdem finden. Über die Schulen in der Gegend, wo ihre Mutter wohnte. Schulanmeldungen kannst du auch in anderen Staaten checken. Wenn es sein muss, im ganzen Land. Das war das Gute.

Das Schlechte war, wie Darrell ebenfalls erklärte, wenn Lamonts Tochter noch nicht zur Schule ging, würde er warten müssen, bis sie im Schulalter war, um etwas über sie herauszufinden. So könnte es kommen, wenn ihre Mutter den Kontakt zu ihm verhindern wollte, und genau das schien der Fall. Also versuchte Lamont, sauber zu bleiben, ein »vorbildlicher Gefangener« zu sein, indem er sich schwor, seine Tochter zu finden, sobald sie das Schulalter erreichte. In einem hatte er Erfolg: Er *war* ein vorbildlicher Gefangener, und zur Belohnung wurde er nach Mid-Orange verlegt. Dort ging es weniger gewalttätig zu. Die Insassen konnten schon fast »die Straße sehen«, also bemühten sie sich um bessere Führung.

Inzwischen war Lamonts Tochter alt genug für die Schule. Er hätte anfangen können, ihre Spur zu verfolgen. Wenn Chantal geheiratet und dem Mädchen den Nachnamen ihres Ehemanns gegeben hatte, wäre es aussichtslos. Aber wenn *nicht,* gab es wenigstens jetzt, da sie in die Schule ging, eine Möglichkeit, sie zu finden. Zumindest hätte es diese Möglichkeit gegeben. Doch was in Woodbourne möglich gewesen wäre, konnte er in Mid-Orange nicht machen. Das war ihm nicht klar gewesen, als er verlegt wurde, zumal die Verlegung bei seinen Mitgefangenen als beneidenswerte Verbesserung der Haftbedingungen galt. Er hatte nicht begriffen, dass er genau in dem Moment, als seine Tochter das Schulalter erreichte, in ein Gefängnis verlegt wurde, das ihm praktisch keine Möglichkeit bot, nach ihr zu suchen, selbst wenn Chantal nicht geheiratet und seiner Tochter den Namen eines fremden Kerls gegeben hatte. In Mid-Orange gab es keine jener Einrichtungen, mit denen Woodbourne sich rühmte. Die Mittel der Strafvollzugsbehörde waren knapp, es musste gespart werden. Seit jeher. Mid-Orange brauchte solche Einrichtungen nicht wirklich, hieß es, denn wer nach Mid-Orange kam, konnte schon fast »die Straße sehen«.

So fegte Lamont Williams nach drei Jahren in Woodbourne drei Jahre lang in Mid-Orange die Kippen und den anderen Dreck der Gefangenen auf und malte sich den Tag aus, an dem seine Tochter ihn so anschauen würde, wie Darrell es von der seinigen erzählt hatte. Doch während Darrells Tochter wusste, wie ihr Vater aussah, hatte Lamonts Tochter ihn nicht mehr gesehen, seit sie zweieinhalb gewesen war. Es war sehr unwahrscheinlich, dass sie ihn erkennen würde, es sei denn, aufgrund von Fotos. Aber wie die Dinge standen, hatte Chantal ihr wohl kaum eins der wenigen Fotos gezeigt, die sie von ihm besaß. Auch sonst gab es niemanden, der ihr eins hätte zeigen können. Chantal hatte keinen Kontakt zu Lamonts Großmutter gehabt. Das Kind war jetzt acht Jahre alt. Es würde nicht wissen, wie er aussah, und umgekehrt. Er konnte nur versuchen, es sich vorzustellen.

Aber wie lange kannst du in deinem Pfützenbild auf dem Gefängnishof nach deiner Tochter suchen, bevor jemand hineintritt? Solange du kannst. Er glaubte zu Recht, er hätte keine Chance gehabt, es einem anderen Gefangenen so schnell zu erklären, aber zu Unrecht, kein anderer hätte es verstanden.

Jetzt war er draußen. Er hatte einen Job. Er hatte Tag vier seiner Probezeit als Angestellter beim Gebäudeservice der Memorial-Sloan-Kettering-Krebsklinik überstanden. Der Trick ist, dich nicht für das zu hassen, was du getan hast oder andere dir angetan haben. Er würde seine Tochter suchen. Wo sollte er anfangen? Er könnte zu Chantals Mutter gehen. Das könnte er heute Abend machen. Sie wusste sicher, wo Chantal war. Nicht heute, sagte seine Großmutter jeden Abend. Komm erst mal auf die Beine. Fang damit an, die sechs Monate Probezeit bei der Arbeit durchzuhalten.

Er könnte auch zu Michaels Mutter gehen. Sich nach Michael erkundigen. Und dann, wenn sie beruhigt war, dass er nichts Böses gegen Michael im Schilde führte, nebenbei nach dem Bruder fragen, der vielleicht, vielleicht auch nicht mit Chantal zusammen war. Selbst wenn Michaels Mutter ihn belog, würde Lamont es merken. Er wüsste etwas mehr. Er würde Chantal finden. Nur nicht heute! Früher oder später würde er seine Tochter finden. Und eines Tage würde sie ihn kommen sehen und denselben Ausdruck im Gesicht haben wie Darrells Tochter, als sie ihren Vater durch das Busfenster auf der Eingangsterrasse vor dem Haus ihrer Tante sah. Er würde sie mitnehmen zu ihrer älteren Cousine, Sonja, und zu deren Eltern, Michelle und ihrem Mann, dem Professor. Nur nicht heute! Er würde ihr Geschichten vorlesen. Geschichten erzählen. Erfinden. Es war nur eine Frage der Zeit. Komm erst mal auf die Beine. Warte noch ein bisschen, damit du aus einer stärkeren Position heraus anfangen kannst zu suchen.

Als er bei seiner Großmutter ankam, sah er, dass sie den Reis-Nudel-Auflauf, den sie früher, als er in der Schule gewesen war, immer für ihn gemacht hatte, zum Aufwärmen bereithielt. Sie fragte ihn, wie sein Tag gewesen sei. Gut, sagte er. Bevor er duschen ging, nahm er ein Foto von seiner zweijährigen Tochter, das er im Gefängnis bei sich gehabt hatte, und stellte es behutsam auf den Sims zu den gesammelten Familienfotos, die seine Großmutter vor Jahren wie einen Schrein aufgebaut hatte. Es gab ein Foto von ihm als Schuljungen, eins von seinem verstorbenen Großvater, mehrere von Michelle, darunter ein Kinderbild mit Lamont zusammen und eines von ihrer College-Abschlussfeier. Es gab ein Hochzeitsfoto von Michelle und dem Professor. Und zwei von Lamonts Mutter. An einem davon lehnte nun ein weiteres Mitglied der Familie, die Tochter von Lamont und Chantal. Er würde sie finden. Nicht heute.

Beim Essen sagte er seiner Großmutter, er wolle nach dem Essen vielleicht zu Chantals Mutter gehen. Wie gewöhnlich war seine Großmutter dagegen. Nicht heute. Lamont fragte nicht, warum. Er wollte nicht, dass sie ihm sagte, solange er nicht hingehe, könne er wenigstens noch in der Hoffnung leben, Chantals Mutter würde ihn zu seiner Tochter führen. Wenn er erst einmal dort gewesen sei, sei die Hoffnung wahrscheinlich dahin, und sie wünsche ihm, Hoffnung zu bewahren. Lamont wollte seine Großmutter nicht zwingen, das alles auszusprechen. Er wollte ihr ersparen, ihm zu sagen, dass sie die Suche nach seiner Tochter für sinnlos hielt. Also fragte er lieber, wie ihr Tag gewesen sei, und beantwortete ihre Fragen nach dem seinigen. Er erzählte ihr von dem seltsamen alten weißen Mann, einem Patienten, mit dem er gesprochen hatte. Er erzählte, mit der Zeit würden sie ihm größere Verantwortung geben, ihm mehr und anspruchsvollere Sonderaufgaben überlassen. Er bot an, den Tisch abzuräumen und zu spülen. Seine Großmutter war einverstanden und zog sich zum Fernsehen in ihr Zimmer zurück. Sie horchte und merkte, dass er nicht zu Chantals Mutter ging. Sie war erleichtert.

Normalerweise hatte sie einen festen Schlaf, aber in dieser Nacht wurde sie von einem Geräusch geweckt und stand auf, um sich zu überzeugen, dass es Lamont war. Es war mitten in der Nacht, ungefähr halb drei. Er trank in der Küche ein Glas Apfelsaft. Die Neonröhre summte an der Decke. Er konnte nicht schlafen, versicherte ihr aber, es sei alles in Ordnung.

»Und die Arbeit? Wirklich?«

»Ja. Das wird laufen. Es *läuft* gut.« Er ließ sich die Ereignisse des Tages noch einmal durch den Kopf gehen. Sechs Monate minus vier Tage Probezeit. Seine Großmutter goss sich Apfelsaft in eine Teetasse. Sie sagte, sie sollten beide versuchen, noch etwas zu schlafen.

»Grandma, was ist ein Todeslager?«

»Ein was?«

»Dieser alte Patient, er sagte … es gab sechs Todeslager.«

»Das hat er gesagt?«

»Ja, Todeslager«, wiederholte Lamont, während er ihre Tasse spülte.

»Ich weiß nicht. Klingt verrückt«, sagte sie, dann beugte sie sich vor und küsste ihn auf die Stirn. »Schlaf ein bisschen«, sagte sie, als sie aus der Küche ging, um sich wieder hinzulegen.

Auf dem Weg in ihr Zimmer bemerkte sie das Foto eines hellhäutigen kleinen schwarzen Mädchens, das ein Bild von ihrer Tochter halb verdeckte. Sie brauchte ein paar Sekunden, um zu begreifen, wer es war. Das beschämte sie ein wenig.

Lamont hatte sein Glas ausgespült und stellte es gerade auf das Abtropfgitter, als er im Flur ihre Stimme hörte.

»Wahrscheinlich ist er …«, murmelte sie vor sich hin.

»Hast du was gesagt, Grandma?«, rief Lamont.

»Wahrscheinlich … Dieser alte Mann, der Patient im Krankenhaus … das muss wohl ein Jude sein.«

Vierter Teil

»Hören Sie gut zu. Ein junger Mann – sehr jung noch – lebte mit seinem alten Vater, den er sehr liebte, in einem Haus. Dem Vater ging es so schlecht, dass er bettlägerig geworden war. Der junge Mann hatte zusammen mit seiner Mutter und einem langjährigen, treuen Diener der Familie die Verantwortung für die Pflege des kranken Vaters übernommen. Seine Fürsorge beschränkte sich nicht darauf, ihm die verschriebenen Medikamente zu geben oder sie notfalls auch selbst zu Hause zusammenzumischen. Er saß bei ihm am Bett, verband seine Wunde, massierte ihm die Beine und tat alles, was er konnte, um ihm Erleichterung zu verschaffen. Es machte ihm sogar Freude, obwohl er zugleich sein Studium sehr ernst nahm und es verständlich gewesen wäre, wenn er die Zeit, die ihm für sein eigenes Vorankommen im Leben fehlte, nur widerwillig geopfert hätte. Das alles war umso bemerkenswerter, als hinzukam, dass er, so jung und frisch verheiratet, mit seiner noch jüngeren schwangeren Frau oben im Elternhaus wohnte. Der Wunsch, ein pflichtbewusster Sohn zu sein, brachte ihn in ständigen Konflikt mit dem Wunsch, ein pflichtbewusster Student und seiner sehr jungen Frau ein guter Ehemann zu sein. Dennoch kümmerte er sich mit liebevoller Zuneigung um seinen Vater. Was meinen Sie, ist etwas davon wahr?«, fragte Adam Zignelik die Studenten, die an diesem Tag seine Vorlesung »Was ist Geschichte?« an der Columbia University besuchten.

Eigentlich hätte er diese Stunde ein paar Wochen zuvor halten sollen, aber an dem ursprünglich vorgesehenen Termin hatten die Studenten einen Zettel an der Tür des Hörsaals vorgefunden, auf dem stand, die Veranstaltung falle aus, weil Professor Zignelik »aus persönlichen Gründen«, wie es hieß, abwesend sei. Es wäre zwar hart gewesen, seine Absage damals als ein Sich-gehen-Lassen zu bezeichnen – hart und ungerecht gegenüber Adam, wie nur er selbst es zu sich war –, aber jetzt bereute er, die Stunde nicht gehalten zu haben, da er sich momentan in noch viel schlechterer Verfassung befand und nicht ein zweites Mal absagen konnte. Er wusste nicht, ob er die Vorlesung durchhalten würde. Kürzlich hatte er sich überlegt, dass es vielleicht ein bisschen spät für Geschichtsstudenten war, ihnen kurz vor dem Bachelor zu erzählen, was Geschichte ist. Doch der Fachbereich wollte die Veranstaltung unbedingt haben, und er war beliebt bei den Studenten, was das Erste sicher beeinflusste. Wie dem auch sei, wenn Historiker über die Definition von Geschichte stritten, konnte es keine Schande sein, sie mit Studenten zu diskutieren. Adam hatte die Vorlesung auch immer gern gehalten, sie aufregend gefunden.

Doch heute bestand seine Aufregung in der Unsicherheit, ob er sie überstehen würde. Würde er imstande sein, in sinnvollen Zusammenhängen zu reden, bis der letzte seiner Zuhörer den Raum verlassen hatte? Es gab immer ein oder zwei, die sich vertrödelten. Würde er die Beherrschung verlieren und die Studenten anschreien, wenn ihre Ignoranz seine Berufswahl verhöhnte, die er in manchen Zeiten als Berufung empfunden hatte? Würde er sie humorlos abstrafen, sie herunterputzen, wenn sie auf seine Fragen schwiegen, wenn sie unfähig waren, sich auf die sokratische Methode der heutigen Vorlesung einzustellen – eine Methode, derer Adam sich selten bediente –, nur weil ihr Versagen aus seiner Sicht, zumal an diesem Tag, bei seiner inneren Bereitschaft, jede fehlende Antwort als weiteren

Beweis zu werten, die endgültige Bestätigung dafür wäre, dass er sein Leben verschwendete? Würde er es schaffen, während der ganzen Vorlesung zu stehen? Würde er durchhalten, ohne in Tränen auszubrechen? Es konnte in der Tat noch eine aufregende Stunde werden.

»Ist etwas davon wahr?«, wiederholte er, als ließe das Schweigen sich dadurch erklären, dass keiner der Anwesenden die Frage beim ersten Mal gehört hatte. Er wartete erneut, aber nicht so lange. Er musste das Schweigen überstehen. Aber auch dann konnte es passieren, dass er von den Worten, denen er seine Stimme lieh, abschweifte und sein Kopf von jenen Gedanken gestürmt wurde, die er an diesem Tag am meisten fürchtete, und an so vielen kommenden Tagen in den ungeschützten Schweigepausen zwischen seinen Worten fürchten würde. Einatmen, aber nicht zu heftig, sagte er sich. Das Schweigen würde ihm den Rest geben. Vielleicht war es ein Fehler, ausgerechnet heute die sokratische Methode anzuwenden. Er hatte sich gedacht, die aktiven Beiträge der Studenten könnten die Zeit füllen, sodass er, auch wenn er nicht mit dem Stoff durchkam, die Vorlesung wenigstens überlebte. Sicher konnte er damit rechnen, dass die jungen Leute versuchen würden, sich gegenseitig zu beeindrucken, dass sie miteinander flirteten, Rivalitäten austrugen, alle Waffen einsetzten – in Fragen gekleidete Behauptungen, aufgeschnappten Fachjargon, der als Wissen ausgegeben würde, vage politische Vorstellungen mit dem Anstrich anerkannter Positionen etablierter Denkschulen.

»Zum Glück hat niemand versucht, die Frage zu beantworten.« Alles lachte. Adam holte Luft. »Ihr Schweigen ist fast die perfekte Antwort. Wirklich! Fast. Was wäre noch zu verbessern? Was fällt Ihnen dazu ein?«

Erneutes Schweigen. Kommt schon, Leute, flehte er insgeheim. Wo ist eure Libido? Wo sind eure Egos? Helft mir. Ich habe euch zum Lachen gebracht.

»Okay, ich habe gefragt, was an der Geschichte wahr ist. Wie sollen Sie das wissen? Wie könnten Sie es wissen? Ich habe Ihnen nicht mal genug Informationen gegeben, um vernünftige, sinnvolle Fragen zu stellen. Also sollte ich besser fragen: Wie *wahrscheinlich* ist es, dass es wahr ist, was ich Ihnen über den jungen Mann erzählt habe? Ich schlage folgende Kategorien vor: wahr, unwahr, wahrscheinlich wahr, wahrscheinlich unwahr, oder wir wissen nicht genug, um es zu beurteilen.«

Nicht weit entfernt war Diana, Adams Freundin seit acht Jahren, damit beschäftigt, in ihrem Morningside-Heights-Apartment die letzten Kartons, die sie für ihre Sachen brauchte, aufzuklappen und mit Klebeband zu befestigen. Am Wochenende hatten sie gemeinsam Kartons zusammengebaut und gepackt, aber du brauchst immer mehr als gedacht. In der letzten Minute brauchst du immer mehr. Samstagnachmittag hatten sie mit dem Packen begonnen und dabei Jonathan Schwartz' Auswahl aus dem *Great American Songbook* auf Radio WNYC gehört. Als die Sendung mit Nancy LaMott zu Ende ging, bildeten die Kartons eine ganze Wand.

Bald würde ein Mann, den sie über Craigslist gefunden hatte, mit einem Lastwagen kommen und Diana mit Sack und Pack zu einer Wohnung in Hell's Kitchen fahren. Eine ihrer Collegefreundinnen, die Schauspielerin geworden war, wohnte in dem ältesten der neuen Apartmenthäuser, die etwa zehn Jahre zuvor wie eine Phalanx wehrhafter Pilze aus dem Beton geschossen waren, gedüngt von Spekulanten und bewässert mit dem Regen des Atlantiks. Mittlerweile erstreckten sie sich vom Protestlager der Falun-Gong-Demonstranten gegenüber dem chinesischen Konsulat am Hudson die ganze 42nd Street entlang bis zum Times Square. Die befreundete Schauspielerin hatte ein Engagement in London und spielte danach in einem Film mit, der in Osteuropa gedreht werden sollte. Solange durfte Diana ihre Wohnung benutzen, sechs Monate. Wie ihr Leben danach aussehen würde, konnte sie sich nicht vorstellen. Allerdings hatte sie sich auch nie vorgestellt, dass dieser Tag kommen würde, und jetzt war er da. Sie konnte nicht weinen. Sie hätte weinen müssen, doch es war keine Zeit dafür. Sie musste noch den Rest für den, wie sie glaubte, letzten Karton zusammensuchen. Bald würde der Mann mit dem Lastwagen kommen. Warum geschah das alles, fragte sie sich. Es ergab keinen Sinn. Es war so unnötig. In der letzten Minute brauchst du immer noch einen Karton mehr. Du brauchst immer noch mehr Zeit.

»Also dann«, fuhr Adam an die Studenten gewandt fort, »lassen Sie mich etwas mehr über den jungen Mann mit dem kranken Vater und der schwangeren Frau erzählen. Der Zustand des Vaters verschlechterte sich rasch, und er schlief die meiste Zeit. Eines Abends, als der Sohn ihn gerade massierte, kam ein Onkel ins Haus und bot an, ihn eine Weile abzulösen. Der junge Mann war froh, für den Rest des Abends frei zu sein, und gedanklich war er sogleich bei seiner schwangeren Frau, sein Körper folgte dem Gedanken, und bald schlüpfte er zu ihr ins Bett. Sie schlief schon, aber er weckte sie, und nur Minuten nachdem er seinen Vater verlassen hatte, vereinigte er sich mit ihr.

Was mag sie gedacht haben? Ich will nicht behaupten, es zu wissen, aber innerhalb von fünf oder sechs Minuten klopfte der treue Diener an die Schlafzimmertür. Er erklärte dem jungen Mann, sein Vater sei sehr krank. Natürlich begriff der junge Mann aufgrund der Tatsache, dass man ihn zu dieser späten Stunde in seiner Privatsphäre störte, nur um ihm zu sagen, sein Vater sei ›sehr krank‹, dass dessen Zustand bedrohlich ernst geworden war. Wieso wusste er das? Weil alle im Haus seit Langem wussten, dass sein Vater sehr krank war. Das war nicht neu.

Es war, spätabends und unter heiklen Umständen, die Wortwahl des treuen Dieners, der emotional wahrscheinlich selber von dem betroffen war, was im Haus vor sich ging, ein schnell mit der gebührenden Ehrerbietung und ohne jeden Anspruch auf medizinischen Sachverstand gewählter Ausdruck, um einen Notruf abzusetzen: Komm. Deinem Vater geht es schlecht.

Der junge Mann sprang aus dem Bett und rannte zum Krankenzimmer. Sein Vater war tot. Im Augenblick des Todes war sein Onkel, der Bruder seines Vaters, bei ihm gewesen. Sie wissen ja, wo der Sohn war. Und Sie wissen, was er machte, als sein Vater starb. – Ist das wahr, unwahr, wahrscheinlich wahr, wahrscheinlich unwahr, oder wissen Sie nicht genug? Warten Sie, sagen Sie nichts! Da ist noch was. Ich habe noch ein Ass in der Tasche.«

Die Studenten lachten wieder. Wenigstens hatte er ihre Aufmerksamkeit. Aber die hätte er sowieso gehabt, wenn ihnen bewusst geworden wäre, dass sie ihren jungen Professor mit dem leichten australischen Akzent vor ihren Augen sterben sahen. Vielleicht kannten sie ihn aus der Fernsehdokumentation, wo er über die juristischen Kämpfe der Bürgerrechtsbewegung gesprochen hatte. Vielleicht war das der Grund, warum sie seine Vorlesung gewählt hatten. Es war schon ein paar Jahre her. Er war derjenige gewesen, der über seinen Vater sprach.

In dem Apartment, das Adam mit Diana teilte, gab es ein paar Fotos von ihm, und während sie den letzten Umzugskarton packte, schaute Diana sie an. Sie waren ihr so vertraut, alles, was an Geschichten damit zusammenhing, und sie fragte sich, ob sie diese Fotos nun zum letzten Mal sah. Es war ein schrecklicher Gedanke, der ihr nie in den Sinn gekommen war – einer mehr in dem Trommelfeuer schrecklicher Gedanken, die auf sie einstürmten. Acht Jahre lang war Adam so eng mit ihr verbunden gewesen, dass sie sich die nächste Phase ihres künftig getrennten Lebens so wenig vorstellen konnte, wie das Geräusch der ersten Schippe Erde auf ihrem eigenen Sarg.

In den kommenden Tagen ließ sie sich Adams angebliche Gründe für die Beendigung ihrer Beziehung immer wieder durch den Kopf gehen und kam zu dem Schluss, dass sein Vater etwas mit dem zu tun haben musste, was sie atemlos und unter Tränen als »Gefühlsvandalismus« bezeichnet hatte. Kannten sie ein einziges Paar, das sich mehr liebte als sie? Aber Diana war Mitte dreißig und wollte Kinder, während Adam sagte, er könne guten Gewissens kein Kind in die Welt setzen. Es werde nicht mehr lange dauern, dann sei er arbeitslos. Man mache Kinder nicht aus einer Laune heraus, wie man sich ein Jackett kauft, von dem man im Voraus weiß, dass man es sich nicht leisten kann. Es sah so toll aus, im Laden. Du wolltest es unbedingt. Du nimmst es mit nach Hause, probierst es an, aber den Kassenbon hast du gut aufgehoben. Man kriegt Kinder nicht aus Versehen, nicht zufällig oder auch nur unabsichtlich, wenn eine Welle der Ungewissheit auf dich zurollt. Du wirst bald darin ertrinken. Er hatte das Gefühl, das größte Geschenk, das er Diana machen könnte, sei eine Zukunft mit Kindern, die sie sich so sehr wünschte. Aber das war eine Zukunft ohne ihn.

»Also gut«, fuhr Adam Zignelik fort, »der Vater des jungen Mannes war gestorben, und er, der pflichtbewusste Sohn, war im Moment des Todes nicht bei ihm gewesen. Die Schuldlage war klar und unerträglich. Kurze Zeit später bringt die noch jüngere Frau des sehr jungen Mannes ihr erstes Kind zur Welt. Dieses neue, kleinste Mitglied der Familie ringt sich zum Leben durch, aber kaum drei Tage nach der Geburt stirbt es. Der junge Mann empfindet den Tod des Kindes als Strafe dafür, dass er seine sexuelle Lust befriedigt hat, statt sich um den kranken Vater zu kümmern. Außerdem wirft er sich vor, mit seiner Frau verkehrt zu haben, obwohl sie schwanger war. Nun? Ist das wahr, unwahr, wahrscheinlich wahr, wahrscheinlich unwahr, oder wissen Sie nicht genug?«

Ein Student, ein junger Mann, hob die Hand und sagte: »Es ist wahr.«

»Warum?«, fragte Adam.

»Weil *Sie* uns die Geschichte erzählen.« Die anderen lachten.

»Es freut mich, dass Sie nie von mir gedacht haben, ich hätte gelogen oder mich geirrt, aber ich muss gestehen, beides ist vorgekommen.« Wieder gab es Gelächter. Der Student versuchte, sich zu erklären.

»Ja, aber Sie würden uns diese Geschichte nicht hier in der Vorlesung erzählen, wenn sie nicht wahr wäre.« Erneutes Gelächter.

»Das ist doch verrückt«, hatte Diana oft genug gesagt, seit Adam darauf drängte, Schluss zu machen. »Menschen, die sich lieben, trennen sich nicht.«

Doch als sie inmitten der ganzen Kartons das Foto von Jake Zignelik anschaute, war niemand im Zimmer, der für sie, für sie beide eingetreten wäre, niemand, der bei Adam ein gutes Wort für sie als Paar eingelegt hätte. Beruflich beschrieb Adam sich als »wandelnde Leiche«. Wenn das Räderwerk der Verwaltung des historischen Fachbereichs sich lange genug gedreht hätte, würde er in der Bedeutungslosigkeit versinken und keine andere Wahl haben, als seine Karriere einzupacken, ähnlich wie er Diana gezwungen hatte, es mit ihrem Leben zu machen. Er könnte eine andere Stelle finden, beharrte Diana, aber er sagte, nein, nicht an der Uni, nicht in New York, nicht in der Stadt. Er war überzeugt, ihre Beziehung würde es nicht überleben, wenn er seine Stelle verlor.

»Also tötest du sie lieber gleich?«, hatte Diana ungläubig gefragt. Sie fand es so unsinnig, dass sie lange nicht glauben wollte, es gebe keine andere Frau. »Was ist mit einer akademischen Position *außerhalb* von New York?«, hatte sie gefragt. Aber er wollte nicht, dass sie um seinetwillen ihre Eltern im Stich ließ, die auf ihre alten Tage in Westchester lebten. Und er wollte nicht der Grund sein, dass sie ihre Stelle aufgab. Sie war Lehrerin an einer öffentlichen Schule in New Jersey. Er wollte nicht der Grund sein, dass sie ihre Freunde in der Stadt verlor. Wie sollte er es verantworten, sie aus ihrem Leben herauszureißen, wo er doch wusste, dass ihm ein Absturz mit ungewissem Ausgang drohte?

»Mein Leben entwurzeln! Machst du Witze? Du *bist* mein Leben! Ich würde zehn Mal die Stelle für dich wechseln.«

»Und was ist mit deinen Freunden? Was ist mit deinen Eltern?«

Hier wurde sie stiller, hielt kurz inne. Ihre Eltern allein zu lassen, das war schwieriger. Sie sagte es nicht, aber es war definitiv schwieriger. Sie merkten beide, hier zögerte sie. Er sagte ihr, er wolle sie nicht zu all diesen Dingen veranlassen, aber er sagte ihr nicht, wie mörderisch die Entscheidung für ihn selber war. Sie raubte ihm den Schlaf, ließ ihn mitten auf der Straße in Tränen ausbrechen, wobei er nur hoffen konnte, dass ihn niemand sah, den er kannte. Er weinte, wo auch immer er gerade war, ging in Bars, trank und erzählte ihr nichts davon. Es hätte alles nur noch schwieriger gemacht.

»Vielleicht schmeißen sie dich gar nicht raus?«

»Doch. Sie müssen. Ich habe ihnen keine Wahl gelassen.«

»Kann Charlie dich nicht retten?«

»Diana, er kann nichts tun. Ich bin fertig. Ich hab's einfach vermasselt. Tut mir leid. Ich habe nichts vorzuweisen, nichts zu bieten für den Ausschuss. Es gibt Leute von überall her, aus dem ganzen Land, der ganzen Welt, die über Leichen gehen würden, um meine Stelle zu ergattern, über Leichen für die Chance auf eine Festanstellung an meiner Fakultät, an irgendeiner Fakultät der Columbia. Und ich sag dir, sie hätten es mehr verdient als ich. Ich habe absolut nichts zu bieten und weiß selber nicht, wie es dazu gekommen ist. Charlie hat nichts in der Hand, um für mich zu kämpfen. Ja, er ist Vorsitzender des Fachbereichs, aber soll er sich etwa mit Schaumschlägerei, die nach Vetternwirtschaft riecht, für mich in die Bresche werfen? Ich habe nichts, was ich ihm zeigen könnte, weder ihm, noch dem Ausschuss, noch sonst wem – er kann mir nicht helfen.«

Sie umarmte ihn, sooft er solche Dinge sagte, was er regelmäßig tat, um sie zu überzeugen, dass sie sich trennen müssten. Diana hatte die Möglichkeit erwähnt, freischaffend zu arbeiten, ohne institutionelle Bindung, ohne akademische Position einfach über Geschichte zu schreiben. Es gab angesehene Historiker, die das mit großem Erfolg gemacht hatten.

Die von Adam sehr bewunderte Barbara Tuchman beispielsweise hatte es gemacht. Adam berief sich bei dem Thema »Was ist Geschichte?« oft auf ihre Werke, nicht zuletzt wegen ihres leichten und doch gelehrten literarischen Stils. Aber sie hatte in einer ganz anderen Zeit und unter Bedingungen geschrieben, die mit Adams kaum zu vergleichen waren. Es war fünfzig Jahre her, dass ihr erstes Buch erschienen war, als Diana sich, um ihre eigene Beziehung zu retten, nicht auf Tuchmans Werke, sondern auf deren Leben berief. Tuchman hatte in einer Zeit begonnen, für ein gebildetes Publikum zu schreiben, in der von Frauen nicht erwartet wurde, dass sie einer Arbeit außerhalb des Hauses nachgingen, und wenn sie Geld verdienten, dann eher als Zubrot zu den Einkünften der Familie. Von Adam indes erwartete jeder ein ausreichendes Gehalt, um sämtliche Mitglieder einer vermeintlichen Familie auf lange Sicht mit der Nase über Wasser durch die Wellen einer wirtschaftlichen Unsicherheit zu schleusen, die jeden Augenblick über sie hereinzubrechen drohten. Vielleicht hatte Diana jetzt, solange all ihre Gedanken auf ein Kind gerichtet waren, keine so hohen Erwartungen an ihn. Aber wer weiß, ob das so bliebe? Kinder waren ein Ausschlusskriterium, *das* K.-O.-Kriterium schlechthin, und Adam würde nicht zulassen, dass Diana ihren Kinderwunsch unter den Tisch kehrte. Er wusste, sie würde es bereuen und es ihm für den Rest des Lebens übel nehmen.

Barbara Tuchmann war mit einem berühmten New Yorker Mediziner verheiratet. Adam würde eine Lehrerin heiraten, die an einer öffentlichen Schule in New Jersey unterrichtete. Barbara Tuchman stammte mütterlicherseits aus einer Familie von Diplomaten und Präsidentenfreunden, den Morgenthaus, sowie Investmentbankern, den Wertheims, auf der väterlichen Seite. Adam Zignelik stammte von Eltern ab, die ihm kärgliche Ersparnisse und eine Leidenschaft für soziale Gerechtigkeit oder zumindest das Schuldgefühl, diese trotz aller Leidenschaft nicht verwirklicht zu haben, und viele Ängste hinterlassen hatten – einschließlich der Angst, ein Kind in die Welt zu setzen, das ähnliche Verlassenheitsgefühle erleben könnte wie die, unter denen er, bald vierzig Jahre alt, fast per Geburtsrecht gelitten hatte. Was ließ sich dagegen sagen? Diana wusste es nicht, und es war niemand da, der ihr helfen konnte.

»Der Gentleman hier vorne glaubt, wenn sie nicht wahr wäre, hätte ich Ihnen die Geschichte nicht erzählt. Nun, lachen Sie nicht, vielleicht ist er einer Sache auf der Spur«, sagte Adam. »Er beurteilt die Wahrhaftigkeit und Richtigkeit der Geschichte nach ihrer Quelle, ihrem Ursprung. Er bedient sich der Deduktion, vielleicht auch Intuition – darauf komme ich später noch zurück. Irgendwo musste er angefangen. Obwohl ich nur eine Sekundärquelle der Geschichte über den jungen Mann und seinen Vater bin, kann das als Ausgangspunkt genommen werden.

Ich bin ein Geschichtsprofessor der Columbia University, der die kostbare Zeit seiner Studenten mit einer tragischen Geschichte in Anspruch nimmt.«

»*Wahrscheinlich* ist sie wahr«, verkündete ein anderer Student mit senkrecht erhobenem Arm.

»Na ja, es könnte natürlich sein, dass nur ein raffinierter pädagogischer Trick dahintersteckt«, antwortete Adam Zignelik.

»Wir wissen nicht genug«, meinte ein Dritter.

»Ich habe die Geschichte ziemlich detailliert erzählt. Hätte ich sie aus dem Stegreif erfunden, wäre ich wohl öfter gestolpert oder über die Einzelheiten hinweggegangen. Erinnern Sie sich an die Details. Fünf oder sechs Minuten, nachdem der junge Mann begonnen hatte, mit seiner noch jüngeren schwangeren Frau Geschlechtsverkehr zu haben, unterbrach der treue Diener sie mit einem Klopfen an der Tür und dem Euphemismus: »Ihr Vater ist sehr krank.« Das später geborene Kind lebte kaum drei Tage. Erinnern sie sich? Natürlich könnte ich die Geschichte für irgendeinen schlecht durchdachten pädagogischen Zweck erfunden und sie schon tausend Mal heruntergeleiert haben.«

»*Wahrscheinlich* ist sie wahr«, sagte eine junge Frau.

»Warum?«

»Weil ... weil Sie Geschichtsprofessor an der Columbia sind und unsere kostbare Zeit damit in Anspruch nehmen.« Alles lachte. *Sie* amüsieren sich wenigstens, dachte Adam. Dann sagte er: »Sie werden sehen, im Leben funktioniert es meistens ganz gut, Antworten einfach zurückzugeben. Vermutlich hilft es Ihnen weiter. Aber die Antwort kann trotzdem falsch sein.«

Adam sehnte sich nach einem Drink. Es war noch Morgen. Obwohl er das Gefühl hatte, seine Karriere sei vorbei, war die Vorlesung es noch lange nicht. Er war nicht sicher, ob er durchhalten würde.

Diana hielt ein Foto in der Hand, auf dem Adam fast noch ein Baby war, etwa ein bis zwei Jahre alt. Seine Mutter hatte ihn in einen wattierten Steppanzug gesteckt. Als das Foto aufgenommen worden war, sollte der Ehe seiner Eltern noch eine Frist von höchstens einem Jahr bleiben. Diana wusste, es stammte aus der Zeit, als Jake Zignelik zum zweiten und letzten Mal in Australien gewesen war. Sie waren alle drei aus dem Winter in den australischen Sommer geflogen, um einen denkbar kurzen Aufenthalt mit der Familie von Adams Mutter zu verbringen. Eigentlich waren da nur ihre Eltern. Andere, die als »Familie« bezeichnet wurden, waren keine wirklichen Verwandten. Es gab ein Ehepaar, Mr und Mrs Leibowitz, die zwei Söhne hatten, Bernard und einen anderen Adam. Die beiden Adams waren ungefähr gleichaltrig. Adam wuchs damit auf, dass sein Großvater jedes Mal, wenn er die Jungen zusammen sah, auf die beiden zeigte und sagte: »Ersäuft's den alten Adam.« Es war nie komisch. Erst Jahre später wurde gerade das Unkomische daran komisch, aber nur für Adam und Diana, für sonst niemanden. Sie sagten es völlig unpassenderweise zueinander, in Restaurants, im Bus, in der U-Bahn, so unpassend, wie es dem kleinen Adam erschienen war, wenn sein Großvater es gesagt hatte. Es war ein Insiderwitz, einer von vielen, der jetzt außer Gebrauch kam. Ohne Diana würde er sich all den Gedanken, Kommentaren und Anspielungen hinzugesellen, die sonst kein Mensch kannte oder verstand, die niemanden interessierten. Niemand würde sich auch nur daran erinnern. Außer Adam. In Zukunft würde er das, wie so viele andere Dinge, nur noch zu sich selber sagen können.

»Sie vertrauen den Prüfverfahren für akademische Mitglieder der Columbia University. Warum auch nicht? Sie können nicht viel dagegen sagen. Schließlich gehört sie zur Ivy-League-Elite. Schadet es der Gesundheit einer schwangeren Frau, Sex zu haben? Schadet es dem Baby? Lassen Sie mich einen Schritt zurückgehen. Ohne Sie nach Ihrer Einschätzung eines Mitglieds dieser Fakultät, einschließlich meiner selbst oder einer Person in diesem Raum zu fragen – gibt es irgendjemanden in einem Ihrer Kurse, den Sie, nun ja … für einen Idioten halten? Danke für Ihr Lächeln. Das hat nicht lange gebraucht. Also gut, jemand von der Columbia hat diesen Idioten zugelassen. Die Columbia kann Fehler machen. Sie macht welche. Sie haben es gesehen. Sagen Sie immer noch, die Geschichte sei wahrscheinlich wahr, weil jemand von der Columbia, der von jemand anderem von der Columbia zugelassen wurde, sie Ihnen erzählt hat? Das Baby starb, und in der Überzeugung, der Tod sei eine direkte Folge des Geschlechtsverkehrs mit seiner schwangeren Frau, gab der Mann sich die Schuld daran. Ist Sex während der Schwangerschaft nach heutigen Vorstellungen schädlich für die Gesundheit von Mutter oder Kind?«

»Nein«, antwortete eine junge Frau.

»Die Familie des jungen Mannes hatte einen Diener. Unabhängig von der gesellschaftlichen Stellung der Familie können wir daraus schließen, dass es Menschen gab, die aus niedrigeren Schichten stammten als er. Wenn er die Vorstellungen seiner Zeit über die Auswirkungen von Sex auf den Fötus kannte und infolgedessen den falschen Schluss zog, was sagt uns das?«

»Dass er in der Vergangenheit gelebt hat«, antwortete dieselbe junge Frau.

»Und wenn er, aus einer irgendwie privilegierten oder sozial höher stehenden Familie, mit so jungen Jahren eine *noch jüngere* Frau heiratete, was sagt uns das?«

»Das Gleiche: dass er in der Vergangenheit gelebt hat«, wiederholte die junge Frau. Eine Frau mit glatten schwarzen Haaren, die Adam, soweit er sich erinnern konnte, noch nie in seiner Vorlesung gesehen hatte, warf leise ein: »Nicht unbedingt. Es könnte auch eine Geschichte über Menschen sein, die heute leben, nur in einer anderen Gesellschaft, einer Gesellschaft mit anderen Werten.«

»Gut, ja. Aber ich bin Geschichtsprofessor an der Columbia University. Ich erforsche Geschichte. Ich lehre Geschichte. Was immer das sein mag, es hat etwas mit Vergangenheit zu tun. Also frage ich noch einmal: Ist die Geschichte wahr, unwahr, wahrscheinlich wahr, wahrscheinlich unwahr, oder wissen Sie nicht genug?«

Ihre Augen auf Adams Schuhe gesenkt, meldete die Frau mit den glatten schwarzen Haaren sich erneut zu Wort. »Die Columbia macht Fehler«, sagte sie.

Nicht heute, tu mir das nicht an, dachte Adam.

Jeder macht Fehler. Es dauerte, bis Diana an die Sprechanlage ging, als der Mann von Craigslist klingelte. Sie hielt das Schwarz-Weiß-Foto von Adam als Kleinkind im wattierten Steppanzug in der Hand. Sie wollte es mitnehmen. Sie hatte es acht Jahre lang angeschaut, es jeden Tag gesehen und gedacht, wenn Adam jemals einen Sohn hätte, sähe er vielleicht aus wie dieser kleine Junge im wattierten Steppanzug. Sie hoffte es. Sie wünschte, sie könnte die Zeit zurückdrehen und ihn halten, ihn drücken, den Jungen auf den Arm nehmen und ihn schützen vor allem, was da kommen würde, worüber sie so viel wusste. Adam und Diana studierten wechselseitig ihre eigene Geschichte. Die Vertrautheit mit dem Leben des anderen transzendierte ihre Ankunft darin. Außerdem waren sie beste Freunde, und in gewisser Weise passten sie aufeinander auf.

Diana hielt das Foto in der Hand. Sie hörte den Mann mit dem Umzugswagen seine Karre zur Wohnungstür rollen. Sie wollte das Foto mitnehmen. Es gehörte ihr nicht wirklich. Alles hatte ihnen beiden zusammen gehört. Nur Adam hatte ihr allein gehört. Sie blickte sich im Wohnzimmer um.

Jahrelang hatten sie sich hier am Wochenende gemeinsam Zeitung lesend auf dem Boden ausgestreckt oder auf der Couch gelegen und Radio WNYC gehört. Es klopfte an der Tür. Der Mann mit dem Umzugswagen. Er kam wegen der Kartons. Das war ein großer Fehler.

»Die Columbia macht Fehler«, hatte die Studentin gesagt. Ja, aber manchmal kann die Columbia ihre Fehler korrigieren. Er war eine unkluge Investition gewesen. Adam hatte gerade einen Lichtblick gesehen, eine kleine Chance, die Stunde durchzuhalten, ohne zusammenzubrechen, sich aufzulösen oder zu verenden, als die honighäutige Frau mit den glatten schwarzen Haaren – woher kam sie wohl? – allen und besonders ihm in Erinnerung rief, dass die Columbia Fehler machte. Die Columbia macht Fehler wie jeder von uns: Erörtern Sie. Du wirst nie wieder jemandem so nah sein wie Diana: Erörtern Sie.

»Nach dem Tod seines Vaters und dann seines neugeborenen Kindes trachtete der junge Mann den Rest seines Lebens danach, sich von den ›Fesseln der Wollust‹, wie er es nannte, zu befreien. So weit, so gut. Ich werde die Kategorien jetzt noch einmal durchgehen und Sie bitten, dass jeder seine Meinung auf ein Stück Papier schreibt. Dann sammeln wir die Antworten ein und sehen, wie die Verteilung ausfällt: Ist die Geschichte wahr, unwahr, wahrscheinlich wahr, wahrscheinlich unwahr, oder wissen Sie nicht genug?«

Die Studenten schrieben ihre Zettel, welche Adam einsammeln und sich nach vorn bringen ließ. Währenddessen konzentrierte er sich auf seine Atmung. Er konnte sich nicht mehr erinnern, welchen Sinn es haben sollte, die Meinungen der Studenten tabellarisch zu erfassen und ihnen das Ergebnis mitzuteilen. Er konnte überhaupt keinen Sinn mehr ausmachen. Wenn es darum ging, aufzuzeigen, dass auch die Mehrheit irren kann, wusste er, dass sogar *sie* das schon wussten. Er versuchte einfach nur, die Vorlesung zu überstehen. Wem würde es schon wehtun, wenn sie den Raum mit nichts als dem Wissen verließen, dass die Columbia Fehler macht, und dass die Mehrheit irren kann? Das war es nicht, was er sie lehren sollte, jedenfalls nicht ganz, aber er stellte sich vor, dass vielleicht gerade in der Kluft zwischen ihrer Erwartung und dem, was er sie gelehrt hatte, die nützlichste Lektion lag: Enttäuschung. So konnte er sich vormachen, nicht verantwortungslos zu sein. Tief innen aber wusste er, dass er lediglich die Zeit bis zu dem Punkt totschlug, wo es egal sein würde, nichts anderes zu tun.

Er sortierte die Zettel nach den Kategorien und verkündete überrascht, es sei tatsächlich eine richtige Antwort dabei.

»Jemand unter Ihnen war mutig genug, sich aus der Deckung zu wagen, und sollte dafür belohnt werden. Diese Person, eine einzige, hat einfach ›wahr‹ hingeschrieben. Es stimmt, die Geschichte ist wahr. Würde die- oder derjenige bitte die Hand heben?«

Es war die honighäutige Frau mit den glatten schwarzen Haaren. Alle schauten sie an, doch statt stolz zu sein, dass sie als Einzige die Antwort richtig hatte, schien die Aufmerksamkeit ihr solches Unbehagen zu bereiten, als hätte sie als Einzige falsch gelegen. Wer war diese Frau, fragte Adam sich. Woher kam sie? Sie schien keinen Akzent zu haben. Welcher Ethnie gehörte sie an? War sie unglaublich schön oder doch eher ziemlich hässlich? Weit entfernt von einem gewöhnlichen Gesicht, konnte jede endgültige Entscheidung darüber, wie attraktiv sie war, durch die geringste Neigung ihres Kopfs, eine Augenbewegung, Verschiebung der Lippen oder gar eine Veränderung der Spannung und Streckung ihrer Halsmuskeln vollkommen hinfällig werden. Sie war absolut verblüffend, und doch kam es Adam so vor, als wäre sie zum ersten Mal in seiner Vorlesung aufgetaucht.

»Sie schreiben, die Geschichte sei wahr. Es stimmt. Andere haben geschrieben *wahrscheinlich* wahr, aber Sie sind bei *wahr* geblieben. Was hat Sie dazu veranlasst?«

»Ich habe das letzte Bisschen an Information mit dem kombiniert, was Sie schon gesagt hatten, und ich glaube, ich weiß, wer der junge Mann war.«

»Sie haben aus den paar Fakten geschlossen, dass es sich um eine reale historische Figur handelt?«

»Ja.«

»Das gehört zum Handwerk des Historikers, ein wichtiger Teil seiner Arbeit. Mittels der Fakten, die ihr als solide Grundlage bekannt waren, hat sie eine Brücke ins Unbekannte geschlagen. Was meinen Sie, wer der junge Mann in der Geschichte war?«

»Ich glaube, Gandhi.«

»Wow! Es stimmt. Wir denken bei Gandhi ja meistens nicht an den jungen Mann, aber was ich über ihn erzählt habe, war lange, bevor er einen Oscar für seine Darstellung von Ben Kingsley erhielt.« Niemand lächelte. Adam konzentrierte sich aufs Atmen. »Wir denken an ihn auch kaum als wollüstig. Tatsächlich denken wir überhaupt nicht viel an ihn. Also lassen Sie uns einen Augenblick an ihn denken, diesen Mann – Gandhi.

Mitten in dem gewalttätigsten Jahrhundert der wechselhaften, tragischen, manchmal schönen und oft erstaunlichen Geschichte unseres Menschengeschlechts rüttelte dieser nach außen hin scheue, dünne, kahlköpfige Mann, der Wert darauf legte, handgesponnene, graubraune Kleidung zu tragen, Millionen verschiedenartiger, zumeist ungebildeter Menschen wach und wurde der geistige Vater der größten Demokratie der Welt. Das alles gelang ihm, indem er Formen dessen entwickelte und praktizierte, was wir heute als ›gewaltfreien zivilen Widerstand‹ bezeichnen. Wäre das alles auch ohne seine frühen Erlebnisse geschehen, ohne die Scham, die ihn für den Rest seines Lebens danach trachten ließ, sich von den Fesseln der Wollust zu befreien? Wäre er derselbe oder annähernd derselbe Mensch geworden?

Man möchte meinen, das sei eine Frage, die vielleicht eher an Soziologen oder Anthropologen gerichtet werden sollte. Oder vielleicht an Psychologen. Sollten die nicht erst versuchen, sie zu beantworten? Ist so etwas *je* eine Frage für uns Historiker? Und wenn ja, wann ist sie unsere Angelegenheit? Was ist eigentlich unsere Angelegenheit? Geschichte, nicht wahr? Das machen wir doch, oder? Aber was ist Geschichte? Denken wir einen Augenblick darüber nach. Nicht lange. Keine Unruhe im Saal, es wird nicht lange dauern. Wenn Sie später auf Ihr Leben zurückblicken, sind Sie mit einem Augenzwinkern drüber hinweg. Aber nehmen wir uns diesen Augenblick, um darüber nachzudenken, bevor Sie gleich die lange Fahrt mit der U-Bahn den ganzen Weg nach Downtown antreten. Sie wissen schon, wohin ich meine. Es wird weniger Zeit in Anspruch nehmen, als wenn Sie auf halber Strecke bei Staples aussteigen, um die richtige Kartusche zum Ausdrucken Ihres Lebenslaufs mit Begleitschreiben auszuwählen, weniger Zeit, als es dauern wird, Ihre Bewerbung einzureichen und den Job an der Wall Street zu bekommen, der Ihnen erlauben wird, den ansonsten so hinderlichen Klotz Ihrer Studienkredite in kürzerer Zeit zurückzuzahlen.

Also dann, versuchen wir die nächste Runde. Stellen Sie sich Folgendes vor: Während der Hitlerjahre sammelte sich in Polen eine Gruppe deutscher Männer und sang Negro Spirituals.« Die Studenten lachten wieder. »Versuchen Sie, mittels der Fakten, die Ihnen als solide Grundlage bekannt sind, eine Brücke ins Unbekannte zu schlagen. Ist der Satz wahr, unwahr, wahrscheinlich wahr, wahrscheinlich unwahr, oder wissen Sie nicht genug?«

Ein junger Mann reckte die Hand. »Unwahr«, sagte er. Jemand anders, eine Frau, meinte: »*Wahrscheinlich* unwahr.«

Adam fragte: »Was ist wohl mutiger: sich aus der Deckung zu wagen oder auf Nummer sicher zu gehen, nachdem das Wagnis so deutlich gelobt worden ist? Warum sagen Sie ›unwahr‹?«

Der Student erklärte: »Aus mehreren Gründen. Die Nazis standen der Religion bestenfalls ambivalent, wenn nicht feindlich gegenüber. Nach ihrer radikalen Lehre galten Afroamerikaner als minderwertig, sicher nicht als Gruppe, deren Kultur zu verehren wäre, und im Übrigen hätten sie gar keine Spirituals gekannt.«

»Ich würde dem, was Sie gesagt haben, durchaus zustimmen. Ändert sich etwas, wenn ich ein paar Informationen hinzufüge? Hören Sie. Während der Hitlerjahre sammelte sich im polnischen Zdroje eine Gruppe deutscher Männer und sang Negro Spirituals. Zdroje liegt an der Oder, in Polen ›Odra‹ genannt.« Allgemeines Schweigen.

»Nun«, sagte Adam, »ich vermute, nicht jeder hat spontan eine Landkarte von diesem Teil Europas im Kopf. Wann war Hitler an der Macht?«

»Von 1933 bis 1945«, sagte der Student, der auf eine unwahre Geschichte geschlossen hatte.

»Und wann oder womit begann der Zweite Weltkrieg in Europa?«

»Mit Deutschlands Überfall auf Polen«, schoss der Student zurück.

»Ich habe nicht gesagt, die deutschen Männer hätten *während des Kriegs* in Zdroje Spirituals gesungen. Hilft das weiter? Es gab sechs Jahre, etwas mehr sogar, vor dem Angriff auf Polen, in denen sie die Hymnen singen konnten. Der Fluss heißt auf Deutsch ›Oder‹, aber auf Polnisch ›Odrą‹. Was schließen wir daraus?«

»Dass er durch beide Länder fließt.«

»Das liegt nahe, ja, ist aber kein Beweis. Was wir ›Paris‹ nennen, nennen die Franzosen ›Pariie‹. Das bedeutet ja nicht, dass es in Frankreich und in Amerika liegt. Trotzdem, Ihr Denkansatz gefällt mir. Wenn der Fluss durch beide Länder fließt, deutet das auf ein Grenzgebiet hin. Die Stadt oder der Vorort Zdroje war in Deutschland unter dem Namen ›Finkenwalde‹ bekannt.«

»Dann müsste es noch wahrscheinlicher an der deutsch-polnischen Grenze liegen, könnte vor dem Krieg sogar zu Deutschland gehört haben«, warf jemand ein, ohne die Hand zu heben.

»Könnte sein. Und wenn ja, was dann?«, fragte Adam, und wieder antwortete ein anderer Student.

»Dann ist es wegen der Naziideologie in Bezug auf Religion und Rasse immer noch unwahrscheinlich, dass die Geschichte wahr ist. Kein Nazi, der etwas auf sich hielt, hätte Negro Spirituals gesungen, auch nicht vor dem Krieg.«

»Er hat recht«, sagte Adam. »Das ist in der Tat unwahrscheinlich. Höchst unwahrscheinlich, leider. Aber ich habe nicht gesagt, die Sänger seien Nazis gewesen. Es waren Deutsche. Deutsche Männer. Und es ist *tatsächlich* wahr. In den Jahren von 1935 bis 1937, als der Nationalsozialismus die Oberhand gewann, Deutschland wieder aufgerüstet wurde und das restliche Europa ängstlich zuschaute, konnte man in Finkenwalde, einem heute als Zdroje bekannten Teil von Stettin, eine Gruppe deutscher Männer ›Swing low sweet chariot‹ singen hören, auf Englisch.

Sie lernten die Texte, die Musik und den Stil, in dem Spirituals gesungen wurden, von einem Mann, der sie ungefähr eine Meile von hier entfernt, an der West 138th Street, gelernt hatte. Die deutschen Sänger von Finkenwalde waren Mitglieder eines Predigerseminars, dessen Gründer 1930 in New York gewesen war, obwohl es ihn eigentlich in den fernen Osten zog. Weil er sich für die Lehren Gandhis interessierte, hatte er immer nach Indien fahren wollen. Aber stattdessen kam er hierher. Es war wahrscheinlich einfacher. Was kann er 1930 in New York gesehen haben? Das Rockefeller Center war noch nicht erbaut, das Empire State Building gerade *im* Bau, wegen der Prohibition durfte er nicht mal ein Glas Wein trinken, ohne das Gesetz zu brechen, und die Arbeitslosigkeit war hier noch höher als seinerzeit in Deutschland. Mithilfe eines Stipendiums verbrachte er einen Studienaufenthalt am Union Theological Seminary, gleich drüben am Broadway. Er traf den in den USA geborenen, deutschstämmigen Theologen Reinhold Niebuhr, der viel über die Notwendigkeit schrieb, dass Christen sich aktiv für soziale Verbesserungen einsetzen. Er verschlang amerikanische Literatur und Philosophie und versuchte, so viel wie möglich von der neuen Umgebung aufzusaugen. Begeistert streifte er durch die Stadt und schrieb: ›Wenn man New York wirklich ganz auskosten will, so kann einen das fast zugrunde richten.‹ Er schaute sich Harlem an. Es war immer noch die Zeit der Harlem Renaissance, und dieser weiße deutsche Theologe begann afroamerikanische Gegenwartsliteratur und Schriften der NAACP zu lesen.

Ein schwarzer Kommilitone vom Union Theological Seminary, mit dem er enge Freundschaft schloss, führte ihn in Harlem herum und gab ihm Einblicke aus erster Hand in das Leben dort, wo hundertsiebzigtausend Afroamerikaner pro Quadratmeile zu leben versuchten. Durch diese Freundschaft wurde der weiße Deutsche schließlich ein regelmäßiger Besucher der Abyssinian Baptist Church von Adam Clayton Powell junior *und* senior an der West 138th Street, wo er zum ersten Mal ›Swing low, sweet chariot‹ hörte.

Er war unglaublich beeindruckt von der Art, wie dort Gottesdienst gefeiert wurde. So etwas hatte er noch nie gesehen. Die Leidenschaft, mit der diese Menschen ihren Gott und ihre Religion zu lieben schienen, stand in scharfem Kontrast zu den strengen Formen der Anbetung, die er aus seiner Heimat kannte. Er kaufte sich Schallplatten von den Spirituals, nahm sie mit nach Deutschland, und später, als die Zeiten noch schwieriger wurden, brachte er sie seinen Theologiestudenten in Finkenwalde bei. Ach ja, Sie sind doch sicher schon unserem Fachbereichsleiter, Professor Charles McCray, begegnet. Nun, sein Vater, William McCray, kannte den Mann, der diesen weißen deutschen Theologen 1930 in Harlem herumgeführt hat.«

Ungefähr ein Mal in der Woche, manchmal öfter, kam William McCray ins Büro seines Sohns in der Fayerweather Hall auf dem Campus der Columbia. Er kam immer gegen Ende des Tages. Sie redeten eine Weile über Politik, Wirtschaft, Geschichte, den Zustand der Welt, bevor sie zu Charles nach Hause gingen, um mit seiner Frau Michelle und Tochter Sonja zu essen. William, der sowohl im Zweiten Weltkrieg als auch in der Bürgerrechtsbewegung gekämpft hatte, lebte mit seinen über achtzig Jahren in einer eigenen Wohnung nicht weit von der Columbia, und daher nicht weit von der Familie seines Sohns entfernt. Charles und Michelle waren etwas besorgt um ihn, aber William schätzte seine Unabhängigkeit, ja, er war sogar stolz darauf.

Es war ruhig auf dem Campus an diesem Nachmittag, wie meistens, wenn er seinen wöchentlichen Gang zum Büro seines Sohns unternahm. Er war etwas früh dran und nutzte das milde Wetter, um sich auf eine Bank neben den Rasen zu setzen, ehe er die Fayerweather Hall betrat. William hatte zu einer Zeit Jura studiert, als die meisten Eltern der jungen Leute, die an ihm vorbeieilten, noch nicht einmal geboren waren. Er schaute die Studenten so genau an, wie ihre Eile es erlaubte, aber sie waren so mit sich selbst beschäftigt, dass sie ihn nicht bemerkten. Wie kommt es, fragte er sich, dass die Summe aller seiner gestrigen Tage keinen einzigen Moment von ihren heutigen ergab? William McCray hatte ungefähr gleichzeitig mit Jake Zignelik 1949 beim LDF, der Rechtshilfeorganisation der NAACP, zu arbeiten begonnen. In ihrem Büro an der West 40th Street konnten die jungen Anwälte, wenn sie eine Denkpause einlegten, aus dem Fenster schauen und sich von dem ehrwürdigen Hauptgebäude der New York Public Library inspirieren lassen oder den beruhigenden, tröstlichen Blick auf das Grün des Bryant Park genießen. Sie und eine Handvoll anderer Rechtsberater bekamen ein Gehalt von 3600 US-Dollar pro Jahr. Neben ihrem Büro gab es ein kleines

Zimmer mit zwei Sekretärinnen, und auf der anderen Seite war das Büro von Thurgood Marshall.

In der Anfangszeit teilte William sein Büro mit Jake Zignelik, einem respektvollen, aber hitzigen, ziemlich drahtigen jungen Burschen aus jüdischer Familie, der erst noch lernen musste, dass sein leidenschaftliches Engagement bei der Arbeit helfen, sein Zorn jedoch nur stören konnte. Zorn konnte den Nutzen der Leidenschaft sabotieren und zum Feind eines guten Anwalts werden. Thurgood brachte ihm das bei. Komischerweise war derjenige, dem das am häufigsten erklärt werden musste, zugleich – jedenfalls damals – der einzige Weiße unter den Anwälten der Organisation. Von jedem dort wurde erwartet, dass er die Gesetze kannte oder wusste, wo er sie nachschlagen konnte. Aber Jake musste zusätzlich noch lernen, was es bedeutete, mitten im zwanzigsten Jahrhundert in Amerika Schwarz zu sein. Er musste lernen, wie Schwarzsein sich anfühlt, oder zumindest, wie es sich für die Schwarzen anfühlte, und trotzdem seine Arbeit tun. Natürlich konnte er es nie ganz nachempfinden, aber jeder der jungen Anwälte hatte noch etwas zu lernen, und Thurgood mit seiner ruhigen Art scheute sich nicht, sie daran zu erinnern. Jeder sollte sich anstrengen, seine Sache noch etwas besser machen, noch etwas mehr lernen.

Außer ihnen die Rechtspraxis am Beispiel seiner eigenen Gerichtsauftritte nahezubringen, sorgte Thurgood dafür, dass alle seine Mitarbeiter, einschließlich William McCray, sich stets bewusst waren, was die Bürgerrechtsanwälte einem einzigen Mann zu verdanken hatten: Charles Hamilton Houston, dem Großvater der Bürgerrechte. Er war unter den fünf Prozent der besten Collegeabsolventen seines Jahrgangs gewesen und der erste Schwarze, der in die Redaktion der *Harvard Law Review* gewählt worden war. Als Dekan der juristischen Fakultät an der Howard University hatte er Thurgood und viele andere schwarze Juristen ausgebildet und geprägt, bevor er 1935 zum Sonderberater der NAACP berufen wurde. Von ihm, Charles Hamilton Houston, stammte der Plan, die Sache der Bürgerrechte durch Gerichtsprozesse voranzutreiben. Seine Studenten fasste er hart an, auch Thurgood Marshall, dem es immer wieder Spaß machte, William und den anderen von dem eisernen Charlie Houston, genannt »Betonklotz«, zu erzählen. »Kein Tee für die Schwachen, kein Lohn für die Toten« soll sein Spruch gewesen sein.

William wurde auch über die Vorgeschichte des LDF aufgeklärt, wie die Rechtshilfeorganisation entstanden war, wie sie sich finanzierte. Jeder musste lernen, was vor ihm gewesen war. Damals, 1943, während des Krieges, sechs Jahre, bevor William beim LDF anfing, hatte es in Detroit Rassenunruhen gegeben. Ein spontaner Streik war ausgebrochen, in dem sich die Wut der Weißen über eine Lohnerhöhung für drei schwarze Arbeiter der Packard-Werke entlud. Vierunddreißig Menschen wurden getötet, über sechshundert verletzt und Eigentum verwüstet. Harold Oram, ein ehemaliger Footballstar der University of Miami, der sich für die Sache des sozialen Fortschritts engagierte, organisierte ein Hilfskomitee, aus dessen Aktionen später der LDF hervorgehen sollte. Die erste und dringlichste Aufgabe bestand in Spendensammlungen für die über tausendzweihundert Opfer der Krawalle von Detroit. In seinem rastlosen Bemühen sammelte Oram die Unterschriften von Adam Clayton Powell jun., Mary McLeod Bethune, einer Anführerin der National Organization of Negro Women, Henry Sloane Coffin, Präsident des Union Theological Seminary, Mrs Louis D. Brandeis, der Frau des ersten jüdischen Richters am Obersten Gerichtshofs, James Bryant Conant, Präsident der Harvard University, Albert Einstein, Archibald MacLeish, Rabbi Abba Hillel Silver, Helen Keller, Reinhold Niebuhr und Rabbi Stephen S. Wise. An die 15 000 US-Dollar wurden aufgetrieben. Und das lange, bevor Großkonzerne begriffen hatten, wie werbewirksam die Unterstützung sozialer Hilfsprojekte sein konnte.

Außerdem waren da die Menschen, denen geholfen werden sollte. Es genügte nicht, die Gesetze zu kennen. Thurgood wollte, dass seine Anwälte so viel wie möglich über ihre hilfesuchenden Mandanten wussten. Sie mussten auch deren Vorgeschichte kennen. Der junge William McCray hatte es kurz nach seiner Ankunft erklärt bekommen: Zwei Jahre zuvor, 1947, hatte es in Clarendon County, South Carolina, dreißig Schulbusse für weiße und keinen einzigen für schwarze Kinder gegeben. Als J. A. DeLaine, ein schwarzer Prediger und seit über zehn Jahren Lehrer an der Schule, bei dem weißen Leiter der Schulbehörde vorstellig wurde, um sich über diesen Missstand zu beklagen, blickte der weiße Leiter von seiner Schreibtischroutine auf und sagte: »Wir haben kein Geld, um deinen Niggerkindern einen Bus zu kaufen.« Als DeLaine sich damit nicht zufrieden gab, feuerten sie ihn. Dann feuerten sie seine Frau, zwei seiner Schwestern und eine Nichte. Dann drohten sie ihm Gewalt an. Dann fanden sie einen fadenscheinigen Klagegrund, brachten ihn vor Gericht und bürdeten ihm eine Geldstrafe auf, die er unmöglich bezahlen konnte, mit der Folge, dass er nirgendwo mehr Kredit bekam. Dann steckten sie sein Haus an. Als er die Feuerwehr rief, kamen die weißen Feuerwehrmänner gerade rechtzeitig, um zuzuschauen, wie sein Haus niederbrannte. Seine Kirche wurde regelrecht gesteinigt, und nachts wurde mit Flinten auf ihn gefeuert. Als er zurückschoss, zeigten sie ihn wegen unrechtmäßigen Gebrauchs einer Schusswaffe an. Um diese Zeit floh er aus dem Bundesstaat. Damit begann einer der Fälle, die vor Gericht gebündelt und unter der Sammelbezeichnung *Brown versus Board of Education* bekannt werden sollten.

William McCray erinnerte sich an die prickelnde Aufregung seines ersten Arbeitstags. Es hätte wohl besser bezahlte Stellen für Anwälte in New York City gegeben, sogar für »Negeranwälte«, wie sie genannt wurden, aber für ihn, dessen war er sich sicher, gab es auf der ganzen Welt keine bessere als diese.

Das hatte er bereits an seinem ersten Tag gespürt, als er noch nicht ahnen konnte, was da auf ihn zukam, nichts von den historisch bedeutsamen Ereignissen – bedeutsam auch für die stockende Geschichte westlicher Aufklärung –, zu denen er und seine Kollegen ihren Teil beitragen würden. Und mit fünfundzwanzig hatte er sich schon dafür eingesetzt, den Zweiten Weltkrieg zu gewinnen.

»Der deutsche Theologe«, setzte Professor Zignelik seine Vorlesung fort, »war ein aktiver Gegner des Nationalsozialismus. Sein Name war Dietrich Bonhoeffer. Wie Gandhi glaubte er, ethisches Verhalten bedeute, dem Bösen handelnd entgegenzutreten, nicht nur intellektuell, durch Schreiben, Denken und Argumentieren. Nachdem er die Blüte der afroamerikanischen Kultur in Harlem erlebt, die Kraft leidenschaftlicher schwarzer Gottesdienste gespürt und gesehen hatte, unter welchen Bedingungen die Schwarzen lebten, kehrte er nach Hause zurück. Dort sah er ein paar Jahre später, was sein Land einem Teil seiner eigenen Bevölkerung antat, den Juden. Während andere bei der Judenverfolgung mitmachten oder einfach wegschauten, konnte er das nicht.

Gandhi, Harlem, Christus, die Juden in Europa, ein Schwarzer, der 1930 drüben am Broadway im Union Theological Seminary lebte – Sie wissen nie, welche Verbindungen zwischen Dingen, Menschen, Orten oder Ideen bestehen. Aber es *gibt* Verbindungen. Sie wissen nur nicht, wo. Die meisten wissen nicht mal, wo sie suchen sollten, oder was daran überhaupt interessant sein könnte. Wer schaut auch nur hin? Wer hat Zeit, zu schauen? Wessen Angelegenheit ist das eigentlich, hinzuschauen? Unsere. Wir Historiker sind dafür da. Das gehört zu unserem Job. Je mehr Sie wissen, je mehr Sie lesen, umso schärfer ist Ihre Intuition. Sie können sie als Geigerzähler für Wahrscheinlichkeit benutzen, als Ausgangspunkt für neue Richtungen der Forschung. Egal, womit Sie am Ende Ihr Geld verdienen, egal, wo Sie es verdienen, Intuition und Wissbegierde werden Sie immer brauchen, so viel Sie auftreiben können. Bilden Sie diese Fähigkeiten aus wie ein Sportler seine Muskeln und Impulse. Sie werden sie brauchen, und sei es nur, um Ihren Kopf in Bewegung zu halten. Was auch immer an der Wall Street passiert, früher oder später werden Sie Ihren eigenen Kopf wiederhaben wollen.«

Das Gefängnis hatte Lamont Williams Intuition geschärft, aber seine Wissbegierde war schon vorher da gewesen. Jetzt wollte er die sechs Monate Probezeit überstehen und ein Festangestellter der Memorial-Sloan-Kettering-Krebsklinik werden. Er hoffte nur, dass um ihn her niemand merkte, wie sehr er sich dafür anstrengte.

Er sammelte Abfälle im achten Stock, als er das Zimmer eines Patienten erreichte, eines alten Mannes, mit dem er einmal gesprochen hatte. Seitdem hatte er mehrmals bei ihm hereinschauen wollen, ihn aber nie allein angetroffen. Erst schien er Familienbesuch zu haben, dann war seine Onkologin da gewesen, eine große, furchteinflößende junge Afroamerikanerin, die regelmäßig zur Visite kam.

Lamont dachte, sie könnte hübsch sein, wenn sie nicht so dienstbeflissen aufträte wie eine strenge Lehrerin, jemand, der nur darauf wartete, ihn zu dabei erwischen, dass er etwas falsch machte. Aber egal, hätte sie Lamont, ohne die geringsten Abfälle zum Einsammeln in Sicht, im Zimmer des Patienten gefunden und ihn gefragt, was er da wollte, wäre er nicht in der Lage gewesen, es zu sagen. Er wusste wirklich nicht, was er da wollte. Nach der ersten Begegnung hatte er den Namen des alten Mannes auf dessen Kurvenblatt gelesen und war neugierig geblieben. Zur gleichen Zeit, zu der Adam Zignelik sich uptown durch seine Vorlesung hangelte, schaute Lamont Williams wieder bei dem alten Mann herein. Allein und wach, schielte der Patient ihn mit einem Auge an, fast komisch verstohlen. Dabei hatte er wahrhaftig nichts zu lachen. Er war alt und hatte Krebs. Würde er sich über die Störung beschweren? Hatte jemand ihn in das Zimmer gehen sehen? Vielleicht hatte jemand, den *er* nicht gesehen hatte, *ihn* gesehen? Könnte er deswegen seinen Job verlieren? Unsinn. Aber wieso eigentlich nicht? Wer sollte es verhindern?

»Entschuldigung, Sir … Mister … Mandel-brot, ich wollte Sie nicht wecken. Wir haben … hm … schon mal gesprochen. Sie … vielleicht erinnern Sie sich nicht. Ich war … tut mir leid, ich wollte nicht –«

»Sie sind kein Doktor, oder?«

Lamont lächelte. »Nein, Sir. Ich bin vom Gebäudeservice. Wissen Sie noch?«

»Die andere, ja, wissen Sie … die Große.«

»Die andere was?«

»Na die andere – die Ihnen Angst macht, das Mädchen. Sie ist Doktor. Meine Onkologin … eine von denen.«

»Mhm. Sie meinen Dr. Washington?«

»Ja, wie die Stadt … und der erste Präsident.«

»Mhm.«

»Kennen Sie sie?«

»Nein, ich meine, ich hab sie hier schon gesehen.«

»Mal mit ihr gesprochen?«

»Dr. Washington?«

»Ja. Sie spricht.«

»Nein, richtig gesprochen nie –«

»*Sie* liest auch mein Kurvenblatt, genau wie Sie. Warum haben Sie Angst vor ihr?«

Lamont lächelte. »Das ist es nicht … Angst hab ich nicht vor ihr. Ich … Es ist nur … wir arbeiten … wissen Sie … in verschiedenen Abteilungen.«

»Verschiedenen Abteilungen«, wiederholte Mr Mandelbrot leise.

»Ich glaube … ich sollte wohl gehen, Mr Mandelbrot.«

»Schon mal in Washington gewesen, Mister …?«

»Washington DC? Nein, noch nie. Entschuldigen Sie, Sir, tut mir leid, wenn ich Sie gestört habe … ich sollte wohl –«

»Das *sollten* Sie. Es würde Ihnen gefallen, aber nicht im Sommer, da ist es zu heiß. Genau wie hier. Aber da gibt's kein Meer. Wie heißen Sie?«

»Ich? Williams, Sir, Lamont … Lamont Williams.«

»Wie war das? Laront?«

»Lamont. Aber ich sollte jetzt gehen.«

»Ich war in Washington, Mr Lamont.«

»Ja?«

»Ein Mal, mit meiner Familie … im Sommer … als es zu heiß war. Jetzt lebe ich bei meiner Familie, nicht in Washington, nein, auf Long Island. Manchmal ist es da auch zu heiß, aber sie haben Klimaanlagen. Wenn ich nicht hier am Sterben bin, lebe ich da, bei ihnen. Und Sie, Mr Lamont?«

»Ich glaube, ich muss wieder an die Arbeit, Mr Mandelbrot.«

»Nur keine Angst vor der Frau Doktor. Sie tut Ihnen nichts. Ist viel zu sehr damit beschäftigt, *mich* umzubringen. Was ist mit Ihnen? Leben Sie bei Ihrer Familie, Mr Lamont?«

Als Michelle von der Arbeit nach Hause kam, begann sie, Gemüse zu putzen, um das Abendessen für ihre Familie, ihren Schwiegervater William und einen alten Freund der Familie, Adam Zignelik, vorzubereiten. Ihre Tochter sollte Hausaufgaben machen, aber Sonja langweilte sich und kam, ein Buch in der Hand, in die Küche. Sie stellte das Radio an. Ein Schwall Musik kam heraus, dröhnend, zu laut für ihre Mutter.

»Machst du das bitte wieder aus?«

Sonja rollte mit den Augen, aber sie gehorchte.

»Erzähl mir bloß nicht, bei *der* Lautstärke könntest du lesen.«

»Okay, ich erzähl's dir nicht«, sagte Sonja und nahm sich eine Karotte.

»Ist das für die Schule?«, fragte Michelle mit einem Kopfnicken zu dem Buch hin, doch Sonja ging nicht darauf ein, ließ ihre Gedanken lieber zum Essen vorauseilen.

»Wer kommt denn heute?«, fragte sie Karotten kauend.

»Dein Grandpa und Adam.«

»Und Diana?«

»Nein, ich glaube nicht, dass sie kommen kann.«

»Warum nicht?«

»Ich weiß nicht.«

»Ist sie krank?«

»Ich weiß nicht. Adam hat deinem Dad auf den Anrufbeantworter im Büro gesprochen und gesagt, sie könne heute nicht.«

»Warum?«, drängelte Sonja weiter.

Michelle holte tief Luft und hielt einen Augenblick den Atem an.

»Sag mal, Sonja, sind das die Hormone, oder was? Ich weiß es nicht. Ich halte nichts zurück. Adam wird es uns wohl erzählen. Ich weiß, dass du sie magst.«

Sie versuchte zu erkennen, was für ein Buch Sonja in der Hand hielt, konnte es aber von der Spüle aus nicht richtig sehen. Es war kein leichter Tag gewesen. Keiner war leicht. Sie schaute wieder zu Sonja, und plötzlich, ohne einen für Außenstehende erkennbaren Grund, als sähe sie mit anderen Augen, war sie von Dankbarkeit erfüllt, dass ihre Tochter, wenn auch gelangweilt, bei ihr zu Hause war, Karotten knabberte, mit ihrer Mutter reden wollte, obwohl sie so tat, als wollte sie das überhaupt nicht, sich nach einer Freundin der Familie erkundigte und ein Buch in der Hand hielt. Ihre Tochter war bei ihr zu Hause und redete mit ihr.

Irgendwo anders in der Stadt kämpfte ein kleines, hellhäutiges schwarzes Mädchen, ungefähr zwischen sieben und neun Jahren alt, in einem vollen Bus darum, sich aufrecht zu halten. Die Zöpfe waren fest mit Schleifen zugebunden. Unwillkürlich verzog sie das Gesicht. Alle waren größer als sie. Eingequetscht und nach Luft schnappend fragte sie sich, ob sie je einen Sitzplatz ergattern würde.

Achten Sie auf jedes noch so kleine Detail. Das zeichnet professionelle Arbeit aus. Als Adam Zignelik dies zu seinen Studenten sagte, bezog er sich auf das Handwerk des Historikers. Mehr als fünfzig Jahre zuvor hatte William McCray das Gleiche als Anwalt gelernt. Er lernte es von Thurgood Marshall, nicht nur theoretisch, sondern auch, indem er ihn bei seiner Arbeit beobachtete. Thurgood impfte allen seinen Anwälten ein, was Charles Hamilton Houston ihm selbst eingeimpft hatte: Sie müssten doppelt so gut sein wie die Anwälte, die sich *gegen* eine Ausweitung der Bürgerrechte auf Farbige einsetzten. William bemerkte die Art, wie Thurgood vor Gericht argumentierte, und wie entschieden, aber stets höflich er im Umgang mit allen Richtern war, auch mit den Gegnern seiner leidenschaftlichen Überzeugungen. Er bemerkte, dass weder in den Schriftsätzen noch in den Anträgen seines Chefs je etwas durchgestrichen war. Wenn Thurgood auch nur ein einziges Wort änderte, wurde das Ganze noch einmal abgetippt. Das gehörte zu seiner peinlichen Genauigkeit, die er an William und die anderen weitergab. Später sollte William sie an seinen Sohn Charles weitergeben, den Historiker.

Ein scharfer Beobachter des Obersten Gerichtshofs der Vereinigten Staaten in Washington hätte am 17. Mai 1954 wohl schon vor Beginn der anstehenden Verhandlung geahnt, dass da etwas im Busch war. Ihm wäre aufgefallen, mit welcher

Begeisterung der jüngst zum vorsitzenden Richter ernannte Chief Justice Earl Warren während der sonst förmlichen und steifen Zulassungszeremonie die neuen Mitglieder des Gerichts begrüßt hatte. Und wieso schlich sich ein kränklich aussehender Justice Jackson so kurz nach seinem schweren Herzinfarkt durch einen selten benutzen Seiteneingang in das Gebäude und steckte ein paar Schreibern seiner Richterkollegen noch schnell und ohne Erklärung, er glaube, »ihr Jungs solltet heute im Gerichtssaal sein«?

Thurgood war natürlich da an diesem Tag. Nachdem Chief Justice Warren zwei Drittel der Mehrheitsmeinung verlesen hatte, war immer noch nicht klar, welchen Weg das Gericht einschlagen würde. Thurgood heftete seinen Blick auf Justice Stanley Reed, einen beigeordneten Richter aus Kentucky, den er am ehesten für fähig hielt, einen Vorstoß zugunsten der Rassentrennung anzuführen. Thurgood wusste, er würde wieder vor diesem Mann auftreten müssen, also war Zurückhaltung geboten, aber er suchte weiter in Reeds Augen nach dem, was die Pokerspieler einen »Tell« nennen. Der vorsitzende Richter las und las. Er hatte die Zusammenfassung früherer Gerichtsentscheide vorgetragen, als Thurgood ihn den Satz verlesen hörte, der plötzlich die Richtung verriet. Warren sprach über schwarze Kinder und sagte: »Sie allein aufgrund ihrer Rasse von anderen Kindern gleichen Alters und mit gleichem Leistungsstand zu trennen, schafft ein Gefühl der Minderwertigkeit, was ihre Stellung in der Gemeinschaft anbelangt, das ihnen seelisch und geistig unwiderruflichen Schaden zufügen kann.« Thurgood musste einfach nur stillhalten und weiteratmen. Als der Chief Justice an die Stelle kam, wo es heißt: »Wir haben daher beschlossen«, fügte er ein Wort hinzu, das in dem gedruckten Text nicht zu finden war. Das Wort war »einstimmig«. Um diese Zeit hatte Justice Stanley Reed, der beigeordnete Richter aus Kentucky, Tränen in den Augen.

Wie aufgewühlt er innerlich auch sein mochte, Thurgood Marshall, der Gradualist, bewahrte die Fassung, während er das Oberste Gericht einstimmig im Fall *Brown versus Board of Education* verkünden hörte, dass es falsch und unzulässig sei, Schulkinder nach Rassen zu trennen. Es sei nicht nur moralisch falsch, sondern auch verfassungswidrig.

Thurgood war wie betäubt. Er ging zum nächsten Münztelefon und rief das LDF-Büro in New York an. Jake Zignelik nahm ab, und William McCray ließ alles stehen und liegen, als er Jake zum dritten Mal das Einzige sagen hörte, was er seit »Ja, bitte?« in dem Gespräch gesagt hatte: »O mein Gott!« Jeder im Büro wollte mit Thurgood sprechen, nachdem William, der Jake den Hörer weggerissen hatte, dran gewesen war. Thurgood bat darum, Roy Wilkins, Walter White und Kenneth Clarke zu verständigen. Kaum war das Gespräch beendet, blinkte das Schaltbrett von Anrufen aus dem ganzen Land. Genau dasselbe passierte zur selben Zeit im Büro der NAACP.

Thurgood stieg in das nächste Flugzeug zurück nach New York. Der erste Anruf, den er im Büro entgegennahm, war von John W. Davis, dem neunundsiebzigjährigen einstmaligen Präsidentschaftskandidaten der Demokratischen Partei und Vertreter des Staates South Carolina im Fall *Brown,* der, obwohl nur einer von vielen Anwälten, der heimliche Anführer derer gewesen war, die für die Beibehaltung der Rassentrennung plädiert hatten. Davis rief an, um Thurgood zu gratulieren. Schluss mit der Arbeit, im LDF-Büro strömte der Champagner. Man hörte Gelächter, wanderte von einem Büro ins andere. Niemand konnte es so richtig glauben. Aus dem ersten Zuprosten wurde ein Fest. Vom Vorstand bis zur Empfangsdame, alle feierten das Urteil. Journalisten tauchten auf und gesellten sich hinzu. Berauschender als der Alkohol war das Erleben von Geschichte, die so frisch war, dass man sich die volle Auswirkung noch gar nicht vorstellen konnte. Es dauerte nicht lange, da zog die ganze

Schar weiter in Thurgoods Lieblingsrestaurant, das Blue Ribbon, wo Thurgood an einem bestimmten Punkt den allgemeinen Jubel mit einer nüchternen und prophetischen Mahnung unterbrach: »Damit keiner sich etwas vormacht – das war nur der Anfang, der Kampf geht jetzt erst richtig los.« Obwohl sie wussten, dass er recht hatte, gehörten Jake Zignelik und William McCray zu einer großen Gruppe, die bis spät in die Nacht, nach ein Uhr morgens, im Blue Ribbon feierte.

»Und was ist mit Bonhoeffer?«, fragte Adam Zignelik. »Sein Aufenthalt 1930 in New York hat die weitere Entwicklung seines Denkens wesentlich beeinflusst. Außer seiner Freundschaft mit dem schwarzen Studenten am Union Theological Seminary stand er in enger Beziehung zu einem französischen Theologiestudenten, dem Pazifisten Jean Lasserre. Dessen Friedensethik und Beharren auf der zentralen Bedeutung der Bergpredigt für alle Teile der Christenheit beeindruckten ihn zutiefst. In Gesprächen hier, auf den Straßen, die Sie heute entlanggehen, brachte Lasserre Bonhoeffer zu der Überzeugung, das sei es – die Bergpredigt sei der Schlüssel zum Ganzen.

Das begleitete Bonhoeffer, als er im Sommer 1931 nach Hause zurückkehrte, in ein Deutschland mit sieben Millionen Arbeitslosen. Es begleitete ihn immer noch, als am 30. Januar 1933, kurz vor Mittag, Adolf Hitler zum Reichskanzler ernannt wurde. Und Sie dürfen sicher sein, dass es ihn auch am 1. April desselben Jahres begleitete, als die Regierung zu einem reichsweiten Boykott jüdischer Läden und Geschäfte aufrief. Ich nehme an, Sie kennen die Fotos von den mit Judensternen beschmierten Schaufenstern und den SS- und SA-Trupps, die davor auf den Straßen patrouillierten, um dem Boykott Nachdruck zu verleihen. Viel war nicht nötig. Er stieß kaum auf aktiven Widerstand.«

Jemand klopfte an die Tür des Apartments, das Diana und Adam bewohnten. Es war der Mann mit dem Umzugswagen. Er kam wegen der Kartons. Diana hielt ein Foto von Adam im wattierten Steppanzug. Gab es etwas, das sie hätte sagen sollen? Irgendeine Formulierung, an die sie nicht gedacht hatte, eine Wortform, die Adam hätte erkennen lassen, dass sie wohl nie jemanden so lieben würden, wie sie einander liebten, und daher alle Fragen nach Arbeitsstellen und Gehältern zweitrangig waren? Der Mann klopfte erneut. Es wäre unhöflich, noch länger so zu tun, als hätte sie es nicht gehört. Sie konnte schlecht behaupten, überrascht zu sein, dass er vor der Tür stand. Er hatte sich schon über die Sprechanlage gemeldet. Sie schaute sich im Wohnzimmer um. Was war mit dem Bad? Was mit dem Schlafzimmer? Sie hatte jeden Raum mehrmals durchgesehen, seit Adam zur Arbeit gegangen war, aber sollte sie nicht doch noch einen Blick hineinwerfen? Dürfte sie das Foto mitnehmen? »Augenblick«, rief sie. Dürfte sie das Foto nehmen? Einen Moment lang dachte sie daran, den Mann zu fragen, der wegen der Kartons gekommen war.

Professor Charles McCray, Fachbereichsleiter für Geschichtswissenschaft, telefonierte bei angelehnter Tür, als sein Vater kam. William schaute die junge Frau an, die im Vorzimmer seines Sohnes saß und aufstand, um ihn zu begrüßen.

»Hallo, Mr McCray«, sagte sie herzlich. »Freut mich, Sie zu sehen. Wie geht es Ihnen?« Nicht nur, dass er sich nicht an ihren Namen erinnern konnte, er wusste nicht einmal mehr, was sie machte. War sie die Sekretärin seines Sohns oder seine persönliche Assistentin? Arbeitete sie für ihn, für mehrere Professoren oder für den ganzen Fachbereich? Für die Begrüßung war nichts so wichtig wie ihr Name, aber da er ihm partout nicht einfiel und keine Zeit war, sich nach Hinweisen auf ihrem Schreibtisch umzusehen, lächelte er einfach, bevor er ihr mit einem freudigen Hallo die Hand gab. Mit Sicherheit würde sie, plus minus zehn Jahre, ungefähr schätzen können, wie alt er war, und folglich annehmen, dass seine Geisteskräfte schwanden und er gar nicht fähig sei, sie zu beleidigen. Also war alles in Ordnung.

»Bestimmt dauert es nicht lange. Er ist nur eben am Telefon. Ich sage Bescheid, dass Sie da sind.«

»Vielen Dank«, sagte William. Gelegentlich schoss ihm bei diesen Besuchen der Gedanke durch den Kopf, dass Charles sich mit dem, was er noch zu erledigen hatte, nicht gerade beeilte, bevor er ihn in seinem Büro empfing. Aber schon während er das dachte, war ihm bewusst, dass es dafür keine richtigen Beweise gab, und er schämte sich, es überhaupt gedacht zu haben.

»Tut mir leid, Dad, ich kam nicht los. Es war das Sekretariat des Präsidenten, und ich –«

»Bush?«

»Nein, des Universitätspräsidenten. Fast dasselbe Kaliber.«

»Was hast du denn nur angestellt, Charlie? Schon wieder Ärger?«, fragte sein Vater mit einem sanften Lächeln.

Charles streckte sich auf seinem Sessel. »Ja, hier ist immer irgendwas am Dampfen, und immer bin ich es, der reingezogen wird. Als wollten sie unbedingt verhindern, dass ich meine Arbeit mache. Jemand scheint es zu wollen. Das ist die *wirkliche* Verschwörung hier.«

»Was meinst du?«

»Jemand hat einen dieser Nine-Eleven-Verschwörungstheoretiker eingeladen, einen Vortrag zu halten.«

»Was, einen dieser Burschen, die behaupten, dass Neokonservative dahinterstecken und in Wirklichkeit ›die Juden‹ meinen?«

»So ungefähr … Das und noch ein bisschen mehr. Der gute Mann behauptet offenbar, viertausend Juden seien am 11. September nicht ins World Trade Center zur Arbeit gegangen, weil sie einen Tipp bekommen hätten.«

»Oh, die Geschichte kenne ich noch gar nicht.«

»Du lässt nach, Dad. Es ist nicht die neueste.«

»Sag mir bitte, dass kein Schwarzer was damit zu tun hat.«

»Ich wünschte, das könnte ich.«

»O nein, *sind* es Schwarze?«

»Na ja, ich habe gerade auch zum ersten Mal davon gehört, also weiß ich's nicht. Aber –«

»Lass mich raten. Der Präsident möchte, dass du dir die Sache ansiehst?«

»Der Präsident hat mich gebeten, an einem Ad-hoc-Unterausschuss teilzunehmen, der sich die Sache ansehen soll, also kannst du Gift drauf nehmen, dass irgendjemand, der damit zu tun hat, Afroamerikaner ist. Du hörst es schon durchs Telefon, auch ohne dass es ausgesprochen wird. Ich sage dir, das ist das Letzte, was die Uni jetzt gebrauchen kann. Das Letzte, war *ich* jetzt gebrauchen kann.«

»Dann musst du eben verhindern, dass dieser Bursche überhaupt kommt, Charlie.«

»So einfach ist das nicht, Dad – das weißt du selbst am besten.«

»Doch. So einfach *ist* das.«

»Es gibt da so eine Kleinigkeit, die nennt sich Erster Zusatz zur Verfassung, falls du das schon mal gehört hast.«

»Meinungsfreiheit bedeutet aber nicht die Freiheit, einzuschüchtern und Rassenhass zu schüren.«

»Wir haben ja auch noch die Freiheit der Wissenschaft.«

»Erzähl mir nicht, dieser Bursche ist von einem Mitglied der Fakultät eingeladen worden?«

»Ich weiß es noch nicht, aber ich werd's bald wissen, ob ich will oder nicht. Der Präsident wird dafür sorgen, dass ich's weiß, und eben darum«, sagte er, indem er sich zurücklehnte und wieder streckte, »weiß ich jetzt schon, dass irgendein Schwarzer dabei ist, dabei sein *muss*.«

»Umso mehr Grund, es zu verhindern, Charlie.«

»Umso mehr Grund?«

»Wir brauchen nicht noch einen Spinner. Schieb einen Riegel vor, Charlie, wenn es so ist, wie es klingt. Tu was du kannst, und zwar schnell.«

»Ich weiß nicht. Vielleicht ist die schiere Absurdität seiner Theorie die beste Waffe gegen diesen Typen.«

»Ja, das habe ich schon mal gehört. Aber erst mal leiht man ihm den ehrwürdigen Mantel der Universität! Sei nicht schlampig. Pack es an der Wurzel, Charlie.«

»Oh, die Wurzeln reichen viel weiter und viel tiefer, als ich Zeit habe zu graben. Ich müsste meinen Job aufgeben und einen ganzen Kohlenschacht ausheben, um an all die Wurzeln heranzukommen. Und überhaupt, als hätte ich da wirklich Einfluss.«

»Drück dich nicht, Charlie.«

»Ich könnte hier gerade mal der Sprecher sein.«

»Also, da wir haben doch Beispiele, oder? Gib einem Schwarzen einen Doktortitel, richte eine Schweinerei an, und dann lässt du ihn das aufwischen, wie sie es mit Condi Rice und Colin Powell gemacht haben.«

»Ich finde, *die* lässt du ein bisschen leicht davonkommen. Und *gegeben* hat mir niemand was!«

»Das ist doch nur eine Redensart, Charlie, besonders, wenn es von mir kommt. Ich sag dir nur, du sollst dich nicht verbraten lassen, von niemandem, und vor allem sollst du dich nicht drücken.«

»Dad, ich habe eben erst den Anruf bekommen, einen einzigen kurzen Anruf. Ich weiß fast gar nichts –«

»Tu, was sein muss, Charlie.«

»Oje, da hab ich mir jetzt was eingebrockt mit *dir,* oder?«

»Mit *mir?*«

»Wieder mal.«

»Meinst du das im Ernst?«

»Ich weiß nicht. Ich bin müde, Dad. Lass mich erst mal herausfinden, was eigentlich los ist. Es gibt sowie keinen Weg drum herum. Ich bin ihr Mann. Wir haben noch jede Menge Zeit, das zu diskutieren. Lass uns heute Abend einfach schön zusammen essen. Einverstanden?«

»Im April 1933«, erklärte Adam, »wurde Bonhoeffer gebeten, seinen geistlichen Brüdern einen Vortrag zu halten. Er wählte das Thema ›Die Kirche vor der Judenfrage‹.

Deutschland war ein Meer von Hakenkreuzen. In dieser Umgebung schrieb Bonhoeffer etwas, das für die Kirche, seine eigene Kirche, ein echte Herausforderung war. Er argumentierte, die Kirche habe drei Aufgaben. Erstens müsse sie den Staat fragen, wie legitim sein Handeln sei. Zweitens müsse sie den Opfern helfen. Dazu, sagte er, sei die Kirche bedingungslos verpflichtet. Erinnern Sie sich, der Antisemitismus wurde inzwischen staatlich betrieben und jeglicher Widerstand gegen den Staat war extrem gefährlich. Am 7. April wurde mit dem Arierparagrafen die gesetzliche Grundlage für eine ›arische Kirche‹ geschaffen, die nicht nur nicht konvertierte Juden ausschloss, sondern auch Christen jüdischer Abstammung. Auch sie, die Judenchristen, sollten jetzt ausgeschlossen werden. Luthers Problem mit den Juden war eine Frage der Glaubenslehre gewesen. Nun fügte Hitler die unüberwindliche Schicht des Rassismus hinzu. Inmitten all dessen schrieb und verkündete Bonhoeffer seine Herausforderung an die Kirche, der er drei Aufgaben zumaß, von denen die dritte in der Tat ziemlich erstaunlich war. Wenn es nötig sei, sagte er nämlich, müsse die Kirche nicht nur diejenigen versorgen, die unter das Rad gekommen seien, sondern dem Rad selbst in die Speichen fallen. Stellen Sie sich vor, so etwas zu sagen. Wir könnten dem Rad in die Speichen fallen. Wir *sollten* dem Rad in die Speichen fallen. Er hat es gesagt.«

»Tut mir leid«, entschuldigte sich Diana, als sie dem nach Latino aussehenden Umzugsmann, der ihre Kartons abholen wollte, die Tür aufmachte. »Ich habe Sie nicht gehört. Ich meine, schon, an der Sprechanlage, nur eben nicht … das Klopfen. Ich bin … wissen Sie … noch nicht ganz … aber fast.« Der Mann schaute auf ein Stück Papier, das er aus der Tasche gezogen hatte.

»Sie sind … Diana, richtig?«

»Mhm.«

»Also, wie viele sind's denn?«

»Ich habe nicht gezählt. Kommen Sie rein und sehen Sie selbst.« Der Mann trat zwei Schritte in die Wohnung und brauchte offenbar nicht zu zählen, bevor er fragte: »Kann ich anfangen mit dem Runtertragen?« Sie wollte nicht weg. Außer dem Kinderwunsch, dachte sie, hatte ihr Leben mit Adam ungefähr alles erfüllt, was sie sich als erwachsene Frau wünschte. »Ja«, sagte sie. »Gut.« Ihr Atem ging schneller.

»Irgendwas Zerbrechliches?«, fragte der Mann.

»Kommen Adam und Diana heute Abend?«, fragte William seinen Sohn nach einer Pause, bemüht, nicht in Charles' Büro in der Fayerweather Hall der Columbia University mit ihm zu streiten.

»Adam kommt.«

»Ist was mit Diana?«

»Ich weiß nicht. Er hat auf den AB gesprochen, sie schaffe es nicht.«

»Geht es ihr nicht gut?«

»Ich weiß nicht.«

»Vielleicht muss sie was für die Schule machen. Sie packen den Lehrern ja heutzutage mehr Arbeit auf denn je. Nur zahlen tun sie nicht mehr.«

»Keine Ahnung. Auf dem Band hat er nichts gesagt. Weißt du, ich glaube, er ruft mich immer dann im Büro an, wenn er weiß, dass ich nicht da bin.«

»Und warum nicht bei dir zu Hause?«

»Keine Ahnung. Ich glaube, er weicht mir aus. Ich glaube, er will nicht mit mir reden.«

»Habt ihr zwei euch denn gestritten?«

»Nein, aber wie es aussieht, bekommen wir ein Problem. Und was für eins. Beruflich. Es ist … es ist schlimm, Dad. Er … Adam ist in verdammten Schwierigkeiten.«

»Um was geht es? Du weißt ja, es gilt die Unschuldsvermutung. Zumindest sollte das dein Ausgangspunkt sein.«

»Nein, nein, nichts Unanständiges, niemand wirft ihm etwas vor. Das Problem ist, er hat die meiste Zeit einfach nichts gemacht … rein gar nichts. Ich meine, er *macht* alles, erfüllt seine Lehrverpflichtungen, hält Vorlesungen, korrigiert Hausarbeiten, erscheint auf den Fachbereichsversammlungen. Nur produziert er nichts Eigenes. Nichts von dem, was man wissenschaftliche Forschung nennt.«

»Aber Charlie, jeder hat so seine Hochs und Tiefs. Niemand kann dauernd produzieren. Hat er denn ein Projekt?«

»Nein, das gehört auch zum Problem, ich glaube nicht, dass er was hat.«

»Hast du nicht mit ihm darüber gesprochen?«

»Ich hab's versucht, aber … Dad, man wird ihn nicht für eine Festanstellung vorschlagen.«

William schien die zweite Hälfte des Satzes geflissentlich überhört zu haben. »Was heißt das, du hast es *versucht?* Du bist Vorsitzender seines Fachbereichs. Und sein Freund, ein sehr alter Freund.«

»Dad, hier ist jede Menge los … wie du sehen kannst. Ich habe versucht, mit ihm zu reden, aber er ist auch nicht leicht zu erwischen dieser Tage.«

»Und mit dir ist es genauso, das verheißt ja Gutes für seine akademische Laufbahn.«

Charles stützte die Stirn in seine rechte Hand. »Schon klar, Dad, ich höre deinen Unterton. Ich weiß nicht *genau*, wieso du mir die Schuld an Adams misslicher Lage gibst, aber ich habe das Gefühl, dass du es mir noch sagen wirst. Oder reden wir über etwas anderes?«

»Nein, *ich* rede über Adam. Hör zu, du wirst ihn heute Abend sehen, nimm ihn beiseite und erklär ihm die Situation, wie dringend es ist, dass er etwas zu Papier bringt, und dann gibst du ihm ein bisschen zusätzliche Zeit.«

»Du verstehst nicht, Dad. So läuft das nicht.«

»Charlie, du kannst ihm Spielraum geben, zumindest was die Zeit angeht. Gib ihm etwas Luft. Es ist Adam.«

»Ich kann nichts für ihn tun, was ich nicht für jeden täte. Du bist Rechtsanwalt. Du müsstest das besser wissen, als die meisten anderen.«

»Eben *weil* ich Anwalt bin, weiß ich über den Ermessensspielraum von Entscheidungsträgern ziemlich gut Bescheid. Ich bin sicher, dass du bei all diesen Sachen etwas Spielraum hast. Ich wollte dir nur nahelegen, ihn wohlwollend zu nutzen, zumal der Eindruck entstehen könnte, dass du es etwas spät in Angriff nimmst. Es geht um Adam, Charlie.«

»Dad, in dieser Situation könnte ich für niemanden was tun. Er ist seit über fünf Jahren hier. Ein einziges Buch in fünf Jahren, das wird nicht reichen. Und er weiß es. Ich glaube, darum spricht er mir aufs Band, wenn er weiß, dass ich nicht da bin.«

»Wenigstens hat er in diesem einzigen Buch über seinen Vater geschrieben. Auch über *deinen* Vater hat er in dem Buch geschrieben. Es ist ein gutes Buch.«

»Jetzt machst du aber wirklich Witze, was?« William winkte ab, aber Charlie fuhr fort: »Mein Forschungsgebiet ist die *Reconstruction*. Glaub mir, wenn du damals irgendwie dabei gewesen wärst, wäre ich heute mit Sicherheit dabei, über dich zu schreiben. Nur soo alt bist du leider nicht.«

»Aber fast. Ich spüre es … während ich hier sitze.«

»Dad, zwischen dem Verwaltungskram, meinen Lehrveranstaltungen, der Fachbereichspolitik *und* der Unipolitik habe ich Schwierigkeiten, überhaupt zu meiner eigenen Arbeit zu kommen. Alles, was ich will, ist … Verdammt, mein Forschungsgebiet ist die Reconstruction, und ich –«

»Ja, Herr Vorsitzender, du sagtest es bereits.«

»Dad, was erwartest du, was soll ich tun? Ich will einfach nur meine Ruhe, endlich mal … über meine eigenen Themen lesen und schreiben. Aber ständig werde ich belagert und kriege den ganzen anderen Mist übergestülpt.«

»Adam ist kein ›anderer Mist‹!«

»Bitte, Dad, wie soll ich mich dir anvertrauen, wenn du so drauf bist? Bitte, du weißt genau, was ich sage.«

»Ja, ich weiß. Du sagst, es sei alles sehr schwer für dich und du wünschtest, jemand man gäbe dir etwas Luft.«

»Warum habe ich das Gefühl, du steckst mich in eine Schublade?« Das Telefon klingelte. »Keine Sorge, ich gehe nicht dran.«

»Du kannst ruhig drangehen.«

»Nein, danke.«

»Geh ruhig dran.«

»Ich will nicht.«

»Geh dran!«

»Nein.«

»Charlie, es könnte Adam sein. *Jetzt* bist du da. Geh dran!«

Das Telefon hörte auf zu klingeln. Die beiden Männer starrten auf den Apparat und waren eine Weile still.

»Charlie, hör zu. Eben hast du von einem Kohlenschacht gesprochen. Erinnerst du dich? Du hast irgendwas von einem Kohlenschacht gesagt. Der Kanarienvogel im Kohlenschacht opfert dir sein Leben, und du weißt es nicht einmal.«

»Oh, jetzt geht's aber los«, sagte Charlie zu einer dritten, nicht anwesenden Person. »Der Kanarienvogel!«

Sein Vater fuhr fort. »Ist er überhaupt tot? Er sah aus wie tot, aber er ist es nicht. Jetzt bist du an seiner Stelle. Du bist der Kanarienvogel. Du glaubst, du wärst raus aus dem Kohlenschacht, aber du irrst. Kein Zweifel. Du bist noch drin in der Grube. Die Frage ist nur: Wen wirst *du* retten?«

Adam fuhr fort: »Die evangelisch-lutherische Kirche Deutschlands war uneins im Protest gegen den Arierparagrafen. Im Mai 1934 spaltete sich eine Gruppe ab und gründete eine eigene Kirche, die sich ›Bekennende Kirche‹ nannte. Bonhoeffer, damals erst achtundzwanzig Jahre alt, war einer der führenden Köpfe.

Wegen des dringenden Bedarfs, neue Pfarrer auszubilden, errichtete die Bekennende Kirche ein illegales Predigerseminar. Bonhoeffer übernahm die Leitung. Wo befand es sich? In Finkenwalde bei Stettin an der Oder, dem heutigen Zdroje. Dort war es, wo zwischen 1935 und 1937 eine Gruppe deutscher Studenten ›Swing low, sweet chariot‹ singen lernte. Bonhoeffer erzählte ihnen von seinen Erfahrungen in New York und der Lage der Afroamerikaner und sagte, er sehe Parallelen zwischen der Situation der Schwarzen in den USA und der Juden in Deutschland.

1937 wurde das Predigerseminar Finkenwalde von der Gestapo geschlossen. 1939 drohte Hitler, indem er die Juden in einem Atemzug mit dem Bolschewismus *und* dem internationalen Finanzwesen gleichsetzte: ›Wenn es dem internationalen Finanzjudentum inner- und außerhalb Europas gelingen sollte, die Völker noch einmal in einen Weltkrieg zu stürzen, dann wird das Ergebnis nicht die Bolschewisierung der Erde und damit der Sieg des Judentums sein, sondern die Vernichtung der jüdischen Rasse in Europa.‹ Nach der Reichskristallnacht vom 9. November 1938 wagte nicht einmal die Bekennende Kirche zu protestieren, und ihre Mitglieder schwiegen. Alle, außer Dietrich Bonhoeffer, der sagte: ›Nur wer für die Juden schreit, darf auch gregorianisch singen.‹ Er hielt weiterhin an der zentralen Bedeutung der Bergpredigt für die gesamte Christenheit fest, aber nun, mit den Gräueln des Nationalsozialismus konfrontiert, warf er Jean Lasserres Pazifismus und Gandhis Glauben an gewaltlosen Widerstand über Bord. Er fand, in dieser Situation habe er keine Wahl. Sein Schwager Hans von Dohnanyi hatte ihn zu dieser Zeit bereits für die Abwehr gewonnen, den Spionagedienst des Oberkommandos der Wehrmacht, der eins der geheimen Zentren des Widerstands gegen Hitler war.«

Gegen Ende des Tages, als der Nachmittag widerstrebend dem Abend wich, stand Michelle McCray in der Küche, während ihre vierzehnjährige Tochter Sonja beim Kauen einer Karotte das lauteste Geräusch erzeugte, das Michelle je in Verbindung mit einem Gemüse gehört hatte, ein fast demonstrativ lautes Krachen.

»Deine Zähne scheinen ja in Ordnung zu sein«, sagte sie zu ihrer Tochter.

»Was?«, fragte Sonja kauend.

»Deine Zähne scheinen –«

»Ich versteh dich nicht, wenn ich das esse –«

»Eben, das meinte ich … irgendwie … Was liest du da?«

»Nichts«, sagte Sonja, nachdem sie das letzte Stück Karotte hinuntergeschluckt hatte.

»Was ist das für ein Buch?«

»Oh, ich hab's mir nicht ausgesucht. Ist für die Schule.«

»Darum muss es ja nicht schlecht sein.«

»Oh doch. Richtig ätzend … So was von langweilig und … unrealistisch.«

»Was ist es denn?«

»Kennst du sowieso nicht. Kein Mensch kennt das. Uralt und –«

»Nun sag doch endlich, was es ist.« Sonja hielt das Buch hoch, und Michelle las den Titel. Es war *Der Dschungel* von Upton Sinclair.

»Du bist ja lustig! Das ist ein Klassiker. *Der Dschungel!*«

»Hast du's gelesen?«

»Natürlich, vor ewig langer Zeit, aber ich erinnere mich, dass ich es fantastisch fand; interessant, bewegend, aufklärend. Ganz bestimmt nicht langweilig. *Ich* fand das nicht. Tausende, wahrscheinlich Hunderttausende anderer Leute fanden das nicht.«

»Meine Klasse schon.«

»Und warum sagst du, es sei unrealistisch?«

»Also, ich bin noch nicht sehr weit, aber …«

»Was?«

»Es ist so langweilig.«

»Ja, das sagtest du. Aber warum unrealistisch?«

»Also … es spielt alles in Chicago, und da gibt's überhaupt keine *Ne*–« Sonja brach mitten im Wort ab. Sie erstarrte, sah, wie ihre Mutter die Augen aufriss, und wusste, dass sie Ärger bekam, und zwar richtig.

»Wirst du wohl … *niemals* –«

»Was? Ich hab doch nichts gesagt!«

»Ich weiß, was du auf der Zunge hattest. Warum sagst du das? Dieses Wort hat so viele verletzt, deine eigenen Leute, deine Familie. Sag das bloß nie vor Grandpa William.«

»Er ist taub.«

»Sonja, mir ist todernst damit. Ich weiß nicht, wo ich anfangen soll. Da haben Menschen ihr Leben geopfert, ich meine nicht nur ihre Karriere, nein, sie haben ihr Leben geopfert, damit du so leben kannst, wie du es tust.«

»Mom, ich versteh ja, was du meinst, aber viele Afroamerikaner benutzen das Wort heute. Die Schwarzen sagen es im Fernsehen, in Filmen … Deine Klienten sagen es auch, das weißt du doch.«

»Die sind fast alle benachteiligt, entrechtet, desillusioniert und ungebildet. Darum sagen sie es. Was hast du für eine Entschuldigung?«

»Ich weiß nicht, Mom. Das ist nur 'ne große Sache, wenn man 'ne große Sache draus macht.«

»Na, dann hör mir mal gut zu, für mich ist es nämlich eine große Sache. Nimm das Wort in diesem Haus nie wieder in den Mund. Verstehst du, Sonja? Das ist mein Ernst. Verstanden?«

»Ja, Mom.«

»Ich muss mich schon wundern, dass so was von dir kommt, aus diesem Haus, bei allem, was du weißt.«

»Is' ja gut, Mom, tut mir leid! Dabei hab ich's doch nicht mal gesagt.«

»Wenn ich du wäre, würde ich nicht weiter darauf herumreiten, Miss. Ich würde dabei bleiben, dass es dir leid tut, wenn du hier keinen Ärger willst.«

»Sie sagen's im Radio.«

»Nicht bei uns.«

»Eben doch. Ich hab's auf NPR gehört.«

»Ach wirklich?«

»Ja, neulich, als ich krank war und zu Hause bleiben musste. In einer von den Morgensendungen haben sie drüber geredet. Afroamerikanische Hörer riefen an und meinten, wir könnten es ruhig benutzen, wenn es … wenn es … na, was noch mal? … ironisch ist.«

»Sonja, weißt du, was ›ironisch‹ bedeutet?«

»Ja.«

»Und was?«

»Ironisch ist … na ja, irgendwie komisch … komisch auf Erwachsen.«

»Das trifft es wohl nicht ganz. Schlag es nach. Oder soll ich deinen Dad oder vielleicht Grandpa William bitten, dir zu erklären, was ›ironisch‹ bedeutet?«

»Nein danke.«

»Weil sie fragen würden, wie wir auf das Thema gekommen sind –«

»Tut mir leid, Mom.«

»Ich sage es dir noch einmal ohne die leiseste Ironie, Sonja. Nimm das Wort in diesem Haus nie wieder in den Mund. Niemals. Und deine schlampige Aussprache kannst du dir auch abgewöhnen. Es hat nichts mit ›auf Weiß machen‹ zu tun, wenn du deine eigene Sprache ordentlich sprichst. Andere haben dafür gekämpft, dass du die bestmögliche Schulbildung bekommst. Es würde deinem Grandpa das Herz brechen, dich reden zu hören, als hätte sich nichts geändert.

»Tut mir leid, Mom.«

»Das wär's. Das ist der Letzte«, sagte der Latino mit dem Umzugswagen zu Diana. »Ich hab vorn noch Platz, wenn Sie mitfahren wollen. Spart Ihnen das Taxi.«

»Gern. Danke. Ich muss nur noch einen letzten Blick werfen. Ich … hmm … ich komme sofort runter.« Der Mann ging vor, um im Auto zu warten. Diana war allein in der Wohnung. Alles, was ihr gehörte, befand sich in Kartons in einem Lastwagen auf der Straße. Das war's. Sie hielt immer noch das Foto von Adam im wattierten Steppanzug. Vielleicht änderte er seine Meinung. Aber der Plan war, eine Weile keinen Kontakt zu haben, um jedem von ihnen Zeit zu geben, sich auf das Leben ohne den anderen einzustellen. Keiner von ihnen hatte gefragt, wie lange »eine Weile« eigentlich sei oder eine Definition angeboten. Sie nahm das Foto mit, während sie durch alle Räume ging. Sie atmete schnell. Sie hatten sich umarmt, als Adam morgens gegangen war. Keiner von ihnen wollte die Umarmung beenden, aber Adam musste eine Vorlesung halten, die er schon einmal abgesagt hatte.

Vor dem Haus wartete der Mann darauf, dass Diana runterkam. Er hatte gedacht, dies würde ein einfacher Job. Die Anfahrt war nur von Inwood bis hierher gewesen, und zum Ausladen ging es nach Hell's Kitchen. Es gab nicht allzu viele Kartons, und sie schienen gut gepackt. Was konnte einfacher sein als das? Aber die Frau brauchte wirklich lange, bis sie runterkam. Er konnte sie nicht drängen. Er drängte sie fast nie. Diese sah aus, als würde sie gleich weinen. Was dann, was sollte er tun? Im Augenblick konnte er nur warten. Er setzte sich auf den Fahrersitz und legte eine Kassette mit alten Songs ein, die irgendwer einmal für seinen verstorbenen Vater aufgenommen hatte.

Diana hielt in den Armen, was sie konnte, und stand draußen vor ihrer jetzt ehemaligen Eingangstür. Diese Tür hatte den Tick, dass man sie, wenn sie bereits geschlossen war, ein zweites Mal zuziehen musste, um sie in die richtige Position zu bringen, damit das Schloss einschnappte. Ihr war schlecht. Sie hielt das Foto in der Hand. Sie nahm es mit. Würde er es ihr verübeln? Sie zog die Tür zu. Konnte Adam nicht einfach nach Hause kommen und das alles beenden? Die Tür war zu. Aber noch gab es eine Möglichkeit zurück. Es fehlte der zweite Ruck. Sie hörte ihr Herz klopfen. Worauf wartete sie? Im Flur war niemand. Was glaubte sie, was jetzt passieren würde? Es kam niemand. Da war es, das Klicken. Die Tür war zu, und sie konnte nicht mehr hinein.

Adam fuhr fort mit seiner Vorlesung. »Als Mitglied der Abwehr erhielt Bonhoeffer die Erlaubnis und die nötigen Papiere, ins Ausland zu reisen, angeblich, um für die Nazis zu spionieren. In

Wirklichkeit war er ein Doppelagent, der unter dem Deckmantel der Abwehr für den Widerstand arbeitete.

Angesichts all dessen, was noch kommen sollte, erscheint es uns heute absurd und schwer verständlich, aber zu der Zeit, als Warschau am 27. September 1939 kapitulierte, glaubten die Verschwörer in der Abwehr, es gebe Grund zur Hoffnung. Ich weiß, im Rückblick ist das kaum, fast unmöglich zu glauben. Warum glaubten sie es? Weil in zunehmendem Maße Nachrichten von den Gräueltaten der SS in Polen nach Deutschland zurückflossen. Die Verschwörer hofften, weder die Öffentlichkeit noch die Generäle würden diese barbarischen Grausamkeiten hinnehmen, zumal es ein Hohn auf das internationale Recht war. General Blaskowitz zum Beispiel, Oberbefehlshaber des deutschen Heeres in Polen und voller Entsetzen über die Gräuel, ließ anderen Generälen die Mitteilung zukommen: ›Was die Auslandssender bisher gebracht haben, ist nur ein winziger Bruchteil von dem, was in Wirklichkeit geschehen ist.‹

Nach einem fehlgeschlagenen Attentat auf Hitler im März 1943 durchsuchte die Gestapo am 5. April das Hauptquartier der Abwehr. Dietrich Bonhoeffer, sein Bruder, seine Schwester und ihr Mann sowie ein weiterer Schwager wurden festgenommen. Die Verhöre fanden unter Folter statt.

Am 20. Juli 1944 unternahm der Widerstand einen letzten Versuch, Hitler zu ermorden. Unter dem Vorwand, sein Gehör sei bei dem Nordafrikafeldzug beschädigt worden, bat Oberst Claus von Stauffenberg kurz vor Beginn einer militärischen Lagebesprechung darum, möglichst nahe beim Führer platziert zu werden. Die Aktentasche, die er bei sich trug, enthielt einen Sprengsatz. Bei der Explosion wurde die Baracke zerstört, einige Offiziere wurden getötet, aber Hitler war nur verletzt. Es gab Festnahmen und Verhöre.

Am 16. April 1945 um drei Uhr morgens eröffnete der sowjetische Marschall Schukow seinen Angriff auf die Oderfront, die deutsche Verteidigungslinie vor Berlin, mit massivem Artilleriefeuer. Danach folgten die Panzer und dann die Infanterie. Die deutsche 9. Armee war zahlenmäßig weit unterlegen. Schukow verfügte über dreitausend Panzer gegen fünfhundert auf Seiten der Wehrmacht. Die Rotarmisten brauchten drei Tage für den Durchbruch. In der Schlacht um die Seelower Höhen verloren die Deutschen zwölftausend Soldaten. Aber die Stärke ihrer Befestigungsanlagen an den Hängen war derart, dass die Sowjets dreiunddreißigtausend Mann verloren. Dennoch, am 19. April hatte die Rote Armee die Schlacht an der Oder gewonnen. Acht Jahre zuvor war an diesem Fluss »Swing low sweet chariot, Comin' for to carry me home« gesungen worden.

Als die sowjetischen Truppen unter Marschall Schukow auf der einen und Marschall Konew auf der anderen Seite zusammenrückten, war die 9. Armee umzingelt. Fünfzig Kilometer weiter begannen die Vororte von Berlin. Obwohl die Sowjets zwölftausend Mann gefangen genommen hatten, machte Hitler sich immer noch vor, er könne die 9. Armee unter dem jüngsten seiner Generäle, General Walther Wenck von der 12. Armee, wieder versammeln, um Berlin zu verteidigen. Aber mit dem Vordringen der US-amerikanischen Verbände, die am 25. April die Elbe erreichten, und Schukow vor den Toren von Berlin, war es endgültig vorbei. Am 30. April verübte Hitler Selbstmord und am 7. Mai kapitulierte Deutschland bedingungslos.

Dietrich Bonhoeffer war einer der vielen Zehnmillionen Menschen, für die es zu spät war. Einen Monat zuvor hatte Hitler die Hinrichtung aller noch lebenden Verschwörer angeordnet. Am 9. April musste Dietrich Bonhoeffer nackt zum Galgen gehen. ›Swing low, sweet chariot, Comin' for to carry me home.‹«

»Also gut. Du hast eben gesagt, *Der Dschungel* ist unrealistisch. Warum?«, fragte Michelle ihre Tochter.

»Na ja, ich bin noch nicht sehr weit, zugegeben, aber es geht um diese eingewanderten Arbeiter in der Fleischfabrik, und ich glaube, keiner von denen – oder höchstens einer – ist Afroamerikaner. Das ist doch einfach nicht realistisch, nicht in Chicago, stimmt's? Und dann findest du heraus, dass es irgend so ein blöder Weißer ist, der das Buch geschrieben hat.«

»Sonja, dieser *blöde Weiße,* Upton Sinclair, über welche Zeit schreibt er denn? Wann spielt die Geschichte?«

»Weiß nicht … zwanzigstes Jahrhundert irgendwie.«

»Wann?«

»Weiß ich nicht. Steht es drin?«

»Schau mal ganz vorn nach dem Erscheinungsjahr. Wenn es nicht Fantasy oder Science-Fiction ist, wird es wohl nicht früher spielen, als es erschienen ist. Findest du das Datum?«

»Ja. Hier, *Der Dschungel,* 1906.«

»Okay, dann kann man annehmen, dass es entweder 1906 spielt oder davor.«

»Ja, und?«

»Und, wann war die große Migration?« Ihre Tochter antwortete nicht. »Also gut, *was* war die große Migration?«

»Ich weiß, Mom«, sagte Sonja mit einem Anflug von Ungeduld, der einem außenstehenden Beobachter ziemlich ungerechtfertigt erscheinen mochte. »Das war, als die Afroamerikaner vom ländlichen Süden in den städtischen Norden wanderten.«

»Hast du eine Vorstellung vom Ausmaß dieser Wanderung?« Wieder war ihre Tochter still. Sie schaute auf die Rückseite des Buchumschlags, als ob sie dort eine Antwort finden könnte, oder vielleicht in der Hoffnung, ihr plötzliches Interesse an dem Buch würde diese Lektion mit ihren kleinen Erniedrigungen beenden. Bei all der Aufmüpfigkeit, die sie zur Schau stellte, mochte sie ihre Mutter nicht enttäuschen. Sie hatte die Bewunderung ihrer Eltern für ihre Klugheit und guten Noten stets genossen. Jetzt suchte sie einen glücklichen Mittelweg, sich unabhängig zu machen, ohne diese Bewunderung zu verlieren. Natürlich ärgerte sie sich über die scharfe Kritik ihrer Mutter, aber etwas in ihr wusste fast immer, dass sie später, als Erwachsene, einmal so sein wollte wie sie, auch wenn sie nicht heute damit anfangen wollte.

»Glaubst du wirklich, du findest die Antwort auf dem Buchdeckel?«

»Ich weiß nicht! Jetzt sagst du sicher, ich soll das nachschlagen, oder?«

»Das solltest du, aber du würdest wohl eher einen deiner Facebookfreunde fragen.«

»Gute Idee!«

»O ja, großartig! Ich würde dich bis zum Essen nicht mehr wiedersehen, und die Antwort wäre falsch.«

»Vielleicht würde ich mir noch eine Karotte holen.«

»Also gut. Die große Migration hat schon vor dem Ersten Weltkrieg begonnen, aber erst mit dem Zweiten kam sie voll in Schwung. Zwischen 1940 und 1970 wanderten fünf Millionen Afroamerikaner nach Norden, die größte Massenbewegung in der Geschichte des Landes. Weißt du, warum?«

»Baumwolle?«

»Was heißt ›Baumwolle‹? Soll das im Ernst eine Antwort sein?«

»Ich weiß nicht. Es hat doch was mit Baumwolle zu tun, oder?«

»Ja, es hat eine Menge mit Baumwolle zu tun, aber das ist keine Antwort. Ein-Wort-Erklärungen gibt es nicht. Du solltest das wirklich nachschauen.« Michelle überlegte einen Augenblick, bevor sie sagte: »Hör zu. Die schwarzen Pächter im Süden waren immer billige Arbeitskräfte gewesen, aber seit den Vierzigerjahren wurden sie von Maschinen ausgestochen, die jeweils fünfzig

Mann ersetzten. So kam es, dass die Schwarzen aus den Südstaaten auf der Suche nach Arbeit und in der Hoffnung auf ein neues, besseres Leben nach Norden zogen, in Städte wie New York oder Chicago. Das ist sehr vereinfacht, aber egal, nun weißt du, dass diese Bewegung zu der Zeit, in der *Der Dschungel* spielt, noch gar nicht stattgefunden hatte. Die dichte afroamerikanische Bevölkerung im urbanen Norden, an die du – vollkommen richtig – denkst, gab es damals nicht. Du schimpfst, *Der Dschungel* sei nicht realistisch, nur weil du deine eigene Geschichte nicht kennst, nicht weißt, wie die Realität ausgesehen hat.«

»Ups!«

»Ja: Ups. Das kann man wohl sagen. Gib mir mal das Buch. Ich habe es als so großartig in Erinnerung, sehr stark, sehr berührend. War da nicht …? Da gibt es diese wunderbare Beschreibung, wie sie das erste Mal durchs Schlachthaus geführt werden. Man zeigt ihnen, wo die Schweine getötet werden, und jemand sagt: ›Von den Schweinen wird alles verwertet, außer dem Quieken.‹ Lass mich mal sehen.«

»Was ist Geschichte?«, fragte Adam Zignelik, um seine Vorlesung zu Ende zu bringen. »Barbara Tuchman stellt diese Frage in einer Reihe erleuchtender Essays. An einer Stelle zitiert sie den Historiker George Macaulay Trevelyan mit den Worten: ›Idealerweise sollte Geschichte einem breiteren Publikum die Fakten über die Vergangenheit darlegen, und zwar in ihrem vollen emotionalen und intellektuellen Wert, mithilfe der schwierigen Kunst der Literatur.‹ Tuchman wie Trevelyan halten es für die beste Art von Geschichtsschreibung, wenn Historiker ein gründliches Wissen von den nachweislichen Tatsachen erwerben und es mit einem scharfen Intellekt, dem wärmsten menschlichen Verständnis und der größten Vorstellungskraft verbinden. Warum Vorstellungskraft? Nicht, weil Sie Nachweise erfinden sollten, sondern um Ihnen zu helfen, sich in das Leben, in die Menschen, die vor uns waren, hineinzuversetzen. Chronologische Erzählungen geben das Gerüst des versammelten Wissens ab, das wir Geschichte nennen, aber psychologische Einsicht und eine starke Vorstellungskraft können ein Mittel sein, um nicht nur das Was der Geschichte zu begreifen, sondern auch das höchst befriedigende Warum.

Sollten Sie sich irgendeiner attraktiven historischen Schule oder Philosophie anschließen? Nein. Warum nicht? Wenn Sie es tun, kommen Sie leicht in Versuchung, Ihre Nachweise zu manipulieren, sie so hinzubiegen, dass sie den Interessen der Schule oder Philosophie dienen, statt sich auf die Fragen zu konzentrieren, was geschehen ist und warum es geschah. Sie könnten Muster entstehen sehen, aber es ist besser, die historische Theorie oder übergreifende Verallgemeinerung aus den Fakten entstehen zu lassen, als die Fakten der Theorie anzupassen. Sie werden genug damit zu tun haben, das alles zu leisten und gleichzeitig Ihre persönlichen Neigungen zu verdrängen. ›Neigungen?‹, fragen Sie erschreckt. Wenn Sie Mensch geblieben sind, werden Sie welche haben. Wenn nicht, kann ich nur gratulieren, dass Sie es so weit geschafft haben.« Niemand lachte.

»Was machen Sie mit Ihren Neigungen?«, fuhr Adam Zignelik fort. »Gestehen Sie sich ein, dass es sie gibt, und kämpfen Sie dagegen an, aber bringen Sie die intellektuelle Ehrlichkeit auf, es in dem Bewusstsein zu tun, dass zeitlicher Abstand keine Garantie für Immunität gegen persönliche Neigungen ist, die – manchmal unmerklich – in den Stoff unseres Menschseins eingewoben sind. So objektiv sein, wie wir können, ist nicht dasselbe wie neutral sein. Der zeitliche Abstand kann Perspektiven eröffnen, die ein Historiker so nötig braucht wie Sauerstoff. Aber schon bei der Auswahl dessen, was erzählt wird, bei der Reihenfolge, in der man es erzählt, sind Neigungen im Spiel.«

»Was ist mit Ihnen? Leben Sie bei Ihrer Familie, Mr Lamont?«

»Ich kann nicht … Ich sollte wirklich –«

»Warum haben Sie Angst?«

»Ich sollte wirklich gehen, Mr Mandelbrot.«

»Ich weiß, wer Sie sind.«

»Was?«

»Sie haben mich gerettet.«

»Was?«

»Von der Straße. Ich weiß. Sie waren derjenige, der mich von der Straße nach oben gebracht hat.«

»Mr Mandelbrot, ich kann's mir nicht leisten, meinen Job zu verlieren. Ich bin neu hier.«

»Ich bin alt hier.«

»Ich bin auf Probe. Sie können mich rausschmeißen, einfach so.« Lamont schnippte mit den Fingern. »Darum muss ich jetzt. Sie müssen verstehen.«

»Ich sag Ihnen was, Mr Lamont.«

»Was?«

»Ich sag Ihnen, ich weiß, wer Sie sind und …« Der alte Mann hatte einen trockenen Mund und er sprach leise, fast heiser. »Sie können wiederkommen.«

Es war gegen Ende des Tages, Lamonts Schicht war vorbei. Doch statt direkt nach Hause zu fahren, kehrte er ins Zimmer eines Patienten zurück, bei dem er tagsüber schon einmal gewesen war, den er gerade kennenlernte. Es hatte nichts mit der Arbeit zu tun. Wäre er gefragt worden, warum er einen Patienten besuchte, den er kaum kannte, hätte er keine Antwort gewusst.

Der alte weiße Mann mit seinen Haarbüscheln und dem ausländischen Akzent schaute vom Bett auf, als Lamont Williams im Türrahmen erschien.

»Mr Mandelbrot, ich war vorhin schon mal hier. Ich wollte nur –«

»Ich weiß, wer Sie sind.«

Sonja reichte ihrer Mutter das Buch von Upton Sinclair, und Michelle begann darin zu blättern. Eine Weile las sie schweigend, beobachtet von ihrer Tochter. Dann fing sie an, laut vorzulesen:

›Sie hatten Ketten, und davon schlangen sie jeweils das eine Ende dem vordersten Schwein um ein Bein und hakten das andere in einem der Ringe an dem Rad ein. Durch dessen Drehung verlor das Tier dann plötzlich den Boden unter den Füßen und wurde hochgerissen. Im selben Augenblick ertönte ein Schrei, der durch Mark und Bein ging. Erschrocken fuhren die Besucher zusammen; die Frauen erbleichten und wichen zurück. Es folgte ein weiterer Schrei, lauter noch und herzzerreißend – denn hatte das Schwein diese Reise einmal angetreten, winkte ihm keine Wiederkehr mehr … Da war hohes Quieken und tiefes Quieken, grimmiges Grunzen und qualvolles Wimmern; zwischendurch verebbte es mal kurz, setzte aber gleich wieder von Neuem ein, noch greller und durchdringender, schwoll an, wie es ohrenbetäubender nicht mehr ging … Von all dem ungerührt, verrichteten die Leute unten ihre Arbeit; Todesschreie von Schweinen und Tränen von Besuchern ließen sie völlig kalt. Sie packten die Tiere eins nach dem anderen und stachen sie blitzschnell ab.‹

Während sie weiterlas, lauschte Sonja einer Reinheit in der Stimme ihrer Mutter, die sie von den Gutenachtgeschichten früher kannte. »Sollte es wirklich nirgendwo auf der Erde oder über der Erde einen Himmel für Schweine geben, wo sie für all ihre Leiden entschädigt werden? Jedes dieser Schweine stellte doch ein Geschöpf für sich dar. Manche waren weiße, andere schwarze Schweine; manche waren braun, andere gefleckt; manche alt und andere jung …«

Sonja schaute ihre Mutter mit einem Blick an, in dem Michelle so etwas wie Respekt erkannte, der die Jugendliche offenbar, und sei es nur für eine Minute, von den Fesseln ihrer schmollenden Aufmüpfigkeit befreite. »Es ist viel besser, wenn du es liest«, sagte sie leise.

»Können wir Geschichte benutzen, um die Zukunft vorauszusagen?«, fragte Adam Zignelik. »Es ist eine verlockende Vorstellung, aber ich glaube nicht. Der Leuchtturm der Geschichte mag einen flackernden Schein auf den Weg werfen, der vor uns liegt, aber es wäre leichtsinnig, eine detailgetreue Geländekarte mit einem Verzeichnis aller Wölbungen und Mulden zu erwarten. Wir können nicht damit rechnen, dass sie uns genau sagt, was als Nächstes kommt.

Warum nicht? Weil Geschichte mit Menschen zu tun hat und Menschen genauso unberechenbar, wenn nicht noch unberechenbarer sind als die meisten Tiere. Man kann sich nicht einmal darauf verlassen, dass sie tun, was sie *selber* unter ähnlichen Umständen früher schon getan haben, oder dass sie auch nur tun, was offensichtlich in ihrem eigenen Interesse wäre. Menschen sind unberechenbar, ob individuell oder kollektiv, ob gewöhnliche Leute oder mächtige Anführer.

Wie erklären Sie zum Beispiel Folgendes?«, fuhr Adam fort. »Als Stalin 1941 im Voraus über das exakte Datum des geplanten deutschen Überfalls auf die UdSSR informiert wurde, ignorierte er das, so sicher fühlte er sich, dass es ohne irgendeine Art Ultimatum von Hitlers Seite keinen deutschen Angriff geben würde. Die Berichte der Informanten wurden als »zweifelhaft und irreführend« zurückgewiesen. Hat Stalin, dieser monströs paranoide, rücksichtslose Größenwahnsinnige, Hitler plötzlich vertraut? Nein, natürlich nicht. Er war einer, der durchs Feuer einer von Misstrauen beherrschten Zeit gegangen war, mit Splittergruppen innerhalb von Splittergruppen, Geheimaktionen und Spionage, umgeben von Verrat und Mord, ein Mann, dessen Argwohn, einmal geweckt, sich durch nichts beruhigen ließ, und von dem seine eigene Tochter sagte: ›Überall sah er Feinde. Das war bereits pathologisch, eine Art Verfolgungswahn ...« Nein, er vertraute Hitler nicht. Aber den Organen seiner eigenen Geheimdienste vertraute er noch weniger. Und alle, die um ihn waren, fürchteten ihn so, dass keiner ihm widersprach. Selbst nachdem der deutsche Angriff begonnen hatte, glaubte Stalin noch, dass bestimmte Generäle eigenmächtig gehandelt hatten, ohne Hitlers Wissen oder Zustimmung. Selbst als seine Generäle Berichte von dem Überfall und von russischen Verlusten schickten, gab Stalin der Roten Armee nicht den Befehl zurückzuschlagen. Er musste warten, bis Berlin erklärte, dass es sich tatsächlich mit Russland im Krieg befand.

Wer bei klarem Verstand hätte eine derartige Reaktion Stalins vorausgesagt? Menschen sind schon als Individuen unberechenbar, ganz zu schweigen von der Masse – zu unberechenbar, als dass die Geschichte uns lehren könnte, was als Nächstes geschieht. Wir sind heute weit über sechs Milliarden Menschen auf der Welt. Jeder von uns hat hundert Milliarden Neuronen, jedes Neuron tausend oder mehr Synapsen, und aus alldem entsteht unser eigenes, individuelles Bewusstsein samt unserer Gefühle und Gedanken sowie den dadurch bestimmten Handlungen. Lassen Sie nicht zu, dass irgendjemand der Geschichte ihre Unfähigkeit vorwirft, die Zukunft vorauszusagen, solange die Naturwissenschaften Schwierigkeiten mit dem Wetter von morgen haben.«

Ein junges Mädchen, ein hellhäutiges schwarzes Mädchen, ungefähr zwischen sieben und neun Jahren alt, die Zöpfe fest mit Schleifen zugebunden, kämpfte darum, sich in einem vollen Bus in Manhattan aufrecht zu halten. Während sie dort stand, versunken im Geruch der gedrängten Menschenmenge, hörte sie Gesprächsfetzen, viele einseitig von Leuten mit Handys. »Na ja, wenigstens hab ich's vor der Arbeit noch geschafft, meinen Lebenslauf zu schreiben … das ist schon mal gut«, sagte ein junger Mann. Zwei ältere Männer, die sie kaum sehen konnte, redeten so laut, dass jeder mithörte: » … nimmt Hillary nur Stimmen weg … genau wie Nader«, worauf der andere erwiderte: »Was bist du eigentlich für ein Idiot? Wovon redest du? Sind doch erst die Vorwahlen.« Eine Frau sprach in ihr Handy: »Sie hat gesagt, es gibt keine Termine mehr, bis November … November! … Ich weiß nicht … und der verdammte Bus bewegt sich nicht.« Das kleine Mädchen lauschte jedem Wort, während die Fahrt sich dahinschleppte. Der Schulranzen war drückend schwer. Zwischendurch, wenn ihr die Sicht auf die Straßenschilder draußen versperrt war, orientierte sie sich an der Karte, die sie von ihrem Weg im Kopf hatte. Sie dachte, sie sei wohl der kleinste Mensch im Bus. Allmählich wurde es spät.

Lamont Williams stand im Türrahmen.

»Mr Mandelbrot, ich war vorhin schon mal hier. Ich wollte nur –«

»Ich weiß, wer Sie sind«, sagte Mr Mandelbrot.

»Ich wollte nur sagen … mich entschuldigen … wissen Sie … wegen vorhin.«

»Was reden Sie? Wofür entschuldigen Sie sich?«

»Dass ich so schnell weg musste. Ich wollte … Ich habe das nicht so gemeint … wollte nicht … respektlos sein.«

»Sie mussten arbeiten.«

»Ja, aber für mich, wissen Sie … ist es mehr als das. Ich bin … neu hier. Hab gerade erst angefangen. Ich bin in so ’ner Art Programm.«

»Programm?«

»Verstehen Sie, ich bin auf Probe hier, Mr Mandelbrot.«

»Probe?« Der alte Mann setzte sich im Bett auf, und dabei schob sich sein linker Ärmel bis zum Ellbogen hoch. Das war der Moment, in dem Lamont Williams eine eintätowierte Serie blaugrüner Zahlen auf dem Arm des Patienten sah.

»Was also nützt uns Geschichte angesichts der unberechenbaren Menschen, bei all den Vorbehalten, Einschränkungen und Grenzen?«, fuhr Adam Zignelik fort. »Nun, es gibt mehrere nützliche Anwendungen, und keine davon ist unwichtig. Sie kann zwar nicht vorhersagen, was als Nächstes geschehen wird, aber sie kann uns nahelegen, was wir tun oder lassen sollten, wenn etwas Ähnliches wie in der Vergangenheit das nächste Mal geschieht. Die Geschichte kann nichts dafür, dass sie nicht öfter in diesem Sinne benutzt wird. Entweder versagen wir dabei, Ähnlichkeiten zu sehen, oder wir wissen gar nicht, was zuvor geschehen ist, weil wir keine Ahnung von Geschichte haben oder unsere Sicht der Gegenwart dermaßen von unseren nationalen, ethnischen, rassischen, politischen, religiösen oder auch persönlichen Mythologien vernebelt ist, dass wir unfähig sind, auch nur ansatzweise zu erkennen, welche Anregungen die Geschichte zu bieten hat.

Die Geschichte kann in schwierigen oder gar in turbulenten und traumatischen Zeiten Trost bieten. Sie zeigt uns, was unser Menschengeschlecht schon alles durchgemacht hat, und dass wir überlebt haben. Es kann hilfreich sein, zu wissen, dass wir mehr als ein dunkles Zeitalter hinter uns haben. Und die Geschichte ist lebenswichtig, weil die Vergangenheit uns genauso, vielleicht noch mehr bestimmt als die Biologie und wir ihr, so sehr wir auch an unsere Selbstbefreiung glauben, nicht entrinnen können. Wenn Sie nur wüssten, wie nah Sie Menschen sind, die Ihnen so fern erscheinen … Sie würden staunen.

Außerdem ist es eine Möglichkeit, diejenigen zu ehren, die vor uns waren. Wir können ihre Geschichten erzählen. Würden Sie sich nicht wünschen, dass jemand Ihre Geschichte erzählt? Am Ende ist es der beste Beweis dafür, dass wir etwas bedeutet haben. Was ist denn das Leben, wenn nicht von Geburt an ein ständiger Kampf darum, wenigstens einem Menschen etwas zu bedeuten?«

»Liebster«, hörte er Diana flüstern, »du sollst mit deinen Studenten reden. Du redest mit dir selbst. Dafür hast du noch Zeit genug.«

Den Griff seiner Aktentasche in der Hand, steckte Adam Zignelik den Schlüssel in die Eingangstür, fürchtete sich aber, ihn umzudrehen, fürchtete sich, die Tür zu seiner eigenen Wohnung zu öffnen. Er wusste nicht, wie er sich fühlen würde, wenn er sie öffnete und sah, wie es drinnen ohne Diana, ohne alle ihre Sachen war. Es gab so viel, was er nicht wusste. Er wusste nicht, dass am 23. Juni 1940, am selben Tag, an dem Hitler in Paris auftrat, Barbara Wertheim in New York City Dr. Lester Tuchman heiratete. Als Dr. Tuchman sich umschaute und den Zustand der Welt betrachtete, sah er nichts, was sie als einen Ort empfahl, um Kinder hineinzusetzen. Aber die neue Mrs Tuchman widersprach. Es sei falsch, meinte sie, auf bessere Zeiten zu warten, denn das könne ein ewiges Warten bedeuten. Wenn sie Kinder haben wollten, dann jetzt und zum Teufel mit Hitler. Ihre Ansicht setzte sich durch, und sie bekamen drei Töchter. Adam wusste nichts davon, und es gab niemanden, um es ihm zu erzählen. Seine beiden Eltern waren tot, und er hatte keine Geschwister. So war ihm, ungeachtet seiner Bewunderung für Barbara Tuchman, dieser Aspekt ihres Lebens entgangen und konnte ihn folglich nicht inspirieren, sein Glück zu versuchen ohne Rücksicht darauf, was beruflich aus ihm würde, mit Diana ein Kind zu haben. Bewaffnet mit seiner Unwissenheit stand er, fast vierzig Jahre alt, den Schlüssel in der Tür vor seiner Wohnung und fürchtete sich, hineinzugehen und zu sehen, wie es drinnen ohne Diana war.

Schließlich drehte er den Schlüssel um und trat ein. Es war viel schlimmer, als er sich vorgestellt hatte. Die Abwesenheit der Wände aus Kartons offenbarte die gähnende Leere einer größeren Abwesenheit. Er selbst hatte das angerichtet. Es verursacht. Die Bücherregale sahen aus wie Bombenkrater. Er warf seine Aktentasche auf die Couch. Er konnte Diana noch riechen. Wie lange würde das so bleiben? Wie lange würde er wollen, dass es blieb? Er ging zur Vorratskammer, schenkte sich hastig einen Scotch ein, und begann ihr von seinem Tag zu erzählen.

»Ich hab heute diese Wahr-Unwahr-Geschichte durchgespielt, angefangen mit Gandhi, über Bonhoeffer, Adam Clayton junior, Jean Lasserre, Blaskowitz und Hitler bis hin zu Schukow, Konew und Stalin. Stell dir vor, jemand hat Gandhi erraten! Wirklich! Eine Frau, ich glaube, aus Indien oder Pakistan, ursprünglich zumindest. Vermute ich. Sie wirkt älter als die meisten anderen. Jetzt muss ich rüber, zu Charles und Michelle. Was meinst du, muss ich mich umziehen? Nicht nötig, oder? Sie werden gar nicht merken, was ich anhabe. Wir werden viel zu sehr damit beschäftigt sein, über dich zu reden.«

Er kam etwas spät und leicht angetrunken bei Charles und Michelle an, aber niemand bemerkte es. Auch redete den ganzen Abend niemand, außer Sonja, von Diana. Alle hatten ihre persönliche Erklärung für deren Abwesenheit schon vorher zum Besten gegeben, und da sie den Grund zu kennen glaubten und ihn für erfreulich belanglos hielten, fragten sie Adam nicht. Sie waren sowieso viel zu aufgewühlt, zu getroffen und erschüttert von anderen Neuigkeiten. Adam gesellte sich dem Gespräch hinzu, und wegen der Vorrangigkeit und Aktualität der Angelegenheit blieb es ihm sogar erspart, mit Charles über seine festgefahrene Karriere zu diskutieren. Als Sonja ihn, bevor sie ins Bett ging, leise bat, Diana zu grüßen, schloss Adam kurz die Augen und nickte. Sie umarmte ihn zum Gutenachtsagen, und während er sie ein wenig länger als üblich in den Armen hielt, verkrampfte sich sein Oberkörper, sodass er fürchtete, im nächsten Moment zusammenzubrechen.

Ein paar Stunden zuvor hatte Professor McCray in seinem Büro auf dem Campus der Columbia am Schreibtisch gesessen und sich mit seinem Vater unterhalten. Sie wollten gerade gehen, um bei Charles zu Hause mit Michelle, Sonja und Adam zu essen, als das Telefon klingelte. Charles ließ es klingeln, bis es aufhörte. Es klingelte wieder, und diesmal ging er dran.

»Hallo, hier Charles McCray. Was? Was? Nein, davon wusste ich noch nichts«, sagte er zu der Person am anderen Ende der Leitung. »Also, ich war eine Weile nicht an meinen E-Mails … okay, ich schaue sofort nach.«

Er legte auf, ohne sich von dem Anrufer zu verabschieden, und ging, ohne sich bei seinem Vater zu entschuldigen, an seinen Computer. Seit er sein E-Mail-Programm zuletzt geöffnet hatte, waren eine Menge Nachrichten gekommen, alle zum selben Thema. Es reichte, die erste zu lesen, um zu wissen, was passiert war. Die anderen bestätigten es nur. Was da stand, war kaum zu glauben. Die Bestürzung, die es auslöste, war so unmittelbar wie ein lange vergangener Schmerz, der durch einen Duft oder Geruch wieder wachgerufen wird. Charles' Entsetzen kämpfte gegen die Notwendigkeit, es vor seinem Vater zu verbergen, und sein Gesicht war das Schlachtfeld. Er war wütend. Er würde nicht in der Lage sein, es von seinem Vater fernzuhalten. Es durfte gar nicht von ihm ferngehalten werden. Im Gegenteil, als Sohn war sicher er derjenige, der es ihm sagen sollte, aber darauf war er überhaupt nicht vorbereitet und hatte keine Ahnung, wie. Die Neuigkeit konnte ihn buchstäblich umbringen.

»Ich bin hier auf Probe, in der Sloan-Kettering, wissen Sie, das gehört zu einer Art … also ja … Programm, wie sie das nennen.«

»Programm, was für ein Programm?« Lamont schluckte. Er hatte das Gefühl, Unsinn zu reden, und sowieso, was machte er da, bei einem Patienten, den er gar nicht kannte? Eigentlich kannte er überhaupt niemanden, nicht mal seine Arbeitskollegen. Er wollte seinen Job nicht verlieren. Das Wichtigste in seinem Leben war jetzt, es in eine Stellung zu schaffen, die ihm erlaubte, seine Tochter zu suchen, wenn nicht an diesem Tag, so doch bald. Es gab noch viele Schritte, die ihm bevorstanden, und er würde sie nacheinander machen, jeden Tag einen, wie nun schon seit Jahren. Aber im Augenblick war es gerade Zeit, nach Hause zu gehen. Wieder ein Tag mehr, den er gut zu Ende gebracht hatte. Alles war in Ordnung. Also geh, fahr nach Hause, dachte er sich. Doch als er die tätowierten Ziffern auf dem Arm des alten Mannes sah, konnte er sich nicht vom Fleck rühren. Die Zahlen hielten ihn fest, wie angenagelt. Im Gefängnis hatte er alle möglichen Tattoos gesehen, aber nie so etwas. Das war kein Schmuck, sondern funktional. Es sah aus, als wäre der alte Mann gelistet worden, als wachte er jeden Morgen mit einer Art primitivem Streifencode in der Erwartung auf, gescannt zu werden, als wäre er ein Fließbandprodukt gewesen.

»Es ist … so was wie ein Pilotprojekt. Wissen Sie … ich … ich habe gesessen, Mr Mandelbrot. Ich war –«

»Gesessen?«

»Ja, ich war … ich war im Gefängnis. Darum ist das … Dieser Job … Sie geben mir eine Art zweite Chance hier, und ich –«

»Haben Sie was Unrechtes getan, Mr Lamont?«

»Sie *sagten,* ich hätte …« Seine Worte hingen in der Luft des Krankenzimmers. »Aber das stimmt nicht.«

Einen Moment lang sahen sie sich an, ohne zu sprechen. Die Augen des alten Mannes schienen lebendiger als der Rest von ihm. Nicht alt, nicht krank, verschlangen sie den Besucher vom Gebäudeservice voller Energie, taxierten ihn, maßen ihn und seine Worte, nahmen das alles auf und gaben es weiter an einen kranken, alten Mann, der ein paar Wochen zuvor versehentlich an der York Avenue allein gelassen worden war, um frische Luft zu schnappen, während alle um ihn her versuchten, ihre Ängste wegzurauchen. Er hatte frierend, hustend, missachtet und allein an der Straße ausgeharrt, als er zum ersten Mal mit dem Mann in Kontakt gekommen war, der nun vor ihm stand. Dieser Mann hatte etwas für ihn riskiert. Nun erwischte er ihn dabei, wie er versuchte, nicht auf die Nummer an seinem Unterarm zu starren. Er hatte ihn eingeladen, wiederzukommen, und er war da. Keiner von ihnen verstand genau, warum. Einige, andere Leute hatten gesagt, Lamont habe etwas Unrechtes getan. Er sagte nein, das habe er nicht. Ihm wurde nicht geglaubt, und er wanderte für sechs Jahre ins Gefängnis. Dann kam er raus und hatte sechs Monate, um sich zu beweisen. Sie würden ihn beobachten. So war das System, und dabei hatte er noch Glück gehabt. Das hatten sie beide.

»Ein Programm … ich verstehe, ein Programm«, sagte Mr Mandelbrot.

»Was ist los?«, fragte William McCray seinen Sohn. Charles würde es ihm erzählen müssen. Ihm blieb nichts anderes übrig, aber er beschloss zu warten, bis sie zu Hause waren und etwas zu trinken hatten. Jetzt musste er nur schnell etwas erfinden, um ihn unterwegs von der Wahrheit abzulenken. Er wusste, sein Vater hatte schon immer einen Riecher für die Wahrheit gehabt, sodass es ein Fehler wäre, Zuflucht bei etwas allzu weit Hergeholtem zu nehmen. Seine Gedanken überschlugen sich, aber er hatte Schwierigkeiten, die eigene Bestürzung in den Griff zu bekommen. Auf dem Weg vom Campus zu ihm nach Hause erschien alles etwas surreal. Er grüßte einige Kollegen in der Ferne. Mehrere Studenten gingen die Straße in derselben Richtung hinunter wie Charles und sein Vater. Wenn sie ein Gespräch mit ihnen anfingen, wäre William zumindest über eine Strecke des Weges abgelenkt. Aber was, wenn die Studenten ihn, Charles, genau auf das ansprachen, was er von seinem Vater fernhalten wollte, bis sie zu Hause waren? Soweit hatten die Studenten ihn nur mit einem Winken begrüßt. Jetzt holten sie auf. Jede Sekunde würden sie in Sprechweite sein. Charles fragte sich, ob er ihnen, falls er sie erkannte, zuvorkommen und sie in ein von ihm bestimmtes Thema verstricken könnte. Er schaute seinen alten Vater an, der zielstrebig, festen Schritts neben ihm ging. Die Studenten kamen näher. Charles war nicht imstande, sie genau genug einzuordnen, um passende Fragen zu stellen. Nun hatte er es nicht mehr in der Hand. »Guten Abend, Professor.« – »Guten Abend«, erwiderte er unsicher. Die Studenten gingen vorbei. Sobald sie in der Wohnung waren, las Charles online, was die *New York Times* schrieb, während Michelle und Sonja William begrüßten. Bald würde Adam kommen. Aber vorher zog Charles sich allein mit seinem Vater in ein Zimmer zurück.

Es gab viele Menschen in der Stadt der Waisen, die in dieser Nacht nicht schlafen konnten. Umgeben von den Kartons, die ihr Leben enthielten, das sie in der Hell's-Kitchen-Wohnung ihrer abwesenden Freundin vom Wohnzimmer ins Schlafzimmer verfolgte, starrte Diana ungläubig betäubt an die Decke. In Co-op City lag Lamont Williams in dem Zimmer, das er bei seiner Großmutter bewohnte, im Bett und dachte über eine Reihe kleiner Zahlen nach, die er auf dem Arm eines alten Mannes in der Memorial-Sloan-Kettering-Krebsklinik gesehen hatte. In Morningside Heights stolperte Adam Zignelik, als er zur Vorratskammer ging, um sich einen Whisky nachzuschenken, über eine Stelle, wo einmal etwas gewesen war, an das er sich schon nicht mehr erinnern konnte. Auf dem Rückweg ins Bett ging er kurz ins Bad, zum Pinkeln, und sah einen Kamm, den sie liegen gelassen hatte. Er nahm ihn, hielt ihn in der Hand, sah einige Haare darin hängen und legte ihn wieder hin. Michelle McCray wurde vom Herumwälzen ihres Mannes wach. Er dachte an seinen Vater. William McCray stand mitten in der Nacht auf. Er knipste eine kleine Tischlampe an, ging zu einem Sessel am Fenster und setzte sich. Er schaute aus dem Fenster. Er wiegte sich leicht. Dann begann er zu heulen.

Wahr, unwahr, wahrscheinlich wahr, wahrscheinlich unwahr oder wissen wir nicht genug? Unter dem Vorsitz von Chief Justice John G. Roberts hatte eine Mehrheit des Obersten Gerichtshofs der Vereinigten Staaten das Urteil im Fall *Brown versus Board of Education* gekippt und die Rassentrennung in Schulen wieder für zulässig erklärt. So unwahrscheinlich das nach dreiundfünfzig Jahren sein mochte, war es doch wahr.

Fünfter Teil

Sie hörte das Klopfen an ihrer Wohnungstür. Es war zögerlich und leicht überdeckt vom Geräusch des Fernsehers, sodass sie sich zunächst einreden konnte, es gelte einer anderen Wohnung. Dann kam die Stimme von draußen vor der Tür. Sie gehörte einem Mann, der ihren Namen kannte. Das Klopfen wurde lauter und hartnäckiger, aber sie machte nicht auf.

Das Dumme war, und war es schon immer gewesen, dass trotz der dicken, elektrisch bedienbaren Glastüren jeder in das Gebäude gelangte. Es gab so viele Mieter, die berechtigterweise ein- und ausgingen, einen so ununterbrochenen Strom von Kindern, jungen Müttern, Wartungsarbeitern, Kabellegern, Pizzalieferanten und Handwerkern, dass unbefugte Besucher kaum eine List oder auch nur Geduld brauchten, um ins Haus zu schlüpfen.

Deswegen war sie erschrocken, als es klopfte, und als sie dann die Stimme draußen hörte, bekam sie es mit der Angst, nicht, weil sie ihr fremd war, sondern weil sie den Mann kannte, der da sprach. Sie hatte gewusst, früher oder später würde er kommen.

»Hier ist Lamont … Lamont Williams«, sagte er nach dem Klopfen.

Seine Großmutter hatte ihm abgeraten, hinzugehen. Michael Sweeneys Mutter sei eine Irre, hatte sie gesagt. Nein, hatte er erwidert, sie sei nur eine von denen, die vor allem Angst haben. Er müsse sie nur überzeugen, dass sie nichts zu befürchten habe, dann würde sie mit ihm reden. Lamont wollte nichts von ihr oder von ihren Söhnen, weder von Michael noch von Kevin, dem jüngeren Bruder. Er wollte auch nichts von Chantal. Er wollte nur seine Tochter finden, das war alles. Vielleicht konnte Michaels Mutter helfen? Vielleicht wusste sie etwas? Lamont war sich ziemlich sicher, dass Michaels Bruder Kevin einige Zeit mit Chantal verbracht hatte. Er wusste nicht genau, in was für einer Beziehung sie zueinander standen oder wie lange es ging, aber Michaels und Kevins Mutter könnte das erste Glied einer Kette sein, die ihn vielleicht zu seiner, Lamonts, Tochter führen würde. Er sagte sich jeden Tag, er müsse einen Schritt nach dem anderen tun, um sie zu finden, und dürfe sich von Hindernissen nicht entmutigen lassen. Was er immer im Kopf behalten müsse, sagte er sich, sei das Prinzip, nur einen Schritt auf einmal zu tun. Und dies war einer.

Lamont stand auf dem Linoleumboden in der Nische, die von den drei angrenzenden Wohnungen gebildet wurde. Durch die Türen und die Schlitze darunter konnte er die jeweiligen Küchendüfte riechen, die gedämpften Fernsehgeräusche hören. Unter einer Tür drang heraus: »Zoloft ist nicht für jeden. Sprechen Sie mit Ihrem Arzt über Zoloft. Solche Gefühle müssen nicht sein, niemand sollte sich so fühlen müssen.« Es wurden Nebenwirkungen genannt, aber zu schnell, um etwas zu verstehen. Auf der anderen Seite hörte er Ryan Seacrest seine Show aufmischen, und durch die dritte Tür, dass jemand gerade eine Menge bei der Kfz-Versicherung gespart hatte. Was waren die Nebenwirkungen? Sein Mund war trocken. Seine Hände waren feucht. Fast jede Nacht wachte er irgendwann zwischen drei und fünf Uhr auf. Tagsüber, in der Memorial-Sloan-Kettering-Krebsklinik, war er müde und fürchtete, sein Vorgesetzter würde es merken und es für mangelnden Arbeitseifer halten. Er klopfte noch einmal. Niemand sollte sich so fühlen müssen.

»Hier ist Lamont … Lamont Williams, Mrs Sweeney.«

»Ich weiß, wer du bist.«

»Ich möchte mit Ihnen sprechen. Darf ich reinkommen?«

»Er ist nicht da.«

»Wer?«

»Keiner von beiden.«

»Ich weiß, Michael ist … Der ist noch drin, oder?«

»So ist es.«

»Und Kevin?« Sie gab keine Antwort. Vielleicht hörte sie ihn nicht. Die Fernseher redeten miteinander.

»Ist auch nicht da.«

»Mrs Sweeney, ich will nichts von den beiden … oder von Ihnen. Ich versuche nur, meine Tochter zu finden. Ich dachte, Kevin könnte mir vielleicht einen Tipp geben, wo Chantal ist, und … Was meinen Sie, Mrs Sweeney, würden Sie mir die Tür aufmachen? Sie kennen mich von früher, schon als Kind.«

Die Hände in den Taschen stand er eine Weile da. Wie oft war er in dieser Wohnung gewesen. Michaels Mutter hatte seine Freundschaft mit Lamont gern gesehen. Sie hatte ihm vertraut, dass er auf ihren Sohn aufpassen würde, obwohl sie gleichaltrig waren. Und nun, viele Jahre später, standen sie, Mrs Sweeney innen und Lamont außen, vor ihrer Wohnungstür. Keiner von ihnen sprach, und die Fernseher zerrissen die Luft. Zoloft war nicht für jeden. Die Nebenwirkungen bestanden in Mundtrockenheit, Schlaflosigkeit, sexuellen Funktionsstörungen, Durchfall, Schwindelgefühl und Müdigkeit.

Lamont wusste nicht, dass seine Großmutter während seines Gefängnisaufenthalts mehrmals versucht hatte, mit Michaels Mutter Kontakt aufzunehmen, um ihm zu helfen, Chantal und seiner Tochter auf die Spur zu kommen. Aber diese Frau, Mrs Sweeney, war eine Irre. Als Lamont an ihre Tür kam, wurde sie panisch und ließ ihn nicht rein.

Das Telefon klingelte im Büro von Charles McCray in der Fayerweather Hall der Columbia University. Adam saß zusammengesunken auf der Bittstellerseite des Schreibtischs und beobachtete, wie seiner alter Freund, sein einstiger Mentor, nunmehr Vorsitzender seines Fachbereichs, den Anruf entgegennahm. Charles hob die linke Hand, als wollte er einen Eid leisten, und entschuldigte sich, er müsse drangehen. Für eine Weile waren die Worte der Entschuldigung das Letzte, was Adam wirklich hörte, bevor er, die Zeit des Anrufs nutzend, seine Gedanken schweifen ließ, fort von dem Tag, durch den er sich hindurchquälte.

Es gab einige Fotos auf Charles' Schreibtisch und ein paar weitere in einem Bücherregal. Die auf dem Schreibtisch waren von seiner Frau Michelle, seiner Tochter Sonja und von seinen Eltern, die letzten kurz vor dem Tod seiner Mutter aufgenommen. Es gab auch ein altes Schwarz-Weiß-Foto mit einer Gruppe von Leuten, vorwiegend Männern, die Adam erkannte. Es war ein Bild vom LDF, der Rechtshilfeorganisation der NAACP, aus der Zeit, als Thurgood Marschall noch das Sagen hatte. In der Mitte stand Thurgood, flankiert von Charles' Vater William McCray, Constance Baker Motley, Franklin H. Williams, Robert L. Carter, der Soziologin Annette Peyser, Adams Vater Jake Zignelik und einigen anderen. Er kniff die Augen zusammen, um den Ausdruck seines Vaters besser zu sehen, während sein Chef weiter telefonierte. Das Foto, bemerkte Adam, hatte früher auf Charles' Tisch gestanden, stand aber jetzt im Regal. Auf Schreibtischen sammelt sich immer jede Menge Kram an, und gelegentlich, oft zu Beginn des akademischen Jahres, muss ausgemistet werden.

Adam und Charles waren im Begriff, ein Gespräch zu beenden, vor dem ihnen beiden seit einiger Zeit gegraut hatte. Der Anruf erlaubte ihnen, den Schluss ein wenig hinauszuzögern. Obgleich sie sich seit Jahrzehnten kannten, obgleich Charles den jüngeren Adam vor Jahren auf den Weg einer wissenschaftlichen Laufbahn als Historiker gelenkt, ihm einen Lehrauftrag verschafft und sich innerhalb des Fachbereichs für ihn eingesetzt hatte, und obgleich das, was als aussichtsreiche Karriere erschien, jetzt einen toten Punkt erreichte, war das Gespräch einfacher gewesen, als sie beide hätten erwarten können. Adam buhlte nicht um Gefälligkeiten, und Charles erklärte geradeheraus, die größte Hilfe, die er zu bieten habe, sei die, Adam sofort klipp und klar zu sagen, dass er nichts, aber auch gar nichts für ihn tun könne. Einmal übereingekommen, dass Adam seine Lehrverpflichtungen mindestens noch ein Semester erfüllen würde, fühlte Charles sich, als wäre die Last, die mit seiner höheren Stellung einherging, von ihm abgefallen, und nun seien sie frei, als Freunde miteinander zu reden. Aber sich mitten an einem geschäftigen Arbeitstag mit Freunden zu unterhalten war ein Luxus, besonders für jemanden, der so beflissen war wie Charles. Und wie viel Zeit kann überhaupt jemand in einer verantwortungsvollen Position mitten an einem Arbeitstag für einen Freund erübrigen, ehe er dessen Verletzlichkeit dem Betreuungsdienst überantwortet?

Wie war es dazu gekommen, dass Adam seine Forschungen einfach an die Wand gefahren hatte, dass ihm nicht einmal mehr ein Thema eingefallen war? Und wie dazu, dass er und Diana ihre Beziehung nach all den Jahren beendet hatten? Sie hatten so gut zusammengepasst, waren so entspannt miteinander gewesen, ganz und gar nicht wie ein verkrachtes Paar vor der Trennung. Das alles sehe nach einer Midlife-Crisis aus, meinte Charles, aber dafür sei Adam doch noch zu jung. In dem Moment klingelte das Telefon.

Zu einer anderen Zeit wären Adam, wenn er sich unter diesen Umständen mit Charles in dessen Büro beobachtet hätte, vielleicht seinerseits ein paar Fragen gekommen. Wie kam es, dass Charles, ein Freund seit über dreißig Jahren, nicht eingegriffen, sich nicht weiter nach Adams beruflichem Steckenbleiben erkundigt hatte? Wie kam es, dass er Adam so weit hatte entgleisen lassen, ohne sich größer dafür zu interessieren? Nicht, dass Charles' Gefühle für seinen Freund nachgelassen hätten. Eher waren sie überschwemmt worden, verdrängt von anderen Notwendigkeiten, manchmal sogar anderen Leidenschaften. Charles musste inzwischen den gesamten Fachbereich verwalten, er hatte seine Lehrverpflichtungen und, was ihm beruflich am wichtigsten war, sein eigenes Forschungsgebiet. Hätte er gewusst, in welchem Ausmaß die Kombination von Universitäts- und Fachbereichspolitik ihm seine Zeit stehlen würde, hätte er den Posten als Fachbereichsleiter vielleicht nie angenommen. Seine Forschung, sein Schreiben, bedeuteten ihm alles. Schon vor der Beförderung hatte ihm die Zeit zum Schreiben gefehlt. Durch die neuen Aufgaben war sie unerträglich knapp geworden.

Aber die Annahme der Beförderung, die Tatsache, dass Charles nun der erste afroamerikanische Fachbereichsleiter für Geschichte war, erfüllte seinen Vater mit unerhörtem Stolz, und das war sehr viel wert. Außerdem konkurrierte er, bewusst oder unbewusst, mit seinem Vater. Es war ein Wettstreit, den er, Williams Sohn, nie gewinnen konnte. Als Veteran des Zweiten Weltkriegs und ehemaliger Bürgerrechtsanwalt war William seinerzeit daran beteiligt gewesen, Geschichte zu *machen*. Er hatte sich zwei Mal in den Kampf gestürzt, fast ohne Atempause zwischen den beiden Einsätzen. Im Gegensatz dazu würde Charles, so erfolgreich seine akademische Karriere auch sein mochte, immer nur über Geschichte *schreiben,* sich nicht aktiv daran beteiligen. Das hoffte er zumindest. Es reizte ihn nicht so sehr wie seinen Vater. Und sowieso, gute Söhne, *wirklich* gute Söhne machen keine Geschichte. Sie gründen lieber Familien und schmieden Karrieren mit weniger ehrgeizigen Zielen als diejenigen, die Geschichte machen wollen.

Nach Charles' Selbstverständnis genügte es ihm, über Geschichte zu schreiben oder das zu tun, was Historiker mit

»Geschichte machen« meinen. Das andere Machen brauchte er nicht. Er wollte es nicht. Er war überzeugt, so hohe Anerkennung für das zu genießen, was er tat, und so viel Wissen über sein Forschungsgebiet, die *Reconstruction,* zu besitzen, würde ihn zwei Leben lang befriedigen. Es gab Zeiten, in denen er sich genauso glücklich schätzte, eben den Job zu haben, den er hatte, wie sein Vater William damals, als er kurz nach dem Krieg für den LDF zu arbeiten begann. Dies war vielleicht einer der Gründe, warum Charles nicht richtig wahrgenommen hatte, in welchem Maß sein Freund, der junge Lehrbeauftragte Adam Zignelik, mit seiner Karriere ins Schleudern geraten war. Charles hatte genuine Schwierigkeiten, sich vorzustellen, nicht mehr zu schreiben zu haben, als er bewältigen konnte. Wie konnte einem echten Wissenschaftler so etwas passieren? Zu einer anderen Zeit hätte Adam sich wohl gefragt, ob Charles ihn eigentlich noch für einen echten Wissenschaftler hielt. Vielleicht hatte er das nie getan. Aber derzeit war Adam nicht in der Lage, darüber nachzugrübeln, nicht hier und jetzt an diesem Tag, an dem die institutionelle Abwicklung seines Niedergangs begann.

War der Mann, der sich auf der anderen Seite des Schreibtischs den Telefonhörer ans Ohr hielt, noch derselbe, der Adam in den Armen gehalten hatte, als Jake Zignelik gestorben war? Manchmal rief Charles' Frau, Michelle, von zu Hause oder von ihrem eigenen chaotischen Arbeitsplatz aus im Büro ihres Mannes an und dachte, er klinge irgendwie anders als sonst. Sie dachte, manchmal klinge er wie einer, der vergessen hat, dass er mit seiner Frau spricht, wie einer, der, wann immer sie anrief, in eben der Sekunde auf dem Sprung in eine Sitzung war. Sein Vater hatte indirekt, aber nicht selten, darüber geklagt, sein Sohn habe zu wenig Zeit für ihn. Das war etwas, was Charles mehr als alles andere Schuldgefühle bereiten konnte, weil er spürte, dass sein Vater durch die Art, wie er ihn erzogen hatte, durch seine abgewogenen, bewussten pädagogischen Bemühungen und nicht zuletzt durch sein eigenes Beispiel, viel zum Erfolg seines Sohnes beigetragen hatte. Zu diesem Erfolg gehörte auch, dass es einem ziemlich streberhaften Akademiker gelungen war, eine ziemlich hübsche, gebildete, über zehn Jahre jüngere Frau für sich zu gewinnen, die schließlich bereit war, ihn zu heiraten. Seine Altersgenossen hatten viel früher geheiratet, aber Charles wartete geduldig, bis er die Frau fand, die er sein »Juwel« nannte, eine Frau, die jetzt manchmal das Gefühl hatte, mit ihren Anrufen eine permanente Sitzung zu unterbrechen.

Obwohl Charles und Adam sich nie auch nur im Geringsten verkracht hatten, hatte ihre Freundschaft im Laufe der Zeit ihre Höhen und Tiefen gehabt, wie es, zumal bei dem Altersunterschied, ganz natürlich war. Doch in den letzten Jahren hatte es ihnen geholfen, dass Diana und Michelle sich so gut verstanden und die kleine Sonja ganz vernarrt in Diana und Adam war. Die beiden Paare, Sonja und Großvater William waren wie eine erweiterte Familie gewesen. Diese Nähe hatte auch oft dazu gedient, Michelle und Sonja abzulenken, wenn Charles sich, was häufig geschah, in seiner Arbeit verlor. Aber nun brach für sie alle eine neue Zeit an. Tatsächlich war sie schon angebrochen. Ohne dass einer von ihnen, außer vielleicht Diana, es wahrhaben wollte, hatte die familiäre Geselligkeit ein Ende genommen, das sie bald bedauerten.

»Tut mir leid, Adam, aber wenn ich nicht drangehe, muss ich später überall zurückrufen. Dann sammelt sich so viel an, dass ich es nicht mehr schaffe. Dasselbe mit den Mails. Es ist ein Fluch.« Charles kritzelte etwas auf einen Notizblock neben dem Telefon.

»Wie geht's deinem Dad?«, fragte Adam. »Ich meine, nach diesem Urteil vom Obersten Gerichtshof.«

»Es wäre gelogen, wenn ich sagen würde, dass ich mir keine Sorgen um ihn mache … was der Gute ja nicht ausstehen kann. Ehrlich, es hat ihn ganz schön umgehauen. Schrecklich sogar.

Wir werden versuchen, etwas mehr mit ihm zusammen zu sein. Ich weiß, du machst selbst eine schlimme Zeit durch, ist ja klar, aber wenn du mal ein Stündchen übrig hast –«

»Natürlich, ich habe mir auch schon Sorgen gemacht.«

»Also, etwas Gutes ist immerhin dabei rausgekommen … man sieht, wie er geistig auf der Höhe ist, wie rege. Er hat sich ans Internet gesetzt und gelesen, die Urteilsbegründung und alles. Er redet über nichts anderes. Er will Briefe schreiben.«

»Ich kann mir kaum vorstellen, wie das für ihn sein muss.«

»Er ist so wütend auf den Obersten Gerichtshof. Erwähne ihm gegenüber bloß nicht den Namen Clarence Thomas. Ich fürchte schon, dass die Medien bei ihm aufkreuzen und ihn dazu bringen, jemanden zu verunglimpfen. Er gibt was her für die Zeitungen, wenn er in Rage ist.« Wieder klingelte das Telefon. Charles schaute an die Decke, entschuldigte sich wieder und ging dran.

»Tut mir leid, Adam«, sagte er, während er den Hörer auflegte und eine weitere Notiz hinkritzelte.

»Macht nichts … wirklich«, flüsterte Adam halb zu Charles, zu Diana und zu sich selbst.

»Hattest du mal mit jemandem von MEALAC zu tun?«, fragte Charles.

»Was ist MEALAC?«

»Der Nahost- und Asien-Fachbereich.«

»Nein. Ich glaube, da kenne ich niemanden. Warum?«

»Es gab ein paar … Beschwerden.«

»Von MEALAC?«

»Nein, *über* MEALAC.«

»Was meinst du?«

»Beschwerden von Studenten – wegen Schikanen … Antisemitismus. Jüdische Studenten behaupten, sie würden schikaniert.«

»Von Kommilitonen?«

»Nein, von der Fakultät.«

»O Scheiße. Ist da was dran?«

»Ich weiß es nicht … aber ich werd's rausfinden müssen.«

»Was hat das mit dir zu tun?«

»Der Präsident hat mich dazu verdonnert, ich bin sein Mann für solche Sachen … *einer* von denen, aber egal, ich sitze im Komitee, wieder eins mehr.«

»Du bist der Schwarze, was? Der Quotenschwarze für solche Sachen?«

»Du hast's erfasst, Wunderknabe!« Charles stand auf. »Darum muss ich jetzt gehen und das vom Tisch schaffen. Tut mir leid, Adam, aber ich muss wirklich. Die Sitzung –«

»Die ist wegen MEALAC?«

»Ja«, sagte Charles und gab Adam die Hand. »Du musst mal wieder zum Essen kommen … bald. Und danke, dass du nach Dad schauen willst. Wir wissen das sehr zu schätzen.«

»Nein wirklich, nichts zu danken. Ihr wisst doch, wie … Ist mir … Nein wirklich … kein Problem.«

Adam hatte vor, William anzurufen. Er schwor sich, ihn anzurufen, sobald er in der Lage wäre, irgendwas zu tun. Aber er konnte nicht voraussagen, wann das sein würde. Allein schon seine Wäsche schien eine Organisation zu verlangen, die seine Fähigkeiten überstieg, und er konnte sich keine Zukunft vorstellen, in der das anders wäre. Der Verfasser seiner Doktorarbeit, seines berühmten Buchs über die Anwälte der Bürgerrechtsbewegung, der Mann, der in Fernsehendokumentationen aufgetreten war und sich erfolgreich um einen Lehrauftrag im historischen Fachbereich der Columbia beworben, der Jahre zuvor in Australien als Journalist für mehrere Zeitungen und Magazine gearbeitet hatte – das musste ein anderer gewesen sein.

»Ich weiß, du hast immer gesagt, ich soll meine Socken nicht zusammenrollen und umstülpen, wenn sie aus dem Trockner kommen. Ich weiß, das leiert sie aus und verkürzt ihr Leben«, sagte er zu Diana, die nicht da war, »aber es hält sie besser beieinander als ein Knoten. Faulheit ist eine ganzheitliche Angelegenheit. Das hast du immer gewusst. Und wir beide wussten, dass Faulheit meine Grundeinstellung ist, aber das hier hat nichts mit faul zu tun. Ich kann nicht mehr hinter losen Socken herlaufen, und was ihre Lebensdauer anbelangt, überleben sie mich sowieso.« Niemand würde sich je wieder um seine ausgeleierten Socken kümmern, also warum dies oder jenes damit tun, warum überhaupt etwas tun?

Er hatte wirklich vor, William anzurufen, denn auch ein Mensch, der am Ende ist, hat moralische Verpflichtungen, egal, wie schwer sie zu erfüllen sind. Im Augenblick war jedes Gespräch schwer; ob trivial oder bedeutsam, überflüssig oder notwendig, es war so schwer wie Steine oder Findlinge zu heben, schwer wie das Telefon abzunehmen. Aber als es klingelte, ging er dran. Es hätte irgendwer sein können. Es hätte Diana sein können. Es war William, der sich zum Kaffeetrinken verabreden wollte. Also trafen sie sich in ihrem Stammcafé, dem Hungarian Pastry Shop an der 110th Street Ecke Amsterdam.

Als Adam hereinkam, saß William schon da und starrte zu den Turmspitzen der Kathedrale St. John the Divine hinauf. Es war ruhiger als gewöhnlich, spärlich besetzt mit Zeitung lesenden, vor Laptops sitzenden Leuten. William dürfte mit rund sechzig Jahren Abstand der Älteste im Raum gewesen sein, bis Adam an seinen Tisch kam und die Kluft auf zwanzig Jahre verringerte.

»Entschuldige, ich bin spät dran.«

»Du bist nicht spät, ich war zu früh.«

»Wie geht es dir?«

»Das könnte ich dich auch fragen.«

»Ich hab zuerst gefragt.«

»Aber ich bin älter.«

»Na schön, dann habe ich das Recht, ungeduldiger zu sein.«

»Nein, ab achtzig ist alles drin. Hat Charlie dir nicht gesagt, dass ich regrediere?«

»Tu mir den Gefallen. Du zuerst. Geht's dir ein bisschen besser?«

»Du meinst, wegen der Gerichtsentscheidung? Ich könnte dich anlügen, aber … nein, ich kriege es nicht aus dem Kopf.«

»Charlie sagt, du hast das Urteil online gelesen.«

»Ich habe das Urteil gelesen, habe *über* das Urteil gelesen, ja, alles von zu Hause aus. Das Internet, was für ein Werkzeug! All diese technologischen Fortschritte, die uns Plätze in der ersten Reihe für die Regression der Welt verschaffen. Es war der letzte Tag von John Roberts erster Amtsperiode als Chief Justice des Obersten Gerichtshofs, und was setzt er für ein Zeichen? Er versucht, die Aufhebung der Rassentrennung rückgängig zu machen. Ist das zu fassen? Und dann, weiß du, hat er auch noch die Frechheit zu sagen, er und die vier anderen Richter der Mehrheit seien der *Brown*-Entscheidung von 1954 *treu*. Treu! Er schreibt, die Diskriminierung aufgrund der Rasse wird dadurch beendet, dass die Diskriminierung aufgrund der Rasse beendet wird. Eine teuflische Haarspalterei!

Es gibt Rassismus in der Gesellschaft, richtig? Das war schon immer so. Eine der vielen Formen, in denen er sich traditionell, institutionell, formal und rechtlich ausgedrückt hat, war die minderwertige Bildung für afroamerikanische Kinder. Die *Brown*-Entscheidung zielte darauf ab, diesen Missstand zu verändern. Aber Roberts und die Mehrheit des Obersten Gerichtshofs vermischen *negative* Diskriminierung bewusst mit der *positiven* Diskriminierung, die als Gegenmittel dienen soll.« Adam lächelte in sich hinein. Sobald William auf Ungerechtigkeit zu sprechen kam, klang er, als plädierte er immer noch vor der Richterbank des Obersten Gerichtshofs.

»Verstehst du, wenn man das hört, ›die Diskriminierung aufgrund der Rasse beendet man dadurch, dass man die Diskriminierung aufgrund der Rasse beendet‹, klingt das wie eine schlichte Tautologie, du kannst nichts dagegen sagen. Es ist so einfach, dass man drauf hereinfällt. Einfach bösartig.«

»Und was ist mit den anderen Richtern, den Abweichlern? Geben die nicht etwas Hoffnung? Es sind immerhin vier.«

»Justice Breyer, Stephen Breyer, hat die Begründung der Minderheit geschrieben und die Sache auf den Punkt gebracht. Er hat's durchschaut. Die Mehrheitsentscheidung, sagt er, sei *nicht* auf einer Linie mit *Brown,* sondern eine radikale Abkehr. Die Folge werde sein, dass die Gemeindeverwaltungen keine Möglichkeit mehr haben, eine Rückkehr zur Rassentrennung zu verhindern. Stevens, ein anderer Abweichler – er sitzt seit Gerald Ford auf der Richterbank –, geht sogar noch weiter. Er nennt die Entscheidung der Mehrheit eine *grausame Ironie*. Hör zu, was ich mir aufgeschrieben habe, hör dir das an.«

»Du trägst es mit dir herum?«

»Es senkt meinen Blutdruck. Stevens sagt, die Mehrheitsmeinung schreibe die Geschichte einer der wichtigsten Entscheidungen des Obersten Gerichts der Vereinigten Staaten um. ›Es ist meine feste Überzeugung‹, sagt er wörtlich, ›dass kein Mitglied des Gerichts, dem ich 1975 beigetreten bin, das heutige Urteil unterschrieben hätte.‹ Verstehst du, hier redet er nicht nur von der Bindung an frühere Entscheidungen, hier stichelt er ganz direkt gegen Roberts Rechtslastigkeit, weil dessen Vorgänger, Bill Rehnquist, damals Mitglied des Gerichts gewesen war.«

»Ah? Ich komme nicht ganz mit.«

»Nun, am Anfang seiner Karriere hat Roberts für Rehnquist gearbeitet. Das Urteil würde uns sowieso nichts bringen, kein einziges schwarzes Kind bekäme dadurch eine bessere Bildung, aber trotzdem … Na ja, es dürfte Roberts nicht entgangen sein. Dieser radikale Rechtsruck in der Zusammensetzung der Richterbank macht den Obersten Gerichtshof jetzt tatsächlich zu dem Monster, um dessentwillen die Konservativen Bush gewählt haben. Jetzt haben sie es, und wir müssen dafür bezahlen – nicht nur die Afroamerikaner, sondern das ganze Land. Scalia ist wie ein losgelassener Hund, ein Wadenbeißer. Er greift sogar Roberts an, obwohl sie einer Meinung sind. Wirklich! Er sagt, Roberts stimme ihm zwar zu, halte sich aber vornehm zurück. Man glaubt es nicht! Ein Aushängeschild für die Neokonservativen, unser italienischer Freund! Weißt du, das alles ist eine lange Geschichte. Du siehst das Muster schon in Entscheidungen der Siebziger- und Achtzigerjahre, in Fällen wie *Bakke* oder *Patterson*.

Charlie glaubt, es geht noch weiter zurück, bis hin zu Nixon, der Wahlkampagne mit der Südstaatenstrategie, um die Weißen dort für die Republikaner zu ködern.« William nahm einen Schluck Kaffee. »Ja, ich meine, als Johnson in den Sechzigern die Bürgerrechtsgesetze verabschiedet hat, muss er wohl gewusst haben, dass der Süden mindestens für eine Generation an die Republikaner fallen würde. Ich glaube, er hat es sogar gesagt. Da wird Charlie sicher recht haben, wie meistens. Aber nichts davon entschuldigt die Auswüchse von heute.

Und was Clarence Thomas anbelangt … bei dem Mann weiß ich gar nicht, wo ich anfangen soll. Ein Idiot war er schon immer, aber jetzt entpuppt er sich als unerträglich eingebildeter Idiot. Ich meine, hör dir das an. Ein schwarzer Richter, der dabei ist, das *Brown*-Urteil zu kippen, schreibt: ›Wenn die Geschichte uns etwas gelehrt hat, dann, dass wir uns hüten müssen vor Eliten, die Rassentheorien ausbrüten.‹ Ein Schwarzer, der sich die konservative Linie zu eigen macht, alle Liberalen seien per definitionem die Eliten, während die herrschende Oligarchie, für die er arbeitet, auf der Seite der Unterdrückten stehe. Du willst über Onkel Tom reden? Dann stelle ich dir Onkel Clarence vor.

Dieser Mann ist unglaublich. Hör nur, was er zu dem Abweichler Justice Stephen Breyer sagt – was er *über* Breyer sagt. Und nicht nur sagt, er hat es sogar geschrieben, in einer Fußnote schreibt er doch tatsächlich: ›Justice Breyers gute Absichten, die ich nicht bezweifeln möchte, laufen mit seiner Amtszeit aus.‹ Infam! Breyer geht demnächst in den Ruhestand, ich glaube, er macht noch ein paar Monate, und Clarence Thomas, der Lieblingsneger aller Plantagenbesitzer, sagt, dass Breyers abweichende Meinung verpuffen wird, sobald seine Zeit als Richter um ist. Da kommt eine Bösartigkeit durch, die er zu dumm ist, zu verbergen. Nein, Clarence Thomas reicht es nicht, seine eigenen Leute zu verraten, er muss seinen Rufmord an einem ehrenwerten Mann, der die Unverschämtheit hat, anderer Meinung zu sein, auch noch aktenkundig machen. Ich sage dir, das beste Argument gegen Förderprogramme für die Schwarzen ist Clarence Thomas selber. Wusstest du, dass die Jesuitenschule in Massachusetts ihn nur dank einem Förderprogramm aufgenommen hat? Und dann ist er durch eine Minderheitenregelung nach Yale gekommen, an die Law School. So ein Heuchler, der seinen eigenen Leuten bösartig den Rücken kehrt, ja schlimmer noch, der gegen seine Leute *kämpft,* nachdem er selbst von ihren Errungenschaften profitiert hat – Errungenschaften, die er ihnen nun zu gern wieder nehmen will. Das ist der Mann, den Präsident George Bush zum Nachfolger von Thurgood Marshall am Obersten Gerichtshof ernannt hat! Ich sag dir, Adam, ich kann nur hoffen, dass es keinen Himmel gibt, damit Thurgood sich das nicht ansehen muss. Was ist das für eine Welt, in der wir leben? Weißt du es?«

»Ich habe keine Antwort«, sagte Adam leise.

»Entschuldige, dass ich die ganze Zeit über diese Sachen rede.«

»Nein, William, ich stimme dir vollkommen zu. Es ist nur, dass ich keine Antwort habe, keine, die dir gefallen würde.«

»Nun, dann weiß ich wenigstens, dass du die Wahrheit sagst. Mich schaudert, wenn ich dran denke, was dein Vater jetzt sagen würde. Aber wenn wir schon bei der Wahrheit sind: Sag mir, das mit dir und Diana ist nicht wahr. Michelle hat es mir erzählt. Ich weiß, das ist was Persönliches und wahrhaftig nicht meine

Angelegenheit. Aber du bist mir wie ein Sohn. Sag, dass es nicht wahr ist. Soll es wirklich vorbei sein? Was ist passiert?«

»Da gibt es viel zu sagen, aber … sie will Kinder und –«

»Du etwa nicht?«

»Also … unter anderen Umständen schon … das ja.«

»Was soll das heißen?«

Adam schwieg einen Moment, um Atem zu schöpfen und die Worte zu finden, mit denen sich am ehesten ausdrücken ließ, was ihm einmal so eminent logisch, vernünftig und sogar freundlich erschienen war.

»Du weißt besser als jeder andere«, begann er, »was für ein Vater mein Vater war. Ich meine nicht, was für ein *Mensch,* nur was für ein *Vater.*«

»Du kannst sicher sein, dass er dich sehr geliebt hat, Adam, aber es stimmt, als Vater war er ziemlich schlecht, das wusste er selber. Jake war ein besonderer Mensch, nur etwas von dem Besonderen an ihm machte ihn vollkommen ungeeignet, eine Elternrolle einzunehmen. Du hast darunter gelitten. Aber das bedeutet nicht, dass *du* ein schlechter Vater wärst. Das glaubst du doch nicht, oder? Geht es etwa *darum?*«

»Weißt du, William … ich hatte das Gefühl, ich müsse ihr eine Chance geben, Kinder zu haben.«

»Mit einem anderen?«

»Ja.«

»Warum nicht mit dir?«

»Ich bin … Ich bin … Wo soll ich anfangen? Es sieht so aus, dass ich meinen Job verliere. Sie können mir keine Festanstellung geben. Ich stecke fest, meine Forschungsarbeit ist auf null.«

»Was glaubst du, woran liegt das?«

»Ich weiß nicht. Zum Teil mangelndes Selbstvertrauen, nehme ich an.«

»Wieso? Du hast deine Sachen so gut gemacht. Das Buch war ein riesiger Erfolg, und dann das Fernsehen –«

»Das ist alles schon eine Weile her, und sowieso … William, irgendwie fühle ich mich … vielleicht schon immer … irgendwie fühle ich mich wie ein Hochstapler.«

»Ein Hochstapler?«

»Ja, ich habe immer das Gefühl, vom Namen meines Vaters zu leben. Als müsste ich mein berufliches Interesse an den Bürgerrechten ständig verteidigen, mal in diese, mal in jene Richtung. Ich bin weiß, ich bin Jude … Sogar die Art, wie ich spreche, verlangt eine Erklärung.«

»Dein australischer Akzent? Die Menschen lieben das.«

»Manche ja, aber ehrlich gesagt, die meisten halten ihn sowieso für britisch. Jedenfalls trägt alles dazu bei, dass ich dauernd das Gefühl habe, ich müsste mich rechtfertigen für meine beruflichen Interessen, sogar für meine Stellung.«

»An der Columbia?«

»Ja, als dächten die Leute, ich sei nur dank meines großen Vaters da. Schaut her, das ist Jake Zigneliks Sohn. Als wäre nichts davon mein eigenes Verdienst.«

»Jetzt weißt du, wie Charlie sich fühlen muss.«

»Weil er *dein* Sohn ist?«

»Nein, das habe ich nicht gemeint. Nicht ganz.«

»Weil er schwarz ist?«

»Sicher. Er ist der erste afroamerikanische Fachbereichsleiter. Er sieht, wie die Leute ihn anschauen, und fragt sich, was sie denken: dass er seinen Posten wirklich verdient hatte, oder dass es einfach an der Zeit war für einen Schwarzen? Denken sie, er ist der Glückspilz, der zufällig greifbar war, als die Schuld- oder Schamgefühle der Liberalen überkochten?«

»Hat er das zu dir gesagt?«

»Nicht direkt.«

»Wirklich? Er ist doch völlig zu Recht ein ziemlich selbstbewusster Akademiker. Es würde mich sehr überraschen, wenn er *überhaupt* etwas in der Richtung gesagt hätte.«

»Er braucht es nicht zu sagen, Adam.« William trank einen Schluck Kaffee und schaute einen Augenblick nach draußen, zu den Turmspitzen hinauf.

»Adam, ich hoffe, es macht dir nichts aus, es dürfte dich auch kaum überraschen, aber Charlie und ich, wir haben über dich gesprochen. Ich weiß ein bisschen von deiner beruflichen Situation. Das ist etwas, worüber ich eigentlich mit dir reden wollte … wie auch über dich und Diana. Schließlich hängt das Persönliche mit dem Beruflichen zusammen. Also, ich weiß, dass du mit deiner Forschung feststeckst. Charlie hat es mir gesagt. Ich glaube, er hat dich hängen lassen –«

»O nein! William, es gibt nichts, was er tun könnte. Er war immer ein wunderbarer Freund, und –«

»Vielleicht habe ich was für dich.«

»Wie meinst du das?«

»Ich meine, ich kann mir vorstellen, dass ich ein Thema für dich hätte, etwas Wichtiges, etwas, worüber geschrieben werden müsste.«

»Aber das ist … William, das ist nett, dass du darüber nachdenkst, aber … Nein, es ist zu spät für mich.«

»Adam, du bist viel zu jung, um zu wissen, wie viel Zeit dir noch bleibt.«

»Nein, ich meine, demnächst ist die Ausschusssitzung. Sie werden mir … sie *können* mir keine Festanstellung anbieten, und –«

»Du bist doch Historiker, nicht wahr?«

»Ja.«

»Also dann weiß ich etwas, das du eventuell für eine Untersuchung in Betracht ziehen könntest. Ich habe nichts von Festanstellung, nichts von Columbia gesagt, oder? Wenn du gute Arbeit machst, wird schon jemand bezahlen. Du glaubst, du bist in einer schwierigen Lage? Wenn ich's recht verstehe, bist du das tatsächlich. Aber ich dachte, du hättest in deinem Leben genug über Menschen in schwierigen Lagen erfahren und geschrieben, dass du dich schämen solltest, so leicht das Handtuch zu werfen. Willst du mich wirklich nicht mal anhören? Absagen kannst du immer noch, wann du Lust hast.«

Adam Zignelik nahm die Hände des alten Mannes und drückte sie.

»Du bist wirklich ein Schatz, weißt du das?«

»Ich *weiß,* was *ich* bin. Wir reden von dir. Was bist du?«

»Also gut, Councillor, ich höre.«

Lamont Williams sprach sehr wenig bei der Arbeit, nicht einmal mit den Kollegen vom Gebäudeservice. Meistens, wenn er seine Runden machte, behielt er seine Gedanken, wie weit sie auch umherstreiften, für sich. Oft dachte er an seine Tochter, während er die Abfälle einsammelte, die Gänge wischte und die Böden fegte. Wo mochte sie gerade sein? In der Schule? Was lernte sie? Aber im Moment dachte er über Krebs nach, der rundum allgegenwärtig war. Es gab Kinder, die ihn hatten. In jedem Zimmer der Memorial-Sloan-Kettering lagen Patienten mit irgendeinem Krebs. Es muss eine Zeit gegeben haben, dachte er, als sie ihn noch nicht hatten. Dann kam der Augenblick, in dem ihnen gesagt wurde, sie hätten ihn, und plötzlich war alles anders. Diesen Augenblick würden die Patienten nie vergessen. Es war der Augenblick, in dem sich, schnell und schrecklich wie die Schneide eines Fallbeils, eine Wand heruntersenkte und die Zeit in zwei teilte – eine Zeit, in der sie gesund gewesen waren, und eine andere des befristeten Lebens. Wohin geht man mit der Neuigkeit? Wo bringt man sie hin? Bringt man sie nach Hause? In jedem Zimmer lag ein Patient oder eine Patientin mit seinen oder ihren eigenen Antworten. Es erinnerte ihn an seine Verurteilung. In dem Augenblick, als er schuldig gesprochen wurde, änderte sich alles. Auch nachdem er zusammen mit seinem Kindheitsfreund Michael und einem anderen jungen Mann, den er kaum kannte, festgenommen worden war, hatte es die Möglichkeit gegeben, dass seine Version der Ereignisse geglaubt und er wegen des bewaffneten Raubüberfalls für »nicht schuldig« befunden würde. Er hatte es gehofft. Aber mit dem Wort »schuldig« war eine Wand aufgetaucht, welche die Tage, an denen er nur befürchtet hatte, ihm würde nicht geglaubt, von den Tagen trennte, an denen seine Befürchtung in Gewissheit umgeschlagen und er seiner Freiheit beraubt worden war.

Darüber dachte er beim Einsammeln der Abfälle nach, als er das Zimmer eines Patienten erreichte, der ihn in kürzester Zeit regelrecht in Bann gezogen hatte. Dieser alte Mann mit seiner ungewöhnlichen Art zu reden schien Lamont auserwählt zu haben wie sonst niemand in der Klinik. Er war eine seltsame Mischung aus Humor und müder, fast trauriger Resignation. Viele der Worte, die sie miteinander wechselten, kamen beim anderen nicht an, und doch fühlte Lamont sich von diesem alten weißen Mann auf seltsame Weise verstanden. Ihn zu besuchen und ihm zuzuhören, war irgendwie beruhigend. Lamont achtete scharf darauf, sich während seiner Schicht nicht ablenken zu lassen, das war existenziell wichtig, aber am Ende des Tages, bevor er nach Hause fuhr, empfand er es als große Erleichterung, sich von diesem Mann weglocken zu lassen – fort von seinen Geldsorgen, fort von den Grübeleien über seinen Job, darüber, wie der Tag gelaufen war, und ob die Art, wie sein Vorgesetzter ihn angesehen hatte, Gutes oder Schlechtes oder gar nichts für ihn verhieß.

Der alte Mann hatte einen ungewöhnlichen Blick auf alles, einschließlich auf Lamont – anders als irgendjemand sonst. Es war, als lebte er nicht in der realen Welt aus Verkehrslärm, vollen Straßen, Bussen, U-Bahn-Stationen, Polizei, Anwälten, Gerichten, entlegenen Strafanstalten, Sozialarbeitern, Wohlfahrt, Fernsehen, Werbung, Bars und Supermärkten. Nicht einmal das medizinische Personal schien wirklich in die Welt dieses Mannes einzudringen. Soweit Lamont etwas davon mitbekam, war es, als würde er die Weißkittel bei Laune halten. Er duldete sie. Er spielte mit ihnen, obwohl er, überlegte Lamont, ihre Hilfe brauchte. Mit seinen Haarbüscheln und seinem gebrechlichen Körper schwebte er durch das alles hindurch oder vielleicht darüber hinweg, wie in einer Fantasygeschichte. Wenn Lamont, etwa im Bus sitzend, an ihn zurückdachte, erschien er beinahe mythisch, nicht realer als Ray Harryhausens Fabelwesen, an die er sich aus seiner Kindheit erinnerte. Doch der alte Mann im Bett auf der Krankenhausstation war zweifellos real. Und obwohl sein Krebs ebenso real war, schien er nie Angst zu haben. Das war es, was Lamont die ganze Zeit, in der er ihm Gesellschaft leistete, mehr faszinierte als alles, was der alte Mann bislang gesagt hatte. Niemand, mit dem Lamont gesprochen hatte, seit er aus dem Gefängnis entlassen worden war, wirkte so berauschend angstfrei.

Im Moment hatte der alte Patient Visite von der großen schwarzen Frau, die Lamont schon öfter bei ihm gesehen hatte, der furchterregend strengen Onkologin, Dr. Washington. Er klopfte kurz an die Tür, nur um sein Erscheinen anzukündigen, und steuerte, ohne Blickkontakt zu suchen, direkt auf den Abfalleimer zu. Es waren ein paar Bonbonpapiere drin. Der Eimer stand zu weit vom Bett entfernt, als dass sie von dem Kranken stammen konnten, und die streng dienstliche junge Onkologin, überlegte Lamont, würde wohl kaum Bonbons mit ihm essen, also interpretierte er die Papiere als Hinweis, dass mindestens ein Besucher da gewesen war. Das freute ihn. Er mochte sich den alten Mann nicht einsam vorstellen, und als ihm das klar wurde, lächelte er in sich hinein. Er selber war oft einsam. Er versuchte, sich unbemerkt aus dem Zimmer zu schleichen. Was für eine Sorte Krebs hatte dieser Mann?

»Da ist er ja«, hörte er Mr Mandelbrot sagen. »Er besucht mich nicht, wenn Sie hier sind.«

Lamont Williams drehte sich mit einem Anflug von Lächeln zu ihnen um, ehe er seinen Putzwagen schnell den Gang hinunterschob, weg vom Zimmer des alten Mannes.

»Erst 1948«, begann William, »erließ Präsident Harry Truman die Executive Order 9981, in der festgeschrieben wurde, dass alle Mitglieder der Streitkräfte ungeachtet ihrer Rasse, Hautfarbe, Religion oder nationalen Herkunft gleichgestellt und gleich behandelt werden sollten. Wie du siehst, kam das ungefähr drei Jahre zu spät für mich und meinesgleichen, die im Zweiten Weltkrieg gekämpft haben. Es gab junge Afroamerikaner, die in Europa und in Asien für ein Land kämpften, das die Schwarzen sogar im Kriegseinsatz von der Mehrheit ihrer Landsleute absonderte. Wir kämpften für die fundamentalen Werte dessen, was Menschsein bedeutet. Ich will sagen, wir kämpften für die Freiheit, aber wenn ich hier von Freiheit spreche, meine ich nicht das, was die konservativen Wirtschafts- oder Politideologen in den letzten zwanzig oder dreißig Jahren daraus gemacht haben. Ich meine nicht die Freiheit, Jim-Crow-Gesetze zu ignorieren oder die Trennung von Staat und Kirche zu ignorieren, nicht Freiheit von staatlicher Intervention zur Minderung chronischer Armut, nicht die Freiheit, mit halb automatischen Waffen in der Nachbarschaft herumzulaufen oder unter dem Deckmantel des ersten Zusatzes zur Verfassung Rassenhass zu schüren.« Adam liebte diesen Mann, William McCray. Mit Leib und Seele ein Kämpfer für die Gerechtigkeit, nahm er sich kaum Zeit, Luft zu holen, bevor er weiterredete.

»Ich spreche von der unabdingbaren Freiheit, als Bürger eines Landes mit denselben Rechten wie alle anderen Bürger des Landes zu leben. Und in manchen Fällen spreche ich von der allerersten Freiheit: der bloßen Freiheit zu leben. Dafür haben wir gekämpft.

Am Anfang wurden wir für Hilfsarbeiten eingesetzt, putzen, kochen, heben, schleppen, Rüstungsgüter liefern, weiße Offiziere chauffieren und bedienen. Aber als der Bedarf an Streitkräften zunahm, waren sie gezwungen, sich ihrem Vorurteil zu stellen. Sie brauchten dringend Männer für den Kampf gegen die Nazis. Sie hatten jede Menge zur Verfügung, gesunde, starke junge Männer, nur waren das eben solche, die sie immer als von Natur aus minderwertig betrachtet hatten. Aber jetzt rief Hitler, und die Notwendigkeit des Kriegs verlangte, dass den Schwarzen erlaubt wurde, zu kämpfen, und wir – wir haben uns hineingestürzt.

Als wir die Chance bekamen, Teufel noch eins, was haben wir gekämpft! In Städten quer durch Europa sind wir gegen die Nazis angetreten, manchmal in Straßenkämpfen. Es waren harte Kämpfe, aus nächster Nähe, von Straße zu Straße. Aber kaum waren die Straßen befreit und unter alliierter Kontrolle, wurden die Befreier von ihrem Pflaster verbannt – die schwarzen Soldaten durften die Straßen, die sie gerade eingenommenen hatten, nicht mehr betreten. Wir sahen, wie unsere Freunde bei der Eroberung dieser Straßen verstümmelt wurden oder starben, sahen, wie sie bei der Gefangennahme deutscher Soldaten verstümmelt wurden oder starben. Manchmal wurden schwarze Truppen dem Befehl brutaler weißer Offiziere unterstellt, oft aus den Südstaaten. Man glaubte, die wüssten Bescheid, wie aus ›Farbigen‹ das Beste herauszuholen sei. Bei den USO-Shows saßen wir hinter den deutschen Kriegsgefangenen. Wir kämpften und starben Tag für Tag, doch später, in den Kriegsfilmen, war nichts von uns zu sehen, genauso wenig wie in den Wochenschauen damals. Unsere eigenen Enkelkinder wissen kaum, was wir gemacht haben.

Adam, jemand muss es ihnen sagen. Jemand muss von uns erzählen. Als wir nach Hause kamen, konnten viele von uns die Dinge nicht mehr weiterlaufen lassen, wie sie vor dem Krieg gewesen waren. Es ging einfach nicht, nach allem, was wir durchgemacht, was wir getan hatten. Das hat der Bürgerrechtsbewegung enormen Auftrieb gegeben, die Rolle dieser heimgekehrten Soldaten, und ich glaube, die meisten Leute wissen das nicht.«

»Ja, du hast recht, darüber ist nicht viel geschrieben worden, nicht über diesen Aspekt.«

»Willst du das nicht machen, Adam, den Weg Einzelner zurückverfolgen, wie sie von ihren Kriegserfahrungen zum Engagement für die Bürgerrechtsbewegung gelangt sind? Niemand hat das bisher gemacht, nicht wahr?«

»Nein, ich glaube nicht. Aber, William, das heißt nicht, dass *ich* derjenige sein sollte.«

»Hör auf damit. Die Zeit läuft ab. Es sind alte Männer, über die wir reden, und schon jetzt sind nicht mehr viele übrig.«

»Ich weiß, du hast ja recht, es ist sehr wichtig, aber rede doch lieber mit Charlie, um jemand anderen dafür zu finden, weil –« Der alte Mann packte Adam erstaunlich fest am Handgelenk und legte Nachdruck in seine Stimme.

»Ich rede mit *dir*. Hör zu, ich habe einen Freund in Boston, einen Schwarzen, der in der Bürgerrechtsbewegung und im Zweiten Weltkrieg war. Also sag mir nicht, du willst nicht mit ihm sprechen. Du wusstest nicht, worüber du schreiben sollst. Das hat dich gelähmt. Du hast dich von Diana getrennt. Nun, dieser Mann aus Boston war in der Truppe, die Dachau befreit hat. Weißt du, was er gesehen hat? Weißt du, was er dachte, als er es gesehen hat, und weißt du, was er tat, als er mit diesen Gedanken heimkehrte? Was macht ein Mensch mit solchen Gedanken? Ich glaube doch, dass du mit ihm sprechen willst. Du wirst mir nicht ins Gesicht sehen und sagen, du wolltest die Geschichte eines Mannes wie diesem nicht erzählen.«

Was für eine Sorte Krebs hatte der alte Mann? Die Frage ging Lamont den ganzen Tag nicht mehr aus dem Kopf. Er fragte sich, wie er es herausfinden könnte. Seit er in der Klink arbeitete, hatte er gemerkt, wie schnell es manchmal ging – dass ein Patient, den du gestern noch gesehen hast, am nächsten Morgen plötzlich nicht mehr da ist –, und es war ihm in den Sinn gekommen, das könnte auch mit seinem seltsamen neuen alten Freund, Mr Mandelbrot, passieren. Lamont stellte es sich vor, und stellte es sich zu gut vor. Die Aussicht auf das Ableben des alten Mannes erfüllte ihn mit einer Traurigkeit, die er nicht erwartet hatte. Am Ende des Tages, nachdem alle seine Pflichten erfüllt waren, ging er leise zurück zum Zimmer des alten Mannes. Mr Mandelbrot war da, allein.

»Mr Lamont, kommen Sie rein. Sie nutzen Ihre Chancen nicht. Versuchen Sie ihr Glück, Sie müssen etwas wagen in diesem Leben. Kommen Sie, kommen Sie doch rein.«

»Hallo, wie geht's, Mr Mandelbrot?«

»Sie sind keiner, der seine Chancen nutzt. Hier, setzen Sie sich.«

»Wie meinen Sie das?«

»Sie kommen nicht mal rein, wenn sie hier ist.«

»Wer?«

»Sie wissen schon.«

»Die Frau Doktor?«

»Wenn die hier ist, kommen Sie partout nicht rein. Hier ist Platz genug für zwei Meinungen im Raum, aber Sie kommen nicht mal rein. Wovor haben Sie solche Angst?«

»Ich verstehe nicht, Mr Mandelbrot.«

»Ob Doktor oder nicht, sie ist trotzdem eine Frau. Und der Mann muss es versuchen, auch heutzutage noch. Sie sind der Mann, Mr Lamont. Versuchen Sie ihr Glück.«

Lamont lächelte. »Sie versuchen's immer noch, nicht wahr, Mr Mandelbrot?«

»Ich sag Ihnen was, mein ganzes Leben lang hab ich's versucht. Wäre ich keiner gewesen, der jede Chance nutzt, hätte ich wohl kaum das Glück, hier Krebs zu haben. Sie kennen mich nicht. Ich weiß mehr über Sie, als Sie über mich.«

»Wahrscheinlich. Wenn Sie wollen, können Sie mir von sich erzählen, bis ich nach Hause muss.«

»Wollen Sie nicht mit Dr. Washington nach Hause?«

»Jetzt reden wir von Ihnen.«

»Sind Sie verheiratet, Mr Lamont? Kein Ring, soviel ich sehe.«

»Ich dachte, wir reden über Sie.«

»Wollen Sie was hören, über mich?«

»Wenn Sie's erzählen wollen.«

»Wollen ja, aber nur, wenn Sie richtig zuhören. Niemand hört richtig zu, nicht mal Dr. Washington. Also passen Sie gut auf, sonst habe ich vielleicht was Besseres zu tun.«

»Ich passe auf.«

»Aber richtig, ich hake nach, Mr Lamont.«

»Okay, ich höre. Ich passe auf.«

»Mein Vater war Fleischer in Polen.«

»Sie sind Pole?«

»Ja, polnischer Jude.«

»Meine Grandma hat das auch gesagt, Sie wären vielleicht Jude.«

»Ihre Grandma? Ist sie polnische Jüdin?«

Lamont lächelte. »Ich habe ihr von Ihnen erzählt.«

»Glaubt sie, sie kommt in meiner Geschichte vor? Ich kann mich nicht erinnern.«

»Tut mir leid, Mr Mandelbrot.«

»Passen Sie gut auf. Ich habe Krebs. Ich werde Sie testen.«

Adam saß allein an seinem Küchentisch und grübelte über einer Auswahl von Gerichten zum Mitnehmen. Nichts machte ihm Lust. Auch nicht das kalte Hähnchen im Kühlschrank. Er hatte schon zwei Tage zuvor, als es heiß gewesen war, keine Lust darauf gehabt. Er stand auf, um sich einen Scotch mit Soda einzuschenken, das Soda als Zugeständnis an eine innere Stimme, deren Botschaft er nicht ganz entschlüsseln konnte.

»Du dachtest, er würde mehr über uns reden, nicht wahr? Und nun bist du enttäuscht. Du hattest drauf gewartet, dass jemand dich überzeugt, Kontakt zu mir aufzunehmen, und da war William der Beste, der dir eingefallen ist«, hörte er Dianas Stimme in seinem Kopf. Er nahm das Glas mit auf die Couch und stellte den Fernseher an.

»*Willst* du, dass ich versuche, dich zu erreichen?«, fragte er sie. »Ich habe deine neue Nummer nicht.«

»Du kannst mich bei der Arbeit erreichen, du hast meine Handynummer und meine E-Mail-Adresse.«

»Das ist keine Antwort. Willst du, dass ich es versuche?«

»Was würdest du denn sagen?«

»Ich weiß nicht ... Heute habe ich Rosinen gekauft.«

»Wirklich?«

»Solche, wie du sie magst ... aus diesem Naturkostladen, den du magst, der von wechselnden Flüchtlingen wechselnder Diktaturen betrieben wird.«

»Wirklich?«

»Ich hab zu viele gekauft, das Glas quillt über.«

»Na so was.«

»Ja.«

»Was willst du machen?«

»Ich weiß nicht. Ich dachte, wir sollten uns vielleicht wieder zusammentun. Du könntest mir sagen, was ich machen soll.«

»Mit den Rosinen?«

»Damit könntest du anfangen.«

»Du musst mit Williams Freund reden, das weißt du doch, mit dem, der bei der Dachau-Befreiung dabei war. Das weißt du, nicht wahr?«

Ungefähr eine Stunde lang hatte Adam sich diese Unterhaltung mit ihr eingebildet, während er sich durch einen Strom von Fernsehkanälen klickte, ohne irgendwo zu halten. Als es an der Tür klingelte, brauchte er lange für den Übergang in eine Realität außerhalb seines Kopfes. »Bist du das?«, fragte er Diana.

»Warum gehst du nicht zur Tür?«

»Was, wenn du es bist?«

»Möchtest du, dass ich es bin?« Adam nahm den Hörer der Sprechanlage ab.

»Hallo?«

»Adam?«

»Wer ist da?«

»Ist das Adam?«, fragte eine weibliche Stimme, die so jung klang, als wäre es ein Kind.

»Wer ist da?«

»Wenn du mir verraten würdest, ob du Adam bist, könnte ich's dir sagen.«

»Okay, ich bin Adam. Und du?«

»Klingt wie du, aber könnte ja sein, dass du nur so tust. Das hätte ich mir vorher überlegen sollen.«

»Sonja?«

»Darf ich raufkommen?«

»Was machst du hier?«

»Ist es schlimm, dass ich hier bin?«

»Nein. Ist alles in Ordnung? Komm schon rauf.« Er machte auf, und kurz danach stand sie in seiner Wohnung.

»Was ist los?«

»Nichts.«

»Wo sind deine Eltern?«

»Noch zu Hause, vermutlich.«

»Was machst du so spät draußen?«

»So spät ist es nicht. Ich hatte Lust auf einen Bummel. Ich war in der Gegend und dachte, ich schau mal vorbei.«

»Wissen deine Eltern, dass du hier bist?«

»Kann sein. Eher nicht.«

»Eher nicht! Was glauben sie denn, wo du bist?«

»Weiß ich doch nicht. Die denken wohl, ich bin in meinem Zimmer … wenn sie überhaupt drauf kommen, was zu denken. Ich dachte, ich könnte hier ein bisschen abhängen. Geht das?«

»Für mich schon, aber meinst du nicht, wir sollten deinen Eltern sagen, wo du bist?«

»Ist denen sowieso egal.«

»Also, ich weiß, dass *das* nicht stimmt. Ich rufe an und sage ihnen, wo du bist. Wenn es ihnen recht ist, dich hier zu wissen, habe ich bestimmt nichts dagegen, aber –«

»Du würdest sie nur stören.«

»Sonja, was ist los?«

»Sie streiten nur … schon wieder … ich hatte genug davon. Was meinst du, könnte ich irgendwas zu trinken haben?«

»Ich rufe erst bei deinen Eltern an. Nimm dir selbst, schau mal, was im Kühlschrank ist. Ich glaube, ich habe Coke Zero.«

»Gibt's auch Cola light?«

»Wo ist der Unterschied?«

»Zero ist für Jungs und light für Mädchen.«

»Wie alt bist du, sechs?« Adam nahm das Telefon ab, um Sonjas Eltern anzurufen.

»Du trinkst was anderes«, rief Sonja vom Kühlschrank herüber. »Ich hab's gerochen. Du bist ganz schön voll.«

»Jetzt ruf ich *wirklich* deine Eltern an.«

»Von mir aus kannst du ruhig voll sein«, sagte Sonja und nahm eine Dose aus dem Kühlschrank.

Michelle ging ans Telefon. Weder sie noch Charles hatten gemerkt, dass Sonja nicht in ihrem Zimmer war, und Adam hörte an ihren Reaktionen, wie diese Unaufmerksamkeit entweder neuen Streit entfachte oder Zunder für einen alten war. Michelle klärte Charles über den Grund des Anrufs auf, während sie offenbar – vergeblich – die Hand über die Sprechmuschel hielt. »Siehst du, genau das meine ich«, hörte Adam sie sagen. »Genau diese Sachen. Sie läuft draußen auf der Straße rum, und du merkst es nicht einmal.« Worauf Charles mit etwas weniger Rücksicht auf die Lautstärke erwiderte: »*Du* hast es nicht gemerkt!«

»Geht es ihr gut?«, fragte Michelle.

»Ja, alles in Ordnung«, sagte Adam und schaute Sonja an, die auf der Couch Fernsehprogramme durchlaufen ließ.

»Das wird sich ändern, wenn ich mit ihr fertig bin«, hörte er Charles sagen. Michelle dankte Adam, dass er sich um Sonja kümmerte, und sagte, einer von ihnen würde sie gleich abholen.

»Willst du drüber reden?«

»Über was?«

»Deine streitenden Eltern.«

»Das ist ziemlich kompliziert, wie solche Sachen nun mal sind.«

»Wirklich … wie sie nun mal sind?«

»Hat nichts mit mir zu tun. O je, wo sind denn deine ganzen Bücher hin? Ups, tut mir leid.«

»Macht nichts.«

»Weißt du … ich mag Diana wirklich. Glaubst du, ich kann noch mit ihr befreundet sein?«

»Warum denn nicht?«

»Und du?«

»Ich hoffe schon … irgendwann.«

»Wo ist sie hingezogen?«

»Nach Hell's Kitchen.«

»Das ist nicht so weit.«

»Nein, ein kleiner Abendspaziergang für jemanden wie dich.«

»Warum habt ihr Schluss gemacht?«

»Das ist ziemlich kompliziert … wie solche Sachen nun mal sind.«

»Wegen Kindern? Wäre doch viel schöner, wenn ihr Kinder hättet, weißt du. Mom sagt –«

»Wäre es dir recht, über was anderes zu reden?«

»Worüber willst du denn?«

»Hast du nicht ein bisschen Teenie-Zeug auf Lager? Nie dran gedacht, die Wohnung deiner Eltern abzufackeln, dich mit Drogen vollzupumpen oder mit dem schlimmsten Jungen aus der Schule durchzubrennen?«

»Nein! Wer sagt das denn, *sie?* Ich hab nur gesagt, ich hätte vielleicht mal Lust auf einen Job, Teilzeit, bei Duane Reade oder so, das ist alles.«

»O ja, das kann ich mir vorstellen. Wie man auf gelangweilt macht, hast du ja schon raus.«

»Waren sie sauer am Telefon?«

»Ein bisschen.«

»Wer am meisten?«

»Schwer zu sagen.«

»Dad?«

»Um eine Nasenlänge.«

»Versuch herauszufinden, was mit ihr los ist«, flüsterte Diana. Aber für viel mehr war keine Zeit.

Sie kamen zu zweit, um Sonja abzuholen. Einen Moment lang glaubte Adam, Furcht in Sonjas Augen zu sehen. Er fragte sich, was sie wohl fürchtete, ein Donnerwetter oder etwas anderes. Charles war der Erste, der den Mund aufmachte.

»Sonja McCray, was um Gottes willen ist in dich gefahren? Hast du den Verstand verloren?«

Sonja flüchtete sich in die Arme ihrer Mutter, dann vergrub sie das Gesicht an ihrer Brust. Michelle gab Adam Zeichen, mit Charles in ein anderes Zimmer zu gehen, was er tat.

»Tut mir furchtbar leid, Adam, dass du so in die pubertären Dramen unserer Tochter reingezogen wirst.« Charles war wütend.

»Charlie«, flüsterte Adam, »du weißt, wie sehr ich Sonja mag. Aber egal, was sich bei euch zu Hause abspielt – das geht mich auch nichts an –, ich glaube nur, sie war dermaßen aufgewühlt, dass sie –«

»Was hat sie gesagt?«

»Gar nicht viel.«

»Wirklich?«

»Ja. Du kannst stolz auf sie sein.«

»Stolz!«

»Ja, so aufgewühlt, wie sie war, war sie immer noch unglaublich diskret. Ich habe alles versucht, um herauszubekommen, was sich hinter den geschlossenen Türen der McCrays abspielt, aber sie hat einfach nichts verraten. Wärst du nicht aufgetaucht, hätte ich glatt ein kleines Waterboarding veranstaltet. Hör zu, Charles, ich weiß, es war nicht richtig von ihr, einfach so wegzulaufen. Sie weiß das auch. Und natürlich wusste sie es schon, als sie es tat. Klar, jetzt brauchst du Genugtuung dafür, aber du darfst nicht vergessen, dass es offensichtlich etwas gab, was sie dazu gebracht hat. Es ist nur ein Schrei nach Aufmerksamkeit. Sie ist außer sich, und was tut sie? Läuft sie wirklich weg? Nimmt sie Drogen? Trinkt sie? Stiehlt sie? Hängt sie mit Jungs rum? Sie raucht nicht mal Zigaretten. Sie geht um ein paar Straßenecken bis zu mir und trinkt eine Cola light. Sie weiß, das Erste, was ich machen werde, ist, sicherzustellen, dass es ihr gut geht, und dann ihre Eltern anzurufen. Das ist doch wirklich nichts, was man ›ausrasten‹ nennen könnte.«

»Du bist ein guter Freund, weißt du das?«

»Für sie oder für dich?«

»Für sie. Ich hätte sie umbringen mögen. Du hast ihr eine gute Tracht Prügel erspart, die mich sehr erleichtert hätte. Wie du siehst, tust du mir verdammt nichts Gutes.«

»Charlie, du hast sie noch nie geschlagen.«

»Nein, hab ich nicht. Vielleicht ist das das Problem.«

»Vielleicht solltest du gelegentlich mal ein Gläschen trinken. Magst du ein Bier?«

»Du trinkst was anderes.«

»Willst du Scotch?«

»Am liebsten einen doppelten, aber ich fürchte, wir haben keine Zeit.«

»Sicher …« Die beiden Männer schauten einander an, allein in dem Zimmer, das Adam mit Diana zu teilen pflegte. Das Bett war ungemacht. Adam hatte keinen Besuch erwartet.

»Heute hab ich endlich deinen Dad gesehen.«

»Oh, danke, Adam. Das ist großartig. Ich bin dir wirklich was schuldig. Wie war dein Eindruck, geht's ihm einigermaßen?«

»Wegen der Gerichtsentscheidung? Das scheint ihn eher anzufeuern als zu deprimieren. Ich glaube, er denkt, das Urteil wäre anders ausgefallen, wenn *er* das Plädoyer gehalten hätte. Ansonsten wollte er über mich reden … über meine Situation.«

»Also, das hört sich gut an, solange es dir nichts ausmacht. Da sieht man doch, dass er fähig ist, an etwas anderes außer sich selbst zu denken.«

»Ich finde nicht, dass man seine Reaktionen auf das Urteil als ›an sich selbst denken‹ bezeichnen sollte.«

»Nein, du hast recht. Das war unfair.« Charles ließ einen Seufzer aus und legte seine Hand auf Adams Schulter. Den Blick in Richtung Sonja und Michelle gewandt, fuhr er fort: »Es war ein langer Tag.«

»Er sagte, er wolle mit mir über einen Freund reden. Ich … nehme an, du hast ihm von meiner Arbeitssituation erzählt.«

»Ja, Adam, ich hoffe, du nimmst es mir nicht übel, aber bei all seiner Leidenschaft – wenn es drauf ankommt, ist er absolut diskret, und ihm liegt viel an dir. Tut mir leid, wenn du glaubst, ich hätte dein Vertrauen missbraucht. Ich habe mir Sorgen um dich gemacht, und –«

»Ist schon gut, Charlie. Wirklich. Ich dachte, er würde über mich und Diana reden wollen, aber –«

»Wollte er das nicht?«

»Nicht wirklich. Er war irgendwie abgelenkt durch diesen Freund, von dem er mir erzählt hat.«

»Einen Freund?«

»Er hat versucht, mich zur Arbeit zu ermutigen. Er meinte, er habe etwas, worüber ich schreiben könnte. Nun guck nicht so besorgt, Charlie. Ich weiß, wie es bei der Columbia für mich steht. Ich habe ihm zu erklären versucht, dass die Sache dort gelaufen ist, aber er drängte mich, trotzdem zu schreiben, für einen anderen Job oder ein Buch oder sonst was. Er will einfach, dass ich wieder schreibe, weil er glaubt, es würde mir helfen.«

»Tut mir leid, Adam. So hatte ich das nicht gemeint, dass deine Freundlichkeit und seine Therapie auf deine Karriere überschwappen. Lass es gut sein, du brauchst nicht noch mehr auf ihn einzugehen, als du es schon getan hast.«

»Er will, dass ich mit einem seiner alten Kampfgefährten rede.«

»Sag bloß nicht, dieser Typ aus Boston? Geht es um die Befreiung von Dachau?«

»Ja, genau. Wenn ich recht verstehe, hat er mit dir darüber geredet.«

»Du hast's erfasst.«

»Da komme ich jetzt nicht mehr mit. Bist du skeptisch wegen der Sache, oder redet er einfach zu oft davon?«

Michelle steckte ihren Kopf durch die Tür. »Entschuldigt die Unterbrechung, aber ich glaube, wir müssen das Fräulein Nachtschwärmer langsam nach Hause bringen.«

»Bist du morgen spätnachmittags da?«, fragte Charles. »Wenn du willst, könnten wir dann weiterreden.« Es wurde vereinbart, dass Sonja in Zukunft Bescheid sagen sollte, wenn sie vorhatte, Adam zu besuchen, sowohl ihm als auch ihren Eltern.

»Schade, dass ich gehen muss«, sagte sie. »Ich komme ein andermal wieder.«

»Gut, freut mich. Ich verlass mich drauf«, antwortete Adam.

An die Tür gelehnt, schaute er den Dreien nach. »Da ist doch niemand außer ihm … nie!«, hörte er Sonja ihrer Mutter zuflüstern, als er die Wohnungstür schloss.

»Ich bin am 15. Dezember 1922 in Olkusz geboren.« Lamont Williams saß auf einem Stuhl und hörte zu. »Das ist ein Städtchen bei Krakau, aber als ich vier war, zogen wir nach Ząbkowice. Mein Vater war Fleischer und auch so einer, der sein Glück versucht hat. Nach mir bekam er mit meiner Mutter noch drei andere Kinder. Wir hatten nicht viel Geld. In den Schulferien ging ich bei den Bauern in der Gegend arbeiten, alles, was gerade anfiel. Ich half auch meinem Vater in der Fleischerei. Zwischen den Kriegen, das waren harte Zeiten für Polen. Die Leute konnten nicht bezahlen. Mein Vater ließ sie anschreiben.«

»Sie meinen, auf Kredit?«

»Ja, Kredit. Sie holten ihr Fleisch auf Kredit. Es dauerte ewig, bis sie bezahlten, oder sie zahlten gar nicht. So ging die Fleischerei meines Vaters ein.«

»Bankrott?«

»Ja, bankrott. Als ältester Sohn musste ich tun, was ich konnte, um der Familie zu helfen. Ich ging auf die Eisenbahnschienen, um Kohlen zu sammeln, alles, was ich machen konnte. Viele von den Bauern in der Gegend kannten mich, weil mein Vater mich zum Abholen schickte, wenn er Kühe oder Vieh bei ihnen kaufte. Ich war ein starker Junge und wurde gut mit den Tieren fertig. Die Bauern kannten mich und mochten mich wegen dem ganzen Geschäft, das bei uns lief. Ich kannte sie und ihre Höfe. Ich kannte die Straßen dort, auch die Abkürzungen, die ich mit den Tieren durch die Felder nehmen konnte. Ich schaute mich nach guten Plätzen um, verborgenen Plätzen, wo ich vielleicht, wenn das Glück mir hold war, mit einem Mädchen hingehen konnte. Ich fand welche, mehr Plätze als Mädchen. Es war nicht wie heute. Aber ich hatte viele Freunde in der Gegend. Verstehen Sie?«

»Alles Juden?«

»Nein. Ich war so was wie der Anführer einer kleinen Bande, alles Polen, keine Juden außer mir.«

»Aber Sie sind trotzdem auch Pole, stimmt's?«

»Sie sind schwarz, Mr Lamont, ja?«

»Mhm.«

»Sie sind auch Amerikaner, ja?«

»Ah, kapiere.«

»Hören Sie gut zu, damit Sie sich erinnern. Wann bin ich geboren?«

»Neunzehn'zweiundzwanzig.«

»Welcher Tag, welcher Monat? Bewahren Sie mich in Erinnerung. Es gibt nur einen wie mich, und Ihre Dr. Washington glaubt, ich hätte Krebs, also müssen Sie sich erinnern. Ich werde Sie testen. Am 15. Dezember 1922 in Olkusz geboren. Sagen Sie's!«

»15. Dezember 1922.«

»Wo?«

»Hab ich nicht behalten.«

»Nein, Sie *müssen* sich erinnern, Mr Lamont. Was reden wir sonst?«

»Tut mir leid.«

»Ich bin am 15. Dezember 1922 in Olkusz geboren. Das ist ein Städtchen, das bei Krakau liegt, aber als ich vier war, zogen wir nach Ząbkowice. Sagen Sie's: Olkusz.«

»Ol-kuhs.«

»Und: Ząbkowice.«

»Zomp-ko-witze.«

»Mein Vater?«

»Ihr Vater war Fleischer. Gab Fleisch auf Kredit in harten Zeiten. Machte Bankrott. Sie waren der Anführer einer Bande, alles Polen und Sie der einzige Jude. Haben Sie nicht Ärger bekommen, als ›Jude‹, meine ich?«

»Andere schon, ja. Ich nicht. Manchmal vielleicht. Wenn man mich Jude nannte, hab ich sie geschlagen. Ich war stark. Es gab einen Jungen aus der Gegend. Ich weiß noch, wie er aussah. Ich kann sein Gesicht sehen. Ein Junge aus der Gegend, der nicht wirklich zur Gruppe gehörte, die Haare schnurgerade wie mit dem Lineal, und Ecken drin, scharfe Ecken an den Ohren. An den erinnere ich mich. Der suchte Ärger, sagte ›dreckiger Jude‹, also schlug ich ihn. Er heulte vor den anderen Jungen, und damit hatte sich der Fall.

Ich habe in einer Steingrube gearbeitet, als die Deutschen Polen überfielen, um den Krieg anzufangen.«

»Steingrube, meinen Sie … so was wie Steinbruch?«

»Ja, Steinbruch. Da hatte ich Arbeit. Es war 1942, als das Ghetto eingerichtet wurde.«

»Wie meinen Sie das?«

»Sie wissen, was ein Ghetto ist, Mr Lamont?«

»Ja.«

»Als die Nazis kamen, richteten sie früher oder später in ganz Polen Ghettos für die Juden ein. Die Juden wurden aus den Dörfern oder Städten vertrieben und in das nächste Ghetto geschickt. Meine Familie kam mit den anderen jüdischen Familien aus der Gegend nach Dąbrowa Górnicza. Sagen Sie das: Dąbrowa Górnicza.«

»Dom-bro-wa Gur-nitscha.«

»In Dąbrowa Górnicza waren wir im Ghetto eingesperrt, aber ich hatte einen Sonderausweis, mit dem ich raus und rein konnte.«

»Wie sind Sie da drangekommen, an den Ausweis?«

»Sie hatten mich für Bauarbeiten außerhalb des Ghettos eingeteilt. Da wurde eine Menge gebaut um die Zeit, und die Nazis brauchten Arbeiter. Sie benutzten die Juden als Sklaven. Wissen Sie, sie wollten diesen Teil von Polen, den Westen, mit Deutschen besiedeln. Als die Soldaten kamen, brachten sie Leute mit, ganze Familien, ›Volksdeutsche‹, wie es hieß. Für die brauchten sie Wohnungen, Häuser, Straßen, alte Gebäude mussten renoviert werden, und das ließen sie immer Juden aus dem nächsten Ghetto machen. Ich hatte Glück, dass ich mit dem Ausweis jeden Tag zur Arbeit auf dem Bau nach draußen kam, und versuchte, die Chance zu nutzen.

Von dort, wo meine Familie in Dąbrowa Górnicza wohnte, führte eine Straße aus dem Ghetto heraus, und an dieser Straße wohnte ein SA-Mann mit seiner Frau in einem Haus, das noch nicht fertig gebaut war. Ich sah sie, und dann sah ich den Mann jeden Tag, wenn ich zur Arbeit ging.«

»Was ist das, ein SA-Mann?«

»SA bedeutet *Sturmabteilung*. Das war eine paramilitärische Kampforganisation der Deutschen. Jeden Tag, wenn ich zur Arbeit ging und den SA-Mann sah, grüßte ich ihn, sagte Guten Morgen oder so was Ähnliches. Obwohl er mich mit dem gelben Stern sah, grüßte er zurück, Guten Morgen. Ich sagte es auf Deutsch.«

»Was heißt ›gelber Stern‹?«

»Alle Juden mussten einen Davidsstern tragen, einen Flecken aus gelbem Stoff, an die Kleidung genäht. Wenn du ohne den erwischt wurdest, konntest du auf der Stelle erschossen werden.

Bei meiner Arbeit auf dem Bau hörte ich Dinge von draußen, außerhalb des Ghettos, und vieles hörte ich früher als die anderen. Alles Mögliche wurde gesagt. Man konnte es nicht immer glauben. Ich hörte, wenn Juden aus dem Ghetto gebracht wurden, kämen sie nicht immer in ein anderes Ghetto. Manchmal würden sie irgendwohin geschickt, wo man sie umbrachte. Ich war nicht sicher, darum wollte ich meinen Eltern nichts davon erzählen. Wozu es ihnen sagen, wenn es vielleicht nicht stimmte? Ich hörte, dass sie die Juden von Dąbrowa Górnicza in ein anderes Ghetto, nach Sosnowiec verlegen wollten. Sagen Sie es?«

»Sos-now-jetz.«

Es war sechs Uhr abends, als Charles und Adam am nächsten Tag ihr Gespräch fortsetzten. »Je länger ich darüber nachdenke, umso mehr packt mich die Wut auf ihn«, sagte Charles. »Er hat wirklich kein Recht –«

»Wut?«

»Adam, der nette alte Herr nutzt dich aus, dich und deine Situation. Er weiß, dass du beruflich nicht in guter Verfassung bist, und da wittert er seine Chance.«

»Was redest du, Charlie? Je länger *ich* darüber nachdenke, umso mehr glaube ich, es könnte mindestens ein bisschen Zeit wert sein.«

»Ist das dein Ernst? Mein ganzes Leben lang, seit ich Historiker geworden bin, hat er mich zu überreden versucht, meine Ausbildung und später meine Position dafür zu nutzen, die Rolle der schwarzen Veteranen aus dem Zweiten Weltkrieg zu erforschen, und jetzt versucht er es bei dir, weil er glaubt, du seist seine beste Chance.«

»Aber er könnte da einer Sache auf der Spur sein. Man weiß doch, wie das war, als die schwarzen Soldaten aus dem Zweiten Weltkrieg nach Hause kamen, in den Jim-Crow-Süden. Sie machten das alles nicht mehr mit. Sie sagten nicht mehr *Yes, Sir, yes, Ma'am,* sie ließen sich nicht mehr *boy* nennen, und auch nicht bei ihren Vornamen, solange sie die Weißen mit *Mister* und *Missus* anreden mussten. Sie gingen nicht mehr vom Bürgersteig herunter, wenn ein weißer Mann vorbeiging. Lauter kleine Akte des Widerstands, mit denen sie damals anfingen. Ihre Kriegserfahrung gab ihnen zum ersten Mal den Mut dazu. Charlie, ich kenne keine einzige Studie, in der die Verbindung zwischen der spezifischen Erfahrung schwarzer Soldaten bei auswärtigen Truppeneinsätzen mit ihren Nachkriegsaktivitäten in der heimischen Bürgerrechtsbewegung untersucht wurde. Wenn ich Berichte von denen kriegen kann, die in Europa bei den Bodentruppen waren, vielleicht sogar bei der Befreiung von Konzentrationslagern, wenn ich eine Karte zusammenstellen kann, wo genau die Schwarzen waren … dann könnte das durchaus ein erster Beitrag sein, um die konkrete Verbindung herzustellen. Charlie, du erinnerst dich vielleicht, was ich an Kritik einstecken musste, zumindest aus gewissen Kreisen und meiner Ansicht nach ziemlich ungerechtfertigt, weil ich als Historiker die Rolle von Anwälten untersucht habe, und Anwälte keine soziale Bewegung sind. Aber wovon wir jetzt reden, das ist eine soziale Bewegung, ein klassisches Beispiel sogar. Vielleicht kann ich es machen, die schwarzen Soldaten dort abholen, sie nach Hause bringen und dann zeigen, was sie hier in Gang gesetzt haben.«

»Adam, ich sag dir, häng dich da nicht rein.«

»Warum zum Teufel nicht?«

»Okay, zuerst mal ist das Thema ein echtes Minenfeld. Anfang der Neunzigerjahre gab es eine PBS-Dokumentation über die Rolle schwarzer Soldaten bei der Befreiung von Dachau. Hast du davon gehört? Nach dieser Dokumentation krochen alle möglichen Leute aus ihren Löchern, die behaupteten, es habe keine schwarzen Truppen bei der Dachau-Befreiung gegeben. Wie es heißt, steht auch in den Militärberichten nichts, das die Anwesenheit von Schwarzen bestätigen würde.«

»Charlie, seit wann hältst du die offizielle Regierungslinie für das A und O? Ich habe angefangen, ein bisschen nachzuforschen, und man darf doch wohl noch fragen, wie korrekt solche Militärberichte sind. Es gibt Gründe genug, warum sie vielleicht nicht alles preisgeben. Sogar ohne tendenziös zu sein, können sie die Wahrheit verzerren. Wusstest du, dass schwarze Truppen oft aufgeteilt und die Männer an weiße Truppen ›ausgeliehen‹ wurden? Nimm nur das 761. Panzerbataillon, das oft als ›Bastardtruppe‹ bezeichnet wird, weil es zu niemandem zu gehören schien. Das bedeutet, ›offiziell‹ wusste niemand, wo die Schwarzen sich zu einer bestimmten Zeit befanden, sodass natürlich kein Bericht über ihren Dienst vollständig sein kann.«

»Adam, ob sie nun dabei waren oder nicht, das Thema, vor allem in Hinblick auf Dachau, hat die Gemüter unglaublich erhitzt, ganz abgesehen von der Aufmerksamkeit einiger bösartiger Rassisten, die sich berufen fühlten, ihre schützende Hand über den Militärbericht zu breiten, als würde es die US-Armee beflecken, wenn irgendwo schwarze Truppen dabei gewesen wären. Ich sag dir, Adam, das ist ein Minenfeld.«

»Sind das nicht genau die Themen, die wir erforschen sollten?«

»Was heißt ›wir‹?«

»Na, wir Historiker.«

»Ist es das, was du suchst – Streit, oder vielleicht eine Art Ruhm? Willst du ein Held sein oder ein Gelehrter? Und überhaupt, hast du dir mal überlegt, was es für Folgen hätte, wenn du zu dem Schluss kämst, dass schwarze Truppen *nicht* dabei waren?«

»Willst du damit sagen, es gibt Schlüsse, die nur ein schwarzer Historiker ziehen darf?«

»Um Gottes willen, Adam, ich versuche dich zu schützen! Siehst du das denn nicht?«

»Bedeutet das, du hast dir deine Meinung schon gemacht? Du glaubst, schwarze Soldaten seien nicht dabei gewesen.«

Adam wusste, dass William ihn möglicherweise als seine letzte Chance betrachtete, jemanden zu finden, der über das Thema schrieb, weil es brisant war und er es zugleich als Hoffnungsfunken und als legitimes wissenschaftliches Interesse anbieten konnte. An sich fand Adam nichts Schlechtes an dieser Überschneidung verschiedener Zwecke. Aber innerlich war er doch etwas verstört, dass William die PBS-Dokumentation und den ganzen Wirbel darum mit keinem Wort erwähnt hatte. Er überlegte hin und her, ob er ihn darauf ansprechen sollte. Einerseits könnte es den alten Mann in Verlegenheit bringen. Andererseits wollte er ihm nicht den intellektuellen Respekt versagen, den er jedem Jüngeren mit der Bitte um Erklärung entgegengebracht hätte. Er wälzte das noch in seinem Kopf, als William anrief, und er, unschlüssig, wie er war, einem fast kindlichen Impuls nachgab, indem er eine Spur beleidigt fragte, wieso William ihm die Sache mit der Dokumentation verschwiegen habe. Dann, ohne zu wissen, was er sagen wollte, und ohne William zu Wort kommen zu lassen, fügte er ganz im Stil eines jüngeren Bruders hinzu, Charles habe versucht, ihn von dem Thema abzubringen.

»Natürlich hätte ich dir von der Dokumentation erzählt, sicher doch«, sagte William. »Nach ein paar Minuten Recherche wärst du sowieso darauf gestoßen, also warum sollte ich es verbergen? Aber es stimmt, ich wollte nicht als Erstes damit anfangen. Wir wissen nicht, wer es war, der die Beteiligung schwarzer Soldaten an der Befreiung von Dachau offenbar endgültig vom Tisch gefegt hat. Ich weiß es nicht, und Charlie hat mir auch nie eine befriedigende Antwort gegeben, eben weil er es selbst nicht weiß und keine Lust hatte, nachzuforschen.

Und sicher, klar habe ich versucht, Charlie zu bewegen, dass er darüber schreibt. Jahrelang habe ich's versucht. Das gebe ich gern zu. Was ist denn schlimm daran? Mein Sohn ist ein hoch angesehener Historiker, und meine Generation stirbt aus. Angesichts seiner Position und nach allem, was wir – die Afroamerikaner meiner Generation – durchgemacht haben, könnte man sogar sagen, es war meine Pflicht, ihn wenigstens versuchsweise anzuregen, darüber zu schreiben. Schließlich hat er eine privilegierte Stellung in einer Gesellschaft, deren Statistiken immer noch verheerend für die Schwarzen ausfallen: in den meisten Negativbereichen über-, und in den positiven unterrepräsentiert. Über fünfzig Prozent der schwarzen Männer dieses Landes schließen die Highschool nicht ab, und von diesen über fünfzig Prozent sind zweiundsiebzig Prozent arbeitslos. Sie haben keinen Stolz, keine Hoffnung und sehr wenig ermutigende Rollenvorbilder. Sie sollten wissen, was Männer wie mein Freund getan haben. Die Welt sollte wissen, was wir getan haben. Aber Charlie wird es niemandem erzählen. Er blockt ab, macht geistig dicht, wenn es darum geht.

Hier, nimm zum Beispiel die Geschichte meines Freundes: ein schwarzer Kriegsveteran, der seinem Land gedient hat, der unter Einsatz seines Lebens geholfen hat, die Opfer eines der schlimmsten Regime aller Zeiten zu befreien, und nachher wird gesagt, er sei gar nicht da gewesen. Verstehst du, was das heißt, Adam? Es geschah, als der unsichtbare Mann in den Krieg zog! Aber mein Sohn ist ein Historiker der *Reconstruction,* und jetzt, wo er so hoch aufgestiegen ist, will er nicht im Dreck wühlen.«

»Das finde ich etwas hart gegenüber Charlie. Ich bin vollkommen deiner Meinung, dass diese Themen wichtig und in der Forschung viel zu kurz gekommen sind, aber sie fallen doch eher in den Bereich der politischen Geschichte des zwanzigsten Jahrhunderts. Das ist meine Ära, nicht Charlies. Zumindest das, was ich anfing, meine Ära zu *nennen.*«

»Dann bist du immer noch interessiert?«

»Ich will auf jeden Fall mit deinem Freund aus Boston reden.«

»Großartig, Adam! Du bist ein braver Junge. Und du wirst es nicht bereuen. Ich habe ihm schon ein paar Mal aufs Band gesprochen, aber er hat noch nicht zurückgerufen. Ich hoffe, es geht ihm gut. In unserem Alter …«

Später am Tag rief Williams Freund zurück, was William zu einem weiteren Anruf bei Adam veranlasste. Diesmal allerdings ziemlich kleinlaut. Sein Freund aus Boston wollte nicht mit Adam oder sonst wem sprechen.

»Er ist müde, er ist alt und es geht ihm nicht gut«, erklärte William. »Er will jetzt einfach seine Ruhe. Er erträgt die Erniedrigung nicht mehr, irgendwem irgendwas beweisen zu müssen. Er sagt, er habe alle Interviews gegeben, die er zu geben hatte, über jeden Aspekt seines Lebens. Der öffentliche Streit, den die PBS-Dokumentation entfacht hat, habe ihm Jahre seines Lebens gestohlen. Ich kann mir das gut vorstellen, Adam. Er hat das Gefühl, trotz dieser langen Zeit sei immer noch kaum etwas erreicht. Das Urteil des Obersten Gerichtshofs hat ihn auch nicht gerade angeregt, noch einmal vorzupreschen.«

»Konntest du nichts sagen?«

»Adam, wie gut kennst du mich? Glaubst du, ich hätte es nicht versucht? Ich habe ihm alles über dich erzählt, dass du nicht irgendwer bist, ihm erzählt, dass du Jakes Sohn bist.«

»Jakes Sohn«, murmelte Adam in sich hinein.

»Er meinte, das klinge gut, wirklich, aber … er ist einfach fertig mit dem Kämpfen. Und gesundheitlich nicht auf der Höhe. Deswegen fürchte ich, wenn du trotzdem an der Sache dranbleiben willst, musst du dich mit den Interviews begnügen, die er früher schon gegeben hat. Er sagt, seine Tochter könne sie dir – oder zumindest die nötigen Angaben – übers Internet schicken.«

»Per E-Mail?«

»Ja, die Tochter hat wohl einen Zugang. Er will sich mit Computern nicht mehr rumärgern, sagt, er hat es auch aufgegeben, den TiVo zu programmieren. Willst du die Interviews lesen?«

»Na ja, es kann nicht schaden, aber seine Kritiker werden sagen, das seien doch alles nur Versionen derselben eigennützigen Geschichte aus derselben Quelle.«

»So ungefähr das Gleiche hat er auch gesagt. Ich fürchte, das war's, Adam. Wir haben es versucht. Mehr konntest du nicht tun.«

»Schade, wirklich. Ich muss zugeben, es hat mich immer mehr interessiert.«

»Ja, danke für deine Geduld mit einem alten Mann, aber wir sind am Ende angelangt. Er wird nicht mehr sprechen. So sehr ich auch auf ihn eingeredet habe, kann ich's doch gut verstehen. Es hat ihn zu sehr verletzt. ›Lass ihn die Interviews lesen, die ich schon gegeben habe‹, sagte er. Ach ja, er meinte, es habe wohl einen Zeugen gegeben, einen Überlebenden, der erzählt habe, bei der Befreiung von Dachau schwarze Soldaten gesehen zu haben, aber er weiß nicht mehr genau, wo das stand. Es war eine alte Sache, aus der Zeit kurz nach dem Krieg. Er ist ihr nachgegangen, als die Macher der Dokumentation in die Mangel genommen wurden, aber ohne Ergebnis. Irgendein Historiker aus Chicago hatte es in den Jahren unmittelbar nach dem Krieg von einem Überlebenden gehört. Mein Freund sagt, er habe sich den Namen damals auf einem Zettel notiert und die Sache dann vergessen, bis es zu dem Aufruhr um die PBS-Dokumentation kam. Da habe er alles durchsucht, sämtliche Notizen, ihn wiedergefunden und einem der Fernsehleute, die für den Film recherchiert hatten, den Namen dieses Historikers und sogar den des Hochschulinstituts gegeben, aber es kam nichts dabei heraus.«

»Warum nicht?«

»Also, ich glaube, es war ihm peinlich, das zuzugeben, aber soweit ich es heraushören konnte, muss er den Namen wohl falsch aufgeschrieben haben, sodass diejenigen, die sich auf die Suche machten, nichts vom Bericht eines Überlebenden finden konnten. Die Produzenten wollten ihm gern glauben, aber denen wurde die Hölle heiß gemacht, von der Presse, vom Sender, von Leuten aller erdenklichen Interessensgruppen. Er sagt, er habe nie gedacht, dass es so wichtig sei. Schließlich hatte er sich den Namen dieses Mannes aus Chicago zuerst nur zufällig notiert. Er hatte ein oder zwei Jahre nach der Demobilisierung etwas über ihn gelesen und es aus der Zeitung ausgeschnitten, weil es um eine Zeit und einen Ort ging, die ihm vertraut waren – das Konzentrationslager Dachau im April 1945. Es war eine Menge los damals, sagt er, aber den Namen des Professors aus Chicago hat er sich notiert.«

»Glaubst du, er hat den Zettel aufbewahrt?«

»Also, vor zwanzig Minuten hatte er ihn noch.«

»Es gibt einen australischen Ausdruck, den du verwenden könntest. Frag ihn doch bitte, ob es ›seine Freundschaft überstrapazieren‹ würde, dir genau zu sagen, was er über diesen Historiker aus Chicago weiß. Ich meine, seinen Namen, den Fachbereich, die Universität, was auch immer.«

»Willst du nachforschen?«

»Das dürfte schnell erledigt sein, wenn er den Namen tatsächlich falsch aufgeschrieben hat. Aber vielleicht ist er ja doch richtig, und die Leute von der PBS-Dokumentation haben sich vertan oder waren einfach faul. Es reicht, wenn ein Einziger die Nase voll hat, schlampt, zu beschäftigt ist … wer weiß?«

»Ich habe einen langen Weg mit diesem Mann zurückgelegt. Ich weiß, wie wichtig ihm die Sache ist. Ich glaube nicht, dass es ›seine Freundschaft überstrapaziert‹.«

Zehn Minuten später rief William wieder an. Der Name, den sein Freund aus Boston vor all den Jahren aufgeschrieben hatte, war Professor Boardman. Sonst stand nichts auf dem Zettel, nur »Professor Boardman, Chicago Institute of Technology«.

»Eines Tages, als sie uns nach der Arbeit ins Ghetto von Dąbrowa Górnicza zurückgebracht hatten«, fuhr Mr Mandelbrot fort, »entdeckte ich eine Lücke in der Bewachung und nutzte die Chance, aus dem Ghetto zu fliehen. Ich hatte keine Zeit, zu denken. Wenn ich handeln wollte, musste es sofort sein. Es war ein ›Zeitfenster‹, wie man heute sagen würde. Ich riss den angenähten Judenstern von meiner Jacke und ging auf die Straße, die aus dem Ghetto herausführte. Es war sehr spät im Winter, vielleicht Frühlingsanfang, und spätnachmittags, und draußen wurde es schon dunkel. Die Straße war wie ausgestorben. Ich wusste nicht, wohin ich ging, oder ob das, was ich tat, das Richtige war. Obwohl ich nicht so aussah, wie Juden ihrer Meinung nach aussahen, musste ich mir doch überlegen, was ich erzählen sollte, falls ich angehalten würde. Ich hatte das Ghetto schon hinter mir gelassen, als ein Mann vor mir auf die Straße trat und mich anhielt. Egal, ob ich aussah wie ein Jude oder nicht, der Mann wusste, dass ich einer war. Es war der SA-Mann.«

Professor Zignelik erhielt die Auskunft, das Zentrum für Militärgeschichte der U.S. Army könne, wenngleich natürlich in voller Kenntnis der PBS-Dokumentation und der dadurch ausgelösten Kontroverse, die Beteiligung afroamerikanischer Truppen an der Befreiung von Dachau weder bestätigen noch verneinen. Das war die offizielle Stellungnahme zu der Angelegenheit. Außerdem wusste Adam binnen sechsunddreißig Stunden, nachdem er von William erfahren hatte, was auf dem Zettel seines Freundes stand, dass es kein Chicago Institute of Technology gab, weder heute noch Mitte bis Ende der Vierzigerjahre noch sonst wann. Was es hingegen gab und auch damals gegeben hatte, war ein Illinois Institute of Technology, unter dessen Mitarbeitern aber niemand namens Boardman gewesen war, weder in den Vierzigerjahren noch danach. Es hatte noch nicht einmal einen historischen Fachbereich gegeben.

Adam machte sich Notizen zu den von ihm überprüften Orten. Mitte der Vierzigerjahre hatte die Universität von Illinois zwei Standorte gehabt, einen Campus am Navy Pier und einen in Urbana-Champaign. Geschichte wurde am Navy Pier gelehrt, seit der Universitätsbetrieb 1946 dort eröffnet worden war, um den enormen Zustrom heimkehrender Soldaten aufzufangen. Die Jahreskataloge 1947/48 enthielten zehn geschichtswissenschaftliche Kurse, die von insgesamt neun Professoren gehalten wurden. Aber keiner von ihnen hieß Boardman. Am Urbana-Champaign-Campus sah die Lage komplizierter aus, doch auch hier fand sich niemand namens Boardman. Adam nahm sich sogar die Universität von Chicago vor, nur weil sie in Chicago war. Er stellte fest, dass es seit ihrer Gründung um 1890 einen Fachbereich für Geschichte gab, aber keinen Boardman, weder in den Vierzigerjahren, noch früher oder später. Ohne sich zu fragen, was ihn eigentlich trieb – Forschergeist, Verzweiflung oder eine Mischung aus beidem –, suchte er weiter, checkte die DePaul-, die North-Park- und die Loyola-Universität. Schließlich auch noch die Northwestern. Doch auch wenn einige von ihnen in der fraglichen Zeit existiert hatten, gab es nirgendwo einen Professor Boardman, der in den Vierziger-, Fünfziger- oder Sechzigerjahren Geschichte gelehrt hätte.

Adam musste einsehen, dass wirklich kein Anknüpfungspunkt da war. Entweder log oder irrte Williams Freund aus Boston, oder er schickte ihn, warum auch immer, auf eine hoffnungslose Suche. Er hätte Gründe haben können, in der Hauptsache – seiner Beteiligung an der Dachau-Befreiung – zu lügen, vielleicht, um sich bei liberalen Juden beliebt zu machen, die in der Bürgerrechtsbewegung aktiv waren, Juden wie Jake Zignelik. Er hätte vielleicht lügen können, weil er jüdische Freunde hatte, weil er aus fast ehrenwerten Gründen *wünschte,* er wäre dabei gewesen, oder einfach nur, um eine Geschichte zu erzählen.

Aber warum, fragte sich Adam, einen Historiker aus Chicago erfinden, der Mitte der Vierzigerjahre Überlebende aus Dachau befragt hätte? Das war so leicht zu überprüfen, und doch sprach dieser Mann über sechzig Jahre später immer noch davon. Aber egal, was Williams Freund aus Boston antrieb, es sah weniger und weniger nach der Angelegenheit eines Historikers aus. Mit dieser Einsicht kam die verdrängte Furcht wieder hoch, dass die Angelegenheit eines echten Historikers nicht wirklich die des Mannes sei, den Adam Zignelik mitten in der Nacht allein durch seine Wohnung irren sah, wo ihn sein eigenes lebloses Gesicht erbärmlich aus dem Spiegel im Bad entgegenstarrte. Er öffnete den Spiegelschrank und fand Dianas Kamm, in dem immer noch Haare von ihr steckten, und fragte sich, wie er zu dem Menschen geworden war, der diesen Kamm hielt.

»Dann war es das, wirklich?«, flüsterte Diana mitten in der Nacht.

»Ich hab überall gesucht, getan, was ich konnte … alles, was mir eingefallen ist.«

»Ja, das hast du. Und war es nicht ein gutes Gefühl? Einen Augenblick lang hattest du was zu tun.«

»Stimmt, es war ein gutes Gefühl. Ich konnte aufhören, an die Zukunft zu denken, und mir erlauben, mich an der Illusion zu berauschen, ich sei geeignet.«

»War da nicht jemand am Illinois Institute of Technology?«

»Nein, die haben nicht mal einen historischen Fachbereich. Nie gehabt.

»Aber da war ein Boardman, ein Professor Boardman.«

»Nein, kein Boardman.«

»Doch, bestimmt.«

»Nein, bestimmt nicht. Glaub mir, ich muss es doch wissen.«

»Schau noch mal in deine Notizen.«

»Reicht es nicht, dass du mich heimsuchst und mit mir redest, obwohl ich weiß, du bist nicht da? Jetzt liest du auch noch meine Notizen. Und das Schlimmste, du erinnerst dich falsch.«

»Schau nach, Adam.«

»Und wenn ich recht habe?«

»Dann sage ich dir, was du mit den überschüssigen Rosinen machen sollst.«

»Verzeihst du mir … was ich mit uns gemacht habe?«

»Liebster, schau in deine Notizen.«

Adam ließ sich von ihrer Stimme an seinen Schreibtisch dirigieren und begann, die Seiten durchzublättern. Er sah die flüchtigen Momente aufflackernder Begeisterung in seiner eigenen Handschrift: »Illinois Institute of Technology. Kein geschichtswissenschaftlicher Fachbereich. Nie gehabt. Kein Professor Boardman. Nie da gewesen. Nur ein Professor Border im Lehrköper, aber kein Historiker. Kein Boardman.«

»Liebster, bist du sicher, dass du damit fertig bist?«

»Ich sagte dem SA-Mann Guten Abend und versuchte, so ruhig wie möglich zu bleiben, als ließe er sich vielleicht täuschen, wenn ich mich wie jemand benahm, der diese Straße entlanggehen durfte. Ich war achtzehn oder neunzehn, und ich hatte Selbstvertrauen. Er grüßte zurück, aber ich war kaum drei Schritte an ihm vorbei, da sagte er ›Halt‹. Er wusste, was ich war, und während der drei Schritte hatte jeder von uns seine Position bedacht. Als er ›Halt‹ sagte, wollte ich erst losrennen, aber dieser Mann, der mir immer Guten Morgen sagte, konnte mich entweder erschießen oder mein bester Freund im Umkreis vieler Straßen sein. Was hätten Sie getan?«

Lamont Williams wusste es nicht, und so sagte er nichts. Es drängte ihn zu hören, was passiert war.

»Ich rannte nicht los. Ich drehte mich zu dem SA-Mann um und sah einen Anflug von Lächeln in seinem Gesicht. ›Sie halten sich nach der Sperrstunde außerhalb des Ghettos auf‹, sagte er. Ich erklärte ihm, ich sei stark. Ich könne arbeiten. Was er wolle? Ich blickte zu dem unfertigen ersten Stock seines Hauses hinauf und erklärte, ich sei Maurer, ich könne ihm helfen, damit sein Haus fertig wird. Er schüttelte den Kopf, nur ein bisschen, nicht richtig, sondern langsam, und sagte, die Bauarbeiten oben im

Haus würden von Zivilisten gemacht. Da sei nichts drin, das Risiko, dass sie mich meldeten, zu hoch für ihn.

Als er das sagte, sah ich zum ersten Mal die Möglichkeit, dass er mich vielleicht doch gehen lassen würde. Wenn er sich schon vorstellte, die zivilen Arbeiter würden mich melden, musste ich in seinem Kopf länger leben, als die paar Minuten, die ich da mit ihm auf der Straße stand. Ich wusste jetzt, es musste etwas geben, das ich ihm bieten konnte, damit er mich am Leben ließ. Was mochte er wollen, was konnte ich geben? Ich wusste es nicht, nur, dass ich mir schnell etwas ausdenken musste. Aber ich hatte nichts. Ich war gerade aus dem Ghetto entwischt, auf eine Eingebung hin, wie man das nennt. Ich sagte, ich könne etwas ums Haus herum machen, alles Mögliche, während er tagsüber bei der Arbeit war, ich sei stark, aber er lachte. Er sah, was hinter meiner Stirn ablief, die rasenden Gedanken, rasend, während mein Körper vor ihm stand. Mein Herz klopfte, wie bei einem Kaninchen. Er sagte, ich solle draußen warten, während er ins Haus ging, und ich sagte Ja. Was tun, rennen oder bleiben? Ich wusste es nicht. Jemand anderes hätte mich im Licht der Straßenlaterne warten sehen können. Ringsum war es immer noch ruhig, aber ich wusste nicht, ob das so bleiben würde. Ich wusste nicht, wie lange er wegbleiben würde. Was machte er da drinnen? Wenn ich da blieb und wartete und niemand anderes mich sah, und er wiederkam – was würde er dann machen? Der Mann hatte mir jeden Tag Guten Morgen gesagt, aber er konnte rauskommen und mich auf der Straße erschießen, ohne dass es irgendwelche Folgen für ihn hätte. Was war diesem SA-Mann ein ›Guten Morgen‹ wert?«

Was würde es kosten, festzustellen, an welcher Fakultät des Illinois Institute of Technology dieser Professor Border gelehrt hatte? Es kostete einen Zehn-Minuten-Anruf am nächsten Tag, um festzustellen, dass Henry S. Border in den Vierziger- und Fünfzigerjahren Professor für Psychologie gewesen war. Das konnte nicht der Mann sein, von dem Williams Freund aus Boston sprach. Dieser Border war ein Psychologe. Woran genau hatte er gearbeitet? Niemand am anderen Ende der Leitung in Chicago wusste das auf Anhieb. Warum auch? Der Mann hatte lange vor dem Computerzeitalter dort gearbeitet, sodass Adam online nicht viel über ihn erfahren würde. Jemand, den er aus dem psychologischen Institut ans Telefon bekam, bot ihm an, er dürfe gern kommen und Borders Akten einsehen, wenn er Zeit und Interesse hätte. Vor Ort sei leider niemand, der die Zeit habe. Natürlich nicht. Die Leute dort waren echte Wissenschaftler. Nur Adam hatte Zeit. Er hatte nichts anderes als Zeit.

Was hinderte ihn daran, nach Chicago zu fliegen und dem Illinois Institute of Technology einen Besuch abzustatten? Er konnte Montag gleich nach seiner Vormittagsveranstaltung zum Flughafen fahren. Wen würde es kümmern? Wer würde es auch nur bemerken? Adam stand mit seinem kleinen Koffer und dem gut verstauten Laptop an der Straße. Als hätte er einen Vortrag zu halten. Als bedeutete er etwas. Niemand, den er kannte, sah ihn. Es war kein Problem, ein Taxi anzuhalten, und ein indischer Einwanderer brachte ihn, ohne Fragen zu stellen, zum Flughafen. Er stand im Hudson-News-Laden in der Halle und schaute sich Zeitschriften an. Er schaute Feuerzeuge an, obwohl er nicht rauchte, schaute Kaugummi und Spielkarten an. Er kaufte einen Stift, den er nicht brauchte, eine *New York Times* und ein paar Erdnüsse.

Die Warteschlangen waren länger als gewöhnlich, langsamer, die Sicherheitskontrollen gründlicher. In New York herrschte immer noch Alarmstufe Orange. Oder war es inzwischen wieder Gelb? Er wusste es nicht und fragte sich, ob einer von den anderen es wusste. Was war schlimmer? Orange hatte mehr Rot, also musste es wohl schlimmer sein, dachte er. Auf dem Flug waren keine Flüssigkeiten erlaubt, nicht genug, um für irgendwas gut zu sein. Bevor du deine Beine unter den Sitz vor dir gestopft hattest, bekamst du dank dem Schuhbomber Gelegenheit, dich wegen löchriger, ausgeleierter oder nicht zusammenpassender Socken zu blamieren. Diana hatte ihn wegen des Gummizugs in seinen Socken gewarnt. ›Wir freuen uns, dass Sie United Airlines gewählt haben.‹ Sie flogen über hundert Ziele an, rein in die Insolvenz und wieder raus. In einer Maschine nach Chicago, ziemlich weit hinten, saß jemand, der einen akademischen Historiker verkörperte. Wer sollte das erkennen? Wer würde es anzeigen? Adam schlug die *Times* auf und versuchte, zu lesen. Es gab Artikel über die Türken, die Kurden, die USA und den Irak. Er las wieder und wieder dieselben zwei Sätze, um sich einzufinden, aber es gelang nicht.

Er dachte, er sei vielleicht hungrig. Er hatte Schwierigkeiten, seine Erdnüsse zu öffnen. Angewidert von sich selbst riss er das Päckchen schließlich gewaltsam auf, und einige Erdnüsse flogen vorwärts, als hätten sie es eiliger als Adam, nach Chicago zu kommen. Die Hände voller Salz, sah er sie fliegen und irgendwo notlanden. Er hatte keine Kinder. Seine Eltern waren schon lange tot. Er würde sich am Illinois Institute of Technology als Historiker von der Columbia University vorstellen, aber bald würde das nicht mehr wahr sein. Wann würde es nicht mehr wahr sein? Wie schnell flog das Flugzeug? Auf der anderen Seite des Gangs, eine Reihe weiter vorn, drehte ein Mann sich nach ihm und dem Rest seiner Erdnüsse um. Adam lächelte schwach. Er spürte Erdnusskrümel, die zwischen seinen Zähnen hängen geblieben waren. Was machte er hier, auf dem Weg nach Chicago, um die sechzig Jahre alte Arbeit eines unbekannten Psychologen aus dem Mittleren Westen zu erkunden, dessen Name ein bisschen ähnlich klang wie der, den ein alter Mann aus Boston irgendwann einmal auf einen Zettel geschrieben hatte? Es war absurd. Adam schaute auf seine salzigen Finger und dachte, Scheiße, ich hasse mich.

»Der SA-Mann kehrte auf die Straße zurück. Es kam mir vor, als hätte ich eine Stunde gewartet, aber in Wirklichkeit waren es nur ein paar Minuten. Ich weiß nicht, wie lange. Er blickte sich auf der immer noch leeren Straße um. Mit dem Finger winkte er mich ins Haus. Ich wusste nicht, was er vorhatte, aber ich tat, was er wollte. Ich hätte versuchen können, wegzurennen, aber wohin? Und sowieso, er hätte mir in den Rücken schießen können. Es war noch kalt um diese Zeit, und er trug einen Mantel. Vielleicht verbarg er eine Pistole darunter. Ich wusste es nicht.

Wir gingen hinein, er schloss die Haustür hinter sich und sagte, ich solle im Flur warten. Er ging weiter in ein Zimmer, vielleicht war es das Schlafzimmer, und machte die Tür zu. Ich lauschte, hörte aber nicht richtig, was er sagte. Es war eher wie ein lautes Flüstern zwischen ihm und einer weiblichen Person, seiner Frau. Nach einigen Minuten kam er allein wieder heraus. Er sagte mir, ich könne oben im Rohbau schlafen, aber am Tag müsse ich irgendwo anders hin. Ich dankte ihm, und dann holte er seine Frau. Sie sah mich an wie etwas, das sie noch nie gesehen hatte, ein fremdes Tier. Sie schien fasziniert zu sein. Vielleicht hatte sie sogar ein bisschen Angst vor mir. Ich weiß nicht. Es war nicht diese Verachtung wie bei den Wächtern, die uns vom Ghetto zur Arbeit brachten. Es war anders. Eine Art ängstliche Faszination. So würde ich's beschreiben. Ich nickte ihr zu, unsicher, ob ich ihr – oder auch ihm – die Hand geben sollte.

Er führte mich nach oben und sagte, er würde morgens nach mir schauen, damit ich auf jeden Fall vor Sonnenaufgang wach war. Ich müsse weg sein, bevor die Handwerker im ersten Stock zu arbeiten begannen. Dann tauchte seine Frau mit etwas Brot auf. Sie benutzten eine Leiter. Ich weiß nicht, was er ihr erzählt hat. Ich war mir nicht mal sicher, ob sie wusste, dass ich Jude war, aber so, wie sie mich ansah, dachte ich, sie wusste es. Vielleicht war es das erste Mal, dass die Realität dessen, was die Deutschen da machten, zu ihr durchdrang. Es war schwer vorstellbar, dass sie nicht wusste, was im Ghetto ein paar Straßen von ihrem neuen Haus entfernt mit uns passierte, aber vielleicht wusste sie es tatsächlich nicht. Sogar außerhalb des Ghettos hatten sie ein paar Polen, Nichtjuden, aufgehängt, und deren Nachbarn zuschauen lassen. Aber wenn sie das nicht gesehen hatte und niemand ihr was erzählte ...«

Adam Zignelik checkte in einem abgelegenen Hotel ein, einer Art Fernfahrerabsteige, die sich der Internetbeschreibung nach als nettes Hotel in der Innenstadt von Chicago ausgab, tatsächlich aber in einer gottverlassenen Gegend lag, die nach allem anderen als nach Innenstadt aussah. Die Website hatte gelogen. Ein paar Tage zuvor war das Illinois Institute of Technology ihm völlig unbekannt gewesen, nie davon gehört. Und jetzt bat er einen Taxifahrer, ihn dorthin, auf die South Side von Chicago zu bringen. Obwohl er wenig Zeit hatte, seine Umgebung zu betrachten, und in Gedanken mit der Sorge beschäftigt war, nicht wie ein Idiot auf den jungen Professor zu wirken, den er im Büro des psychologischen Instituts treffen sollte, konnte Adam nicht umhin zu bemerken, dass der Campus mit seiner ungewöhnlichen Vielfalt von Grünanlagen und Mischung von sehr alten und sehr neuen, teilweise fast ostentativ modernen Gebäuden anders war als er es je irgendwo gesehen hatte.

»Das ist Mies van der Rohe, so ein toller, toller Architekt«, schwärmte der junge Psychologieprofessor, der neben Adam aus dem Gebäude trat und ihn zur Galvin Library, der größten Bibliothek des Instituts begleitete. »Gönnen Sie sich eine Runde über den Campus, wenn Sie Zeit haben. Wir haben oft Besucher hier, nur wegen der Architektur. Es ist mir sehr unangenehm, aber ich muss dringend los. Es war mir ... Was wollten Sie noch mal sehen? Ach ja, die Border-Sachen, nicht wahr?«

Innerhalb von Minuten landete Adam in einem schlecht beleuchteten Untergeschoss mit einigen Kisten voller Akten und Papiere eines Psychologieprofessors, der fünfzig bis sechzig Jahre zuvor dort gearbeitet hatte. Allein, begann Adam am Sinn seiner Expedition zu zweifeln. Ohne recht zu wissen, was er tun sollte, zog er Stift und Notizbuch heraus und schrieb stichwortartig alles auf, was ihm an irgendwie interessanten Fakten in die Hände fiel, zugleich bemüht, die Stimme, seine eigene Stimme, die ihm in scharfen, schrillen Ausbrüchen sagte, er sei ein Scharlatan, aus seinem Kopf zu vertreiben.

So war das also ... Das Illinois Institute of Technology oder IIT, wie alle es zu nennen schienen, war erst 1939 aus der Zusammenlegung des Armour College und der Lewis-Universität entstanden.

Von Armour hatte Adam schon gehört. Eine bekannte Persönlichkeit oder Familie aus Chicago, ja, aber wer war das noch genau? Dann las er, das Armour College sei ein Vermächtnis der Chicagoer Armour-Schlacht-und-Fleischfabriken-Dynastie. Die Gelder der Lewis-Universität kamen aus Immobilienbesitz, Früchte eines der frühen Booms, die Chicago erlebt hatte.

Henry Border war mindestens seit der Zusammenlegung 1939 Professor in dem damaligen Fachbereich für Psychologie und Philosophie gewesen. Vor 1939 hatte er stundenweise an der Lewis gelehrt, deren Studenten aus Arbeiter- und/oder Einwandererfamilien stammten, überwiegend junge Männer, die aus verschiedenen Gründen, die in keinem der zeitgenössischen Dokumente spezifiziert wurden, nicht an der University of Chicago oder der Northwestern zugelassen worden waren. Border selbst hingegen hatte irgendwann in den Dreißigerjahren an der Northwestern promoviert. Adam las, er sei ein »Wundt-Schüler« gewesen. Wer zum Teufel war Wundt? Wundt, so entdeckte er, war der »Vater der experimentellen Psychologie«. Das klang beeindruckend. Wie kam dieser Wundt-Schüler dazu, stundenweise Arbeiter und Migranten an einer gerade erst entstehenden Universität im Mittleren Westen zu unterrichten? Wie weit ging das Interesse der dort eingeschriebenen Studenten an experimenteller oder sonstiger Psychologie? Aber ein »Wundt-Schüler« konnte Border nur in dem Sinne gewesen sein, dass er dessen Methoden folgte oder einer bestimmten Denkschule angehörte, denn Wundts berühmtes experimentalpsychologisches Labor hatte sich in Deutschland befunden, in Leipzig. Im Übrigen war Wilhelm Wundt 1920 gestorben, sodass er Borders Lehrer nur auf die gleiche Weise sein konnte, wie es auch der im siebzehnten Jahrhundert gestorbene Francis Bacon war. Was war das nur für eine peinliche Zeitverschwendung.

»Du bist so ein Idiot«, flüsterte Adam in sich hinein. »Du kannst nur froh sein, dass niemand sieht, wie du hier deine Zeit verschwendest.«

»Ich schlief ein, im ersten Stock, der noch nicht fertig gebaut war«, fuhr Mr Mandelbrot fort. »Die Kälte zog durch die offenen Fensterlöcher herein, aber ich war erschöpft und mir fielen sofort die Augen zu. Das Nächste, was ich sah, war der SA-Mann, der im Dunkeln über mir stand. Ich wusste nicht, wo ich war. Es war frühmorgens, noch vor Sonnenaufgang. Er schaute auf mich herab und sagte Guten Morgen. Er wollte mich wecken, bevor die Handwerker kamen und anfingen, da oben, wo ich geschlafen hatte, zu arbeiten. Er sagte mir, ich müsse gehen. Wenn ich den Tag überlebte, könne ich wiederkommen. Ich sagte ihm Guten Morgen.

Ich kletterte die Leiter hinunter und entfernte mich von dem Haus in die Straßen. Ich wusste nicht weiter. Ich dachte, ich sollte vielleicht ins Ghetto zurück. Meine Eltern, meine Familie hatten keine Ahnung, wo ich geblieben war, aber dann hörte und sah ich den Trupp, der aus dem Ghetto über die Straße zum Arbeitseinsatz geführt wurde. Ich versteckte mich, während sie unter Bewachung vorbeizogen, alle stumm, weil sie sonst geschlagen wurden. Ich schaute sie an und sah, wie ich am Tag zuvor ausgesehen haben musste. Was sollte ich tun?

Ich versteckte mich den ganzen Tag in den Straßen um das Ghetto und fragte mich, was ich tun sollte. Abends, als die Sonne untergegangen war und ich wusste, dass die zivilen Arbeiter nicht mehr da waren, ging ich zum Haus des SA-Manns und seiner Frau zurück. Tat ich das Richtige? Ich wusste es nicht. Jeden Tag wusste ich nicht, was von einer Minute zur anderen das Richtige war, aber noch zu leben bedeutete, du hattest das Richtige getan. Nur wissen konntest du das erst, wenn die Minute um war, und dann hattest du keine Zeit, dich zu beruhigen, du musstest an die nächste Minute denken. Ich hörte, dass sie begonnen hatten, die Juden von Dąbrowa Górnicza in ein anderes Ghetto, nach Sosnowiec, zu bringen. Womöglich war meine Familie schon weg oder würde am nächsten Tag geholt. Sollte ich versuchen, sie zu finden? Waren sie noch alle zusammen? Vielleicht war es zu spät, jemanden in Dąbrowa Górnicza zu finden. Würden sie mich nur wegen des Versuchs, wieder ins Ghetto zu gelangen, töten? So ging es fünf oder sechs Wochen lang, dass ich jede Nacht oben im Haus des SA-Manns schlief, bis er und seine Frau mich eines Tages zum Abendessen einluden.

Sie gaben mir einen Platz an ihrem Küchentisch. Er saß rechts, sie links von mir. Ich war in der Mitte. Ich erinnere mich an eine Tischdecke aus weißer Spitze. Darauf stand mehr zu essen, als ich je gesehen hatte, seit der Krieg ausgebrochen war. Hühnchen, Kraut, es gab alles. Sie sagten mir, ich solle essen. Am liebsten hätte ich alles verschlungen, aber ich fing langsam an, damit sie auch anfingen und nicht sahen, wie hungrig ich war. Im Ghetto war ich nur hungrig gewesen, jede Sekunde. Ich sah, wie die beiden sich anschauten, der Mann und die Frau. Immer wieder, als hätten sie mir etwas zu sagen, und dann sagte er es. Der erste Stock sei fast fertig, und diese Nacht würde meine letzte sein. Nach dem Essen konnte die Frau mir nicht ins Gesicht sehen.

Inzwischen hatten sie endgültig mit der Prozedur begonnen, die Menschen aus dem Ghetto von Dąbrowa Górnicza zu sammeln und alles, was noch lebte, diejenigen, die nicht an Hunger oder Krankheiten gestorben waren, nach Sosnowiec zu bringen. Ich dachte, dass meine Familie, wenn sie noch am Leben war, jetzt im Ghetto von Sosnowiec sein müsste. Sagen Sie es: Sosnowiec, Mr Lamont, Sie sind dran.«

»Sos-now-jetz.«

»Ich konnte die Nächte nicht länger im ersten Stock dieses volksdeutschen SA-Manns und seiner Frau verbringen und beschloss, mich nach Sosnowiec durchzuschlagen. Also machte ich mich auf die Reise. Durch meinen Vater, die Fleischerei, die wir zu Hause hatten, und durch meine eigenen kleinen Geschäfte kannte ich viele Bauern und Leute überall in den Dörfern der Umgebung. Es gab viele Ort, wo ich hingehen konnte, wo die Menschen, Polen –«

»Keine Juden?«

»Nein, keine Juden, natürlich nicht. Die Juden, sämtliche Juden in Polen, waren da schon irgendwo in Ghettos, oder sie versteckten sich oder waren tot. Das waren nicht jüdische Polen, einfache polnische Bauern, die ich kannte, aber ich schämte mich, so zu ihnen hinzugehen. Ich hatte nur die Kleider, die ich am Leib trug. Sie wussten, was mit den Juden passierte; manche waren traurig, manche freuten sich, es geschehen zu sehen, und anderen war es ziemlich egal, aber sie mochten mich. Ich konnte nicht allzu lange bei einem von ihnen bleiben, weil es gefährlich für sie war.«

»Warum?«

»Die Nazis brachten sie um, wenn sie Polen dabei erwischten, Juden zu helfen, und sie sorgten dafür, dass alle Polen es wussten. Ich beschloss, mich in das Ghetto von Sosnowiec einzuschmuggeln und meine Familie zu suchen. Vielleicht war das eine dumme Idee, aber ich wusste nie, was klug war oder dumm, und ich wollte meine Familie sehen. Es gab einen Stadtteil, einen Vorort von Sosnowiec, der Środula hieß. Den hatten die Deutschen ausgesucht, alle polnischen Christen evakuiert und Środula zu einem geschlossenen Ghetto für die Juden aus Sosnowiec und der ganzen Umgebung gemacht. Aber als ich dort ankam, waren die Deportationen schon seit einiger Zeit in Gang, schon seit einem Jahr oder noch länger, und man erzählte mir davon. Die SS, wissen Sie, was das ist?«

»Ich weiß … habe ich schon gehört, aber –«

»Die SS – das bedeutet *Schutzstaffel* – war die Elitetruppe des Naziregimes, noch zusätzlich zur regulären Armee, die für das Judenprogramm mit den Deportationen zuständig war. In bestimmten Abständen befahl die SS einer großen Gruppe Juden aus dem Ghetto, sich mit ihren Familien auf dem Marktplatz zu versammeln. Diese *Aktionen,* wie sie das nannten, wurden so lange wiederholt, bis keine Juden mehr im Ghetto waren. Jeder musste zur Selektion an einer Kommission vorbei, die ihn in eine von vier Kategorien steckte. Du konntest für Arbeit in einer Fabrik taugen, wo etwas Wichtiges für die deutsche Kriegsführung produziert wurde. Solche Juden blieben im Ghetto. Das war eine Kategorie. Du konntest als Sklavenarbeiter in ein Lager nach Deutschland verfrachtet werden. Das war eine andere Kategorie. Du konntest sonst wohin in ein Lager deportiert werden, oder du kamst in eine Kategorie, über die sie noch nicht entschieden hatten. Das waren die vier Möglichkeiten.

Sie können sich denken, Mr Lamont, wie die Familien dabei auseinander gerissen wurden. Die Leute versuchten aber, zusammenzubleiben, in eine andere Kategorie zu gehen, als sie sollten. Wenn das geschah, dass Menschen zur falschen Gruppe liefen, wurden sie vor den Augen der restlichen Familie, zu der sie hinwollten, erschossen. Die Leichen blieben einfach da liegen. Solche Aktionen dauerten manchmal bis Mitternacht.«

Tief in der Galvin Library des IIT in Chicago fand Adam einen Hinweis auf ein Chicago Psychological Museum. Was war ein psychologisches Museum, was hatte das mit Border zu tun, und warum zum Teufel sollte es einen Professor für die politische Geschichte des zwanzigsten Jahrhunderts kümmern? Es gab einen Artikel aus den *Chicago Daily News* vom 27. März 1944. Dr. Henry Border lud ein, das neu eröffnete Chicago Psychological Museum mit seinen »Exponaten und Vorführungen psychologischer Messgeräte für menschliches Sehen, Hören, Schmecken und Riechen« zu besuchen. Es gab etwas, das als »Wahrnehmungstests für Autofahrer« bezeichnet wurde. Das Museum befand sich in einer Sporthalle, dem Lewis Gymnasium am IIT. Border hatte es gegründet und fungierte als Kurator.

»Siehst du, Liebster, dein Psychologe hat die Instinkte und Neigungen eines Historikers«, hörte er Diana flüstern.

»Du klammerst dich an Strohhalme«, erwiderte er.

»Nein, der Mann war ein Sammler. Was auch immer dieses Museum gewesen ist, Border hatte erkannt, dass es wichtig war, die Methoden, Praktiken und Forschungsergebnisse seines Fachs, das sich mit dem menschlichen Verhalten in der Mitte des zwanzigsten Jahrhunderts beschäftigte, festzuhalten. Es verdiente historische Dokumentation.«

»Oh, ich verstehe. Und wenn ich gestorben bin, wirst du jemanden finden, der recherchiert, auf welche Weise ich hier recherchiert habe, um die letzte Verzweiflungstat eines demnächst arbeitslosen Historikers im frühen einundzwanzigsten Jahrhundert zu dokumentieren, ja? Du hilfst mir nicht gerade.«

»Doch, das tue ich.«

»Nein, das tust du wirklich nicht. Es hilft nichts, wenn du mich ermutigst, meine Zeit zu verschwenden und mich lächerlich zu machen.«

»Zeit ist etwas, so ungefähr das Einzige, was du tatsächlich hast. Und was das Lächerlichmachen betrifft, hast du es eben selber gesagt: Niemand sieht dich. Wer weiß schon, dass du hier bist?«

»Dieser junge Psycho-Prof und die Bibliotheksleiterin, die wissen es. Er hat ihr gesagt, dass ich hier bin, und mir gesagt, ich soll mich an sie wenden, wenn ich Fragen habe.«

»Wie heißen sie?«

»Er heißt Phil soundso. Den Nachnamen habe mir aufgeschrieben. Und sie, warte mal …«

»Du erinnerst dich nicht.«

»Es fing mit S an, klang etwas ungewöhnlich. Worum geht es dir? Ich verschwende meine Zeit.«

»Lies einfach weiter. Sie erinnert sich genauso wenig an deinen Namen, nicht mal daran, dass du hier bist. Vergiss das mit der Scham.«

Aber die Bibliotheksleiterin erinnerte sich sehr wohl, dass Adam da war, denn sie kam mit Papieren in der Hand auf ihn zu.

»Sind Sie Dr. Zignelik?«

»Adam, ja.«

»Phil Tolson sagte mir, dass Sie hier sind. Ich bin Sahera Shukri, die Bibliotheksleiterin.«

»Entschuldigung, Sahera, ich wollte mich gleich bei Ihnen vorstellen, aber ich …« Der Rest versickerte, während sie sich die Hand gaben.

»Oh, *ich* habe mich zu entschuldigen. Eigentlich wollte ich Sie ein wenig in die Bibliothek einführen, aber der Tag ist mir davongelaufen. Phil sagte, Sie sind Historiker an der Columbia.«

»Ja.«

»Und Sie interessieren sich für Henry Border?«

»Nun ja, möglicherweise, ja.«

»Wissen Sie, das ist nicht alles, was wir von ihm haben. Hier, in der Galvin Library, ist das im Augenblick alles, aber es scheint noch mehr zu geben, was noch nicht hier ist.«

»Wirklich?«

»Ja, Eileen Miller, die Dekanin des Psychologischen Instituts, sagte mir, irgendwo in ihrem Fachbereich müssten noch Aufzeichnungen von ihm sein, sie hat es nur noch nicht geschafft, zu sichten, was genau von ihm ist, und uns die Sachen rüberzuschicken. Und wie Sie sehen, haben wir noch nicht mal angefangen, richtig zu sortieren, was sie schon geschickt hat. Niemand hat gedacht, dass es besonders dringend wäre, daher fürchte ich, wir sind ein bisschen in Verlegenheit.«

»Oh, das brauchen Sie nicht zu sein, nicht meinetwegen. Wirklich! Wissen Sie viel über Borders Arbeit?«

»Nein, fast gar nichts. Da sind Sie sicher besser informiert als ich. Aber Eileen müsste mehr darüber wissen, als irgendjemand sonst hier. Haben Sie mit ihr gesprochen?«

»Noch nicht, Phil Tolson meinte, sie sei erst morgen wieder da. Ich habe keinen guten Zeitpunkt gewählt. Ich bin sozusagen spontan hergekommen.«

»Nun, ich habe hier noch etwas, das vor einiger Zeit mit der Post kam, von einer ehemaligen Kollegin, die lange in der Bibliothek gearbeitet hat, und Ihr Besuch hat mich daran erinnert.«

»Ja?«

»Der Onkel meiner Kollegin war in den Fünfzigerjahren am IIT beschäftigt und ist kürzlich verstorben. Beim Aufräumen seines Speichers sind ihr ein paar alte IIT-Rundschreiben in die Hände gefallen. Ich glaube vom Anfang der Fünfziger. Sie müssen sie sich ansehen. Auf diesem hier steht 1951. Es ist ein bisschen was über Border und ein Psychologisches Museum drin. Ich wollte es schon die ganze Zeit zu dem Stapel legen. Ihr

Besuch hat mich daran erinnert, es mit runterzubringen. Wollen Sie mal reinschauen? Ich lasse es Ihnen gerne da, wenn Sie es nachher einfach dazulegen würden. Ich muss leider gleich weg. Hat mich gefreut, Sie kennenzulernen. Ach, übrigens, ich mag Ihren Akzent. Sind Sie Brite?«

»Nein, meine Mutter war Australierin. Mein Vater ist New Yorker. Der Akzent kommt von meiner Mutter.«

»Klingt wunderschön. Viel Glück, Adam. Ich hoffe, Sie finden, was Sie suchen.«

»Wie immer wusste ich nicht, was ich tun sollte. Wenn ich ins Ghetto ging, um dort zu leben, konnte ich in eine Aktion geraten, aber ich wollte meine Familie finden. Ich hatte eine Chance, für die Arbeit in einer Fabrik der Umgebung selektiert zu werden, aber genauso gut konnte ich in einer der anderen Kategorien landen. Ich beschloss, zu versuchen, außerhalb des Ghettos zu leben und mich damit durchzuschlagen, Sachen rein- und rauszuschmuggeln. Die Menschen drinnen waren immer hungrig. Es gab nie genug zu essen. Nie. Je verzweifelter sie was zu essen brauchten, umso eher waren sie gewillt, Dinge aufzugeben, die sie ins Ghetto mitgenommen hatten.«

»Wie Anziehsachen oder so was?«

»Ja, Kleidung, eine Uhr, Kinderspielzeug, irgend so was. Ich brachte diese Dinge aus dem Ghetto raus und –«

»Sie haben geschmuggelt?«

»Ja, ich schmuggelte sie raus und verkaufte sie an Leute, mit denen mein Vater und ich früher in der Gegend, in den Dörfern zu tun hatten. Ich bekam Geld. Ich bekam Essen, das ich ins Ghetto schleusen konnte. Das war es, was ich machte.«

»Und Ihre Familie?«

»Meine Familie? Als ich nach Środula kam, ins Ghetto von Sosnowiec, waren sie da nicht. Was ich dringend für draußen brauchte, waren ein paar gute Sachen zum Anziehen, nicht solche Fetzen oder altes Zeug.«

»Warum?«

»Ich konnte mich auf der Straße ja nicht unsichtbar machen, und wenn Leute mich sahen, mussten sie glauben, ich sei Pole.«

»Ein Christ?«

»Ja. Ich nahm es mir von dem, was andere Juden, die schon verschwunden waren, zurückgelassen hatten, da bekam ich ein paar ordentliche Kleidungsstücke statt der verschlissenen Lumpen, in denen ich seit Dąbrowa Górnicza jeden Tag herumgelaufen war, und sogar eine Aktentasche. Wenn ich damit gesehen wurde, fiel ich nicht auf. So habe ich das eine Weile gemacht, Sachen aus dem Ghetto geschmuggelt, bis ich eines Tages an einer Straßenbahnhaltestelle außerhalb des Ghettos stand.«

»In Sosnowiec?«

»Ja, das war in Sosnowiec. Ich musste ungefähr vier Stationen fahren und dann noch ziemlich weit zu Fuß. Ich war schon aus dem Ghetto raus, stand herum und wartete auf die Straßenbahn. Ich sah nach links, sah nach rechts und versuchte, wissen Sie, niemandem irgendwie verdächtig vorzukommen. Auf der anderen Seite, gegenüber der Haltestelle, war so etwas wie ein kleiner Hügel. Plötzlich fängt mein Blick einen anderen Blick, wir sind Auge in Auge, ich und jemand, der über den kleinen Hügel hinweg zu mir herüberschaut. Ich wusste, wer das war. Es war der Junge aus Ząbkowice. Er war älter geworden und jetzt in Sosnowiec, aber ich wusste sofort, es war der, den ich damals verhauen hatte, weil er mich Jude schimpfte. Wir sahen uns in die Augen, wahrscheinlich beide mit derselben Erinnerung. Er hatte mich erkannt, wegschauen machte also keinen Sinn. Ich musste den Blick halten, direkt zurückstarren, in der Hoffnung, die Erinnerung würde ihn verscheuchen. Wer weiß, was in den Jahren alles passiert war, seit ich ihn vor den anderen Jungen zum Schweigen gebracht hatte. Er starrte und überlegte, ich starrte und überlegte, ungefähr zwei oder drei Minuten lang. Dann verschwand er. Ich dachte, ich hätte ihn vielleicht mit meinem Blick und der heraufbeschworenen Erinnerung vertrieben, aber trotzdem wünschte ich mir inständig, die Straßenbahn würde kommen und mich mitnehmen. Inzwischen hatten sich mehr Leute an der Haltestelle versammelt, ich glaubte schon, ich könnte mich darunter mischen, aber innerhalb von höchstens fünf Minuten tauchte ein hochgewachsener, gut angezogener Mann hinter dem Hügel auf. Er hatte einen großen Hund bei sich, und dahinter folgte mein Schulkamerad mit den schnurgeraden Haaren. Der Mann steuerte, begleitet von dem Hund, mitten durch die Menge auf mich zu. Ohne einen Blick für die anderen, sagte er auf Deutsch, ich sei verhaftet.«

»War das ein Soldat?«

»Nein, Zivilist.«

»Konnte der Sie denn verhaften, ein Zivilist?«

»Er war Deutscher, ich war Jude und ich war außerhalb des Ghettos erwischt worden, ohne den Judenstern, den wir tragen mussten. Wäre der Hund nicht gewesen, wäre ich weggerannt. Aber der Hund war riesig. Der Mann brachte mich zur Polizei.«

»Der deutschen?«

»Ja. Deutsche Kriminalpolizei. Sie brachten mich in einen Verhörraum, um herauszufinden, wie lange ich schon außerhalb des Ghettos war und vor allem, wo ich mich versteckt hatte. Hätte ich ihnen von den Bauern erzählt, all den Leuten, die ich von früher kannte, die mir erlaubt hatten, in ihrem Stall, auf ihren Höfen oder Grundstücken zu bleiben – sie hätten jeden einzelnen getötet. Also sagte ich nicht, wer mir Schutz geboten hatte. Sie befahlen mir, mich bis auf die Unterwäsche zu entkleiden und mit ausgestreckten Beinen auf den Boden zu setzten. Sie nahmen zwei Stöcke und steckten sie mir so zwischen Ellbogen und Knie, dass ich, den Kopf nach unten, wie ein Halbkreis gebogen war. Dann schlugen sie mich.«

Sahera Shukri, die Bibliotheksleiterin des IIT, ließ Adam mit den Papieren vom Speicher des verstorbenen Onkels ihrer Kollegin allein. Er sah sie weggehen und wünschte sich, er hätte etwas, wo er hinmüsste. Er wusste nicht, ob er mit dem Stapel, in den er sich schon vertieft hatte, bevor sie kam, weitermachen, oder erst einen Blick in den neuen werfen sollte, der kleiner war. Er entschied sich für den kleineren, weil er schneller auf ein kleines Erfolgserlebnis hoffen ließ. Das war seine Begründung, die einzige.

Die ersten paar Seiten betrafen das Psychologische Museum, Dinge, die er schon gelesen hatte, aber dann kam etwas, das ihm neu war. Ein IIT-Rundschreiben aus dem Jahr 1947. In einem von Border geschriebenen Artikel ging es um eine Expedition, die er im Rahmen seiner Forschungsarbeit unlängst nach Europa unternommen hatte. Die Forschungsreise, hieß es da, sei Grundlage für seine gegenwärtige Arbeit gewesen, insbesondere einen Aufsatz mit dem Titel »Der Adjektiv-Verb-Quotient: Eine Untersuchung der Sprachmuster von *Displaced Persons*«. Wer waren diese ›Displaced Persons‹, von wo waren sie verschleppt oder vertrieben worden? Konnte dies die Quelle des Interviews sein, von dem William McCrays alter Freund, der Kriegsveteran aus Boston, sprach? Nach einer kurzen Recherche in einer anderen Abteilung der Galvin Library wusste Adam, dass posttraumatische Belastungsstörungen erst seit 1980 offiziell als psychische Erkrankung anerkannt wurden. Die Zeit ihrer Aufnahme in das maßgebliche Diagnosehandbuch hatte vor allem mit den damals so häufig berichteten Erfahrungen von Vietnamveteranen zu tun. Aber was für eine Forschung hatte Border Mitte der Vierzigerjahre betrieben?

»Mir war klar, ich musste ihnen etwas geben, also sagte ich, ich würde ihnen erzählen, wo ich mich versteckt hätte. Aus meiner Jugend, als ich das Vieh zu meinem Vater bringen musste, kannte ich die Gegend, die Straßen, die Abkürzungen von den Bauernhöfen durch die Felder, und ich wusste, dass es eine alte Burgruine gab. Dort hatte ich so gern einmal mit einem Mädchen hinwollen, aber nie eine Gelegenheit dazu gehabt. Jetzt konnte ich versuchen, sie auf eine Art zu nutzen, an die ich nicht im Traum gedacht hätte. Es war ein ziemlich weiter Weg von Sosnowiec, aber ich hoffte, sie notfalls zu finden. Ich war nie mehr bei den Ruinen gewesen, trotzdem sagte ich der Polizei, das sei der Platz, wo ich mich versteckt gehalten hätte. Sie glaubten mir nicht. Sie brachten mich wieder in die Zelle und ließen mich dort.

Wenn Sie mich heute hier in diesem Zimmer sehen, mögen Sie vielleicht nicht glauben, dass ich jemals einundzwanzig war, aber so jung war ich damals. Und ich saß in meinem eigenen Land im Gefängnis, nur weil ich als Jude auf die Welt gekommen war. Zum Zeitpunkt meiner Geburt war das nicht so schlimm gewesen, kein wirkliches Verbrechen, höchstens ein bisschen manchmal, aber jetzt war es ein Kapitalverbrechen. Ich wusste nicht genau, wo meine Familie war, und ich war von der Kriminalpolizei geschlagen worden, weil ich die Leute, die mir geholfen hatten, nicht verraten wollte. Nach vier Tagen holten sie mich wieder zum Verhör. ›Wer hat dich versteckt?‹ Ich sagte, ich hätte ihnen die Wahrheit schon gesagt. Ich hätte mich in den Ruinen einer alten Burg versteckt. Ich sagte: ›Ich könnte Sie hinführen und es Ihnen zeigen, dann würden Sie sehen.‹ Auch das war riskant für mich, weil ich fürchten musste, dass sie sich tatsächlich hinführen ließen. Und dann, Mr Lamont, hätten sie gesehen, dass da nichts war, keine Spur von einem Menschen, der sich dort aufgehalten hätte; kein Fitzelchen Essen oder Anzeichen eines Lebens. Es sei denn, natürlich, irgendein anderer Jude hätte sich dort versteckt, aber zwei Juden auf einmal mit so viel Glück, das gab es in Polen damals nicht. Und dann, wenn sie mir nicht glaubten, hätten sie mich einfach dort, auf den Feldern, erschießen können. Ja, warum nicht? Aber sie wollten den weiten Weg nicht machen oder hatten mir von vornherein nicht geglaubt. Diesmal schlugen sie mich nicht, sie warfen mich nur wieder in die Zelle. Nach ein oder zwei Tagen wurde ich ins Gestapo-Hauptquartier gebracht. Ich weiß noch, ein Auto hat mich abgeholt. Ich war immer noch in Sosnowiec.«

»Was war die Gestapo, auch deutsche Polizei?«

»Ja, die Geheime Staatspolizei. Sie brachten mich ins Hauptquartier, und dort stellten sie mir dieselben Fragen. ›Wo hast du dich versteckt, und wer hat dich versteckt?‹ Ich sagte dasselbe wie bei der Kriminalpolizei. Ich hätte in einer alten Burgruine auf den Feldern gelebt. Ich könne ihnen zeigen, wo. Sie glaubten mir nicht, und auch sie schlugen mich. Sie schlugen mir einen Gewehrkolben ins Gesicht. Ich wiederholte, was ich gesagt hatte, aber es interessierte sie nicht. Das Blut floss gerade herunter mitten durch mein Gesicht, von hier oben bis zum Kinn. Sie schlugen immer wieder auf dieselbe Stelle, und nach mehreren Stunden schleppte die Gestapo mich in einen Wagen. Sie transportierten mich in ein Gefängnis. Ich weiß noch, ich sehe es vor mir, an der Ostrogórska-Straße. Sie brachten mich in den dritten Stock des Gebäudes und steckten mich in eine Zelle mit sechs Juden und zehn Polen drin; sechzehn Menschen in einer Zelle. Die Polen, das waren meistens Ältere. Die Juden waren eher in meinem Alter. Als ich die gleichaltrigen Juden sah, fingen wir sofort an, uns gegenseitig auszufragen, wer vielleicht irgendwelche Neuigkeiten hatte, was unsere Familien betraf, irgendwelche Hinweise.«

»Wussten Sie, wo Ihre Familie zu der Zeit war?«

»Meine Eltern«, seufzte Mr Mandelbrot, »die waren vermutlich schon dort, wo ich bald hingeschickt wurde.«

»Wohin war das?«

»Nach Auschwitz.«

»Was ist Oschwitz eigentlich genau?«

»Auschwitz.«

»Osch-witz.«

»Auschwitz.«

»Ausch-witz.«

Mr Mandelbrot nickte seinem Schüler bestätigend mit halb geschlossenen Augen zu.

»Und was ist es genau?«, fragte Lamont leise.

»Das hier«, sagte Mr Mandelbrot, und klopfte mit zwei Fingern auf die eintätowierte Nummer an seinem linken Unterarm, »das, was Sie so angestarrt haben, das ist Auschwitz.«

Wieder bei dem ersten, dem größeren Stapel, fand Adam Förderanträge zugunsten einer Forschungsreise nach Europa, die Henry Border an zahllose Finanzierungsorganisationen verschickte hatte, manche schon auf 1945 datiert. Es sah so aus, als hätte Border versucht, nach Europa zu gelangen, sobald der Krieg dort zu Ende war. Die vielen Anträge und Ablehnungsbescheide ließen keinen Zweifel, dass Border mit der Sache nicht recht vorwärts kam, aber trotzdem daran festhielt. Antrag um Antrag machte er einfach weiter. Irgendwie hatte er es 1946 offenbar geschafft. Adam konnte sich keinen Reim darauf machen. Es schien absurd, dass Border für sein Interesse an linguistischen Untersuchungen, etwas, das er den ›Adjektiv-Verb-Quotienten‹ nannte, 1946 die lange Reise von Chicago in das jüngst befreite, kriegsverheerte Europa unternahm, nur um dort Daten für seine Hypothese über die relative Häufigkeit des Gebrauchs von Verben und Adjektiven bei »seelisch erschütterten« Menschen zu sammeln. Etwas stimmte nicht an diesem Bild. Was waren das für Menschen, die er befragen wollte? Und wer zum Teufel war Henry S. Border?

»Du musst mit dieser Eileen Miller vom Psychologischen Institut reden. Du musst die anderen Schriftstücke sichten. Du musst länger bleiben«, flüsterte Diana. Aber Adam hatte seinen Rückflug nach New York für den nächsten Morgen gebucht. Die Lichter mochten über Nacht an bleiben, doch die meisten der acht Millionen Menschen, die dort lebten, würden versuchen, etwas Schlaf zu finden. Viele wollten nicht einschlafen. Manche konnten es nicht. Sie würden tun, was sie glaubten, tun zu müssen, um bis zum Morgen durchzuhalten. Einer von ihnen saß unter der Neonröhre in der Küche der Co-op-City-Wohnung seiner Großmutter in der Bronx und führte Selbstgespräche. Keiner von ihnen würde etwas davon merken, wenn Adam Zignelik seinen Flug umbuchte.

»Du musst länger bleiben«, flüsterte Diana. »Du weißt es.«

Lamont Williams Großmutter wachte mitten in der Nacht auf, hörte etwas, ein dumpfes Geräusch. Sie warf einen Blick auf die Digitaluhr und sah, es war 2:47. Sie hatte sich einen erholsamen Schlaf gewünscht. Ihre Enkeltochter würde sie in ein paar Tagen zum Mittagessen ausführen. Sie freute sich immer auf diese Essen und wollte gut ausgeruht sein, aber irgendetwas hielt sie wach. Das Geräusch, das sie hörte, war die gedämpfte Stimme eines Mannes, der mit sich selber redete. Es war ihr Enkelsohn. Er sprach leise, teils in einem bestimmten Rhythmus, einzelne Wörter, von denen sie die meisten nicht verstand, und was sie verstehen konnte, verstand sie trotzdem nicht, als wären es Wörter aus einer Sprache, die er ihres Wissens gar nicht sprach. Er sagte sie auf wie eine Art Beschwörung. Sie zog ihren Morgenmantel über und öffnete die Schlafzimmertür, um besser zu hören, was ihr Enkelsohn mitten in der Nacht zu sich selbst sagte. Würde sie für ihn Hilfe brauchen? Vielleicht konnte sie Michelle endlich dazu bringen, ihr mit dem Jungen zu helfen. Er war jetzt draußen. Er hatte eine Arbeit; er war der Gesellschaft nichts schuldig geblieben. Was um Himmels willen redete er da? Schlimme Dinge sollte man am besten so früh wie möglich wissen, so hart es auch sein mag. Das verkürzt den Schmerz. Hatte er im Gefängnis eine neue Sprache gelernt? Das wäre ein gutes Zeichen. Aber konnte man das überhaupt? War es eine Art Entspannungsübung? Auch das wäre gut. Bitte lass es *das* sein, murmelte sie in sich hinein.

»Am 15. Dezember 1922 in Olkusz geboren. Sein Vater war Fleischer«, sagte Lamont Williams, während er Senecas gefrorenen Apfelsaft aus einer Teetasse schlürfte.

Wessen Vater war Fleischer? Wer war 1922 geboren, wunderte sich seine Großmutter. Sie hörte ihn noch einen Schluck trinken und die Tasse abstellen.

»Ol-kusz. Zab-ko-witze. Dombro-wa Gur-nitscha. Volksdeutsche. Sos-now-jetz. Sosnowiec.«

Nahm er jetzt Drogen, fragte sie sich. War er bekifft? Was im Himmel redete er da? So leise sie konnte, schlich sie durch den Flur, am Schrein mit den Familienfotos einschließlich dem ihrer damals zweieinhalbjährigen Urenkelin vorbei, und lauschte seinem vom Brummen der Neonröhre und des Kühlschranks begleiteten Flüstern.

»Dom-bro-wa Gur-nitscha … Dąbrowa Górnicza.«

Es war kurz nach drei Uhr morgens in Co-op City, der Bronx. Lamont Williams, der Neue, noch auf Probe beim Gebäudeservice, ein ziemlich stiller Bursche, etwas nervös, saß in der Küche seiner Großmutter unter der Neonröhre und führte leise Selbstgespräche. Vorsichtig strich er mit zwei Fingern über seinen linken Unterarm. Seine Großmutter hielt sich im dunklen Flur mit einer Hand den Morgenmantel zu und versuchte ihren Enkel zu verstehen. Was war nur mit ihm los? Er sprach seltsam flüsternd. Sie wollte schon beten, um ihn zu verstehen.

»Sos-now-jetz. Sosnowiec. SS Schutz-staffel. Osch-witz. Auschwitz.«

Sechster Teil

Der Ober rückte den Stuhl für sie heraus und schob ihn, als sie sich setzte, wieder näher an den Tisch. Dann machte er das Gleiche für Michelle. Das passierte ihr sonst nie, nur wenn sie von ihrer Enkeltochter eingeladen wurde. Wahrscheinlich, vermutete sie beobachtend, wie der Ober Michelles Stuhl nach innen schob, passierte es Michelle die ganze Zeit. Diese Diskrepanz in ihren jeweiligen Erfahrungen störte sie nicht. Im Gegenteil, es erfüllte sie mit Stolz zu sehen, welche Aufmerksamkeit der Ober ihrer Enkeltochter schenkte. Michelle hätte Model oder Schauspielerin werden können, hatte sie ihr immer gesagt. Doch sie hatte nie Wert darauf gelegt, Aufmerksamkeit zu erregen. Wenn andere ihr Komplimente für ihr Aussehen machten, war es ihr peinlich. Das war keine Errungenschaft, für die sie hart gearbeitet hatte, wie etwa für gute Noten – die sie bekam, die ihr aber nirgends auch nur annähernd so viel Lob einbrachten.

Am College waren die Männer, die sich am ehesten mit ihr verabreden wollten, immer die geistlosen und seichten gewesen, ohne wirkliches Interesse an ihrer Person oder an dem, was sie über Dinge dachte, und sie dachte eine Menge über vieles. Sensible Männer, so hatte sie es stets empfunden, waren eingeschüchtert von ihrem Aussehen, hielten einen Korb für so wahrscheinlich, dass sie sich, so schön es auch wäre, von vornherein als Versager fühlten und sie lieber aus der Ferne bewunderten. Solche Männer suchten sich Frauen, die gerade mal eine Spur hübscher waren als gewöhnlich, und heirateten die erstbeste, der sie näher kamen, als die Musik plötzlich verstummte und das College vorbei war. Allein zu Hochzeiten geladen, bewunderten Paare überschwänglich, wie schön Michelle doch sei, und brachten sie dadurch in Verlegenheit, ohne im Traum daran zu denken, dass sie Einsamkeit genauso gut kannte und als genauso schlimm erlebte, wie sie selbst.

Eine glänzende Studentin, schloss sie mit einem Master in Sozialarbeit ab, weil Helfen ihr immer als das Beste erschienen war, was sie im Leben machen konnte. Sie bekam eine Stelle, wo sie genau das tat: sich um Menschen kümmern, die Hilfe brauchten, und andere lehren, das Gleiche zu tun. Sie kleidete sich unauffällig, sowohl für ihre Kollegen als auch für die Klienten, doch ihr gutes Aussehen entging weder der männlichen noch der weiblichen Klientel, wenngleich es unterschiedliche Gefühle weckte. Im Kreis ihrer Kolleginnen und Kollegen war sie sehr beliebt und angesehen, aber auch dort hatte es anfangs Probleme gegeben. Die Frauen, argwöhnisch ob ihrer Motivation, im Sozialdienst zu arbeiten, mussten erst überzeugt werden, wären doch die meisten von ihnen, hätten sie ausgesehen wie Michelle, gewiss nicht Sozialarbeiterin mit einem relativen Hungerlohn geworden. Diese Sorte Argwohn ging den männlichen Kollegen ab, doch dafür lag ihr wunder Punkt in dem Missverständnis, die Freundlichkeit einer so attraktiven Frau wie Michelle für mehr zu halten, als es war.

Seit etwa einem Jahr allerdings fragte sie sich, ob sie nicht den falschen Beruf gewählt hatte. Grenzenloses Mitgefühl kann man von niemandem erwarten, erst recht nicht gegenüber Menschen, die deinen Rat oft nicht einmal befolgen. Michelle musste sich bremsen, nicht ihnen selbst die Schuld zu geben. Als sie noch studiert hatte, war es so viel einfacher gewesen, die Geschichte, die Gesellschaft und das Diktat der freien Marktwirtschaft, die Regierung, die Stadt und den Rassismus verantwortlich zu machen. Jetzt konnte es sie ihre ganze Selbstbeherrschung kosten, die Leute nicht zu schütteln, wenn sie wieder und wieder mit denselben Problemen kamen. Wie oft ging sie mit Charles, ihrem Ehemann, zu Essenseinladungen in Westchester, Brooklyn Heights oder Park Slope, wo sie mit liberalen Universitätskollegen, weißen und schwarzen, Latinos und Asiaten am Tisch saßen, Akademikern, die sie um ihre Fähigkeit beneidete, immer noch genauso zu denken, wie sie selbst als Studentin gedacht hatte. Bei diesen Gelegenheiten triumphierte die Theorie über die Praxis, und Michelle beneidete die anderen darum, dass sie die Zeit zu haben schienen, wissenschaftlich fundierte Argumente zur Untermauerung ihrer seit jeher vertretenen Ansichten zu suchen.

Trotz alledem arbeitete sie an sich selbst, bemüht, einen freundlichen Umgang mit Menschen zu bewahren, sowohl beruflich als auch im Privatleben. Das war es, was sie veranlasste, ihre Großmutter an einem Samstagmittag zum Essen einzuladen. Sie gingen an einen Ort, wo sie früher manchmal, bei besonderen Anlässen, mit der ganzen Familie gewesen waren: in ein Steakrestaurant downtown, nahe dem Union Square, wo die beiden seit den nun fernen Zeiten, als Michelle ein kleines Mädchen gewesen war, schon viele Male ihr »besonderes« Essen eingenommen hatten.

»Wollte Sonja nicht mit?«, fragte Michelles Großmutter vorsichtig.

»Machst du Witze, Grandma? Und wie sie wollte, unbedingt! Ich hab sie nicht gelassen. Sie hatte schon Fußball heute Morgen und muss dringend lernen, sie schreibt Montag eine Arbeit und Mittwoch kommt die nächste. Glaub mir, sie wollte dich wirklich sehen, wir hatten sogar Streit deswegen. Sie war besonders sauer, dass sie nicht mitdurfte, weil wir ein kleines Geschenk für dich besorgt hatten, und es ihre Idee gewesen war.« Bei ihrem letzten Treffen in der Stadt war Michelles Großmutter ohne Schirm von zu Hause weggegangen, und als es plötzlich in Strömen zu regnen begann, hatte sie keine andere

Wahl gehabt, als gegen ihren New Yorker Instinkt den nächsten billigen Regenschirm zu kaufen, den ein geschäftstüchtiger afrikanischer Immigrant ihr wie herbeigezaubert in die Hand drückte. Sie wusste, dass dieser Schirm nicht lange halten würde, und tatsächlich war er dem Wind schon beim allerersten Einsatz erlegen. Darum hatte Michelle, bevor sie ihre Großmutter in dem Steakrestaurant traf, bei einem speziellen Schirmgeschäft an der East 45th Street gehalten und ihr – als angebliches Geschenk von Sonja – einen echten Guy de Jean mit glänzendem schwarzem Holzgriff, einer Art Hahnentrittmuster in Dunkelgrau und, zur Zierde, einem rundum laufenden Motiv von Scottish Terriern mit knallroten Fliegen am Hals gekauft.

Michelle war sich der finanziellen Lage ihrer Großmutter umso mehr bewusst, als ihr Cousin seit seiner Entlassung aus dem Gefängnis wieder bei ihr wohnte. Sie wusste, die Haushaltskosten ihrer Großmutter mussten sich, ohne einen entsprechenden Anstieg des Einkommens, mit einem Schlag dramatisch erhöht haben. Michelle nahm nicht an, dass Lamont in der Lage war, irgendetwas beizusteuern, auch wenn er, wie ihre Großmutter stolz erzählte, einen Job beim Gebäudeservice in einem Krankenhaus bekommen hatte. Aber es war schwierig, ihr Geld zu geben, ohne sie in Verlegenheit zu bringen.

Das Einfachste wäre gewesen, ihr, wenn sie gerade abgelenkt war, einen Scheck oder, besser noch, ein paar Scheine in die Handtasche zu stecken, aber das wollte Michelle nicht so gern, weil ihre Großmutter auf jeden Fall wissen sollte, dass zusätzliches Geld da war, um ihr in der nächsten Woche oder dem nächsten Monat über die Runden zu helfen. So war sie auf die Idee gekommen, ihr ein Geschenk von Sonja mitzubringen und kommentarlos etwas Bargeld in den Umschlag mit der Begleitkarte zu legen.

»Oh, du meine Güte, wie schön!«, sagte ihre Großmutter, während sie den Regenschirm am Tisch des Restaurants von allen Seiten anschaute. Sie beugte sich vor, um ihre Enkelin zu küssen. »Das wäre wirklich nicht nötig gewesen«, sagte sie, Sonjas Karte öffnend. »Liebe Nanny«, stand da, »ich hoffe, der Regenschirm gefällt Dir. Ich wollte ihn Dir selber geben, weil es meine Idee war, aber Mom hat es nicht erlaubt, wegen meiner Arbeiten und Fußball. Schade. Hoffentlich sehe ich Dich bald. Küsschen, Sonja.« Dann entdeckte Michelles Großmutter das Geld hinter der Karte im Umschlag.

»Also, bevor du etwas sagst«, kam Michelle ihr zuvor, »Charlie und ich, wir wissen, dass es für dich wohl etwas schwieriger geworden ist, jetzt, wo Lamont wieder bei dir wohnt, und wir dachten einfach, weißt du, da wir es können, wollten wir versuchen –«

»Chelle, er macht seine Sache wirklich gut.« Sie benutzte den Kosenamen, den ihr Cousin ihr früher gegeben hatte, was ihrer Enkeltochter nicht entging.

»Das freut mich, Grandma.«

»*Richtig* gut. Sie sagen schon was von Sonderaufgaben für ihn.«

»Wie schön.«

»Er hofft immer noch, seine kleine Tochter sehen zu können, aber … Ich will ihm seine Hoffnung nicht kaputt machen, weil ich glaube, das könnte … er braucht sie vielleicht, um morgens aufzustehen.« Sie schaute halb in die Ferne und lenkte ihren Blick wieder auf den Schirm, dann auf Michelle.

»Was meinst du, ob er sie findet? Könntest du … sind das nicht Sachen, die du … wirst du dich mit ihm treffen? *Triff* dich doch wenigstens mal mit ihm.« Sie nahm Michelles Hand.

»Mache ich, Grandma.«

»Wirklich?«

»Bestimmt.«

»Tust du's auch?«

»Ja.«

»Wann?«

»Ich weiß nicht. Im Moment kann ich nicht.«

1945, gleich nach dem Kriegsende in Europa, aber noch bevor der Krieg im Pazifik vorüber war, vor den Atombombenabwürfen auf Hiroshima und Nagasaki, begann ein kaum bekannter Professor vom Illinois Institute of Technology auf der South Side von Chicago, ein Psychologe namens Henry S. Border, mit unermüdlichem Eifer eine schier endlose Serie von Förderungsanträgen zu verschicken, um ins Herz des von Alliierten besetzten Europas zu gelangen. Warum? Auf Spurensuche in der Galvin Library des IIT erfuhr Adam Zignelik aus einem Universitätsrundbrief von 1947, dass Borders bekundetes Interesse darin bestand, Daten von »Displaced Persons« zu sammeln, um seine Forschung über den, wie er es als Psychologe nannte, »Adjektiv-Verb-Quotienten« voranzubringen. Borders zumindest vorläufige Hypothese war die, dass die Häufigkeit, mit der »seelisch erschütterte« Menschen Adjektive und Verben gebrauchen, in einem anderen Verhältnis zueinander steht, als bei nicht »seelisch erschütterten« Menschen.

Egal, wie stichhaltig oder signifikant diese Hypothese war, Adam hatte keine Schwierigkeiten, sich vorzustellen, dass der Psychologe Henry Border sie ernst nahm. Schließlich, dachte er, war dies die Sorte Forschung, die einen Psychologen reizen konnte. Wie es schien, hatte Border sogar einige seiner Studenten Arbeiten zu dem Thema schreiben lassen. Aber in den USA, in Chicago, ja sogar vor der Haustür des Illinois Institute of Technology auf der South Side gab es jede Menge »seelisch erschütterter« Menschen, für die Border sich nicht in all die Schwierigkeiten und Ausgaben einer Reise nach Europa hätte stürzen müssen.

Aus den zahlreichen erfolglosen Förderungsanträgen, in denen Border um finanzielle Unterstützung für sein Vorhaben in Europa bat, und aus der Tatsache, dass er in einem Artikel des IIT-Rundbriefs von 1947 persönlich berichtete, schließlich dort gewesen zu sein, ging klar hervor, dass diese Reise damals das wichtigste Ziel gewesen war, das er sich als Forscher gesteckt hatte. Adam fand keinen Hinweis, dass Border nach Anfang Mai 1945 noch irgendwie an dem gearbeitet hätte, was bis dahin sein großes Projekt gewesen war, dem Psychologischen Museum; ab Mai kam das Museum nur noch in Verweisen auf seine früheren Arbeiten vor. Offensichtlich hatte Border den Plan, nach Europa zu reisen, Anfang Mai 1945 ausgebrütet, fast zeitgleich mit der endgültigen Niederlage Deutschlands. Danach gab es für ihn, zumindest beruflich, nichts Wichtigeres mehr, als dorthin zu gelangen, um Feldforschung über »seelisch erschütterte« Menschen zu betreiben. Mit solchen Menschen war alles übersät, es gab buchstäblich Millionen. Ja, es wäre wohl schwierig gewesen, in Europa Menschen zu finden, die *nicht* irgendwie »seelisch erschüttert« waren. Im Frühsommer 1945 gab es infolge des brutalsten Krieges der Geschichte eine Größenordnung von rund sieben Millionen Zivilisten in West- und Mitteleuropa, die umherirrten oder vorübergehend irgendwo untergebracht waren, wo sie nicht sein wollten. Die Straßen, die überall in Europa provisorisch errichteten, unterversorgten Lager füllten sich mit Menschen jeglicher Herkunft, Juden und Nichtjuden, darunter Polen, Deutsche, Russen, Slowaken, Slowenen, Italiener, Franzosen, Belgier, Griechen, ukrainische Kosaken, Kroaten, Weißrussen und andere mehr. Benutzten sie Adjektive und Verben alle mit der gleichen relativen Häufigkeit? Es genügte Border nicht, Antworten hinsichtlich des »Adjektiv-Verb-Quotienten« bei »seelisch erschütterte« Menschen vor seiner Haustür auf der South Side von Chicago zu suchen. Aus irgendeinem Grund musste er dafür nach Europa.

In seinem Artikel für den IIT-Rundbrief erklärte er, dass er nach seiner Ankunft in Europa Lager für Verschleppte, Vertriebene, Entwurzelte, die sogenannten Displaced Persons, oder kurz DP-Lager aufgesucht hatte. Es gab einen Hinweis auf ein von ihm veröffentlichtes Buch über seine Forschung dort. Dieses Buch, dachte Adam, müssten sie doch sicher in einer der Bibliotheken des IIT haben. Mit schmerzenden Knien vom langen Hocken dort, im Untergeschoss der Galvin Library, stand er einen Moment auf und knetete die Muskeln um die Oberschenkel ein wenig durch, ehe er sich wieder niederließ, diesmal sitzend, mit ausgestreckten Beinen. Um sich bequemer einzurichten, spreizte er die Arme in der Absicht, sich auf den Boden zu stützen. Dabei landete seine rechte Hand versehentlich auf dem untersten Regalbrett, sodass neben der Stelle, wo Borders Dokumente gestanden hatten, ein Karton umkippte und ein Teil des Inhalts herausfiel. Bevor Adam die lose gebündelten Schriftstücke wieder in den Karton packte, streckte er sich, gähnte, nahm eines in die Hand und warf gedankenlos einen Blick darauf.

Im Halbdunkel des Untergeschosses der Bibliothek bildeten die Wörter auf der Titelseite kleine schwarze Inseln gedruckter Bedeutung, eine über der anderen, in einem Meer von Grau, das einst weiß gewesen war. Einem Meer, in dem zu schwimmen Adams müde Augen keinen Grund sahen, bis sie auf den Namen »Henry S. Border« stießen und daran hängen blieben. Niemand hatte Adam auf den umgekippten Karton hingewiesen, den Karton *neben* den Border-Stapeln, doch offenbar enthielt auch er Dokumente, die mit Border zu tun hatten. Das Schriftstück in Adams Hand trug die Überschrift: »Autobiographische Zeugnisse von Displaced Persons, verbatim aufgezeichnet in DP-Lagern, mit einer psychologischen und anthropologischen Analyse von Dr. Henry S. Border.«

Adam schlug irgendwo auf und begann zu lesen:

»Dann brachten sie uns nach Oranienburg.«

»Was war Oranienburg?«

»Das war ein Konzentrationslager.«

»Und wo genau?«

»Bei Berlin. Das war Sachsenhausen.«

»Was meinen Sie damit?«

»Oranienburg war das, was sie später Sachsenhausen nannten.«

»Und Sachsenhausen … Oranienburg … war ein … ein Konzentrationslager?«

»Ja.«

»Und warum waren Sie dort?«

»Sie brachten uns dahin.«

»Wer brachte Sie dahin?«

»Die SS.«

»Warum?«

»Es war gleich nach der Kristallnacht im November 1938 und –«

»1938?«

»Ja, natürlich. Da waren ungefähr zweitausend von uns, alles Juden, und die SS brachte uns nach Oranienburg. Es war Nacht, stockdunkel, wissen Sie, und weil es da einen scharfen … einen steilen Abhang gab, strauchelten und stolperten die Menschen, die ganz vorne waren. Sie fielen hin, und die dahinter konnten sie kaum sehen, und von ganz hinten konnte man die Vorderen überhaupt nicht sehen. Diese Menschen, die ganz vorne, die allerersten, die nicht schnell genug aufstehen konnten, die wurden zerquetscht. Vollkommen zerquetscht. Von uns. Wir haben das gemacht, sie zerquetscht. Die SS-Männer trieben uns im Dunkeln die Schlucht hinunter. Es war Chaos und manche wurden totgetrampelt. Wir hatten das nicht erwartet, nicht so etwas. Sie zwangen uns mit Gewehren und Hunden in der Dunkelheit … schneller und schneller und … Wir selbst haben sie zerquetscht, gleich nach der Ankunft dort, und sie starben einfach so. Im Dunkeln hörte man die Schreie, menschliche Schreie in den Ohren und zerquetschte Menschen, brechende Knochen unter den Füßen. Man hörte es, aber es war zu spät. Du wurdest gedrängt und musstest weiter und durftest nicht fallen. Hinter uns drängten Menschen, und dahinter waren andere, die diese Menschen drängten.

Die SSler ließen die Leichen da liegen, im Graben, und warteten, bis wir sie sahen, als es hell wurde. Dann mussten wir das

Durcheinander aufräumen. Die Leichen mussten wir aufräumen. Wir mussten sie wegschleppen. Aber das waren doch eben noch Menschen gewesen, und wir kannten sie. Manche kannten sie gut. Für einige von uns waren die Leichen Kollegen, unsere Freunde, alte Freunde und manchmal Familie. Manchmal waren sie Familie. Das waren unsere ersten Leichen. … Ich hatte noch nie einen Toten gesehen.«

»Das war 1938, ja, vor dem Krieg?«

»Ja.«

»Jacob, wir müssen noch mal an den Anfang zurück.«

»Den Anfang von was? Ich erzähle doch gerade, was passiert –«

»Ich muss Ihnen ein paar grundlegende Fragen stellen, wie nach Ihrem vollen Namen oder wo Sie geboren sind.«

»Aber ich habe kaum angefangen, und jetzt machen Sie … Ich will Sie da richtig durchführen, weit über Oranienburg hinaus. Sie haben gesagt –«

»Das sollen Sie auch, Jacob. Ich will alles hören, alles, nur fangen wir besser mit dem Anfang an.«

Das mussten die Transkripte sein. Adam glaubte, in dem umgekippten Karton die Transkripte der Interviews gefunden zu haben, die Border 1946 bei seinem Besuch in Europa mit »seelisch erschütterten« Menschen in DP-Lagern geführt hatte. Das lose gebundene Schriftstück auf dem Schoß, ergriff Adam ein anderes, schlug es irgendwo auf und begann zu lesen.

»Wir hatten einen Bunker gebaut. Er war tief, sehr tief, voll unter der Erde, ohne Fenster. Eigentlich gab es gar keine Belüftung. Wir wussten nicht, wie das mit Belüftung ging, und wir mussten heimlich bauen. Wir waren keine Baumeister.«

»Sogar im Ghetto musste das geheim bleiben?«

»Ja. Also, um die Zeit, das muss ungefähr Mitte Januar gewesen sein –«

»1943?«

»Ja. Um die Zeit waren alle Shops weg.«

»Was heißt weg?

»Sie hatten dichtgemacht.«

»Sie meinen, sie waren geschlossen?«

»Ja, die Nazis hatten sie alle geschlossen, außer einem. Schultz war noch in Betrieb.«

»Was machte Schultz?«

»Wer ein guter Schuster war, oder auch Kürschner, konnte da vielleicht Arbeit bekommen, aber natürlich sagte jeder, er sei Schuster, sie und ihre Kinder und Mütter und Großmütter, alle waren Schuster. Ich weiß noch, einmal sagte jemand … das war so eine Art makabrer Witz … in Warschau ist auch der letzte Jude Schuster.«

»Ein Witz?«

»Ja. Natürlich stimmte das nicht, aber um zu dieser Zeit im Ghetto eine Überlebenschance zu haben, half es, wenn du entweder Schuster warst, oder sagtest, du wärst Schuster. Es half nicht wirklich viel. Eher half der Witz, wenn Sie wissen, was ich meine.«

»Sie meinen, sogar schwarzer Humor half den Menschen, mit den Umständen fertig zu werden?«

»Ja. Es wusste sowieso jeder, dass es nur eine Frage der Zeit war, bis auch der letzte Shop –«

»Schultz?«

»Ja, auch Schultz würden sie dichtmachen, und weil wir ahnten, dass es kommen würde und jeden Augenblick passieren konnte, gingen wir unter die Erde in den Bunker.«

»Wie viele Menschen waren das?«

»Ich würde sagen, um die dreißig. Niemand, der im Ghetto noch lebte und nicht verrückt geworden war, niemand, der nicht vor Hunger oder Krankheit oder wegen des Verlusts seiner Familie komplett den Verstand verloren hatte, konnte sich vorstellen, die Nazis hätten einen anderen Plan.«

»Einen anderen Plan als was?«

»Dass sie … dass sie Warschau vollkommen judenfrei wollten. Dann führten sie uns alle zum Registrieren. Sie wussten, was passieren würde, und machten ihre Sache besser als die Deutschen. Sie wussten es und waren froh.«

»Wer war das, sie?«

»Die einheimische Polizei. Sie waren froh, alle waren froh, die Juden loszuwerden. Die Leute kamen schon zu uns nach Hause und holten sich, was sie haben wollten.«

»Wer, die Polizei?«

»Nein, gewöhnliche Leute, manche kannten wir. Manche waren unsere Nachbarn. Sie sagten, sie würden jetzt von unseren Sachen leben, dem ganzen Vermögen der Juden, von dem sie gehört hätten, und sie … sie nahmen einfach …«

»Die Nachbarn plünderten Ihre Wohnungen?«

»Ja.«

Dies war das dritte von Borders transkribierten Interviews, in das Adam zufällig einen Blick geworfen hatte. Bisher waren alle Befragten Juden gewesen. Wo blieben die anderen? War eine einseitige Auswahl aus dem Karton gefallen? Was genau hatte Border im Sommer 1946 aus Europa mitgebracht? Adam schloss das aufgeschlagene Transkript, legte es aber nicht in den Karton zurück. Er behielt es mit den beiden ersten, in denen er gelesen hatte, auf dem Schoß. Seiner Schätzung nach mussten es insgesamt etwa fünfzig oder sechzig sein, möglicherweise mehr. Vielleicht war dies der jüdische Teil, überlegte er. Vielleicht waren sie vor all den vielen Jahren nach einer bestimmten Ordnung in den Karton gepackt worden, und er hatte zufällig die Interviews mit jüdischen DPs erwischt. Vielleicht war Border der Letzte gewesen, der die lose gebundenen Manuskripte in Händen gehalten hatte. Adam nahm ein weiteres heraus, diesmal von ganz hinten, nicht von vorn wie die ersten drei.

»Wir wussten es nicht, aber als der Zug endlich hielt und sie die Tür aufmachten, waren wir in Auschwitz.«

»Also, wo genau ist Auschwitz?«

»Das ist in Polen, Oberschlesien.«

»Ja, Oberschlesien. Und da haben Sie die Nummer auf den Arm bekommen?«

»Ja.«

»Nun sagen Sie, was war Auschwitz eigentlich genau? Was geschah dort, in diesem Lager in Oberschlesien?«

Adam versuchte, sich diesen Amerikaner, den Mann aus Chicago, Henry Border, in einem DP-Lager vorzustellen, wie er sich irgendwo im heißen und sonnigen, blutgetränkten, erschöpften Chaos, das Europa im Sommer 1946 war, das alles anhörte. Die Seiten, die im schlecht beleuchteten Untergeschoss der Galvin Library des IIT in Adams Händen ruhten, stellten die Zeit, die Border eingefangen hatte, ehe das Farbband seiner Schreibmaschine leer war, unter Quarantäne. Border war nach Europa gereist, um die sprachlichen Folgen von Erschütterungen aufzuzeichnen und zu messen, und es waren Tränen der Erschütterung, die Adams Wangen mit jedem Adjektiv, mit den Verben und den von Border vermerkten Pausen zwischen den Worten hinunterrollten. Was mochte Border vorher über Auschwitz gewusst haben? Hier, auf dem Papier in Adams Händen, sah man einen amerikanischen Psychologieprofessor, der zum allerersten Mal von jemandem, der ein paar Monate zuvor selbst dort gewesen war, über diesen Ort erfuhr. Wie viele Menschen wussten damals, 1946, wirklich etwas über Auschwitz? Wie viele wussten genau, was dort geschehen war und in welchem Ausmaß?

»Mittlerweile war ich in Grimma, bei Leipzig. Ich war fünfundzwanzig Kilometer gelaufen, um dahin zu kommen, wo die Amerikaner waren. Die Deutschen hatten die Brücke über den Fluss gesprengt, aber die Amerikaner hatten Leitern ausgelegt, sodass man immer noch auf die andere Seite gelangen konnte. Da sah ich meinen ersten amerikanischen Soldaten, und ich ging zu ihm hin und sprach ihn auf Englisch an. Englisch konnte ich von vor dem Krieg. Wie alle anderen in diesen Tagen wollte ich rüber auf die amerikanische Seite.«

»Was sagten Sie zu dem Soldaten?«

»Ich fragte, ob ich zu den Amerikanern rüber darf.«

»Und was sagte er?«

»Zuerst wollte er wissen, ob ich irgendeiner Militäreinheit angehöre, von irgendeinem Land.«

»Das war nicht der Fall.«

»Nein, war es nicht, also sagte ich Nein. Dann, sagte er, sei ich keine Kriegsgefangene, und er habe nur Weisungen für Kriegsgefangene. Die dürften durchgelassen werden, aber für andere Leute habe er keine Weisungen. Also versuchte ich, meine Situation zu erklären.«

»Was war denn Ihre Situation?«

»Ich hatte keine Papiere, kein Essen, kein Geld, und mein Bein war ziemlich schlimm verletzt. Ich wusste nicht, was ich machen sollte. Er schien Verständnis zu haben, als er das hörte, und fragte wieder, ob ich nicht bei einer Armee von den Alliierten oder den Achsenmächten gewesen sei. Nun, ich war in Drancy gewesen, und in Auschwitz, und dann war ich in Ravensbrück, aber nie in einer Armee. Da fragte der amerikanische Soldat, was ich denn sei.«

»Und was haben Sie gesagt?«

»Ich erklärte, dass ich eine … ich sagte, ich sei … eine politische Gefangene.«

»Eine politische Gefangene?«

»Ja.«

»Aber er sagte, es tue ihm sehr leid, er habe keine Weisungen für politische Gefangene. Er könne versuchen, welche einzuholen, aber eine Antwort hätte er frühestens am nächsten Tag.«

Die Frau, mit der Border sprach, war eine Überlebende des Holocaust, bevor es diese Bezeichnung in irgendeiner Sprache auf der Erde gab. Von allen Sprachen, die seit Anbeginn der

Zeit geboren wurden, verfügte keine, nicht eine einzige über ein Wort, um zu bezeichnen, was diese Frau war, oder was sie gerade erlebt hatte. Keine dieser Sprachen hatte jemals so ein Wort benötigt. Es war gerade erst geschehen, und die Frau musste ad hoc etwas erfinden, als sie mit dem amerikanischen Soldaten sprach. Sie hatte den Holocaust soeben durchlebt, konnte aber unmöglich ein Wort dafür haben. Und selbst wenn sie eins gehabt hätte, hätte der amerikanische Soldat nicht gewusst, was es bedeutet.

Adam stellte den Karton mit den Transkripten an seinen Platz zurück, behielt jedoch die Proben, in denen er gelesen hatte, in der Hand und nahm sie mit, als er nach oben ging, um die Bibliotheksleiterin Sahera Shukri zu suchen. Er wollte ihr erzählen, was er entdeckt zu haben glaubte. In den Magazinen, auf dem untersten Regalbrett im Untergeschoss der Galvin Library, vermutete er zumindest einige, aber wahrscheinlich fünfzig oder sechzig der frühesten systematisch geführten, langen Tiefeninterviews gefunden zu haben, die mit Überlebenden des Holocaust geführt worden waren. Was auch immer sie für die Psychologie oder die Geschichte der Psychologie bedeuten mochten – es deutete alles darauf hin, dass sie für die politische Geschichte des zwanzigsten Jahrhunderts von außerordentlicher, unersetzlicher Bedeutung waren. Das IIT war der Hüter, wenn nicht Eigentümer einer Sammlung von Transkripten, die einen unerhörten historischen Wert besaß. Die Schriftstücke mussten sachgerecht gelagert und geschützt, sie mussten genauestens, mit äußerster Sorgfalt kopiert werden. Wenn sie das waren, was sie zu sein schienen, würde ein Ansturm von Gelehrten aus aller Welt danach verlangen.

Die Bibliothekarin am Empfang sagte Adam, Sahera Shukri sei nicht da, werde aber jeden Moment zurückerwartet. Unfähig, seine Aufregung über die potenzielle Bedeutung des Fundes zu verbergen, erklärte Adam der diensthabenden Bibliothekarin eindrücklich, was er im Untergeschoss des Hauses vermutete. Ein Fund, sagte er, wie man ihn »nur ein Mal im Leben« macht. Sie fragte, ob er bei ihr oder lieber unten auf Ms. Shukri warten wolle, doch als Erstes wollte Adam versuchen, das Buch von Henry Border aufzutreiben. Was nicht schwierig war. In der Bibliothek gab es ein Exemplar, ein einziges, und glücklicherweise stand es genau da, wo es stehen sollte, ungelesen, womöglich ein halbes Jahrhundert lang unberührt. Der Umschlag war brüchig. Es war eine Erstausgabe. Vielleicht hatte es überhaupt nur eine Ausgabe gegeben, spekulierte Adam. Erschienen 1949, hielt er es nun in Händen. Jetzt nahm er zum ersten Mal den Titel wahr: *Die Toten haben geschwiegen.*

Lamonts Großmutter saß ihrem Enkel gegenüber zum Abendessen am Küchentisch ihrer Co-op-City-Wohnung. Er hatte die übliche Portion Makkaroni und Käse auf dem Teller, aber sie selber hatte sich nur eine Winzigkeit genommen. Sie bestritt, sich unwohl zu fühlen, als er sie fragte, doch Lamont schien ihr nicht zu glauben. Er wusste, dass sie tagsüber in der Stadt gewesen war. Was er nicht wusste, war, dass seine Cousine Michelle sie zum Mittagessen in ein Steakrestaurant nahe dem Union Square eingeladen hatte, ein Lokal mit einer besonderen Bedeutung in ihrer Familie.

Er ging zu ihr hinüber und fühlte ihre Stirn, weil er die Gesundheitsbekundungen nicht überzeugend fand. Sie wog ab, ob sie ihm die Wahrheit sagen, ihm sagen sollte, dass sie noch satt war von dem Steak mit Michelle. Wenn sie es ihm erzählte, überlegte sie, würde es wohl erklären, warum sie keinen Hunger hatte, und seine Sorgen um ihre Gesundheit beschwichtigen, doch es würde alle möglichen anderen Probleme aufwerfen und Erinnerungen wecken, die ihren Enkel, auch wenn er es nicht sagte, so tief bekümmern würde, dass sie den Tag hatte durchhalten wollen, ohne den wahren Grund ihres Ausflugs in die Stadt zu erwähnen.

Es würde ihn verletzen, daran erinnert zu werden, dass Michelle ihm vor langer Zeit, kurz nachdem er ins Gefängnis gekommen war, den Rücken gekehrt zu haben schien, dass er ihre Familie nicht mehr kannte, dass es sie nicht interessierte, welche Fortschritte er machte, seit er seine Strafe abgesessen hatte. Es würde ihn an die Zeit erinnern, als sie alle zusammen in das Steakrestaurant gegangen waren, eine hoffnungsvolle Zeit, nicht nur in Hinblick auf Michelles, sondern auch auf Lamonts Zukunft. Seine Großmutter hatte recht. Aber hätte sie ihm offen erzählt, warum sie nicht hungrig war, wären ihm außer diesen Gedanken auch noch andere gekommen. Gedanken an den Abend, den er mit Chantal, der Mutter seiner Tochter, verbracht hatte, und an die Nacht danach. Er hätte sich daran erinnert, wie er sich erst im Restaurant und dann später, als sie durch die belebte Gegend um den Union Square spaziert waren, mit Chantal gefühlt hatte. Wie alles an diesem Abend fast vollkommen erschienen war, so wenig nur zur Vollkommenheit gefehlt hatte. Er hatte nichts, aber auch gar nichts, was irgend in seiner Macht stand, schiefgehen lassen wollen. Er besaß keine Macht über den Verkehr oder das Wetter oder den Lärm auf der Straße, aber er wollte Chantal alles erfüllen, was sie sich wünschte, der perfekte Gentleman sein und sich keines ihrer Worte entgehen lassen. Er hätte sich erinnert, was für ein Lärm auf der Straße gewesen war, so laut, dass er sich zu ihr hinneigen musste, damit keines ihrer Worte seinem Ohr verloren ging. Und er hätte sich erinnert, dass sie sich ihm, wenn *er ihr* etwas sagte, nie zuneigte, nicht ein einziges Mal.

Seine Großmutter saß nachdenklich da. Sollte sie ihm von dem Mittagessen mit Michelle erzählen oder kurzerhand etwas erfinden? Sie musste schnell denken. Er schien so besorgt um ihre Gesundheit. Und dann, wie vom Teufel gepackt, setzte sie sich genau in dem Moment, als seine Hand ihre Stirn berührte, kerzengerade auf ihren Stuhl und rief, ohne sich beherrschen zu können: »Herrgott!«

Lamont sprang zurück. Unter der Neonröhre in der Küche in der Bronx breitete sich Schweigen aus. Noch nie, nie im Leben, hatte er seine Großmutter fluchen gehört. Er dachte, es müsse etwas sein, was er gemacht habe, und war prompt wieder der kleine Junge, bemüht, seiner Großmutter zu gefallen, dem einzigen Menschen auf der Welt, der ihn zweifelsfrei und vorbehaltlos liebte, der einzige Mensch, der immer für ihn da war. Was hatte er gemacht, das sie zum Fluchen brachte? Sie schaute traurig zu ihm auf. Sie schämte sich. Jetzt musste sie ihm doch von dem Essen erzählen. Das Fluchen galt nicht ihrem Enkel, es galt ihr selber, und das würde sie ihm erklären müssen. Beim Gedanken an das Essen mittags war ihr in den Sinn gekommen, wie reizend es von Michelle gewesen war, ihr diesen schönen Regenschirm mit dem Hahnentrittmuster in Dunkelgrau und Scottish Terriern mit knallroten Fliegen zu schenken, und da war ihr eingefallen, sie hatte den Schirm im Restaurant vergessen.

Auf der vorderen Innenklappe des Buchs war ein Foto des Autors, Dr. Henry Border. Hinter einer runden Brille jener Art, wie man sie früher oft mit Trotzki und sehr viel später mit John Lennon in Verbindung gebracht hatte, wirkte er wie Ende fünfzig. Er hatte einen gepflegten, auf das Kinn begrenzten Bart, einen ebenso gepflegten Schnauzer und trug eine dunkle Anzugjacke über einem weißen Hemd, dessen Kragen mit einer Krawatte zugebunden war, alles sehr ordentlich. Es war das Bild eines älteren, konservativ gekleideten europäischen Gentlemans. Vielleicht hatte Border am Ende doch in Europa bei Wundt studiert, überlegte Adam. Für den Mann auf dem Foto wäre das nicht ausgeschlossen gewesen, zumindest nicht dem Alter nach.

Aus der kurzen Einleitung und aus der noch kürzeren Danksagung entstand ein klareres Bild von ihm und der Aufgabe, die er sich gestellt hatte. Wie Adam sah, war ihm trotz der erfolglosen Förderungsanträge einige Unterstützung zuteil geworden. Er dankte einer Reihe von Mitarbeitern des Illinois Institute of Technology: dem Präsidenten, dem Vizepräsidenten, dem Dekan der *Liberal Studies,* wie es seinerzeit hieß, dem Leiter des damaligen Fachbereichs für Psychologie und Pädagogik und auch jemandem aus dem Fachbereich für Ingenieurwissenschaften. Er dankte zahlreichen, größtenteils nicht namentlich genannten Personen verschiedener freiwilliger oder gemeinnütziger Organisationen in Europa – der ORT, dem OSE, dem JDC – für ihre Hilfe bei der Kontaktaufnahme zu DP-Lagern und Flüchtlingshäusern, die er besuchte, ebenso wie Mitarbeitern der UN-Organisation UNRRA. Er dankte dem National Institute of Health, dem Chicago Psychological Museum, das, da er dessen Direktor war, wie ein Dank an sich selbst erschien, sowie jemandem von der *Chicago Tribune,* jemandem von der *University of Illinois Press,* dem Verleger des Buchs und den befragten Personen. Soweit Adam erkennen konnte, gab es nur ein Mitglied seiner Familie, dem Border dankte: seine Tochter Elise.

In der Einleitung beschrieb er sein Vorgehen bei den Interviews und wie er auf die Idee gekommen war. Einige Tage vor dem Kriegsende in Europa hatte General Dwight D. Eisenhower, Oberbefehlshaber der alliierten Streitkräfte, einen Aufruf an die amerikanische Presse geschickt, zu kommen und die befreiten Opfer der nationalsozialistischen Konzentrationslager mit eigenen Augen zu sehen. Während die Zeitungsreporter Eisenhowers Aufruf folgten und die Wochenschauen sich mit Bildern von abgemagerten Überlebenden der Lager füllten, fiel Border auf, dass es niemanden gab, der systematische Tiefeninterviews mit diesen Menschen führte und ihre Zeugnisse festhielt. Durch glückliche Fügung erfuhr er eben um diese Zeit von einem neuen Tonaufzeichnungsapparat, an dessen Entwicklung ein gewisser Marvin Cadden von der – später dem IIT einverleibten – Armour Research Foundation arbeitete. Es handelte sich um ein Drahttongerät, ein elektrisches Gerät, mit dem Töne magnetisch auf Stahldraht gespeichert werden konnten. Border machte Cadden ausfindig und gewann seine Unterstützung. Ausgerüstet mit einem von Caddens Drahttongeräten, zweihundert Spulen Karbonstahldraht und einem Sortiment von Stromwandlern, schleppte er das alles mit sich über den Atlantik nach Europa und in die verschiedenen DP-Lager.

Mithilfe von Vertretern diverser Flüchtlingsorganisationen, die unter der Ägide der Alliierten tätig waren, bat er um Erlaubnis, im Lager mit einer größeren Gruppe von DPs an einer Mahlzeit teilnehmen zu dürfen. Nach dem Essen holte er Caddens Drahttongerät hervor, zeigte es den Anwesenden und fragte, ob jemand bereit sei, ein Lied aus seiner Heimat, seiner Stadt oder auch so etwas wie ein Wiegenlied von früher zu singen. Er nahm einen oder mehrere solcher aus der Erinnerung gesungenen Weisen auf und spielte sie dann vor aller Ohren wieder ab. Natürlich müssen die Menschen maßlos erstaunt gewesen sein, die soeben gehörten Stimmen nun plötzlich aus diesem Kasten zu hören. So etwas hatten sie noch nie erlebt. Damit hatte Border ihre ungeteilte Aufmerksamkeit, und dies war der Moment, in dem er erklärte, er sammele Informationen über die Erfahrung von Häftlingen in Konzentrationslagern, um sie mitzunehmen und in Amerika zu verbreiten, damit die Menschen dort besser über das Bescheid wüssten, was hier geschehen war. Er sagte nichts von Forschungen über die relative Häufigkeit des Gebrauchs von Adjektiven oder Verben. In der Tat sagte er gar nichts von Psychologie.

Manchmal empfahlen Mitarbeiter der vor Ort zuständigen Hilfsorganisation eine bestimmte Person, deren Geschichte im Lager die Runde gemacht hatte und ihnen außergewöhnlich erschien, für ein Interview. Aber Border wollte keine außergewöhnlichen Geschichten. Er wollte das, was er als »gewöhnliche« Erfahrungen beschrieb. Doch bald wurde ihm klar, dass die Erfahrungen jeglicher Person, die dort von sich erzählen konnte, per definitionem außergewöhnlich sein mussten. Überleben war die Ausnahme gewesen.

Border erklärte, dass er bei jedem Interview auf die gleiche Art begann. Er entfernte sich mit der zum Interview bereiten Person von der Kantine, der Baracke oder was immer es sein mochte, wo die Gruppe sich versammelt hatte. Obwohl er die Umgebung nur flüchtig kannte, suchte er einen ruhigen Ort zum Reden, so abgeschieden, wie die Umstände es erlaubten. Adam Zignelik versuchte sich die Umstände vorzustellen. Ein lärmendes, improvisiertes Lager, wo das Wetter einem unter jeder Tür hindurch überallhin folgte und der Dreck von Kopf bis Fuß derselbe war, wo eine Kakophonie von Lauten aus allen erdenklichen Sprachen und in allen Tonarten den Mündern zahlloser Menschen verschiedenen Alters und verschiedener Herkunft entsprang, die nur eines gemeinsam hatten: Sie waren allesamt gebrochener von dem, was sie am eigenen Leib erfahren, mit eigenen Augen gesehen hatten, wozu Menschen gegenüber Menschen fähig sind, gebrochener von ihrem unfreiwilligen, äußerst verfeinerten Verständnis der schärfsten Extreme des Lebens als irgendeine andere Ansammlung von Menschen auf der Welt. Erneut in einem Lager zusammengepfercht, diesmal von ihren Befreiern bewacht, warteten sie auf eine Zukunft, die für sie fast so unvorstellbar war wie ihre jüngste Vergangenheit für alle anderen.

Border, der konservativ aussehende Psychologe aus dem Mittleren Westen der USA, ließ die Person, die er befragen wollte, geduldig an einem Tisch mit dem Mikrophon vor sich Platz nehmen. Dann, um sie durch nichts anderes als seine Fragen zu beeinflussen, setzte er sich hinter ihren Rücken, sodass sie ihn nicht sehen konnte, ohne sich umzudrehen. Während des Interviews durften keine Notizen oder sonstige Stimuli benutzt werden, auch durften keine anderen Menschen anwesend sein. Wenn alles bereit war, stellte Border das Drahtgerät an und begann mit folgender Einführung: »In den Vereinigten Staaten wissen wir nur sehr wenig über die alltäglichen Erfahrungen der Menschen, die während des Krieges gezwungen waren, in Konzentrationslagern zu leben. Ich hoffe, mit Ihrer Hilfe und der Hilfe anderer Zeugen können wir das ändern. Vielen Dank, dass Sie bereit sind, Ihre Geschichte zu erzählen. Sagen Sie zuerst bitte Ihren Namen, wie alt Sie sind, wo Sie waren, als der Krieg ausbrach, und erzählen Sie dann, wie es für Sie weiterging.« Genau das, heißt es in seinem Buch, sagte er vor jedem Interview.

Zurück in Chicago, schrieb Border in der Einleitung, seine Europareise habe nicht den Zweck gehabt, einen Überblick über die Schicksale von Verschleppten und Vertriebenen zu gewinnen, sondern anhand persönlicher Berichte Daten für zukünftige psychologische und anthropologische Studien zu sammeln. Er beschrieb eine analytische Methode, die er zur Auswertung der geschilderten Erfahrungen entwickelt hatte, basierend auf dem sogenannten ›Trauma-Index‹. Er nannte zwölf Kategorien traumatischer Erlebnisse, wies aber ausdrücklich darauf hin, es handele sich um eine gekürzte Liste. Das Warum dieser Kürzung erklärte er nicht, sodass es dem Leser überlassen blieb, zu spekulieren, welches die Gründe und welches die nicht genannten Kategorien sein mochten.

Im Übrigen lieferte er eine relativ detaillierte Geschichte der allgemeinen Erfahrung derer, mit denen er gesprochen hatte. Zwei Dinge fielen Adam beim Weiterlesen auf. Obwohl Border entweder von seinem Verleger oder vom Gebot der Zeit und/oder des Raums gezwungen worden war, seinen Trauma-Index zu kürzen, widmete er die restliche Einleitung – trotz seiner erklärten Absicht, in dem Buch Daten für psychologische und anthropologische Studien bereitzustellen – den allgemeinen Erfahrungen der DPs. Außerdem bemerkte Adam, dass die Interviewten, sowohl im Buch als auch in den lose gebundenen Berichten, die er angelesen hatte, alle jüdisch waren. Sie alle gehörten zu denen, die später als »Überlebende des Holocaust« bezeichnet wurden. Tatsächlich war die zusammenfassende, aber doch relativ detaillierte chronologische Darstellung der Erfahrungen dieser Menschen vielleicht der erste Versuch einer auf Primärquellen beruhenden Geschichte des Holocaust, noch bevor dieser Genozid einen eigenen Namen besaß, bevor der Begriff »Holocaust« überhaupt geprägt war. Wie kam es, fragte Adam sich, dass ein gewisser Henry Border, Psychologieprofessor am IIT, gegen Ende des Sommers 1946 die vielleicht erste auf detaillierten Interviews mit Überlebenden beruhende Darstellung von Hitlers systematischem Versuch geliefert hatte, die Juden in Europa restlos zu vernichten?

Es sah so aus, als könnte Adam in der Einleitung selbst, wenn nicht die Antwort, so doch einen Schlüssel dazu finden. Im Zuge seiner Darstellung der verschiedenen Stufen des nazigesteuerten Vernichtungsprozesses schrieb Border, in jeder Phase sei der Besitz der örtlichen jüdischen Bevölkerung beschlagnahmt, manchmal vor ihren Augen geraubt worden, größtenteils von den Nazis, aber auch von nicht jüdischen Mitbürgern aus der näheren Umgebung. Es war nicht diese Tatsache als solche, die Adams Aufmerksamkeit erregte, die ihn beim Lesen der Einleitung geradezu ansprang, sondern die Sprache, die Border an dieser Stelle gewählt hatte.

Border hatte geschrieben: »Von 1933 an gab es eine Jagd auf die Gewänder der Gekreuzigten.« Adam las den Ausdruck wieder und wieder, *die Gewänder der Gekreuzigten*. Dies war die Sprache eines Christen, keines beiläufigen Christen, der einfach nur zufällig Christ war, sondern die eines ziemlich guten Bibelkenners. Vielleicht war das der Grund, warum Border solche Mühen auf sich genommen hatte, um nach Europa zu gelangen und allen Widrigkeiten zum Trotz die Geschichten dieser Menschen zu sammeln. War es nicht möglich, dass der Psychologe, der Wissenschaftler, eine religiöse Motivation hatte, ihre Geschichten zu bewahren? Es gab keinen zwingenden Grund, warum der Wundt-Schüler nicht auch ein Schüler Christi sein sollte.

Das digitale Zeitalter machte es sehr viel einfacher, Geburts-, Heirats- und Sterberegister oder die Eintragungen von Wohltätigkeitsvereinen zu durchforsten, um herauszufinden, ob Border oder seine Familie, und sei es nur nominell, Mitglied einer lokalen Kirche gewesen waren. Unter den Schriftstücken, die Adam schon gesichtet hatte, befand sich, scheinbar aus Versehen, der Beleg über eine Spende Borders zugunsten einer Kirche. Adam hatte einen Blick darauf geworfen und ihn wieder auf den Stapel gelegt, aber vielleicht führte er tatsächlich zu Borders Gemeinde, vermutlich einer Kirche in seiner Nachbarschaft. Wie lange würde es dauern, in Erfahrung zu bringen, wo der Psychologe gewohnt hatte? Selbst wenn Border kein praktizierender Christ gewesen war, konnte er eine gläubige Frau gehabt haben und von ihr beeinflusst worden sein. Aber das einzige Familienmitglied, das in der Danksagung des Buchs vorkam, war seine Tochter.

So schien es Adam denn wahrscheinlicher, dass Border selbst religiös gewesen war, oder, wenn nicht er, dass seine Eltern gläubige Christen waren, und die Sprache der Heiligen Schrift, unabhängig von seiner persönlichen Glaubenshaltung als Erwachsener, in Momenten seelischer Qual aus ihm herausströmte, zumal unter dem Eindruck von Berichten, die wohl jeden vernünftigen Menschen ähnlich hätten empfinden lassen, und noch dazu in dieser gebrochenen, ungefilterten Form, direkt aus dem Mund von Menschen, die das alles gerade erst erlebt hatten. Border wäre nicht der erste weltliche Humanist, nicht der erste Wissenschaftler, der sich auf die Religion stützte, wo alles andere versagte. Und angesichts der Welt, die sich ihm Mitte der Vierzigerjahre darbot, mochte Border sehr wohl zu dem Schluss gekommen sein, dass in der Tat alles andere versagt hatte.

Wer war dieser Psychologe aus dem Mittleren Westen der USA in der Mitte des zwanzigsten Jahrhunderts, der, nicht mehr der Jüngste, alles in seinem Leben fallen ließ, um sich – den abgelehnten Förderungsanträgen zufolge offenbar größtenteils auf eigene Kosten – nach Europa durchzukämpfen und die Geschichten traumatisierter Juden aufzuzeichnen, während der Rest der Welt nur noch in die Zukunft blicken wollte? Adam wurde immer neugieriger auf diesen Mann und sein Unternehmen. Er musste mehr herausfinden. Er war mit Eileen Miller, der Psychologie-Dekanin, verabredet. Vielleicht wusste sie etwas über Borders Hintergrund.

Unterwegs dorthin traf er zufällig Sahera Shukri.

»Meine Kollegin hat mir ziemlich aufgeregt erzählt, Sie glaubten, bei den Papieren unseres guten Border eine Art Entdeckung gemacht zu haben. Dies ist eine Bibliothek, Dr. Zignelik. Wir tun unser Bestes, unser Haus vor Aufregungen zu bewahren«, scherzte sie. Doch ihr Lächeln wurde schwächer, als sie von Adam hörte, dass die Kollegin nicht übertrieben hatte. Er brauchte ihr nur zu erklären, was es war, das er in der Bibliothek vermutete, indem er sie mit ins Untergeschoss nahm und ihr die Transkripte zeigte. Dort, im Halbdunkel, begann sie zu lesen. Er beobachtete sie dabei, sah sie Seite für Seite umblättern, sagte minutenlang nichts, um sie lesen zu lassen, und dann merkte er, dass sie leise weinte. Er wollte sie nicht in Verlegenheit bringen, und so schwieg er weiter, bis sie aufschaute und sich ohne den geringsten Versuch, die Wirkung des Gelesenen auf sich zu verbergen, mit dem Handrücken die Tränen abwischte. Bei dem düsteren

Licht hätte sie das leicht überspielen können, aber sie tat nichts dergleichen. Adam wusste, sie hatte genau verstanden, was da in ihrer Verantwortung lag.

»Haben Sie Eileen Miller schon davon erzählt?«

»Nein, gestern war sie weg, und heute Morgen hatte sie eine Lehrveranstaltung. Aber ich sehe sie gleich. Wahrscheinlich sollte ich sie jetzt wohl anrufen«, sagte Adam und zog sein Handy heraus.

»Der Empfang ist miserabel hier. Kommen Sie doch mit in mein Büro, dann rufen wir sie von dort an. Das ist unglaubliches Material. Wir müssen uns darum kümmern, dass es geschützt, dass es bewahrt wird. Da liegt es einfach in der Ecke! Niemand hier … Und Sie meinen, es weiß überhaupt niemand davon? Die sind alle unveröffentlicht?«

»Soweit ich das überprüfen konnte, sind nur acht der Interviews erschienen.«

»Und wo?«

»In Borders Buch.« Adam zeigte ihr das Exemplar, während sie weitergingen. »Wenn ich recht sehe, ist es ziemlich untergegangen.«

»Warum nur acht veröffentlichen?«

»Ich weiß nicht. Ich kann es nur vermuten.«

»Was glauben Sie?«

»Ich nehme an, es ist das Ergebnis kommerzieller Erwägungen des Verlegers im Licht der damaligen Zeit.«

»Der damaligen Zeit … Sie meinen, die Leute waren nicht interessiert?«

»Nicht wirklich. Es war kurz nach dem Krieg. Manche wussten ein bisschen von den Geschehnissen, aber die meisten wollten einfach in die Zukunft blicken. Man riss sich nicht darum, viel über diese Dinge zu erfahren, und für den Verleger muss das Buch ein Risiko gewesen sein. Ich würde wetten, dass der Autor kein Geld gesehen hat und es trotzdem ein Verlustgeschäft war.

Ich vermute, sie fanden, acht Interviews seien genug. Aber ich weiß es nicht. Ich spekuliere nur.«

Sie hatten das Büro erreicht, und Sahera Shukri bat ihn, zu warten, während sie an ihren vollen, aber geordneten Schreibtisch ging und Eileen Miller anrief.

»Hallo Ellen, hier ist Sahera. Ich habe Dr. Zignelik bei mir ... den Historiker von der Columbia.«

»Aber es war nicht Ihre Waffe, Mr Lamont. Sie sagten doch, dass es nicht Ihre war. Sie hatten keine Waffe«, entrüstete sich Mr Mandelbrot in seinem Bett im achten Stock der Memorial-Sloan-Kettering.

»Ich weiß«, sagte Lamont leise.

»Er war nicht mal Ihr Freund, dieser Junge mit der Waffe«, fügte Mr Mandelbrot hinzu.

»Ich weiß, ja. Aber das schien sie nicht zu kümmern.«

»Wen?«

»Die Jury ... und den Richter.«

»Dann sind Sie deswegen ins Gefängnis gekommen?«

»Tja.«

»Weil die Jury und der Richter nicht glauben wollten, dass Sie mit der Waffe nichts zu tun hatten?«

»Tja.«

Mr Mandelbrot schüttelte langsam den Kopf.

»Wissen Sie, ich glaube, nicht mal mein eigener Anwalt hat mir geglaubt«, fuhr Lamont fort. »Pflichtverteidiger, wissen Sie. Immer viel zu tun, überarbeitet. Hatte keine Zeit, mir zu glauben.«

»Da hat Ihnen ja niemand geglaubt. Warum nicht, Mr Lamont?«

»Ich hatte kein Geld, jemanden zu bezahlen, einen Anwalt, der sie dazu bringen würde, mir zu glauben. Zwei Schwarze hatten es gemacht und gestanden, dass sie es gemacht hatten. Die haben auf Strafminderung gesetzt. Und dann braucht man einen Haufen Geld, damit die Sache so gründlich auf den Boden geholt wird, dass sie beim dritten Mann überhaupt richtig hingucken. Ich war der dritte Mann, und diese Sorte Geld hatte ich nicht.«

»Verstehe. Also kamen Sie ins Gefängnis, und da haben Sie dann Ihre Tochter verloren.«

»Tja.«

»Und nun suchen Sie nach ihr?«

»Die ganze Zeit, ja, einen Schritt nach dem anderen.«

»Wie alt ist sie?«

»Acht.«

»Und Ihre Frau –«

»Chantal. Wir waren nicht verheiratet.«

»Verstehe. Hat sie Ihnen gar keinen Kontakt mit Ihrer Tochter erlaubt?«

»Nein.«

»Weil Sie im Gefängnis waren?«

»Ich weiß nicht. Ich weiß nicht, warum. Ich hab sie nicht mehr gesehen, konnte sie nicht fragen, warum. Deswegen –«

»Und jetzt leben Sie wieder bei Ihrer Großmutter?«

»Ja, wieder in der Bronx.«

»Da, wo Sie aufgewachsen sind?«

»Ja.«

Mr Mandelbrot musterte ihn eingehend. »Sie mögen Ihre Großmutter?«

»Ich *liebe* meine Großmutter.«

»Und sie liebt Sie auch?«

»Sicher.«

»Sind Sie gut zu ihr?«

»Sicher.«

»Natürlich sind Sie das. Sie sind gut zu *mir*. Und ich bin ein Fremder.«

»Na ja, nicht mehr. Ich kenne Sie ja jetzt.«

»Ja … Sie kennen mich … und ich kenne Sie. Ich weiß, dass jetzt alles besser für Sie wird, Mr Lamont. Sie sind nicht mehr im Gefängnis, Sie können Ihre kleine Tochter suchen, Sie haben diesen Job hier.«

»Ja, und sie sagen, sie würden mir mehr geben, Sonderaufgaben, da lerne ich noch eine Menge –«

»Sonder-, Sie meinen, statt der –«

»Nein, nein, nicht *statt* irgendwas. Extras, noch dazu. Das hilft, damit ich meinen Job behalte. Je besser ich hier weiß, was zu tun ist –«

Mr Mandelbrot wandte sich dem Fenster zu.

»Ja, das ist wahr. Sonderaufgaben … Manchmal können die dich retten.«

Adam hörte, wie Sahera Shukri, die Bibliotheksleiterin des IIT, Eileen Miller am Telefon die volle Bedeutung der borderschen Transkripte beschrieb, und wie das Lesen einiger Auszüge auf sie gewirkt hatte. Es gab eine Menge zu tun, aber er war sich immer noch nicht im Klaren, was genau. Was sollte er mit dem Material machen? Sollte er erst einmal selber alles lesen, oder Spezialisten, Holocausthistoriker von der Columbia und anderswo, auf die Transkripte hinweisen und sie ihnen überlassen? Er hatte keine Antwort, verspürte aber trotzdem jenes Gefühl der Ruhe, das mit einer Errungenschaft oder zumindest einer Rechtfertigung einhergeht. Wäre er gefragt worden, worin seine Errungenschaft eigentlich bestand, hätte er gestockt und lediglich erklären können, was es war, das er da gefunden hatte, und von welcher Bedeutung für die Geschichte, vielleicht sogar auch für die Psychologie die Transkripte waren. Hätte jemand anderes sie finden und ihre Bedeutung ahnen können? Gewiss, aber dem war nicht so. Adam hatte sie vor dem Zerfall, ja letztlich vor ihrem Untergang bewahrt. Damit hatte er die Geschichten der Überlebenden bewahrt und Kenntnisse über das Geschehene gesichert. Wie er zu seinen Studenten gesagt hatte, war das keine Kleinigkeit.

»Gib das nicht an jemand anderen ab«, hörte er Diana flüstern. »Bist du verrückt … schon wieder?«

»Das ist nicht mein Forschungsgebiet, und sowieso: Wie lange werde ich brauchen, um fünfzig oder mehr Transkripte zu lesen, in der Hoffnung, irgendwo einen Hinweis auf schwarze Truppen bei der Befreiung von Dachau zu finden? Schau, wenn ich mit der Lehre aufhöre, muss ich mich nach einer Arbeit umsehen.«

»Du musst dich nach einer Frau umsehen. Die Arbeit liegt vor deiner Nase: Henry Border und seine Interviews.«

»Ich weiß nicht, ich frag ihn mal«, hörte er Sahera am Telefon sagen. »Eileen fragt, wer die Transkripte ins Englische übersetzt hat.«

»Oh, so weit war ich noch gar nicht. Irgendwie hatte ich einfach angenommen, Border habe sie selber übersetzt, aber das ist natürlich eher unwahrscheinlich. Erstens weiß ich gar nicht, ob er überhaupt etwas anderes als Englisch konnte, und zweitens müssen die Überlebenden ja unterschiedliche Sprachen gesprochen haben. Kaum möglich, dass Border sie alle konnte.« Adam begann, in dem Buch zu blättern.

»Nein, er schaut gerade das Buch durch … Also gut. Prima. Bis dann«, sagte Sahera Shukri, ehe sie den Hörer auflegte. »Eileen kommt her, um Sie abzuholen.«

Adam las die Einleitung noch einmal durch. In Borders zurückhaltender Ausdrucksweise verbarg sich der nächstliegende, wenngleich unerwartete Ursprung der Übersetzungen, nämlich, dass sie tatsächlich von ihm selbst stammten. Nirgendwo, weder in den Danksagungen noch in der Einleitung, wurde ein Übersetzer erwähnt, und das Copyright lag allein bei Border. Ungeteilt. In der Einleitung hieß es: »Es wurde eine Übersetzungstechnik entwickelt, um mir die Aufzeichnung von Adjektiven und Verben zu erleichtern. Indem er schrieb, eine Technik »wurde entwickelt«, hatte Border sich der passiven Form bedient, die in der Wissenschaft so häufig gebraucht wurde, um den Anschein von Objektivität zu erwecken und den Beobachter in den Hintergrund zu rücken. Unter dem Strich musste man jedoch darauf schließen, dass Border selbst der Übersetzer gewesen war. Konnte er wirklich so viele Sprachen so gut gesprochen haben? Adam ging die acht im Buch erschienenen Transkripte durch. Am Ende jedes Interviews stand kursiv die Sprache der befragten Person. Das erste war aus dem Deutschen übersetzt, das folgende aus dem Polnischen, dann Deutsch, dann Französisch, Russisch, Polnisch und wieder Deutsch. Ob Border tatsächlich alle diese Sprachen konnte? Unter dem nächsten Interview stand: *Übersetzt aus dem Jiddischen.* »Jiddisch!«, stieß Adam leise aus. Das war unmöglich. Wie sollte Border Jiddisch gesprochen haben? Entweder hatte die befragte Person etwas anderes gesprochen, das in dem Buch irrtümlich als Jiddisch aufgeführt war, oder die Übersetzung stammte von jemand anderem. Hatte Border Hilfe bekommen, die er nicht zugeben wollte? Hatte er jemanden an seiner Seite gehabt, der im Buch nicht erwähnt wurde, jemanden, der Jiddisch sprach? Nur Juden sprachen Jiddisch.

Bei dieser Überlegung kam Adam Zignelik auf eine dritte Möglichkeit. Vielleicht war Border selbst Jude? Aber wie war dann seine christlich geprägte Anspielung auf die *Gewänder der Gekreuzigten* zu verstehen? Was war mit seiner Spende an die Kirche? Um welche Kirche handelte es sich? Adam würde nachforschen. Trotzdem reimten sich plötzlich eine Menge Dinge besser zusammen. Border musste um die sechzig gewesen sein, als sein Buch 1949 erschien, hatte seinen Doktor aber erst mit über vierzig an der Northwestern University gemacht. Wie viele Juden mochten in den Dreißigerjahren an der Northwestern promoviert haben? War er konvertiert, um sich den Weg zu einer

Doktorarbeit an dieser Universität zu ebnen? Er behauptete, bei Wundt studiert zu haben, aber Wundt war 1920 gestorben. Bis Adam schließlich mit Eileen Miller, der Dekanin des psychologischen Instituts, zusammentraf, war er überzeugt, dass Henry Border, was auch immer er der Welt über sich erzählt hatte, tatsächlich Jude, ein europäischer Jude gewesen war.

»Ich kenne ihn als Psychologen, einen der ersten Professoren am Institut hier, den Gründer des Chicago Psychological Museum«, sagte Eileen Miller. »Ich weiß nicht, ob Sie seine Forschungsberichte schon gesehen haben, aber da geht es um verschiedene Geräte zur Messung der Sehschärfe beim koordinierten Gebrauch beider Augen.«

»Was für Geräte?«

»Einen Dipthometer beispielsweise. Das war sozusagen die frühe Grundlagenforschung zum Verständnis der beiden Hirnhälften, wie verschiedene, von beiden Augen getrennt empfangene Informationen durch das Zusammenwirken der Hirnhälften koordiniert und zu einem einzigen Bild assimiliert werden.«

»Dann war er also ein bedeutender Psychologe?«

»Würde ich schon sagen, ja. Schauen Sie, wie viele der Objekte, die er für das Psychologische Museum hier gesammelt hat, jetzt in Akron sind.«

»Akron, Ohio?«

»Ja.«

»Warum dort?«

»Als er im Ruhestand war, wurde sein Chicagoer Museum geschlossen und die ganzen Exponate, alle Dokumente gingen nach Akron, wo die American Psychological Association ihre Sammlung historischer psychologischer Apparaturen aufbewahrt. Border hatte die Voraussicht, diese Dinge zu sammeln und zu erhalten. Niemand sonst war so weise.«

»Hat er dafür genügend Anerkennung bekommen?«

»Ich fürchte nicht. Wenn Sie seine Aufsätze lesen, und ich muss zugeben, es sind schrecklich viele in diesen Kisten in der Abstellkammer, die ich nicht gelesen habe, muss man wohl sagen, dass er viel zu wenig beachtet wurde.«

»Damals?«

»Damals wie heute. Interessieren Sie sich für seine Arbeit? Er hätte es wirklich verdient, besser bekannt zu sein, zumindest bei Psychologen.«

»Nun, wie wichtig er als Psychologe war, darüber kann ich mir kein Urteil erlauben, aber als Historiker war er vielleicht noch wichtiger.«

»Als Historiker?«

»Lesen Sie nur die Transkripte seiner Interviews mit Verschleppten, Menschen, die wir heute als »Überlebende des Holocaust« bezeichnen würden, und Sie werden sehen, er könnte wohl der Vater unserer geschichtswissenschaftlichen Methode der Oral History sein. Wie auch immer er auf die Idee gekommen ist – mag sein, dass er durch seine Arbeit über den Adjektiv-Verb-Quotienten darauf stieß –, er war einer der Ersten, der begriffen hat, wie wichtig es für die historische Forschung ist, die Zeugnisse von Menschen in ihren eigenen Worten aufzuzeichnen. Ich wüsste niemanden, der das vor ihm gemacht hätte, und wenn überhaupt, dann sicher keine Tonaufnahmen der Zeugnisse von Holocaustüberlebenden. Er hat ihre Aussagen nicht paraphrasiert. Sie lesen die Transkripte und bekommen jedes Stottern mit, jede verbale Eigenart, nur eben in Übersetzung.«

»Und Sie glauben, er hat die Sachen selber übersetzt?«

»Ich weiß nicht. Das ist meine Vermutung, ja, aber ich bin nicht sicher. Wissen Sie, ob er Jude war?«

»Keine Ahnung. Warum?«

»Weil Jiddisch eine der vielen Sprachen ist, die er gesprochen zu haben scheint. Eine einzige Person, die alle diese Sprachen spricht, ist leichter vorstellbar, als ein jiddisch sprechender Nichtjude im Mittleren Westen Amerikas in der Mitte des zwanzigsten Jahrhunderts, vor allem, wenn der auch noch einer Kirche angehört.«

»Was meinen Sie damit?«

»Na ja, angehört ist wohl etwas übertrieben, aber zumindest hat er für eine Kirche gespendet. Er hat die Quittung aufgehoben. Ich habe mir eine Notiz gemacht.«

»Das heißt ja nicht, dass er den Gottesdienst besucht hat oder Mitglied der Gemeinde war.«

»Nein, das glaube ich auch nicht. Aber warum für eine Kirche spenden, mit der man nichts zu tun hat?«

»Wie heißt die Kirche?«

Adam schaute in seinen Notizen nach. »Hier … die Pilgrim Baptist Church.«

»Oh, das ist gleich um die Ecke. Aber da wäre er bestimmt nicht hingegangen. Da bin ich mir sicher.«

»Wieso?«

»Die Pilgrim Baptist Church ist eine schwarze Kirche, eine der ältesten schwarzen Kirchen in Chicago. Voriges Jahr ist sie ausgebrannt, aber sie steht noch, so gut wie. Border könnte einfach im Vorbeigehen, auf seinem Weg zur Arbeit, etwas gespendet haben.«

»Wohl wahr, das könnte sein. Und dann spräche auch nichts gegen sein Judentum, was wiederum helfen würde, zu erklären, warum er so erpicht darauf war, nach Europa zu gelangen und die Erfahrungen der jüdischen Opfer des Nationalsozialismus aufzuzeichnen. Wäre es nicht möglich, dass Sie Kontaktdaten zu irgendjemandem vom Institut besitzen, der ihn gekannt hat und noch am Leben ist?«

»Nein, ich glaube, da gibt es niemanden mehr. Aber wir haben Listen seiner Studenten. Von denen dürften einige noch leben.«

»Ich bräuchte nur eine Person, die ihn persönlich kannte.«

»Und wenn diese Person gar nicht weiß, ob er Jude war oder nicht?«

»Egal, ich nehme an, dass er ein europäischer Jude war, und will nur wissen, ob er eine Art Akzent hatte. Obwohl es vielleicht einfacher wäre, nach seiner Geburtsurkunde zu forschen.«

»Dr. Zignelik –«

»Sagen Sie Adam.«

»Adam, was interessiert Sie so an ihm? Was genau?«

»Ich glaube, für Historiker ist vor allem seine Arbeit von Interesse. Aber wenn er sich tatsächlich als ein Vorreiter der Oral History erweist, verdient auch seine Biografie ein Augenmerk. Wie viel weiß man eigentlich über Marvin Cadden, den Toningenieur, mit dem er zusammengearbeitet hat?«, fragte Adam.

»Oh, eine Menge – geradezu beschämend für uns vom Psychologischen Institut, wenn man bedenkt, wie wir unseren Dr. Border vernachlässigt haben. Die Ingenieure haben Cadden, seinem Leben und seiner Arbeit, erst kürzlich eine große Ausstellung gewidmet. Alle waren da. Ein großer Rummel, nicht nur auf dem Campus, auch in den Medien. Sie sind sehr stolz auf ihn und seine Errungenschaften.«

»Wissen Sie, ob es bei den Ingenieuren jemanden gibt, der mir von ihm erzählen, vielleicht ein paar Sachen zeigen könnte? Ich würde wahnsinnig gern sehen, was das für ein Drahttongerät war, mit dem Border 1946 nach Europa gereist ist. Was meinen Sie, könnte da noch jemand sein, der ihn kannte?«

»Cadden ist irgendwann in den Neunzigern gestorben, nicht ausgeschlossen, dass bei der Elektrotechnik jemand ist, der ihn erlebt oder sogar etwas gekannt hat«, sagte Dr. Miller.

»In den Neunzigern gestorben, so spät?«

»Nun, er war viel jünger als Border, zwanzig oder dreißig Jahre. Da wird bestimmt jemand sein, der Ihnen eine Menge über Caddens Arbeit erzählen kann, vielleicht sogar ein bisschen über sein Leben. Ich rufe für Sie an. Ich weiß, Sie haben nicht viel Zeit, und wir wollen tun, was wir können, um Sie bei Ihrer Forschung über Border zu unterstützen. Nur was Caddens Beziehung zu Border anbelangt, werden Sie wahrscheinlich kaum etwas erfahren.«

»Nein, wahrscheinlich nicht, aber es würde mich trotzdem außerordentlich interessieren, Caddens Drahttongerät zu sehen, das Ding, mit dem Border unterwegs war. Es muss auf dem neuesten Stand der Technik gewesen sein.«

»Ja, das muss es. Die Kollegen von der Elektrotechnik werden sich darum reißen, Ihnen zu helfen. Cadden hat sie berühmt gemacht. Aber hier, bei den Psychologen im Leseraum, liegt noch haufenweise Material von Border selbst, das meines Wissens nie jemand gesichtet hat. Ich habe keine Ahnung, was das alles ist. Aber jetzt rufe ich erst mal drüben an, damit wir wissen, wann jemand Zeit für Sie hat.«

»Sie meinen, *ob* jemand Zeit für mich hat.«

»Nein, ich meine *wann*. Die haben uns wirklich beschämt. Wann auch immer, für Sie werden sie Zeit haben, und soviel ich weiß, sollte das sofort sein, nur lassen Sie sich von den werten Kollegen nicht mit der Geschichte der Tontechnik im zwanzigsten Jahrhundert blenden.«

»Nein, keine Sorge. Die Geräte als solche sind nicht von Interesse, nicht für mich. Mir geht es um Borders Bedeutung bei der Entwicklung dessen, was wir als ›Oral History‹ bezeichnen. Das könnte wohl mein Thema sein.«

»Wieso könnte?«

»Ich muss erst sehen, was an Materialien alles hier ist, bevor ich entscheide, was genau damit geschehen soll. Es könnte auch sein, dass ich die ganze Sache an Holocaustforscher abgebe.«

Im achten Stock der Memorial-Sloan-Kettering-Krebsklinik beendete Dr. Washington, die junge afroamerikanische Onkologin, gerade die Visite bei ihrem Patienten Henryk Mandelbrot. Ihr streng dienstliches Auftreten geriet selten ins Wanken. Es diente ihr als Schutz gegen ihre eigenen Gefühle bei den täglichen Versuchen, den Krebs zu besiegen. Aber mit einigen Patienten war das schwer durchzuhalten. Als sie das Zimmer von Mr Mandelbrot verließ, sagte sie: »Ich glaube, ich gehe jetzt besser. Um diese Zeit kommt Ihre Familie Sie doch immer besuchen, nicht wahr?«

»Nein, ich habe ihnen gesagt, sie sollen etwas später kommen«, sagte er. »Dann stehen sie nicht so lange im Stau. Aber ich habe eine andere Verabredung.«

»Aha.«

In Wirklichkeit war ihm nicht so sehr daran gelegen, diversen Familienmitgliedern die Strapazen des Wochenendverkehrs zu ersparen, als seine abendlichen Besuche möglichst lang hinauszuzögern, um Einsamkeit zu vermeiden. Der erste regelmäßige Besucher kam spätnachmittags und hatte nicht mit dem Verkehr zu kämpfen, weil er in der Klinik beschäftigt und somit schon an Ort und Stelle war. Irgendwie war es zur Gewohnheit geworden, dass Lamont Williams, der Angestellte vom Gebäudeservice, am Ende seiner Schicht bei dem alten Mann hereinschaute, bevor er in den Bus Richtung Uptown stieg und dann weiter zur Wohnung seiner Großmutter in Co-op City in der Bronx fuhr.

Ursprünglich hatte Lamont gedacht, er müsse seine Besuche bei dem Patienten kurz halten, weil er nicht wusste, wie sie in der Hierarchie des Krankenhauses angesehen würden. So sehr Mr Mandelbrot ihm auch versicherte, die anfangs kurzen Besuche würden ihm nicht schaden, brauchte Lamont lange, bis er sich in aller Ruhe darauf einließ. Die möglichen Konsequenzen für ihn, wenn er gegen die Vorschriften oder vielleicht gegen unausgesprochene institutionelle Verhaltensregeln vor dem Ende seiner Probezeit verstieß – der drohende Jobverlust mit den entsprechenden finanziellen Folgen, der Rückfall in seine Ausgangslage nach der Gefängnisentlassung, sein damit schwindendes Selbstvertrauen und die Zerschlagung aller Pläne, seine Tochter zu suchen –, das alles ließ ihn nur langsam an die Beteuerungen des alten Mannes glauben, ihm würde kein Nachteil entstehen, wenn jemand etwas von den Besuchen mitbekam. Doch sein Unbehagen hielt Lamont nicht davon ab, trotzdem zu kommen.

Die Regelmäßigkeit seiner Besuche ließ keinen Zweifel, dass nicht nur Mr Mandelbrot, sondern auch Lamont etwas davon hatte. Und ganz allmählich gelangte er zu der Überzeugung, niemand in der Klinik würde Anstoß an seinen Besuchen nehmen, ja sie nicht einmal bemerken, zumindest nicht, solange sie am Ende seiner Schicht stattfanden.

Aber einer, der sie definitiv bemerkte, war der besuchte Patient selbst, und sie ermutigten ihn nicht nur, weil sie ihm über die sonst gefährlich leerlaufende Zeit hinweghalfen, sondern auch, weil ihm klar wurde, dass sein regelmäßiger Besucher einige Nahrung daraus bezog, und das vermehrte seinen eigenen Gewinn um ein Vielfaches. So kam es, dass der alte Mann es nicht bloß nebenbei, sondern höchst erregt bemerkte, als Lamont eines Tages um die Zeit, zu der er normalerweise in seinem Zimmer im achten Stock erschien, nicht auftauchte. Es war niemand da, um zu sehen, wie er bei jedem Geräusch draußen vor der Zimmertür den Hals aus seinem Bett reckte, niemand, um zu sehen, wie er nervös über sein Laken strich, auf den Wecker schaute und sich Gedanken machte, warum der stille junge Schwarze immer noch nicht da war. Was mochte passiert sein?

Eileen Miller fand jemanden aus dem elektrotechnischen Fachbereich, der Cadden nicht nur des Öfteren begegnet war, sondern sich auf der Stelle bereit erklärte, Adam durch die

Restbestände seines Labors zu führen. Er wollte ihm sogar ein Drahttongerät derselben Art zeigen, wie Border es benutzt hatte. Da Cadden allerdings der Archetyp des Ingenieurs gewesen sei, bekam Adam zu hören, habe er seine eigenen Konstruktionen laufend für spätere Modelle ausgeschlachtet, sodass niemand definitiv sagen könne, ob das Gerät, das Adam sehen würde, genau dem entsprach, welches Border im Sommer 1946 nach Europa in die DP-Lager mitgenommen hatte.

»Hier, das ist es, oder jedenfalls ein ähnliches«, erklärte Arturo Suarez, der Wissenschaftler aus dem Elektrotechnischen Fachbereich. Adam schaute es sich an.

»Darf ich es einmal hochheben?«

»Aber bitte, nur seien Sie vorsichtig. Wäre vielleicht eine gute Idee, es über dem Tisch zu lassen, damit es nicht so tief fällt, wenn es Ihnen aus der Hand rutscht. Aber lassen Sie es besser gar nicht erst so weit kommen.« Adam hielt es fest. Es war schwer, schwerer als erwartet. Er versuchte sich vorzustellen, wie ein fast Sechzigjähriger unmittelbar nach dem Krieg dieses Ding von einem DP-Lager zum anderen schleppte.

»Wissen Sie, wahrscheinlich funktioniert es sogar noch«, sagte Arturo Suarez mit stiller Bewunderung.

»Wie geht das eigentlich genau?«, fragte Adam.

»Okay, ich erzähl Ihnen das Ganze, von Anfang an. Würden Sie es einen Augenblick dahin stellen?« Adam setzte es behutsam ab. Eileen Miller hatte recht gehabt mit der angekündigten Begeisterung der Elektrotechniker für Cadden. Arturo Suarez fuhr fort.

»Also, Marvin Cadden, hier in Chicago geboren, hat schon als Kind im Haus seiner Eltern an solchen Sachen gebastelt, seit er fünf war – unglaublich, was? Dann, mit Anfang zwanzig, fängt er an, am Armour Institute of Technology – so hießen wir, bevor wir IIT wurden – Elektrotechnik zu studieren. Nur muss man wissen, er hätte alles machen können; ich meine, einfach alles, so ein Typ war das. Verstehen Sie? Aber zufällig war sein Cousin ein Opernsänger oder so was Ähnliches. Keine Ahnung, wie gut, aber er übte, weil er Opernsänger werden wollte, und Marvin war sehr eng mit seinem Cousin, und eigentlich ging es nur darum, dass er ihm die Chance geben wollte, zu hören, wie er klang – als Opernsänger, meine ich –, eine Chance, damit er sich singen hören konnte. Dabei fiel ihm etwas ein, was er über Poulsens Idee gelernt hatte. Valdemar Poulsen? Vielleicht kennen Sie den gar nicht, aber macht nichts.

Poulsen hatte das sogenannte Telegraphon erfunden, ein Gerät, mit dem Töne magnetisch aufgezeichnet wurden. Etwas nie Dagewesenes, hatte Marvin Cadden in Erinnerung. Er beschloss, was Ähnliches für seinen Cousin, den Opernsänger, auszutüfteln. Er versuchte es mit Klavierdraht. Es gelang ihm, eine Bandbreite von Tönen festzuhalten, indem er sie in magnetische Felder umwandelte und diese benutze, um einen daran vorbeigeführten Draht unterschiedlich stark zu magnetisieren. Durch die umgekehrte Prozedur konnte er die Originaltöne hörbar machen. Er merkte aber, dass der Draht sich während des Vorgangs verdrehte und es bei der Wiedergabe Verzerrungen gab. Das war es, da hat er die Tontechnik für alle Zukunft revolutioniert. Um das Problem zu beheben, erfand er einen magnetischen Aufnahmekopf, verstehen Sie? Indem er den Draht mit diesem Kopf umgab, ohne dass es zu einer Berührung kam, konnte er die der Tonfrequenz entsprechende Magnetisierung rundum auf den Draht, der gerade durch den Kopf lief, übertragen. Das war seine Idee, und sie funktionierte. Ein Geniestreich. Und er war noch keine dreißig.

Ich weiß nicht, was aus dem Opern singenden Cousin geworden ist, aber Marvin bekam eine Stelle am Armour-Institut, begann Patente zu entwickeln und war nicht mehr zu bremsen. Während des Krieges benutzte die US-Navy seine Techniken, um U-Boot-Kommandeure zu trainieren. Dank Marvin war sie in der Lage, die Geräusche von Angriffen mit Wasserbomben zu simulieren. So konnte die U-Boot-Besatzung sich darauf einstellen, sich daran gewöhnen, unter dem Druck der Angriffsgeräusche zu operieren. Auch die Army bediente sich Marvins Erfindungen. Mithilfe seiner Stahldrahtmaschine Model 50 haben sie herumgespukt, dem Feind Angriffe vorgetäuscht, die nur akustisch existierten. Es waren Marvins Geräte, alles hier bei uns entwickelt, die am D-Day, bei der Landung, das im Voraus aufgenommene Trommelfeuer eines Infanterieangriffs mit dröhnender Lautstärke erschallen ließen. Das hat den Feind verwirrt, Leben gerettet. Der Bursche war ein Held, ein genialer Erfinder.

Und nach dem Krieg ging es weiter. Er ließ den Draht hinter sich und befasste sich mit Bändern. Alle Sorten von Magnetbändern und magnetischen Beschichtungen, Tontechnik für Filme, Mehrspurrekorder, Hochfrequenz-Vormagnetisierungen, wissen Sie, was man zur Beseitigung von Störgeräuschen macht – das ist alles Marvin. Als er starb, liefen um die fünfhundert Patente auf seinen Namen. Die Lizenzen wurden an Unternehmen wie General Electric, 3M oder Eastman Kodak verkauft. Sony hat mit Marvin ein Heidengeld verdient, aber er hat nie viel davon gesehen.«

»Wann ist er gestorben?«

»Ich würde sagen … Mitte der Neunziger, ich glaube 1995. Ich kann nachschauen, wenn es wichtig ist. Seine Witwe lebt noch.«

»Was für ein Mensch war er?«

»Freundlich, vollkommen normal, von Natur aus ein Gentleman. Er war sehr bescheiden, nicht aufgeplustert, keine Allüren. Einer, der Spaß versteht, immer lächelnd.«

»Kannten Sie ihn persönlich?«

»Sicher, ich war noch ein kleiner Student, aber jedem war er ein Begriff, und wer mit ihm reden wollte – was natürlich alle wollten, die ein Interesse an Elektrotechnik hatten –, konnte ihn ansprechen. Er war umgänglich. Er spielte Mundharmonika. Ich meine, richtig. Ein echter Virtuose. Es gab ein paar Bars, in denen er spielte, jede Woche irgendwo. Das hat er jahrelang gemacht. Sollte sogar auf Tournee gehen, so gut war er, Unterhaltungsmusik, aber auch Blues. Sogar Schwarze fragten ihn, ob er mit ihnen spielt. Wirklich! Er hätte sein Geld *damit* verdienen können.«

»Hat er es gemacht, mit den schwarzen Musikern gespielt?«

»Ich weiß nicht. Ich vermute mal, eher nicht.«

»Warum?«

»So gemischt, das war damals noch nicht üblich. Sagt man jedenfalls.«

»Ich nehme kaum an, dass er diesen Psychologen, Henry Border, überhaupt erwähnt hat.«

Arturo Suarez schüttelte den Kopf. »Nein, nie.«

Als Adam fertig war mit seiner Betrachtung des alten Drahttongeräts, begleitete Arturo ihn zum Gebäude des psychologischen Instituts zurück. Alle am IIT waren unerwartet hilfsbereit, und Adam fragte sich, ob seine Verbindung zur Columbia der Grund dafür war. Bei der Vorstellung, dass dem so sei, fühlte er sich wie ein Hochstapler. Wären die Leute hier genauso nett, wenn sie wüssten, wie es um seine wissenschaftliche Laufbahn stand?

Eigentlich hätte er wieder mit Eileen Miller zusammentreffen sollen, aber sein Besuch im Elektrotechnischen Fachbereich hatte länger gedauert als erwartet, und jetzt war sie nicht mehr da, sondern bei irgendeiner Lehrveranstaltung oder Besprechung. Adam dachte, er habe den Bogen vielleicht überspannt. Vielleicht hatte sie genug getan und war wieder zurück in ihrer eigenen Welt. Aber sie hatte eine Mitarbeiterin beauftragt, Adam den Leseraum zu zeigen, wo das Material von Border aufbewahrt wurde. Nun war er dort allein mit ein paar weiteren Kartons und seiner inneren Stimme, die ihn aufforderte, zu verschwinden, nicht länger so zu tun, als hätte er etwas Wertvolles beizutragen. Er sagte sich, er täte besser daran, Borders Transkripte an Holocaustexperten abzugeben, einmal höflich zu nicken, wenn diese sich bedankten, sein Büro an der Columbia einzupacken und sich nach einem anderen Job umzusehen. Irgendjemand würde schließlich sämtliche Transkripte durchgehen. Früher oder später wären sie alle digitalisiert, und dann sähe man im Nu, ob irgendwo etwas über die Beteiligung afroamerikanischer Soldaten an der Befreiung von Dachau gesagt wurde.

Und Border selbst – was machte es schon aus, ob er Jude gewesen war oder nicht? Seine Religion oder Volkszugehörigkeit mochte diesen kleinen Psychologen aus dem Mittleren Westen wohl motiviert haben, ein Pionier der Oral History zu werden, aber wen kümmerte seine Motivation? Eine von Adams inneren Stimmen sagte ihm, es sei genug, dass er die Transkripte gefunden habe. Aber eine andere Stimme konterte, das hätte jedem passieren können, der nur die Augen aufhielt. Diese Stimme sagte ihm, es gebe zwei gute Gründe, warum es bisher nicht geschehen sei. Erstens hätten alle anderen wirkliche Arbeit zu tun, und zweitens sei Border selbst für niemanden von Interesse. Also, was tun, fragte er sich, während er – genauso wie fast überall – allein im Leseraum saß. Du wirst ein paar ungelesene, kaum veröffentlichte Papiere über obskure psychologische Aspekte im Zusammenhang mit der Wortwahl traumatisierter Menschen anschauen, ehe du ein Taxi zum Flughafen nimmst, neue Erdnüsse kaufst, um sie auf dem Rückflug nach Hause, in eine leere Wohnung, die du demnächst aufgeben musst, durch die Kabine zu schleudern.

»Warum liest du nicht, ohne dauernd an dich selbst zu denken«, flüsterte Diana.

Ein Luftzug schien aus der angrenzenden Abstellkammer zu kommen, und Adam stand auf, um die Tür zu schließen. Nur nicht hier noch krank werden, dachte er sich.

In der Kammer gab es ein winziges Fenster mit Blick auf eine Grasfläche draußen. Adam stolperte über eine zugedeckte Lattenkiste, als er prüfte, ob das Fenster sich besser schließen ließe, aber es war zu hoch für ihn. Er musste es dabei belassen, einfach die Tür zu schließen. Das würde wohl das Beste sein. Vorsichtig darauf bedacht, nichts von den Gerätschaften umzuwerfen – die beiden Leitern, den Eimer, den Wischmopp oder die Besen, die dort standen –, stieß er mit dem Schienbein an die Kiste und fluchte. Es tat weh.

Wieder in New York, würde er einen blauen Fleck als Souvenir an diese Abstellkammer neben dem Leseraum des Psychologischen Instituts des IIT haben. Das Tuch, das über der Kiste lag, war dick mit Staub bedeckt, eine Schicht, ebenso dick wie das Tuch selbst. Adam hatte das Gefühl, er müsse niesen. Obwohl der Staub ihm nicht nach New York folgen würde, dachte er, es sei das Beste, diese elende Kammer so schnell wie möglich zu verlassen. Er war im Begriff, die Tür zu schließen, als er sich entschied, noch einmal hineinzugehen.

Wahrscheinlich waren es Putzmittel oder Handwerkszeug, aber da die Kartons mit Borders Papieren auch in der Kammer gestanden hatten, dachte er, er sollte das staubbedeckte Tuch, das jemand über die dämliche Kiste gebreitet hatte, wenigstens einmal hochheben.

Er fasste es an einer Ecke und zog es langsam ab. Als die Kiste zu einem Drittel offen lag, begann er zu ahnen, was der Inhalt sein könnte. Es waren weiße Plastikzylinder, in der Mitte dünn und an den Rändern breiter. Auf den ersten Blick mochten es leicht über hundert Stück sein.

»Oh, mein Gott!«, sagte Adam laut. Das waren die Drahtspulen, die Henry Border von Cadden bekommen und im Sommer 1946 mit nach Europa genommen hatte, um in DP-Lagern Berichte von Menschen aufzuzeichnen, die man heute »Überlebende des Holocaust« nennen würde. Adam schaute die Spulen an. Um ihn her war alles still. In der Kiste warteten Menschen darauf, herauszukommen, Menschen, die Unvorstellbares erlebt hatten, Übriggebliebene vernichteter, zum Schweigen gebrachter Gemeinschaften. In der Kiste waren Stimmen, den traumatischen Erfahrungen näher, als irgendjemand ihnen je gekommen war. Die deutsche Zivilbevölkerung hatte nichts unternommen, um das Trauma zu beenden, weder die Achsenmächte, noch die Alliierten mit ihren Regierungen, ihren Armeen und Zivilbevölkerungen hatten es gestoppt. Die Juden Europas hatten verzweifelt versucht, der Welt zu erzählen, was mit ihnen geschah, aber ihre Stimmen hatten kaum Gehör gefunden, bis sie vollständig zum Schweigen gebracht worden waren, alle, bis auf solche wie die Stimmen dieser wenigen, gerade erst befreiten Überlebenden auf den Drahttonspulen in der Abstellkammer neben dem Leseraum der Psychologen am Illinois Institute of Technology.

Zuerst wusste Adam nicht, was er machen sollte. Er wollte schreien, es jemandem erzählen, aber er wusste nicht, wem, und er musste sowieso erst überprüfen, ob seine Vermutung über den Inhalt der Kiste richtig war. Er nahm eine Spule heraus und schaute sie an. Sie war nummeriert. Wie konnte er prüfen, was sie enthielt? Er beugte sich herunter, legte das staubige Tuch wieder über die Öffnung und zog das Ding aus der Abstellkammer in den Leseraum. Er ging ans Telefon, das dort auf dem Tisch stand, und wählte die Durchwahl von Arturo Suarez, dem Elektrotechniker. Zunächst konnte er ihn nicht erreichen. Am anderen Ende meldete sich der Anrufbeantworter des Fachbereichs. In einer wirren Nachricht hinterließ Adam sowohl die Durchwahl des Leseraums als auch seine Handynummer. Er legte den Hörer wieder auf. Es war still im Raum. Adam traute sich kaum noch, einen Blick unter das staubige Tuch zu werfen, falls das Ganze nur ein Traum gewesen war, oder er die Drahttonaufnahmen durch seine Aktion, die Kiste herüberzuschleifen, ruiniert haben sollte.

Nachdem er ohne jeden Grund im Flur vor dem Leseraum auf und ab gegangen war, begann er Arturo Suarez alle sechzig Sekunden anzurufen. Suarez konnte seinen Tag beendet haben, er konnte eine Vorlesung halten, an einer Konferenz teilnehmen oder an einem Herzinfarkt gestorben sein. Auf einen Rückruf wartend, fiel Adam nichts Besseres ein, als laufend bei ihm anzurufen. In einer der Sechzig-Sekunden-Pausen rief Suarez zurück. Mühsam beherrscht, brauchte Adam fünf Minuten, um ihm die potenzielle Bedeutung der Spulen zu erklären. Wäre Suarez bereit, das Gerät, das er Adam gezeigt hatte, so schnell wie möglich in den Leseraum des psychologischen Instituts zu bringen? Adam dachte, er würde sein Flugzeug wohl verpassen. Hätte er keine Vorlesung gehabt, wäre es ihm egal gewesen. Etwas mehr als zwanzig Minuten nach ihrem Telefongespräch erschien Suarez mit Caddens Drahttongerät im Leseraum. Außer Atem und leicht schwitzend, konnte er nur bestätigen, dass die Spulen aller Voraussicht nach tatsächlich das waren, was Adam sich erhoffte.

Der Draht war dünn wie ein Nylonfaden, aber empfindlicher. Adam wagte es nicht, ihn von der Spule abzuwickeln, was jedoch ein Stück weit nötig war, um ihn in das Gerät einzulegen.

»Ich kann das nicht, ich traue meinen Fingern nicht«, sagte er.

»Ich mache es«, bot Suarez an und nahm ihm die zufällig herausgegriffene Spule ab. Adam beobachtete, wie er das Anschlusskabel in die Wandbuchse steckte und dann begann, den Draht mit dem Feingefühl eines Chirurgen einzufädeln.

Der erste Ton, den sie hörten, war ein knackendes Geräusch, das in ein Stimmengewirr überging, Gerede in den verschiedensten Tonlagen, Klangfarben und Lautstärken, das zu einem Sammelsurium von Sprachen verschmolz. Dann kam ein einzelnes »Pst«, dem so viele andere folgten, dass ihr Chor das Gerede übertönte, und dann herrschte Ruhe, bis auf einiges Knistern und Knacken. Plötzlich hörte Adam eine Stimme. Was sie hervorbrachte, war ein Lied, ein altvertrautes Wiegenlied, und schockiert fühlte er sich in seine eigene Kindheit zurückversetzt. Das war das Letzte, was er erwartet hatte, ein Fragment seiner eigenen Kindheit zu hören.

Als kleiner Junge in Melbourne, wo er aufgewachsen war, hatten seine Großeltern ihm so oft dieses Lied vorgesungen, wenn sie ihn ins Bett brachten, während seine Mutter ausging. Etwas später hatte seine Mutter eine Möglichkeit gefunden, es von der veralteten 78er Platte seiner Großeltern auf Kassette überspielen zu lassen. Und nun hörte er es im Leseraum des Psychologischen Instituts des IIT auf der South Side von Chicago. Er lauschte und war erstaunt, wie unmittelbar ihm jede professionelle Distanz abhandenkam. Ihm stiegen Tränen in die Augen, während sie zu zweit auf das Drahttongerät starrten und inmitten der knisternden Geräusche die Stimme eines jungen Mannes singen hörten. Adam dachte an sich selbst als Kind, an seine polnisch-jüdischen Großeltern, an seine Mutter, die nicht wieder geheiratet hatte, und dann an den singenden jungen Mann in einem DP-Lager. Was hatte man ihm angetan, kurz bevor er in diese Maschine sang? Adam fragte sich, ob Border, den er für einen Juden hielt, es besser geschafft hatte als er, die professionelle Distanz zu wahren. Was mochte er gedacht haben, als die dünne Stimme dieses ausgemergelten jungen Menschen, gerade erst im Mannesalter, gerade erst in Freiheit, vor ihm sang, wie jetzt vor Adam Zignelik?

Schlof, majn Kind, schlof kessejder
singen wel ich dir a Lid.
As du, majn Kind wesst elter wern,
wesstu wissn an Unterschid.

As du, majn Kind, wesst elter wern,
wesstu wern mit Lajtn glaijch.
Demelt wesstu gewojre wern,
woss hejsst orim un woss hejsst raijch.

»Was singt er da, was ist das für eine Sprache?«, fragte Arturo Suarez.

»Das ist Jiddisch. Ein Wiegenlied für Kinder, zum Einschlafen.«

Sie sind es wirklich, dachte Adam. Das waren Borders Drahttonaufzeichnungen. Er hatte sie gefunden. Abgesehen von Border selbst waren er und Suarez vielleicht die Ersten, die das hörten, seit es aufgenommen worden war. Adam würde sein Flugzeug verpassen, aber jetzt konnte er nicht gehen. Er schaute auf die Uhr.

»Sie müssen mir beibringen, wie man den Draht einlegt.«

»Ich dachte, Sie trauen Ihren Fingern nicht?«

»Stimmt. Aber Sie müssen es mir trotzdem zeigen. Allerdings, wenn es Ihnen nichts ausmacht, sollte ich erst versuchen, meinen Flug umzubuchen.«

Auch Suarez hatte einen Anruf zu tätigen. Er musste seiner Frau erklären, dass es heute etwas später würde. Das Umbuchen dauerte länger und kostete mehr, als es Adam lieb war. Aber jetzt hatte er einen späteren Flug und Zeit genug, das Einfädeln des Spulendrahts von 1946 zu lernen. Es mussten über hundert Stunden Interviews zu hören sein. Er würde auf der Stelle damit anfangen.

Spätnachmittags, bevor die ersten Essensgäste kamen, bereiteten zwei Ober in Weste und Fliege die Tische nach dem Übersichtsplan vor, die erste Aufgabe ihrer Schicht in einem traditionsreichen Steakrestaurant downtown Manhattan, gleich neben dem Union Square. Einer von ihnen deckte Gläser und Besteck ein, während der andere mit einem Staubsauger unter jene Tische fuhr, die sein Kollege noch nicht erreicht hatte. Abwechselnd mit ihrer Arbeit und eher persönlichen Gedanken beschäftigt, unter dem Druck der bis zum Eintreffen der Gäste verbleibenden Zeit und abgelenkt vom Lärm des Staubsaugers, bemerkten sie nicht, wie Lamont Williams, frisch von seiner Arbeit in der Klinik, am unbesetzten Empfang des Restaurants vorbeiging und mitten im Speisesaal stehen blieb.

Wie viele Jahre war es her, seit er dort gewesen war? Das letzte Mal vor fast zehn Jahren, bei seiner ersten Verabredung mit einer jungen Frau, mit der er eine Tochter bekommen hatte. Seine Gedanken wanderten durch den Raum, zu den jeweiligen Tischen, an denen er zu unterschiedlichen Zeiten gesessen hatte, während die beiden Ober und dann andere, die er entfernt hörte, aber nicht sehen konnte, ihren Geschäften nachgingen.

»Seiteneingang, Kumpel«, übertönte jemand den Staubsauger.

Chantal hieß die Frau, die er dorthin geführt und die alle Blicke angezogen hatte. Wie schön sie war.

»Seiteneingang!«

»Noch nicht fertig?«, rief jemand einem der Ober zu.

»Gleich.«

»Seiteneingang.«

Lamont erinnerte sich, wie er den Umfang der Weingläser neben den Wassergläsern betrachtet und gedacht hatte, es würde ihn sein ganzes Geld kosten, sie auch nur ein einziges Mal füllen zu lassen. Doch wenn irgendjemand es wert sei, hatte er gedacht, dann sie. Er erinnerte sich, wie er sich gegen den Verkehrslärm auf dem Union Square zu ihr hingeneigt hatte. Und dass sie sich ihm nicht zuneigte, kein einziges Mal.

»Seiteneingang, Kumpel. He, ich rede mit dir!«, bellte ein Mann mit Autorität in der Hierarchie des Steakrestaurants Lamont an. »Lieferungen durch den Seiteneingang!«

»Ich will nichts liefern«, sagte Lamont so leise, dass der Oberkellner genötigt war, näher zu kommen, um ihn zu verstehen.

»Was sagst du?«, fragte er, Lamont von oben bis unten musternd.

»Ich liefere nichts. Ich will was abholen.«

»Wovon redest du?«

»Meine Großmutter war letzten Samstag hier. Sie hat ihren Schirm vergessen. Was Besonderes. Ich wollte ihn für sie abholen.«

»Viele Leute vergessen ihre Schirme«, sagte der Oberkellner argwöhnisch.

»Sicher. Sie eben auch. Letzten Samstag. Ein Zweiertisch, reserviert auf den Namen McCray.«

Der Mann dachte einen Augenblick nach.

»Was Besonderes, sagst du?«

»Ja, genau.«

»Wie sieht er aus?«

»Er hat Scotties drauf … Hunde mit roten Fliegen am Rand … und sonst grau … dunkelgrau. Er hat … sie sagt, er hat ein … ein Hundetrittmuster, sagte sie.«

»Hundetritt?«, fragte der Oberkellner skeptisch.

Lamont zog einen Zettel aus der Tasche. »Hahnentritt, wie ein Hahnentrittmuster in Dunkelgrau.«

Wieder dachte der Mann einen Augenblick nach, ehe er etwas sagte. »Komm mal mit.«

Lamont folgte ihm in die Garderobe, wo er warten sollte. Nach ungefähr einer Minute kam der Oberkellner mit einer Art Einkaufswagen wieder, in dem sich eine Sammlung von etwa zwanzig Schirmen befand.

»Siehst du irgendwo Scotties mit roten Fliegen?«, fragte er. Lamont ließ sich Zeit und schaute genau nach, aber er sah nichts, was zu der Beschreibung seiner Großmutter passte.

»Ich nehme den da«, sagte er und deutete auf einen großen, robust aussehenden Schirm mit einem glänzenden schwarzen Griff.

»Das ist keiner, wie du's beschrieben hast«, sagte der Oberkellner.

»Ich nehme den da«, wiederholte Lamont leise.

»Na, und was mache ich, wenn der Besitzer von dem da kommt und er weg ist?«

Lamont winkte dem Oberkellner, sich über den Tresen zu beugen, während er den großen, robust aussehenden Schirm mit dem glänzenden schwarzen Griff aus dem Wagen nahm, und sagte fast flüsternd: »Erzähl ihm doch denselben Scheiß, den du bei mir versuchst.«

Er drehte sich langsam zum Empfang um und ging ohne Eile an den anderen Kellnern vorbei hinaus in Richtung Union Square, den Regenschirm mit dem glänzenden schwarzen Griff fest unter seinen Arm geklemmt.

Es war viertel nach neun Uhr abends. Adam befand sich nicht nur allein im Leseraum, sondern auch allein im Gebäude. Arturo Suarez war längst nach Hause gegangen, zu seiner Frau. Adam hatte sowohl Sahera Shukri von der Galvin Library als auch Eileen Miller auf ihre dienstlichen Anrufbeantworter gesprochen und erklärt, er habe Borders Drahttonaufnahmen, die Quelle der Transkripte, entdeckt. Eileen Miller möge sie zur Sicherheit in ihre Obhut nehmen. Das Abspielgerät müsse in die Elektrotechnische Abteilung zurückgebracht werden, zu Händen von Arturo Suarez. Er bedankte sich bei beiden und versprach, sich aus New York zu melden. Nun schaute er wieder auf die Uhr und fragte sich, ob er Zeit hätte, eine letzte Spule anzuhören, bevor er versuchte, in der Dunkelheit ein Taxi zu finden, das ihn erst zu seinem Hotel in der Innenstadt und dann weiter zum Flughafen brachte. Ohne die geringste Ahnung, wie lange der Weg um diese Zeit dauern würde, geschweige denn, wie schwierig es wäre, ein Taxi zu bekommen, konnte es brenzlig für ihn werden. Trotzdem nahm er eine weitere Spule heraus und begann, mit feuchten Händen den Draht in Caddens Maschine einzufädeln. Er wählte eine Spule, die auf der äußersten rechten

Seite in der Kiste lag. Jede einzelne war beschriftet, aber damit hatte er sich noch nicht beschäftigt. Im Moment hörte er einfach zu.

Dieses Interview – wie sich herausstellte, das letzte, das Border aufgezeichnet hatte – war auf Jiddisch, eine Sprache, die Adam nicht sprach, aber von seinen Großeltern mütterlicherseits her kannte und teilweise verstand. Er kannte auch den Namen der befragten Person, da es sich zufällig um eines der acht Interviews aus Borders Buch handelte. Im Buch hatte Border die Frau beschrieben: eine Jüdin mit heller Haut und hellen Haaren, die in beiden Ghettos gewesen war, die es für die Juden aus Grodno an der Grenze zwischen Polen und Weißrussland gab. Sie hatte Border erzählt, wie ihr Mann sie davon überzeugte, die einzige Überlebenschance ihres neugeborenen Babys bestünde darin, dass sie, die man für eine Christin halten konnte, versuchte, mit dem Baby wegzulaufen und es vor die Tür des nächsten christlichen Waisenhauses zu legen. Es schneite in der Nacht, als sie sich auf den Weg machte.

Mit dem Rücken zu Border am Tisch sitzend, sagte sie, es sei sechsundzwanzig Grad unter null gewesen. Nachdem sie den gelben Stern von ihrem Mantel abgerissen und ihr Mann ihr das Baby übergeben hatte, versuchte sie mit einer Gruppe anderer Juden durch das Tor aus dem Ghetto zu gelangen, aber ohne Erfolg. Schüsse wurden abgefeuert, und auf der Straße lagen sechzehn Juden tot im Schnee. Ihr Baby an die Brust gepresst, in der Sorge, es zu schützen, ohne ihm die Luft zu nehmen, unterdrückte sie einen Schrei, als sie die Leichen derer sah, die eben noch neben ihr gestanden hatten, und rannte ins Innere des Ghettos zurück.

Später, mithilfe ihres Mannes, versuchte sie es erneut, nun durch den Drahtzaun, der noch nicht elektrisch geladen war. Ihr Mann hob den Draht hoch und sie kroch hindurch, ehe sie das in Windeln gewickelte Baby übernahm. Auch für die nicht jüdische Bevölkerung außerhalb des Ghettos gab es eine Sperrstunde, und ihr blieb nur eine Stunde Zeit, um das Leben ihrer kleinen Tochter zu retten. Sie lief zum Haus einer polnischen Christin, der sie gefühlsmäßig vertraute, obwohl sie ihr nur zwei Mal begegnet war, und bat diese Frau, ihr Kind zum Waisenhaus zu bringen. Aber die Polin hatte Angst und erklärte, sie könne schon wegen der paar Worte, die sie mit ihr gewechselt habe, erschossen werden. Alles geflüstert, alles im Dunkeln, alles im Schnee, schauten die beiden Frauen einander an, jede flehend, die Lage der anderen zu verstehen.

Dann hatte die Polin eine Idee. Sie sagte, die jüdische Frau solle ihr Baby in Windeln gewickelt ein bisschen weiter, vielleicht dreißig Schritte von der Tür entfernt auf die Straße legen und weggehen. Ein paar Minuten später würde sie mit einer Nachbarin herauskommen. Sie würden zusammen kommen, und dann würde sie wie zufällig das Baby finden, vor den Augen ihrer Nachbarin. So hätte sie eine Zeugin. Und morgens könnte sie das Baby zum Waisenhaus bringen.

Die jüdische Mutter hatte keine Wahl. Sie sprach in Caddens Drahttongerät und erklärte, wie es war, ein Neugeborenes neben einem Ghetto auf der Straße in den Schnee zu legen. Sie erklärte das bittersüße Gefühl, als die polnische Frau, wie versprochen, mit ihrer Nachbarin aus dem Haus kam und das Baby »entdeckte«.

Border hört zu, stellt gelegentliche Fragen, ohne eine Regung zu zeigen, obwohl die Frau oft in Tränen ausbricht, manchmal minutenlang unkontrolliert schluchzend. Adam konnte kaum atmen, während er sich die Aufnahme anhörte und gleichzeitig das übersetzte Transkript in Borders Buch verfolgte. Die Frau beschrieb unsägliche Gräuel, einschließlich der Misshandlung und dem Tod ihres Mannes, ihr eigenes Leiden, erst in den Ghettos und danach in Auschwitz, bis sie schließlich befreit wurde.

Unter dem Eindruck von alledem, genau genommen von dem, was Adam bislang an Interviews gehört hatte, war Borders Stimme keinerlei Gefühl anzumerken. Soweit Adam hören konnte, blieb er stets der Wissenschaftler, der forschende Psychologe, der diese Menschen allein um der rohen Datensammlung willen in den verschiedensten Sprachen befragte. Dann, als deutlich wurde, dass diese Frau mit ihrer Geschichte fertig war, fragte Border nach dem Schicksal ihres Babys. Sie erklärte, sie befinde sich seit einem Jahr in diesem DP-Lager in Wiesbaden. Der Draht sendete ein Schweigen bis auf sein eigenes Knistern und Knacken und die schwachen Hintergrundgeräusche anderer Lagerbewohner. Dann sprach die Frau.

»Die Polin war herausgekommen … mit ihrer Nachbarin … und hob mein Kind auf. Es wurde bekannt, dass sie es von der Straße aufgelesen hatte. Es gab eine Untersuchung … Sie stellten fest, dass es ein jüdisches Kind war, und –« Hier unterbrach Border: »Wie konnten sie das feststellen?«

»Ich weiß nicht, möglicherweise, weil das Kind die Hautfarbe meines Mannes hatte, oder weil die Familie meines Mannes sehr bekannt war in der Stadt. Ich kann's nicht sagen … wirklich nicht. Vielleicht war es verdächtig, weil die Frau meine Tochter doch nicht in ein Waisenhaus gegeben hatte.«

»Warum nicht?«

»Ich glaube, sie hat das Kind geliebt. Sie hatte kein eigenes. Es war nur drei Wochen, bevor die Russen kamen … als sie ihre … meine Tochter begruben. Sie liegt auf einem christlichen Friedhof. Ich würde … der jüdische war vollkommen geschändet. In Łodz ist eine Frau, die Frau eines Doktors dort, und sie …« Wieder brach die Interviewte in unkontrollierbares Schluchzen aus.

»Und … diese Frau in Łodz ?«, fragte Border. Sie holte tief Luft, bevor sie mit leiser Stimme antwortete:

»Die Frau in Łodz … sie hat Fotos … von meiner Tochter.« Danach erreichte Border sie nicht mehr. Sie war in ihr Inneres eingetaucht, und er sprach direkt in die Maschine, zum ersten Mal nicht an eine befragte oder sonstige Person gewandt, sondern direkt in Caddens Maschine. Während die Frau immer noch weinte, hörte Adam ihn auf Englisch sprechen, mit einem starken europäischen Akzent. Und jetzt hört Adam ersten Mal Gefühlsregungen in seiner Stimme.

»Sie zünden sich eine Zigarette an«, sagt er, obwohl die Frau sicher kein Englisch spricht. »Nun, wir müssen zum Schluss kommen … Wiesbaden, September 1946, in der 1937 oder 38 geschändeten Synagoge, wo der erste Festgottesdienst gefeiert wird … obwohl sie nicht neu geweiht wurde … Was wir von dieser Frau gehört haben … ist dasselbe, was wir von allen anderen gehört haben … Ich beende mein Projekt in Deutschland … Ich danke der UNRRA, Jack Thompson von der *Chicago Tribune* … und … ich kann nicht sprechen. Die Namen fallen mir nicht ein … jetzt … ich bin zu aufgewühlt … die Geschichte dieser Frau. Ich beende mein Projekt. Das Auto wartet. Ich fahre nach Frankfurt.«

Dann geht das Knistern und Knacken der Drahttonaufnahme ohne Einmischung irgendwelcher anderer Geräusche eine Weile in Borders schweigender Anwesenheit weiter. Er muss einfach erschöpft da gesessen haben, hinter der jetzt stillen Frau. Die Zeit vergeht, und seine Stimme hebt wieder an. Adam hört, es ist die Stimme eines Mannes, der sich unsagbar allein fühlt. Er hört: » … Wer wird über das alles zu Gericht sitzen?« Wieder kommt lange nichts außer dem Rauschen und Knistern des Geräts. Dann spricht Border erneut: »Und wer urteilt über meine Arbeit? … Wer urteilt … über mich? IIT-Drahttonaufnahme. Heute Abreise nach Paris. Das Projekt ist beendet.« Das war das Ende der Spule. Etwas mehr als sechzig Jahre später musste auch Adam Zignelik ein Flugzeug erreichen.

An einem Samstag gegen halb zehn oder zehn Uhr abends versuchte ein junges afroamerikanisches Mädchen, sich im Gedränge eines völlig überfüllten U-Bahnwagens der uptown fahrenden Linie Eins an einer Stange festzuhalten. Sie war am Lincoln Center eingestiegen und so müde, dass sie auf der Stelle hätte einschlafen mögen, wenn sie dabei nicht umgefallen wäre. Am anderen Ende des Wagens gab es ein Gezeter, aber es war anscheinend so weit weg, dass es sie nicht bekümmern musste. Um sich wachzuhalten und ihre Station nicht zu verpassen, lauschte sie einem Gespräch in ihrer Nähe. Ein Mann und eine Frau, dem Ton nach gute Bekannte, redeten miteinander.

»Weißt du, die Eins und die Neun sind zu den dreckigsten Zügen gewählt worden.«

»Tatsächlich?«

»Ja, ich hab's gelesen.«

»So was wird jetzt *gewählt?* Die Neun, ja, ich erinnere mich. Aber die gibt's nicht mehr.«

»Nein, und weißt du, warum?«

»Zu dreckig?«

»Muss wohl.«

Das Gezeter am anderen Ende wurde durch einen Mann verursacht, der dem Mädchen ziemlich gestört vorkam. Er redete übertrieben laut auf Leute ein, die er als »Freunde« bezeichnete, die ihn aber, das machten ihre Antworten klar, gar nicht kannten. Unter Schwierigkeiten versuchte er sein Gleichgewicht zu halten, während er sich langsam zu ihrem Ende des Wagens durchschlug. Er hatte verfilztes Haar, trug zerrissene Kleidung und bewegte die Finger einer Hand wie ein Pianist beim Tastenlauf eines Arpeggio. Er schwankte weiter durch den Gang bis zum letzten Abschnitt, indem er sich auf das Wagenende des jungen Mädchens zubewegte. Ein Tourist hätte vielleicht geglaubt, er sei betrunken, aber sie wusste es besser. Er sprach undeutlich und zu laut. Die nicht Arpeggio spielende Hand war mehr oder weniger ausgestreckt. Man musste sich bei jedem Bettler schnell eine passende Strategie überlegen. Braucht er Geld? Hast du Münzen dabei? Kommst du leicht dran? Ist seine Geschichte traurig genug? Glaubst du sie? Was hat er schon von deinem bisschen Kleingeld? Bringt ihm das überhaupt etwas? Ihre Mutter hätte gewusst, was sie tun sollte. Hatte sie Angst vor ihm? Waren andere Leute in der Nähe, die ihr helfen würden, wenn ihre Strategie unvorhergesehene Folgen hätte? Was machte dieses junge Mädchen in der U-Bahn?

Am Tag zuvor hatte sie sich mit ihren Freundinnen fürs Kino verabredet. Es war eine ganze Gruppe, die sich am Loews Movie Theater treffen wollte, aber aus einer Laune heraus, mit einer Logik, die nur der kollektiven Entscheidung einer Gruppe vierzehnjähriger Mädchen angemessen schien, hatten die Pläne sich im letzten Moment komplett geändert, und das Treffen am Kino war geplatzt. Aber da Sonja nun schon einmal so lange gebraucht hatte, um ihre Eltern zu überreden, sie gehen zu lassen, und sie fest entschlossen war, den Abend woanders zu verbringen, hatte sie ihnen nichts von dem abgeblasenen Treffen gesagt. Sie wollte diese scheinheiligen Reden nicht mehr hören, ihr Getue, als hätten sie nicht eben noch gestritten. Statt zu Hause zu bleiben, war sie einfach, wie ursprünglich geplant, in den Film gegangen, ohne Bescheid zu sagen, dass sie alleine ging. Sie hatte vorgehabt, danach bei Towers Records in CDs und Zeitschriften zu stöbern, aber vergessen, dass geschlossen war, und so war sie, müde und enttäuscht, in einem Starbucks gelandet und hatte Leute beobachtet, bevor sie den Rückweg antrat und in die Bahn stieg, in der nun dieser gebrochene Mann auf sie zukam.

Er gab jede Menge Geräusche von sich, aber was er sagte, war nicht immer klar. Die ausgestreckte Hand sah verkrüppelt aus. Am anderen Ende des Wagens hatte er ein paar Leute zum Lachen gebracht, doch hier in der Umgebung lachte niemand. Ein abgerissener Afroamerikaner, Anfang fünfzig vielleicht.

Sonja dachte, er müsse ungefähr so alt sein wie ihr Vater. Heimlich schob sie ihre Hand in eine Tasche, tastete nach Kleingeld. Dabei fragte sie sich, ob es das Richtige oder ob es klug wäre, ihm Geld zu geben. Es könnte ihn veranlassen, sich schneller vorwärtszubewegen, ihn ungewollt auf sie aufmerksam machen. Ihre Mutter hätte das Richtige gewusst. Er schob seinen Körper an den Leuten in Sonjas Nähe vorbei, laut vor sich hin brabbelnd und die meisten Wörter bis zur Unverständlichkeit verschleifend. Irgendwie schien er zu wissen, ohne eine Geschichte würde es kein Geld geben, aber er brachte die Geschichte nicht heraus. Sonja hatte in ihre Tasche gelangt und war bereit, ihm etwas zu geben, als er sich an ihr und an allen anderen vorbeischob, ohne sich lange genug aufzuhalten, als dass irgendwer ihm etwas hätte geben können. Brabbelnd bahnte er sich seinen Weg durch die Tür in den ziehharmonikaartigen Verbindungsraum zum nächsten Wagen. Die Bahn fuhr weiter Richtung Uptown.

Es war eines Abends Anfang Mai 1945 in Chicago, als ein Mann um die sechzig, der sich aber älter fühlte und seinem ganzen Auftreten nach aus einer anderen Zeit und einer anderen Welt zu stammen schien, allein durch die Straßen auf der South Side ging. Er fuhr fünf Mal in der Woche von seinem gut zehn Meilen weit entfernten Haus zur Arbeit in diese Gegend, doch obwohl er ziemlich oft lange Überstunden machte, war er es sicher nicht gewöhnt, so spätabends noch zu arbeiten. Sein Heimweg führte normalerweise von seinem Büro im Hauptgebäude des Illinois Institute of Technology zur Hochbahnstation an der Ecke 33rd und State Street. Ganz bestimmt war er es nicht gewöhnt, im Dunkeln durch die Straßen der Umgebung zu laufen. Mit dem Gebaren eines Mannes aus dem alten Europa, das verschwunden war, im Augenblick eher Flüchtling als Immigrant, blickte er abwechselnd auf ein Stück Papier in seiner Hand und dann nach oben, auf das Straßenschild, von einem zum anderen, wieder und wieder, um sich zu vergewissern, dass er in die richtige Richtung ging.

Viele Menschen, Männer und Frauen, alt und jung, gingen an ihm vorbei. Manchmal schnappte er Gesprächsfetzen auf, aber er verstand kein Wort. Alle diese Menschen waren Schwarze. Es war ihre Gegend, und wenn sie ihn anschauten, sahen sie einen seltsamen Vogel. So viele Menschen nachts auf der Straße, dachte er, während er an den Steaklokalen und Bestattungsinstituten, den Ladenkirchen, Pfandhäusern, Billigschuhgeschäften und Spirituosenmärkten vorbeiging. Es waren Schwärme von Menschen jeden Alters, die ihn umgaben, aber die meisten waren mit Abstand jünger als er. Die Männer trugen Anzüge, die ihnen nicht gehört haben konnten, als sie irgendwann vor über zehn Jahren neu gewesen waren. Die Kleider der Frauen sahen weniger altmodisch aus, oft selbst genäht. Es gab so viele, die erst kürzlich aus dem Süden nach Chicago gekommen waren. Viele waren nicht so lange da wie er, und ein unbefangener Betrachter hätte meinen mögen, nicht wenige wirkten verloren, doch für ihn fühlte es sich an, als gehörte jeder andere, ob Mann, Frau oder Kind, mehr dorthin als er.

An der Ecke 35th und State Street angelangt, nahm er einen schmalen Eingang zu dem Lokal, dessen Namen er ein paar Tage zuvor am Telefon erfahren hatte. Nicht nur, dass er noch nie dort gewesen war, sondern er war überhaupt noch nie an einem derartigen Ort gewesen, und bei den ersten Schritten hinein fühlte er sich wie auf einem anderen Planeten.

Ein großer, kräftig gebauter Schwarzer, der zwischen dem Ende des Gangs und der Tür zu dem eigentlichen Raum stand, deutete auf ein Schild mit dem Eintrittspreis. »Hey! Sie müssen zahlen für die Musik.«

»Ich komme nicht wegen der Musik. Nur, um jemanden zu treffen.«

»Egal, warum, Dr. Goldberg. Sie müssen trotzdem zahlen, wenn Sie reinwollen.«

»Ich bin Dr. Border.«

»Was?«

»Ich heiße Dr. Border, Henry Border.«

»Ist mir schnuppe, Mister.«

»Ich bin nicht Dr. Goldberg. Wieso glauben Sie, dass ich ein Doktor bin?«

»Was auch immer, Doktor oder Hausbesitzer, so oder so, Mister, Sie müssen zahlen, wenn Sie reinwollen. Gucken Sie mal hinter sich! Meine Leute warten, die wollen rein.«

Henry Border gab dem Mann, was er verlangte, und betrat zögernd einen rechteckigen Raum, der darüber hinaus in jeder Hinsicht anders war, als er es kannte. Gleich mehrere seiner Sinne waren einem simultanen Angriff ausgesetzt, aber das Schlimmste war wohl die Musik, die ihm unvermittelt entgegenschlug. Sie kam ihm lauter vor als jeder Straßenlärm, so laut wie eine Dampflok, wenn man zu nahe dran war, nur mit dem Unterschied, dass sie nicht weiterfuhr. Ihre geballte Intensität, ihre Nähe zum Publikum schienen das zu sein, worum es ging. Und dann der Stil, es pulsierte, hämmerte von der notdürftigen Bühne, mit frei intonierten Terzen und Septimen innerhalb der Akkorde, eine dissonante Ansammlung von Tonhöhen, gespielt im Viervierteltakt, und das Ganze verstärkt gegen den unausgesetzten Backbeat einer Bassdrum. Außer der Trommel gab es einen Kontrabass und eine elektrifizierte Gitarre, diese im Wechsel mit einer Mundharmonika, die, ebenfalls durch ein Mikrofon verstärkt, wimmerte, was das Zeug hielt.

Der Rauch von Tabak und Joints bildete eine Wand, die sich, sobald sie durchbrochen wurde, wieder schloss; und es gab viele, die sie durchbrachen, manche, um an den Pooltisch in einer Ecke zu gelangen, aber vor allem drängten sie in den hinteren Bereich, wo junge Leute tanzten, lauter Schwarze, zumindest soweit Dr. Border sehen konnte, bis auf eine einzige junge weiße Frau. Schon schwitzend von der Hitze in dem gerammelt vollen Raum, den heftig tanzenden Körpern und der Tatsache, dass er neben Anzug und Krawatte noch einen zugeknöpften, übermäßig dicken Mantel trug, zog er das Stück Papier aus seiner Tasche und kniff die Augen zusammen, um in dem gedämpften Licht noch einmal zu lesen, was er sich aufgeschrieben hatte. Er dachte, obwohl die Adresse des Gebäudes mit der, die auf dem Zettel stand, übereinstimmte, könne er unmöglich am richtigen Ort sein. Er dachte, bei der Kombination von Lautstärke und dicker Luft würde er bald umkippen, und ging gegen den Strom von noch mehr hereindrängenden Menschen zum Ausgang, wo der große Schwarze, dem er das Eintrittsgeld gegeben hatte, sagte, er würde noch mal zahlen müssen, wenn er wieder reinwolle. Henry Border winkte ab und murmelte etwas von dem Doktor, der nicht da sei, was der schwarze Hüne sicher ignoriert hätte, wären Border nicht im selben Moment die Knie weich geworden, sodass der Schwarze gezwungen war, ihn zu stützen, und sei es nur, um den vielen Leute in dem schmalen Eingang nicht den Weg zu versperren.

»Wer ist nicht da?«, fragte er Border.

»Ich wollte einen Kollegen treffen, aber der ist nicht da, darum möchte ich wieder gehen«, versuchte Border sich trotz des lärmenden Gedränges und der Musik verständlich zu machen.

»Wen suchen Sie denn?«

»Dr. Cadden, Marvin Cadden.«

»Das ist Marvin, der da«, sagte der Hüne und zeigte auf den weißen Mundharmonikaspieler am Mikrofon. Henry Border drehte sich um, starrte einen Augenblick in Richtung der Bühne an der hinteren Wand und ging schnurstracks wieder hinein.

»Sie sind Dr. Cadden?«, fragte er, als die Musiker ihre Session beendeten.

»*Mister* Cadden. Ich hab den Master, aber keinen Doktor.« Sie gaben sich die Hand und Marvin Cadden führte ihn an einen der wenigen freien Tische.

»Mister Cadden«, begann Border. Er schaute sich um, bevor er weitersprach. »*Das* … ja, das hatte ich nicht erwartet. Gehört das zu Ihrer Arbeit?«

»Das hier? Nein, das ist Musik. Ich spiele mit den Jungs, manchmal jedenfalls.«

»Musik?«

»Mhm.«

»Da sind Sie so gut auf dieser …?«

»Der Mundharmonika?«

»Ja.«

»Gut genug, dass sie mich manchmal mitspielen lassen.«

»Mr Cadden, ich wollte Sie wegen einer Sache sprechen, die mit meiner Forschung zu tun hat. Es geht um Ihr Drahttongerät. Haben Sie das erfunden?«

»Ja.«

»Und es funktioniert, wie Sie es mir am Telefon gesagt haben?«

»Ja. Sie meinen, ob es Stimmen, Interviews aufzeichnen kann. Sicher kann es das. Nur wissen Sie, ich verstehe nicht, warum Sie hierher kommen wollten, um das zu besprechen.«

»Tut mir leid. Ich hoffe, ich störe nicht.«

»Nein, ganz und gar nicht. Bitte … Darf ich Sie zu einem Drink einladen?«

»Nein danke, vielen Dank.«

»Bitte lassen Sie mich. Das muss sein. Sie können nicht hierher kommen und nicht wenigstens ein Glas trinken. Das wäre unhöflich. Die Leute hier würden glauben, Sie wollten nicht mit ihnen trinken.«

»Unhöflich?«

»Ja sicher. Lassen Sie mich nur. Was möchten Sie, Bier?«

»Wenn Sie erlauben, dass ich bezahle und Sie einlade?«

»Nein, das Erste geht auf mich. Was soll's sein?«

»Glauben Sie, es gibt vielleicht Wodka?«

»Es gibt Bourbon oder Gin oder Bier. Ein Bourbon für Sie?«

»Danke, Mr Cadden. Das ist sehr nett. Aber darf ich Ihnen vorher kurz von meinem Projekt erzählen, und wie ich dachte, dass Sie mir vielleicht helfen könnten?«

»Sie wollen Interviews mit DPs aufnehmen?«

»Genau.«

»In Europa?«

»Ja, das ist der Plan.«

»Wie soll das laufen, wie kommen Sie dahin?«

»Ich bin schon dabei, Anträge zu stellen. Es ist schwierig, aber mit diesen Sachen brauche ich Sie nicht zu belästigen.«

»In Ordnung, klar. Schauen Sie. Ich will Ihnen gern helfen, wenn ich kann, aber ich muss Sie etwas fragen. Was treibt Sie, mitten in der Nacht hierher zu kommen, wo wir das doch bequem tagsüber auf dem Campus besprechen könnten? Ich will Ihnen nicht zu nahe treten, aber Sie fühlen sich doch offensichtlich nicht besonders wohl hier.«

»Wissen Sie, ich glaube, mir ist wohler dabei, hier über mein Projekt zu sprechen, als auf dem Campus.«

»Wieso?«

Henry Border rutschte ein wenig auf seinem Stuhl herum, ehe er sich über den Tisch beugte und sein Gegenüber veranlasste, das Gleiche zu tun, um mitten in dem Krach seine leise Stimme zu hören.

»Wissen Sie, Mr Cadden, ich bin Psychologe, und ich habe vor, Menschen in DP-Lagern zu interviewen, um ihre Sprachmuster zu erforschen, die Art, wie sie Sprache benutzen, nachdem sie ein Trauma erlebt haben. Aber es geht mir nicht allgemein um Verschleppte oder Vertriebene, mit denen ich sprechen will. Ich will mit Juden sprechen. Sie waren die Opfer, die von den Nazis am schlimmsten verfolgt wurden.«

»Verstehe.«

»Vielleicht haben Sie etwas darüber gelesen, was die europäischen Juden unter den Nazis durchgemacht haben?«

»Ja, das habe ich. Trotzdem begreife ich nicht, warum Sie es für nötig halten, mitten in der Nacht hier auf die South Side zu kommen, um mit mir zu reden, wo Sie doch sagten, Sie wohnen in der Innenstadt.«

»Mr Cadden, ich bin selber europäischer Jude, in Polen geboren. In allen meinen Förderungsanträgen für dieses Projekt, bei allen Versuchen, nach Europa zu gelangen, habe ich angegeben, ich wolle mit Verschleppten sprechen, aber ich habe nie in einem Schriftstück spezifiziert, dass es Juden sind, mit denen ich sprechen will.«

»Glauben Sie, es würde Ihnen schaden? Wir sind hier nicht Europa, Dr. Border. Das ist Amerika.«

»Ich weiß, Amerika ist nicht Europa. Als ich hierher kam, hatte ich schon ein Diplom. Ich hatte in Krakau studiert, an der Jagiellonen-Universität, und dann in Deutschland, in Leipzig, bei Wilhelm Wundt, einem Mann, der als Vater der experimentellen Psychologie gilt. Das habe ich bei zwei Bewerbungen für eine Promotion an der Universität von Chicago angegeben und wurde abgelehnt. Ich habe es bei einem Versuch an der Northwestern wieder angegeben und wurde abgelehnt. Ich versuchte es erneut an der Northwestern, nur diesmal schrieb ich in die Bewerbung, ich sei Episkopale. Jetzt habe ich einen Doktortitel von der Northwestern University. Mit einer einzigen veränderten Variablen bei den vier Bewerbungen. Aber wir sind hier ja nicht in Europa, ich weiß.«

»Sind Sie Episkopale?«

»Pro forma, jetzt, ja. Aber ich dachte, wenn ich Sie schon bitte, mir zu helfen mit der Technik, die Sie erfunden haben, und wir möglicherweise, zumindest eine Zeit lang, zusammenarbeiten, ich meine, bis Sie mir beigebracht haben, die Geräte zu bedienen, wenn Sie mir tatsächlich erlauben, eine Ihrer Maschinen den ganzen Weg in die DP-Lager mitzunehmen – also dann, dachte ich, sollten Sie auch genauer wissen, welches meine Absichten bei dieser Arbeit sind.«

Marvin Cadden schüttelte den Kopf. »Ich kann mir nicht vorstellen, dass Sie mit Geldgebern für Ihr Projekt mehr Schwierigkeiten hätten, wenn die Leute wüssten, dass Sie sich besonders für die jüdischen DPs interessieren.«

»Mr Cadden, vor drei Jahren gab es hier in den USA eine Umfrage, bei der Amerikaner nach ihrer Meinung über eine Reihe nationaler oder ethnischer Gruppen gefragt wurden. Für jede Gruppe wurden ihnen die Fragen vorgelegt: Sind diese Menschen ›in allen wichtigen Dingen genauso gut wie wir‹, ›nicht so gut wie wir‹ oder ›eindeutig unterlegen‹? Die Kategorie jüdischer Einwanderer kam an zehnter Stelle. Die Deutschen rangierten deutlich höher, obwohl ihr Land im Krieg mit ihnen lag. Deutsche hatten gegen die Söhne der Befragten gekämpft, sie getötet. Aber wir sind hier nicht in Europa, ich weiß.«

»Und diese Leute hier?«, fragte Cadden mit einer umfassenden Geste.

»Schwarze Amerikaner?«

»Ja, wie kamen die dabei weg?«

»Die kamen gar nicht vor. Aber wir sind hier nicht in Europa.«

»Dr. Border –«

»Hören Sie, Mr Cadden, ich bin Wissenschaftler, genau wie Sie. Aber ich bin Psychologe, ich habe nicht mit Maschinen zu tun. Ich arbeite in einer sehr neuen Wissenschaft, der Wissenschaft vom menschlichen Geist. Der Geist, Mr Cadden, existiert im Gehirn, aber er ist nicht das Gehirn. Sie könnten unzählige menschliche Gehirne sezieren, und Sie fänden keine Spur davon. Das ist Psychologie. Die Leute wissen nicht viel darüber. Sie sind skeptisch. Manche finden sie sogar beängstigend. Innerhalb unserer Disziplin machen wir nur langsame und kleine

Fortschritte. Und nun stellen Sie sich einmal vor, wie es wäre, wenn ich daherkäme und ihnen sagte: Hallo, ich bin Jude, und ich möchte Ihre Unterstützung, um Juden zu erforschen? Was glauben Sie? Mein Projekt hätte noch weniger Aussichten, als es ohnehin schon hat. Bei allem Respekt, Mr Cadden, aber das ist vielleicht etwas, was Sie besser verstehen könnten, wenn Sie selber Jude wären.«

»Wer sagt Ihnen denn, dass ich keiner bin?«, erwiderte Cadden.

Etwas betroffen blickte Border auf und sah die einzige weiße Frau im Club, dieselbe, die er schon tanzen gesehen hatte, zu ihnen herüberkommen. Zweiundsechzig Jahre später sprach sie von Chicago aus am Telefon mit Adam Zignelik, der wieder in New York war.

»In dem Club habe ich ihn kennengelernt«, erzählte Caddens Witwe am Telefon.

»Dann ist er also in die Kirche der Episkopalen eingetreten, um bessere Aufnahmechancen an der Northwestern zu haben?«

»So hat Marvin es erzählt. Und Sie sehen ja, es funktionierte. Schließlich hat er an der Northwestern promoviert, nicht wahr? Wie auch immer, er war überzeugt, daran habe es gelegen.«

»Ja. Trotzdem, seltsam ist es schon. Ich meine, ich verstehe, warum er glaubte, das machen zu müssen und vielleicht gemacht hat. Aber jetzt, bei der Durchsicht seiner Papiere, fand ich eine Spendenquittung von einer Baptistenkirche, der Pilgrim Baptist Church.«

»Oh, das ist eine schwarze Kirche auf der South Side, ganz nahe beim IIT«, sagte Caddens Witwe.

»Ja, genau.«

»Also, das war sicher wegen Callie.«

»Wer ist Callie?«

»Callie war seine Haushälterin. Eine Schwarze. Er hat sie durch uns gefunden, durch Marvin und die Jungs, mit denen er spielte. Nun ja, als Border schließlich die Genehmigung für seine Reise nach Europa bekam, brauchte er jemanden, der sich um seine Tochter kümmerte. Er konnte sie nicht allein lassen. Ich weiß nicht genau, wie alt sie damals war, aber noch ziemlich klein. Marvin hat ihm nicht nur mit dem Tonaufnahmegerät geholfen. Er hat ihm auch Callie besorgt, durch seine Kontakte in dem Club, wo sie sich das erste Mal getroffen hatten. Sie brauchte Arbeit, wohnte im Mecca. Sie wird wohl versucht haben, Geld für die Kirche zu sammeln, so wird Border zu der Spende gekommen sein. Natürlich vermute ich das nur. Ich weiß es nicht. Es ist so lange her. Und so wichtig Marvin für Border gewesen sein mag, war es umgekehrt nicht das Gleiche.«

»Sicher. Aber sagen Sie, was ist das Mecca?«

»Die Mecca Flats. Wissen Sie, Dr. Zignelik, wenn die South Side von Chicago eine Welt für sich ist, war das Mecca auf der South Side noch mal ganz was anderes.«

Der Anrufbeantworter blinkte, als Adam später hinschaute, doch obwohl er nicht wusste, wer angerufen hatte, wollte er die Nachricht nicht hören. Eine Weile stand er einfach da und beobachtete das Blinken.

»Ist das, weil du glaubst, dass ich es bin, oder weil du glaubst, ich bin es nicht?«, hörte er Diana flüstern.

»Ich weiß nicht.«

»Was wäre schlimmer?«, fragte sie.

»Kommt drauf an, was du sagen würdest.«

»Scheint ja so, dass du es nie erfahren wirst«, sagte sie, während das Ding ungeachtet der Ängste, die es hervorrufen mochte, weiter blinkte. Schließlich, nachdem Adam, darüber gebeugt, lange genug gestarrt hatte, ließ er seinen Finger die Abhörtaste drücken. Es war eine Frauenstimme, eine vertraute Stimme, die ihm einen Stich versetzte, ehe er ihre Worte hatte hören oder sie auch nur zuordnen können. Aber das fünfte Wort war ihr Name.

»Hallo, Adam, hier ist Michelle. Wie geht's? Ich hoffe, es ist nicht zu spät, aber Charlie sagte, William habe ihm gesagt, dass du womöglich in Chicago bist. Stimmt das? Hast du was im Auge? Klingt interessant. Jedenfalls melde dich doch bald mal. Wir haben dich lange nicht gesehen. Du könntest zum Essen kommen, aber im Übrigen … na ja, ich dachte … Oje, überziehe ich die Zeit? Ich muss schneller reden. Okay. Lass mich wissen, ob du Lust hast, dass wir uns irgendwann zum Kaffee treffen. Abgesehen von dem Essen, meine ich, nicht stattdessen. Melde dich bald. Hoffe, Chicago ist gut. Ruf …« Dann piepste die Maschine und knackte, um klarzumachen, dass sie Michelle so viel Zeit gewährt hatte, wie sie bekommen konnte.

»Sie will sicher über dich reden, über uns. Sie will mir sicher sagen, wie es dir geht, nicht wahr?«

»Wie möchtest du denn, dass es mir geht?«

»Also, wenn sie sagt, es ginge dir gut, werde ich ihr nicht glauben.«

»Und wenn sie dich überzeugt?«

»Das wäre schrecklich.«

»Und wenn es mir schlecht geht?«

»Das wäre noch schrecklicher.«

»Dann ist ein Kaffee mit Michelle jetzt schon etwas, was du fürchten musst, ein Beispiel mehr für die Kollateralschäden der größten Dummheit deines Lebens?«

»Warum will sie mich zum Kaffee treffen? Wir waren noch nie Kaffeetrinken, nicht zu zweit.«

»Ach, Charlie wird sicher arbeiten, sich um Sonja kümmern oder mit seinem Vater zusammen sein, sodass er nicht kommen kann, und da du mich zu einem besseren Leben verdonnert hast, kann ich leider auch nicht.«

»Sieh doch wenigstens ein, dass meine Entscheidung nur logisch war.«

»Das könnte ich nie, Adam. Du versuchst, deine Angst vor der Zukunft, deine Panik, Vater zu werden und beruflich zu versagen, in etwas Nobles zu verwandeln, das du für mich getan hättest. Das habe ich dir nie abgenommen.«

»Hör mal, es ist doch möglich, Angst zu haben und zugleich an andere zu denken. Komm schon! Schau, wo ich hergekommen bin. Du weißt, wie mein Vater war. Du weißt, wie meine Kindheit war.«

»Und wie ich das alles weiß! Ich habe dir den Rücken gestreichelt, dich nach Albträumen gehalten. Ich bin diejenige, die das Schwarz-Weiß-Foto von dem kleinen Jungen im wattierten Steppanzug mitgenommen hat. Ich wollte ihn bei mir haben, obwohl du mich rausgeschmissen hast. Du musst dranbleiben an diesem Border, über ihn und seine Arbeit schreiben. Das könnte deine Rettung sein.«

»Willst du damit sagen, wenn ich eine Arbeit hätte, etwas zu schreiben, etwas Hoffnung, beruflich zu überleben, könnten wir wieder zusammen sein … versuchen, ein Kind zu bekommen?«

»Nein, ich habe immer gesagt, dass du dafür kein Thema zum Schreiben brauchst, aber wenn du es brauchst, kann ich nur sagen, Border hat es dir gerade in den Schoß gelegt.«

»Aber wie soll ich das jetzt schon wissen? Da ist unglaubliches Material, aber das ist was für andere, für Experten. Ich weiß nicht, ob wirklich irgendwas dabei ist, was *ich* bei Border verfolgen sollte. Ich kann dir doch nicht sagen, du sollst zurückkommen, nur weil ich so ein Gefühl habe, oder vielmehr, weil es diese Momente gibt, in denen ich mir vorstelle, du hättest so ein Gefühl, das sei etwas, worüber ich schreiben könnte.«

»Mach weiter! Bleib an diesem Border dran, lass ihn nicht los.«

»Und was, wenn er zu nichts führt? Was dann?«

»Dann frag Michelle, was du mit den Rosinen machen sollst.«

Der Tag war fast um, und Lamont Williams setzte sich auf einen Stuhl, müde, aber bereit.

»Wie geht's Ihnen heute?«, fragte er.

»Haben Sie Ihrer Großmutter einen schönen Regenschirm geholt?«, erwiderte der alte Mann statt einer Antwort.

»Ja.«

»Einen guten?«

»Ja.«

»Sehr schön. Ist da noch ein bisschen Wasser in dem Ding? Wenn ja, geben Sie's bitte her. Wollen Sie auch was? Nein? Sicher? Na gut. Also, wo waren wir?«

»Sie sind gerade angekommen.«

»Wo?«

»In Auschwitz«, erinnerte ihn Lamont Williams. »Die meisten Juden kamen mit Zügen an, aber Sie nicht.«

»Nein, ich nicht. Fast alle anderen ja, aus ganz Europa, aber ich war auf einem Lastwagen. Sie haben es sich gemerkt!«, sagte er beeindruckt. »Gut. Sie müssen sich alles merken.«

Adam Zignelik dachte an die Pilgrim Baptist Church, und auf einmal wusste er, warum der Name ihm so bekannt vorkam. Das war das Wahrzeichen von Chicago, die ehemalige Kehilath-Anshe-Ma'ariv-Synagoge, die 1922 von der Baptistengemeinde übernommen und in die Pilgrim Baptist Church umgewandelt worden war. Unter der musikalischen Leitung von Thomas Andrew Dorsey hatte sie sich zur Wiege des Gospelsongs entwickelt, und sie war die Kirche, in deren Inneren 1946 über zweitausendfünfhundert Menschen zusammenströmten, während Tausende draußen die Straßen säumten, alle versammelt, um Jack Johnson, dem ersten afroamerikanischen Weltmeister im Schwergewicht, dem Mann, der jede große weiße Hoffnung und nebenbei noch viele andere bezwungen hatte, bei der Beerdigung die letzte Ehre zu erweisen. Die Staples Singers, Mahalia Jackson und Aretha Franklin, sie alle hatten in der Pilgrim

Baptist Church gesungen. Martin Luther King hatte auf dem Höhepunkt der Bürgerrechtskämpfe dort gepredigt. Und 1945 hatte Henry Border dieser Kirche Geld gespendet. Jetzt erinnerte Adam sich. Er hörte immer noch Borders Stimme am Ende der letzten Drahttonaufnahme, als die Frau mit dem Bericht vom Verlust ihres Kindes geendet hatte. Es hatte geklungen, als würde seine Stimme nur noch vom Rauschen und Knistern der Aufnahme getragen, als hätte sie es ohne diese Eigengeräusche niemals auf den Draht geschafft. Und so klang es in Adams Kopf, während sie ihn mitten in der Nacht in seinem Morningside-Heights-Apartment in der Stadt der Waisen verfolgte.

»Was wir von dieser Frau gehört haben … ist dasselbe, was wir von allen anderen gehört haben … Ich beende mein Projekt in Deutschland … Ich bedanke mich bei der UNRRA, bei Jack Thompson von der *Chicago Tribune* … und … ich kann nicht sprechen. Die Namen fallen mir nicht ein … jetzt … ich bin zu aufgewühlt … die Geschichte dieser Frau. Ich beende mein Projekt. Das Auto wartet. Ich fahre nach Frankfurt.«

Viele Menschen bildeten die Trauergemeinde auf dem Workmen's-Circle-Friedhof, als Jake Zignelik nach seinem plötzlichen Herzinfarkt in den letzten Tagen des Winters 1982 beerdigt wurde – mehr Schwarze als Juden, soweit William McCray sagen konnte. Eine Mischung, die einen zufälligen Beobachter auf dem jüdischen Friedhof wohl überrascht haben dürfte, vor allem, da das, wie manche es nannten, »Goldene Zeitalter« der Beziehungen zwischen Afroamerikanern und Juden inzwischen vorbei war. Aber wer Jake Zignelik gekannt hatte, wunderte sich kaum. Zum Zeitpunkt seines Todes war er immer noch Chefberater des LDF gewesen, und sein Bekanntenkreis bestand weitgehend, wenn nicht überwiegend aus Afroamerikanern. Der gefrorene Boden erschwerte es seinem Sohn, die Schaufel in der Erde zu bewegen, um, wie es die jüdische Tradition verlangte, mit der Bedeckung des schlichten Kiefernsargs zu beginnen. William McCray stand dicht neben dem Grab und beobachtete, wie der aufgeschossene Junge, Jakes Sohn Adam, lange genug die Fassung zu wahren versuchte, um ein paar Schaufeln Erde auf den Sarg zu bringen. Er war sechzehn und gerade mit dem Flugzeug aus Australien gekommen. So viele Menschen bevölkerten den Friedhof, aber er, Jakes einziges Kind, kannte kaum jemanden, und als William McCray den ersten dumpfen Schlag harter Erde auf dem Sarg hörte, dachte er, seine Knie gäben nach und er würde gleich zu seinem Vater ins Grab stürzen.

Das war der Moment, in dem Williams eigener Sohn Charles, der an seiner Seite gestanden hatte, Adam auffing und ihn sehr fest umarmte. Für Charles war dies, anders als für William, das erste jüdische Begräbnis, und später fragte er seinen Vater, ob Jake so arm gestorben sei, dass er sich keinen besseren Sarg leisten konnte als diese einfache Holzkiste, dermaßen schmucklos, dass man höchstens sagen konnte, sie habe ihren Dienst getan. William musste ihm erklären, Jake sei zwar nicht als reicher Mann gestorben, aber der Kiefernsarg habe nichts mit Geld zu tun. Es sei jüdische Tradition, dass alle Menschen ungeachtet ihres Reichtums, ihres Ansehens oder ihrer Leistungen die Welt als Gleiche vor ihrem Schöpfer verlassen sollten.

William McCray dachte an Jakes Begräbnis, während er über das Gelände der Columbia University ging. Er ging an der Bibliothek vorbei zur Fayerweather Hall, wo sein Sohn als Leiter des Geschichtswissenschaftlichen Fachbereichs sein Büro hatte, und erst, als er dort vor der Tür saß, wurde ihm bewusst, auf welchem Weg seine Gedanken bei Jakes Begräbnis angelangt waren. Gewöhnlich traf er seinen Sohn um diese Zeit zu einer Tasse Kaffee, einem Schwatz, und je nach Wetter oder wie er sich fühlte, einem kleinen Spanziergang. Heute jedoch hatte er einen Arzttermin, und wie jedes Mal in diesen Tagen lenkte ein

Arzttermin seine Gedanken auf die eigene Sterblichkeit. Außerdem hatte er von Charles gehört, Adam sei in Chicago gewesen, um Informationen nachzugehen, die William ihm von seinem Veteranenfreund in Boston übermittelt hatte. Vielleicht wusste Charlie, was dabei herausgekommen war. Was würde aus Adam werden? Er hätte Diana niemals verlassen sollen. Das waren die Wege, auf denen Williams Gedanken an diesem Nachmittag bei Jake Zigneliks Begräbnis landeten. Er hatte noch im Ohr, wie der schmächtige Junge sich durch das Kaddisch, das Gebet der Trauernden, rang.

»Hallo, Mr McCray«, sagte die herzliche Stimme der jungen Frau, die entweder die Sekretärin seines Sohnes oder, wie man das heutzutage nannte, seine persönliche Assistentin war, oder für den ganzen Fachbereich zuständig. Wer zum Teufel wusste, was sie machte, wenn sie ihn nicht gerade so überaus freundlich begrüßte.

»Schön, Sie zu sehen. Wie geht es Ihnen, Mr McCray?«

»Danke, gut, und Ihnen?« William konnte sich nie an ihren Namen erinnern.

»Ihr Sohn ist eben rausgegangen, aber er kann nicht weit sein«, sagte sie, ehe sie flüsternd hinzufügte: »Ich glaube, er ist nur schnell zur Toilette«, dann wieder lauter: »Er hat schon abgeschlossen und den Mantel an.«

»Mantel?«, fragte William.

»Oh, ich muss ihn immer dran erinnern, den Mantel anzuziehen. Kennen Sie das?«

»Ich verstehe nicht.«

»Wenn er weggeht, meine ich.«

»Geht er weg?«

»Sie haben doch heute einen Arzttermin, nicht wahr?«

»Ja.«

»Downtown, nicht wahr? Er hat mir gesagt, ich soll seine Verabredungen absagen. Er will Sie begleiten.«

Es war wieder Abend. In Co-op City, in der Bronx, blickte Lamonts Großmutter mit einem Unbehagen, das sie nur schwer hätte artikulieren können, auf einen großen, robust aussehenden Regenschirm mit glänzendem schwarzem Griff. Dann blickte sie auf ihren Zeitung lesenden Enkelsohn. Sie hoffte, Michelle würde niemals nach dem Schirm fragen, den sie ihr gekauft und in dem Steakrestaurant am Union Square gegeben hatte. Aber wenigstens, tröstete sie sich, hatte sie den Umschlag mit Sonjas Karte nicht verloren. Während sie das Geld in ihre Börse steckte, schaute sie erneut zu ihrem Enkelsohn hinüber, inständig hoffend, ja sogar spontan zum lieben Gott betend, dass er es schaffen würde.

Lamont bemerkte ihren Blick. Er sah ihre Lippen sich lautlos bewegen und fragte: »Alles in Ordnung, Grandma? Kann ich dir was bringen?«

Viele Stunden später in derselben Nacht, in seinem Morningside-Heights-Apartment ein paar Meilen weiter südlich, jenseits des Harlem River, konnte Adam Zignelik nicht einschlafen. Er fand keine Ruhe. Entschlossen, eine Schlaftablette zu nehmen, ging er ins Bad, öffnete den Spiegelschrank und sah Dianas Kamm, in dem noch Haare von ihr hingen. Er nahm ihn, schaute ihn an und umklammerte ihn, bis seine Handfläche weiß wurde und die Zähne sich eingruben. Er wollte ihn nicht wieder hinlegen. Er wusste nicht, warum er ihn je wieder hinlegen sollte. Den Kamm in seiner Hand anschauend und dann sein Gesicht im Spiegel, überkam ihn eine Welle von Selbstverachtung, Panik und Verlustgefühl, die ihm den Atem stoßweise aus den Lungen trieb, bis die Feuchtigkeit seinen schlafhungrigen Augen einen glasigen Blick verlieh, der sein Spiegelbild gnädig verwischte. Alles andere jedoch in seinem Leben, jedes Bedauern, jede Schwäche, jeder Fehler, den er begangen hatte, war klar, scharf wie drei Uhr morgens, und er umklammerte den Kamm noch fester. Wo waren die Schlaftabletten?

»Hast du sie mitgenommen?«

Dianas Antwort versank in der Verzweiflung, die durch das Rauschen und Knistern, das Marvin Cadden noch nicht zu entfernen vermochte, aus Borders Worten sprach. »Wer wird über das alles zu Gericht sitzen? … Und wer urteilt über meine Arbeit? … Wer urteilt über –«

Siebter Teil

»Elise … Elise!«

Henry Border stand unten an der Treppe und rief hinauf, aber es kam keine Antwort. Das einst herrschaftliche Haus war um die Jahrhundertwende erbaut worden, als die Grundstücke in der Gegend noch zum Schnäppchenpreis zu haben waren. Eine Reihe ähnlicher Gebäude waren soeben fertig geworden, gerade rechtzeitig, bevor das Gerücht, die Nord-West-Hochbahn komme nach Uptown, sich in eine unumstößliche Tatsache verwandelt hatte. Es war ein großes Haus mit mehr Zimmern, als sie brauchten. Henry Border hatte es seinerzeit, als er mit seiner Tochter eingezogen war, aus verschiedenen Gründen gewählt, aber eine Hauptattraktion waren die zusätzlichen Zimmer gewesen, die er zur Mitfinanzierung der Miet- und vielleicht sogar ihrer Lebenshaltungskosten untervermieten wollte. Eine Weile waren wechselnde Mitbewohner da gewesen, aber schließlich hatte der Krieg sie alle geholt, und im Sommer 1946 hatte das Haus, das er und Elise nun allein bewohnten, kaum noch etwas von seinem alten Glanz.

Für einen so reservierten und von Natur aus in sich gekehrten Mann war das Vermieten eine notwendige Konzession an die schwierige ökonomische Realität gewesen, vor der er seine Tochter abzuschirmen suchte, als er sich entschloss, nach Amerika auszuwandern. Durch seine Erziehung und sein Beispiel hatte Elise gelernt, einen unabhängigen Reichtum innerhalb der vier

Wände des Zimmers, das sie nun seit Jahren bewohnte, zu finden. Sie konnte sich in ihren Büchern, eigenen oder geliehenen aus der Bibliothek, ja sogar in ihren Schulaufgaben verlieren. Wer weiß, wo ihre Gedanken an diesem Sommertag gerade weilten, als die Stimme ihres Vaters sie endlich durch die geschlossene Tür hindurch erreichte. Ihr Vater war oft sehr förmlich, was auf Fremde geradezu abweisend wirken konnte; ihr gegenüber war er aber normalerweise nicht so. Im Gegenteil, auch seine strengsten Ermahnungen kamen fast immer als Appell an die Vernunft daher oder hatten, auch wenn sie nicht mit Zuckerguss überzogen waren, doch zumindest einen Zimtgeschmack. Doch der Tenor der Stimme, die sie durch die jetzt offene Zimmertür erreichte und die mit zunehmender Evidenz ihrer Machtlosigkeit immer drängender geworden war, ließ Elise vermuten, dass ihr Vater in Gegenwart einer anderen Person nach ihr rief. Als sie an die Treppe trat und hinunterschaute, sah sie, dass es stimmte. Neben ihm im Hausflur stand eine Frau, eine Schwarze, die sie noch nie gesehen hatte.

»Elise, ich möchte, dass du Miss Ford kennenlernst.«

»Guten Tag, Miss Ford.«

Die Schwarze blickte auf die Hand des zwölfeinhalbjährigen Mädchens, das die ihre ergriffen hatte, und sagte mit einem vorsichtigen Lächeln: »Bitte, Miss, nennen Sie mich Callie, Miss.«

»Callie?«

»Ja, Miss.«

»Nennen Sie mich Elise, Callie … oder Elli, wenn Sie möchten, oder Lissenka, wie mein Vater mich manchmal nennt … ich glaube, das sagen sie in Polen so«, sagte Elise schüchtern und senkte kurz den Kopf, unsicher, wer diese Frau war und was sie dort machte.

Henry Border führte Callie Ford und seine Tochter ins Wohnzimmer und bat sie, sich zu setzen.

»Miss Ford wird bei dir bleiben.«

»Bei *mir?«*, fragte Elise, erstaunt, seinen Worten die Andeutung einer möglichen Trennung von ihrem Vater zu entnehmen.

»Ja, wenn ich nach Europa fahre. Wie wäre es, wenn ich uns allen eine Tasse Tee mache, dann könnt ihr beide euch ein bisschen kennenlernen? Trinken Sie Tee, Miss Ford?«

»Ja. Danke, Dr. Border.«

Er ging in die Küche, und Elise lächelte nervös, während ihre Füße sich leicht hin und her bewegten – das deutlichste Zeichen ihrer wachsenden Beunruhigung. Ihr Vater hatte im Zusammenhang mit seiner Arbeit von einer Reise nach Europa gesprochen. Tatsächlich hatte er sogar oft davon gesprochen, aber es war immer so gewesen, als würde sie nie wirklich stattfinden.

»Sie gehen zur Schule, Miss?«

»Ja«, sagte Elise weiter lächelnd. »Ich meine, im Moment gerade nicht … wegen Sommer und so.« Sie bemerkte, was ihre Füße machten, und die Bewegung wich einer Verlegenheit, sich als ängstliches kleines Mädchen verraten zu haben. Erwachsene wackelten nicht so mit den Füßen, nicht in Gesellschaft, und sie war erwachsen genug, um das zu wissen.

Callie Ford hatte schon öfter als Haushälterin gearbeitet, zuerst im Süden, wo sie geboren und aufgewachsen war, und später eine Zeit lang in Detroit, bevor sie nach Chicago zog. Sie hatte sich um die Kinder anderer Leute kümmern müssen, als sie selbst noch ein halbes Kind gewesen war. Von daher war es nicht die Anforderung, ein Kind zu versorgen, die sie genauso unsicher machte wie das auf der Couch herumzappelnde Mädchen mit dem pechschwarzen, gewellten schulterlangen Haar und großen schwarzen Augen, das versuchte, sich lächelnd über die Situation hinwegzuretten, ein Mädchen mit Alabasterhaut, so weiß, als wäre sie noch nie an der Sonne gewesen, weder in diesem noch in einem anderen Sommer. Callie Ford hatte geglaubt, die Arbeit sei zeitlich begrenzt. Sie hatte nicht gewusst, für wie viele Tage in der Woche man sie brauchen würde, und wäre für einen angemessenen Lohn bereit gewesen, jeden Tag zu kommen. Aber der Doktor wollte offenbar, dass sie auch über Nacht blieb. War es wirklich das, was er im Kopf hatte, nur sie und das Mädchen in dem sonst leeren Haus?

»Geschafft … hier kommt der Tee!«, verkündete Henry Border mit gezwungener Selbstverständlichkeit, während er ein Tablett auf den Tisch zwischen Callies Sessel und der Couch stellte. »Nehmen Sie Milch, Miss Ford? Oder Zucker? Ich fürchte, Kuchen haben wir nicht da.«

Sie wurde behandelt wie ein Gast, nicht wie jemand, der sich als Haushaltshilfe vorstellte, aber trotzdem, hier konnte sie nicht bleiben.

»Vielleicht mag sie beides, Daddy.«

»Was beides?«, fragte er.

»Milch *und* Zucker. Ja, Callie?«

Callie Ford schaute es an, dieses Mädchen mit den großen Augen und gewelltem schwarzem Haar, genauso schwarz wie ihres, fast eine Frau, aber noch nicht ganz. Was sollte sie sagen?

»Milch *und* Zucker, bitte«, erwiderte sie zögernd.

Callie war neunundzwanzig Jahre alt. Seit sie drei Jahre zuvor aus Detroit gekommen war, hatte sie in verschiedenen Holzbaracken auf der South Side von Chicago gewohnt, bis sie ein Zimmer in einem der hundertsechsundsiebzig Apartments des kolossalen grauen Backsteinbaus bekam, der die Hälfte des Blocks zwischen State und Dearborn Street gleich nördlich der 34th Street einnahm, den sogenannten Mecca Flats, wo zweitausend schwarze Männer, Frauen und Kinder untergebracht waren. Sie brauchte dringend Geld, genau wie alle Leute, die sie dort kannte, und sie kannte viele, zumindest hatte sie einige kennengelernt und gesehen, wie die anderen ihr Leben fristeten, oft in aller Öffentlichkeit, direkt vor ihren Augen – eine notgedrungen zusammengepferchte Menschenmenge. Sie sah ihre Mitbewohner, manche in Familien unterschiedlicher und wechselhafter

Größe, manche allein, manche alt, andere jung, und noch andere ungewissen Alters, die zusehends verfielen, als würde ihnen die Jugend aus dem Körper gesogen. Sie sah, wie diese Menschen versuchten, einander zu helfen, einander zu geben, sah sie von der Arbeit nach Hause kommen oder auf Arbeitssuche gehen, sah sie in allen möglichen Zuständen von Entkleidung, manche brüllend, andere lachend, sah sie spucken, trinken, kämpfen, fluchen, lieben, rauchen, tanzen, singen, hungern, bluten, stehlen, betteln, sich waschen oder schwitzen, alles aus nächster Nähe. Aber Callie Ford kannte niemanden in jenem Teil der Stadt, wo dieser fremde weiße Mann und seine Tochter mit ihren diversen Namen lebten. Und sie selber war gewiss noch nie dort gewesen.

Sie hatte für Frauen gearbeitet, aber noch nie für einen Mann. Frauen konnten einen gnadenlos mit Überstunden schinden. Aus eigener Erfahrung und aus den Geschichten anderer schwarzer Frauen, die als Dienstmädchen arbeiteten, wusste sie, dass es den Damen des Hauses oft nicht drauf ankam, wie jung oder alt oder in welcher Verfassung du warst. Sie ließen dich schuften bis zum Umfallen, schlimmer als Eseltreiber. Jeder Esel durfte schlafen, aber in manchen Häusern glaubten sie, du müsstest rund um die Uhr zu Diensten sein.

Männer allerdings brachten ihre eigenen Gefahren mit sich. Einmal war ein betrunkener Hausherr über Callie hergefallen. Sie hatte schon geschlafen, als sie plötzlich ein warmes Lecken spürte, den alkoholisierten Atem dieses fremden Mannes in ihrem Gesicht, und mit dem Albtraum seiner ungeniert an ihren Brüsten fummelnden Hand unter ihrem Nachthemd erwachte. Sie hatte sich, noch im Halbschlaf, unter ihm hinweg aus dem Bett gerettet und war aus dem Zimmer den Flur entlanggerannt. War es besser, am nächsten Morgen den Mund zu halten? Würde es wieder passieren? Würde seine Frau ihr die Schuld geben, ihr nicht glauben, oder würde sie in den Details des Angriffs ihren Ehemann erkennen und Callie trotzdem vor die Tür setzen? Bei einer anderen Gelegenheit damals, als sie noch in den Südstaaten und kaum aus den Kinderschuhen war, hatte der Sohn ihrer Herrin, wenn er am Wochenende aus dem Internat nach Hause kam, nichts Besseres zu tun gehabt, als Callie, sobald alles schlief, unsittlich zu belästigen. Dieser Junge, der mit jedem Besuch kräftiger wurde, dachte nur an das Eine. Zum Glück kam er nicht so oft nach Hause.

Aber der Mann hier schien anders zu sein. Weniger, weil er Ausländer, alt oder gebildet war, auch wenn das ein Faktor sein konnte. Sie wusste es nicht. So einer war ihr noch nie begegnet. Er trug einen dreiteiligen Anzug, obwohl es schon Sommer wurde. Sie wusste, er war ein Doktor, aber als er sie hastig durchs Haus führte, schien er selbst einen Arzt zu brauchen. In seiner Eile, ihr alle Zimmer zu zeigen, kam er schnell außer Atem. Weder in der Speisekammer noch in seinem Schlafzimmer nutzte er die Gelegenheit, auszuloten, wie nahe sie ihn an sich heran ließ. Es schien, als wäre er nie auf den Gedanken gekommen. Er war ausnehmend höflich, schien die Besichtigung aber nur hinter sich bringen zu wollen. Seine Erklärungen, was im Haus zu tun sei, gingen nicht über das hinaus, was sie von alleine sehen konnte. Und was war das? Ein riesiges Haus mit vielen Zimmern und großem Zeitaufwand fürs Staubwischen, aber fast leer. Außer dem alten Mann und dem Mädchen, das sie zuerst für seine Enkelin gehalten hatte, wohnte niemand dort. Er bot ihr einen ungewöhnlich hohen Lohn. Warum? War er zu alt oder zu fremd, um den üblichen Satz zu kennen? Aber der wurde unter der Hand von weißen Frauen ausgekungelt, und vielleicht, dachte sie, war dieses schwarzhaarige Püppchen, das da so einsam auf der Couch saß, die einzige Frau in seinem Leben.

Henry Border und seine Tochter warteten darauf, dass sie etwas sagte. Sie hatte sich, um zu überleben, immer auf ihr Gefühl verlassen, und im verblichenen Glanz dieses Wohnzimmers sagte ihr das Gefühl, dies sei wohl die beste oder jedenfalls die einfachste Arbeit, die ihr je angeboten würde. Wenn sie recht verstanden hatte, war es die Sorte von Job, den niemand in ihrer Lage, niemand bei klarem Verstand sich entgehen lassen würde. Und doch musste sie ablehnen, so schmerzlich es war, und es schmerzte ungemein. Es würde sie, wieder in ihrem Zimmer im Mecca noch Tage, wenn nicht Wochen schmerzen, an diese Chance zurückzudenken. Aber es half alles nichts. Sie konnte den Haushalt führen, aber unmöglich dort wohnen. Die beiden schauten sie erwartungsvoll an. Nein, ausgeschlossen, es ging einfach nicht. Wer würde sich um ihren Sohn kümmern?

»Ich habe Callie gekannt. Wir alle kannten sie«, erzählte Arch Sanasarian über sechzig Jahre später in der Lounge neben der Chi-Bar des Sheraton Chicago, wo er mit Adam Zignelik zusammensaß, und trank einen Schluck eisgekühltes Wasser. Ein Zimmer konnte Adam sich im Sheraton nicht leisten, aber er traf seine Verabredungen lieber dort als in dem Hotel, das er sich leisten konnte, zumal alles danach aussah, dass dies nicht sein letzter Besuch in Chicago sein würde. Arch Sanasarian war der erste von Borders noch lebenden Studenten, den Adam aufgespürt hatte. Es war nicht so schwer gewesen, eine Liste derer zu bekommen, die ihre Masterarbeit über den »Adjektiv-Verb-Quotienten« geschrieben hatten, nicht mit Eileen Millers Unterstützung. Aber Adam war es darüber hinaus gelungen, Hinweise auf drei Personen zu finden, die Border im Sommer 1946 in den DP-Lagern interviewt hatte. Er wusste nicht, ob die Kontaktdaten noch stimmten, ob diese Menschen ansprechbar oder überhaupt noch am Leben waren. Doch allein die Tatsache, nun einen Ansatzpunkt zu haben, gab Adam das Gefühl, möglicherweise doch mehr über diesen Pionier der Oral History zu erfahren, der alles daran gesetzt hatte, die Geschichten dieser

Holocaustüberlebenden aufzuzeichnen, und das zu einer Zeit, da kaum jemand etwas von ihnen wissen wollte.

Adam ertappte sich bei einer gewissen Begeisterung für seine Arbeit, die wiederzugewinnen er erst kürzlich jede Hoffnung aufgegeben hatte. Er konnte sich nicht erinnern, wie lange es her war, dass er irgendein auch nur annähernd positives Gefühl empfunden hatte. Das Beste seit Dianas Auszug war eine Taubheit gewesen, meistens unter Alkoholeinfluss. Schon in den Wochen, ja Monaten vor ihrer Trennung war es ihm unmöglich erschienen, sich je wieder über etwas anderes als die vorübergehende Abwesenheit von Schmerz zu freuen. Aber neuerdings kitzelte es ihn von Zeit zu Zeit ein kleiner Hoffnungsschimmer, solange er nur an seine Forschungsinteressen dachte: die Rolle schwarzer Truppen bei der Befreiung von Dachau, vor allem jedoch Border und diejenigen, die der Chicagoer Psychologe gekannt oder befragt hatte. Sein eigenes Leben indessen blieb das Desaster, das er selbst geschaffen hatte.

Arch Sanasarian war Adams erste Begegnung mit jemandem, der Henry Border persönlich gekannt hatte. Ganz allmählich wurde Border zum Leben erweckt, was Adam zusätzlichen Auftrieb gab. Sanasarian, ein freundlicher, nachdenklicher Mann, selbst ein anerkannter Psychologe und mittlerweile über achtzig, steckte sich mit langsamen Bewegungen seiner langen Finger das kleine Mikrophon an, dessen Schnur von seinem Hemdkragen zu Adams Audiorecorder reichte.

»Damals kannten wir Callie noch nicht, weil *keiner* von uns Dr. Border kannte, nicht so früh, nicht 1946. Nicht mal Wayne kannte ihn so früh. Border war 1946 in Europa gewesen, um die Interviews zu führen, aber wir haben ihn erst 1950 oder vielleicht Ende 49 kennengelernt. Elly war schon sechzehn oder siebzehn Jahre alt, und das Buch mit den acht Interviews war bereits erschienen. Soviel ich weiß, hat Callie angefangen, für ihn zu arbeiten, als er 1946 nach Europa fuhr. So kam ihre Verbindung mit den Borders zustande. Wollen Sie mal probieren, ob dieses Ding mich auch aufnimmt?«

»Danke, nein, es läuft gut. Wer war Wayne?«

»Wayne Rosenthal, einer von denen, die ihre Masterarbeit bei ihm schrieben. Haben Sie seinen Namen nicht bekommen?«

»Doch, ich wollte nur sicher sein, welchen Wayne Sie meinen. Er scheint für Sie eine besondere Rolle gespielt zu haben.«

»Ich glaube, für Border hat er eine besondere Rolle gespielt.«

»Warum?«

»Ich glaube, von uns allen – den fünf oder sechs, vielleicht auch sieben aus unserer Gruppe – stand Wayne ihm am nächsten. Sogar näher als Amy. Border hatte, ja – wie soll ich sagen –, eine gewisse Schwäche für Amy. Aber es war sicher Wayne, ich meine, sie hatten die engste Beziehung. Man musste genau hinsehen, um es zu merken, weil Dr. Border in jeder Hinsicht sehr korrekt war. Er hatte so eine Art, warmherzig und doch förmlich zu sein, ein bisschen europäischer Lehrertyp, etwas streng, manchmal sogar einschüchternd. Was wollte ich sagen? Ach ja, Wayne, richtig. Border hätte es gehasst, den Eindruck zu vermitteln, er würde irgendjemanden bevorzugen, aber ich glaube, Wayne war sein Liebling.«

»Eileen Miller vom IIT meint, *Sie* seien sein Lieblingsstudent gewesen.«

»Wirklich? Ich wüsste nicht, wie sie dazu kommt.«

»Sie sagt, als er schließlich beim IIT aufhörte und umzog –«

»Er ist nicht nur umgezogen, sondern weg aus Chicago.«

»Er hat Chicago verlassen?«

»Am Ende, ja.«

»Eileen Miller sagt, Sie hätten ihm geholfen, das Haus auszuräumen?«

»Stimmt. Aber das war ganz am Schluss.«

»Und dabei haben Sie Callie kennengelernt, und seine Tochter Elise?«

»Nein, die kannte ich schon seit 1950, als wir anfingen, unsere Arbeiten über den ›Adjektiv-Verb-Quotienten‹ zu schreiben. Oder sogar 1949, da müssen wir die ersten Gespräche mit ihm geführt haben. Wissen Sie, das war das Jahr, in dem sein Buch herauskam und Border auf dem Campus eine Art Berühmtheit wurde.«

»Nicht von Dauer, oder?«

»Nein, aber …« Auf Arch Sanasarian schienen ein paar Erinnerungen einzuprasseln, die er so schnell nicht in Worte fassen konnte. »Ja, berühmt war er nur auf dem Campus und nicht lange, aber lange genug, dass wir davon hörten, von Border und seinem Projekt. Das wird wohl der Grund gewesen sein, warum wir ihn alle als Betreuer für unsere Masterarbeit haben wollten.«

»Darf ich fragen, wie es eigentlich dazu kam, dass Sie und die anderen Masterstudenten so vertraut mit ihm geworden sind, dass Sie nicht nur seine Tochter, sondern sogar seine Haushälterin kannten, wenn er doch so streng im Umgang war, fast einschüchternd und, im alten Sinne, förmlich?«

»Nun, das ist leicht zu erklären. Wir waren oft bei ihm zu Hause.«

»Die ganze Gruppe?«

»Ja, alle sechs oder sieben. Er gab dort Abendseminare für seine Masterstudenten.«

»Abends … bei ihm zu Hause … warum?«

»Na ja, die meisten von uns, vielleicht alle … o nein, Evie Harmon, die nicht, aber die meisten von uns hatten Jobs, zumindest Teilzeit. Deswegen kam es uns sehr entgegen, dass er einverstanden war – nein, er bot es an –, die Seminare abends bei ihm zu Hause zu halten.«

»Und warum zu Hause? Warum nicht auf dem Campus?«

»Ich glaube, er fand es sicherer, als abends auf die South Side runterzufahren. Und es war bequemer.«

»Für ihn.«

»Für ihn bestimmt. Auch für mich. Ich wohnte gleich nebenan, zwei Straßen weiter. In der Hinsicht hatte ich mehr Glück als die anderen. Vielleicht meint Eileen Miller deswegen, ich sei ihm am nächsten gewesen, weil ich so nahe bei ihm wohnte, aber …« Er blickte einen Augenblick wehmütig über Adams Kopf hinweg. »Ich glaube, es war Wayne Rosenthal. Nicht, dass er nicht nett zu mir gewesen wäre. Er war unglaublich nett, schon beim ersten Mal, als ich ihn wegen meiner Masterarbeit fragte.«

»Wie haben Sie von dem Projekt und von der Möglichkeit, Ihre Arbeit dort zu schreiben, erfahren?«

»Wissen Sie, ich kann mich gar nicht mehr genau erinnern. Vielleicht hat einer von den anderen mir den Tipp gegeben.«

»Welchen Tipp?«

»Na ja, dass er Leute suchte.«

»Border?«

»Ja, er wollte studentische Mitarbeiter für sein Projekt. Ich erinnere mich noch an sein Büro und sein Labor natürlich, beide im Hauptgebäude, direkt nebeneinander. Kennen Sie das Hauptgebäude? Das ist der rote Backsteinbau, neunzehntes Jahrhundert. Ich glaube, der älteste auf dem Campus.«

»Und da haben Sie ihn das erste Mal aufgesucht, um über eine Arbeit an seinem Forschungsprojekt ›Der Adjektiv-Verb-Quotient‹ zu reden?«

»Ja, und natürlich war ich mehr als nervös. Ich weiß noch, wie ich sogar Schwierigkeiten hatte, sein Büro zu finden. Das mag vollkommen verrückt klingen, weil die Universitätsverwaltung im Hauptgebäude war, jedenfalls zu meiner Zeit.«

»Ich glaube, da ist sie immer noch. Stimmt, schwer zu finden ist das nicht.«

»Nein, wahrhaftig, und damals erst recht nicht. Es gab weniger Gebäude damals, wissen Sie. Aber ich hatte Schwierigkeiten, ihn zu finden, weil aus der Psychologie sonst niemand sein Büro dort hatte.«

»Wieso das?«

»Ursprünglich war der ganze Fachbereich für Psychologie und Philosophie dort untergebracht gewesen, aber sie waren alle weg. Sie brauchten mehr Platz und waren umgezogen. Alle, außer ihm.«

»Warum ist er geblieben?«

»Ich weiß nicht. Ich könnte spekulieren, aber ich weiß es nicht wirklich.«

»Dann spekulieren Sie doch mal.«

Er lächelte. »Wo soll ich anfangen? Wenn Sie an Fachbereichspolitik oder irgendwelche Reibereien denken, ja, ich vermute, die hat es gegeben, wenngleich er solche Sachen nie mit uns diskutierte, jedenfalls nicht mit mir. Aber das wäre für ihn kein ernsthafter Grund gewesen, nicht signifikant genug, um nicht mit den anderen umzuziehen. Was man bei Border wirklich im Kopf behalten muss, ist, dass seine Arbeit ihm alles bedeutete. Ich meine wirklich *alles*. Natürlich haben wir ihn erst kennengelernt, nachdem er die Interviews in Europa gemacht und das Buch herausgegeben hatte. Warum er nicht mit dem Rest des Fachbereichs umgezogen ist?« Beim Gedanken an seinen Lehrer von vor über fünfzig Jahren lächelte Arch Sanasarian auf seinem Sessel in der Hotellounge des Sheraton Chicago wieder in sich hinein. »Ich vermute, er hatte keine Zeit.«

Lamonts Großmutter war, wie gewohnt, früher zu Hause als ihr Enkelsohn. Es wäre der beste Moment gewesen, um mit Michelle zu sprechen. Sie hatte ihr eine Nachricht hinterlassen und hoffte, ihre Enkelin würde um diese Zeit zurückrufen. Das war der Grund, warum sie unentwegt aufs Telefon schaute, als könnte sie es durch bloßes Hinschauen, durch einen Willensakt zum Klingeln bringen. Aber es klingelte nicht, und so musste sie sich eine andere Strategie einfallen lassen. Sie stellte den

Fernseher an, um das Telefon abzulenken, damit es sie nicht warten sah. Michelle war immer eine pflichtbewusste Enkeltochter gewesen, und nun fragte sie sich, ob es nur Einbildung war, oder ob Michelle in letzter Zeit tatsächlich immer länger brauchte, ehe sie zurückrief. Oder lag es daran, dass sie wusste, worüber ihre Großmutter würde reden wollen, und die ewigen Sorgen um Lamont satt hatte?

Aber Michelles Großmutter fand die Sorgen berechtigt. Sie dachte, wenn Lamont überhaupt kein bisschen weiterkam mit der Suche nach seiner Tochter, wenn es nicht mal so was wie einen Plan gab, einen ersten Schritt, den er sich vornehmen konnte, würde er früher oder später einen Knacks bekommen. Er würde ausrasten, um sich schlagen, Dinge tun, die ihm selber schadeten, und seinen Job verlieren. Oder zusammenbrechen, an allem verzweifeln und gar nicht mehr versuchen, sich ein neues Leben aufzubauen. Die traurige Wahrheit war, dass sie nicht wirklich glaubte, er habe große Aussichten, seine Tochter zu finden. Chantal schien schon vor langer Zeit Vorkehrungen getroffen zu haben, um das kleine Mädchen von Lamont fernzuhalten, und wenn es das war, was sie tatsächlich wollte, musste Lamonts Großmutter sich eingestehen, dass er wenig daran würde ändern können.

Aus ihrer Sicht ging es nicht unbedingt darum, seine Tochter zu finden. Was Lamont brauchte, alles, was er brauchte, war einfach nur ein Plan, Schritte, die es zu unternehmen galt, wenigstens so lange, bis er die sechs Monate Probezeit an der Klinik hinter sich gebracht hatte. Das könnte schon genügen, um ihn auf der Spur seiner Wiedereingliederung in die normale Gesellschaft zu halten. Wenn er einen guten Job mit Zusatzleistungen hatte, jede Woche Geld bekam, wenn er anfing, sich bei der Arbeit mit Menschen anzufreunden, die nie im Gefängnis gewesen waren, die nicht zu wissen brauchten, dass *er* im Gefängnis gewesen war, dann wäre er vielleicht in der Lage, eine

Frau zu finden. Vielleicht könnte er eine Familie gründen, eine neue, eine richtige Familie mit einem Kind, das eine Mutter und einen Vater hätte, die miteinander verheiratet wären. Er würde nie aufhören, sich nach dem kleinen Mädchen zu sehnen, das Chantal von ihm fernhielt, aber wenn er Arbeit und eine andere Familie hätte, könnte sich der stechende Schmerz in ein dumpfes Sehnen verwandeln. Lamonts Großmutter wusste, wie das ging, stechenden Schmerz in dumpfes Sehnen zu verwandeln, und sie hatte den Eindruck, diese Fähigkeit bestimmte, wer von den Menschen, die sie kannte, sein Leben meisterte und wer unter die Räder kam.

Das Telefon klingelte genau in dem Moment, als ein Mann aus einer kleinen Stadt in South Carolina den Experten in der *Antiques Roadshow* erklärte, seine Großmutter habe seiner Mutter ein Spinnrad hinterlassen. Am Apparat war nicht Michelle, sondern eine Telefonmarketing-Gesellschaft. Ließ Michelle den Rückruf schleifen, weil sie ihren Cousin aufgegeben hatte? Zumindest könnte sie ihm doch mit praktischen Ratschlägen bei der Suche nach seiner Tochter helfen, ihn vielleicht über die Probezeit hinaus in seinen Hoffnungen bestärken. War das zu viel verlangt, fragte sich ihre Großmutter.

»Also, ich würde behaupten, Sie kommen aus einer Glücksfamilie«, sagte der Experte für antike Spinnräder zu dem Mann aus South Carolina. »Raten Sie mal, was das Spinnrad Ihrer Urgroßmutter wert ist?«

Dann begann sie sich Sorgen zu machen, Michelle habe vielleicht eigene Probleme. Vielleicht sollte sie sich mehr um Michelle kümmern. Selbst wenn sie jetzt noch anrief, bliebe kaum Zeit, unbefangen zu reden. Lamont würde bald zu Hause sein.

Professor Border schaute in den kleinen Spiegel, der auf einem der vielen Aktenschränke in seinem Büro stand. Er war dabei, sich den Bart zu stutzen, als er es klopfen hörte. Er legte die Schere beiseite, blickte auf die Uhr und rief: »Herein.«

Der junge Mann, der etwas unsicher seine Nervosität verbergend den Raum betrat, war Arch Sanasarian. Als er den Professor an einem alten Rollschreibtisch sitzend erblickte, ging er auf ihn zu und streckte die Hand aus, um sich vorzustellen.

»Vielen Dank, dass ich Sie sprechen darf, Dr. Border. Ich bin Arch Sanasarian.«

»Bitte, nehmen Sie doch Platz, Mr Sanasarian«, sagte Border und deutete auf einen Stuhl, der sich, nachdem der Student ihn von einem Stapel Papier befreit hatte, als ein ziemlich knarrender Untersatz erwies. Der Raum war voller Bücher, sowohl in Regalen als auch stapelweise oben auf den Aktenschränken an jedem Zentimeter Wand, der nicht mit einem bis zur Decke reichenden Bücherregal gefüllt war.

»Arch?«, fragte Border. »Ist das eine Abkürzung für irgendwas?«

»Ja, eigentlich heiße ich Archibald.«

»Das ist dann die amerikanische Kurzform, oder?«

»Ja.«

»Sind Sie hier geboren?«

»Ja, das bin ich.«

»Aus Archibald wird Arch. Verstehe. Ich bin nicht von hier, da muss ich solche Sachen immer noch dazulernen. Sie wollen Ihre Masterarbeit über den ›Adjektiv-Verb-Quotienten‹ schreiben?«

»Ja, genau. Ich habe Ihr Buch gelesen und –«

»Wissen Sie, Mr Sanasarian, auch wenn Sie das Buch gelesen haben, auch wenn Sie denken, Sie interessieren sich für die Analyse von Sprachmustern, ist das nur eine notwendige Bedingung, keine hinreichende.«

»Tut mir leid, Sir, ich verstehe nicht ganz?«

»Ich meine, diese Sorte Material, die Interviews mit seelisch erschütterten Menschen, das erschüttert einen selbst, und … nun ja, nicht jeder kommt damit klar.«

»Nein, nein, natürlich nicht, aber ich glaube, ich schon. Offen gestanden, kann ich mir kein Thema vorstellen, das mich mehr interessieren würde. Seit ich Ihr Buch gelesen habe, denke ich immerzu an die Berichte, die Erfahrungen dieser Menschen.«

»Verstehe«, sagte Border.

»Wenn es wegen meiner Leistungsnachweise ist … Wenn Sie mir erlauben, die Punkte mit Ihnen durchzugehen, sind da einige Bewertungen, die ich wohl im Kontext besser –«

»Ich habe mir Ihre Scheine nicht angesehen.«

»Also, wenn es wegen –«

»Was soll dieses ›es‹? Warum glauben Sie, da wäre ein ›es‹, Mr Sanasarian?«

»Professor Border, ich … ich kann mir nichts Wichtigeres vorstellen, als die Arbeit, die Sie gemacht haben, und wenn Sie mich bitte anhören würden –«

»Arch ist die amerikanische Abkürzung für Archibald«, unterbrach Border. »Und Sanasarian, das ist ein armenischer Name, oder?«

»Ja, Sir, genau.«

»Haben Ihre Eltern dort gelebt?«

»Ja.«

»Wann sind sie in die USA gekommen?«

»Anfang der Zwanzigerjahre.«

»Ach, und von wo?«

»Mein Vater aus Van und meine Mutter aus –«

»Ihr Vater kommt aus Van?«

»Ja.«

»Stammen Ihre beiden Eltern aus Armenien?«

»Ja.«

Henry Border blickte den jungen Mann an, den Armenoamerikaner, der ihm gegenüber saß. »Und haben Sie noch Familie dort?«

»Nein, soweit meine Eltern wissen, ist da niemand mehr. Sie wurden alle umgebracht.«

»Verstehe«, sagte Border, die rechte Hand um seinen Kinnbart gelegt. Einen Augenblick herrschte Schweigen, nur das Ticken einer alten Standuhr überdeckte ihren Atem.

»Zu der Arbeit gehören auch Kurse und Seminare, das wissen Sie ja. Haben Sie irgendwelche Fragen wegen der Kurse, Mr Sanasarian?«

»Nein, nichts Besonderes, ich meine, im Moment zumindest, aber ich dachte, vielleicht … Wollen Sie meine Scheine nicht sehen?«

»Nein, Mr Sanasarian.« Henry Border erhob sich hinter seinem Schreibtisch und schüttelte dem jungen Mann die Hand. »Nehmen Sie das Formular hier mit und bringen es ausgefüllt zurück. Das ist nicht für mich. Das ist für den Fachbereich. Ich weiß schon genug.«

Callie Ford hatte James Pearson zum ersten Mal auf einer *Rent*-Party im dritten Stock der Mecca Flats gesehen, wo sie sich mit ihrem Sohn Russell ein Zimmer teilte. Obwohl die Gastgeber der Party recht lange ihre Nachbarn gewesen waren, kannte sie sie nicht. Sie war hingegangen, um etwas Gesellschaft und billige Unterhaltung zu genießen. Es war nicht ungewöhnlich, dass neu aus dem Süden gekommene Bluesmusiker, manchmal solo, manchmal in Ad-hoc-Gruppen, auf Hauspartys der Farbigen in der Umgebung oder auch im Mecca spielten. Und da sie einen sowieso wachhalten würden, konnte man ebenso gut hingehen. James Pearson war nicht dort, weil er sich eine kostspieligere Unterhaltung nicht hätte leisten können. Er hatte einen guten Job in der Fleischverarbeitung. Callie kannte ihn vom Hörensagen. Ein ruhiger Mann, nicht groß, aber breitschultrig und zweifelsohne stark, war er manchen im Mecca als »Mister Alles-was-du-willst« bekannt. Etwas später stellte sich heraus, dass Mr Pearson das Zimmer neben Callie in derselben Wohnung beziehen würde. Tommy Parks, ein anderer unverheirateter Zimmernachbar, war ebenfalls in der Fleischfabrik beschäftigt, aber von einem ganz anderen Schlag, ein vulgärer, aufbrausender, jähzorniger Mann. Als Tommy sah, wie Callie ihrem neuen Nachbarn, James Pearson, der seine Kisten hereinschleppte, ein Lächeln schenkte, begann er zu protzen.

»Ah«, sagte er an seinen Türrahmen gelehnt, »wen haben wir denn da? Mister Alles-was-du-willst! Wenn du jetzt mal Bedarf hast, Callie, brauchste nicht mehr mitten in der Nacht zu mir gelaufen kommen. Gehst einfach zu Mister Alles-was-du-willst. Der besorgt's dir bestimmt, *wann immer* du willst, aber denk dran, Callie, ich besorg's dir, *wie* du willst.«

Tommys Sprüche erfüllten ihren Zweck und machten Callie verlegen, während James Pearson, der seine Habseligkeiten in einem Koffer und ein paar Kisten ins Zimmer verfrachtete, so tat, als hätte er es nicht gehört. Die Ironie bestand darin, dass es Tommy Parks gewesen war, der, ob betrunken oder nüchtern, nachts mehrmals zu Callie gekommen war, und nicht umgekehrt. Sie hatte seine Annäherungsversuche entschieden zurückweisen müssen, aber ohne ihn sich zum Feind zu machen, weil er ein Zimmer in derselben Wohnung hatte. Es war unangenehm genug, einen wohlmeinenden Tommy Parks als Nachbarn zu haben. Es wäre viel problematischer, wenn er einem feindselig gesonnen war. Schlimm genug, dass Russell schon hatte mit ansehen müssen, wie Parks seine Mutter sexuell belästigte. Sie wollte nicht, dass er sah, wie sie gestoßen oder geschlagen wurde.

James Pearson hatte sich den Spitznamen »Mister Alles-was-du-willst« eingehandelt, als er nach seiner Ankunft in Chicago auf Arbeitssuche zu Armour and Company gegangen war. Damals war Tommy Parks bereits in der Fleischfabrik angestellt und hatte das Ganze beobachtet. Genau genommen gehörte er zu denen, die Pearsons großen Ruf begründeten. Bei Armour wurden pro Stunde über tausend Schweine geschlachtet, als der jobsuchende Pearson hereinkam und von dem Mann in der Personalabteilung gefragt wurde: »Was kannst du?«

»Alles, was du willst«, erwiderte James Pearson, ohne übertreiben zu wollen.

»Alles?«

»Ja, Sir.«

»Hast du das gehört?«, sagte der vom Personal zu seinem Kollegen. »Der kann alles, was wir wollen.«

»Kannst du ein Schwein köpfen?«

Pearson wurde aus dem Büro geführt und geradewegs in die Schlachthalle, wo der Mann plötzlich beschloss, den Schwierigkeitsgrad der Aufgabe zu erhöhen. »Wie wäre es mit dreien?«

»Ja, Sir.«

Der Personalmann schaute grinsend seinen Kollegen an, der neugierig hinterherlief, um sich diesen Neuen anzuschauen – ein ruhiger Typ zwar, aber für ihren Geschmack ein bisschen zu selbstbewusst, um ihm zu trauen. Der Erste deutete auf eine Kette. Da Tommy Parks zufällig im Personalbüro gewesen war und die Schlachthallenaktion von Anfang an mitbekommen hatte, schaute er zu, wie Pearson die Kette nahm und mit einer anderen Methode als dort üblich drei Schweine auf einmal köpfte. Anders, aber perfekt. Keine Schramme, kein Kratzer an einem der drei Tiere. Die beiden Männer aus der Personalabteilung und Tommy Parks, den sie nicht bemerkt hatten, waren beeindruckt, aber niemand verlor ein Wort darüber. Dann, bei dem Gedanken, das sei vielleicht Pearsons Spezialität gewesen, er habe vielleicht Glück gehabt, dass er die Schweine köpfen sollte, genau das, was er so wunderbar beherrschte, fragte der erste Mann: »Wie wäre es mit spalten? Kannst du ein Schwein spalten?«

»Alles, was du willst«, erwiderte Pearson wie gehabt, und der ganz Trupp zog dorthin, wo die Schweine halbiert wurden. Einer der Arbeiter musste zurücktreten und Pearson sein Spaltbeil überlassen. Alle standen drum herum, während das Förderband unerbittlich weiterlief, und warteten, bis der Mann aus der Personalabteilung ein besonders großes Schwein ins Visier nahm: »Das da, das hätte ich gern halbiert.«

Ohne ein Wort zu sagen, spaltete James Pearson den Fleischkörper exakt mittig, keine Schramme oder Kratzer, keine aufgerissene Lende, sogar der Knochen war säuberlich zerteilt. Es sah aus, als wäre das Schwein in zwei Hälften erschaffen worden, so unmöglich schien dieser Zustand von Menschenhand herbeigeführt. Die Männer, einschließlich Tommy Parks und einiger anderer Arbeiter, die das Spektakel mitbekommen hatten, starrten voll echter Bewunderung darauf. Pearson wurde gebeten, es beim nächsten Schwein noch einmal zu tun, und er wiederholte den Vorgang genauso perfekt.

»Gehen wir mal rüber zu den Fleischprodukten …« Die Stimme des Mannes versiegte.

»Alles, was du willst.« Pearson wurde auf der Stelle angeheuert, und mit Tommy Parks Unterstützung machte die Geschichte von Mister Alles-was-du-willst in kürzester Zeit die Runde, nicht nur in der Fabrik, sondern auch in Teilen der Mecca Flats.

Obwohl ein ganz anderes Naturell, konnte Tommy nicht umhin, James Pearson zu bewundern, und es war ihm nicht unrecht, mit ihm zusammen zu sein oder gesehen zu werden. Tommy war ein viel lauterer Mensch und vergnügte sich mit Dingen, die Pearson überhaupt nicht interessierten. Durch ihn hatte der letztere von dem Zimmer im Mecca gehört, er hatte seine Überraschung, als der Neue mit seinen Kisten ankam, also nur vorgetäuscht, um auf Callies Kosten dumme Witze zu machen. Er hatte gewusst, dass Pearson einziehen würde, und als der schließlich von Armour and Company zu den Swift-Betrieben wechselte, folgte Tommy ihm nach. So hoch wurde James Pearson bei Armour geschätzt, dass der Personalchef persönlich wissen wollte, warum er ging, und ihm, nachdem er ihn nicht zum Bleiben überreden konnte, versprach, dass er seinen Job jederzeit zurück haben könnte, falls er es sich anders überlegte. So etwas hatte es noch nie gegeben, und wären keine Zeugen da gewesen, hätte man es nicht geglaubt.

Tommy Parks hatte ihn arbeiten sehen und keine Schwierigkeiten, es zu glauben. Die beiden hockten nicht oft zusammen, es war eine unbehagliche Freundschaft, eher berufsbedingt, mit einem gewissen Respekt für die Arbeit des anderen, aber ohne sonstige Gemeinsamkeiten. Tommy zockte, trank eine Menge und machte Frauen an, manchmal buchstäblich alles auf einmal. Pearson dagegen blieb lieber für sich und hatte zu alledem nicht die geringste Lust. Es hieß, er lege Geld beiseite, um irgendwann in eine bessere Gegend zu ziehen. Sicher verdiente er, genau wie Tommy, mehr als die meisten, die keine andere Wahl hatten, als im Mecca zu wohnen. Aber während man den Eindruck gewinnen konnte, James Pearson strebe nach einem besseren Leben, schien Tommy Parks sich unaufhaltsam von dem besten Leben zu entfernen, das er je gehabt hatte oder haben würde. Er befriedigte seine Gelüste, wo er konnte, und ihr Diktat machte ihn auf seine Weise unterhaltsam, bei vielen beliebt, die verzweifelt nach Ablenkung von ihrer eigenen Verzweiflung suchten.

Pearson wurde schlicht und einfach respektiert, von ähnlich vielen Leuten, aber niemand grüßte ihn so herzlich, wie sie es mit Tommy machten – niemand außer der rastlosen Mrs Sallie. An jenem Tag, an dem Tommy Parks versuchte, Callie beim Einzug ihres neuen Zimmernachbarn in Verlegenheit zu bringen, rief die alte Dame, die – anders als Callie – bisher nicht von James Pearson gehört hatte: »Kennen Sie meinen Freud,

Mister? Kennen Sie ihn schon, Jesus, meinen besten Freund? Er wird mich hier rausholen, und wenn Sie möchten, wenn Sie ihm nur die Hand entgegenstrecken … tut er Ihnen denselben Liebesdienst.«

Beide, Callie Ford und Tommy Parks, schauten zu, wie Pearson seine Kiste absetzte, Mrs Sallies rechte Hand in seine nahm und sagte: »Ich bin James Pearson, Ma'am. Es würde mich freuen, wenn ich Ihnen gelegentlich einen Dienst erweisen könnte … solange Sie auf Ihren Freund warten.«

Alles, was Callie Ford danach von ihm zu sehen bekam, wie auch die wenigen Worte, die sie in den folgenden Wochen miteinander wechselten, passte zu dem, was sie am Tag seines Einzugs gesehen hatte. Tommy Parks war etwas weniger aufdringlich, wenn Pearson in der Nähe war, und insgesamt fühlte sie sich sicherer mit ihm im Nebenzimmer. So kam es, dass sie eines Abends, ungefähr zwei Wochen nachdem am anderen Ende des Stockwerks über ihr jemand erschossen worden war, ihren ganzen Mut zusammenraffte, um an seine Tür zu klopfen und zu fragen, ob sie mit ihm sprechen könne. Man habe ihr einen hervorragenden Job angeboten, für ein paar Monate, über den Sommer, aber es sei ungefähr zehn Meilen uptown, und sie würde an ihrem Arbeitsplatz wohnen müssen. Ihr Sohn Russell sei eigentlich ein braver Junge. Wenn sie die Stelle annähme und Pearson etwas von ihrem Lohn abgäbe, wäre er dann bereit, abends nach dem Jungen zu schauen? Würde er vielleicht ein bisschen von dem, was er sowieso für sich zu essen machte, mit Russell teilen?

Seine Schicht war zu Ende, und Lamont musste sich beeilen, um rechtzeitig zum Abendessen bei seiner Großmutter zu sein. Er wollte den alten Mann im achten Stock nur ganz kurz, auf einen Sprung, besuchen, aber wieder einmal blieb er hängen. Die Klinik hatte ihm schon vor einer ganzen Weile Sonderaufgaben versprochen, nur schien der Ankündigung nichts Richtiges zu folgen. Je mehr er im Umfeld der Klinik tun konnte, umso besser wäre die Gelegenheit, seine Fähigkeit und seinen Arbeitseifer zu beweisen. Er dachte, dann würden sie ihn nicht so leicht wieder loswerden wollen. Extras wären gut, aber sie schienen nicht zu kommen. Vielleicht hatten die Krankenhausverwalter ihre Meinung über ihn oder über das Versuchsprojekt geändert. Er wollte nicht zulassen, dass solche Gedanken in seinem Kopf die Oberhand gewannen. Aber wundern musste man sich schon, nicht wahr? War es sein Vorgesetzter? Es gab mehr als einen. Welcher war es, der ihn am wenigsten mochte? Mochte ihn überhaupt einer von denen? Wie brachte man sie dazu, einen zu mögen? Alle waren immer so beschäftigt. Wahrscheinlich war es das, was seine Sonderaufgaben verhinderte. Wahrscheinlich bedeutete es gar nichts. Solche Gedanken durften nicht die Oberhand gewinnen.

Doch ein Kollege vom Gebäudeservice, ein Mann namens D'Sean, der jünger war als Lamont, aber schon jahrelang dort arbeitete, und dem Lamont sich spontan anvertraute, hatte ihm gesagt, was für ein gutes Zeichen es sei, dass sie von Sonderaufgaben gesprochen hätten. Im Laufe seiner Jahre beim Gebäudeservice hatte D'Sean Männer kommen und gehen sehen, viele, die es nicht bis zum Ende der sechsmonatigen Probezeit schafften. Aber so eine Chance für einen Exhäftling, das hatte er noch nie erlebt. »Wie steht's mit den Extras, hast du welche bekommen?«, fragte er Lamont andauernd. »Nein? Noch nicht! Was heißt noch nicht? Sie reden drüber, wieso geben sie dir dann keine? Die haben ein Problem mit dir, bring's in Ordnung, so schnell du kannst. Sagen, nein, sagen tun sie nichts davon, umso mehr musst du's in Ordnung bringen. Zeig dich, damit sie sich an dich erinnern. Du mit deinem Leisetreten und dem Scheiß, Lamont, als wärst du gar nicht da, schleichst hier rum, als ob du heimlich fegen musst, als *dürftest* du das nicht. Immer nur:

›Entschuldigung, dass es mich gibt. Eigentlich bin ich gar nicht da.‹ So einen wie dich hab ich noch nie gesehen, sitzt seine Zeit ab und kommt raus ins Leben, als wäre er noch in Einzelhaft. Echt wahr, Lamont, du bist jetzt draußen, fang endlich an, dich um dich selbst zu kümmern. Ich will mich da nicht einmischen oder so. Ich sag's ja nur, für dich. Verstehste?«

Lamont bereute es, D'Sean erzählt zu haben, dass er im Knast gewesen war, oder auch nur, dass sie ihm Sonderaufgaben angeboten hatten. Egal, in welcher Absicht D'Sean ihm seine Lektionen fürs Leben erteilte, sie schürten Lamonts Ängste. Sie waren wie Kaninchen, die von seiner geladenen Vorstellungskraft in schwarze Angstlöcher getrieben wurden. Als Junge hatte er seiner Fantasie freien Lauf gelassen und sich daran ergötzt, wenn es sonst nicht viel gab. Doch im Gefängnis hatte er eine Strategie entwickelt, um die schlimmsten Exzesse seiner Vorstellung unter Kontrolle zu halten, um negative Gedanken, die ihm nur wehtun oder seine Fortschritte sabotieren würden, zu unterdrücken, und er war sehr geschickt darin geworden. Dieses Geschick musste er nun, aus heiterem Himmel von D'Sean herausgefordert, wieder zum Einsatz bringen.

Es war der Sommer 1946 in Europa, und niemand achtete besonders auf einen etwas verwirrt aussehenden Mann, der langsam durch das Lager ging, sich genauestens, fast ehrerbietig umschauend, als hätten seine Augen hungrig auf das alles gewartet und könnten sich nicht sattsehen. Der Mann schleppte einen schweren Kasten mit Kabeln, Trafos und Steckern mit sich herum, eine Art Aufnahmegerät, erklärte er, wenn er gefragt wurde. Aber er wurde nicht oft gefragt. Er sei Pole, sagte jemand, nein, ein Deutscher, irgendein Doktor. Na schön, einen Doktor konnten sie gebrauchen. Alles konnten sie gebrauchen, außer Fleckfieber und TB. Nein, er ist ein polnischer Jude. Aber für einen polnischen Juden sah er zu gesund aus. Jemand anders sagte, er komme aus Amerika. Henry Border, ursprünglich aus Polen, nunmehr aus Chicago, Illinois, war es gewöhnt, für jemanden gehalten zu werden, der keine Vorzugsbehandlung brauchte. Er war in mehreren DP-Lagern gewesen, bevor er nach Föhrenwald kam. Aber jedes Mal, wenn er die Insassen eines dieser Lager sah, erschien es ihm, als sähe er zum ersten Mal eine neue Lebensform, von der er seine Augen nicht lösen konnte. Sein Atem ging zu schnell, er musste sich beruhigen. Das passierte ständig und er geißelte sich dafür. Unregelmäßige Atmung war ein Luxus, den sich hier niemand leisten konnte, auch er nicht. Während er mit seiner Ausrüstung bepackt umherging, eine Weile nach rechts und dann nach links geneigt, um den Verschleiß seiner Knochen ein wenig zu verteilen, stieß er auf eine Baracke voller Kinder, jüdischer Kinder. Dass sie jüdisch waren, erkannte er an der Sprache: Sie wurden auf Jiddisch unterrichtet. Er stellte das Gepäck ab, um näher ans Fenster zu treten und besser zu hören. Die Kinder waren ungleich groß und daher, so seine Vermutung, wohl unterschiedlich alt. Er stand noch dort, als eine andere Gruppe Kinder an ihm vorbeizog, ebenfalls von der Größe her wild zusammengewürfelt, aber so ordentlich aufgestellt, dass es fast einem Marsch glich. Sie wurden von einem Erwachsenen geführt und sangen etwas, das sich nach einem hebräischen Lied anhörte. Dann, wie um den Begriff der Ordnung Lügen zu strafen, kam eine weitere Kindergruppe, auch bunt gemischt und auf Hebräisch singend, aber ein anderes Lied, der ersten Gruppe in die Quere. Instinktiv wichen sie einander aus, um einen Zusammenstoß zu vermeiden.

Henry Border war wie gebannt von diesen Kindern. Am liebsten hätte er sie einzeln angehalten und gefragt, was mit ihren Eltern geschehen sei. Was mit *ihnen* geschehen sei? In diesen ersten Minuten in Föhrenwald hatte er kaum Erwachsene gesehen. Er fragte sich, was diese Kinder gesehen und wie sie ohne erwachsene Obhut überlebt hatten, jetzt noch überlebten. Er stand inmitten dieser kleinen Ansammlung, einem Kinderdorf, einer Stadt der Waisen, als die Flut von Vorstellungen in seinem Kopf dem Gebell des erwachsenen Leiters der zweiten Gruppe singend marschierender Kinder wich, der nun auf ihn zukam und fragte, wer er sei und was er hier mache.

Es war nicht ganz einfach zu erklären. Border konnte nie voraussagen, wie die Verantwortlichen reagieren würden. Dieser, etwa Mitte dreißig, war ein amerikanischer Jude vom »Joint«, wie das American Jewish Joint Distribution Committee meistens genannt wurde. Seine kleinen Schützlinge waren singend weitermarschiert, aber das schien ihn nicht zu stören. Er gab sich mit den Begründungen für Borders Anwesenheit zufrieden, ermutigte ihn sogar ein wenig. Border wischte sich mit dem Handrücken die feuchte Stirn.

»So viele Kinder?«

»So viele, und lange nicht genug«, erwiderte der Mann vom Joint.

»Ja, natürlich, aber … das hier ist –«

»Sie haben Unterricht. Das ist eine Schule. Und es kommen immer mehr zu uns, die ganze Zeit. Erst gestern wieder einige.«

»Wo waren sie? Warum kommen sie erst jetzt?«, fragte Border.

»Die Gewalt treibt sie raus.«

»Was meinen Sie?«

»Was meinen Sie wohl, was ich meine?«

»Die Nazis?«

»Nein, die Nazis sind erledigt, das ist schon über ein Jahr her. Ich rede von vor vierzehn Tagen.«

»Was meinen Sie? Tut mir leid, ich verstehe nicht.«

»Ein kleiner Junge, ein polnischer Junge …« Der Mann vom Joint hielt inne vor lauter Fassungslosigkeit über das, was er erzählen wollte. Er holte tief Luft und fuhr fort. »Er ist von zu Hause weggelaufen und war offenbar drei Tage lang verschwunden. Als er wiederkam, wollten die Leute, seine Eltern, wissen, wo er gewesen war. Sie waren wütend. Also erzählte er ihnen, die Juden hätten ihn entführt und in einen Keller gesperrt, wo er mit ansehen musste, wie fünfzehn andere polnische Christenjungen ermordet wurden, um mit ihrem Blut Matzen zu backen. Das Gerücht verbreitete sich wie ein Lauffeuer, und eine Gruppe von Männern in polnischer Militäruniform trieb die in das Städtchen zurückgekehrten Reste der jüdischen Bevölkerung zusammen und dann, angestachelt von einigen Mitgliedern der lokalen Miliz und des lokalen Klerus – wie ich gehört habe, soll auch ein von den Sozialisten neu eingesetzter Fabrikdirektor dabei gewesen sein – wurden diese jüdischen Überlebenden, gerade dem KZ entkommen, einer blutrünstigen, wilden Menge vorgeworfen, um die fünftausend sollen es gewesen sein.«

»Ein Pogrom? Heute noch?«, fragte Border ungläubig.

»Ja.«

»Und das vor zwei Wochen, ein Pogrom vor zwei Wochen? Wo?«

»In Kielce. Die meisten der Juden, denen die Flucht gelungen ist, sind nach Zeilsheim gegangen, aber einige haben wir hier, auch verwaiste Kinder. Kommen Sie her. Schauen Sie, aber leise. Wenn Sie da reingucken können, ohne sich bemerkbar zu machen – da sitzen sie alle im Klassenraum. Sehen Sie den kleinen Jungen am Ende?«

Henry Border schaute durchs Fenster nach innen, wo die Kinder mit der Seite zu ihm, die Augen auf den Lehrer gerichtet, saßen. Er sah einen kleinen Jungen, drei bis fünf Jahre alt, der die Hand eines Mädchens hielt, das etwa acht sein mochte.

»Sie sind gestern gekommen?«, fragte Border. »Wie haben sie hierher gefunden? Das ist einfach … Sind beide aus Kielce?«

»Nein, nur der Junge.«

»Und woher kennt er sie?«

»Er kennt sie nicht. Kann sie bis gestern gar nicht gekannt haben. Aber es lebt niemand mehr, den er länger kennt als sie. Wenn Sie mich jetzt entschuldigen, ich muss zu meinen Kindern zurück. Viel Glück für ihr Projekt. Vergessen Sie nicht, mit den Kindern zu reden.«

Während der Mann vom Joint sich entfernte, blieb Border ziemlich erschüttert zurück. Einen Moment lang stand er einfach da, dann schaute er, angezogen vom Gedanken an den kleinen Jungen, noch einmal durchs Fenster. Er sah einen Verband an der freien Hand des Jungen, der ganze Arm war bis zum Ellbogen bandagiert.

»Als sie das hörte«, sagte der Lehrer zu den Kindern, »brachte sie ihren Sohn zum Fluss hinunter und legte das Baby Mose in ein Kästchen ins Schilf und ließ es flussabwärts treiben. Einige Zeit später entdeckte die ägyptische Prinzessin ihn in dem Kästchen und nahm ihn zu sich. Was glaubt ihr, war es schwer oder leicht für Moses Mutter, das zu tun?«

Das Mädchen, das die Hand des neu angekommenen kleinen Jungen aus Kielce hielt, meldete sich und sagte: »Sie hoffte, jemand würde ihn finden und ihn retten. Ich habe gesehen, wie Mütter ihre Kinder aus dem Zug warfen, um sie zu retten. Vielleicht hat es geklappt. Es kann gut gehen.«

»Ich bin auch so gerettet worden«, rief ein Junge.

»Ich hab's bei einer *Aktion* gesehen, dass eine Frau ihr Baby über den Zaun geworfen hat«, rief ein anderer und löste ein Stimmengewirr von tausend Zungen aus.

»Ruhe, Kinder! Bitte, Ruhe. Was meint ihr, hat Moses Mutter es richtig gemacht? War sie eine gute Mutter?«

»Ja«, sagten die Kinder wie aus einem Munde, alle, außer dem kleinen neu Angekommenen aus Kielce. Border beobachtete ihn und sah, dass er mit seiner unverbundenen Hand die des Mädchens fest umklammerte und stumm blieb.

Außerhalb der Mecca Flats schauten zwei weiße Männer einander an, wie um zu sagen: »Kann es das sein?« Der Gehsteig vor ihnen war voller Risse, und an einer Stelle klaffte ein Loch, das in einen Tunnel überging. Unter der Straßenlaterne sahen sie einen alten Schwarzen einen Karren schieben. »Wollt ihr da rein?«, rief der Alte. Einer der weißen Männer nickte. »Ich will ja nichts gesagt haben, aber ich glaub, ihr seid hier in der falschen Gegend«, und als er weiterschlurfte, bemerkten sie, was er gemeint hatte: den Tunnel. Ein kleiner Junge steckte seinen Kopf heraus, warf einen Blick auf sie und rannte ins Innere des Mecca. Sie folgten ihm durch den Eingang, doch kaum hatten sie ein paar Schritte in den Innenhof gemacht, war er verschwunden. Jetzt gab es nicht mal mehr den Anschein von einem Pflaster unter den Füßen. Auch keine Pflanzen oder Gras, nur Blechbüchsen, zerbrochenes Glas und Milchkartons. Die weißen Männer gingen unverdrossen weiter.

Russell Ford schlief allein in dem Zimmer, das er bis vor Kurzem mit seiner Mutter geteilt hatte. Wenn nun die Albträume kamen, und sie kamen fast jede Nacht, war niemand da, um ihn zu beruhigen. Deswegen brauchte er länger, bis er wieder wusste, wo er war, und dass er sich nicht mehr in der geträumten Situation befand. Seine Mutter hatte die Albträume nicht erwähnt, als sie Mister Alles-was-du-willst bat, nach Russell zu schauen, während sie als Haushälterin für Dr. Border arbeitete. Aber James Pearson hatte den Jungen nicht nur vom Flur aus gehört, er hörte ihn auch in seinem Zimmer. Zuerst dachte er, es sei jemand bei dem Jungen. Die Geräusche hatten sich nicht nach Russell angehört. Sie dauerten nicht lange, aber sie drangen nachts so oft zu ihm durch, dass er sie trotz des permanenten Lärms, der immer von irgendwo im Mecca dazwischenkam, wenn man etwas hören wollte, hörte.

Pearson hatte Russell nach seinem gestörten Schlaf gefragt, aber der Junge weigerte sich, darüber zu reden. Mit der Zeit merkte er, dass Russell zugänglicher war, wenn er das Gesprächsthema selbst bestimmte. Er redete über alles Mögliche, nur nicht über sich. Mehr als einmal hatte er nach Pearsons Arbeit bei Swift gefragt. Er wollte wissen, wie es in der Fleischfabrik zuging. Sanfte, aber nachdrückliche Kreuzverhöre brachten ans Licht, dass Russell einfach nicht wusste, was er den Sommer über machen sollte. Manchmal spielte er mit anderen Kindern aus dem Mecca, aber er kam mit ihren Spielen nicht zurecht, sie waren zu chaotisch. Wie sich herausstellte, hatte er eine Zeit lang versucht, auf die Eisbahn jenseits der State Street zu gelangen, und mehrmals, wenn auch ohne Erfolg, sich Eintritt in den Railroad Men's Social Club zu verschaffen. Gelegentlich warf Tommy Parks ihm ein paar Bälle zu, aber das dauerte nie lange, und bei der geringsten Provokation war Tommys begrenzte Aufmerksamkeit sowieso dahin. Nein, im Wesentlichen, schien es, hatte Russell die meiste Zeit allein verbracht und sich gelangweilt. So war James Pearson eines Tages auf die Idee gekommen, ihn zu fragen, ob er mitgehen wolle zur Arbeit. Etwas Besseres hätte Russell sich nicht wünschen können.

Irgendjemand – James hat nie herausgefunden wer – steckte der Personalabteilung, da sei einer, der sein Kind mitbringe. Als sie merkten, dass es Pearson war, sagten sie, der Junge könne da bleiben, solange er nicht im Weg stehe. Am Ende der Woche war es so weit, dass sie ihn fegen und sogar salzen ließen. Russell wäre nicht auf den Gedanken gekommen, für seine Arbeit Geld zu verlangen. Er war glücklich, einfach dort zu sein, aber James Pearson redete mit ein paar Leuten und schlug neun Cent pro Stunde für ihn heraus. Allerdings nahm er ihm das Versprechen ab, zwei Drittel seiner Mutter zu geben.

»Die wird vielleicht stolz auf dich sein, wenn sie wiederkommt.«

Pearson war im Flur und näherte sich Russells Zimmer, als er auf Mrs Sallie stieß, die ihr lauschendes Ohr an die Tür des

Jungen hielt. Sie sah ihren Nachbarn kommen, schämte sich aber kein bisschen, erwischt zu werden, und lauschte weiter.

»Er kämpft wieder gegen die Dämonen«, sagte sie. Pearson wusste, was die Geräusche bedeuteten, auch ohne zu wissen, woher sie Nacht für Nacht kamen. Er machte die Tür auf und trat über die Schwelle des Zimmers, wo Russell im Bett lag. Das hatte er noch nie gemacht.

»Na, mein Sohn, alles in Ordnung?«

»Was?« Der Junge wachte auf.

»Ich … ich hab was gehört und dachte, ich gucke mal nach dir.«

Russell wusste, was passiert war. Der Gedanke, dass seine Schreie draußen – und ausgerechnet von James Pearson – gehört worden waren, war ihm peinlich. Er wusste, um was es in den Träumen ging, denn immer, wenn er aus ihnen erwachte, hingen sie ihm eher wie Erinnerungen denn wie Träume nach. Und es gab Erinnerungen. Sie stammten von Ereignissen, deren Augenzeuge er gewesen war. Es hätte nur ein weiterer Detroiter Sommer im Leben eines kleinen Jungen werden sollen. Er wusste nichts von den Unruhen in den Packard-Werken, wo fünfundzwanzigtausend weiße Arbeiter, die Motoren für Bomber und Patrouillen-Torpedoboote herstellten, mit einem Streik gegen die Mitarbeit einer Handvoll schwarzer Frauen protestierten. Er war noch klein, aber er hätte verstanden, was es bedeutete, einen weißen Arbeiter auf dem Werksgelände sagen zu hören, lieber würde er Hitler und Hirohito den Krieg gewinnen lassen, als in der Fabrik neben einem *Nigger* zu stehen. Er hatte das niemanden sagen hören, aber er kannte die Stadt, in der er mit seiner Mutter und seinem Vater lebte, Kindheitsfreunde, die sich gefunden hatten und mit einigen Ausrutschern, einigen Einbrüchen und vielen Schwierigkeiten seit Mississippi zusammenhielten.

Er war an der Seite seines Vaters gewesen an jenem Morgen. Einem stinkenden, heißen Montagmorgen gegen Ende des

Schuljahres, im Juni 1943. Wegen der Ereignisse am Vortag hatte der Polizeikommissar sich in aller Frühe, um vier Uhr morgens, mit dem Bürgermeister und dem für die Region Detroit zuständigen Oberst der U.S. Army getroffen. Tagsüber hatte Bürgermeister Jefferies laufende Termine, ein Telefonat nach dem anderen zu führen. Er war ein viel beschäftigter Mann, und erst abends um halb acht verschaffte er sich selbst einen Eindruck von den Straßen seiner Stadt, nur um zu sehen, was er elf Stunden zuvor hätte sehen können, nämlich ungefähr das, was Russell Ford gesehen hatte.

Russell war bis zur Haltestelle mitgegangen, wo sein Vater normalerweise in den Bus zur Arbeit bei den Ford-Werken stieg. Sein Vater war nicht der erste Schwarze, den Russell sah, wie er von einer Menge weißer Männer aus dem Straßenbahnwagen gezerrt wurde, aber er war der, den er am längsten sehen würde. Nacht für Nacht sah er seinen Vater jetzt aus dem Wagen gezerrt werden, sah ihn krampfhaft seine Tasche umklammern, die er immer mit zur Arbeit nahm. Russell erinnerte sich nicht mehr, was sein Vater gewöhnlich in dieser Tasche mitnahm, aber er erinnerte sich, wie er sie bei den ersten Schlägen umklammert hielt. Ein Mob weißer Männer zerrte ihn auf die Straße, doch es waren zu viele, um ihn alle gleichzeitig zu schlagen. In einer brutalen Gemeinschaftsvorführung lösten sie sich ab, wartend und johlend, während einer nach dem anderen sich an Russells Vater austobte. Der erste bearbeitete seinen Kopf, während ein anderer ihn festhielt. Der zweite trat ihm in den Unterleib. Kein Ton kam aus Russells Mund, obwohl er zu schreien versuchte. Ein neu hinzukommender Mann boxte seinen Vater in den Bauch, bis er seiner überdrüssig war, und machte dann, schnaufend wie ein wilder Hengst, mit einem anderen, ebenfalls aus dem Wagen gezerrten Schwarzen weiter. Inzwischen kümmerte sich niemand mehr darum, Russells Vater für den nächsten Angreifer aufrecht zu halten, aber das führte nicht zum Ende der Gewalt. Noch lange nicht. Auf dem Boden liegend, war er für jeden aus dem Mob zu haben. Sie traten ihn, sprangen auf ihm herum. Als sein Schädel zertrümmert wurde, war er vielleicht schon tot. Niemand würde es je erfahren, weder seine Frau Callie, noch sein Sohn Russell, der das Ganze von Anfang an mitangesehen hatte und bis heute in den meisten Nächten vor sich sieht. Wenn er in Schweiß gebadet aufwachte, war sein Vater immer noch tot und alles war wieder genauso passiert, wie er es mitangesehen hatte. Es ist kein wirklicher Traum, nein, wirklich nicht. Im Dunkeln kommt er wieder zu sich, aber der Schrecken lässt ihn nie ganz los, nie weicht das beschämende Gefühl, seinen Vater nicht gerettet zu haben, und nie hört er auf ihn zu vermissen. Die Tasche seines Vaters hat er immer noch. Callie hat sie nach der Beerdigung gesäubert, das Blut abgeputzt, und Russell bewahrt sie auf.

»Ich … ich hab was gehört und dachte, ich gucke mal nach dir.«

»Ja, Sir, ist schon gut. Alles in Ordnung.«

Mrs Sallie hätte gern weiter gelauscht, was in diesem Zimmer zwischen James Pearson und dem von seiner Mutter allein gelassenen Jungen vor sich ging, aber das Klopfen an der Wohnungstür war zu hartnäckig, um es zu ignorieren. Sie ging hin, bevor sonst jemand es tun konnte, und öffnete. Da standen die beiden weißen Männer. Mrs Sallie musterte sie langsam, fragend, nicht ganz ohne sich zu fürchten.

»Guten Abend, Ma'am«, sagte der ältere der beiden Weißen. »Entschuldigen Sie die späte Störung. Wir möchten zu –«

»Kennen Sie meinen Freud? Kennen Sie –«

»Also, wir möchten zu –«

»Kennen Sie ihn, Jesus, meinen besten Freund?«

Russells Zimmertür stand einen Spalt offen, und James Pearson hörte einen Mann sagen: »Ma'am, wir möchten zu Mr Pearson. Er soll hier wohnen, haben wir gehört.«

»Das habe ich auch gehört«, sagte Mrs Sallie ohne einen Schritt zurückzutreten.

»Sie kennen ihn? Ist er da?«, fragte der andere Mann.

»Das ist ein Freund von mir. Aber ich … eine Menge Freunde. Mein bester, allerbester Freund ist Jesus. Er bringt das helle, helle Licht, wissen Sie … helle, helle Sonne. Das macht er jeden Tag, genau wie heute und …«, sagte sie fieberhaft nachdenkend, während sie den weißen Männern direkt in die Augen schaute, erst dem einen, dann dem anderen, ehe sie fortfuhr, »genau wie morgen. Morgen bringt er's wieder. Da erzähl ich Ihnen dann von ihm, morgen«, sagte sie und versuchte, die Tür zu schließen, doch der jüngere der beiden steckte seinen Fuß dazwischen. Sie bekam die Tür nicht zu.

Elise Border, die normalerweise einen guten Schlaf hatte, war wach. Irgendwas war draußen los. Sie war nicht sicher, aber sie glaubte, etwas gehört zu haben. Lohnte es sich, Callie deswegen zu stören? Es konnte einfach nur der Wind gewesen sein, der den Deckel einer Mülltonne umgeschlagen hatte. Da war es wieder. Ob Callie schon schlief?

Tommy Parks kehrte über die State Street zu den Mecca Flats zurück. Der Abend war gar nicht schlecht gewesen, und wenn er es jetzt noch rauf in sein Zimmer schaffte, ohne dass ihn jemand nervte, konnte er den ganzen Spaß, den er sich so kurzfristig und billig verschafft hatte, in sich hineingrinsend wegschlafen. Er sah schon den State-Street-Eingang vor sich, als er plötzlich ein wenig ernüchterte. Zwei weiße Männer kamen aus dem Gebäude, und bei ihnen war jemand, der aussah wie sein Nachbar, James Pearson, Mister Alles-was-du-willst. Er beschloss, sich etwas zurückzuhalten, um zu beobachten, welche Richtung sie einschlugen. Doch er hielt sich zu lange zurück. Sie gingen schnell, und zu dieser späten Stunde war er nicht mehr in der Lage, auch nur halb so schnell zu gehen. Die beiden Weißen und James Pearson waren verschwunden.

Ein Mann und eine Frau hatten sich zum Kaffee verabredet. Mit unguten Ahnungen sah Adam Michelle auf der Amsterdam Avenue näher kommen. Er fürchtete, sie würde ihm Neuigkeiten von Diana erzählen, irgendwelche Dinge, die noch deutlicher machten, wie sehr er sie im Stich gelassen hatte. Der Schmerz über die erwarteten Nachrichten, wie Diana seit ihrer Trennung durchs Leben irrte, hatte ihn beinahe physisch unfähig gemacht, diese Verabredung zu treffen, obwohl Michelle ihn auf dem Anrufbeantworter darum gebeten hatte, und es war seine Verzögerungstaktik, die ihn beschämte, während sie näher kam, näher und näher, bis er ihr Lächeln sah. Es war nicht ihr bestes Lächeln, aber besser als das der meisten anderen.

Als sie ihn vor dem Hungarian Pastry Shop umarmte, erinnerte er sich, was für eine gute Freundin sie immer gewesen war, und dachte zum ersten Mal, vielleicht liebe er sie irgendwie. Ihre auffallende Attraktivität war ihm nicht neu, aber es zu wissen ist nicht dasselbe, wie es zu fühlen. Sie war eine Freundin und überdies die Frau seines Freundes, und doch erfasste es ihn wie ein Windstoß, der keinen Mann unberührt lässt. Als sie ihn umarmte, empfand er einen gewissen Stolz, den er sicher nicht verdient hatte, zumindest nicht in letzter Zeit. Sie waren beide müde. Adam sah die Müdigkeit in ihren lächelnden Augen und merkte, wie gut es war, dass sie ihn zu diesem Kaffeetrinken, diesem Austausch gedrängt hatte.

Das war es nämlich – ein Austausch, ein Austausch von Informationen. Es gab einiges, um ihn über Diana auf dem Laufenden zu halten, Futter, das seine Selbstgeißelung verlangte. Nach den anfänglichen Nettigkeiten kamen sie direkt zur Sache. Michelle hatte Diana gesehen. Das war gut. Sie hatte sie in Hell's Kitchen besucht. Wie ging es ihr? Die ersten zwei Wochen hatte sie kaum gegessen, fast gar nichts. Sie war immer dünner geworden. Sie hatte sich gezwungen, zur Arbeit zu gehen, es sonst aber nicht aus dem Haus geschafft, um Essen einzukaufen oder auch nur das Viertel zu erkunden. Sie hatte sich taub gefühlt, kurzfristig wütend, aber vor allem taub. Sie hatte Michelle gesagt, sie habe von solchen Dingen bei anderen Paaren gehört, sich aber nie vorgestellt, es würde ihr und Adam passieren. Doch irgendwie, nach ungefähr zwei Wochen, war es, als hätte sie einen Virus besiegt, und sie hatte, wenigstens versuchsweise, wieder angefangen, ihre Fühler auszustrecken. Sie begann Leute anzurufen, sich in den Läden umzuschauen und ins Kino zu gehen.

»Warst du in ihrer Wohnung?«

»Nein, wir haben uns in einem Café an der Ninth Avenue getroffen.«

Adam versuchte sich die Gegend vorzustellen, aber er kannte sie nicht gut. »Ninth Avenue, was gibt es da so?«

»Oh, da ist eine Menge los, oben, zwischen den Dreißiger- und Fünfzigerblocks.«

»Tatsächlich?«

»Sicher, viele Restaurants und Bars.«

Adam saß da, bemüht, das alles zu verdauen. Diana war zwei Wochen lang fast verhungert, danach hatte sie Leute angerufen, ging ins Kino, auswärts essen und hing in Bars an der Ninth Avenue herum. Hungern stand für extremes Leiden. Ein Zeichen von Depression. Zwei Wochen, das war nicht sehr lange.

Was wollte er eigentlich hören? Wenn Diana litt, verletzte es ihn, wenn sie zurechtkam, verletzte es ihn genauso. Was er eigentlich, wenn auch nicht ganz bewusst, von Michelle wollte, war, dass sie ihn überredete, wieder mit Diana zusammenzukommen, und es dann einfädelte. Aber auch zweier weiterer Dinge war er sich nicht ganz bewusst: Wie unrealistisch es war, so etwas von Michelle zu erwarten, und dass es wohl das Einzige gewesen wäre, das sie in Bezug auf Diana hätte sagen können, *ohne* ihn zu verletzen.

Adam dachte über Dianas Leben in einem Apartment nach, das er nicht kannte, über ihren abgemagerten Zustand, über die Ninth Avenue und darüber, wie viele Stunden zwei Wochen enthielten, und wie das im Verhältnis stand zu der Zahl der Stunden, die in fast zehn Jahren enthalten waren. Michelle hatte wissen wollen, wie es ihm ging, aber sie hatte den Eindruck, es könne so schlecht nicht sein, da ihr Mann und ihr Schwiegervater von einem neuen Projekt erzählt hatten, das ihn anscheinend inspirierte und häufiger nach Chicago lockte. Sie schien nicht wissen zu wollen, warum er die Beziehung beendet hatte. Vermutlich kannte sie Dianas Sicht der Dinge. Sie hatte ihm nichts ausreden oder irgendwelche Botschaften übermitteln wollen. Nichts, außer diesen begrenzten Informationen. Gab es etwas anderes, was sie von ihm, von Adam, wollte?

Eine schöne Frau, die Ehefrau des Fachbereichsleiters für Geschichte an der Columbia, eines Mannes, der, wie sogar Adam schon aufgefallen war, für nichts Persönliches mehr Zeit hatte, trinkt einen Kaffee mit einem gemeinsamen Freund. Sie lächelt aus müden Augen, flehend, mit jemandem reden zu können. Aber das Flehen steht nur in ihren Augen. Es bleibt unausgesprochen.

»Adam«, sagte Michelle, nachdem sie ihre Neuigkeiten über Diana geliefert hatte, »als Sonja neulich so unangekündigt bei dir war und wir sie abgeholt haben –«

»Mhm.«

»Was hat sie da gesagt?«

»Was meinst du?«

»Hat sie irgendwas … über Charles und mich gesagt?«

Die beiden weißen Männer hatten sich am Eingang der Wohnung im Mecca vorgestellt, doch obwohl James Pearson darüber informiert war, dass sie ihn suchten und mit ihm sprechen wollten, hatte er nicht erwartet, sie an einem heißen Sommerabend plötzlich vor seiner Wohnungstür zu sehen. Da er wusste, wer sie waren, und sicher sein konnte, dass sie nicht aufgeben würden, willigte er ein, mit ihnen um die Ecke in eine Bar zu gehen.

»Es tut mir wirklich leid, Sie zu Hause zu stören, Mr Pearson, aber wie Sie sich vorstellen können, ist es wohl schlecht möglich, dieses Gespräch in der Fabrik zu führen«, sagte Herbert Marks und stellte geschickt drei Gläser Bier auf den Tisch. Es war eine Mecca-Bar und die beiden – Herbert Marks und sein älterer Kollege Ralph Hellerstein – waren die einzigen Weißen.

»Sie jagen mich so spät noch raus, um über Betriebskram zu reden. Ich wollte mich gerade in die Falle hauen. Nichts gegen niemanden, Mr Hellerstein –«

»Nennen Sie mich Ralph.«

»Ich will keinen Ärger ... Ralph.«

»Darf ich James sagen?«, fragte der Jüngere, Herbert Marks.

»Ich wüsste nicht, warum nicht.«

»Der Ärger ist schon da, James.«

»Also, ich geb ja zu, es kann manchmal ... na ja, manchmal ist es eben schwierig«, erklärte James Pearson. »Aber wir haben schon eine Gewerkschaft, 'ne unabhängige Gewerkschaft.«

»Unabhängig? Nein, James, das ist eine Betriebsgewerkschaft.«

»Es ist trotzdem eine ... wir haben eine.«

»Und wenn ihr euch beschweren wollt, gibt es da ein Verfahren, dass man sich um euch kümmert ... um jeden Einzelnen?«

»Will ich meinen.«

»Um jeden? Glauben Sie wirklich, die Betriebsgewerkschaft kümmert sich um die Arbeiter? Kümmert sie sich etwa um die Schwarzen?«

»Nicht mehr und nicht weniger als um sonst wen«, sagte Pearson, sein Bier schlürfend.

Herbert Marks beugte sich vor: »Sie arbeiten doch mit Billy Moore, nicht wahr?«

»Ja ... und?«

»Mögen Sie ihn?«

»Sicher.«

»Der ist nicht schlecht mit dem Spaltbeil, was?«

»Ein Teufelskerl. Das weiß jeder.«

»Obwohl, ein bisschen langsamer geworden in letzter Zeit«, murmelte Hellerstein vor sich hin.

»Er ist ein Freund von Ihnen, sagten Sie? Schon mal seine Kids gesehen?«

»Nein, ich sehe ihn nur immer bei der Arbeit, aber –«

»Kein einziges von seinen Kids? Er hat fünf! Und bei der Arbeit ist er etwas langsamer geworden. Sie wissen das, und Sie wissen auch, warum.«

»Ich weiß nicht, wovon Sie reden.«

»Von seinem Rücken, James«, sagte Marks. »Er hat Probleme mit dem Rücken. Klingt nach Bandscheibe, aber, Mann, ich bin kein Doktor. Er will nicht, dass irgendjemand was davon erfährt, nur Ihnen hat er's anvertraut.«

»Ich will nicht sagen … Ich weiß nicht, wovon Sie reden.«

»Hören Sie, James, wir wissen es, weil der Betrieb es weiß, und die wissen es, weil seine Stückzahl gesunken ist.«

»Billy Moore arbeitet wie ein Weltmeister«, sagte James leise.

»Er hat Rückenkrämpfe. Im Betrieb haben sie gemerkt, dass er langsamer geworden ist. Er hält das ganze Band auf. Die Kollegen haben versucht, ihm zu helfen, aber er ist langsamer geworden.«

»Nicht viel«, gab James zurück.

»Nein, nicht viel. Aber genug, dass sie es gemerkt haben. Irgendwann nächste Woche –«

»Wir wissen nicht, wann genau«, unterbrach Ralph Hellerstein.

»Irgendwann nächste Woche soll er zum Betriebsarzt. Er hat keine Chance, James, er wird gehen müssen.«

»Also, der Arzt wird eine Reihe Tests mit Billy machen, körperliche Tests, und die wird er nicht bestehen. Sie werden seinen Rücken testen, bis er einen Krampf bekommt.«

»Und dann?«, fragte James Pearson.

»Dann wird er gefeuert.«

»Aber er kann noch arbeiten. Ein bisschen langsamer vielleicht, mag sein, aber … ich meine, ich kenne den Mann. Der steht direkt neben mir, jeden Tag.«

»Na ja, bald nicht mehr«, sagte Herb Marks.

»Er hat fünf Kinder, James, elf Jahre hat er hier gearbeitet, und dann setzten sie ihn vor die Tür, mit nichts und wieder nichts, ein Handschlag und das war's, dann kannst du betteln gehen.«

»Aber er kann noch arbeiten«, protestierte James.

»James, was glauben Sie? Wenn die Schweine *euch* verwursten könnten, wäre es ihnen genauso recht, *denen* zu bezahlen, was sie euch bezahlen. Sie würden euch einpferchen, euch ausspionieren …«, Hellerstein verstummte und Marks fuhr fort.

»Sie würden sogar den Schweinen vorgaukeln, sie hätten eine unabhängige Gewerkschaft. Das Einzige, was ihnen fehlt, ist eine zündende Idee, wie damit Geld zu machen ist, wenn sie euch auf die Speisekarte setzen.«

»Hören Sie, James«, begann Hellerstein. »Die heuern und feuern, wie sie Lust haben; sie zahlen so wenig sie irgend können.«

»Mr Hellerstein –«

»Ralph.«

»Ralph, das sind Sachen, da können wir einfach nichts dran machen.«

»Wer ist wir?«

»Ich weiß nicht … die Arbeiter, die schwarzen Arbeiter.«

»Also, je nachdem: Wenn Sie mit ›wir‹ die Männer in der Halle meinen, *alle* Männer in der Halle, würde ich das anders sehen.«

»Ist es das, was Sie wollen, *alle* Männer in der Halle?«, fragte Pearson.

»Wir wollen, dass Sie sich überlegen, nur *überlegen,* nichts Verbindliches, einfach nur darüber nachdenken, ob Sie nicht bei uns im Organisationskomitee der Fleischfabrikarbeiter mitmachen wollen.«

»Was!«

»Sie sollen jetzt nicht antworten. Wir erwarten nicht, dass Sie sich heute Abend noch entscheiden. Wir bitten Sie nur, darüber nachzudenken. Wir kommen wieder, und dann bereden wir das, nachdem Sie sich ein paar Gedanken gemacht haben. Aber bitte, denken Sie darüber nach. Wir brauchen jemanden wie Sie. Viele Leute brauchen Sie. Bis dahin, falls Sie mit uns sprechen wollen, rufen Sie hier an.«

James Pearson schaute auf die Karte und steckte sie ein. »Mr Hellerstein –«

»Ralph.«

»Ich möchte nachts gern schlafen. Nichts für ungut, aber wie erfahre ich, wann Sie wiederkommen?«

»Wenn Billy Moore Ihnen erzählt, dass sie ihn gefeuert haben, dass er nicht mehr weiß, was er machen soll, nicht mehr weiß, wie er seine Kinder ernähren soll, dann können Sie sicher sein, sehr bald von uns zu hören.«

Zehn Meilen entfernt glaubte Elly Border, jedes einzelne Geräusch ihres Hauses ganz genau zu kennen. Sie hatte allein mit ihrem Vater dort gelebt, und er war ein stiller Mann. Die Geräusche ringsum waren nichts, worauf sie bewusst geachtet hätte. Sie waren eher wie die Punkte einer pointillistischen Hörlandschaft, die sich tief in ihr Unbewusstes eingeprägt hatten. Dies war etwas anderes; irgendwas war da draußen los. Es war lauter als eine Katze oder der Wind, und es hatte den ganzen Abend keinen richtigen Wind gegeben. Sie konnte sich des Gefühls nicht erwehren, dieses Etwas da draußen sei ein Mensch.

Was hatte er dort an ihrem Haus zu suchen? Vielleicht war es ein Betrunkener.

»Callie«, flüsterte sie, als sie an Callies Tür klopfte.

»Elly, geh wieder ins Bett.«

Es bedurfte ein paar weiterer Versuche. »Callie! Callie!«

»Hoff mal nur, dass du krank bist oder sonst was, Fräulein«, sagte sie, während sie die Tür öffnete und einen Bademantel überzog.

»Da ist jemand.«

»Nein, da ist niemand. Geh wieder ins Bett. Ich mache keinen Spaß, Kind. Ich kann auch böse werden.«

»Callie, im Ernst. Hör doch!«

Jetzt hörte es auch Callie. Sie ging nach unten, und Elise folgte ihr. Egal aus welcher Quelle, das Geräusch kreiste um den Hauseingang. Durch das Milchglas der Eingangstür konnte Callie eine Gestalt direkt davor erkennen. Ohne ein Wort zu sagen, ging sie zur Besenkammer, packte einen Besen und nahm ihn mit nach vorne. Elise dicht hinter sich, knipste sie das Außenlicht an und sah eindeutig die Umrisse einer menschlichen Gestalt. Den Besen haltend rief sie durch die Tür: »Was wollen Sie?«

Es kam keine Antwort, nur ein leises, fast schüchternes Klopfen.

»Wer ist da? Was wollen Sie?« Wieder keine Antwort von draußen, außer einem Klopfen.

Elly stand hinter ihr am Eingang, und zum ersten Mal zweifelte sie an der Weisheit ihrer Beschützerin, als sie, starr vor Schrecken, sah, wie Callie, den Besen in der Hand, langsam die Tür aufmachte. Elly hatte recht gehabt. Sie hatte tatsächlich fremde Geräusche gehört. Geräusche, die von einem Menschen kamen. Und jetzt, in Deckung hinter Callie, sah Elly Border, wer es war, der sie verursacht hatte. Sie sah einen schwarzen Mann mit wirren Augen. Sie war entsetzt. Callie Ford, die vor ihr stand, sah etwas ganz anderes. Sie sah ihren vierzehnjährigen Sohn, Russell. Er war entsetzt.

»Momma«, sagte er schwer atmend. »Sie haben Mr Pearson mitgenommen. Zwei weiße Männer haben ihn mitgenommen. Ich hab's gesehen.«

Es war ein außerordentliches Glück für Henry Border, dass er fast unmittelbar nach Betreten des DP-Lagers Stuttgart-West auf einen Mann namens Gruenberg traf, der eine Art Vertrauensperson zu sein schien, ein Sprecher oder Leiter irgendeiner Art von Selbstverwaltung der jüdischen Insassen. Dieser Mann kannte die Verhältnisse im Lager und wusste, was dort ablief.

»Was ist das?«, fragte Gruenberg auf die schwere Ausrüstung deutend, die der ältere Mann mit sich herumschleppte. Als Border erklärte, er sei da, um die Erfahrungen jüdischer DPs aufzuzeichnen, nickte Gruenberg ermutigend.

»Mit diesem Ding können Sie aufzeichnen, was die Leute sagen? Wie funktioniert das?«, fragte er, aber noch ehe Border antworten konnte, wurden sie von einem jungen Mann unterbrochen, der fast im Laufschritt herbeieilte. »Es geht los, Herr Gruenberg, es dauert nicht mehr lange. Ich glaube, heute noch.«

»Sie kommen und holen mich, sobald Sie glauben, dass es so weit ist. Nicht vergessen, Shmuel!«, antwortete Gruenberg.

»Ja, mache ich.«

»Versprochen?«

»Versprochen«, rief der Mann schon im Wegrennen zurück.

»Shmuel wird Vater, seine Frau bekommt ein Kind«, erklärte Gruenberg.

Dass Shmuel selber wie ein Kind aussah, dass keiner von ihnen wusste, wie lange die übrig gebliebenen europäischen Juden brauchen würden, um diejenigen, die sie verloren hatten, jemals – wenn überhaupt – zahlenmäßig zu ersetzen, dass es aber dennoch kein größeres Bedürfnis gab, als es zu versuchen, das alles blieb ungesagt, während Gruenberg und Border dem jungen Mann hinterherschauten, als er zu seiner Frau zurückrannte.

»Also ja«, fuhr Gruenberg fort. »Alles, was Sie den Amerikanern darüber erzählen können, was wir durchgemacht haben, kann nur nützlich sein. Am Anfang haben sie keinen Unterschied zwischen uns und irgendwelchen anderen Flüchtlingen gemacht. In der britischen Zone, auch in der französischen, ist das ja immer noch so.«

»Was meinen Sie?«

»Dass alle DPs zusammengelegt wurden, egal, woher sie kamen. Da lebten dann zum Beispiel Ukrainer mit uns im selben Lager, die auf Seiten der Nazis gekämpft hatten, sich aber jetzt aus Angst vor Vergeltung von den Russen nicht nach Hause trauten. Die waren antisemitischer als sonst wer. Manche Juden sagten, sie hätten welche wiedererkannt.«

»Wiedererkannt, woher?«

»Aus Auschwitz.«

»Ich verstehe nicht. Wenn sie für die Deutschen gekämpft haben, warum waren sie dann in Auschwitz?«

»Als Wächter, Dr. Border.« Gruenberg schaute ihn befremdet an. Er war erstaunt. »Sie sind Amerikaner, sagten Sie. Sind Sie mit dem Joint hier?«

»Nein.«

»Nicht? Mit wem dann?«

»Mit niemandem.«

»Aber wer hat Sie geschickt?«

»Niemand.«

»Was soll das heißen, ›niemand‹? Irgendjemand muss Sie doch dafür bezahlen, dass Sie hier sind.«

»Ich werde nicht bezahlt.«

»Aber wie sind Sie hergekommen, auf wessen Kosten?«

»Meine eigenen.«

»Nur für diese Interviews mit der Maschine?«

»Ja.«

Gruenberg sah ihn einen Moment lang schweigend an. »Also gut, wie gesagt, alles, was Sie den Amerikanern über uns erzählen können, kann nur helfen. Nehme ich an, ich hoffe es, aber wer weiß? Bei einigen von denen …«, er ließ den Satz in der Luft hängen. »Vielleicht hilft es, damit wir mehr Unterstützung bekommen, Lebensmittel, Hilfsgüter. Wir brauchen Männerkleidung, alles was dazugehört, Hemden, Hosen, Jacken, Strümpfe, Schuhe, Unterwäsche. Genauso Frauenkleidung. Wenn wir das Material und Nähmaschinen hätten, wären genügend Leute da, um die Sachen selbst zu nähen. Besser als nichts. Viel besser sogar. Es gibt Schneider hier im Lager. Wenn wir nur Stoffe hätten, und Nähmaschinen selbstverständlich. Wir brauchen Schreibzeug für die Kinder, auch für Briefe. Die Menschen hier schreiben die ganze Zeit Briefe, schicken sie an Menschen, die sie nicht kennen, die sie nie gesehen haben, schicken sie in alle Ecken der Welt, um irgendwas über die Toten herauszufinden, die letzte, die frischeste Nachricht, die sie bekommen können. Nun ja, wir brauchen alles. Es gibt nichts, was wir nicht bräuchten. Männer laufen hier herum wie eben dieser junge Bursche, Shmuel, und –«

Border unterbrach ihn. »Was wollten Sie eben sagen über die Amerikaner? Sie haben angefangen: ›Bei einigen von denen …‹ Was ist mit einigen von denen, den Amerikanern?«

Gruenberg schien zu zögern. »Ach, wissen Sie, was Ihr General Patton von uns dachte, ist nicht viel anders, als was die Nazis dachten. Wirklich wahr. Er sagte, die jüdischen DPs seien niedriger als Tiere. Er beschrieb die Juden als eine Spezies von Untermenschen ohne jeden Anteil an den gesellschaftlichen oder kulturellen Errungenschaften unserer Zeit. Wirklich, das hat er gesagt. Da muss man sich doch fragen, ob diese Ansichten auf dem Anblick der verhungerten, elenden, kaum noch lebenden

Juden beruhten, die er in einem gerade befreiten Konzentrationslager gesehen hatte. Oder waren sie schon älter? Man muss sich fragen, wann er diese Ansichten genau entwickelt hat.«

Henry Border wusste nicht, was er sagen sollte. Er war es nicht gewöhnt, Teil des »ihr« zu sein, über das ein siegreicher, inzwischen toter Vier-Sterne-General verfügte, ein Held des Landes, das geholfen hatte, die übrig gebliebenen Juden zu befreien, von denen er einige auch jetzt noch in Lumpen und von Stacheldraht umgeben vor sich sah.

»Das wusste ich nicht«, sagte Border leise, beschämt, als fühlte er sich verantwortlich für das, was Patton gesagt hatte. So viele Gedanken stürmten auf ihn ein, alle zugleich und alle zu schnell, um erfasst und geordnet zu werden. Aber schlimmer für ihn war, dass die einzelnen Gedanken, wenn sie die oberen Regionen seines Bewusstseins erreichten, sich nicht auflösten und verflüchtigten, sondern alles, was seit seiner Ankunft in Europa, seit dem Anblick der ersten Displaced Person an Gedanken da gewesen war, in seinem Gedächtnis hängen blieb, sich dort staute, sich sammelte und jeder neue, der als *primus inter pares* um Aufmerksamkeit rangelnd hinzukam, sich in die Masse hineinschob. Jede Erinnerung, jede Anekdote, jedes fehlende Familienmitglied von jemandem, mit dem er gesprochen hatte, schrie danach, sein einziger Gedanke zu sein. Die Ungeheuerlichkeit dessen, was diesen Menschen, den Angehörigen seines Volks widerfahren war, belastete ihn weit schwerer als tausend caddensche Drahttongeräte. Er musste seine ganze Geisteskraft zusammenreißen, um sich zu erinnern, was er da eigentlich machte. Und das, bevor er sich auch nur der Frage zugewendet hatte, was mit seiner eigenen Familie, mit seinen Freunden geschehen war.

»Sagen Sie«, bemerkte Gruenberg, während sie auf ein Gebäude zugingen, in das Gruenberg ihn offensichtlich führen wollte, »Sie meinten, Sie seien Amerikaner, aber Sie sprechen genau wie ein polnischer Jude, mit diesem jiddischen Akzent.«

»Ich *bin* polnischer Jude.«

»Wann sind Sie nach Amerika gegangen?«

»Vor dem Krieg.«

»*Vor* dem Krieg! Und Ihre Familie, was wissen Sie von Ihrer …«

Gruenbergs Aufmerksamkeit – dann auch Borders – wurde abrupt vom Geschrei eines Mannes auf der anderen Seite des Lagers abgelenkt. Unter den DPs gab es oft ein babylonisches Geschrei, aber dies war anders. Es kam aus der Richtung, aus der sie gekommen waren, vom Tor. Es gab eine Art Tumult. Außerhalb des Lagers waren zahlreiche Lastwagen vorgefahren, die jetzt neben der langen Baumreihe an der Straße standen. Eine sichtbare Welle von Angst erfasste die Insassen in unmittelbarer Nähe des Tors. Gruenberg wandte sich mitten im Satz von Border ab und ging eilig zu dem aufgeregt Schreienden hinüber.

»Ihr habt nicht das Recht!«, brüllte der Mann, dessen kurze Ärmel die in Auschwitz eintätowierte Nummer sichtbar machten. »Raus hier, aber schnell!«

Henry Border, beladen mit seiner Tonausrüstung, folgte Gruenberg hastig und sah, es waren zwei bewaffnete deutsche Polizisten, die da angeschrien wurden. Die Menge der DPs schwoll an.

»Wir *bitten* euch nicht. Das ist ein Befehl.«

»Wir pfeifen auf eure Befehle. Euer Tausendjähriges Reich ist vorbei. Ihr habt verloren.«

»Was ist denn das Problem hier?«, fragte Gruenberg, während immer mehr Leute sich versammelten.

»Sie glauben's nicht, Herr Gruenberg. Die wollen das Lager durchsuchen!«

»Was soll das für eine Durchsuchung sein?«, fragte Gruenberg.

»Wie ist Ihr Name? Welche Vollmacht haben Sie hier?«, fragte der ältere der beiden Polizisten.

»Wo sind die Amerikaner?«, rief ein alter Mann aus der Menge. »Wie kommen sie dazu, *die* reinzulassen? Sie sind nie da, wenn man sie braucht.«

»Holt den Mann von der UNRRA. Wo ist *der* denn schon wieder, *kein Einziger* von der UNRRA?«, schrie eine Frau.

»Die Amis haben so lange gebraucht, bis sie endlich hier waren, und jetzt –«, schimpfte der alte Mann weiter.

»Was glaubst du wohl, wie diese Schläger reingekommen sind?«, gab jemand anders zurück. »Die Amis haben sie reingelassen.«

»Mein Name ist Gruenberg. Welche Vollmacht ich habe? Eine moralische, ich trage die Verantwortung«, übertönte Gruenberg das Stimmengewirr der wachsenden Menge.

»Wir sind Ihnen zu keiner Erklärung verpflichtet«, sagte der jüngere Polizist.

»Nun, das kommt drauf an, wo Sie ihre Verpflichtung hernehmen«, sagte Gruenberg.

»Ich bin gesetzlich zu keiner Erklärung verpflichtet.«

»Und wie gut kennen Sie das Besatzungsrecht?«

»Herr Gruenberg, ist doch sinnlos, mit denen zu streiten. Das sind Nazis, die glauben, sie können sich noch mal austoben«, rief der Mann mit dem kurzärmligen Hemd.

»Alle zurücktreten. Wir werden jetzt mit der Lagerdurchsuchung beginnen. Sie sind gut beraten –«

»Kennen Sie das Besatzungsrecht, den neuesten Stand der Vorschriften für diese Zone?«, versuchte Gruenberg es erneut.

»Ja«, erwiderte der ältere der beiden Polizisten.

»Das ändert sich die ganze Zeit und –«

»Wir sind Ihnen keine Antwort schuldig.«

»O doch. Ihr werdet uns antworten. Und wie! Ihr werdet euch noch wundern, Nazibande.«

»Wenn Sie uns sagen, was Sie suchen, könnten wir Ihnen vielleicht einigen Ärger ersparen«, sagte Gruenberg ruhig.

»Wir spüren Schwarzmarktgeschäfte auf«, erklärte der jüngere Polizist.

»Sie glauben, hier seien Schwarzhändler im Lager?«, fragte Gruenberg.

»Was soll das? Es gibt einen Schwarzmarkt, der in ganz Stuttgart floriert«, sagte der Mann mit den kurzen Ärmeln. »Die deutschen Zivilisten stecken bis zum Hals in diesem Sumpf, das wisst ihr genau. Die amerikanischen Soldaten ebenfalls. Sie verkaufen Zigaretten, Strümpfe und was sonst nicht alles – das wisst ihr auch. Jedes Kind weiß das.«

Border betrachtete die Polizisten in ihren perfekt sitzenden Uniformen. Wie schnell sie sich Uniformen schneidern, wunderte er sich – oder waren es dieselben wie unter Hitler, getragen von denselben Männern, nur dass sie jetzt anderen Herren dienten? Mehr und mehr DPs strömten herbei. Im Gegensatz zu den Polizisten trugen sie ein seltsames Sortiment schlecht sitzender Kleidungsstücke, verschieden dick für verschiedene Jahreszeiten. Border betrachtete auch sie, diese herbeieilenden Menschen, die zu verstehen suchten, was da vor sich ging. »Was nun?«, fragten sie sich bestürzt, in ihrer misslichen Kleidung den Ort des Geschehens beäugend, Menschen, die vor sich selbst flohen, mit jedem Postwagen der Vergangenheit entgegenfieberten und jetzt ihre Wut wiederentdeckten. »Was ist das? Was wollen die? Kriminelle, sagst du, Schwarzhändler auftreiben? Was für eine Sorte Polizei ist das? Wen suchen sie?«, ging das Geflüster, das Gemurmel überall in der Menge um, inzwischen Frauen und Männer jeden Alters.

»Herr Gruenberg!«, hörte Border eine Stimme aus der Ferne rufen.

»Was soll das? Es gibt einen Schwarzmarkt mit Schieberware aus der ganzen Welt, der in jeder Ecke der Besatzungszonen blüht, und ihr kommt *hierher,* um Schwarzhändler zu suchen? Die Antwort darauf kann sich wohl jedes Kind zusammenreimen!«, empörte sich der Mann mit den kurzen Ärmeln.

»Tut mir leid, aber Sie sollten wirklich nicht einfach so hier eindringen«, sagte Gruenberg.

»Das gehört zu Stuttgart, und wir sind polizeilich zuständig für die Ermittlung illegaler Geschäfte. Wir dürfen unsere Pflicht tun, wo es nötig ist«, sagte der jüngere Polizist.

»Herr Gruenberg!«, rief die Stimme wieder, diesmal etwas näher.

»Nein, eben nicht«, sagte Gruenberg. »Seit März dieses Jahres ist nur die amerikanische Polizei berechtigt, das Lager zu betreten und hier Durchsuchungen vorzunehmen, wobei auch sie der Lagerpolizei untersteht.«

Aus dem Augenwinkel sah Border draußen, unter den Tannen, einen Trupp bewaffneter deutscher Polizisten nach dem anderen von den an der Lagergrenze aufgereihten Lastwagen steigen. Er fragte sich, ob Gruenberg es bemerkt hatte, und wenn nicht, ob er ihn warnen sollte. Aber er war als Wissenschaftler dort, zum Aufzeichnen, nicht, um teilzunehmen. Er war Amerikaner, kein DP. Er war Episkopale und polnischer Jude zugleich. Er senkte den Blick auf die Füße, dann prüfend auf Marvin Caddens Drahttongerät. Es war noch da, unberührt.

»Was für eine Lagerpolizei?«, fragte der jüngere Polizist.

»Die jüdische Polizei des Lagers hier«, sagte Gruenberg, worauf der Polizist anfing zu lachen. Das Lachen war nicht besonders leise, aber auch nicht auftrumpfend. Es war unwillkürlich.

»Herr Gruenberg!«, rief jemand, jetzt außer Atem.

»Dir wird das Lachen noch vergehen!«, schrie der Mann mit den kurzen Ärmeln, während der ältere Polizist gleichzeitig in eine Trillerpfeife blies – das Signal für den Einmarsch Dutzender von Polizisten. Ungefähr zweihundert von ihnen kamen durchs Tor und stürmten in vorherbestimmte Richtungen. Der ältere Polizist begann, Befehle zu erteilen: »Jeder bleibt, wo er ist! Keine Bewegung.«

»Herr Gruenberg!«, sagte der atemlose Mann, nun bei der Menge angelangt, aber nur Border bemerkte ihn. Es war derselbe, den Gruenberg Shmuel genannt hatte. Entweder hörte Gruenberg ihn nicht, oder er ignorierte ihn. Die Menge war in Panik. Rufe wurden laut. Frauen schrien.

»Juden, verteidigt euch! Schmeißt Steine, alles, was ihr finden könnt!« Als er das hörte, zog der jüngere Polizist seine Pistole, und nun reichte es dem Mann mit den kurzen Ärmeln: Er stürzte sich auf ihn.

»Nehmt ihm die Waffe ab!«, schrie er, während der ältere Polizist versuchte, seinen Kollegen zu befreien.

»Dreckiger Jude!«, rief der jüngere Polizist aus dem Handgemenge. Andere Polizisten rannten herbei, worauf Steine flogen und eine Reihe von DPs begann, mit allem zu werfen, was ihnen in die Hände fiel. Henry Border wich vom Getümmel der inzwischen am Boden raufenden Männer zurück. Er hielt sein Drahttongerät an die Brust gepresst.

»Herr Gruenberg! Es ist so weit! Meine Frau, es geht los!«

Border hörte, genau wie alle anderen, den ersten Schuss fallen. Menschen schrien. Ein Mann lag blutend am Boden. Gruenberg wiegte den jungen Mann am Boden des DP-Lagers Stuttgart-West. Shmuel, der werdende Vater, hatte nun seine ganze Aufmerksamkeit.

Ein Mann ging in eine Bar. Das ist keine Witzgeschichte, nein. Es hätte lustig sein können, aber es war kein Witz, nicht mal ein schlechter. Und er war auch nicht auf Lacher aus. Warum auch, wo es ohnehin nichts gab, was Adam Zignelik an diesem Abend, allein unter Menschen, die – anders als er – in Hell's Kitchen irgendeinen Ort hatten, wo sie sein wollten, besonders lustig vorgekommen wäre. Er musste jede Seite der Ninth Avenue zwischen der 38th und der 53rd Street zwei oder drei Mal entlanggegangen sein, nur, um sich die Gegend anzuschauen, Dianas neue Gegend. Er schaute in die Fenster der Mercury-Bar, des Marseille, der griechischen Bäckerei und der Kemia-Bar.

Er ging ins Filmcenter-Café und sah kleine Gruppen von Menschen in Nischen oder an der Bar, schwatzend, lachend, manche mit ihren Handys beschäftigt. Am Ende der Bar sah er einen Mann, der wartend da saß, die Augen gespannt auf den Eingang gerichtet. In Rudy's Bar & Grill sah er einen Mann im Anzug, der allein an der Bar, zusehends älter und betrunkener werdend, vor sich hin sang. Am anderen Ende der Bar war Witzeabend. Reihum erzählte jeder einen Witz, der mit den Worten »Ein Mann geht in eine Bar« begann.

Adam brauchte schnell ein paar Drinks, wenn er sich noch länger vormachen wollte, er sei einfach nur hierhergekommen, um eine Gegend zu erkunden, die er nicht so gut kannte. Per U-Bahn, per Zufall, per Metrocard war er diese Strecke mit dem Downtown-Express gefahren, am Times Square umgestiegen und via Verleugnung einer existenziellen Krise in der Stadt der Waisen hier gelandet, in Hell's Kitchen. Er hatte sich in der schrecklich aussichtslosen Hoffnung auf den Weg zur Ninth Avenue gemacht, dass Diana ihm zufällig in die Arme laufen könnte und sich die Möglichkeit ergäbe, wieder miteinander zu reden. Er würde ihr von seiner Arbeit, von Border, von Chicago und den DP-Lagern erzählen können, vielleicht auslöschen, was er getan hatte, und einen neuen Anfang machen. Es war eine Hoffnung, die er dunkel, halb unbewusst die ganze Zeit gehegt hatte, seit die Tür zu ihrem gemeinsamen Morningside-Heights-Apartment hinter ihr ins Schloss gefallen war.

So ging er denn ins Zanzibar, wo das Publikum aus Gästen zwischen fünfundzwanzig und vierzig bestand und die weiblichen Bedienungen mit der Figur von Tänzerinnen bei jeder Bestellung eine schauspielerische Glanzleistung vollbrachten. Asiatinnen, Afroamerikanerinnen, Schönheiten aus dem Mittleren Westen, Mädchen mit hispanischem und skandinavischem Einschlag bedienten voller Anmut inmitten eines Chaos, in dem nur sie den Überblick bewahrten, und als eine von ihnen Adam fragte, ob er einen Platz an der Bar möchte, bemerkte er, dass der Hocker ganz am Ende der Bar, der hinterste, am weitesten vom Eingang entfernt, gerade frei geworden war, und er strebte dorthin, als wäre dieser Hocker die letzte Chance für etwas, das er nicht mehr recht benennen konnte. Hinter der Bar bedienten nur Frauen, alle mit hautengen Jeans, alle bauchfrei und mit einem Dekolletee von dem Designer, der den Grand Canyon erschaffen hatte. Adam wusste nicht, was er dort machte, und versuchte sich hinter der Karte zu verstecken, als eine weibliche Stimme sich halb sprechend, halb rufend an ihn wandte: »Was kann ich Ihnen bringen?« Ein Schauder durchlief ihn, weil er gar nicht hätte dort sein sollen und weil sie ihm nicht bringen konnte, was er wollte, geschweige denn, was er brauchte, und so hörte er sich in den Lärm hinein das Erstbeste bestellen, an dem seine Augen hängen blieben, wenn es nicht die Barfrau selber war.

»Einen Mango Mojito, bitte«, sagte er, während er einen unbeteiligten Blick die Bar entlangwandern ließ.

»Mango Mojito, ist gleich da, Professor.«

Es war die honighäutige Frau mit den glatten schwarzen Haaren, die Studentin, die nicht mehr in seine Vorlesung »Was ist Geschichte« kam, die einzige, die Gandhi erraten hatte. Wirklich wahr? Unwahrscheinlich, aber unter den Palmwedeln, wo Vergangenheit und Gegenwart verblassten, im Kerzenlicht, dessen Schatten den schleichenden Abend vertrieben, unter den Tropenmotiven, den strohverkleideten Wänden und den dröhnenden Lautsprechern, die dafür sorgten, die ureigene, persönliche, öffentlich stets missverstandene Selbsterhöhung der Menschen zu übertönen, war es tatsächlich wahr.

Callie Ford hatte ihren Sohn Russell in die Küche geführt. Wie er es geschafft hatte, Borders Haus zu finden, und noch dazu mitten in der Nacht, darüber hätte sie sicher reden wollen, wäre sie nicht so gespannt gewesen, die Einzelheiten seiner Geschichte zu hören und zu verstehen, diese nächtliche Entführung von James Pearson durch zwei weiße Männer. Elise Border war völlig perplex, nicht nur zu erfahren, sondern zu sehen, dass Callie einen Sohn hatte, und zu sehen, wie alt er war. Ellys Vater war so alt, dass er Callies Vater hätte sein können, und nun saß Callie da mit einem Sohn, der älter war als Elly. Callie hatte nie etwas von ihnen erwähnt, und im Moment, zumindest flüchtig, empfand Elly so etwas wie einen schrecklichen Verlust, ja fühlte sich fast verraten, dass diese Frau, für die sie so schnell eine so starke Zuneigung entwickelt hatte, ihr einen derart wichtigen Teil ihres Lebens nicht erzählt hatte. Es zeigte ihr, dass sie einander nicht so nahe waren, wie sie gedacht hatte. Doch während dieses Gefühl der Verletztheit nur von kurzer Dauer war, kehrte ein anderes immer wieder, sogar, nachdem sie Russell besser kannte und ihn mochte – es war Neid: Sie beneidetet ihn darum, dass er eine Mutter hatte.

Aber zu dem Zeitpunkt, als sie alle drei Limonade trinkend in der Küche saßen, war Elly vor allem fasziniert von diesem schwarzen Jungen, von der Welt, aus der er (und nun ganz klar auch Callie) kam, und von der Geschichte, die er über James Pearsons Entführung durch zwei weiße Männer erzählte. Sie hatte schwarze Kinder auf der Straße gesehen, in öffentlichen Verkehrsmitteln, hatte sie hinten in Restaurants arbeiten oder Schuhe polieren sehen, aber nie zu einem einzigen Kontakt gehabt. Jetzt war eines mitten in der Nacht bei ihr zu Hause. Und, noch faszinierender, es war ein Junge, ein älterer Junge, harmlos nicht nur, weil er Callies Sohn war, sondern auch, zumindest vorübergehend, wegen seiner offensichtlichen Verletzlichkeit und des erlebten Schreckens. Elly hörte zu, wie

Russel erzählte, was mit James Pearson geschehen war, und beobachtete Callies Versuche, ihren Sohn zu beruhigen. In Wahrheit jedoch verstand sie nicht, was Russell an der ganzen Sache so entsetzte. Hätte eine dritte Person sie beiseite genommen und gebeten, Russells Geschichte noch einmal zu erzählen, wäre wohl dabei herausgekommen, ein Mann namens James Pearson, ein Freund der Familie, sei gesehen worden, wie er spätabends mit zwei Männern das Gebäude verließ. Es seien weiße Männer gewesen. Das war es, was Russell am meisten zu entsetzen schien, obwohl Elly zuerst gedacht hatte, es müsse das Gefühl gewesen sein, von dem Mann, der sich um ihn kümmern sollte – genau wie Callie um sie selber – allein gelassen zu werden.

So, wie sie die Dinge sehe, sagte Callie beschwichtigend zu Russell, könne Mr Pearson schon längst wieder gesund und munter im Mecca sein. Die weißen Männer hatten ihn, das musste Russell zugeben, nicht grob angefasst. Vielleicht kannte er sie aus der Fleischfabrik. Trotz Russells Beteuerungen, er habe sie dort nie gesehen, nahm seine Mutter die Fabrik als Aufhänger, um das Thema zu wechseln, indem sie ihn nach seinem neuen Job fragte und ihn dafür lobte. Er erzählte ihr, er habe Mr Pearson versprechen müssen, ihr von seinem Lohn abzugeben. Mister Alles-was-du-willst empfand offenbar mehr für sie, als er durchblicken ließ, dachte sie.

Sie beendete den nächtlichen Küchengipfel mit einem Vorschlag. Sie würde Russell in einem der leer stehenden Zimmer ein Bett machen, und am Morgen würden sie alle drei auf die South Side fahren, zu den Mecca Flats, um herauszufinden, was geschehen war. Und wenn Russell dann zur Arbeit ging, wäre Mr Pearson vielleicht dort. Elly würde mitgehen, weil Callie sie nicht allein lassen wollte und nicht wusste, was sie sonst mit ihr machen sollte.

Eine Zeit lang verschwendete James Pearson keinen ernsthaften Gedanken an sein Treffen mit Herb Marks und Ralph Hellerstein und deren Bitte, beim Organisationskomitee der Fleischfabrikarbeiter mitzumachen. Für den Anfang wollte er nichts anderes als die Möglichkeit, etwas Geld beiseite zu legen, bis er genug hatte, um aus den Mecca Flats auszuziehen. Danach konnte er vielleicht daran denken, sich eine Frau zu suchen. Doch abgesehen davon schien es ihm weit hergeholt, ja geradezu absurd, zu glauben, irgendeine Gruppe weißer Arbeiter aus den Fleischfabriken würde eine Organisation mit einem »Neger« im Spitzenkomitee akzeptieren oder ernst nehmen. Wie auch immer, was für ein Spaß wäre das für ihn, so viele Stunden einen körperlich anstrengenden Job zu machen, nur um seine freie Zeit auf Versammlungen zu verbringen, wo er der einzige Schwarze wäre? Je mehr Zeit verging, umso verrückter schien es ihm, so etwas überhaupt vorzuschlagen.

Es war ein paar Wochen später, am Ende seiner Schicht bei Swift & Company, im Umkleideraum für die schwarzen Arbeiter. Es waren viele Männer dort, manche weit weg in ihrer eigenen Welt, andere schwatzend, während sie versuchten, sich sauber zu machen, bevor sie nach Hause gingen oder sonst wohin auf der South Side, wo sie hoffen konnten, sich ein bisschen zu entspannen. So kam es, dass niemand bemerkte, wie Billy Moore – ein altgedienter und beliebter Kollege im Betrieb – hereinkam. Nur Pearson nahm ihn aus dem Augenwinkel wahr, mit einem Ausdruck, der ihn augenblicklich an sein Treffen mit Hellerstein und Marks erinnerte.

»Billy?«, sprach er ihn leise an, aber Billy Moore war nicht nach reden zumute. Er empfand etwas weit Schlimmeres als die Rückenkrämpfe, die er James gegenüber nicht hatte verbergen können, und am Ende auch nicht dem Management bei Swift. Er hatte Angst. Zu guter Letzt gelang es James, aus Billy eine Geschichte herauszuholen, die alles bestätigte, was Hellerstein und Marks vorausgesagt hatten. Mit dem Schweinespalten bei Swift war es für Billy Moore vorbei.

»Aber du kannst andere Sachen machen«, sagte Pearson.

»Ja, kann ich. Ich kann auch noch Schweine spalten. Ich hab's ihnen gesagt.«

»Und?«

»Sie sagten, sie heben den Arztbericht auf. Wenn's was gebe, würden sie sich melden.« Die beiden Männer sahen sich an, und dann, ohne dass Pearson ein Wort zu sagen brauchte, sprach Billy aus, was er dachte: »Die werden sich nie melden, nie im Leben.«

Am nächsten Morgen ging James Pearson vor Schichtbeginn ins Personalbüro, um sich für Billy Moore einzusetzen. Hellerstein und Marks hatten absolut recht gehabt, und Billy ebenfalls. Es war klar, dass er als beschädigte Ware galt, ausrangiert, auch wenn irgendwo anders im Betrieb eine Stelle frei werden sollte. Niemand von Swift würde sich je bei ihm melden. Warum auch, wenn ein jüngerer Mann ohne Rückenprobleme die Stelle einnehmen konnte? Und, wie James Pearson unmittelbar begriff, es gab nichts, um zu verhindern, dass eine Ungerechtigkeit wie gegen Billy Moore mit seiner Frau und seinen Kindern auch ihm passieren würde. Ein betriebsregistrierter Rückenkrampf, eine Bandscheibenverletzung, und Mister Alles-was-du-willst würde ebenfalls gefeuert.

Als er Tommy Parks eines Abends am Geländer des Balkons im Mecca lehnen und eine späte Zigarette rauchen sah, ging Pearson zu ihm.

»Schon von Billy Moore gehört?«, fragte er.

»Ja, habe ich. Dabei schien er ganz in Ordnung. Jetzt soll er überhaupt nichts haben, sagen sie.«

»Nichts, außer einer Frau und fünf Kindern.«

»Ja, na ja, fünf Kids, selber schuld, hätte er sich sparen können. Die Frau auch.«

»Ich rede über Swift.«

Tommy Parks zog an seiner Zigarette und ließ den Rauch langsam heraus. »Ich weiß, wovon du redest.«

Mit einer Geste bot er seinem Nachbarn eine Zigarette an, die Pearson ablehnte. Die beiden Männer standen eine Weile schweigend da.

»Neulich hatte ich Besuch von zwei Männern –«

»Zwei Weißen«, unterbrach ihn Parks. Sie standen nebeneinander, aber in seiner Überraschung drehte Pearson sich um und schaute Tommy direkt ins Gesicht.

»Woher weißt du das?«, fragte er.

Tommy Parks lächelte. »Ich hab mich schon gewundert, wann du damit rausrückst. Sogar du wirst manchmal schwach. Hast du'ne Geschichte für mich?«

Sechzehn Männer kletterten einer nach dem anderen von einem Lastwagen. Gebrüll begleitete das Geräusch ihrer auf dem Boden landenden Füße. Sie befanden sich an einem Ort, wie sie ihn noch nie gesehen hatten. Die sechzehn Männer waren jeden Alters, von Halbwüchsigen bis Ende vierzig. Manche hatten den Namen schon gehört. Manche hatten ihn noch nicht gehört – Birkenau, das größte der über vierzig Lager und Nebenlager, aus denen das als Auschwitz bekannte Konzentrationslager in der polnischen, von den Deutschen vereinnahmten Provinz Oberschlesien bestand. Man sagte ihnen, sie sollten warten. Ein Arzt würde kommen, und auf den müssten sie warten. Die vier ältesten der sechzehn waren polnische Katholiken, die zwölf jüngeren polnische Juden. Einer von den zwölfen war Henryk Mandelbrot. Warum mussten sie auf einen Arzt warten? Niemand erklärte ihnen das. Fragen war verboten. Reden war verboten.

Zwei SS-Männer bewachten sie, was bedeutete, auch sie mussten warten, bis der Arzt erschien. Die Wächter langweilten sich. Sie wussten, dass die Männer, die sie bewachten, Angst haben mussten, aber da es diesen Männern verboten war, irgendwas zu tun, außer schweigend zu warten, war ihre Angst nicht sehr unterhaltsam. Eine Stunde war vergangen, es folgte die nächste, die noch langsamer verging. Die beiden Wächter sprachen leise miteinander, zu gedämpft, als dass die meisten der Gefangenen es hätten verstehen können.

»Weißt du, was hier ein bisschen Abwechslung reinbrächte?«, flüsterte der erste dem zweiten Wächter zu.

»Was?«

»Schießen. Wir könnten einen erschießen.«

»Die sind schon gezählt«, sagte der zweite, während er gähnend seine Glieder streckte.

»Ja, aber wen interessiert das schon?«

»Das sind nicht alles Juden.«

»Dann nehmen wir eben einen von *denen*.«

»Wir haben Befehle«, wandte der zweite ein.

»Na gut … aber sie könnten versucht haben, uns anzugreifen, uns die Waffen abzunehmen?« Der andere rollte mit den Augen.

»Also gut, denk *du* dir was aus«, sagte der erste Wächter. Dann, erregt, als wäre ihm eine glänzende Idee gekommen: »Wir könnten zweien befehlen, um die Wette zu rennen, und wenn sie wegrennen, schießen wir sie ab. Du suchst dir einen aus, ich nehme den anderen. Wir zählen bis zehn oder fünfzehn, wenn du's spannend haben willst.«

»Und was sollen die beiden gemacht haben, fliehen?«

»Klar.«

»Du glaubst, das würde jemand glauben?«

»Herrgott nochmal, wer kümmert sich denn schon um zwei? Dafür gibt es zwei andere.«

»Und was, wenn irgendwas Besonderes mit denen ist? Was, wenn sie etwas wissen, wenn sie zum Verhör hier sind? Vielleicht sind das welche mit speziellen Fähigkeiten. Suchst du Ärger? Hör auf damit. Lass gut sein.«

Henryk Mandelbrot hörte jedes Wort.

Die sechzehn Gefangenen und die beiden Wächter warteten fast drei Stunden, bis der Arzt kam. Ein abgehetzter Mann. Immer zu viel zu tun. Er sprach schnell, wie heruntergeleiert, mit den Wächtern.

»Vier Polen und der Rest Juden, ja?«

»Ja, Herr Doktor«, sagte der zweite Wächter.

»Also«, rief der überarbeitete Arzt den Gefangenen in einem etwas müden, sachlichen Ton zu, »Polen nach rechts, Juden nach links.«

Mandelbrot sah nicht, was mit den vieren geschah. Er und die anderen elf Juden wurden zu einer Baracke geführt, der Bekleidungskammer, wie es hieß, ein riesiges Magazin mit Kleidung und persönlichen Dingen aller Art. Es gab reihenweise Regale, soweit sein Blick reichte. Wie ein Warenhaus mit Sachen aus ganz Europa. Dies waren die Habseligkeiten einzelner Juden, alles, was sie mitgenommen hatten, als ihnen gesagt worden war, sie würden umgesiedelt. Es war eine physische Antwort auf die Frage: Was ist Menschen am wichtigsten für eine lange Reise? Eltern hatten für ihre Kinder gepackt. Außer Männer-, Frauen- und Kinderkleidung in allen Größen, außer Essbesteck, Brillen, Büchern, Zahnbürsten, Haarbürsten, Prothesen und religiösen Utensilien gab es Dinge von subjektivem Wert, Fotos, Teddybären. Hier wurde alles gesammelt, nach Kategorien sortiert und in Miniaturgaskammern von Ungeziefer befreit, ehe es zum Verteilen an die deutsche Bevölkerung nach Reichsdeutschland geschickt wurde. Häftlinge, denen eine Arbeit in diesem Bereich von Birkenau zugewiesen wurde, konnten Wertsachen organisieren, die sich gegen Essen tauschen ließen, und so wurde das gesamte Effektenlager »Kanada« genannt.

Hierher also wurde Henryk Mandelbrot gebracht. Ein Mann, irgendein Funktionshäftling, steckte seinen Kopf durch ein Fenster und sagte ihm und den anderen elf hintereinander aufgestellten Juden, sie sollten warten, während er der Reihe nach für jeden einzelnen Kleidungsstücke aus den Regalen holte. Zwei Männer kamen vor Mandelbrot dran. Er sah nicht, was der erste bekam, aber er konnte die Sachen des zweiten mit denen vergleichen, die ihm selber gegeben wurden, und er fühlte sich betrogen. Die Hose, die der Häftling ihm gab, hatte zwei unterschiedlich lange Beine.

»Die kann ich nicht anziehen.«

»Was?«

»Die kann ich nicht anziehen.«

»Sie ziehen an, was Sie haben.«

»Nein, die nicht. Ein Bein ist länger als das andere. Es wäre mir ein Graus, den Mann zu sehen, dem die mal gepasst hat.«

»Keine Sorge, den wird niemand wiedersehen, also halten Sie den Mund. Sie ziehen an, was Sie bekommen haben«, sagte der Funktionshäftling, während er den Nächsten hinter Mandelbrot musterte und wieder an die Regale ging, um für ihn etwas herauszusuchen.

»Lassen Sie mich nach einer Hose schauen, die besser passt«, rief Mandelbrot ihm zu.

»Nein, Sie haben alles, was Sie brauchen.«

»Hören Sie, wer immer Sie sind, ich sagte Ihnen doch, dieses Zeug kann ich nicht anziehen. Ich mache mich lächerlich damit. Ich kann mich nicht richtig bewegen, ich –«

»Lächerlich, das glauben Sie! Sie können vergessen, wie Sie aussehen, Scheißjude, dämlicher! In einer Woche bist du tot!«

»Du zuerst«, sagte Mandelbrot, während er auf ihn losging, ihn rückwärts in die Regale schob und sich daran machte, ihm einen Hagel Schläge zu verpassen, während die anderen aus dem Staunen nicht herauskamen.

»Hilfe! Hilfe! Der Kerl bringt mich um«, schrie er mit aufgeplatzten Lippen und blutendem Gesicht zwischen Mandelbrots Schlägen.

»Sie lassen mich jetzt bessere Sachen suchen, oder ich schwöre bei allem was mir heilig ist, ich schlag Sie auf der Stelle tot.«

Der Funktionshäftling hob die Arme vors Gesicht und rief weiter um Hilfe.

»Was ist hier los?«, fragte ein soeben aufgetauchter Mann. Auch er ein Häftling, aber, das war Mandelbrot und den anderen sofort klar, von einer anderen Kategorie, einer höheren Klasse von Häftlingen. Man merkte es an seiner ganzen Art, seinem Auftreten und wie er sprach. Er war groß, dünn und blond, und aus dem unsichtbaren Irgendwo hinter den Regalen erschienen.

Mandelbrot ließ den Verprügelten los und schaute den Neuen an.

»Er wollte mich umbringen, Oberkapo Fritz.«

Oberkapo Fritz musterte Mandelbrot von oben bis unten.

»Was ist hier das Problem?«

»Die Sachen, die er mir gegeben hat, passen nicht. Ich wollte mir welche aussuchen, die besser passen, in denen ich arbeiten kann, aber dieser Mann lässt mich nicht und beleidigt mich noch obendrein.«

Oberkapo Fritz sah Mandelbrot mit wachsendem, fast an Bewunderung grenzendem Erstaunen an. Dann blickte er auf die anderen, stumm in der Reihe stehenden Männer, dann wieder auf Mandelbrot.

Niemand sagte etwas. Der Funktionshäftling keuchte immer noch. Der Oberkapo wartete, dass er sich das Blut aus dem Gesicht wischte. Dann wandte er sich wieder an Mandelbrot.

»Ich bleibe da und passe auf Sie auf, bis Sie Sachen gefunden haben, die besser passen.«

Henryk Mandelbrot eilte zu den Regalen, um nach einer passenden Hose zu suchen. Der Oberkapo beobachtete ihn mit einem Lächeln.

Dann, während Mandelbrot in den gestapelten Hosen herumwühlte, sprach er langsam auf ihn ein.

»Sie scheinen überhaupt nicht zu begreifen, wo Sie sind. Sie sind hier in Birkenau, und Sie scheinen nicht zu wissen, was das bedeutet. Haben Sie eine Ahnung … wo Sie sind?« Mandelbrot hörte auf zu wühlen, drehte sich um und sagte dem Mann ins Gesicht: »Ja, Herr Oberkapo, ich weiß genau, wo ich bin.«

Vor lauter Aufregung über die Ereignisse des Abends konnte Elly nicht schlafen, und kurz nachdem alle in ihre Zimmer gegangen waren, hörte Russell ein Klopfen an seiner Tür. Es war Elly mit einem Glas Wasser für ihn.

»Ich hoffe, ich störe dich nicht«, sagte sie auf eine höflich-freundliche Art, wie er sie noch nie erlebt hatte. »Ich dachte nur, vielleicht hast du irgendwann Durst in der Nacht und findest im Dunkeln nicht in die Küche, deswegen wollte ich … hm … ist nur ein Glas Wasser. Wegen der Hitze und so.«

Zum ersten Mal seit seiner Ankunft in Borders Haus war Russell in Verlegenheit. Vielleicht war es Elly nicht bewusst, dass er unter der Decke nackt war, aber er wusste es nur allzu gut.

»Danke«, sagte er unsicher.

»Deine Mom ist so nett zu mir. Du hast wirklich Glück, so eine Mom zu haben.«

»Mhm«, stimmte Russell vorsichtig zu. »Wohnst du hier mit deinem Daddy?«

»Ja.«

»Nur ihr beide … hier?«

»Ja.«

»Da habt ihr ja unheimlich viele Zimmer.«

»Ja, früher waren noch Untermieter da, aber jetzt nicht mehr.«

»Und dein Daddy ist weggefahren?«

»Ja, wegen seiner Arbeit … irgendwo nach Übersee, Europa. Darum ist Callie hier, ich meine, deine Mom.«

»Ist dein Daddy beim Militär?«

»Nein.«

»Was macht er?«

»Psychologe am IIT«, sagte Elise Border, als sei es das Selbstverständlichste von der Welt.

»Mhm«, erwiderte Russell ungewiss. Er hatte keine Ahnung, was das bedeuten sollte.

Ellys Augen hatten sich an die Dunkelheit gewöhnt. Als sie Russells Kleidung auf dem Stuhl sah, wurde ihr klar, dass er nackt unter der Decke liegen musste. Sie begann sich zu genieren und fand sich dumm, nicht schon vorher so empfunden zu haben. Neugierde, Einsamkeit und der Impuls, einen Fremden aufzumuntern, hatten sie an den Rand ihrer zwölfeinhalb Jahre gebracht. Aber älter war sie nicht.

»Also ja, dann lasse ich dich jetzt wohl besser schlafen. Gute Nacht.«

»Danke für das Wasser ... Miss Elly.«

»Oh, gerne«, sagte sie, öffnete die Tür, um zu gehen und fügte dann hinzu: »Oh ... hm ... Ich bin Elly ... einfach Elly.«

»Elly?«, begann Russell. »Hast du eine Momma?«

»Sie ist gestorben, als ... bevor wir herkamen.«

»Woher seid ihr?«

»Aus Polen.«

»Was! Ihr seid Polacken?«

»Wir sind Juden.«

»Juden«, wiederholte Russell bedächtig, als sagte er es zum ersten Mal.

»Mhm«, sagte Elly, immer noch in der halb offenen Tür stehend. Sie verharrte einen Augenblick, unsicher ob ihr Gespräch zu Ende war, bis Russell wieder etwas sagte.

»Mein Daddy ist tot.«

»Oh, ich ... das tut mir leid. Wie lange schon?«

»Jetzt ungefähr drei Jahre.«

Drei Jahre erschienen ihr plötzlich nicht sehr lang.

»Du vermisst ihn sicher sehr.«

»Ja«, sagte er von unter der Decke.

Sie stand abwartend im Dunkeln. Nach einer kleinen Weile brach er das Schweigen.

»Vermisst du deine Momma, Elly?«

»Ich war noch klein … als sie gestorben ist … sehr klein.« Dann, als wäre ihr bewusst, dass ihr nächster Satz die Wirkung haben musste, das Gespräch automatisch zu beenden, fügte sie hinzu: »Das war damals, in Polen.«

Ob sie einfach müde waren oder ein gegenseitiges Einverständnis erreicht hatten, es waren die letzten Worte, die in dieser Nacht in Henry Borders Haus gesprochen wurden. Es gab jedoch eine Kausalkette, die ihr Gespräch mit einer anderen Nacht an einem anderen Ort lange vor dieser Zeit verband. In Polen, vor dem Krieg, noch bevor Hitler deutscher Reichskanzler geworden war, als der Herbst in den Winter überging, wartete eine Frau unter den Gaslaternen einer windigen Straßenecke der Stadt Ciechanow in der Hoffnung, dass niemand sie zu dieser nächtlichen Stunde da draußen sehen würde, niemand außer ihrem Geliebten.

Achter Teil

Es hatte den ganzen Tag geregnet, aber jetzt, als böte die Nacht wenigstens denen Hoffnung auf eine Atempause, die verrückt oder verzweifelt genug waren, so spät noch draußen zu sein, hatte der Regen endlich aufgehört. Nach oben schauend, hätte sie einen flüchtigen Blick auf den Mond zwischen den schwarzen Wolken erhascht, die von der Ostsee hereingekommen waren und in Richtung Bialystok und weiter nach Osten, nach Minsk und Russland, über sie hinwegzogen. Ermutigt nur vom Licht der Straßenlaternen und des gelegentlich durch die Wolkenlücken scheinenden Mondes, stand eine junge Frau ängstlich wartend an der Straße in Ciechanow. Das noch nasse Kopfsteinpflaster der polnischen Stadt, wo Juden wie Rosa Rabinowicz schon seit dem Mittelalter lebten, glitzerte immer wieder für längere Momente in dieser Nacht der Jahre zwischen den Kriegen, als Nachrichten von der wachsenden Popularität eines neuen deutschen Politikers, Adolf Hitler, die Zeitungen, die ihr Vater las, zu füllen begannen. Auf Drängen ihres Vaters las auch sie davon und diskutierte es mit ihren Freunden aus der Jugendbewegung. Aber für die damals siebzehnjährige Rosa gab es dringendere Angelegenheiten, die ihre Aufmerksamkeit an diesem Abend in Anspruch nahmen.

Sie wartete auf ihre Kindheitsliebe, Noah Lewental. Es hatte über viele der Jungen, die sie kannte, Gerüchte gegeben, und Rosa Rabinowicz hatte sie alle gehört, manche geglaubt, andere missachtet, aber nun, zum ersten Mal, betraf eins der Gerüchte ihren Noah. Es war von derselben Sorte wie all jene, die sie über andere gehört hatte, ohne sich betroffen zu fühlen. Sie hatte je nach Laune mal schockiert, mal mit einem Kitzel reagiert. Aber diesmal ging es um Noah. Konnte das wahr sein? Es sah ihm ganz und gar nicht ähnlich. Trotzdem, sie wusste, dass Jungen Triebe hatten, und dass es Dinge gab, die er wollte, die alle Jungen wollten, so sehr wollten, dass sie ihr Wollen als Bedürfnis beschrieben, Dinge, zu denen sie sich nicht bereit fühlte, nicht jetzt, noch nicht. Auch keine ihrer Freundinnen fühlte sich bereit, ihren Verehrern solche Dienste zu erweisen, das zumindest erzählten die Mädchen sich untereinander. Aber so klaffte für die jungen Männer eine Lücke auf dem Markt der Bedürfnisbefriedigung, und da kam Ada ins Spiel, die Tochter des Schuhmachers. Dort entsprangen die Gerüchte, an dem Ort, wo der Schuhmacher mit seiner seltsamen jungen Tochter lebte. Und dort war Noah gesehen worden, mit Ada, der Tochter des Schuhmachers.

Obwohl von allen so genannt, wusste doch jeder in der jüdischen Gemeinde von Ciechanow, dass Ada nicht wirklich des Schuhmachers Tochter war, nicht biologisch. Sie war kaum drei Jahre alt gewesen, als ihre beiden Eltern bei einem Pogrom in Luban, gleich südlich von Minsk, ermordet worden waren. Das kleine Mädchen wurde von einer jüdischen Gemeinde zur anderen gereicht, bis der Schuhmacher von Ciechanow, ein kinderloser Witwer, die Vaterrolle einnahm. Er hat nie erfahren, ob die Mörder ihrer Eltern demobilisierte Soldaten der damals gerade erst gegründeten Roten Armee oder eine Bande antisemitischer ukrainischer Nationalisten waren, und so hat auch Ada es nie erfahren. Aber wer immer die Tat begangen hatte, es fiel auf, dass Ada anders war als die anderen Kinder. Wie die meisten Handwerker und Kleinhändler des jüdischen Ciechanow reiste ihr Vater viel umher. Er besuchte die Märkte von Golomin,

Preschitz, Makow oder Churzel, um seine Schuhe zu verkaufen, und Ada blieb oft allein zu Hause. Manche sagten, das viele Alleinsein sei der Ursprung ihres seltsamen Wesens. Andere meinten, es komme von Luban her, von dem, was das kleine Mädchen gesehen hatte; eine bleibende Mitgift der Pogromisten.

Es war nicht klar, ob Ada einfältig oder nur verwirrt war. Sie wollte gemocht werden und begann sehr früh, den Kindern ihrer Umgebung aus der Hand zu lesen, bot an, ihnen ihr Schicksal vorauszusagen. Sie fuhr mit den Fingerspitzen über ihre Handlinien und erzählte ihnen mit leiser, beruhigender Stimme alles, was sie hören wollten. Nach und nach kamen auch erwachsene Frauen, heimlich, während ihre Männer arbeiteten und der Schuster fort war. Sie brachten dem Mädchen etwas zu essen, aber sie kamen, um sich aus der Hand lesen zu lassen. Die Jungen der Stadt hatten Adas Handlesen stets als dummen Unsinn abgetan, bis sie plötzlich, in den Jahren ihrer Pubertät, andere Talente an ihr entdeckten. Die Juden von Ciechanow waren mehr oder weniger religiös, mehr oder weniger schicksalsgläubig, aber niemand, der den von Pausen unterbrochenen Strom halbwüchsiger Männer gesehen hatte, die in Abwesenheit des Schuhmachers verstohlen zu dessen Haus schlichen, hätte ernsthaft glauben können, sie seien in eine Art Massenschwärmerei fürs Handlesen verfallen.

Da, endlich tauchte Noah auf. Rosa Rabinowicz sah ihn in der Ferne kommen. Bald würde sie Bescheid wissen. Er sprach flüsternd, noch ehe er in Reichweite war.

»Tut mir leid, ich bin spät dran. Mein Vater war auf. Er konnte nicht schlafen. Er ist aufgestanden und hat gelesen, und da –«

»Ist es wahr?«, fragte sie, ihn mit aller Kraft, in der Furcht, es sei vielleicht das letzte Mal, umschlingend.

»Ob was wahr ist?«, fragte er, wodurch er ihre Angst noch verstärkte. Er wusste genau, warum sie sich um diese Zeit an der Straßenecke trafen. Sie hatten sich schon öfter heimlich und auch nachts getroffen, aber nie auch nur annähernd so spät wie jetzt.

»Warst du auch dort?«

»Wo soll ich gewesen sein?«

»Warst du … beim Schuhmacherhaus?«

»Rosa, das weißt du doch. Ich musste hin.«

»Versuch das nicht noch mal, Noah. Du *musstest* nicht. Du *musst* gar nichts. Du sagst doch selbst, du hättest diese Art Bedürfnis. Ich kann's nicht mehr hören. Gib zu, was du bist! Nicht besser als ein Tier! Was bin ich doch für ein naives Dummchen. Ich habe immer noch behauptet, du wärst nicht dort gewesen.«

»Rosanké, hör mich an. Ich *musste* dahin, ich *musste* Ada sehen. Außer ihr war niemand da.«

»Was?«

»Mein Vater hat mich hingeschickt.«

»Dein Vater?«

»Ja, er hat mich hingeschickt, seine Schuhe abholen. Sie waren in Reparatur und –«

»Aber was ist mit Ada, wieso musstest du Ada sehen?«

»Weil ihr Vater weg war. Meine süße Rosanké, hör mich an. Außer ihr war niemand da. Mein Vater wollte, dass ich seine Schuhe hole. Er hatte es mit dem Schuhmacher so ausgemacht. Frag meinen Vater.«

»Noah, du weißt, das kann ich nicht.«

»Warum nicht?«

»Ich kann ihn doch nicht fragen, ob er dich wirklich zum Schuhmacherhaus geschickt hat … um seine Schuhe abzuholen. Wie könnte ich? Er wüsste sofort, was ich wirklich wissen will, und da kann ich ihn wohl schwerlich fragen.«

»Trotzdem …«, sagte Noah, während er sie, einen Schritt zurückweichend, von oben bis unten musterte, »trotzdem scheint es dir nichts auszumachen, *mich* zu fragen.« Sein Atem strömte Enttäuschung aus. Unter der Straßenlaterne sahen sie einander an. Bald würde der Milchmann mit seinem Wagen vorbeikommen.

»Ich sag es dir. Ich war dort, um seine Schuhe abzuholen. Mein Vater hatte es mit dem Schuhmacher verabredet. Sie hat mich erwartet. Die Schuhe warteten, sie waren fertig. Frag meinen Vater, wenn du ihn siehst.«

Rosa winkte ab.

»Also gut, dann frag ihn nicht. Mach ihm Komplimente für seine Schuhe. Ich hole dich nach dem Sabbatessen ab, und dann kannst du ihm ganz nebenbei, irgendwann im Gespräch, Komplimente für seine Schuhe machen.«

Sie dachte einen Augenblick nach. »Was, wenn er die Schuhe gar nicht trägt?«

»Er trägt sie immer am Sabbat. Das sind seine Lieblingsschuhe, seit ewig. Darum war er ja so dahinter her, dass ich sie abhole.«

Sie wollte nichts lieber, als ihm zu glauben, und so tat sie es. Dennoch ging sie am nächsten Freitagabend mit zu seinen Eltern. Sie mochte Noahs Familie sehr. Seine Brüder und Schwestern waren fast wie ihre eigenen, seine Eltern so intelligente, freundliche Menschen; sein Vater schien immer so weise. Und es kam genau, wie Noah vorausgesagt hatte. Sie machte Herrn Lewental, Noahs Vater, Komplimente für seine Schuhe, worauf er sich lächelnd in Lobpreisungen über die Arbeit des reisenden, stets bescheidenen und fleißigen Schuhmachers erging. Tatsächlich tauschte sie, als er sich zunehmend schwärmerisch in seine Hymnen auf des Schusters Meisterleistungen verstieg, Blicke mit Noah aus, der nun beim Wortschwall seines Vaters mit den Augen rollte, wie um zu sagen: »Da schau, was du angerichtet hast.« Für Rosa war es ein wunderbarer Abend in Ciechanow, aber solche Abende waren bereits gezählt.

Sie war achtzehn und noch mit Noah Lewental zusammen, als die Nachricht wie die Flut eines über die Ufer getretenen Stroms über sie hereinbrach. Ada, die Tochter des Schuhmachers, erwartete ein Kind. Das war eine unbestreitbare Tatsache. Als die einfältige Ada, die Handleserin, Noah als den Vater identifizierte, war Rosa bei der hitzigen Diskussion zwischen ihm und Herrn Lewental nicht zugegen. Wie auch immer die Begleitumstände seien, hatte Herr Lewental argumentiert, wenn niemand anders sich zu der Vaterschaft bekenne, müsse Noah das Richtige für das arme Mädchen tun. Dass er die Schwangerschaft unmöglich verursacht haben könne, war eine Lüge, die Noah seinem Vater nicht erzählen konnte.

»Was ist mit Rosa?«, wandte Noah ein. Was sollte aus Rosa werden, wenn er Ada heiraten musste? Rosa würde frei sein, einen wirklich ehrenwerten Mann zu finden, erklärte Herr Lewental seinem Sohn.

Rosa verlor nicht nur Noah, sondern mit ihm auch ihr Selbstvertrauen. Unter allen verliebten Pärchen in ihrem Kreis waren sie und Noah sich besonders nahe gewesen. Ihre Beziehung hatte am längsten gehalten. Der Skandal zerstörte nicht nur ihr Vertrauen in sich selbst, sondern auch in andere. Eine Zeit lang wollte sie das Haus nicht mehr verlassen und keinen Menschen sehen. Sie war sicher, dass über sie geredet wurde.

Tatsächlich redeten viele über sie und Noah, über seinen Verrat und wie sie sich daraufhin zurückgezogen hatte. Dass Rosa in keiner Version der Geschichte etwas anderes als unschuldig war, schützte sie nicht davor, ein beliebtes Gesprächsthema abzugeben. Manche wollten sich nur darüber auslassen, wie unglücklich diese eindrucksvolle und begabte junge Frau plötzlich geworden war. Auch wohlmeinende Leute grübelten darüber nach, fast als wäre es eine religiöse oder philosophische Übung. Andere fragten, wie Ada so sicher sein konnte, dass Noah der Vater war, wo es doch so viele junge Männer hätten sein können. Hatte sie einfach denjenigen herausgepickt, von dem sie am ehesten glaubte, er würde das Richtige tun? Vielleicht war sie gar nicht so einfältig, wie alle glaubten.

Rosas Eltern waren zunehmend um ihr Wohl besorgt, und nachdem sie erfolglos alles Erdenkliche versucht hatten, um ihre Tochter wieder zu sich zu bringen, stimmten sie verzweifelt dem Vorschlag zu, sie für eine Weile in eine andere Stadt zu schicken, weg von Ciechanow. Immer noch betäubt und ohne Noah oder auch nur den meisten ihrer Freunde Auf Wiedersehen zu sagen, fuhr eine gebrochene Rosa Rabinowicz auf unbestimmte Zeit zu entfernten Verwandten nach Warschau.

Die honighäutige Frau mit den glatten schwarzen Haaren, die Studentin, die nicht mehr in seine Vorlesung kam, die einzige, die Gandhi erraten hatte, servierte Adam Zignelik einen Mango Mojito in Hell's Kitchens Zanzibar an der Ninth Avenue. Sie hatte ihn trotz der ungewohnten Umstände wiedererkannt. Der Professor stammte aus einem anderen Teil ihres Lebens.

»Sie erinnern sich nicht, wer ich bin, nicht wahr?«, fragte sie.

»Doch«, sagte er, während er sie einzuordnen versuchte.

Sie lächelte. »Oje, für euch sind wir doch alle gleich.«

»Nein, natürlich nicht. Ich bin nur …« Er bemühte sich, nicht auf ihren Ausschnitt zu schauen.

In Wirklichkeit erinnerte er sich an eine Studentin, die etwas älter erschienen war als die anderen ihres Semesters. Aber er hatte sie nie in dieser Aufmachung gesehen, und jetzt schaltete sein Gehirn hin und her zwischen einem halb erinnerten Bild und der Frau vor seinen Augen, dieser verführerischen, aufreizend gekleideten Mojito-Mixerin. Keine Studentin hatte je so ausgesehen, jedenfalls nicht auf dem Campus, nicht dass er wüsste.

»Ich war in Ihrer Vorlesung ›Was ist Geschichte‹. Mein Name ist Mehrzad Yazdi.«

»Richtig! Mehrzad, natürlich!« Er kannte ihren Namen nicht. »Sie haben die Vorlesung geschmissen.«

»Ich habe alles geschmissen. Ich musste das College aufgeben.«

»Oh, das tut mir leid.«

»Ja, mir auch.«

»Ich hoffe, es ist alles in Ordnung«, sagte er etwas unsicher, das rechte Gleichgewicht zwischen Besorgnis und Neugier zu finden.

»Na ja, mittlerweile schon, glaube ich … gewissermaßen. Aber ich sollte jetzt wirklich weitermachen.«

»Klar, selbstverständlich«, sagte er, sich nach all den Gästen umschauend, die sich ungeduldig an der Bar drängten, auf Bedienung warteten. »Entschuldigung.«

»Das sieht Ihnen ähnlich!«, lächelte sie. »So war das nicht gemeint, dass Sie sich entschuldigen. Aber wenn Sie ein andermal wiederkommen könnten?«

»Ein andermal? Ich bin nur zufällig hier.«

»Nein, hören Sie. Ich meine … ich würde Ihnen gern erzählen, was passiert ist. Irgendwie wollte ich's erklären, weil Ihre Vorlesung … das war mein Lieblingskurs.«

»Wirklich?«

»Ja, und ich dachte eben, wenn Sie hier in der Gegend wohnen –«

»Ich wohne hier nicht.«

»Sie machen es mir aber auch nicht leicht, Herr Professor.«

»Hören Sie, Mehrzad, ich will Sie nicht in Verlegenheit bringen, aber wenn Sie möchten, dass ich so tue, als kenne ich Sie nicht … Versuchen Sie mir beizubringen, dass ich … gehen soll?«

»Nein, ich versuche Sie zu fragen, ob Sie Lust hätten, mich auf einen Drink zu treffen … ein andermal, wenn ich nicht arbeite.«

»Sie meinen hier?«

»Sicher, außer Sie mögen den Mojito nicht.«

An dem Abend, als er mit Mehrzad Yazdi zu einem Drink verabredet war, trat Adam aus der Dusche und begann sich mit einem Handtuch abzutrocknen, das auf der Innenseite der Badezimmertür an einem Haken hing.

»Jetzt, wo da nur noch ein Handtuch hängt, trocknet es schneller«, hörte er Dianas Stimme in seinem Kopf. Er ignorierte sie, aber sie redete einfach weiter. »Du hast dich heute schon rasiert«, sagte sie.

»Ja, und? Ich rasiere mich doch gar nicht.«

»Du nimmst Aftershave.«

Mehrzad Yazdi war weniger aufreizend gekleidet als das letzte Mal, bei der Arbeit. Sie war vor ihm gekommen und hatte sich an einen der Tische gesetzt, die, wie Adam feststellte, eher für Leute mit guten Beziehungen reserviert waren. Als sie aufstand, um ihn zu begrüßen, legte sie ihre Hand direkt unterhalb der Schulter auf seinen Arm und bot ihm ihre Wange dar, die er halb mit den Lippen berührte, vor allem aber mit jenem Hauch von schmatzendem Geräusch, das er begleitend zu der Geste für angebracht hielt. In dieser Mischung von Barfrau und Studentin fand er sie so unerwartet attraktiv, dass er nervös wurde. Er wusste nicht, was er hier zu suchen hatte. Er schaute sich an der Bar um. Er hatte sich eine Zeit lang ganz auf seine Arbeit konzentriert, um aus dem Loch herauszukommen. Er machte Fortschritte. Er hatte mehr Spuren zu verfolgen denn je zuvor bei irgendeiner Forschung in seiner Laufbahn als Historiker. Gut möglich, dass es mehr waren, als eine Person bewältigen konnte. Er brauchte keine anderen Zerstreuungen, und ein Teil von ihm erkannte das. Dennoch, er saß nun einmal da, in dieser Bar in Hell's Kitchen, mit Mehrzad, dem »Gandhi-Mädchen«. Es war Dianas neue Wohngegend. Sicher würde sie nicht in diese Bar kommen. Aber wenn doch, was dann? Würde er sich jemals noch irgendwo wohlfühlen, außer in den Magazinen der Galvin

Library am IIT oder vielleicht bei einem Besuch in Chicago, um jemanden zu befragen? Mehrzad fühlte sich vollkommen wohl. Sie wusste Bescheid mit den Getränken, dem Bestellen, wo man am besten saß, sie wusste sich anzuziehen, ja sogar ihre Stimme zu modulieren. Sie war ganz »in«. Im Gegensatz zu ihm. Trotzdem fühlte es sich nicht unbedingt schlecht an, dort mit ihr zu sitzen. Würde Diana das verstehen? So verführerisch Mehrzad auch sein mochte, äußerlich und in ihrer ganzen Art, so groß die historische Fundgrube, die Adam entdeckt hatte – in dem nie endenden, halluzinatorischen Zwiegespräch, das er mit Diana führte, lag ihm immer noch daran, dass Diana ihn verstand. Er brauchte ihre Zustimmung und fragte sich, ob sich das je ändern würde.

»Meine Eltern glaubten, das sei die beste Möglichkeit, mich unter ihrer Kontrolle zu halten.«

»Ihnen die Studiengebühren zu verweigern?«

»Ja.«

»Aber wollten sie denn nicht, dass Sie das College abschließen?«

»Doch, schon, nur wollten sie vor allem in der Lage sein, die übrigen Bereiche meines Lebens zu beeinflussen.«

»Ging es um Ihren Freund?«

»Um den, ja … Obwohl, mit dem hatten sie ja recht, wenn auch aus ganz anderen Gründen … aber auch, wie ich mich anziehe, ach du liebe Güte! Als ginge sie das etwas an, in meinem Alter! Sie sind zwar weg aus dem Iran, aber sie schleppen noch so viel davon mit sich herum. Es sieht vielleicht so aus, als hätten sie sich hier angepasst, aber wenn es drauf ankommt, sind sie immer noch sehr traditionell, mit sehr traditionellen Werten. Das ist ihre Grundhaltung: Tradition. Darauf ziehen sie sich zurück, wenn Gefahr in der Luft liegt.«

»Gefahr?«

»Gefühlte Gefahr. Immigranten wittern das, wo andere Rosen riechen. Vor allem die aus dem Nahen Osten. Hier denkt doch jeder, du bist ein Terrorist, außer es sind Liberale, die für ›Orientalismus‹ schwärmen und dich deswegen anhimmeln. Das war auch so ein Problem mit meinem Exfreund. Was das betrifft, hat Edward Said den Nagel auf den Kopf getroffen. Sie sind Engländer, Entschuldigung, Australier wollte ich sagen, ich kenne den Akzent. Für Sie ist es vielleicht anders. Sie sind eine andere Sorte Einwanderer, weniger fremd. Meine Eltern werden sich hier immer furchtbar fremd fühlen. Sie legen andere Maßstäbe an, wenn es um meinen Bruder geht, was die Dinge zwischen uns nicht immer einfacher macht. Ich meine, er kann ja nichts dafür … Nicht, dass ich sagen wollte, Sie wären wie die Generation meiner Eltern. Rede ich zu viel? Wollen Sie noch etwas trinken?«

Sie tranken noch etwas und noch etwas.

»Mehrzad, haben Sie sich bei der Columbia nach finanzieller Unterstützung erkundigt? Es gibt alle möglichen Stipendien, wenn Sie –«

»Glauben Sie mir, Professor, das habe ich.«

»Bitte, nennen sie mich Adam.«

»Adam«, lächelte sie, »ich habe alles ausgelotet, mit allen Stellen gesprochen. Ich komme wieder. Ich will unbedingt, aber im Augenblick muss ich zusehen, dass ich die Miete bezahlen kann und … aber ich komme wieder. Versprochen. Ich will nicht mein Leben lang Mojitos mixen. Werden Sie da sein?«

»An der Columbia?«

»Ja, ich will unbedingt … Ihren Kurs will ich unbedingt zu Ende machen.«

Sie standen an der Ninth Avenue. Es war spät. Er küsste sie auf die Wange, diesmal richtig. Als ihre Köpfe sich voneinander trennten, lächelte sie ihn betörend an, ehe sie sich die Straße entlang entfernte. Adam stand noch eine Weile da, und während andere an ihm vorbeigingen, fragte er sich, ob sie mehr gewollt hatte oder vielleicht er.

Für Michelle McCray schien nie der richtige Moment zu sein, um auch nur am Telefon mit ihrem Cousin zu sprechen und ihm irgendeinen Rat zu geben. So oft ihre Großmutter sie gebeten, sie gedrängt hatte, sie möge doch mit Lamont reden, und so sehr Michelle sich immer wieder vornahm, es in nächster Zeit zu tun, kam der Zeitpunkt nie. Jedes Mal konnte sie sich dann doch nicht überwinden, Kontakt zu ihm aufzunehmen, sich zu entschuldigen, dass sie die Verbindung hatte abreißen lassen, während er im Gefängnis saß, und ihn wieder häufiger zu sehen, nicht nur als Mitglied ihrer Familie, sondern auch, um ihm mit professionellem Rat zu helfen, sich durch den Sumpf zu kämpfen, den die Suche nach seiner Tochter zweifellos für ihn darstellte. Es gab nichts, das sie so mit Schuldgefühlen erfüllte, nichts, das sie so lähmte, wie ihren Cousin bei seinem Anliegen zu beraten. Hin und her gerissen zwischen ihrem schlechten Gewissen, ihrer Trägheit und den Bitten ihrer Großmutter, gab sie dieser schließlich den Namen und die Durchwahl einer ihrer Kolleginnen, einer gewissen Miss Linh Tran, der sie die Lage ihres Cousins erklärt hatte.

Daran gewöhnt, dass die Probleme, mit denen er im Leben zu tun bekam, regelmäßig jemandes »Fall« wurden, musste Lamont nun Linh Tran anrufen, die von seiner Cousine empfohlene Kollegin, damit diese, so hoffte er, die Suche nach seiner Tochter zu ihrem nächsten Fall machte. Der Anruf musste während der Geschäftszeiten erfolgen, was wohl hieß, am ehesten während seiner Mittagspause.

Da er sich kein Handy leisten konnte, seine Vergangenheit aber auch nicht vor seinen Kollegen ausbreiten wollte, indem er das Telefon im Pausenraum der Sloan-Kettering benutzte, überlegte er sich, es am öffentlichen Fernsprecher an der 68th Street zu versuchen. Doch schon, als er das Klinikgebäude verließ, brachte ihn der rauschende Verkehrslärm von dieser Idee wieder ab.

Seinen Stift und den Notizblock in der Hand, ging er weiter und betrat zögernd die ebenfalls an der 68th Street gelegene Kirche St. Catherine of Siena. Drinnen war es dunkel, eine gähnende Höhle, offenbar menschenleer. Allmählich geriet er in Panik. Seine Mittagspause war schon halb vorbei und er hatte nicht mal angefangen, mit Linh Tran zu reden. Schließlich fand er den Priester, der sich nach einigen Erklärungen sehr verständnisvoll erwies und ihm anbot, von seiner Amtsstube aus umsonst zu telefonieren. Im Bewusstsein, dass er bald wieder zur Arbeit musste, gelang es ihm, wenigstens kurz mit Linh Tran zu sprechen und sowohl mit ihr als auch mit dem Priester eine Zeit für einen längeren Anruf zu verabreden.

In der folgenden Woche kehrte Lamont, wie vereinbart, in die Kirche zurück, suchte den Priester und führte das Gespräch von dessen Amtsstube aus, während der Kirchenmann teilweise dabeistand und auf Lamonts Seite mithörte.

War Lamont als der gesetzliche Vater anerkannt? Er war nicht sicher. Was bedeutete das genau, ›gesetzlicher Vater‹? War er mit der Mutter verheiratet, als das Kind geboren wurde? Nein, das nicht. Er war nie mit der Mutter verheiratet gewesen. Stand sein Name auf der Geburtsurkunde? Er konnte sich nicht erinnern. Sollte da drauf nicht der Name seiner Tochter stehen? Ach so, ja, der Eltern auch, natürlich. Er wusste es nicht. Hatte die Mutter je Unterhalt beantragt? Nein, nie.

»Ich habe ihr immer Geld gegeben, aber … wissen Sie, niemand hat mich *gezwungen*. Ich habe es einfach getan. Es war meine Tochter und ich hatte Arbeit damals, aber … nein … wissen Sie … nicht so was wie Alimente.«

»Haben Sie oder die Kindesmutter irgendwann ein Formular ausgefüllt und bei der Behörde eingereicht?«

»Nein, ich glaube nicht.«

»Darüber könnten Sie nämlich an die Geburtsurkunde kommen.«

»Ich weiß nicht, so ein Formular ... Sagen wir, eher nicht.«

»Dann meinen Sie also, Sie sind nicht sicher, ob die gesetzliche Vaterschaft eingetragen wurde?«

»Ich meine ... Ich bin der Vater. Das weiß ich. Aber ich weiß nicht, was da so eingetragen worden ist.«

»Würden Sie sagen, dass Sie vor der Strafanstalt eine enge Beziehung zu Ihrer Tochter hatten?«

»Ja. Die hatte ich. Sehr eng, auf jeden Fall.«

»Haben Sie die Windeln gewechselt?«

»Öfter, als ich zählen kann.«

»Hat sie ›Daddy‹ zu Ihnen gesagt?«

»Immer, ja, immer nannte sie mich Daddy.«

»Wenn ein Gericht sie fragen würde, ob sie ihren Daddy im Gefängnis besucht hat, was glauben Sie, würde sie sagen?«

»Sie hat mich besucht, aber nur am Anfang. Sie war ungefähr zweieinhalb damals. Inzwischen ist sie acht.«

»Und seitdem haben Sie das Kind nicht mehr gesehen?«

»Nein.«

»Verstehe.«

»Darum weiß ich eben nicht, was sie sagen würde. Ich meine, ich weiß ja nicht, woran sie sich erinnert.«

»Und Sie wissen nicht, wo die Mutter ist?«

»Nein, ich habe versucht, es herauszufinden, aber ... ich hatte noch kein Glück damit, deswegen wollte ich mit Ihnen sprechen.«

» Mr Williams, ich glaube, Sie sollten zum Gericht gehen und einen Antrag auf Besuchsrecht stellen.«

»Okay, gut, wie mache ich das?«

»Ihre Schwester sagte, Sie arbeiten im Augenblick?«

»Nicht meine Schwester. Michelle ist meine Cousine.«

»Ach ja, Entschuldigung, Ihre Cousine. Haben Sie diese Arbeitsstelle noch?«

»Sicher, ja.«

»In der Bronx?«

»Nein, ich *wohne* in der Bronx, aber ich *arbeite* in Manhattan.«

»Okay, weil Sie während der Geschäftszeiten zum Gericht müssen, um den Antrag einzureichen, ungefähr zwischen neun und fünf.«

»Hören Sie, Miss Linh Tran, wie soll ich das machen? Ich kann nicht von der Arbeit weg. Ich bin noch in der Probezeit bei meinem Job. Wir werden sechs Monate auf Probe gesetzt, und ich kann nicht einfach … verstehen Sie, ich kann nicht einfach weg. Wo ist das Gericht?«

»Ich denke, Sie müssten zum Familiengericht, das wäre unten in der Lafayette Street. Vielleicht geht es auch über die Rechtshilfe in der Church Street, dass die Ihnen weiterhelfen können.«

»Mit denen kenne ich mich ganz gut aus. Haben ja genug Geschichten drinnen die Runde gemacht über ihre Arbeit.«

»Ja … die haben einen riesigen Berg von Fällen. Und ehrlich gesagt, bin ich nicht sicher, ob sie solche Sachen überhaupt machen.«

»Wenn nicht, was habe ich dann für Möglichkeiten?«

»Nun ja, Sie können jedenfalls zu einem Anwalt gehen, der auf diese Sachen spezialisiert ist, aber das kostet.«

»Wie viel?«

»Das weiß ich auch nicht so genau.«

»Aber … Miss Linh Tran, könnten Sie mir vielleicht ungefähr die Richtung sagen, grob geschätzt?«

»Sie könnten wahrscheinlich jemanden finden, der es für … sagen wir 150 bis 350 Dollar macht.«

»Das heißt, wenn ich 350 Dollar zusammenhätte, würde ich jemanden bekommen, der sich darum kümmert? Ich weiß nicht, wie lange ich dafür bräuchte, so viel Geld.«

»Nein, ich meine 150 bis 350 Dollar pro Stunde.«

»Wie, eine Stunde?«

»Ich fürchte ja.«

»Und wie viel Stunden dauert es, so einen Antrag einzureichen?«

»Ich kann's wirklich nicht sagen. Wahrscheinlich könnten Sie jemand finden, der das Ganze für ungefähr … na ja … vielleicht zwischen 3000 und 5000 Dollar macht.«

»Miss Linh Tran, bevor ich so einen Haufen Geld zusammenbringe, ist meine Tochter längst einundzwanzig. Gibt es sonst noch eine Möglichkeit?«

»Nun, wie gesagt, Sie könnten zum Familiengericht gehen und es selber machen.«

»Angenommen, ich nehme mir einen Tag von der Arbeit frei, was müsste ich dann tun?«

»Einen ganzen Tag sollte das nicht dauern. Sie müssten nur hingehen und einen Antrag auf Besuchsrecht einreichen. Dann wird man Ihnen sagen, wann Sie wiederkommen sollen – ungefähr sechs Wochen später –, damit Sie die richtigen Schriftstücke bekommen.«

»Das wäre dann noch ein Arbeitstag?«

»Also ja, Sie müssen schon mehrmals hin, aber wie gesagt, einen ganzen Tag sollte das nicht dauern. Sie bekommen die Schriftstücke, und dann wird Ihnen erklärt, wie das Zustellungsverfahren an die Mutter Ihrer Tochter genau läuft.«

»Was für ein Verfahren?«

»Das Zustellungsverfahren, was nur bedeutet, dass es bestimmte Vorschriften gibt, auf welchem Weg sie diese Schriftstücke erhalten muss.«

»Aber ich weiß doch gar nicht, wo sie wohnt.«

»Also schauen Sie, das ist ein Problem. Offenbar haben Sie nicht, was das Gericht eine ›Klagebefugnis‹ in Hinsicht auf Ihre Tochter nennen würde, deswegen müssen Sie als Erstes einen Antrag stellen.«

»Ja, aber als Erstes weiß ich nicht, wo Chantal eigentlich ist, und außerdem … ich meine, ich kann mir nicht so viele Tage freinehmen, nicht in der Probezeit. Die muss ich erst durchstehen, bevor ich überhaupt dran denken kann, da etwas abzuknapsen.«

»Und Sie sind nicht in der Lage, sich einen Anwalt zu nehmen?«

»Nein, in der Lage bin ich leider nicht.«

»Mr Williams, ich weiß auch nicht, was ich sagen soll. Glauben Sie, Sie könnten warten, bis die Probezeit bei Ihrem Arbeitgeber um ist?«

»Ich sehe nicht, wie es anders gehen sollte. Aber auch dann, wenn ich es danach schaffen würde, zum Gericht zu gehen, heißt das nicht, dass ich wüsste, wo Chantal wohnt.«

»Ich weiß, das klingt vielleicht hart, aber wenn Sie warten, bis Sie mit Ihrer Probezeit fertig sind … könnten Sie mich dann gern wieder anrufen.«

»Danke, vielen Dank, wirklich, aber auch dann … Was ist, wenn ich dann immer noch nicht weiß, wo Chantal wohnt?«

»Sind Sie dann nicht besser in der Lage, es herauszufinden?«

»Ich nehm's an, aber –«

»Sie haben doch keine Hinweise, dass Ihre Tochter irgendwie in Gefahr wäre, oder?«

»Nein. Ich meine, ich habe überhaupt keine Hinweise auf sie.«

»Gut, wenn sie nicht in Gefahr ist … Ich will Sie nicht verletzen, ich weiß, wie Sie sich nach Ihrer Tochter sehnen, aber vielleicht ist es das Beste, was Sie machen können, wenn Sie warten, bis Ihre Arbeitssituation sich gefestigt hat. Meinen Sie nicht? Sie haben schon so lange gewartet. Ich weiß sonst einfach keinen Rat. Vielleicht sollten Sie einen Privatdetektiv anheuern, um der Mutter auf die Spur zu kommen, aber ich habe keine Ahnung, was die nehmen würden. Mr Williams, ich glaube wirklich, Ihnen und Ihrer Tochter wäre am besten gedient, wenn

Sie Ihre Stelle über die Probezeit hinaus absichern. Das würde einen guten Eindruck auf die Richter machen und es Ihnen erleichtern, sich die nötige Zeit freizunehmen. Es würde sicher Vieles vereinfachen.«

Der Priester, der anfangs nur teilweise mitgehört hatte, unter dem Vorwand, Sachen aus der Amtsstube zu brauchen, gekommen und gegangen war, ließ das Getue schließlich bleiben und stand einfach, ein stiller Beobachter, lauschend an der Tür. Als Lamont fertig war, legte er den Hörer auf und sagte automatisch, in Gedanken ganz woanders, »Vielen Dank, Pater«, ehe er eilig hinausstrebte, um nicht zu spät bei der Arbeit zu sein.

»Gute Nachrichten?«

»Wie bitte?«, sagte Lamont, während er rasch durch die düstere Kirche zum Ausgang an der 68th Street ging. Der Priester folgte ihm. Lamont musste zur Arbeit. Das schien es zu sein, was Linh Tran sagen wollte. Unbedingt die Probezeit durchstehen. Da fing alles an. Da fing die Hoffnung an. Seine Schuhsohlen machten ein schnelles quietschendes Geräusch auf dem Steinboden der Kirche. Der Priester versuchte ihn einzuholen.

»Ich sagte, gute Nachrichten?«

»Wie bitte?«

»Gute Nachrichten?«

»Freut mich für Sie. Ich muss zur Arbeit, Pater.«

In Polen, in den Jahren zwischen dem Krieg, der alle Kriege beenden sollte, und dem Krieg danach, war einer von drei Einwohnern Warschaus Jude, und mindestens einer von den zwei anderen hatte das Gefühl, es seien noch viel mehr. Dieses Gefühl war so hartnäckig und verbreitet, insbesondere bei der Intelligentia, dass die Universitäten einen *Numerus clausus* für die Anzahl der zum Studium zugelassenen Juden einführten. An manchen Universitäten mussten die der Quote entsprechenden jüdischen Studenten in den Hörsälen auf gesonderten »Judenbänken« sitzen. Rechtsgerichtete Studentenführer riefen »judenfreie Tage« oder auch »judenfreie Wochen« aus. Wenn ein jüdischer Student sich während dieser Zeiten auf dem Campus blicken ließ, wurde er noch eher als sonst von studentischen Aktivisten oder sonstigen Schlägerbanden angegriffen. Juden, die ihre Doktorarbeit schreiben wollten, die vorhatten, Medizin, Ingenieurswissenschaften oder Jura zu studieren, waren gezwungen, entweder ins Ausland zu gehen oder sich etwas anderes zu überlegen, um ihren Lebensunterhalt zu verdienen. Der öffentliche Dienst war ihnen ebenfalls verwehrt, und eine wachsende Zahl intellektueller polnischer Juden wählte den bescheidenen, aber ökonomisch sicheren Weg, Schulkinder zu unterrichten. Manche empfanden das Lehrerdasein als Erfüllung, während es für andere einen schmerzlichen Kompromiss darstellte. Viele träumten von etwas jenseits ihrer Schule, und einige nutzten jede freie Stunde, um in ihrem eigentlichen Interessengebiet zu arbeiten.

Zwei solcher Juden saßen am Ende eines Schultags in einem Warschauer Café. Für den einen wäre es der größte Wunsch gewesen, sein Geld als Historiker zu verdienen, für den anderen war es die Psychologie. Dieser andere war Chaim Broder, ein Mann, der bei Wilhelm Wundt studiert hatte, dem Pionier der experimentellen Psychologie, aber das war schon viele Jahre her.

»Weißt du was, Emanuel? Du bist ein unverbesserlicher Optimist!«

»Das *muss* ich sein«, sagte der jüngere Emanuel Ringelblum.

»Du bist ein Historiker, der ganz für sich allein versucht, in mühsamer Arbeit unsere elende Geschichte auszugraben. Dabei wollen die Juden selbst nichts davon wissen, obwohl es ihre eigene Geschichte ist, und die Polen schon gar nicht. Du und deine jüdischen Kollegen, ihr fürchtet euch, auf Historikerkongressen über jüdische Geschichte zu reden und –«

»Fürchten, nein. In der Regel werden wir nicht zugelassen, weil sie uns nicht als ›Nation‹ betrachten. Aber manchmal eben doch. Nicht alles ist so hoffnungslos verloren, wie du glaubst.«

»Manchmal eben doch!«, wiederholte Broder mit leisem Spott. »Und das reicht dir für deinen Optimismus?«

»Nein«, erklärte Ringelblum. »Ich sagte dir doch, ich *muss* optimistisch sein. Willst du wissen, warum?«

»Was, wenn nicht?«

»Ist auch egal.«

»Also dann, warum?«

»Weil es mir nicht erspart bleibt, *dich* jeden Tag zu sehen. Jeder, der dich täglich zu Gesicht bekommt, wird zwangsläufig ein unverbesserlicher Optimist.«

»Ich bin kein Pessimist, Emanuel. Die Wissenschaft ist weder für noch gegen Hoffnung.«

»Ich weiß. Du hast es schon des Öfteren erwähnt. Du hast bei Wundt studiert, in Leipzig, und jetzt bist du ein Spezialist des menschlichen Geistes.«

»Also, ich …«, Chaim Broder hielt inne und trank einen Schluck Kaffee, ehe er fortfuhr, »jeden Tag gehe ich hin und unterrichte kleine Kinder. Ich unterrichte Kinder, jüdische Kinder. Wozu mache ich das? Warum?«

»Irgendwie musst du ja dein Geld verdienen, wie wir alle, und die Kinder müssen etwas lernen, damit sie, wenn sie erwachsen werden –«

»Emanuel, die Besten von ihnen werden Glück gehabt haben, wenn *sie* noch kleine Kinder unterrichten dürfen.«

»Aber Chaim, du bereitest sie vor. Wenn es sich ändert, wer soll dann –«

»Wenn es sich *ändert?* Wenn es sich *ändert?*«

»Nun, die Herren, ich sehe, ihr sitzt hier und streitet wie immer«, sagte ein dritter Mann, der soeben an ihren Tisch gekommen war. »Gut so, alles andere wäre beunruhigend neu, und ich möchte euch eine bezaubernde Person vorstellen. Es wäre unangebracht, ihr einen falschen Eindruck zu vermitteln. Besser, sie bekommt einen ehrlichen und schlechten.«

Der Mann war Rafal Gutman, verantwortlich für das Schulsystem der jüdischen Gemeinde in Warschau, und neben ihm stand eine junge Frau.

»Dies ist Rosa Rabinowicz, ursprünglich aus Ciechanow. Sie hat ihre Ausbildung zur Lehrerin fast abgeschlossen, und ich dachte, es sollte unbedingt dazugehören, dass sie lernt, solche Typen wie euch beide auszuhalten. Dürfen wir Platz nehmen?«

Die beiden Männer erhoben sich, um Rafal Gutman und insbesondere dieses schmächtige Mädchen, noch kaum eine Frau, Rosa Rabinowicz zu begrüßen.

»Rafal, wir müssen etwas *richtig* gemacht haben. Ich wüsste nicht, wann du uns zuletzt eine so bezaubernde Bekanntschaft gegönnt hast.«

»Noch nie«, sagte Rafal Gutman. »Aber die bessere Frage wäre wohl: Was hat Rosa falsch gemacht, dass sie es verdient, Leute wie euch kennenzulernen?«

»Und was *haben* Sie gemacht, was so falsch sein könnte, Fräulein Rabinowicz?«, fragte Emanuel Ringelblum.

»Ich? Oh, nichts, sicher nicht«, sagte sie etwas aufgeregt zu den beiden weltbürgerlichen Intellektuellen.

»Rosa weiß schon ein bisschen über euch Bescheid.«

»Ein kleines bisschen, ja. Ich weiß, dass einer von Ihnen Historiker ist und der andere … Psychologe? Aber ich muss gestehen, ich kann mich nicht erinnern, wer von Ihnen wer ist. Tut mir leid. Und außerdem, auch wenn es mir schrecklich peinlich ist, bin ich gar nicht sicher, was das eigentlich ist, ein Psychologe.«

»Das braucht Ihnen überhaupt nicht peinlich zu sein, Fräulein Rabinowicz«, sagte Ringelblum. »Ich bin der Historiker, und der hier, Chaim … also, was der macht, da kommt es wirklich nicht drauf an. Er ist so ein abgrundtiefer Pessimist, dass er selber glaubt, es komme nicht besonders auf ihn an. Und da niemand glaubt, es komme mehr auf ihn an, als er es von sich selber glaubt, sehen Sie auch gleich, wie stichhaltig sein Pessimismus ist.«

Rafal Gutman und Emanuel Ringelblum turtelten und scherzten. Nur Chaim Broder brachte kein Wort über die Lippen. Auf den ersten Blick hatte diese junge Frau etwas bei ihm ausgelöst, das er lange nicht erlebt hatte: Erregung, sogar Hoffnung. Er durfte nicht zulassen, dass dieser Moment alles von dem Glück sein sollte, so ein Mädchen wie Rosa Rabinowicz zu treffen. Er musste sie wiedersehen. Aber zu verlegen und eingeschüchtert durch die verschwommene Erinnerung an frühere Enttäuschungen, um zu wissen, was er sagen sollte, hatte er geschwiegen.

»Bitte verzeihen Sie mein Unwissen, Herr Broder, aber was ist Psychologie denn nun genau?«, fragte Rosa Rabinowicz, während Rafal Gutman Kaffee bestellte.

»Ich bitte Sie, da ist wirklich nichts Peinliches dran«, sagte Broder, dem das Zittern in seiner Stimme peinlich war. Er räusperte sich und versuchte, sich zu fangen. »Unwissen zuzugeben ist kein Fehler, sondern eine Tugend.«

»Ach du liebe Zeit, hätte ich gewusst, dass ich damit meine Tugendhaftigkeit zur Schau stelle, hätte ich wohl nicht gefragt.« Rosa lächelte.

»Es ist weder eine Tugend noch ein Fehler, Fragen nach dem Wesen der Psychologie zu stellen«, warf Ringelblum ein. »Aber es ist eine Dummheit, so einen griesgrämigen Pessimisten-Psychologen wie Chaim zu fragen.«

»Er macht sich über mich lustig.«

»Ja«, sagte Rosa. »Aber so, wie Sie es aufnehmen, ist schon klar, dass da nichts Wahres dran ist.«

Sie war tatsächlich so bezaubernd, wie Rafal Gutman angekündigt hatte. Sie hatte Sinn für Humor und, schlimmer noch, sie war nett. Was machte Rafal da, ihm dieses hübsche junge

Ding vorzustellen, einem alleinstehenden Mann, der jeden Morgen, bevor er sich für die Arbeit anzog, seine Einsamkeit abzuwaschen suchte? Er hatte Lust, sie zu berühren. Die zarte Haut, die er auf ihrem Handrücken sah, würde schon genügen. Was um Himmels willen war in ihn gefahren, fragte er sich. Er hatte sich für einen gebildeten, kultivierten Mann gehalten, einen Mann der Wissenschaft. Dieses Selbstbild hatte ihm die meiste Zeit geholfen, fast alles durchzustehen – seine Einsamkeit, die beruflichen Hindernisse ebenso wie all die Demütigungen und Erniedrigungen, die er sein Leben lang erduldet hatte. Und jetzt, mit einem Schlag, fühlte er sich in den Zustand eines kribbeligen Jünglings zurückversetzt.

»Da sehen Sie die Streithähne«, meinte Gutman. »Immer hin und her, geradezu talmudisch.«

»Talmudisch?«, fragte Ringelblum rhetorisch. »Nur Gott könnte grausamer zu Chaim gewesen sein als ich. Und nach dem, was Chaim zu sagen hat, *war* Er es.« Der Ober kam, um den Kaffee zu bringen.

»Charme und Schönheit und ein forschender Geist, Fräulein Rabinowicz«, sagte Broder, ohne auf Ringelblums Stichelei zu achten. Er fragte sich nur, ob sein Kompliment nicht etwas dick aufgetragen war.

»Danke, Herr Broder.« Rosa errötete.

»Bitte sagen Sie Chaim. Psychologie«, fuhr er fort, »das ist, auf den einfachsten Nenner gebracht, die wissenschaftliche Erforschung des menschlichen Geistes. Es ist eine ganz neue Disziplin, kein Wunder also, dass Sie sich damit nicht auskennen. Aber erzählen Sie mir lieber, wie finden Sie Warschau?«

»Sehr schön, nur diese vielen Menschen, das bin ich nicht gewöhnt. Manchmal ist es etwas abschreckend. So anders als Ciechanow.« Das war es, worauf er gehofft hatte. Die Chance, vorzupreschen, so er sich nicht aus reiner Feigheit zu ewiger Einsamkeit verdammen wollte.

»Es wäre mir ein Vergnügen, Sie etwas herumzuführen, wenn Sie Zeit haben.«

So geschah es, dass Chaim Broder die Rolle des Fremdenführers, Beschützers und Vertrauten der jungen Rosa Rabinowicz einnahm. Er zeigte ihr die Stadt, lud sie ins jiddische und ins polnische Theater ein, machte sie mit seinen Schriftstellerfreunden im Dichterclub bekannt, unternahm Spaziergänge und ging mit ihr essen, wobei er immer für sie mit bezahlte. Keinen Zloty, keinen Groschen musste sie aus ihrer eigenen Tasche nehmen, wenn sie mit ihm zusammen war. Er schlenderte mit ihr durch die Franziskanerstraße, an den religiösen Buchläden vorbei, um das Gespräch auf Religion zu lenken und einen Eindruck zu bekommen, ob sie sich genug von dem distanzierte, was er für verstaubte provinzielle Frömmelei hielt. Wenn nicht, hätte das seiner Begeisterung für sie keinen Abbruch getan. Es hätte nur bedeutet, dass er an ihren Glaubensvorstellungen würde arbeiten müssen, um sie seinen eigenen näherzubringen. Doch wenngleich ihre Werte einem religiösen Hintergrund entspringen mochten, zu der Zeit, als sie in Warschau lebte, war ihre Verhaftung im Glauben allenfalls traditionell.

Sie kannte sehr wenige Menschen in der Stadt und wurde schnell ziemlich von ihm abhängig. Broder war sich bewusst, dass ein Teil der Gefühle, die sie ihm offensichtlich entgegenbrachte, bloße Dankbarkeit war. Aber besteht Zuneigung nicht auch aus Dankbarkeit? Diese Frage allerdings stellte er sich erst eine Weile später. An jenem ersten Tag, als sie sich kennenlernten, hatten sie ihre Aufmerksamkeit wieder dem Gespräch zwischen Emanuel Ringelblum und Rafal Gutman zugewandt.

»In ganz Polen schinden sich Hunderttausende von Juden elendig ab. Ihr Hungerlohn reicht kaum zum Überleben. Sie haben nichts. Das höchste der Gefühle ist eine Kuh. Schau dich um, sogar hier, in Warschau, gibt es Juden, die in schrecklicher Armut leben.«

»Emanuel, das bestreite ich doch gar nicht«, sagte Rafal Gutman. »Nur verstehe ich nicht, was du glaubst, damit anfangen zu können. Was glaubst du, wozu sollen deine historischen Forschungen gut sein?«

»Wenn die polnischen Historiker, das Establishment, besser über die Hintergründe der jüdischen Geschichte Bescheid wüssten, wäre das schon gut, damit wir ohne Vorurteil gesehen werden, wie wir wirklich sind.«

»Und genau da komme ich nicht mit«, sagte Broder.

»Nein, nein, Chaim, es ist nicht so hoffnungslos, wie du behauptest. An der Warschauer Uni gibt es schon einen Professor, Jan Kochanowski, ein Pole, der sich durchaus Zeit für meine Argumente nimmt. Er ist ganz offen zu mir und ein paar anderen jüdischen Kollegen.«

»Aber es geht nicht darum, dass es hier und dort einen sympathischen polnischen Historiker gibt, über die bist du sicher viel besser auf dem Laufenden als ich«, warf Broder ein. »Es geht darum, dass unser guter Emanuel allen Ernstes glaubt, dieser holpernde Prozess würde am Ende zu einer ganz neuen Wahrnehmung der Juden in der gesamten polnischen Gesellschaft führen. Tut mir leid, aber das ist einfach ... ein Hirngespinst!«

»Fängt nicht alles, ob erfolgreich oder nicht, mit ein paar Leuten an, die sich leidenschaftlich dafür einsetzen?«, fragte Rosa. Trotz ihrer partiellen Unterstützung Ringelblums lächelte Broder mit einem Stolz, den er noch nicht verdient hatte. Auch sonst widersprach er in nichts, was Rosa sagte. Die Diskussion hätte den Rest des Tages weitergehen können, wäre nicht Rafal Gutman – mit Rosa Rabinowicz im Gefolge – aufgebrochen, um an einer Sitzung im jüdischen Waisenhaus in der Krochmalna-Straße teilzunehmen. Für ihn war es eine Routineveranstaltung, für Rosa hingegen ein so aufwühlendes Erlebnis, dass sie danach begann, ehrenamtlich beim Unterricht der Kinder dort zu helfen.

Ein paar Wochen später lud Chaim Broder sie das erste Mal zum Abendessen ein. Er hatte einen Tisch in einem teuren Restaurant reserviert. Als er ins Waisenhaus kam, um sie von der Arbeit abzuholen, führte ein kleiner Junge ihn irrtümlich zum Büro des Direktors, Dr. Janusz Korczak, der ihn nach einer Entschuldigung für das Missverständnis dorthin begleitete, wo Rosa sein musste. Sie unterhielten sich im Gehen.

»Ich hatte nie das Glück, Sie persönlich kennenzulernen, Dr. Korczak. Es freut mich, dass der Junge mir zu dieser Gunst verholfen hat.«

»Sehr nett von Ihnen, das zu sagen, aber mir scheint, Sie haben ein noch viel größeres Glück.«

»Tut mir leid, ich weiß nicht, was Sie meinen.«

»Ich meine Rosa, Herr Broder. Sie ist ein Geschenk für uns alle, aber besonders für Sie, wenn ich recht verstehe.«

Chaim Broder errötete. Korczak hatte ihnen eine Intimität unterstellt, von der er träumte, die aber in Wirklichkeit noch nicht bestand. Glücklicherweise erreichten sie den Raum, wo Rosa beschäftigt war, bevor die Aufrichtigkeit von Broder verlangte, die Dinge klarzustellen, und so ließ er die Vermutung in der Luft hängen. Während sie durch die offene Tür auf Rosa und die um einen Tisch versammelten Kinder schauten, erklärte Korczak, dass sie gerade eine Redaktionsbesprechung der Kinderzeitung leitete. Ein neben ihr sitzendes Mädchen von etwa vierzehn Jahren sprach leise, ohne jemanden anzublicken.

»Meine Großmutter wollte, dass meine Mutter einen Gelehrten heiratet, einen Toragelehrten … Mein Unglück fing schon vor mir an. Er war … ein gemeiner Mann. Ich glaube, das Leben meiner Mutter ging an ihrem Hochzeitstag zu Ende.« Die ganze Gruppe hörte schweigend zu.

»Aber was sind *deine* ersten Erinnerungen?«, fragte Rosa ruhig, ihre Hand beiläufig auf der des jungen Mädchens. »Wenn wir uns alle geeinigt haben, dass jeder mit seinen frühesten Erinnerungen anfängt und mit seinen Hoffnungen für die Zukunft aufhört, müssen wir genau darauf achten, wo wir anfangen und wo wir aufhören. Avram, wie viele Wörter haben wir für jede Lebensgeschichte?«

»Nicht mehr als zweitausend«, sagte ein ungefähr Fünfzehnjähriger.

»Das klingt vielleicht viel, aber wie wir gesehen haben, hat jeder an diesem Tisch eine ganze Menge zu erzählen. Denkt daran, die Idee war vor allem, den anderen Beispiele zu geben und ihnen Mut zu machen, die anderen zum Schreiben zu bewegen.«

Rosa blickte auf und sah Chaim Broder mit Janusz Korczak an der Tür stehen.

»Ich glaube, für heute ist die Zeit um, aber nächstes Mal können wir da wieder anknüpfen. Bewahrt eure Notizen auf. Jeder kommt dran. Einen schönen Abend, Kinder.«

»Danke, Fräulein Rabinowicz«, sagten einige.

»Ihnen auch, Fräulein Rabinowicz«, sagten andere, während sie ihre Sachen packten und den Raum verließen.

»Mein Vater war arm. Ich hatte nicht gemerkt, dass wir so arm waren, bis ich in die Schule kam. Die anderen Kinder trugen keine Lumpen. Sie hatten Weißbrot. Das muss auch ein Grund gewesen sein, warum er die ganze Zeit so böse war«, sagte das vierzehnjährige Mädchen zu Rosa, während die anderen vorbeigingen.

»Du kannst alles schreiben, was du willst, weißt du. Über deine Eltern und deine Großeltern, ganz egal, und wenn es länger wird, nehmen wir es für etwas anderes. Wir können nächstes Mal darüber reden, ja?«

»Fräulein Rabinowicz … könnte ich irgendwann mit Ihnen … allein reden?«

»Natürlich kannst du das, mein Engel. Im Augenblick wartet jemand auf mich, aber wir reden. Versprochen. So viel du willst.«

»Guten Tag, Dr. Korczak«, sagten zwei hinausgehende Schüler wie aus einem Munde.

»Guten Abend«, sagten andere.

Rosas Lächeln, als sie ihn begrüßte, nachdem das letzte Kind, das vierzehnjährige Mädchen, den Raum verlassen hatte, gab ihm an diesem Abend den Mut, auf den er gewartet hatte. Fast selber noch ein Kind, obwohl sie keins mehr war, keine Waise, obwohl sie es bei dem, was ihre Eltern ihr von Ciechanow aus in Warschau an Unterstützung geben konnten, ebenso gut hätte sein können, nahm Rosa auf der Straße seinen Arm. Er würde sie beschützen. Es war dieses Versprechen, das ihr in der Nacht in den Ohren klang, als sie, wieder zu Hause, im Bett über den Antrag nachdachte, den er ihr zum Abschied gemacht hatte. Ob sie ihn heiraten wolle, hatte er gefragt.

So freundlich und weltgewandt er auch sein mochte, so sicher sie sich mit ihm fühlte, er war nicht der Mann ihrer Träume. Aber eine Pflanze wächst dem Licht entgegen, und sie hatte kein anderes als ihn. So kam es zu einer kurzfristigen Übereinstimmung von Bedürfnissen zwischen diesen beiden Menschen, Chaim Broder, ehemals aus Krakau, und Rosa Rabinowicz, ehemals aus Ciechanow, gerade lange genug, um zu heiraten. Die Art, wie er sie sah, änderte sich nicht, aber um die Zeit, als ihre Tochter Elise geboren wurde, bedeutete die Anziehung seines Lichts ihr weniger, und er spürte es. Er versuchte es auf die Schwangerschaft zu schieben, dann auf die Geburt und dann auf die Ansprüche des Babys. Aber in der Dunkelheit der Warschauer Nacht, wenn sie zusammen im Bett lagen, Rosa immer müde, immer schweigend, immer so weit entfernt, wie ein gemeinsames Bett es erlaubte, gab es keinen Schimmer, der sie zu ihm hinzog. Hätte sie nur gewusst, dass es nicht mehr lange dauern würde, bis ihr Unglück in Angst umschlug, nicht vor ihm, sondern vor dem, was in Polen, in Europa geschah.

William McCray saß vor Charles' Büro und wartete, dass die Sekretärin ihn hineinließ.

»Schon ziemlich frostig«, sagte sie.

»Wie bitte?«

»Es wird schon frostig. Ich kann mich nicht erinnern, so früh um den Herbst betrogen worden zu sein wie dieses Jahr. Sie etwa?«

»Ein bisschen frostig, ja, aber wenn die Sonne scheint, geht es schon.«

»Charlie, kommst du mit spazieren?«, fragte William seinen Sohn. »Ich lade dich zum Kaffee ein. Tut dir gut, ein bisschen frische Luft.«

»Nein, lieber nicht, Dad. Ich stecke bis über die Ohren in Arbeit. Es würde mir nur Schuldgefühle machen, wenn ich rausginge.«

»Schuldgefühle? Stimmt es, was ich über das Präsidententreffen höre?«

»Was für Präsidenten?«

»Na, eurer hier, der von der Universität, wie heißt er noch –«

»Bollinger.«

»Richtig, Bollinger. Stimmt es, dass euer Präsident Bollinger den iranischen Präsidenten eingeladen hat, eine Rede an der Universität zu halten?«

Charles fuhr sich mit der Hand über die Stirn und schloss die Augen. »Es stimmt.«

»Ich will nur sehen, ob das richtig bei mir angekommen ist: Bollinger hat tatsächlich Ahmadinedschad eingeladen, an der Columbia zu sprechen?«

»Ja.«

»War Hitler denn schon ausgebucht?«

»Dad!«

»Was?«

»Na was, er ist nicht Hitler.«

»Hitler wurde auch nicht als Hitler wahrgenommen, als Chamberlain versuchte, sich mit ihm einzulassen.«

»Was willst du mir sagen, Dad? Das ist eine Universität. Wenn Meinungsvielfalt und Redefreiheit hier nicht willkommen sind, dann –«

»Meinungsvielfalt! Der Kerl ist ein brutaler Diktator, der Andersdenkende umbringen lässt. Und was die Redefreiheit anbelangt, du bist Historiker. Wenn du einen Kollegen hättest, der ungeniert Geschichtsfälschung betreibt und offenkundige Lügen verbreitet, würdest du das unterstützen oder im Namen der Meinungsvielfalt oder Redefreiheit nichts dagegen einwenden? Würdest du es fördern? Ihm ein Podium bieten, wo sonst keins wäre?«

»Dad, natürlich, du hast ja recht. Was soll ich sagen? Ich war auch nicht begeistert, als ich das erfuhr, aber ich dachte … wenigstens muss ich diesen Kampf mal nicht ausfechten.«

»Nicht?«

»Nein, Gott sei Dank. Niemand hat mich nach meiner Meinung gefragt, ausnahmsweise mal.«

»Das darf doch nicht wahr sein. Nicht dein Kampf, was? Ich wüsste nicht, dass die Jim-Crow-Gesetze Jake Zigneliks Kampf gewesen wären. Auch nicht, dass der ›Sommer der Freiheit‹ Andrew Goodmans oder Michael Schwerners Kampf gewesen wäre.«

»O je, Schwerner und Goodman, nicht schon wieder! Dad, ich habe viele jüdische Freunde, genau wie du sie immer hattest, aber ich muss dir sagen, ich bin nicht immer mit allem einverstanden, was Israel macht.«

»Wer ist das schon? Den Juden, sogar den Israeli kannst du vergeblich suchen. Wir reden darüber, dass Ahmadinedschad an deiner Universität ein Podium gegeben wird, um Hass und Angst zu verbreiten. Dieser Mann leugnet den Holocaust und verspricht zugleich, einen brandneuen zu liefern, sobald er über

Atomwaffen verfügt. Der sucht keine Lösung für den arabisch-israelischen Konflikt. Der passt nicht auf die Palästinenser auf. Der benutzt sie für seine eigenen politischen Zwecke. Er predigt Hass, sonst gar nichts. Den Hass der guten alten Zeit. Was glaubt Bollinger denn, was er macht?«

»Dad, nicht jede Kritik an Israel ist antisemitisch.«

»Nein, da hast du absolut recht. Nicht jede. Aber *keine* sollte es sein. Und solange du den Teil erlaubst, der eben doch antisemitisch ist, bist du entweder ein Duckmäuser oder selber Antisemit … oder beides.«

Michelle McCray kam etwas später als gewöhnlich von der Arbeit, etwas später, aber genauso müde, wie die Erfahrung es sie gelehrt hatte. Auf dem Küchentisch fand sie einen Zettel von ihrer Tochter. Darauf stand: »Bin bei Adam. Habe vorher angerufen. Okay für ihn. Sehen DVDs. Küsschen, Ich. PS. Habe meine Hausaufgaben fertig, brauchst gar nicht zu fragen, und was wir sehen, ist schließlich Bildung.«

»Vorher angerufen«, murmelte Michelle. Was hätte er machen sollen? Was war mit dem Essen?

Sie schleuderte ihre Schuhe von sich, ließ sich in einen Sessel plumpsen und rief Adam an.

»Also, wir haben *Rendezvous nach Ladenschluss* und *Sein oder Nichtsein*. Deine Tochter kennt sie beide nicht, da denke ich, nehmen wir einen von denen.«

»Wir könnten beide schaffen«, hörte Michelle Sonja vorschlagen.

»*Sein oder Nichtsein* im Original oder das Remake?«, fragte Michelle.

»Original Lubitsch. Wir machen hier ein Lubitsch-Festival.«

»Wir könnten beide sehen«, bettelte Sonja.

»Ich weiß nicht, Sonja, wir haben noch nicht einmal gegessen«, hielt Adam dagegen.

»Ich habe auch noch nicht gegessen«, sagte Michelle.

»Willst du rüberkommen?«

»Machst du Abendessen?«, fragte Michelle.

»Na ja, meine Spezialität, die feine Auswahl an Speisen zum Mitnehmen, wenn du das meinst.«

»Könnten wir *Sein oder Nichtsein* schauen?«, fragte sie.

»Mal sehen. Sonja!«

»Ja«, antwortete Sonjas Stimme.

»Deine Mum möchte rüberkommen und *Sein oder Nichtsein* mit uns schauen.«

»Wir könnten beides …«

»Bist du sicher, dass ich sie nicht bei ihrer Selbstentfaltung störe?«

»Deine Mum möchte wissen, ob sie dich bei deiner Selbstentfaltung stört?«

»Super, wie du das sagst, ›Mum‹. Klingt, als wäre sie die Königin von sowieso.«

»Sie stört niemanden bei seiner Selbstentfaltung, oder?«

»Was ist, ich höre Schweigen?«, fragte Michelle.

»Das ist nur eine kleine pubertäre Anwandlung.«

»Sie kann kommen«, sagte Sonja. »Aber sag ihr, dass wir schon beschlossen haben, *beide* zu sehen. Das gehört zur Bildung. Ich meine, sie sind schwarz-weiß, verdammt noch mal!«

»Hast du was von Adam gehört?«, fragte William McCray seinen Sohn bei ihrem wöchentlichen Treffen in Charles' Büro auf dem Campus der Columbia.

»Ein bisschen, nicht viel. Er scheint sehr beschäftigt mit seinem Forschungsprojekt, das er in Chicago aufgetan hat. Verbringt eine Menge Zeit dort.«

»Oh, darüber weiß ich alles. Er hat irgendwelche Tonaufnahmen von Überlebenden des Holocaust entdeckt. Ich habe ihn auf die Spur gebracht, also, indirekt zumindest. Er sucht nach Beweisen für das, wovon mein Freund gesprochen hat, für schwarze Truppen bei der Befreiung von Dachau.«

»Ich glaube nicht, Dad.«

»Oh, ich *weiß* es.«

»Nein, ich glaube, er ist ganz woanders gelandet. Er erforscht das Leben des Mannes, der diese Aufnahmen gemacht hat.«

»Mag sein, aber er sucht immer noch nach den Beweisen.«

»Damit hat er vielleicht angefangen, aber –«

»Ist es wirklich so wichtig für dich, dass er *keine* findet?«, blaffte William. Sie saßen da, beide fassungslos über das, was William gerade gesagt hatte. Wie war es dazu gekommen?

An diesem Abend ging Charles nach Hause und öffnete die Tür zu einer stillen Wohnung, still, weil niemand da war. Auf dem Küchentisch lag ein Zettel von seiner Frau Michelle. Sie war bei Adam, zum Essen und um einen Film zu sehen. Unter dem Zettel lag ein anderer von seiner Tochter Sonja. Auch sie war dort. Charles stand da und schaute auf die Zettel. Dann schaute er sich nach allen Seiten um. Kein Zweifel. Er war der Einzige im Raum.

Das kleine Mädchen, Elise, fast noch ein Baby, hielt endlich seinen Mittagsschlaf, und Rosa Broder, geborene Rabinowicz, war ebenfalls schon müde. Allein ihre Tochter zu versorgen, das Kochen und das Putzen hatte sie nach mehreren Nächten mit wenig Schlaf das Bedürfnis empfinden lassen, ebenfalls ein Nickerchen zu machen. Sie hatte sich ausgezogen und den Morgenmantel übergeworfen, als sie es an der Eingangstür klopfen hörte. Ihr Mann kam erst in ein paar Stunden nach Hause, und sie erwartete niemanden. Sie dachte, es sei sicher ein Hausierer, der von Tür zu Tür ging. Wenn sie lange genug nicht auf das Klopfen reagierte, würde er glauben, es sei niemand zu Hause, und weiterziehen zu den Nachbarn. Aber das Klopfen hielt an. Sie wartete, dass es aufhörte, was es auch tat, aber dann, nach einer kurzen Unterbrechung, fing es wieder an. Das war kein gewöhnlicher Hausierer. Sie schlich an die Tür und schaute durch das Guckloch. Sie konnte nicht glauben, was sie sah. Vor der Tür ihrer Warschauer Wohnung stand Noah Lewental. Sie hatte ihn seit Ciechanow nicht mehr gesehen. Sie hatten keinerlei Kontakt gehabt.

Nervös betrachtete sie ihn, wie er da stand, etwas älter geworden, den Blick auf ihre Wohnungstür gerichtet, sich dann umdrehte zum Hausflur, der Treppe, als erwartete er, dass dort jemand Interessantes auftauchen könnte, um sich dann wieder ihrer Tür zuzuwenden. Nur ein paar Zentimeter Holz trennten sie voneinander. Das konnte er nicht ahnen. Er wusste, dass er vor ihrer Wohnung stand. Er wusste nicht, dass sie da war. Aber warum blieb er und klopfte weiter? Warum ging er nicht einfach weg? Vielleicht hatten die Nachbarn unten ihm versichert, Frau Broder sei mit der Kleinen zu Hause, ein Mädchen sei es geworden.

»Frau Broder hat eine Tochter?«

»Ja, ein kleines Mädchen, Elise.«

Sie hatte hin und wieder an ihn gedacht, seit sie aus Ciechanow fortgegangen war, in der ersten Zeit sehr oft. Manchmal voller Wut, manchmal mit Bedauern. Manchmal auch wütend auf sich selbst, dass sie seinen Bedürfnissen nicht mehr entgegengekommen war. Als verheiratete Frau hatte sie sich nun daran gewöhnt, die Triebe eines anderen Mannes zu befriedigen. Was wäre so tragisch daran gewesen, etwas früher jemanden befriedigen zu lernen, den sie schon als Mädchen geliebt hatte? Diese Gedanken waren ihr nachts durch den Kopf gegangen, während ihr Ehemann, Chaim Broder, neben ihr lag, manchmal schlafend, manchmal den Schlaf nur vortäuschend, um nicht in ihr geheimes Bedauern einzudringen. Was bedauerte sie? Broder wusste nicht alles, aber er wusste, dass sie es wohl bedauerte, so überstürzt einen viel älteren Mann geheiratet zu haben. Er verehrte sie unvermindert. Aber er war nicht blind gegenüber ihren wahren Gefühlen. Er konnte sich damit abfinden, dass sie nicht dasselbe für ihn empfand wie er für sie, aber es fiel ihm schwer, sich damit abzufinden, dass es so gut wie gar nichts war.

Tagsüber kämpfte er mit der intellektuellen Unzufriedenheit, die seine Arbeit ihm bereitete, den fehlenden Möglichkeiten, weiter zu studieren, dass es ihm verwehrt war, als Psychologe zu arbeiten. Nachts lebte er mit dem Wissen, dass seine Frau, wenn sie ihn küsste, ihn in ihren Armen hielt, wenn sie ihm erlaubte, sie zu berühren und mit ihr zu schlafen, sich ihm nur aus Einsamkeit und Armut ausgeliefert hatte. Es waren solche Gedanken, solche Empfindungen, die Tag für Tag an seinem Selbstgefühl nagten.

Rosa schaute durch das Guckloch auf den Mann, den sie hätte heiraten sollen, und Erinnerungen an andere Zeiten brachen über sie herein. Noah hätte warten sollen. Er hätte begreifen sollen. Er hätte der einfältigen Ada widerstehen sollen. Plötzlich drehte er sich um und bewegte sich auf die Treppe zu. Er war im Begriff zu gehen. Ohne zu verstehen, warum, öffnete sie die Tür. Hatte er über den Geräuschen seiner Schritte gehört, dass die Tür aufging? Sollte sie ihn rufen, bevor es zu spät war? Sie konnte ihm nicht hinterherlaufen. Ihr Kind schlief nebenan. Wo ging er hin – wieder nach Ciechanow, zu Ada? Warum war er gekommen? Er hielt inne und blieb oben an der Treppe stehen.

»Noah … bist du das?«

Er wandte sich um, stützte sich auf das Geländer und sagte traurig: »Ich wusste, dass du zu Hause bist.«

Sie bat ihn herein und nahm ihm den Mantel ab. Sie standen einfach da und starrten einander an. Sich zusammenraffend, bot Rosa ihm einen Platz an und fragte, ob er eine Tasse Tee wolle.

»Du musst leise sprechen. Meine Tochter schläft.«

»Ich habe gehört, dass du eine Tochter hast. Wie alt ist sie?«

»Zwei, fast zweieinhalb.«

»Wie geht es dir?«, fragte er.

»Wie es mir geht? Gut, ja, ganz gut.«

»Schön«, sagte er unbehaglich.

»Wie alt ist *dein* … Kind … jetzt?«, fragte sie.

»Oh«, sagte er noch unbehaglicher. »Hast du's nicht gehört? Ada … hm … Sie hat das Kind verloren. Es wurde nicht lebend geboren.«

»Das tut mir leid, Noah. Wie geht es … Ada?«

»Wegen des Babys?«

»Ja.«

»Sie ist unverändert. Sehr schnell, fast sofort war sie wieder wie immer, dasselbe seltsame Mädchen wie zuvor. Weißt du, sie glaubt, das Baby sei nicht tot.«

»Was?«

»Sie glaubt, es sei im Moment nicht bei uns, werde es aber sein. Sie sagt, wir würden es bald sehen und eines Tages sähen wir es zusammen mit ihren Eltern, ihren wirklichen Eltern, die bei dem Pogrom in Luban getötet wurden, als sie selbst ein Baby war. Sie ist kein schlechter Mensch, aber sie ist …«

»Einfältig?«

»Und verrückt. Ich glaube, wahrscheinlich hilft ihr das.«

»Dann hast du also gar kein Kind«, sagte Rosa eher zu sich selbst. »Dann war alles … die ganze Sache war für nichts. Du hättest sie nicht heiraten müssen.«

»Nein, hätte ich nicht.« Sie schauten sich an. Beide so jung noch, und beide schon so verletzt.

»Rosa … ich weiß nicht, wie sie gewusst haben sollte, dass ich der Vater sei. Ich habe sie … nur einmal *besucht*. Es gab andere, die oft bei ihr waren und die –«

»Noah, ich *weiß* … wie viele Jungen da hingegangen sind. Wir alle wussten es. Vielleicht ist Ada ja doch nicht so einfältig?«

»Was meinst du damit?«

»Sie hat sich denjenigen, vielleicht den Einzigen ausgesucht, der es zugeben und sie heiraten würde«, sagte Rosa, nicht empört, sondern resigniert und traurig.

»Ich war nicht so gut, so stark, so moralisch, Rosa, ich hätte genauso schnell gelogen wie der Rest, um es zu vertuschen und weiterzumachen mit meinem Leben, mit meinen … unseren Plänen. Es war mein Vater, der mich zu dem Geständnis gebracht hat, dass ich es gewesen sein könnte, mein Vater, der mich dazu brachte, sie zu heiraten und mit den Konsequenzen zu leben.«

»Hat er auch etwas über mich gesagt, dein Vater?«

»Ja, er sagte, ich würde dir die Chance geben, einen ehrenwerten Mann zu finden.« Dabei schaute Noah sich in der Wohnung um. »Und ist er das, den du gefunden hast? Ein ehrenwerter Mann?«

»Bestimmt ist er ein ehrenwerter Mann«, antwortete sie. Noah kannte sie seit ihrer Kindheit, und die Art, wie sie das sagte, gepaart mit dem, was sie unausgesprochen ließ, sagte ihm alles, was sie gemeint hatte.

»Warum bist du nach Warschau gekommen?«

»In Ciechanow gibt es keine Arbeit. Ich bin hier, um Arbeit oder irgendeine Ausbildung zu suchen. Ich habe gehört, für Elektriker gebe es was zu tun.«

»Und wenn du etwas findest?«

»Dann ziehe ich weg von Ciechanow … hierher.«

»Und deine Frau?«

»Ada kann überall Ada sein. Rosa, ich habe unser beider Leben ruiniert.«

»Ich bin dir nicht böse, nicht mehr.«

»Nein? Also, ich schon. Jeden Tag bestrafe ich mich selber … und dann gibt Gott noch einiges dazu.« Noah schaute sich in der Wohnung um und sagte leise: »Ein ehrenwerter Mann.«

Ob er auf den Charakter ihres Mannes anspielte oder ironisch auf seinen eigenen, wusste Rosa nicht, aber etwas an der letzten Bemerkung ließ sie die Augen schließen, und als sie sie wieder aufschlug, hatte sie zerdrückte Tränen auf den Wangen. Bei diesem Anblick ging er hin und umarmte sie. Ihre Tränen mit seinem Handrücken abwischend, erweiterte er seine liebevolle Geste darauf, dass er ihr die Haare aus dem Gesicht und hinter die Ohren strich. Dann küsste er sie zärtlich oben auf den Kopf und mit derselben Zärtlichkeit auf ihre Schläfe, während er fortwährend ihre Haare streichelte. Sie bewegte sich nicht, als er sie sanft auf die Lippen küsste, außer dass sie ihn damit überraschte, ihren Mund zu öffnen. Es war, als wäre es das Natürlichste auf der Welt für sie, ihn in dieser Warschauer Wohnung leidenschaftlich zu küssen, während ihre Tochter im Nebenzimmer schlief. Und wenngleich es das nicht war, tat sie es, als wünschte sie sich, ob natürlich oder nicht, nichts sehnlicher als das.

Sie küssten sich im Stehen, und als er ihr den Stoff von den Schultern schob, sah er ihre Brüste erst zum dritten Mal in seinem Leben und zum ersten Mal im Licht. Kniend schälte er den Morgenmantel endgültig ab und ließ ihn zu ihren Füßen auf den Boden fallen. Sie stand vollkommen nackt da, immer noch mit Tränen in den Augen, und ließ seinen Mund über ihren ganzen Körper wandern. Die kleine Elise schlief ohne aufzuwachen im Zimmer ihrer Eltern, als Noah ihre Mutter zur Couch führte. Zum ersten Mal drang er in sie ein, wie er es Jahre zuvor gewollt hatte und genauso verbotenerweise, wenngleich es jetzt andere Gründe waren. Wie viel Zeit hatten sie, bis die Welt über sie hereinbrach? Sie sollten es nicht wissen.

Es waren zwölf Minuten. Chaim Broder, wegen einer Migräne früher aus der Schule, an der er unterrichtete, zurück, schloss leise und unerwartet die Wohnungstür auf und sah die beiden, kurz bevor Rosa ihn sah. Er sollte sich immer an die Szene erinnern, und noch lebhafter als an das Gesehene an die Laute seiner stöhnenden Frau, bevor sie ihn aus dem Augenwinkel sah. Sie setzte sich auf und versuchte instinktiv, ihre Nacktheit mit einer Decke, die auf der Couch lag, vor ihrem Ehemann abzuschirmen, woraufhin Noah sich umwandte und den Hinterkopf des wortlos zur Wohnungstür strebenden Chaim Broder erblickte. Broder öffnete die Tür, ging hinaus, schloss sie, ohne sie zu knallen, und kehrte erst vier Stunden später zurück. Noah zog sich an und verschwand, so schnell er konnte, während Rosa schluchzend, manchmal unter hysterischem Japsen, dann wieder stumm in der Wohnung auf und ab ging. Als das Kind aufwachte, sang Rosa ihm etwas vor, vergeblich bemüht, ihre Verzweiflung zu verbergen, während sie es fütterte.

Zehn Tage später war die kleine Elise fort. Ihr Vater hatte sie und ein paar zusammengesuchte Sachen ohne Rosas Wissen oder Einverständnis auf eine lange Reise mitgenommen, die in Chicago endete. Sein Zorn sollte schließlich weichen, doch nicht der Schmerz, ebenso wenig wie der schleichende Verdacht, dass er irgendwie, durch einen wirksamen Cocktail von Versagen, selbst für das verantwortlich war, was er an jenem migränegeplagten Nachmittag zu Hause vorgefunden hatte. Dieses Gefühl eines allumfassenden Versagens verfolgte ihn auf Schritt und Tritt, es haftete an ihm, sooft er seine Kleider wechselte und bei jedem Wechsel der Jahreszeiten in Chicago, Illinois, wo er – hauptsächlich seinen Studenten – als Henry Border bekannt war.

Anrufen oder nicht anrufen? Das war die Frage, mit der Adam Zignelik spielte. Endlich begannen die Dinge gut für ihn zu laufen, zumindest beruflich, sagte er sich. Seine Arbeit sah vielversprechend aus. In Chicago hatten Sahera Shukri, die Leiterin der Galvin Library des IIT, und einige ihrer Mitarbeiter aus eigenem Antrieb beschlossen, die Transkripte der Drahttonaufnahmen, die Henry Border 1946 aus den DP-Lagern in Europa mitgebracht hatte, digital zu speichern. Die Inhalte der Interviews, die Stimmen verfolgten diese Mitarbeiter überall hin, nach Hause, ins Auto, in den Schlaf, und manche mussten nach einer Weile zugeben, dass sie nicht mehr weitermachen konnten. Auf Adam warteten Aufnahmen in Jiddisch und in anderen Sprachen, mit denen Border nicht mehr fertig geworden war, die weder übersetzt noch transkribiert waren. Es gab Personen zu befragen und Personen, die in der Hoffnung auf eine Befragung gesucht werden mussten. Außer Arch Sanasarian waren mindestens zwei der Masterstudenten, die über den »Adjektiv-Verb-Quotienten« geschrieben hatten, Amy Muirden und Borders angeblicher Liebling, Wayne Rosenthal, noch am Leben. Vielleicht waren sie nicht die Einzigen. Adam wusste nicht genau, wo die Arbeit ihn hinführen würde, aber es war ohne Zweifel eine genuin historische Arbeit, und das gab ihm Auftrieb. Sollten einige der von Border Befragten bei Kriegsende in Dachau gewesen sein, konnten die Interviews sogar Hinweise auf schwarze Truppen enthalten, die – wie Williams Freund aus Boston gesagt hatte – bei der Befreiung dabei gewesen waren. Nichts dergleichen war irgendwo am Horizont in Sicht gewesen, als Diana die Tür ihres gemeinsam bewohnten Morningside-Heights-Apartments hinter sich zugezogen hatte.

Wollte er sie also wirklich anrufen, seine Exstudentin, diejenige, die gewusst hatte, dass Gandhi gemeint war, und sich mit ihr verabreden? Wie auch immer man »wollen« definiert, das Gefühl, das er in diesem Augenblick empfand, war qualitativ anders als das, in dem er versunken war, nachdem Diana ihn – auf sein Drängen hin, wohl wahr – allein zurückgelassen hatte, einsam durch das Apartment stolpernd, das die Columbia University früher oder später für jemand anders reklamieren würde.

»Soll ich sie anrufen?«, fragte er sich, während er allein in seiner dunklen Wohnung saß.

»Willkommen zu Hause, Dr. Border«, sagte Callie Ford, als sie ihm die Tür öffnete. Es war 1946 und Henry Border kam gerade aus Europa nach Chicago zurück. Er hatte viel zu schleppen und musste mehrmals hin und her laufen, vom Taxi die Eingangsstufen hinauf und durch die Haustür, nicht nur, um sein Gepäck reinzubringen, sondern auch Marvin Caddens Drahttongerät mitsamt den ganzen Spulen.

»Dad!«, schrie Elise, indem sie die Treppe hinunterrannte und ihrem Vater um den Hals fiel. Ihr Kopf reichte etwas höher an seine Brust als vorher, und er musste sich nur leicht vornüber beugen, um sie auf die Stirn zu küssen. Er schloss die Augen. Er war nicht mehr derselbe.

Er erfüllte seine Lehrverpflichtungen genau wie vor der Europareise, er bezahlte seine Rechnungen und Steuern, er lächelte und scherzte sogar, in den kommenden Jahren vor allem mit seinen Studenten – denen, die ihm am liebsten waren, Arch Sanasarian, Amy Muirden, manchmal auch Evie Harmon und insbesondere Wayne Rosenthal, der für seine Doktorarbeit über den »Adjektiv-Verb-Quotienten« noch einige Jahre länger als die anderen Transkripte erforschte, die er fleißig Tag für Tag, Nacht für Nacht von den Drahttonaufnahmen erstellte. Aber während seiner Reise nach Europa hatte Henry Border Dinge gehört, an denen sein Glaube an die Menschheit zerbrochen war. Dinge, die Menschen widerfahren waren, seinen eigenen Leuten, einschließlich derer, die er im Stich gelassen hatte – all das verfolgte ihn, überzog ihn mit Schuldgefühlen, die ihn bald fest im Griff hatten, ihn unter den Armen packten, ihm über die Schultern langten und den Rücken hinunterfuhren und ihn nie wieder losließen, Schuldgefühlen, die sein Herz bei jedem Schlag etwas verkrampften. Da waren Geschwister, Cousins und Cousinen, Tanten und Onkel. Da war Rosa, seine Frau, die er in einem Anfall von Eifersucht verlassen, verstoßen und ihres Kindes beraubt hatte. Sie alle waren nicht mehr da.

»Dad! Ich dachte, du kommst nie mehr nach Hause«, schrie Elise.

Was blieb ihm noch, abgesehen von Elise, als die Geschichten der gebrochenen Menschen aus den DP-Lagern so weit wie möglich zu verbreiten? Die Welt musste wissen, was ihnen widerfahren war, ohne dass, wie er bald merken sollte, in diesen Jahren unmittelbar nach dem Krieg irgendjemand wirklich etwas davon wissen wollte. Border, ein Getriebener, arbeitete unermüdlich, an Wochentagen wie an Wochenenden, Tag und Nacht hörte er die Drahttonaufnahmen, transkribierte und übersetzte gewissenhaft jedes Wort, jede Nuance, jedes Geräusch, das sie hergaben. Es gab nichts anderes mehr zu tun in seinem Leben, nichts, wofür es sich zu leben lohnte, als das und Elise. Doch egal, ob Eifersuchtsanfall oder Akt der Grausamkeit, was er getan hatte, indem er seine Frau verließ, hatte unbestreitbar nicht nur ihn, sondern auch seine Tochter gerettet. Er hatte Elise gerettet. Also warum fühlte er sich dann wie ein Verbrecher, ein Komplize?

»Elly! Meine Elly!« Er küsste sie abermals. Callie sah, dass ihm Tränen in den Augen standen. Sie hörte das Taxi abfahren. Henry Border hielt seine Tochter immer noch fest an sich gedrückt, als er ein langsames Knarren auf der Treppe vernahm. Mit feuchten Augen blickte er auf.

»Dr. Border, Sir, das ist mein Sohn Russell. Komm runter, Junge, komm her und gib Dr. Border die Hand.«

Unterstützt von Elise, erklärte Callie ihm nun die Umstände, die dazu geführt hatten, dass Russell bei ihnen in Borders Haus geblieben war. Sie hatte sich vor diesem Moment gefürchtet, doch ihr war klar, es musste sein. Sie konnte Elly weder bitten noch von ihr erwarten, ihren Vater in Hinsicht auf Russell zu belügen. Aber sie hatte auch nicht erwartet, dass Elly die ganze Macht, die sie offenbar über ihren Vater besaß, nutzen würde, um sich für Russell einzusetzen. Elly erzählte ihm von einem Mann namens James Pearson, der dort lebte, wo Callie und ihr Sohn zu Hause waren, in den sogenannten Mecca Flats auf der South Side, nicht weit vom IIT entfernt. An dem Morgen, nachdem Russell plötzlich vor der Tür gestanden hatte, war Elly mit ihm und seiner Mutter dort gewesen. Sie bekam nicht mehr aus dem Kopf, was sie gesehen hatte.

Elly wollte es ihrem Vater zeigen. Sie war zwölfeinhalb Jahre alt, und sie bestand darauf, mit ihm dorthin zu gehen und ihm ihre Gründe erst an Ort und Stelle zu verraten. Es war ihm immer schwergefallen, sie nicht merken zu lassen, wie kostbar sie für ihn war. Jetzt, erst kürzlich aus den DP-Lagern in Europa zurück, erschien sie ihm noch kostbarer, sodass er, obgleich vollkommen ratlos, warum sie in diesen ersten Wochen nach seiner Heimkehr, in denen er sie oft unvermittelt in die Arme nahm und leise weinend an sich drückte, unbedingt mit ihm dorthin wollte, wenig sagte, für seine Tochter aber zu viel mehr bereit gewesen wäre, als die zehn Meilen zur 34th Street in den Süden von Chicago zu fahren. Er hatte das Gebäude der Mecca Flats fast jeden Tag gesehen, aber nie so wie dieses Mal.

Elly zeigte ihm das Loch im Pflaster, das vor dem Eingang einen Tunnel bildete, durch den Kinder rein- und rauskrochen, als wäre ein Leben halb unter der Erde das Normalste auf der Welt. Sie zeigte ihm die kaputten Fliesen und die mit wilden, irren Blicken herumrennenden Kinder, deren ausgedachte Spiele plötzlich in Gewalt umschlugen, während vom dritten Stock ein kleiner Junge achtlos durch das Eisengitter auf sie herunterpinkelte. Der Gestank war ein Angriff auf alle Sinne, besonders bei wärmerem Wetter. Ein Hund mit Abfällen im Maul wurde von einer Bande kreischender Kinder gejagt. Es gab keine Türme mit bewaffneten Wächtern rund um das Mecca, die Mangelernährung der Kinder fiel nicht so ins Auge und niemand wurde zur Vernichtung abtransportiert, aber dies war eindeutig ein Ghetto. Ein Ghetto nach Machart eines Landes, das Anspruch auf inneren Frieden erhebt. Wohin mit den Sklaven, wenn man sie nicht mehr halten darf? Henry Border erkannte auf den ersten Blick, was ein Ghetto war. Er hatte genug gesehen. Sie konnten wieder gehen. »Nein«, beharrte Elly. Er musste noch mehr sehen.

Sie nahm ihren Vater mit zu der Wohnung, in der sie gewesen war, wo James Pearson lebte, wo Callie und Russell lebten. Sie wusste noch, welche Tür es war, und entschlossen, dass ihr Vater sehen sollte, unter welchen Bedingungen sie lebten, klopfte sie an.

»Erinnern Sie sich, wer ich bin, Mrs Sallie?« Die alte Frau dachte einen Moment lang nach. Sie erinnerte sich nicht an das dünne weiße Mädchen mit den schwarzen Augen, aber da es ihren Namen kannte, tat sie so als ob.

»Ja, mein Kind. Aber ja doch.« Elly drängte sich unter dem Vorwand, Callie zu suchen, an ihr vorbei ins Innere der Wohnung.

»Die ist nicht da, Kind. Wen hast du mitgebracht, wer ist der Mann?« Mrs Sallie musterte Henry Border von Kopf bis Fuß.

»Das ist mein Vater, Mrs Sallie. Kann er reinkommen?« Elly winkte ihm, ihr zu folgen, und als er hineinging, fragte Mrs Sallie: »Kennen Sie meinen Freud, Mister? Kennen Sie ihn?«

»Den kleinen Russell? Ja, den kenne ich.«

»Sie meint nicht Russell«, erklärte Elly.

»Kennen Sie meinen Freud, Jesus, meinen besten Freund?«

Der Geruch war Henry Border fast unerträglich. Die alte Frau erklärte, weder Russell noch Callie seien da, was Elly schon wusste. Sie schaute ihren Vater an und sah, dass ihr Werk getan war.

Es war ein neues Kapitel im Leben seiner Tochter, dieses schüchternen mutterlosen jüdischen Mädchens, dessen Welt bis dahin weitgehend auf Schule, Hausarbeiten und Bücher beschränkt gewesen war, das ihn bei seiner Rückkehr aus Europa erwartete. Die Hauptrollen darin spielten Callie Ford und ihr Sohn Russell, aber in zunehmendem Maße auch der Mann, mit dessen scheinbarem Verschwinden alles angefangen hatte, James

Pearson, Mister Alles-was-du-willst. Nach jener ersten Nacht, als Russell entsetzt über das, was er für James Pearsons Entführung gehalten hatte, an die Tür gekommen war, hatte Callie ihn jede Nacht in dem unbenutzten Zimmer schlafen lassen. Nach der Arbeit in der Fleischfabrik kehrte er zu seiner Mutter und Elly in Borders Haus zurück, manchmal begleitet von James Pearson. Callie machte Abendessen für alle vier, und auf einmal bildeten sie eine höchst unwahrscheinlich zusammengewürfelte Familie. Begonnen in den Mecca Flats und gefestigt in der Fleischfabrik, hatte sich eine tiefe Bindung zwischen dem jungen Russell und James Pearson entwickelt. Callie war von Pearsons ruhiger Art immer angetan gewesen, aber jetzt kam das Gefühl einer Dankbarkeit für die Sorge um ihren Sohn hinzu, Empfindungen, zu denen sie sich seit dem Tod ihres Mannes nicht mehr fähig geglaubt hatte.

Für Russell wäre eine Begleitung zur Sheridan Road uptown nicht nötig gewesen, das wusste jeder von ihnen ebenso gut wie Callie. Ihr wurde klar, es war das Werben eines schüchternen Mannes. James Pearson, der ihren Sohn ins Herz geschlossen, ihm einen Job verschafft hatte und ihm half, sich im blutigen Sumpf der mit Schlachtkörpern gefüllten Hallen zurechtzufinden, zeigte nun ein vorsichtiges, aber engagiertes Interesse an ihr. All das geschah in Borders Küche, wo sie zu viert am Tisch saßen, eine Mutter, eine Vaterfigur, ein Sohn und ein weißes, in Polen geborenes jüdisches Mädchen, das diese improvisierte Familienatmosphäre begierig aufsaugte. So etwas hatte es noch nie erlebt.

Callie und Elise redeten über das, was sie tagsüber gemacht hatten, Russell und James Pearson über die Ereignisse des Tages in der Fleischfabrik. Mit einem Mal hörte Elise Geschichten vom Schweineköpfen und -halbieren, von Leuten wie Tommy Parks und der alten Mrs Sallie aus dem Mecca. Schon früh hörte sie auch, was nicht für ihre Ohren bestimmt war, die Hintergrundgeschichte des Mecca-Besuchs der beiden weißen Männer an jenem Abend, als Russell die Flucht ergriffen hatte, um seiner Mutter zu erzählen, was James Pearson zugestoßen sei. Diese Männer hatten Pearson nichts Böses tun wollen. Sie respektierten ihn. Tatsächlich hatten sie nur versucht, ihn für eine Sache zu gewinnen, für etwas, das sich Gewerkschaft nannte. Ob das den Schwarzen irgendwie nutzen würde oder nicht, es gebe keinen Grund, sich davor zu fürchten, war Russell gesagt worden.

Was macht eine Gewerkschaft? Mit dieser Frage durchbrach Elly ein ungewöhnliches Schweigen, das eines Abends beim gemeinsamen Tellerspülen zwischen ihr und Russell eingetreten war. Seine Antwort brachte ihn dazu, es selbst zu verstehen.

Das war die Welt, die Henry Border in seinem Haus vorfand, als er aus den DP-Lagern in Europa zurückkehrte. Es war Elly, die den Plan zur Untermauerung der radikalen Veränderung ausheckte, die sich während seiner Abwesenheit ganz natürlich ergeben hatte. Callie und Russell würden bei ihnen bleiben, jeder mit einem eigenen mietfreien Zimmer. Als fest angestellte Haushälterin könnte Callie das Geld sparen, das sie für ihre Unterkunft im Mecca bezahlt hatte. Russell würde morgens die »L« nehmen, um mit James Pearson zur Arbeit zu gehen, und weiterhin in dessen Begleitung die zehn Meilen zur Sheridan Road zurückfahren. Und natürlich würde Callie für Borders Tochter immer die wunderbare Callie sein. Im Grunde war es nur das, was wirklich für ihn zählte.

Sollte ein Mann, der großen Wert auf sein Privatleben legte, nicht eine Miete verlangen, wenn er zwei neue Mitbewohner duldete? Es kam ihm nicht in den Sinn. Elly wurde von Tag zu Tag reifer, weiblicher, und nun war da ein fremder junger Mann, der downtown in der Fleischverarbeitung jobbte und unter einem Dach mit seiner Tochter lebte, auf demselben Flur duschte, in einem Nebenzimmer schlief. Die beiden verbrachten ihre freie Zeit zusammen. An Wochenenden ging Elly mit Russell, Callie und James Pearson in der Innenstadt aus. Wohin gingen sie genau? Was unternahmen sie? Hätte er sich Sorgen machen sollen? Er konnte sich nicht erinnern, dass Elly je so glücklich gewesen war. Sie kam wohlbehalten und rechtzeitig nach Hause, und als die Schule wieder anfing, hatte ihr Interesse an den Hausarbeiten nicht im Geringsten nachgelassen. Sie blühte auf. Egal, was für Bedenken er vielleicht gehabt hätte, wenn ihm solche Veränderungen zu irgendeiner Zeit vor seiner Reise nach Europa in Aussicht gestellt worden wären, jetzt schien Henry Border das Leben über sich ergehen zu lassen. Nicht, dass er unbesorgt gewesen wäre. Eher hatte er nur noch eine Sorge. Solange Elise gut aufgehoben und nicht unglücklich war, konnte er sich ganz darauf konzentrieren, die Geschichten der DPs herauszubringen. Wenn überhaupt, dann *half* die neue Situation ihm bei der Arbeit. Das Drahttongerät vor sich, abwechselnd auf Start und Stopp drückend, schrieb er jedes Wort, jede Silbe auf. Oft war das Haus leer und Border völlig ungestört bei der Anfertigung seiner Transkripte, von denen die ersten das Buch *Die Toten haben nichts gesagt* ergaben. Er brauchte Jahre, bis er einen Verleger fand.

»Kann ich Ihnen etwas bringen, Dr. Border?«, fragte Callie eines späten Abends, als er umgeben von Spulen unter einer Schreibtischlampe in seinem Arbeitszimmer saß. Was machte er da jeden Abend bis spät in die Nacht so angespannt? Was waren das für Aufnahmen, die er Tag und Nacht anhörte, mit laufenden Unterbrechungen wieder und wieder abspielte? Sie schaute ihn an, diesen alternden Mann. Er schaute zurück, ihr direkt ins Gesicht, als wäre sie nicht da. Sie fragte sich, ob *er* eigentlich ganz da war. Sie hatte ihn nicht wirklich gekannt, bevor er nach Europa gefahren war, aber ihr kam es so vor, als wäre ein Teil von ihm noch dort. Was hatte er gesehen?

Ganz am Ende des Tages kam Lamont Williams in das Zimmer des alten Patienten, den er im achten Stock der Memorial-Sloan-Kettering-Klinik regelmäßig besuchte. In jüngster Zeit waren seine Besuche seltener geworden, und sobald Lamont sich gesetzt hatte, konnte der alte Mann sich eine Bemerkung nicht verkneifen.

»So oft kommen Sie jetzt nicht mehr, Mr Lamont«, sagte er, ehe er den Verband an Lamonts Hand sah und fragte: »Wegen Ihrer Hand? Was ist los mit Ihrer Hand?«

»Ach nichts, wirklich. Nur ein bisschen verletzt bei den Sonderaufgaben. Deswegen konnte ich nicht so oft. Wegen der Extrasachen.«

»Aha … na dann, schlecht, dass Sie sich dabei verletzt haben, aber gut, dass man Ihnen jetzt welche gegeben hat, oder?«

»Ja, das ist gut.«

»Was sind das für Sonderaufgaben, die Sie machen?«

»Na ja, hat mit Abfallbeseitigung zu tun. Man hat mir –«

»Sie sammeln doch schon Abfälle. So habe ich Sie kennengelernt. Jetzt sollen Sie noch mehr sammeln, und das wird ›Sonderaufgaben‹ genannt?«

»Nein, nein, sie bringen mir bei, die Verbrennungsanlage zu bedienen, ein Riesending, um den Giftmüll loszuwerden, alles Mögliche, das ganze Zeug. Das brauchen Sie nicht zu wissen.«

»Ich weiß es schon.«

»Versteh ich nicht.«

»Die Verbrennungsanlage ist doch ein Ofen, nicht wahr?«

»Ja, ein Riesenofen. Wir müssen Schutzanzüge tragen. Dreckige Arbeit, aber … wissen Sie … irgendwie wohl interessant.«

»Ich habe auch an einem Ofen gearbeitet … in Auschwitz-Birkenau, wo ein Franzose mir das hier verpasst hat«, sagte Mr Mandelbrot und zeigte auf die Tätowierung an seinem linken Arm. »Ich sagte ihm: ›Klein, ich will's so klein wie's eben geht.‹ Eins, Acht, Eins, Neun, Sieben, Null. Das ist die Nummer, die ich in Auschwitz bekam.«

»Wann war das?«

»Mr Lamont, Sie müssen sich diese Sachen merken. Ich bin nicht ewig da. In ein paar Tagen bin ich weg.«

»Was soll das heißen? Reden Sie nicht so!«

»Sie lassen mich raus, nach Long Island.«

»Nach Hause?«

»Ja. Entweder geht's mir besser oder so schlecht, dass ich bald sterbe. Ich weiß nicht, was von beiden, aber das macht nichts. Dr. Washington behält es für sich. Sehen Sie, würden Sie unsere Frau Doktor besser kennen … Eins, Acht, Eins, Neun, Sieben, Null. Die Nummer bekam ich im April 1944. Sie müssen sich erinnern. Sie steckten uns – wissen Sie noch? Ich war mit elf anderen Juden angekommen.«

»Aus Sosnowiec, mit einem Lastwagen. Sie haben einen Mann geschlagen, um passende Kleidung zu bekommen.«

Mr Mandelbrot lächelte. »Richtig, Sie erinnern sich. Es war April 1944. Ich war fast vier Wochen in Quarantäne. Da habe ich den ersten Muselmann gesehen. Wissen Sie, was das ist?«

»Nein.«

»Das ist ein Mensch, der mit dem Leben fertig ist, bevor das Leben mit ihm fertig ist. Sie leben, weil ihre Körper noch nicht gestorben sind. Skelette, die sich noch bewegen. Sie bewegen sich, sind die ganze Zeit hungrig wie Tiere, aber sonst schon tot. Ich sah sie und schwor mir, ich würde nie so einer werden. Aber das ist leichter gesagt als getan. Diese Muselmänner hatten auch keine werden wollen, als sie nach Auschwitz kamen. Vier Wochen dort in Quarantäne. Ich dachte, ich hätte alles gesehen, was ein Mensch sehen kann. Aber das war falsch. Meine Ausbildung fing gerade erst an. Zwölf Juden waren aus dem Lastwagen getrieben und zur Bekleidungskammer geschickt worden. Nach ungefähr vier Wochen wurden drei von uns für die wirkliche Ausbildung erwählt. Wir waren die drei Stärksten. Wissen Sie, was das Sonderkommando war?«

»Nein.«

»Das war das Häftlingskommando für die Arbeit in den Gaskammern und an den Öfen der Krematorien. Ich war im Sonderkommando. Ich werde Ihnen das erzählen, dann sehen Sie, weshalb es egal ist, was Dr. Washington sagt, warum ich nach Hause darf.«

Birkenau, bei Weitem das größte Lager des gesamten Komplexes, aus dem das Vernichtungslager Auschwitz bestand, lag zwischen zwei Flüssen. Überall ringsum gab es verstreute Birken, die, wie seit jeher von der Sonne genährt und vom Regen gewässert, Wind und Wetter trotzten, Frost und Schnee zur Winterszeit, brütender Hitze im Sommer, und was sie in einem oberschlesisch-polnischen Sumpfgebiet sonst noch alles zu ertragen hatten. Tag um Tag, Monat um Monat, Jahr um Jahr wuchsen sie höher und sahen alles, was geschah, aber wie alle Bäume konnten sie nicht sprechen. Außer ihnen war nichts an diesem Ort wie irgendwo anders auf der Welt.

Henryk Mandelbrots erster Tag im Sonderkommando begann in der Nacht. Nichts, nicht einmal das Ghetto hätte ihn auf so etwas vorbereiten können, und die Tage sollten für den Rest seines Lebens ohne Sonne sein. Mitten in der Nacht wurden er und zwei andere Juden, die mit demselben Lastwagen angekommen und zuvor ebenfalls selektiert worden waren, dringend zum Sonderkommando beordert. Man hatte sie aufgrund ihrer offensichtlichen Körperkraft ausgewählt. Mandelbrot hatte noch nie vom Sonderkommando gehört und keine Ahnung, was das war. Er und die beiden anderen wurden von zwei SS-Männern eilig zu einer Baracke gebracht, wo die nächste von drei Schichten des Sonderkommandos sich gerade einsatzfertig machte. Die Baracke war voller Männer, die sich hastig anzogen: Polen, Holländer, Griechen und Franzosen. Alle, außer einer Handvoll hochrangiger deutscher Häftlinge, Kapos, waren Juden. Mandelbrot sah, dass keiner der Männer redete. Sie zogen nur ihre Sachen an. Die drei Neuen standen mitten unter ihnen, und da sie nicht wussten, was sie tun sollten, fragte Mandelbrot: »Wir sollen mit bei euch arbeiten. Was macht ihr?«

»Ihr seid zum Leichenverbrennen da.«

Einer der beiden SS-Wächter, die sie zu der Baracke geführt hatten, kam herein und sagte ihnen, da sie schon angezogen seien, könnten sie vor den anderen anfangen.

»Was sollen wir machen?«, fragte Mandelbrot.

»Du siehst ziemlich kräftig aus für einen Juden. Komm schon, ich werd's dir zeigen. Ihr kommt auch mit, los. Aber dalli! Ihr habt jede Menge Arbeit.«

Henryk Mandelbrot und die beiden anderen Juden, die mit ihm angekommen waren, folgten dem SS-Wächter. Nachdem der zweite Wächter sich draußen zu ihnen gesellt hatte, wurden sie, wie sie erfahren sollten, zu Krematorium V gebracht. Es hatte eine eigene Gaskammer, und vor der Gaskammer lag ein Berg Leichen. Mandelbrot schauderte. Dann war es also wahr, und hier stand er, im Angesicht der Wahrheit. Im Ghetto hatte er Menschen sterben sehen, aber nie etwas wie dieses. So viele Körper, leblos, eilig übereinander geschichtet, ein riesiger Hügel, ein kleiner Berg, eben noch eine Menschenmenge. Hier, dachte Mandelbrot, sei das Ende jeder rassistischen oder religiösen Verunglimpfung, jeder Witzelei, jeder spöttischen Bemerkung über die Juden. Wer auch immer den Glauben hegte, oder auch nur den schleichenden Verdacht, die Juden als Volk seien unehrlich und unanständig, sie seien geizig, hinterlistig und gerissen, sie seien Kapitalisten, Kommunisten, Gottesmörder, ja schuld an allen Wirren auf der Welt, trug durch diesen seinen Glauben oder Verdacht, manchmal kaum bewusst, dazu bei, einen Zug in Fahrt zu bringen, der auf eine verselbstständigte Reise ging; hier war Endstation, bei diesem Leichenberg. Die Vorurteile, die unbegründeten Geisteshaltungen, die Skepsis in Abneigung und Abneigung in Hass auf den anderen verwandeln, das alles führte dorthin, wo Henryk Mandelbrot jetzt stand.

Es war seine erste Schicht, sein erster Tag bei der Arbeit, aber es war mitten in der Nacht. Mit einem Schlag war weder Tag noch Nacht für ihn, sondern eine neue Zeit, die er nicht kannte. Wenn der Tag auf die Nacht folgte, würde es, wie bei jeder anderen Arbeit, irgendwann zu Ende sein, aber eine Arbeit wie diese hatte es noch nie gegeben, nie. Beim Anblick des Leichenbergs, der auf ihn wartete, wusste Mandelbrot, dies war das Ende aller Tage, wie er sie gekannt hatte. Nicht nur für ihn, auch für die Welt.

Er hatte Gerüchte gehört, aber dies war unendlich viel schlimmer als alle Gerüchte zusammen.

»Was ist das?«

»Das bist du, wenn du nicht anfängst zu arbeiten. Die anderen kommen noch, aber ihr seid schon angezogen, ihr könnt anfangen.«

»Aber … was?«

»Schau, Jude, ich kann dich erschießen, dich auf den Haufen werfen und mir einen anderen holen, oder du fängst jetzt an zu arbeiten und hörst auf zu fragen.«

»Aber was sollen wir tun?«

»Was glaubst du? Ihr drei fangt schon mal an zu schleppen, die Stücke da müssen rüber zu den Gruben. Willkommen beim Sonderkommando. Fang an oder ich schieße. Hast du mich verstanden?«, sagte er, während er sein Gewehr hob.

»Verstanden.«

»Also los. Wir hängen ziemlich hinterher. Ich beobachte dich. Mach schon! Los!«

Henryk Mandelbrot bückte sich, um seine erste Leiche aufzuheben. Das Scheinwerferlicht schien von den Türmen herunter. In mittlerer Entfernung bellten Hunde den nächsten Judentransport an, der schon eingefahren war; eine frische Zugladung voller Menschen, die in Leichen verwandelt werden sollten, sobald das System sie verarbeiten konnte. Entsetzt, verwirrt, durstig, erschöpft, schmutzig, unsicher auf den Beinen, empfangen von den springenden, bellenden Hunden, stolperten und fielen sie aus den Viehwaggons, in die sie tagelang gestopft gewesen waren. Für Mandelbrot, immer noch das auf ihn gerichtete Gewehr im Nacken, klang es nicht wie ein bellendes Rudel, sondern wie das Bellen der versammelten Hunde Europas.

In diesem Monat wurden die Transporte zum ersten Mal statt an der Judenrampe außerhalb direkt im Inneren von Birkenau entladen, nachdem die neue Gleisverbindung gerade rechtzeitig fertig geworden war, um die Vernichtung der ungarischen Juden zu erleichtern. Aber nun hielten die Krematorien nicht mehr Schritt mit so vielen Körpern, und zur Entlastung waren Gruben ausgehoben worden, in denen der Überschuss verbrannt wurde. Diese Zusatzarbeit, für die das Sonderkommando bei jeder Schicht Verstärkung brauchte, sollten Mandelbrot und seine beiden Gefährten erledigen.

»Mach schon!«, brüllte der SS-Mann, das Bellen und den Terror der Transportentladung in mittlerer Entfernung übertönend. Mandelbrot hörte, wie die erschöpften Juden aus dem Zug kamen, und er sah den Leichenberg. Er wusste, höchstens ein oder zwei Stunden trennten die einen von dem anderen.

Bei allem Abscheu musste er schnell machen, weil der Wächter immer noch das Gewehr auf ihn gerichtet hielt. Der erste Körper, den er anfasste, um ihn von dem Haufen zu ziehen, war der eines Kindes, ein Mädchen, nicht älter als zehn Jahre. Seine beiden Gefährten sahen, was er machte, und nahmen sich die Leichen neben dem toten Mädchen vor. Mandelbrot hätte es leicht haben müssen, den Körper zu schleppen. Das Kind war ausgemergelt und nur ein Fliegengewicht. Aber als er es an der Hand packte, bekam er nichts zu fassen. Die Haut löste sich unter seinen Fingern. Der Wächter passte auf, und so griff er höher an den Arm, aber auch vom Oberarm löste sich die Haut. So etwas hatte er noch nie gesehen. Die Leichen hatten Stunden dort gelegen. Sie kamen aus der Gaskammer, und die letzte Schicht hatte sie nicht auf dem üblichen Weg durchs Krematorium schicken können, weil die Öfen überlastet waren. Es gab einfach zu viele Leichen, um im Zeittakt mitzuhalten, und laufend kamen mehr. Die Männer von der letzten Schicht hatten den Berg liegen lassen müssen, und die ersten von der nächsten Schicht waren die drei Neuen, darunter Henryk Mandelbrot, von denen keiner je bei einer Schicht dabei gewesen war.

Als der SS-Mann das Fleisch aus ihren Händen rutschen sah, sagte er fast wie zur Erklärung: »So werden sie normalerweise nicht gelagert. Aber lasst euch was einfallen. Sie müssen hier weg. Und zwar schnell!«

Mandelbrot sah die noch nicht ins Kanada-Lager geschaffte Kleidung der Opfer und ging, bei jeder Bewegung von dem Wächter beobachtet, zu dem Haufen hinüber. Er zog ein Hemd heraus und zerriss es in einen langen Streifen, aus dem er ein behelfsmäßiges Seil fabrizierte. Damit ging er zurück, in der Absicht, es zum Ziehen um den Körper des Mädchens zu schlingen. Als er sich herunterbeugte und mit einer Hand den Kopf anhob, stützte er sich mit der anderen versehentlich leicht auf ihren Brustkorb, wodurch ein Schwall menschlicher Gase aus ihrem Inneren entwich, der ihn zurückschrecken ließ, neuerlichen Abscheu erregte und dem Wächter ein Kichern entlockte. Das Stoffseil halbwegs dort, wo er es haben wollte, richtete Mandelbrot sich auf und begann das Mädchen zu ziehen. Seine beiden Gefährten beeilten sich, es nachzuahmen und sich ebenfalls Stoffstreifen zu besorgen. Aber in ihrer Angst machten sie zu schnell, ohne die volle Wirkung des Experiments abzuwarten. Es war kaum etwas dabei herausgekommen. Nach ein paar Schritten hatten sich die über den Boden geschleiften Teile des

Körpers abgelöst. Die Leiche des Mädchens zerfiel in Stücke. So würden sie diesen Berg niemals zu den Gruben bringen. Dann fiel Mandelbrot etwas ein, das er in der Fleischerei seines Vaters gesehen hatte. Er nahm einen Eimer, füllte ihn mit Wasser und besprengte den Körper des Mädchens, ehe er den Rest in einer Spur, die sein Weg zur Grube werden sollte, auf den Boden goss. Das funktionierte. Jetzt rutschte es.

»Sieh an, ein kräftiger Jude mit Köpfchen«, sagte der erste SS-Mann zum zweiten. »Der gibt einen guten Rekruten ab.« Dann, während Mandelbrot, in einer Hand den Eimer, die Mädchenleiche an dem behelfsmäßigen Seil zu den weit geöffneten Gruben schleppte, rief er ihm zu: »Du bist hier richtig.«

Neunter Teil

»Gestern Abend gab es ein Massaker bei der Bürstenfabrik. Wer hat davon gehört? Irgendjemand, der etwas weiß?«

Emanuel Ringelblum fragte eine Versammlung sorgfältig ausgewählter Personen, die in dem vollen Wohnzimmer saßen, manche auf Stühlen, andere auf dem Fußboden. Die Tür im zweiten Stock an der Leszno-Straße war geschlossen. Davor, zur Treppe hin, hielt ein Jugendlicher, Nahum Grzywacz, Wache. Es war das Geheimtreffen einer Untergrundorganisation. Einige hatten schon von dem Massaker bei der Bürstenfabrik gehört. Jemand aus der Gruppe würde den Auftrag bekommen, Zeugen zu suchen. Sie wollten so viel wie möglich herausfinden und dokumentieren.

Es war 1942. Das Warschauer Ghetto war im November 1940 abgeriegelt und ein Drittel der Warschauer Vorkriegsbevölkerung, seine Juden, auf zweieinhalb Prozent des Stadtgebiets zusammengepfercht worden. Im Laufe der Monate hatte sich die Zahl der Menschen im Ghetto um Juden aus ganz Polen erhöht. Der Hunger war allgegenwärtig. Ein Zimmer, sogar ein muffiger, feuchter Raum in einem zerfallenen Gebäude, das, ohnehin armselig und heruntergekommen, durch die Luftangriffe beim deutschen Überfall auf Polen weiter beschädigt worden war, konnte vielleicht vorübergehend Schutz gegen Wind und Wetter bieten, aber der stechende, bohrende, gnadenlose Hunger folgte dir bis hinein. Wenn du etwas zum Zudecken hattest, kroch er unter deine Decke. Wenn du schlafen gingst, ging er mit. Und wenn du aufwachtest, war er als Erstes wieder da, noch bevor du wusstest, wo du bist. Bevor du wusstest, wer du bist, warst du hungrig. Wenn du nicht schlafen konntest, ließ er dir keine Ruhe, nagte an dir, fraß alles, was noch in dir war, deine Seele, deine Hoffnung, deine Zellen. Du kannst versuchen, nicht an die Qual zu denken, aber umsonst. Er lacht. Er gewinnt jedes Mal. Daran merkst du, dass du nicht tot bist: Du bist hungrig.

Alle waren immer hungrig. Je ärmer, umso hungriger, und mit dem Hunger kamen Schwäche und Reizbarkeit. Es wurde schwierig, klar zu denken, und man musste klar denken, um auszutüfteln, wie man den nächsten Tag überlebte, etwas zu essen bekam. Du warst sicher, noch arbeiten zu können, wenn du Arbeit fändest, und du könntest dir welche suchen, wenn du nur zu essen hättest. Aber wie an Lebensmittel kommen, für dich, für die Kinder, für die Frau oder den Mann, für deine Eltern? Es gab einfach zu viele Menschen innerhalb dieser Mauern für die Kalorien, die hereingelassen wurden. Wie sollte man etwas zu essen finden, wenn es nicht genügend gab? Was sollte man tun? Im Gefolge einer derartigen Hungersnot breitete sich Erschöpfung aus, eine Schwäche, die über Müdigkeit hinaus durch Mark und Bein ging. Während die Glieder immer leichter wurden, fühlten sie sich täglich schwerer an.

Bei so vielen Hunderttausenden von Menschen, die so hungrig, so schwach und auf engstem Raum zusammengepresst waren, brachen Seuchen über die Bevölkerung herein, tödlich und hemmungslos. Seuchen leckten einem das Gesicht wie losgelassene Hunde. Hier leckte dich die Ruhr, um die Ecke küsste dich der Typhus. Mit unersättlicher Wollust griff die Tuberkulose um sich. Zu schwach, sie abzuwehren, mussten die revoltierenden Opfer sich auf offener Straße ergeben. Dort lagen sie auf dem Boden, nicht wiederzuerkennen, ein Ärgernis für jene, die es noch zur Suppenküche schafften. Wird jemand merken, dass du heute fehlst? Vielleicht. Du wirst es nie erfahren. Aber du weißt, was dort vor sich geht. Sie alle haben ihr eigenes Fieber. Es hält sie in Atem und flüstert ihnen mit Stimmen zu, die nie jemand gehört hat und die außerhalb des Ghettos niemand hören wird. Sie sind nicht sie und du bist nicht du. Bist du das, ohne Freunde? Bist du das, der da stirbt? Bist du das, nackt im Dreck einer grauen Straße? Unter den langsam Sterbenden werden jeden Tag neue Diebe geboren. Wann hast du zuletzt mit jemandem gesprochen, der dich noch kannte und bereit wäre, dich zu begraben, nachdem die Kleider dir gestohlen worden sind?

Inmitten all dessen hatte Emanuel Ringelblum eine Untergrundorganisation aufgebaut, eine Gruppe von fünfzig bis sechzig Personen, darunter Historiker, Lehrer, Journalisten, Wirtschaftswissenschaftler und andere Intellektuelle, Geschäftsleute, politische Aktivisten unterschiedlicher Couleur, Verwaltungsangestellte und Leiter von Jugendgruppen. Er wählte seine Leute sorgfältig aus und überprüfte im Laufe der Zeit, wie fähig und geeignet sie für die Arbeit waren. Ihre Aufgabe bestand darin, alles zu sammeln und aufzuzeichnen, was das Leben der Juden in Warschau und in Polen allgemein dokumentieren konnte. Ringelblum selbst hatte mit der Aufzeichnung seiner Beobachtungen schon begonnen, als der Krieg ausbrach, aber um 1940 war ihm klargeworden, dass die Ausmaße seines Vorhabens weit über das hinausgingen, was eine einzelne Person jemals bewältigen konnte, sei sie noch so fleißig, und aus dieser Einsicht heraus hatte er unter dem Namen *Oneg Schabbat* eine Gruppe versammelt, um die Vernichtung einer vormals regen Zivilisation, die tausend Jahre lang eine prekäre Existenz innerhalb einer anderen Zivilisation geführt hatte, zu dokumentieren und zu archivieren. Ursprünglich war es sein Ziel gewesen, durch Berichte über das Leben der Warschauer Juden unter der Nazibesatzung weithin bekannt zu machen, was dort geschah, in der Hoffnung, die Außenwelt von der Notwendigkeit einer Intervention zu überzeugen. Aber inzwischen war 1942, und Ringelblum hatte längst erkannt, dass kein Historiker je ein so vergebliches Unternehmen verfolgt hatte. Die jüdische Gemeinde, die er kannte, die Menschen, die er sah, die einst dynamische, pulsierende, scheinbar unerschöpfliche Welt, deren Leben er zu dokumentieren und zu retten versuchte, all das war im Verschwinden begriffen. Jeden Tag konnte es so weit sein, dass nichts mehr davon übrig blieb, niemand, der noch zu retten wäre. Er wusste das. Das Einzige, was er gegen jede Wahrscheinlichkeit noch versuchen konnte, war, die Erinnerung zu bewahren.

Einige Mitglieder seiner Geheimgruppe *Oneg Schabbat* hatten die Aufgabe, Leute zu befragen, Menschen von der Straße, aus den Shops, den Arbeitskolonnen. Sie interviewten Krankenschwestern, Hausfrauen, Schmuggler, die ihr Leben riskierten, um Nahrungsmittel von außerhalb ins Ghetto zu schleusen, Leichenbestatter, zu Bettlern gewordene Handwerker, ehemalige Fabrikarbeiter, Leute, die Suppenküchen betrieben, und ihre Stammkunden aus der Menge der zigtausend Hungernden, einfach alle. Andere, deren schriftstellerische Fähigkeiten aus der Zeit vor dem Krieg bekannt waren, schrieben ihre eigenen Berichte über das, was sie sahen, was sie hörten, was ihnen erzählt worden war und was sie empfanden. Noch andere widmeten sich ausschließlich der Transkription und dem Kopieren von Schriftstücken.

»Cecilya, du solltest morgen zu Czerniakow gehen und mit ihm reden.«

»Emanuel, er wird mir sagen –«

»Ich weiß, er wird dir sagen, er sei Vorsitzender des Judenrats und versuche unter vielen anderen Dingen, Suppe für über hunderttausend Menschen zu organisieren, von denen viele noch am selben Tag sterben würden, wenn sie die Suppe nicht bekämen. Das wird er dir sagen, und du hast das Problem, dass es schlicht die Wahrheit ist. Aber wenn sie sterben, gibt es keine Möglichkeit, der Welt zu erzählen, dass sie überhaupt gelebt haben, außer wir belästigen ihn damit.«

»Aber Emanuel –«

»Du brauchst keine Angst vor ihm zu haben.«

»Aber Emanuel –«

»Sicher, zuerst wird er sich ärgern. Darauf musst du dich gefasst machen. Aber es wird nicht lange dauern, dann frisst er dir aus der Hand. Hör zu, ich habe gestern etwas Bemerkenswertes gesehen, sogar für hier. Es bezieht sich auf Czerniakow, und wenn du ihn darauf ansprichst, lässt er garantiert alles stehen und liegen und erzählt es dir.«

»Was hast du gesehen?«

»Gestern Abend ging er ein Stückchen vor mir über die Grybowska-Straße zu seinem Büro zurück. Er hatte wohl etwas vergessen. Vor dem Eingang des Gebäudes machte er einen Schritt über etwas hinweg, das auf dem Pflaster lag, ohne sich weiter damit abzugeben. Vielleicht hat er es unbewusst als einen Körper registriert, aber man gewöhnt sich ja so daran, über namenlose Körper auf der Straße hinweg zu gehen … egal, vielleicht war er in Gedanken ganz woanders. Jedenfalls machte er einen großen Schritt über das Hindernis hinweg, ohne draufzutreten, aber so gedankenverloren, dass er nicht richtig hinschaute, was es war. Er machte einfach einen großen Schritt. Ich habe es selbst gesehen. Einen Augenblick stand er vor dem Haus und wühlte in seiner Manteltasche, als der Haufen aus zerbrochenen Sperrholzkisten zu seinen Füßen plötzlich aufbrach und im Halbdunkel der Straße ein kleiner Junge, vielleicht acht Jahre alt, sich erhob. Das abgemagerte Kind war vollkommen nackt. Czerniakow erschrak. Er verlor die Fassung und schrie vor Entsetzen. Es muss ihm wie eine Art Geist erschienen sein. Der Junge trat mit einem Fuß an das Sperrholz, und ein anderer Junge, ungefähr im gleichen Alter, ebenfalls splitternackt, kroch hervor und stand auf. Dann begannen sie, Czerniakow Vorhaltungen zu machen, obwohl sie ihn respektvoll mit Herr Czerniakow anredeten. Sie wussten, er war der Vorsitzende des Judenrats, aber das beeindruckte sie wenig. Sie hatten auf ihn gewartet und beklagten sich über die Essensrationen. Sie waren Waisen. Sie sagten, sie seien die Letzten von ihren Familien, die noch am Leben seien, und sie zerrten an Czerniakows Mantel. »Wir haben auf Sie gewartet! Lassen Sie uns jetzt auch sterben, Herr Czerniakow?«

»Was hat er gemacht?«

»Die Kinder waren verdreckt, voller Exkremente und weiß Gott was sonst noch, aber Czerniakow kniete nieder, um sie anzusehen, ihnen in die Augen zu schauen. Er schloss die beiden Gerippe in die Arme. Er sagte etwas, das ich nicht hören konnte, und begann ziemlich hemmungslos zu schluchzen. Wirklich. Czerniakow … ich habe es gesehen. Dann nahm er sie mit ins Haus. Geh morgen hin, Cecilya, und frag ihn danach. Du kannst ihm ruhig sagen, dass ich es war, der es gesehen hat. Sag ihm, dass ich dich geschickt habe. Mir soll's recht sein. Wenn er es nicht selber aufschreiben will, lass es dir diktieren. Ich wette zweierlei: Egal, wie viel er zu tun hat, er wird schnell einwilligen, wenn du ihm sagst, was du von der Geschichte weißt. Er weiß, was wir hier machen.«

»Und das Zweite?«, fragte Cecilya Slepak.

»Du könntest auf der Stelle in die Grybowska-Straße gehen und fändest keine Spur mehr von dem Holz, unter dem die Jungen sich versteckt hatten.«

»Wer berichtet über die Suppenküche?«, fragte Eliyahu Gutkowski. Doch bevor jemand antworten konnte, klopfte es an der Tür. Niemand sagte einen Ton, als Ringelblum hinging. Er öffnete einen Spalt und sah den jungen Wächter, Nahum Grzywacz, mit Rosa Rabinowicz, der verlassenen Ehefrau von Henry Border.

»Sie wollte, dass ich klopfe«, platzte der junge Mann entschuldigend heraus, im selben Augenblick beschämt, ihr die Schuld gegeben zu haben. Er mochte Rosa und tat normalerweise alles für sie. Er hatte für sie gestohlen, ihr geschmuggelte Lebensmittel gebracht und sogar von ihr geträumt, aber die Versammlung zu stören, das wäre vielleicht zu weit gegangen.

»Ist schon gut, Nahum. Rosa, du brauchst nicht zu klopfen. Komm einfach rein.«

Sie war außer Atem. »Tut mir leid, ich habe mich verspätet, aber –«

»Geht's dir gut?«

»Ja, aber –«

»Dann komm einfach rein.«

»Nein, erst muss ich dir was erzählen, wovon ich nicht sicher bin, ob ich es vor allen sagen soll, ich meine, nicht mal vor dem Komitee.«

»Rosa, kann das nicht warten?«

»Verzeih mir bitte, wenn das der Fall sein sollte, aber ich bin nicht sicher.«

»Nahum, geh rein und sag den anderen, dass alles in Ordnung ist. Ich brauche nur ein paar Minuten, um mir etwas anzuhören. Warte drinnen, bis ich wieder reinkomme«, bat Ringelblum.

Sobald sie allein waren, begann Rosa zu erzählen. »Gerade eben hat ein Schmuggler einen Mann ins Ghetto gebracht.«

»Jemanden, der *ins* Ghetto wollte? Was soll das für einer sein?«

»Ein Jude«, sagte Rosa immer noch außer Atem. »Er sagt, sein Name ist Jacob Grojanowski, aus dem Schtetl Izbica. Das liegt in der Nähe von Lublin. Aber von dort kam er nicht. Er sagt, er sei aus einem Lager geflohen, wo er als Leichengräber gearbeitet hat.«

»Rosa, ich muss wieder rein. Schreib seine Geschichte auf, aber … das kann sicher warten.«

»Nein, nein, kann es nicht. Er hat sich bei Leuten versteckt, die mich kennen und mich auf dem Weg hierher angehalten haben. Sie haben mir von ihm erzählt. Ich weiß nicht, warum ausgerechnet mir. Ich schwöre, ich habe nie ein einziges Wort gesagt, was wir hier machen, und trotzdem ... Egal, dieser Mann, Grojanowski ... Er will zu Czerniakow, aber als ich seine Geschichte hörte ... also, ich dachte, du solltest so schnell wie möglich Bescheid wissen. Noch vor Czerniakow. Er sagt, die Juden kommen nicht zum Arbeiten in dieses Lager, in dem er war. Stattdessen treiben die Deutschen sie in Gruppen von ungefähr sechzig zusammen und stecken sie in luftdicht versiegelte Lastwagen. Dann fahren sie die Lastwagen in den Wald. Sie leiten die Abgase in den versiegelten Teil und die Juden werden vergast.«

»Vergast?«

»Das sagt er, ja. Er musste Leichengruben ausheben. Er hat alles gesehen.«

»Wie heißt das Lager?«

»Chelmno.«

Emanuel Ringelblum brach das *Oneg-Schabbat*-Treffen an diesem Abend ab, und kurz danach hörte er von einem Augenzeugen, dass die Juden, die überall in Polen aus den Ghettos abtransportiert wurden, nicht umgesiedelt und zu Arbeitseinsätzen geschickt, sondern vergast wurden. Das jedenfalls geschah in einem Lager namens Chelmno. Unverzüglich wurde ein Bericht verfasst, in mehrere Sprachen übersetzt und aus dem Ghetto hinausgeschmuggelt, damit die Welt erfuhr, was er und Rosa und nun auch das Exekutivkomitee wussten.

Gegen Anfang August 1942 bestellte ein Mitglied der *Oneg-Schabbat*-Gruppe, Israel Lichtenstein, zwei der jüngsten Helfer zu sich: Nahum Grzywacz, der an dem Abend, als die Kunde von den Vergasungen in Chelmno sie erreichte, vor der Tür Wache geschoben hatte, und einen anderen jungen Mann, den neunzehnjährigen David Graber. Ringelblum hatte niemand anderen als Lichtenstein mit der Aufgabe betraut, die *Oneg-Schabbat*-Archive zu vergraben, und der ältere Mann führte die beiden jüngeren zur Nowolipki-Straße 68. Dort gruben und gruben die drei, im Hochsommer, so tief, wie ihre Kraft, ihre Werkzeuge und ihr Mut es erlaubten, angetrieben von der Überzeugung, die letzte umfassende Dokumentation über das bald vollständig ausgelöschte Leben der Juden Europas in ihrem Gewahrsam zu haben. Dort, im Keller des Gebäudes Nowolipki-Straße 68, das einmal eine Schule gewesen war, begruben sie zwei große Milchkannen und mehrere Blechkisten, die den ersten Teil des Untergrundarchivs *Oneg Schabbat* des Historikers Emanuel Ringelblum enthielten.

Sie brauchten zwei Tage, und bevor sie fertig waren, bevor sie das Loch zumachten, ein Grab für die letzten Worte der tausendjährigen Geschichte polnischer Juden, fügte jeder eine kurze, persönliche Botschaft hinzu. Der Letzte, der seine Mitteilung zu Papier brachte, war Nahum Grzywacz. Er entschuldigte sich bei dem zukünftigen Leser für seine schlechte Handschrift, erklärte, seine Familie sei arm gewesen, sodass er nur wenig Schulbildung bekommen habe. Er schrieb hastig, nicht nur, weil sie alle es eilig hatten, ihr Werk zu vollenden, sondern auch, weil ihm gerade zu Ohren gekommen war, seine beiden Eltern seien verschleppt worden, und er schnell nach Hause musste, um zu sehen, ob es stimmte. Das spielte sich am 3. August 1942 in der Nowolipki-Straße des Warschauer Ghettos ab. Zu diesem Zeitpunkt war Rosa Rabinowicz, die Mutter der in Chicago lebenden Elise, seit einer Weile nicht mehr gesehen worden, von keinem der wenigen Verbliebenen aus dem engeren Kreis der Gruppe. Da sie dort, wo sie gewöhnlich verkehrt hatte, nicht gefunden worden war, vermuteten manche, sie habe das Ghetto verlassen. Aber an diesem Ort und zu dieser Zeit verschwanden auch tote Körper. Also war sie vielleicht doch tot. Wer konnte sicher sein? Und wer konnte sich sicher sein, dass er daran dachte, überhaupt darüber nachzudenken?

Der junge Nahum Grzywacz, der sie immer so schön gefunden und aus ihrer Freundlichkeit oft neuen Mut geschöpft hatte,

hatte oft an sie gedacht, wenn er allein in der Ecke des Zimmers saß, das er mit seinen Eltern, Schwestern und zwei anderen Familien teilte. Aber sogar er hatte sie eine Zeit lang vergessen und dachte erst recht nicht an sie, als er in der Nowolipki-Straße 68, in Hörweite eines erst flehenden, dann unter einer Salve von Schüssen schreienden Mannes, in Kritzelschrift seinen letzten Satz für Leser schrieb, die er nie kennenlernen würde. Danach begrub er ihn zusammen mit dem Vermächtnis der tausendjährigen Geschichte eines Volkes. Die Erde lastete schwer auf all den Worten, einschließlich der Bitte dieses jungen Mannes an die Leser: »Vergesst nicht, mein Name ist Nahum Grzywacz.«

Die Sekretärin, Empfangsdame, persönliche Assistentin oder was auch immer sie für Professor McCray sein mochte, war zur Toilette gegangen und hatte Charles' Vater einen Augenblick allein gelassen. Als William sah, dass niemand da war, weder die Türhüterin noch sein Sohn, nahm er sich die Freiheit, ungeladen in dessen Büro zu gehen. Er schaute sich um, nahm ein paar Zeitungen, blätterte sie durch, fand aber nichts, das ihn inspiriert hätte. Sein Geist wollte sich nicht beruhigen. Er war zu aufgebracht. Er setzte sich auf einen Stuhl gegenüber dem Schreibtisch seines Sohnes und wartete.

Am Tag zuvor hatte jemand eine Schlinge an die Tür einer schwarzen Professorin vom Teachers College der Columbia University gehängt. Die Professorin, eine Frau aus ärmlichen Südstaatenverhältnissen, nun Dozentin für Psychologie und Pädagogik, war bekannt für ihr besonderes Interesse an den psychischen Auswirkungen rassistischer Diskriminierung bei den Opfern. Jetzt war sie selbst eines geworden. Die Hetze ausgerechnet gegen diese Frau im multikulturellen, liberalen, ethnisch vielfältigen New York und noch dazu an der Columbia, in Williams eigener Nachbarschaft, erfüllte ihn mit einer Mischung aus Rage und Traurigkeit, Ohnmacht, Angst und Verzweiflung über das, was ihm die Vergeblichkeit seines Lebenswerks zu demonstrieren schien. Er hatte nicht schlafen können, seit er in der *Times* von dem Vorfall gelesen hatte, ja er konnte an nichts anderes mehr denken. Aufgeschreckt von seinem ins Büro zurückkehrenden Sohn, verschwendete William keinen Gedanken daran, wie betroffen Charles von der Sache sein könnte, wie schwer es ihm gefallen war, nicht auf dem Campus herumzuwüten und Leute für das zu beschimpfen, was er als kollektives Versagen empfand, etwas aus der Geschichte zu lernen.

»Wir sind hier nicht in Money, Mississippi, in den Fünfzigern! Wir sind in New York im einundzwanzigsten Jahrhundert. Das ist eine Universität. Die berühmte Columbia. Was zum Teufel geht hier vor? Erst holt ihr Jim Gilchrist und seine Minutemen, um Hass gegen illegale Einwanderer zu schüren, bis eure Studenten mit einem Aufruhr die Ordnung wiederherstellen. Dann lädt Bollinger Ahmadinedschad ein, hier zu erzählen, den Holocaust habe es nie gegeben, aber das sei nicht so schlimm, nur keine Panik, er werde seinen eigenen Holocaust für die Juden des einundzwanzigsten Jahrhunderts veranstalten. Und Bollinger, euer guter Präsident, glaubt auch noch, er könne sich zum neuen Superhelden machen, indem er auf die Bühne geht und Ahmadinedschad öffentlich verspottet. Wie jämmerlich. Wie beschämend jämmerlich. Dann, wie ich mitbekommen habe, ein bisschen von dem guten alten Antisemitismus drüben in der Lewisohn Hall, wo jemand ein Hakenkreuz neben die Karikatur eines Juden mit Kippa gemalt hat, und jetzt, gestern, das. Eine baumelnde Schlinge an der Tür des Büros einer schwarzen Professorin. Ich habe viel erlebt zu meiner Zeit, das weißt du ja. Aber so aus heiterem Himmel an einem Ort wie *diesem* … Das ist *deine* Universität. Du arbeitest hier. Was in Gottes Namen geht hier vor?«

»Dad, was soll ich dazu sagen?«

»Ich weiß nicht, Charlie, was sagst du denn dazu?«

»Die Universität ist ein Mikrokosmos der Gesellschaft.«

»Das ist alles, was dir einfällt?«

»Nun, was willst du denn eigentlich sagen? Wieso ist das alles meine Schuld? Was kann ich dafür?«

»Ich meine dich doch nicht persönlich, Charlie. Ich meine euch Akademiker. Ihr sitzt alle da rum, schaut zu, wie die Scheune brennt und schreit: ›Wieso unsere Schuld? Wir haben sie doch nicht angesteckt!‹«

»Und was meinst du, was wir tun sollten, ich oder sonst wer hier?«

»Charlie, wie kannst du so alt geworden sein, hier im Büro sitzen mit deinem Namen und Titel an der Tür, Fachbereichsleiter für Geschichtswissenschaft, und dich nicht schämen, mich das zu fragen?«

»Dad, lassen wir doch meine Scham beiseite, was zum Teufel soll ich denn tun?«

»Öffentlich über diese Dinge reden. Ihr Professoren solltet Briefe schreiben. Gleichgesinnte organisieren, die sich engagieren. Ihr solltet ihnen Mut machen, diejenigen unterstützen, die keine Chance haben, gehört zu werden wie ihr, aber fürchten, dass diese Institution vor die Hunde geht, statt –«

»Statt was?«

»Statt bis spätabends hier im Büro zu bleiben, deine Frau und Tochter zu Hause sitzen zu lassen, damit du ausgefeilte Spezialartikel für eine Handvoll Leute verfassen kannst, nur um im Dienst deiner eigenen Selbstverherrlichung dein Soll zu erfüllen.«

Was machst du als guter Sohn, wenn der Mensch, den du am meisten bewundert hast, dem du alles schuldest, was du je gut an dir gefunden hast, ein Mensch, der sein Leben lang gegen Ungerechtigkeit gekämpft hat, dich beschimpft, nicht aktiv gegen den heutigen Zustand der Welt zu protestieren, den er mit einem Gefühl zunehmender Ohnmacht und wachsendem Entsetzen sieht? Wenn dieser liebe Mensch, der nur noch dich hat auf der Welt, so eloquent beschreibt, wie vollständig du ihn enttäuscht hast, wenn seine Version deines fundamentalen Versagens sich wie ein Sturzbach über dich ergießt – was machst du dann?

Im Zweifel still bleiben. Das ist deine Regel, wahrscheinlich eine, die er dich gelehrt hat. Sprich nicht im Zorn, damit du nichts sagst, was du bereuen könntest, was er dir nie verzeihen wird. Im Zweifel bleib still. Halt deine Zunge im Zaum, auch wenn er glaubt, dein Schweigen beweise, wie recht er hat. Bist du nicht, indem du still bleibst und dich von ihm verletzen lässt, indem du ihn liebst und ihn sogar vor deinem eigenen Zorn bewahrst, im Grunde genau das, was dieser Mensch von dir erwartet, auch wenn ihm das gar nicht so bewusst ist?

Also ließ Charles seinen Vater reden. Er drängte ihn nicht, widersprach ihm kaum. Aber inzwischen war es spät geworden. William sagte, er sei zu müde, um zum Abendessen mitzugehen, und so brachte Charles ihn nach Hause. Er sagte noch einmal, Charles sei ein Kanarienvogel im Kohlenschacht. Er umarmte ihn wie jedes Mal zum Abschied, und dann ging der Kanarienvogel nach Hause.

Das Umdrehen des Schlüssels in der Eingangstür erzeugte eine Reihe klickender Geräusche, die einmal angekündigt hatten, dass ein Vater, ein Ehemann nach Hause kam, der daraufhin von Frau und Tochter begrüßt wurde. Die Geräusche waren dieselben wie immer. Leise schloss er die Tür und steckte die Schlüssel in seine Tasche. Er kam spät. Sollte er es sofort erklären oder nachher? Jetzt waren sie alle drei zu Hause. Niemand rief, um ihn zu begrüßen. Eine aufgeschlagene *New York Times* lag auf dem Küchentisch. Charles McCray, Fachbereichsleiter für Geschichte an der Columbia University, der gute Sohn, nur einfach nicht immer gut genug, der gute Ehemann, anscheinend auch als solcher etwas unzulänglich, der Kanarienvogel aus dem Kohlenschacht, stand allein in seiner Küche, die Aktentasche in der Hand. Einen Augenblick wusste er nicht, was er machen sollte. Er schaute auf die Zeitung und begann im Stehen zu lesen. Die Schlagzeilen springen immer zuerst in die Augen: »Türken empört über Anerkennung des Genozids an Armeniern durch das Repräsentantenhaus. Die Türkei hat mit Empörung auf eine Abstimmung des Auswärtigen Ausschusses in Washington reagiert, den Massenmord, der während des Ersten Weltkriegs an den Armeniern in der Türkei begann, als Genozid einzustufen … Die Bush-Regierung hat beteuert … sie werde versuchen, die Resolution vom Capitol Hill zum Scheitern zu bringen.«

Er schaute auf das Telefon und sah den Stift und den Notizblock, den er und Michelle immer dort liegen hatten. Seit sie zusammenlebten lagen Stift und Papier griffbereit für Nachrichten und Einkaufslisten neben dem Telefon. Zwei gebildete, verantwortungsvolle Menschen mit ähnlichen Werten und Zielen hatten geheiratet und zogen eine Tochter auf. Er hatte immer gedacht, sie seien ein gutes Team. Aber ein Team ist kein Paar. Er las weiter. »Dana Perino, die Pressesprecherin des Weißen Hauses, sagte: ›Wir haben nationale Sicherheitsbedenken, viele unserer Truppen- und Transportbewegungen laufen über die Türkei.‹« Charles griff nach Stift und Papier und setzte sich, immer noch im Mantel, an den Küchentisch. Du kannst von niemandem verlangen, dich zu begrüßen, wenn du nach Hause kommst, weder von deiner Frau noch von deiner Tochter. Vielleicht hatten sie ihn nicht kommen hören. »Die Türkei befürchtet, das Votum des Repräsentantenhauses und jeder weitere Schritt in diese Richtung könnten die Beziehung zwischen beiden Ländern beschädigen.« Auf die Zeitung gestützt begann er, der Professorin vom Teachers College, die zwei Tage zuvor eine Schlinge an ihrer Tür gefunden hatte, ein paar Worte zu schreiben. Vielleicht würde jemand etwas aus der Küche brauchen und ihn hier sitzen sehen.

James Pearson, Mister Alles-was-du-willst, hatte tatsächlich eine Geschichte für Tommy Parks, den Fleischfabrikarbeiter und Zimmernachbarn aus derselben Wohnung in den Mecca Flats, in der auch Callie und Russell Ford gelebt hatten, bevor sie nach Uptown in Borders Haus gezogen waren. Es war die Geschichte des Abends, an dem die zwei weißen Männer von der Gewerkschaft, Ralph Hellerstein und Herb Marks, wie aus dem Nichts aufgetaucht waren, um nach ihm zu fragen. Sie hatten Pearson angeboten, beim Organisationskomitee der Fleischfabrikarbeiter mitzumachen.

»Suchst du Ärger, oder was? Verdammt, lass die Finger von diesen weißen Gewerkschaften. Die haben irgendeinen Scheiß am Laufen, denken aber gar nicht dran, dir was davon zu sagen. Egal, auf was für'n Scheiß die aus sind, *dir* bringt das nichts Gutes«, warnte ihn Tommy Parks, als die beiden eines späten Abends auf den bröckelnden Stufen vor den Mecca Flats saßen und ein Bier zusammen tranken.

»Aber sie wollten, dass ich bei ihnen mitmache, nicht nur in der Gewerkschaft, sondern im Organisationskomitee.«

»Bei denen?«

»Bei den Fleischfabrikarbeitern.«

»Und was bedeutet das?«

»Dass ich einer von ihnen bin.«

»Du einer von denen!« Tommy Parks lachte. »Und wieso holst du dir nicht zwei weiße Jungs, um bei uns mitzumachen, in einem schwarzen Organisationskomitee?«

»Weil sie schon angefangen haben.«

»Ja, für sich selbst.«

»Egal, für wen sie angefangen haben, jetzt fragen sie mich, ob ich mitmache. Nicht irgendwo da unten an der Basis, nein, im Organisationskomitee.«

»Frag nur mal die Älteren. Die können dir erzählen, wie sie mit den lieben Schwarzen umgesprungen sind, damals. Das ist alles schon über zwanzig Jahre her, aber vergessen hat es keiner von ihnen.«

»Was war los?«

»Es gab Rabatz mit der Gewerkschaft, bis die Fleischfabriken dann haufenweise Schwarze angeheuert haben.«

»Was für Rabatz?«

»Das Übliche, du weißt schon, die einen wollen Lohnerhöhung, für die anderen geht gar nichts. Also wird gestreikt, und die Fleischfabriken heuern jede Menge Neger an. Schwarze kommen aus dem Süden rauf, bringen ihre Frauen mit, ihre Kinder, alles, was sie haben, für den besten Job, den sie je hatten, weil kein Weißer ihn haben will. Aber die Gewerkschaft sagt, wir stehlen ihre Jobs. Da ist viel schwarzes Blut geflossen, bis die Fleischfabriken einen Deal mit der Gewerkschaft ausgehandelt hatten, und die Schwarzen, ja, die standen da mit ihren Wunden und nicht mal einem Topf zum Pissen. Die anderen, der ganze Haufen von Polacken oder Iren, die schlagen echt was für sich raus. Das sind die Leute, bei denen du mitmachen willst.«

»Ja, aber das ist der Unterschied zwischen den Zwanzigerjahren und heute. Die von heute sagen, sie wollen Schwarze mit dabeihaben, also setzen sie sich nicht mehr nur für die Polacken oder Iren ein.«

Tommy Parks lächelte und schüttelte langsam den Kopf. »Mann, ich dachte, du wärst schlauer, aber wirklich. Glaubst du etwa, die Polacken oder Iren würden sich für *dich* einsetzen? Du wirst ihr Nigger sein. Ihr Gewerkschaftsnigger. Wie findest du das denn, Mister Alles-was-du-willst, Gewerkschaftsnigger?«

»Tommy, wir reden doch nur, oder? Also, ich sage ja gar nicht, dass ich schlau bin oder sonst was. Aber ich bin schlauer als du, wenn du nicht auch der Meinung bist, ich hätte vielleicht, einfach nur vielleicht, eine Möglichkeit gesehen und mit Recht ein bisschen nachgebohrt.«

»Ja? Und weiter?«

»Sie sagen, sie wollten gemeinsame Sache machen, schwarz und weiß, alle zusammen, alle gleich. Darum haben sie mich gebeten, ins Organisationskomitee einzutreten.«

»Pearson, Junge! Du träumst von einem Paradies auf Erden, das es nie gegeben hat. Die verleihen dir einen glorreichen Titel, setzen dich ins Organisationskomitee und du glaubst, du bist gestorben und in den Himmel aufgefahren. Vielleicht wollen sie es sogar, farbige Arbeiter dabeihaben. Vielleicht wollen sie das. Und wenn schon? Die interessieren sich keinen Dreck für die Probleme eines Schwarzen. Die wissen nicht mal, was ein Schwarzer für Probleme hat.«

James Pearson nahm einen Schluck aus seiner Flasche. Dann lächelte er. »Tommy, du wirst dich wundern, was die wissen.«

»Na dann!«

Pearson wandte ihm das Gesicht zu. »Du kennst das mit den Sternen?«

»Sterne? Wovon redest du?«

»Schon mal gemerkt, dass der Vorarbeiter Namen aufruft, wenn's ihm irgendwo zu langsam geht und er Leute feuern will?«

»Ja, das kenne ich.«

»Sind immer nur Neger, die dran glauben müssen.«

»Das weiß ich.«

»Ja, aber woher weiß der Vorarbeiter, welche Namen er rufen muss? Er kennt doch nicht jeden beim Namen. Sind viel zu viele da.«

»Was redest du?«

»Jeder Arbeiter hat eine Stechkarte.«

»Das weiß ich auch.«

»Aber jeder Neger hat einen kleinen Stern auf seiner Stechkarte, eine kleine schwarze Markierung. Daran sieht der Vorarbeiter, wer wer ist.«

»Das haben die Gewerkschaftsleute dir gesagt?«

»Ja, das haben sie. Sie sagen, wenn ich mitmache und wenn wir genügend Schwarze dazu bringen, dass sie auch mitmachen, starten sie als Erstes eine Kampagne, damit die schwarzen Sterne von den Stechkarten verschwinden.«

»Die ganze Gewerkschaft will dafür kämpfen?«

»Das sagen sie … nur müssten wir genügend Schwarze mobilisieren.«

»Ja, gute Schwätzer sind das, zugegeben«, sagte Tommy Parks und zündete sich eine Zigarette an.

»Ist das alles?«

»Du willst mit mir anfangen, was? Junge, Junge! Du hast vielleicht Nerven! Setzt dich zum Plaudern her, nur um mich rumzukriegen, dass ich so 'ner Weißarsch-Gewerkschaft jede Woche was von meinem Lohn gebe. Was glaubst du eigentlich, wie blöd ich bin?«, lachte Tommy Parks.

»Das brauchst du mich nicht zu fragen. Ich weiß doch, wie blöd du bist. Nur diese Typen von der Gewerkschaft, die können sich das nicht vorstellen, dabei hab ich's ihnen oft genug gesagt.«

»Was hast du denen gesagt?«

»Na ja, dass andere dir scheißegal sind, dass du nur an dich selber denkst.«

»Warte mal, das Ding hat ja wohl nichts mit mir zu tun.«

»Ich hab ihnen gesagt, dass du dich auf jede gottverdammte Weise herauswindest, um bloß nichts für andere zu tun, nicht mal für deinen schwarzen Kumpel in der Fleischfabrik.«

»Stülp mir diesen Scheiß nicht über, Nigger. Du lässt dir diesen Mist andrehen, und auf einmal bin ich der Böse.«

»Nein, du bist nur ein Idiot, Tommy. Ich hab's ihnen ja gesagt. Aber sie wollen sich trotzdem mit dir treffen. Unbedingt.«

»Mit *mir?«*

»Sie wissen, wie die Leute hier dich mögen, hier und im Betrieb. Sie wollen dich im Organisationskomitee der Fleischfabrikarbeiter haben. Sie wollen, dass wir beide mitmachen.«

Eine Zusammenkunft wurde arrangiert. Tommy sollte im Goldblatt's Discount Store an der Ecke 47th Street und Ashland Avenue mit Hellerstein und seinem Kompagnon Herb Marks zusammentreffen. Aber wegen der Uhrzeit, bei Tageslicht, fand Hellerstein den anvisierten Treffpunkt dann doch nicht so gut und dachte, es sei vernünftiger, das Ganze ins Gewerkschaftshaus an der 48th Street und Marshfield Avenue zu verlegen, nur fünf bis zehn Minuten zu Fuß entfernt. Er versuchte, Tommy Parks im Laufe des Tages eine Nachricht zukommen zu lassen, war aber nicht sicher, ob sie ihn erreicht hatte. Später besprach er sich mit James Pearson, der bereit war, Tommy bei Goldblatt's aufzugabeln und ihn ins Gewerkschaftshaus zu bringen.

Pearson, nach dem Ende seiner Schicht in Begleitung des jungen Russell, machte sich seine eigenen Gedanken über die Verlegung des Treffpunkts. Die Strecke von Goldblatt's zum Gewerkschaftshaus führte mitten durch ein komplett polnisches Viertel. Er selbst war alles andere als erfreut, da durchzugehen, aber er wusste, Tommy würde noch weniger begeistert sein. Pearson überlegte, ob er Hellerstein anrufen und vorschlagen sollte, doch lieber bei Goldblatt's zu bleiben. Er würde ihm erklären, dass der Schaden, Gewerkschaftssachen bei hellem Tageslicht an einem öffentlichen Ort zu diskutieren, geringer sei als Tommy Parks zu reizen, bevor das Treffen überhaupt begonnen habe. Als Pearson und Russell bei Goldblatt's ankamen, war Tommy schon dort, doch obwohl niemand Verspätung hatte, schien es für alle Beteiligten bereits zu spät, den Sinn und Zweck des Treffens zu erfüllen.

Tommy Parks saß allein an einem Ende der Imbisstheke und wartete auf Bedienung. Zwischen ihm und der nächsten Person in der Reihe sitzender Essensgäste waren vier leere Hocker. Alle anderen waren entweder bereits bedient worden oder wurden gerade bedient. Alle waren weiß. Pearson, mit Russell im Gefolge, ging auf Tommy zu. Er wusste, schwarze Arbeiter und ihre Familien mochten hier, bei Goldblatt's, einkaufen, sie mochten sogar Kundenkarten haben, aber sie aßen hier nicht. Das war ein Ort, wo weiße Leute aßen.

»Hast du die Nachricht bekommen? Dass sie den Treffpunkt geändert haben?«, fragte Pearson.

»Ja, hab ich gehört«, sagte Tommy Parks, während er suchend herumschaute.

»Also dann, gehen wir? Es ist im Gewerkschaftshaus, drüben an der 48th Street, Ecke Marshfield.«

»Ich weiß, wo das ist«, sagte Tommy zerstreut.

»Ich hab den Jungen dabei, aber … ich meine … wir müssen da nicht hin, wenn es dir woanders lieber ist.«

»Woanders …«, wiederholte Tommy, immer noch herumschauend, wenn er nicht gerade eine Münze schnappte, die er in die Luft geworfen hatte. »Ja, woanders wäre mir lieber.« James Pearson trat unbehaglich von einem Fuß auf den anderen.

»Soll ich Bescheid sagen, dass sie herkommen? Wir könnten uns hier treffen und –«

»Nein, macht nichts. Ich gehe hin.«

»Ja?«

»Ja, sobald ich ein bisschen von der Suppe intus habe.«

»Was?«

»Ganz recht. Kommt nichts dabei raus, wenn ich mit leerem Magen rede.« Er stand kurz auf und reckte den Hals, als hätte er das dringende Bedürfnis, den Inhalt der Schüsseln von den Leuten am anderen Ende der Reihe genauer zu studieren.

»Tommy, was machst du?«

»Als du reingekommen bist –«

»Hör zu –«

»Als du reingekommen bist, hast du vielleicht gesehen, was die guten Leute da für 'ne Suppe essen. Sieht aus wie Hühnersuppe, meine ich.«

»Hör zu, Tommy –«

»*Siehst* du, was ich meine? Mit Matzeknödeln drin. So was schon mal gesehen, Junge? Dass sie Judenknödel in ihre Suppe tun?« Der kleine Russell schwieg. Er blickte zu James Person auf, der ihm die Schulter drückte.

»Tommy, du kriegst hier keine Suppe. Komm schon, lass uns gehen.«

»Nein, was redest du? Es gibt diese Suppe doch. Hab ich selbst gesehen. Die ist schon heiß. Ich muss sie nur schnell runterschlürfen, wirklich, dann können wir los zu deinen Genossen im Gewerkschaftshaus. Miss!«, rief er. »Miss!« Die Bedienung, eine junge Frau, die einzige hinter der Theke, drehte sich um und kam an das Ende, wo Tommy saß. Ein Schild mit dem Namen Esther zierte den Aufschlag ihrer Uniform. Sie verharrte beim Anblick der beiden schwarzen Männer, einer sitzend, der andere stehend, mit einem schwarzen Jungen neben sich, und sagte leise: »Sir, wir wollen keinen Ärger. Okay?«

»Ärger! Den will ich auch nicht. Wer *will* schon Ärger, nur kriegt man dauernd welchen. Also, ich hab nur ein bisschen nach der Bedienung hier gesucht, Esther. Schauen Sie, ich hätte gern was von dieser schönen Suppe mit den Matzeknödeln drin.«

»Sir, wir sind hier nicht auf Ärger aus«, wiederholte sie. Unterdessen hatte sie gemerkt, dass alle anderen Gäste an der Theke aufmerksam geworden waren und die Szene beobachteten.

»Komm schon, Tommy. Wir haben was zu erledigen.«

»Ich weiß«, sagte Tommy beiläufig, »ich will doch nur ein bisschen Suppe in den Magen, bevor wir gehen. Ich meine, dieselbe Suppe, wie die Leute sie da haben.«

»Sir, ich bestimme die Regeln nicht«, sagte die Bedienung.

»Sieht aber so aus, Esther.«

»Was soll das heißen?«

»Also, na ja, Sie sind die Einzige hier.«

»Mein Onkel ist hinten in der Küche.«

»Dann gehen Sie doch hin und fragen nach der guten Suppe, die sie da hinten machen.«

»Tommy, wir kommen zu spät. Los, gehen wir!«

»Darf man nicht warten lassen, diese weißen Jungs von der Gewerkschaft.«

»Tommy –«

Jetzt drehte er sich auf seinem Hocker um und starrte Pearson drohend ins Gesicht. »Dann ruf sie an und sag ihnen, Tommy Parks ist gleich da, sobald er etwas Suppe intus hat.«

»Tommy –«

»Wenn ich die Suppe kriege, geh ich ins Gewerkschaftshaus. Ganz einfach. Das verstehen sie. Sag ihnen das.«

»Du ziehst hier eine Nummer ab, nicht wahr? Du hast gar nicht die Absicht, dich mit ihnen zu treffen.«

»Geh hin oder ruf sie an, aber sag ihnen das. Wir sind hier nicht im verdammten Mississippi oder wo du sonst herkommst. Wir sind hier in Chicago, stimmt's, Esther? Wenn ich die Suppe kriege, geh ich ins Gewerkschaftshaus. Ganz einfach.«

Alle Augen starrten auf die schwarzen Männer und die Bedienung, als James Pearson mit Russell nach draußen auf die Straße ging. Er zog ein Stück Papier aus der Tasche und rief von einem nahen Münzfernsprecher die Nummer an, die auf dem Zettel stand.

»Ja, Ralph, ich bin's, Pearson.« Dann erklärte er, was vorgefallen war. Hellerstein gab jedes Wort an Herb Marks weiter.

»Der nimmt uns in die Mangel, James. Um Himmels willen, eins nach dem anderen. Er kann doch nicht erwarten, dass ich die Rassentrennung an jeder Imbisstheke von Chicago abschaffe, ehe er bereit ist, sich mit uns zu treffen. Erst müssen wir uns richtig aufstellen. Sagen Sie ihm, wir wollen seine Hilfe, damit wir auch dem letzten Arbeiter in der Fabrik helfen können, aber … Mein Gott, eins nach dem anderen!«

Als Pearson zurückkehrte, hörte er Tommy weiter lebhaft mit der Bedienung streiten.

»Im Kino müssen wir immer durch den Seiteneingang rein. Dabei zahlen wir dasselbe für dieselben Karten. Wie erklären Sie sich das, Esther?«

»Das hat nichts mit mir zu tun.«

»Nichts hat was mit Ihnen zu tun. Aber auch rein gar nichts. Ja, wenn das mit Ihnen nichts zu tun hat, wie kommt es denn, dass all die guten Leute da so gebannt hier rüber starren, auf Sie in Ihrem Familienbetrieb. Hat mit Ihnen nichts zu tun!«

»Wir besitzen keine Kinos.«

»Die gehören *alle* Juden. Allesamt, soviel ich weiß.«

»Davon weiß ich nichts.«

»*Ich* aber. Ihr nehmt unser Geld und schickt uns durch den Seiteneingang, und hier wollen Sie mir keine Suppe geben.«

»Tommy, die von der Gewerkschaft machen das nicht mit«, erklärte Pearson. »Entweder kommst du jetzt zu dem Treffen, oder vergiss es.« Nachdem er das gesagt hatte, drehte er sich zu Russell um und fragte sich, was der Junge dachte. Welcher Seite neigte er wohl zu? Tommy, der Russells lauschendes Interesse bemerkt hatte, fuhr fort: »Das ist sie wert, deine Gewerkschaft. Einen Scheiß ist sie wert, Pearson. Und schau, was du dem Jungen vorführst, reißt dir ein Bein aus für diese Weißen und willst mich von meinem Hocker runterquatschen.«

»Tommy, eins nach dem anderen.«

»In Ordnung, das verstehe ich. Ich sag nur, das eine ist für mich eben 'ne Schüssel von der Suppe mit den Matzeknödeln, genau wie *die* sie haben«, sagte er auf die Gäste am anderen Ende der Theke deutend.

James Pearson ging wieder mit Russell nach draußen, um Hellerstein anzurufen und ihm zu erklären, die Sache mit Tommy Parks sei gelaufen. Er rühre sich nicht vom Fleck.

»Na dann, scheiß drauf«, sagte Hellerstein.

»Tut mir leid, Ralph«, entschuldigte sich Pearson, während der Junge zu ihm aufblickte.

»Das ist nicht Ihre Schuld, James. Mehr konnten Sie nicht tun. Und schließlich haben Sie uns ja gewarnt, dass er ein Hitzkopf ist. Es war einen Versuch wert. Gehen Sie nach Hause und ruhen sich ein bisschen aus. Vielleicht fällt Ihnen ja sonst noch jemand ein, der richtig für uns wäre, jemand … ich weiß auch nicht … mit Charisma.«

Pearson hatte den Hörer eingehängt und steuerte mit Russell wieder auf das Kaufhaus zu, als er hinter sich eine bekannte Stimme hörte.

»Es gibt Ärger, habe ich gehört. Kann ich irgendetwas tun?« Der Mann legte seine Hand auf Pearsons breite Schultern. Es war Herb Marks. Die beiden begrüßten sich.

»Wer ist der junge Mann?«

»Russell, sag Mr Marks Guten Tag.«

»Hallo Russell, wie geht's?«, sagte Marks, während er dem Jungen die Hand gab.

»Danke, Sir«, erwiderte Russell.

»Du arbeitest auch in der Fabrik, nicht wahr?«

»Ja, Sir, das stimmt.«

»Also weißt du, wenn du alt genug bist, um zu arbeiten, brauchst du mich eigentlich nicht Sir zu nennen. Ich bin Herb Marks. Ich bin von der Gewerkschaft und würde mich freuen, wenn du mich Herb nennst.«

»Wie geht's … Herb?«

»Na ja, könnte besser sein, sehr viel besser, wenn wir dieses Problem mit Mr Parks nicht hätten. Wie ich höre, will er eine Suppe, bevor er zu unserem Treffen kommt.« Russell nickte mit ernster Miene.

»Gehen wir rein, mit ihm reden.«

»Das wird nichts nützen, Herb«, sagte Russell.

»Oh, ich will's ihm nicht ausreden. Ich will sehen, ob wir ihm nicht etwas Suppe verschaffen können. Wenn's geht mit *Kreplach*. Hast du das schon mal probiert?«

Die drei gingen hinein und sahen alle Augen an der Theke immer noch auf den mit Esther streitenden Tommy Parks gerichtet. Marks trat näher, streckte der Bedienung seine Hand entgegen und stellte sich vor.

»Mister, ich sag ihm schon die ganze Zeit, wir wollen keinen Ärger.«

»Ist doch klar, natürlich nicht. Wer will schon Ärger? Wie wäre es, wenn Sie sich um Ihre anderen Gäste kümmern, während ich mich ein bisschen mit Mr Parks hier unterhalte? Einverstanden?«

Die Bedienung war froh um die Gelegenheit, den Streit mit diesem sturen Kerl unterbrechen zu können, dessen wiederholte Forderung nach einer Schüssel Suppe sie langsam nervös machte. Als sie sich abwandte, hielt Herb Marks ihrem Widersacher die Hand hin und stellte sich mit leiser Stimme vor.

»Hallo, Mr Parks, ich bin Herb Marks, einer der beiden Gewerkschaftler, die heute auf Sie gehofft hatten, um Ihnen vorzuschlagen, in unserem Organisationskomitee mitzumachen. Der andere, mein Partner Ralph Hellerstein, kann jetzt leider nicht, weil er drüben im Gewerkschaftshaus noch voll damit beschäftigt ist, Sie in die Hölle zu verfluchen.« Worauf Tommy grinsend in seine Hand einschlug.

»Ja? Was sagt er denn?«

»Also, ich bin ja seit gut zehn Minuten nicht mehr auf dem Laufenden, aber ›dämlicher Scheißkerl‹ war das Letzte, was ich gehört habe.«

Tommys Grinsen wurde breiter. »Sind Sie sicher, dass er nicht irgendwo auch ein ›Nigger‹ hat fallen lassen? Sie verbergen mir doch nichts, nicht wahr, Mister –«

»Sagen Sie Herb, ansonsten nein, das Wort benutzt er nicht. Ungefähr das einzige, das er auslässt. Niemand von uns im Organisationskomitee benutzt dieses Wort.«

»Da würde ich ja gern mein Glas heben, Herb, aber die Esther, wissen Sie, die würde mir keins geben.«

»Sie wollten eine Suppe, nicht wahr, eine Schüssel Hühnersuppe, stimmt's?«

»So ist es.«

»Und wenn Sie die bekommen, würden Sie mitgehen zum Gewerkschaftshaus, um mit mir und Hellerstein zu reden?«

»Sicher.«

»Okay, das klingt fair.«

»Freut mich, dass Sie das auch finden, Herb.« Tommy Parks musterte den weißen Gewerkschaftsmann von den Schuhen bis zu seinen tief liegenden Augen. »Sie sind nicht von hier, oder?«, fragte er.

»Nein, das bin ich nicht.«

»Einer von den Juden aus Brooklyn, was?«

»Ja, genau.«

»Sie machen das, Sie besorgen mir 'ne Schüssel von der Suppe?«

»Also, was wären wir denn für eine Gewerkschaft, wenn wir nicht mal dafür sorgen könnten, dass Sie Ihre Suppe kriegen?«

Herb Marks passte die Bedienung alleine ab, als sie mit einem Burger aus der Küche kam, und bat sie, ihm einen Augenblick abseits von den Gästen ihr Ohr zu leihen. Aber sie hatte keine Zeit.

»Ich weiß, wer Sie sind, Mister. Einer von diesen Gewerkschaftlern, denen es schnuppe ist, wenn andere Ärger haben, weil sie selber scharf drauf sind. Ich sage Ihnen, nicht bei uns! Wenn wir den Mann bedienen, erzählt er's seinen Freunden, und dann kommen sie alle. Da hinten warten schon zwei von der Sorte, die lauern nur, ob er was kriegt. Dann kommen sie alle.«

»Und wenn sie alle kommen, läuft Ihr Geschäft doch umso besser.«

»Ich bestimme die Regeln nicht, Mister. Wenn die Farbigen reinkommen, bleiben diese Kunden weg«, sagte sie auf die Weißen entlang der Theke deutend. »Ich kann's nicht ändern,

Mister. Das ist ein kleiner Familienbetrieb. Wir versuchen nur, zu überleben.«

»Das tut er auch.«

»Na schön, ich halte ihn nicht davon ab. Hören Sie, wenn Sie nicht alle bald von hier verschwinden, rufe ich die Polizei.«

Marks kehrte in Richtung seiner Gruppe zurück. Mit einem Triumphgefühl, als sie ihn gehen sah, rief Esther ihm ziemlich unnötigerweise hinterher: »Glauben Sie mir, Mister, ich rufe die Polizei. Wenn Sie nicht verdammt noch mal verschwinden, mache ich das wirklich.« Damit wandte sie sich zur anderen Seite der Theke, wo sie bedient hatte, und räumte Teller ab. Aber es war zu spät. Sie hatte zu laut zu nahe der Küche gerufen, wo ihr Onkel sie hörte und herauskam. Er trat ein paar Schritte vor und stellte sich ungefähr in die Mitte zwischen Marks, der den anderen gerade sein Scheitern eingestand, und die Reihe der weißen Gäste, bei denen seine Nichte einen schmutzigen Platz abwischte.

»Was ist hier los? Wieso soll die Polizei gerufen werden?«

»Ihre Bedienung, Esther –«, begann Herb Marks.

»Das ist meine Nichte. Was ist mir ihr?«, fragte der alte Mann.

»Scheint so, dass sie meinen Freund hier nicht bedienen will.« Alles hielt den Atem an vor Spannung, was er sagen würde, einschließlich derer, die zu weit entfernt saßen, um etwas zu verstehen.

»Was will er haben?«, fragte der alte Mann.

»Er will eine Schüssel Suppe«, verkündete Parks in der dritten Person.

»Was für eine?«

»Hühnchen mit Matzeknödeln.« Der alte Mann stand da, eine Hand in die Hüfte gestemmt, und schaute in die Runde der Gäste, die ihn anschauten. Er holte Atem und ließ ihn heraus.

»Esther, bring dem Mann seine Suppe.«

»Onkel Nate –«

»Bring dem Mann seine Suppe.«

»Onkel Nate, die Kunden kommen nicht mehr her, wenn –«

»Bring dem Mann seine Suppe! Keine Widerworte!«

Esther ging kopfschüttelnd vor sich hin murmelnd in die Küche. Hatte ihr Onkel nicht begriffen?

»Tut mir leid, Mister«, sagte der alte Mann zu Tommy. »Das hätte nicht passieren dürfen. Sie kommen hierher und essen meine Suppe, wann immer Sie Lust haben. Und Sie können es weitersagen, wem Sie wollen … das von unserer Suppe.«

»Ich würde gern für den Rest von uns noch drei Schüsseln dazu bestellen, mit Kreplach bitte«, sagte Marks. »Wir haben gleich ein Treffen und brauchen unsere Kraft. Es gibt eine Menge zu besprechen.«

Der alte Mann ging in die Küche zurück, und es war klar, dass seine Nichte eine Abreibung bekam.

»Ich verschwinde kurz nach draußen, um Ralph anzurufen. Er glaubt, unser Treffen sei abgeblasen.«

»Beim nächsten Treffen bringen Sie mir Saul Alinsky mit. Ich will ihn sprechen«, verkündete Tommy. »Ich muss mit ihm über Unterkünfte reden … für meine Leute. Kriegen Sie das hin?«

»Sicher, wir kennen Saul.«

»Dachte ich mir wohl.«

»Wer ist dieser Alinsky?«, fragte James Pearson.

»Er ist das, was man einen ›Community Organiser‹ nennen könnte«, sagte Marks, ehe Tommy wie zur weiteren Erklärung einwarf: »Er hat das ganze Wohnungsprogramm für die Leute in Back of the Yards organisiert.« Und mit dem Finger auf Pearson zeigend, fügte er an Marks gewandt hinzu: »Sehen Sie, ich weiß mehr als der.«

Nach ein paar Minuten kam der alte Mann persönlich mit vier Suppenschüsseln auf einem Tablett aus der Küche. Er setzte das Tablett ab und teilte aus, jedem der vier eine Schüssel, einen

Löffel, ein paar Cracker und eine Serviette. Dann sprach er leise mit Tommy Parks, als hätten die beiden ein Geheimnis.

»Sie kommen her, wann Sie Lust haben, aber bitte, Mister, machen Sie dem Mädchen keinen Ärger. Machen Sie ihr keine Schwierigkeiten. Sie ist hier geboren, deswegen …« Er schien unsicher, wie er den Satz beenden sollte.

»Was?«, fragte Tommy Parks.

»Deswegen glaubt sie, sie ist weiß.«

Noch am selben Abend trat Tommy Parks dem Organisationskomitee der Fleischfabrikarbeiter bei. Eine ganze Weile später stand er nicht weit von James Pearson und Russell Ford entfernt in der Pilgrim Baptist Church, während Pearson, Mister Alles-was-du-willst, sein Gelübde ablegte, um Callie Ford zu heiraten. Auch Elly Border, die Tochter von Rosa Rabinowicz, war anwesend, in einer frischen weißen Bluse mit Rüschenkragen und einem tadellos plissierten Rock, alles akribisch hergerichtet von der Braut. Elly, die noch nie auf einer Hochzeit gewesen war, strahlte neben ihrem stillen Vater. Um nichts von der Festlichkeit zu verpassen, warf sie einen kurzen Blick über die Schulter, und da bemerkte sie zum ersten Mal Ralph Hellerstein und Herb Marks, die etwas weiter hinten auf der Seite des Bräutigams standen, direkt gegenüber von Mrs Sallie. Sie wunderte sich, wer diese weißen Männer waren.

Lamonts Großmutter hatte sich daran gewöhnt, dass ihr Enkel manchmal spät von der Arbeit nach Hause kam. Nun wurde es immer häufiger, doch in der Annahme, er habe sich Sonderaufgaben verschaffen können und das sei ein gutes Zeichen, fragte sie ihn nicht, warum. Ein gutes Zeichen, weil es etwas mehr Geld, etwas mehr Selbstvertrauen und etwas mehr Hoffnung auf eine Zukunft mit einem Platz in dieser Welt für ihn bedeutete, und weil es darauf schließen ließ, dass sein Vorgesetzter oder die

Personalabteilung, wer auch immer fürs Heuern und Feuern verantwortlich war, etwas von Lamont hielt. Aber seine Verspätung hatte nichts mit Sonderaufgaben zu tun, nichts damit, ob jemand etwas von ihm hielt, außer einem alten Mann, einem Patienten, der keine ersichtliche Macht besaß, auch nur das Geringste in Lamonts Leben zu beeinflussen. Dennoch hatte Lamont sich nach seiner Schicht wieder einmal in die Welt dieses alten Mannes, in seine Vergangenheit hineinziehen lassen. Mr Mandelbrot hatte ihm ohne ein erklärendes Wort gesagt, er werde demnächst aus der Klinik entlassen. Lamont wusste nicht, wie er es anstellen sollte, nach dem Grund zu fragen, ob es ihm besser ging oder ob er zum Sterben nach Hause geschickt wurde. In der Befürchtung, es könne die letzte Gelegenheit sein, mit ihm zu sprechen, blieb er wieder einmal lange da, bald gebannt vom nächsten, schier unfassbaren Kapitel der Geschichte dieses Mannes.

»Aber … ich meine … wie war …?« Es blieb nichts anderes übrig, als direkt zu fragen: »Wie lief das ab?« Das fragte Lamont den alten Mann im achten Stock.

»Wie das ablief? Hören Sie. Es lief ab wie am Fließband, wie in einer Fabrik, die lebende Menschen in Leichen verwandelt. Ich meine das wörtlich. Wirklich, so war das. Warst du einmal von der SS fürs Sonderkommando ausgewählt, hattest du keine Wahl – außer dem eigenen Tod, der auf der Stelle folgte, nur wusste man nicht wie –, du hattest keine andere Wahl, als in einer von fünf Gruppen zu arbeiten. Merken Sie sich das, es gab fünf Sorten Arbeit, die das Sonderkommando machte.«

»Fünf Sorten Arbeit«, wiederholte Lamont leise.

»Ja«, fuhr Mandelbrot fort, »die Arbeit war in fünf Bereiche unterteilt. Manchmal tauschten wir, aber selten. Während meiner Zeit beim Sonderkommando habe ich in allen fünf gearbeitet. Also, ein Transport voller Juden in Viehwagen kam von irgendwo in Europa an, irgendwoher, von überall. Manchmal waren die Leute tagelang in den Waggons gewesen, einen, zwei, vielleicht drei Tage lang ohne Essen, ohne Wasser, ohne Medikamente, ohne eine Möglichkeit, sich zu waschen. Wissen Sie, was das bedeutet? Sie waren da reingepackt mit ihrer ganzen Habe, allem, was sie tragen konnten, und noch bevor sie ankamen, waren manche tot. Die Menschen aus den Ghettos waren oft schon schwach oder krank, einige auf den Tod gefasst gewesen, bevor sie überhaupt in den Zug gestiegen waren. Manche wurden in den Viehwaggons zerquetscht, alte Leute, kleine Kinder. So kam der Zug dann in Birkenau an, die Türen wurden aufgerissen und die zusammengepferchten Juden von SS-Männern angeschrien, auszusteigen.«

»Raus aus dem Zug?«

»Ja. Die Hunde bellten wie bei einer Hetzjagd, bellten die Menschen in den Zügen an. Die Massen kamen heraus, aber manche, die alt oder krank waren, nur sehr schleppend. Andere gar nicht. Das waren diejenigen, die unterwegs gestorben waren. Die herauskamen, herausfielen, ihre Habseligkeiten in den Händen, wurden brüllend, bellend von der SS und den Hunden begrüßt. Sie wussten nicht, wo sie waren. Sie wussten nichts von Auschwitz, hatten nie von Auschwitz *gehört*. Das ist erst jetzt so berühmt, wegen dem, was ihnen noch bevorstand, was mit ihnen und all den anderen vor ihnen und nach ihnen geschah. Die Toten wurden vom *Kanada*-Kommando aus den Waggons geräumt. Erinnern Sie sich noch, was ich von *Kanada* erzählt habe?«

»Ja.«

»Die Häftlinge vom *Kanada*-Kommando mussten in die Viehwagen klettern und die Körper derer, die auf dem Weg nach Auschwitz gestorben waren, herausziehen. Der völlig erschöpfte Rest des Transports – aus allen Waggons zusammen konnten es an die zweitausend sein –, wurde oft direkt mit Schlägen empfangen.«

»Von der SS?«

»Ja. Und wenn es Nacht war – die Transporte kamen Tag und Nacht –, wurden sie von Scheinwerfern geblendet. Sie sahen nur grelles Licht, hören nur Gebrüll von der SS, bellende Hunde und das Weinen ihrer Kinder. Sie fühlen die Schläge. Ja? Los, schneller, schneller! Manchmal wurden sie schon beim Aussteigen geschlagen, ohne noch den Namen des Orts zu kennen, an dem sie sich befanden. Sie mussten alles, was sie hatten, bei den Häftlingen vom *Kanada*-Kommando abgeben, bevor sie dorthin gebracht wurden, wo sie neu angesiedelt werden sollten.«

»Angesiedelt?«

»Ja, das sagte man ihnen. Dann war es Zeit für eine sogenannte Selektion. Dafür waren ein SS-Offizier, ein Rapportführer und ein Arzt zuständig.«

»Der Doktor, war das ein Jude?«

»Nein, ein SS-Arzt. Die Frauen wurden von den Männern getrennt, und dann mussten sie der Reihe nach an dem SS-Mann und dem Arzt vorbei, die entschieden, wer auf die linke und wer auf die rechte Seite kam. Der Arzt winkte mit einem Stock, links, rechts. Gewöhnlich sagte er kein Wort, schaute die Person nur an und zeigte die Richtung. Die Leute wussten nicht, was besser war, links oder rechts. Rechts bedeutete, du wurdest für die Arbeit eingeteilt, irgendeine Sklavenarbeit. Links bedeutete den Tod, Vergasung. Wenn sie zusätzliche Arbeitskräfte brauchten, konnte ein größerer Teil verschont bleiben. Wenn vielleicht dreißig Prozent irgendwo im Lager zur Arbeit geschickt wurden, war das eine gute Selektion.«

»Sie meinen, siebzig Prozent wurden vergast?«

»Ja, bei einer guten Selektion. Aber nie weniger. Es kam vor, dass hundert Prozent eines Transports sofort vergast wurden. Der Arzt winkte jedes Mal mit seinem Stock, wenn einer zur Begutachtung an ihm vorbeiging. Das konnte lange dauern bei so vielen Menschen. Manchmal wurde der Arzt müde, und dann winkte er im großen Schwung nach links. Das hieß, alle, mit denen er noch nicht fertig war, alle, die noch warteten, die kamen allesamt nach links.«

»Zum Vergasen?«

»In die Gaskammer, ja.«

»Sie sagten, es gab fünf Gruppen, fünf Sorten Arbeit.«

»Ja, fünf Einsatzbereiche für das Sonderkommando. Gut, dass Sie sich erinnern. Sie müssen sich erinnern. Zuerst kam die Entkleidungsphase mit der Verfrachtung der Kleiderberge ins *Kanada*-Lager. Dann mussten die Körper aus der Gaskammer geholt werden. Dann kam das Abschneiden der Haare –«

»An Leichen?«

»Ja, Haare scheren und Goldzähne herausbrechen, das wurde nach der Vergasung an den Leichen gemacht. Dann gab es noch die Heizer.«

»Heizer?«

»Ja, das waren diejenigen vom Sonderkommando, die an den Öfen arbeiteten, wo die vergasten Menschen verbrannt wurden. Zum Schluss kam die Entsorgung der Überreste. Das heißt, die Asche entsorgen und die Knochen zerschlagen. Nach dem Verbrennen eines Körpers bleiben Knochen und Zähne übrig. Wir mussten sie zu Staub zermalmen.«

»Sie haben das *getan?«*

»Ja, das waren die Aufgaben des Sonderkommandos. Zeitweise habe ich in allen Bereichen gearbeitet.«

»Warum haben sie es getan?«

»Ich hatte keine Wahl, wenn ich am Leben bleiben wollte. Keiner von uns hatte eine Wahl. Es gab nur entweder oder – entweder du lebtest in dieser Hölle, einer Welt, wie kein Mensch sie je zuvor gekannt hatte, oder du lebtest gar nicht. Zuerst kannst du es nicht glauben, nicht mal, wenn du es siehst. Du weißt nicht mehr, wo du bist, und du denkst, du schaffst es nicht, das durchzustehen.«

»Wollten Sie manchmal lieber sterben … statt das … diese Arbeit zu machen?«

»Ja, oft. Jedes Mal am Anfang deiner Schicht willst du sterben. Du kannst dir nicht vorstellen, es auch nur eine Stunde lang auszuhalten. Und diese Last schleppst du mit dir herum, einen Druck auf deiner Brust, als würdest du gleich platzen, als würde dein Herz zerspringen. Aber die ganze Zeit denkst du auch, dass irgendjemand überleben muss, nur um zu erzählen, was geschah. Jemand muss die Geschichte nach draußen bringen. Vielleicht werde ich es sein, der sie herausbringt, damit die Welt davon erfährt. Wie soll sonst irgendjemand wissen, was dort geschehen ist?«

»Deswegen wollten Sie überleben?«

»Ja, warum sonst?«

»Ihre Familie?«

»Als ich sah, was geschah, wusste ich, dass meine Familie schon tot sein musste. Ich wusste, selbst wenn einer von ihnen das Ghetto überlebt hätte, würde er den Transport, die Viehwaggons, nicht überleben. Und wäre es doch einem gelungen, hätte er die Selektion nicht überlebt. Im Sonderkommando erfuhr man mehr übers Sterben, als man jemals wissen wollte. Man stand an der Schwelle zwischen Leben und Tod. Man sah alles. Wenn ein Transport ankam, mussten wir uns unverzüglich zum Auskleideraum in dem Krematoriumskomplex begeben, dem wir zugeordnet waren. Dort warteten wir auf die Opfer, die Juden. Sie kamen aus ganz Europa, aus Griechenland, Frankreich, Ungarn, von überallher. In Birkenau gab es, außer zwei kleinen, nur gelegentlich benutzten Häusern, die das ›rote‹ und das ›weiße‹ Haus genannt wurden, vier Krematorien mit eigenen Gaskammern: Krematorium II, III, IV und V.«

»Was war mit Nummer eins?«

»Das war im Stammlager, Auschwitz I, aber die anderen waren in Birkenau, alle. Birkenau war Auschwitz II.«

»Wo Sie waren.«

»Jedes Krematorium hatte einen Hof, geschlossen, damit niemand von außen sehen konnte, was dort vor sich ging. Die Juden mussten den Hof überqueren, um das Krematorium zu erreichen, das Gebäude mit dem hohen Schornstein, wie eine Fabrik, in dem sowohl die Gaskammer als auch die Öfen untergebracht waren. Aber vorher mussten die Opfer oft im Hof stehen, während ein SS-Offizier, jemand wie Hauptscharführer Moll …« Beim Aussprechen dieses Namens schüttelte Mr Mandelbrot langsam den Kopf. »Hauptscharführer Moll, ein schrecklicher Mensch, hielt oft eine kurze Rede, nicht immer, aber wenn, dann immer mit demselben Inhalt. Er sagte ihnen, sie würden jetzt duschen gehen und danach für die Arbeit eingeteilt. Zuerst kämen sie in den ›Auskleideraum‹, wie das genannt wurde. Dort, im Auskleideraum, seien nummerierte Haken an den Wänden, sagte er, und sie sollten darauf achten, ihre Sachen bei einem dieser Haken zu lassen und sich die Nummer merken, damit sie ihre Kleidung nach dem Duschen leichter wiederfinden könnten.«

»Gab es wirklich Haken mit Nummern?«

»Ja, die gab es, und in der Gaskammer waren sogar … wie heißen die Dinger noch, wo das Wasser in der Dusche rauskommt?«

»Brausen, Duschköpfe?«

»Ja, in jeder Gaskammer gab es ein paar Duschköpfe an der Decke, aber ohne Wasserleitung. Einfach nur Duschköpfe. Da kam nichts raus. Alles Täuschungsmanöver. Alles nur, um sie zu täuschen, um Panik zu vermeiden, um sie so ruhig wie möglich zu halten, damit alles glatt lief, regelmäßig wie ein Uhrwerk. Sie wollten höchste Effizienz, alles musste genauso sein, wie sie es haben wollten. Es gab Zeiten, da wurden mehr als zehntausend Menschen an einem Tag vergast und verbrannt.«

»Zehntausend?«

»Ja. Man kann sich das nicht vorstellen. Es ist einfach ... schlimmer als der schlimmste Albtraum. Jeder Schritt bei dem Vorgang musste effizient funktionieren. Ja, die Deutschen hatten es schon immer mit der Ordnung. Das ist bekannt. Sie brachten die Leute dazu, die Treppe in das Gebäude hinunterzugehen –«

»Wie sah das aus?«

»Was, das Gebäude?«

»Ja?«

»Ganz normal, ein roter Backsteinbau mit rotem Ziegeldach und einem hohen Schornstein. Nichts ... wissen Sie ... wenn man es nicht wusste ... Es gab nichts, was irgendwie von außen verraten hätte, dass innen eine Gaskammer war und ein anderer Raum mit fünf Öfen zu dem einzigen Zweck, Menschen zu verbrennen. Manchmal, wenn die Öfen überlastet waren, wurden die Leichen in offenen Gruben verbrannt. Ich erinnere mich, dass die Schornsteine auf den Krematorien II und III höher waren als die anderen. Genau wie es den Bauplänen entsprach.«

»Wer hat die Gruben ausgehoben?«

»Wir.«

»Das Sonderkommando?«

»Ja, erst hoben wir die Gruben aus, dann nahmen wir die Leichen der vergasten Juden und warfen sie hinein, und sogar dafür gab es Anweisungen, wie es gemacht werden musste, eine Ordnung, wie die Nazis es haben wollten ... damit die Verbrennung besser funktionierte. Sie liebten die Ordnung.«

»Ja, das sagten Sie.«

»Sie sind bekannt dafür. Die Leute wurden in Reih und Glied die Treppe zum Auskleideraum hinuntergetrieben, immer zu fünft. Fünf gingen die Treppe hinunter, dann wieder fünf und die nächsten fünf. So ging es mit dem ganzen Transport. Und das konnten bis zu zweitausend Menschen sein.«

»Warum gehorchten sie, die Juden? Warum taten sie es?«

»Wie gesagt, man erzählte ihnen ja, es sei nur zum Duschen,

zur Desinfektion, bevor sie arbeiten geschickt würden, aber sie gehorchten auch, weil die SS überall herumstand, auch oben an der Treppe, am Eingang des Gebäudes, standen SS-Offiziere mit Gewehren. Ein paar kamen sogar runter in den Auskleideraum, wo wir waren.«

»Haben die Juden nicht geahnt, was da unten war?«

»Wie sollten sie es wissen?«

»Ich weiß nicht … Gerüchte?«

»Ja, es gab Gerüchte, und manche haben es geahnt. Stimmt. Aber wenn diejenigen, die etwas ahnten, an der Treppe zögerten, ging ein Hagel von SS-Schlägen auf sie nieder, so brutal, dass es tödlich sein konnte, so heftig, dass die Menschen nach unten flohen, weg von den Schlägen, die spürbare Wirklichkeit waren, während das Schicksal, das sie unten erwartete, immer noch nicht mehr als ein Gerücht war. Die Menschen klammern sich an die Hoffnung, solange sie können, Mr Lamont. Vielleicht ist es da unten ja besser als hier oben? Auch die Ahnungsvollen wussten es nicht mit Sicherheit. Was ihnen bevorstand, war in der Weltgeschichte noch nie vorgekommen. Keinem anderen Menschen war so etwas widerfahren. Aber was sie dachten, war eigentlich egal. Es änderte nichts an dem, was ihnen widerfahren würde, die Frage war nur, wie lange es dauerte. Wenn die Juden sich täuschen ließen, bis sie in der Gaskammer waren, lief alles viel schneller, viel reibungsloser ab.«

»Haben Sie mit ihnen gesprochen?«

»Nicht viel. Wir durften nicht viel reden, nur sagen, was die Nazis uns vorgesagt hatten.«

»Was zum Beispiel?«

»Zieht euch aus. Ihr geht gleich unter die Dusche. Merkt euch, wo eure Sachen liegen. So was in der Art.«

»Sie haben die Leute belogen? Wie konnten Sie nur –«

»Was sollte ich denn tun, ihnen die Wahrheit sagen? Mr Lamont, sie waren schon da unten drin. Sie waren wehrlos. Sie zogen sich aus, dann waren sie nackt. Wozu ihnen die Wahrheit sagen? Wir wollten versuchen, ihnen die Angst zu nehmen. Sehen Sie diese Menschen? Sie müssen sich das vorstellen: Mütter mit kleinen Kindern, manchmal mit Babys an der Brust, junge Mädchen, Teenager, Menschen, die sich schämen, nackt zu sein, alte Leute, denen wir beim Ausziehen helfen mussten …«

»Sie mussten sie ausziehen?«

»Ja, manchmal, wenn es den Nazis zu langsam ging, mussten wir sie ausziehen, ältere Menschen, die unsere Väter oder Mütter, unsere Großeltern hätten sein können, schon krank und schwach, vollkommen verängstigt. Warum ihnen noch mehr Angst machen? Was hätte das genutzt? Wir konnten ihnen die letzte Beruhigung schenken, die sie auf Erden erfuhren, vor der Gaskammer. Was hätte es genutzt, ihnen die Wahrheit zu sagen?«

»Was wäre Ihnen passiert, wenn Sie die Wahrheit gesagt hätten? Ich meine, wollten Sie die Leute denn nicht warnen? Warum haben Sie sie nicht gewarnt?«

»Warum wir sie nicht gewarnt haben?«

Die ersten Fünf kamen die Treppe herunter. Niemand wollte sie anschauen. Henryk Mandelbrot war einer von ungefähr zwanzig Mitgliedern des Sonderkommandos, die im Auskleideraum von Krematorium II standen. Er befand sich in der Mitte des Raums. Der Boden war grauer Beton und die Wände waren weiß. Der ganze Raum war ringsum mit glatten Holzbänken bestückt, darüber reihten sich nummerierte Kleiderhaken aneinander. Es sah aus wie ein sehr großer, sehr schmaler, aber ansonsten unauffälliger Umkleideraum einer Sporthalle. Solange die Sonderkommando-Häftlinge in der Überzahl waren, wie immer in den ersten Augenblicken, fand sich schwer eine Entschuldigung dafür, den Opfern nicht in die Augen zu sehen. Was umso schlimmer war, als die Ersten, die herunterkamen, gewöhnlich

Frauen waren – außer es handelte sich aus irgendeinem Grund um eine reine Männergruppe. Abgesehen von allem, was diese Frauen gerade hinter sich hatten, und abgesehen von allem, was sie ahnen mochten, dass es ihnen noch bevorstand, waren sie erschöpft, verwirrt und vergingen vor Scham, sich splitternackt vor Fremden entkleiden zu müssen. Es gab verheiratete Frauen, die nie vor jemand anderem als vor ihrem Ehemann nackt gewesen waren. Es gab alte Frauen, kleine Mädchen und junge Mädchen aus kleinen Dörfern, *Schtetls,* die außer früher, vor ihren Müttern, noch nie vor einem Menschen nackt gewesen waren. Schon die Vorstellung, mit einem Mann verheiratet zu sein, der sie berühren und nackt sehen dürfte, wäre ihnen schwer gefallen. Und hier wurden sie plötzlich in knappen, scharfen Tönen von SS-Männern, die es, das wusste jede Einzelne von ihnen, nicht gut mit ihnen meinten, aufgefordert, sich nackt auszuziehen; von Männern desselben Typs, die sie in Ghettos gesteckt hatten, Männern, die voll bekleidete, bewaffnete, uniformierte Soldaten Hitlers waren. Und nicht genug damit, sich zu entblößen. Es musste auch noch schnell gehen. Die SS-Männer begrüßten die nackten Körper der Frauen unterschiedlich, bestenfalls mit reizbarer Gleichgültigkeit, gewöhnlich mit derben Worten, manchmal als Extraportion Erniedrigung, und häufig mit Gewalt.

Die ersten fünf Frauen bekamen scharfe Anweisungen. Einige wunderten sich, warum bewaffnete SS-Männer sie beim Ausziehen für eine Dusche beobachten sollten. Und wer waren die anderen, offenbar Häftlinge, ebenfalls daran interessiert, dass sie so schnell wie möglich ihre Kleidung ablegten und in den Duschraum nebenan gingen? Diese Männer, die Häftlinge, schienen Juden zu sein. Sie sprachen jiddisch mit ihnen, aber ohne sie anzusehen.

»Nun machen Sie schon. Sie müssen sich beeilen. Hängen Sie Ihre Sachen an einen Haken und merken Sie sich die Nummer«, sagte Henryk Mandelbrot zu einer Frau, die vor lauter Scham wie gelähmt dastand. Dabei konnte er ihr nicht in die Augen schauen, aber er sah, dass ein SS-Mann ihn anschaute, als er mit der langsam sich entkleidenden Frau sprach, und dann, mit einer gewissen Erleichterung, sah er den Blick des SSlers zu anderen Männern vom Sonderkommando wandern, zu Schubach, Ochrenberg, Touba und Raijsmann, während wieder fünf Frauen die Treppe herunterkamen, dann die nächsten fünf und die übernächsten fünf, gefolgt von weiteren und weiteren. Sehr schnell waren mehr Opfer als Sonderkommando- oder SS-Männer im Auskleideraum, obwohl die Entblößten sofort durch den Korridor in den Raum mit den Duschköpfen geschickt wurden. Jetzt kamen die ersten Männer in Fünferreihen herunter. Sie wurden von den Wachposten oben angebrüllt, oder galt das Geschrei den nächsten Fünf unmittelbar dahinter oder den folgenden? Schon hatte oben an der Treppe das Schlagen angefangen, damit es schneller ging, und fünf schubsten fünf, um den Schlägen zu entkommen. Die ersten fünf Männer sahen Frauen, die sich auszogen, und ringsum haufenweise Kleider.

»Sie können Ihre Sachen nach dem Duschen wieder abholen«, sagte Mandelbrot zu einem alten Mann, der offenbar nicht fassen konnte, was er sah. Er bewegte sich langsam, zu langsam. Mandelbrot wusste, der Mann würde jeden Moment Schläge bekommen, wenn er sich nicht etwas beeilte.

»Sie müssen schneller machen!« Ein Baby weinte und steckte ein anderes Baby an. Die Mutter versuchte, es zu beruhigen, aber sie musste schnell machen, sich selbst und ihr Kind ausziehen. Ein SS-Mann beobachtete sie, und sie sah es. Das Baby in den Armen, kehrte sie ihm den Rücken zu.

»Die Duschen …«, fragte der alte Mann, »sind die für Männer und Frauen zusammen?«

»Ja, für alle«, sagte Mandelbrot ohne eine Regung, während er ihm aus dem Mantel half. Fünf Neue kamen herunter, dann wieder fünf, von denen einige aus frischen Wunden an den Köpfen bluteten, jede Reihe gedrängt von der Reihe dahinter. Und schon die nächsten fünf …

»Sind Sie Jude?«, fragte der alte Mann Henryk Mandelbrot.

»Ja. Aber Sie müssen sich beeilen. Die schlagen uns beide, wenn Sie nicht …«

»Es ist Gas, oder?«

Mandelbrot wandte sich ab und sah wieder fünf Menschen die Treppe herunterkommen, gefolgt von den nächsten und den nächsten und den nächsten. Er musste sich von der Treppe abwenden. Aber wo sollte er hinschauen? Wieder kamen fünf und fünf und fünf. Ein Mädchen von ungefähr zwölf Jahren trug seinen kleinen Bruder, der höchstens wie drei aussah. Mandelbrot ging auf die beiden zu.

»Rühr ihn nicht an, du jüdischer Mörder! Er wird mit mir sterben … in meinen Armen.«

Dann kamen wieder fünf und wieder fünf, ein Tischler, dessen Frau immer gesagt hatte, er arbeite zu viel, ein Schneider, dann ein Mann mit einer schönen Stimme, die seit seiner Kindheit alle Nachbarn erfreut hatte, ein Lehrer war da, der so gern einmal Direktor hätte werden wollen, eine Witwe, die Kleider nähte, eine Krankenschwester, die mit einem Patienten eine Affäre gehabt hatte, ein leicht übergewichtiger Junge, elf Jahre alt, mit gewelltem Haar und der Überzeugung, den Erwartungen seiner Eltern nie genügt zu haben, auch er war da. Der dickste Mann seines Dorfs musste sich ebenfalls schnell ausziehen. Ein gerade promovierter Arzt war da, und ohne sein Wissen, hinten in der Ecke, einer seiner Professoren von der medizinischen Fakultät. Ein Mann, der seine Frau einmal, auf Geschäftsreise in einer anderen Stadt betrogen hatte, war da, ein besonders hilfsbereiter Apotheker, ein Mädchen, das unentwegt nach seiner Schwester rief, eine Frau, die für einen Gotteslohn Witwen mit Essen versorgt hatte, ein Dieb, ein Kerzenzieher, eine Prostituierte, die von zu Hause weggelaufen war, ein Mann, der es nicht auf die Kunstakademie geschafft, aber dennoch sein Leben lang gezeichnet hatte, ohne seine Bilder irgendjemandem zu zeigen, die Frau eines Gewürzkrämers, ein Ingenieur, ein Fischhändler, eine Frau, die ihren Ehemann oft peinlich fand, war da, ein Mann, der mit seinen Brüdern in einer Gießerei arbeitete, die Tochter eines Steinmetzen, ein Blinder, dem man seine Blindheit nicht ansah, ein Mathematiker, eine Frau, die Modezeitschriften liebte, mit ihrer Tochter, deren Traum es war, eines Tages selbst darin zu erscheinen. Und wieder kamen fünf, unter ihnen ein Rabbi und ein Chasan und eine Frau, die alles getan hatte, um jeden Film zu sehen, der in ihr Städtchen kam, und immer kamen noch mehr Juden. Sie hörten den Befehl, sich auszuziehen, und schickten sich an, dasselbe zu tun wie alle anderen, bevor sie von SS-Männern in den Raum nebenan getrieben wurden, um auf die Dusche zu warten.

Im Auskleideraum herrschte Gedränge, es war heiß. Schubach, Ochrenberg, Touba und Raijsmann waren da, zusammen mit Henryk Mandelbrot. Im Raum verteilt, sagten sie und die übrigen vom Sonderkommando alle ungefähr dasselbe zu den Juden, die wellenartig, immer fünf und fünf, hereinströmten. Unter den Augen eines SS-Offiziers begann ein Sonderkommando-Häftling, Wentzel, seine Fäuste gegen eine Frau einzusetzen, die zu langsam aus den Kleidern kam. Ein halb entkleideter Mann schaute ihn angewidert an und die Frau machte schneller. Dies war ein voller Transport von etwa zweitausend Menschen. Der Auskleideraum füllte sich im gleichen Maße, in dem er sich von jenen leerte, die nackt nach nebenan gingen. Es würde Berge von Sachen wegzuräumen geben. Kleidungsstücke aller Art und in jeder Größe, ebenso wie all die kleinen Kostbarkeiten, die in letzter Minute in der Kleidung oder am Körper versteckt mitgenommen worden waren. Es würden Fotos von Angehörigen dabei sein, ein Ehrenbrief des deutschen Heeres aus dem Ersten Weltkrieg, ein Kamm, ein Ehering von den Großeltern, ein leeres Blatt Papier mit jemandes Unterschrift, ein winziger Teddybär, ein paar schlecht im Futter eines Mantels verborgene Geldscheine, ein Stift, ein Liebesbrief, etwas zu essen für das Baby, ein Busfahrschein mit einer hintendrauf gekritzelten Telefonnummer, eine Kippa für nach dem Duschen.

Henryk Mandelbrot sah Ochrenberg zu einer schönen jungen Frau mit dunklen Augen und vollem schwarzem Haar gehen, die ein Kind bei sich hatte, Schwester oder Tochter, schwer zu sagen. Was war los? Ochrenberg blieb zu lange dort. Was redete er mit der Frau? Er redete zu lange. Sie hörte auf, sich auszuziehen, starrte Ochrenberg an und begann etwas zu rufen. Plötzlich bewegte Ochrenberg sich so schnell er konnte von ihr weg. Aus einiger Entfernung sah Mandelbrot die gespannte, angsterfüllte Stimmung im Umkreis dieser Frau in wilde Panik umschlagen. Der SS-Mann sah es auch. Wie sich kräuselnde Wellen an der Oberfläche eines Teichs, in den jemand einen Stein geworfen hat, breitete sich die Panik aus, je näher an Ochrenbergs Frau, umso heftiger.

»In den Duschen ist kein Wasser. Es ist Gas! Es ist Gas!«, schrie sie.

»Gas?«

»Sie wollen uns vergasen!«

Es prasselte Schläge auf die halb ausgezogene Frau. Die anderen, sogar das Kind, wichen zurück, während der SS-Mann sie zu Boden knüppelte, wütend auf sie einschlug. Sie lag da, keuchend, aus dem zerfetzten Unterkleid sickerte das Blut. Was hatte Ochrenberg sich davon erhofft? Der Rest des Transports wurde die Treppe hinuntergetrieben, während die junge Frau bewusstlos am Boden lag. Mandelbrot musste ihr hysterisch gewordenes Kind ausziehen. Es strampelte aus Leibeskräften, wand sich in alle Richtungen, um freizukommen, wand sich wie besessen in Mandelbrots Armen. Wenn er losließ, würden sie auch das Kind schlagen.

Die letzten Fünferreihen sahen unvermeidlich das Entsetzen derer, die vor ihnen waren. Sie sahen die junge Frau zusammengebrochen inmitten der Kleiderhaufen. Eine Mutter unter den Letzten schrie: »Mein Sohn! Mein Sohn ist weg! Er trägt einen blauen Mantel. Einen blauen Mantel hat er an. Er ist erst drei. Ich will nur meinen Sohn suchen. Er war eben noch ...« Sie begann sich die Treppe hinaufzuarbeiten, nur um ihren Sohn zu suchen, erklärte sie, aber ein SS-Mann packte sie um die Taille, warf sie zu Boden und schoss ihr in den Kopf. Inzwischen hatten die meisten des Transports den Auskleideraum verlassen und befanden sich entweder in dem Korridor, der zur Gaskammer führte, oder schon in der Gaskammer.

Unbekleidet gingen sie durch die Tür, die einzige Tür, mit dem Schild »Zur Desinfektion«. Fremde standen nackt zusammen in diesem Raum mit einer wesentlich niedrigeren Decke. Zuerst standen sie einzeln, aber als mehr und mehr Menschen hereinkamen, waren sie gezwungen, näher und näher aneinander zu rücken, bis sie sich zwangsläufig berührten. Kinder weinten. Erwachsene versuchten, sie zu trösten. Erwachsene weinten. Kinder suchten und riefen ihre Eltern, während der Raum sich füllte.

»Wo bist du? Bist du hier? Nimm mich an die Hand.«

Manche schämten sich zu sehr, um sich gegenseitig anzuschauen. Manche schauten sich verwundert um. Was für eine Welt war das? Da stimmte etwas nicht. Es fühlte sich schlecht an. Manche schauten nach oben, auf die Duschköpfe. Manche hielten Ausschau nach dem Gott, dem sie, ihre Eltern und Großeltern stets zu gefallen versucht hatten. Manche riefen wütend nach den Deutschen. Sie blickten sich im ganzen Raum um, während andere schrien, sich zuriefen, ihre Kinder, die SS, den lieben Gott riefen. Die Lampen an der Decke waren durch ein Drahtgeflecht geschützt. Wenn irgend möglich, standen Familien eng zusammengedrängt. Sie umarmten sich. Ahnte ein Vater die Wahrheit, nahm er Frau und Kinder in die Arme, ohne seine Ahnung auszusprechen, aber sie sahen ihn leise weinen, und dann weinten sie auch. Bald weinten alle um sie her. In der Mitte des Raums befanden sich vier aus mehreren Schichten Metalldraht gefertigte Säulen.

Die Menschen waren zu desorientiert und verstört, um die Säulen sofort zu bemerken. Wer dachte schon an die Architektur des Raums? Würde das Wasser heiß sein? Oder warm? Gab es wirklich genug Duschen für all diese Leute? Aber bald, im nächsten Moment, würde jeder im Raum die Säulen bemerken. Er war restlos vollgestopft und an der Tür schrie jemand in unerhörter Not. Dieser Schrei kam von der letzten Person, die mit einem SS-Gewehr geschlagen und hineingezwängt wurde. Es war kein Platz mehr da. Die Wahrheit wurde klarer. Sie befanden sich allesamt in einer Gaskammer. Viele wussten nun, was geschehen würde, nachdem ein SS-Mann die beschichtete Tür geschlossen hatte.

Im Auskleideraum sahen Mandelbrot und die anderen Häftlinge seiner Gruppe, einschließlich Schubach, Ochrenberg, Touba und Raijsmann, einander an und dann die Kleiderberge. Sie waren taub. Sie waren ständig taub. Manchmal waren sie dankbar, nicht selbst in der Gaskammer zu sein, aber meistens fühlten sie nichts.

»Worauf wartet ihr, Dreckskerle?«, brüllte ein SS-Mann. »Schafft die Kleider raus!«

Mit der Spitze seines Stiefels auf die Mutter des vermissten dreijährigen Jungen in dem blauen Mantel deutend, sagte der SS-Offizier, der sie erschossen hatte, zu Mandelbrot: »Da ist noch eine für dich«, steckte die Pistole ein und strebte eilig hinaus, um die Vergasung von außen durch ein Fenster zu beobachten. Dann hielt er plötzlich inne, drehte sich um und sagte zu Mandelbrot: »Wenn die Öfen noch voll sind, bring sie zu den Gruben. Aber schnell. Ich habe noch was anderes zu tun für euch.«

Vor dem Krematoriumskomplex parkte ein kleiner Lastwagen, getarnt mit dem Zeichen des Roten Kreuzes, aus dem nun verschlossene Blechbüchsen genommen wurden. Ein SS-Mann zog eine Gasmaske über und machte sich mit einem Hammer und einem Ringeisen daran, die erste Dose zu öffnen. Ihr Inhalt, Zyklon B, war ein hochporöses, gipshaltiges und mit Blausäure getränktes Granulat. Der Mann mit Gasmaske öffnete die leicht herausragenden Luken, die durch das Dach mit den vier Säulen aus Metalldraht verbunden waren, und schüttete das Zyklon B hinein. Wer diese Aufgabe erfüllte, bekam eine Sonderration Zigaretten und durfte, vorausgesetzt dass nicht zu viele Offiziere ihm die Sicht versperrten, die Vergasung durch ein versiegeltes Guckloch in der Tür beobachten.

Die grünen Zyklon-B-Körner fielen auf den Grund der vier hohlen Säulen und begannen, erwärmt von der Luft in der vorgeheizten, überfüllten Kammer, das flüchtige Giftgas freizusetzen und es durch die Löcher der Drahtummantelung im Raum zu verbreiten. Den Menschen neben den Säulen stockte vor Schreck der Atem, aber gleich darauf rangen sie nach Luft. Dann begann das Husten überall, und innerhalb von Minuten waren die Menschen nicht mehr sie selbst. Die Blausäure raubte ihren Zellen den Sauerstoff, sie wurden erstickt. Je mehr das Gift wirkte, umso mehr schrien auch die inneren Organe nach Sauerstoff, ein Grauen, das mit keiner menschlichen Erfahrung zu vergleichen war, ein Augenblick hemmungsloser, prärationaler, ursprünglicher Panik. Aber die Menschen waren physisch nicht in der Lage, den Atemreflex zu unterdrücken, und so atmeten sie immer mehr Gift ein.

Das von den Körnern am Grund der Säulen freigesetzte, durch die Öffnungen der Ummantelung verbreitete Zyklon B stieg nach oben. Die tiefsten Punkte im Raum waren zunächst am giftigsten, doch die anderen Regionen holten mit jeder Sekunde auf. Unmittelbar bevor das Gas den gesamten Raum befallen hatte, begann das Klettern. Die Menschen waren nicht annähernd mehr dieselben, die sie ihr ganzes Leben lang gewesen waren, bis zu dem Moment, da die Körner ihre Wirkung entfalteten. Mit schwindendem Bewusstsein begannen sie sich nicht mehr wie Eltern oder Ehemänner, Frauen oder Freunde oder Brüder und Schwestern zu benehmen, sondern wie die einfachsten Organismen, die in ihrem Überlebenskampf zu nichts mehr fähig waren als dem verzweifelten Versuch, dem aufsteigenden Gas, das den Raum erfüllte, zu entkommen. Die Kleinsten, die Schwächsten, die Kränklichsten wurden erdrückt, als der Mann mit der schönen Stimme, der Tischler, der jüngere der beiden Ärzte, der Ingenieur, der Dieb nach oben kletterten, unter sich den Körper, womöglich den Kopf der Frau, die ihren Ehemann oft peinlich fand, des elfjährigen Jungen mit dem gewellten Haar, des Lehrers, der Prostituierten, der Tochter des Steinmetzen, des Künstlers, der seine Zeichnungen nie jemandem gezeigt hatte, des alten Mannes, der beim Auskleiden so langsam gewesen war, der Frau, die Modezeitschriften liebte, ihrer Tochter. Der Kinder und der Greise.

Schnell waren die Qualen extrem. Den Menschen trat Schaum vor den Mund. Ihre Augen quollen hervor. Ihre Körper zuckten in wilden Krämpfen, während das Gas auch den letzten Rest Sauerstoff, den sie finden konnten, nutzlos machte. Nach drei Minuten bluteten sie, manche vom Gedränge, den Versuchen, nach oben zu klettern, aber alle von der Wirkung des Gases. Sie bluteten aus den Nasen. Sie bluteten aus den Ohren. Sie verloren jede Körperbeherrschung, und viele wurden in einen Sumpf aus Blut, Urin, Erbrochenem und Kot zurückgestoßen, während sie alle, Individuen mit Gedächtnissen, Gefühlen, Ambitionen, Beziehungen, Meinungen, Werten und Errungenschaften, zu einem einzigen Knäuel menschlicher Wesen verschmolzen, beschmutzt von ihren eigenen Körperflüssigkeiten, alle keuchend, mit zuckenden Gliedern und im Todeskampf verzerrten Gesichtern. Bei dem sekundenschnell wachsenden Sauerstoffmangel im Gehirn und den Organen muss es ein Zustand unvorstellbarer Angst und Pein gewesen sein, in dem sie ihre letzten Gedanken dachten. Die Sonderkommando-Häftlinge im Auskleideraum hörten die Schreie und kannten das Muster genau: lauter, lauter, immer lauter, bis ein Höhepunkt erreicht war und es allmählich abflaute. Sie arbeiteten weiter, jeder verzweifelt auf den Moment wartend, in dem es still wurde. Sie wussten, er würde kommen, aber sie konnten ihn nicht erwarten. Wenn die Stille eintrat, war der Todeskampf nebenan vorbei, und es würde diesen Männern, denselben, die die Opfer zuletzt lebend gesehen hatten, überlassen bleiben, ihn beim Öffnen der Tür von den höllisch verzerrten Gesichtern und den verkrampften Haltungen in dem Knäuel der Leichen abzulesen.

Henryk Mandelbrot zog die ermordete Mutter des dreijährigen Jungen aus und warf ihre Kleider auf den Haufen. Wissend, dass die Öfen noch voll waren, schleifte er sie am Arm zu den offenen Gruben, wo die aufgetürmten Leichen eines früheren Transports darauf warteten, von Sonderkommando-Häftlingen ins Feuer geworfen zu werden. Als er näher kam, stiegen die Flammen höher, als sein Auge reichte. Er hustete, würgte fast von dem Gestank. Die hier arbeitenden Männer hatten sich Stoffstreifen vor Mund und Nase gebunden, aber Mandelbrot war nur gekommen, um eine einzelne Leiche zu entsorgen. Es war nicht seine Gruppe. Ihm stiegen Tränen auf. Er ließ die Hand der toten Frau los, um sich die Augen zu reiben, und da sah er die arbeitenden Männer um ihn her abrupt innehalten. Er sah, dass sie alle in eine Richtung starrten, auf Hauptscharführer Moll, der am Rand der Grube stand.

Hauptscharführer Moll hatte ein in einen blauen Mantel gewickeltes Bündel auf den Armen, einen dreijährigen Jungen mit dunkelbraunem Haar, der nach seiner Mutter schrie. Er ließ das Kind fallen, sodass es atemlos vor Schock auf dem Rücken liegen blieb. Dann, mit hoch erhobenem, frisch poliertem Stiefel, stampfte Moll ihm ins Gesicht. Das Kind schrie aus Angst vor dem, was es zu sich herunterkommen sah, dann wimmerte es in Agonie. Hauptscharführer Moll bückte sich und hob den entstellten Jungen auf. Er nahm dem blutüberströmten Kind den blauen Mantel ab, warf ihn sich über die Schulter und schmiss es wie einen Mehlsack auf den Haufen brennender Leichen. Henryk Mandelbrot hörte den Jungen aus dem Feuer schreien. Er war nicht tot gewesen, als er hineingeworfen wurde. Mandelbrot nahm den nackten Körper seiner Mutter und schleuderte ihn dorthin, wo ihr Sohn lag, so nahe er konnte. Dann eilte er zum Auskleideraum zurück.

Schubach, Ochrenberg, Touba, Raijsmann, Wentzel und die anderen waren noch damit beschäftigt, die Kleiderberge zu sortieren. Die Gaskammer hätte in der Zwischenzeit geöffnet werden müssen, aber aus irgendeinem Grund schien es eine Verzögerung zu geben. Das wurde Mandelbrot gerade bewusst, als Oberscharführer Schillinger umgeben von einer Gruppe SS-Männern erschien.

»Sind alle hier?«, fragte er einen der SS-Leute.

»Ja.«

»Keiner fehlt?«

»Nein. Der eine ist eben zurückgekommen.«

»Gut. Dann los, alle Mann rüber zu den Öfen von Krematorium III. Marsch! Beeilt euch! Alle!«

Mandelbrot wusste genauso gut wie jeder andere von denen, die mit ihm im Auskleideraum waren, dass weder die Öfen von Krematorium III noch irgendeiner der Verbrennungsöfen, die zu den vier Gaskammern und Krematoriumsanlagen in Birkenau gehörten, freie Kapazitäten für zusätzliche Leichen hatten. Die Öfen waren mit den anfallenden Massen überlastet und hielten nicht mit. Das war der Grund, warum die offenen Gruben im Freien wieder benutzt wurden. Es ergab keinen Sinn für diese

Männer, sich zu den Öfen von Krematorium III zu begeben, zumal sie mit ihrer eigenen Arbeit – dem Kleiderhaufen des letzten Transports im Auskleideraum von Krematorium II – nicht fertig waren. Außerdem befanden sich die zweitausend soeben vergasten Menschen, jetzt Leichen, noch immer in der Gaskammer nebenan, die dringend geräumt und gereinigt werden musste. Die Nächsten warteten schon draußen im Hof, wo ein SS-Offizier ihnen die Notwendigkeit einer Desinfektion erklärte, bevor sie zu ihrer neuen Arbeit geschickt würden.

Aber was immer sie befürchten mochten, welche Gründe hinter dem Befehl steckten, nichts hielt sie davon ab, Oberscharführer Schillinger auf der Stelle zu gehorchen. Besser wären sie direkt gegen den Elektrozaun gerannt, um es auf diese Weise zu beenden. Also gingen sie alle, ohne SS-Bewachung und ohne Zögern, zu den Öfen von Krematorium III. Der Geruch nach verbranntem Fleisch war ekelhaft. Einige mussten würgen. Einer der dort arbeitenden Heizer, Zalman Gradowski, sah die Gruppe ankommen, als er gerade die Leiche eines jungen Mannes, die letzte von dreien, auf eine Metalltrage legte und in die Ofenmuffel schob. Dann schloss er die schwere halbrunde Ofentür, und die Körper begannen zu brennen.

»Was macht ihr denn alle hier? Noch mehr schaffen wir nicht. Schaut nur!«, sagte er auf einen Stapel mit Leichen deutend, die noch in die Öfen zu schieben waren. »Sag, Mandelbrot, was soll das?«

»Ich weiß nicht. Schillinger hat uns herbefohlen. Er sagte nicht, warum.«

Bei dem Namen Schillinger unterbrach Gradowski, was er gerade tat. Er sah Mandelbrot an, um ihm die Erklärung aus den Augen abzulesen, wenn sie ihm nicht in Worten über die Lippen kam. Doch im selben Moment sah er Oberscharführer Schillinger eskortiert von einem Trupp SS in den Verbrennungsraum kommen.

»Hol deine Stücke wieder raus«, befahl er Gradowski, wobei »Stücke« sich auf die Leichen im Ofen bezog. So einen Befehl hatte noch nie jemand gehört. Die Männer an den anderen Muffeln ließen ihre Arbeit ruhen und schauten sich um.

»Hat euch jemand gesagt, ihr sollt aufhören zu arbeiten? Weiter!«, brüllte Schillinger sie an, und sie nahmen unverzüglich ihre Arbeit wieder auf.

Zalman Gradowski hatte nicht vor, Schillingers Zorn zu riskieren, dennoch konnte er nicht glauben, dass er den Befehl richtig verstanden hatte. Was war gefährlicher, die Verbrennung der gerade in den Ofen beförderten Leichen abzubrechen, obwohl ihm und den anderen ständig befohlen wurde, die Sache zu »beschleunigen«, oder nachzufragen, ob er richtig gehört hatte? Einen Augenblick starrten alle, einschließlich der SS-Leute, die mit Schillinger gekommen waren, auf Gradowski. Nur Minuten zuvor hatte er in aller Ruhe seine Arbeit getan, Menschenverbrennen, gefühlsmäßig taub nach so vielen Leichen, so vielen Schichten. Seine Gedanken waren in die Vergangenheit entflohen, in die Zeit vor dem Krieg, wo sich außer seinem Körper alles von ihm befand. Und nun war plötzlich Oberscharführer Schillinger aufgetaucht, stand da und exponierte ihn vor Sonderkommando-Männern, die eigentlich nicht dorthin gehörten. Schillinger befahl ihm etwas, was der logischen Grundlage seines Überlebens widersprach. Dachten sie, er arbeite zu langsam? Was ging hier vor? Zalman Gradowski war verwirrt, und das heißt unter den gegebenen Umständen, er war in Todesangst.

»Ich soll sie rausholen?«

»Hol sie raus, Jude!«, brüllte Schillinger.

Gradowski öffnete die Ofentür und zog die drei Leichen mit einem harkenähnlichen Gerät aus der Muffel und auf die Metalltrage. Nun war der Geruch unerträglich, zwei der SS-Männer würgten. Die Hände und Füße der beiden ersten Leichen, an manchen Stellen rot, an anderen verkohlt und voller Blasen, waren schon geschrumpft und krümmten sich.

»Leg sie auf den Boden«, sagte Schillinger, diesmal gelassen.

Mit einer Harke, die er wie eine Gabel benutzte, nahm Gradowski eine Leiche nach der anderen von der Trage. Niemand sagte ein Wort, während er das tat. Niemand wusste, was das werden sollte. Gradowski war vollkommen ratlos, als Schillinger sich plötzlich umdrehte zu Mandelbrot, Schubach, Ochrenberg, Touba, Raijsmann, Wentzel und den anderen, die auf seinen Befehl vom Auskleideraum herübergekommen waren, und in aller Ruhe begann, ihnen eine Ansprache zu halten. Die anderen Heizer spitzten die Ohren, ohne sich etwas anmerken zu lassen.

»Beim letzten Transport hatten wir ein paar Probleme im Auskleideraum, nicht wahr? Das hat uns aufgehalten. Manchmal gibt es Verzögerungen, die außerhalb unserer Kontrolle liegen. Das verstehe ich. Das macht uns allen zu schaffen. Es gibt so vieles, was durchgestanden werden muss. Aber gerade eben haben wir ein Problem erlebt, das glücklicherweise leicht zu beheben ist.«

Er hielt inne und drehte sich wieder zu dem Muffelofen um. Er trat einen Schritt näher an die Öffnung, hineinspähend, um das nie erlöschende Feuer zu studieren. Die ungemeine Hitze trieb ihm sogar aus der Entfernung Schweißperlen ins Gesicht. Gelassen fuhr er fort zu reden, während er sich mit einem Taschentuch die Stirn wischte.

»Hört zu. Wenn ihr die Leute warnt, geraten sie in Panik. Wenn sie in Panik geraten, verlieren wir Zeit, und das schadet uns allen«, sagte er, während er von dem Ofen zurücktrat, sich abermals die Stirn wischte und prüfte, inwieweit die Feuchtigkeit von dem ansonsten blütenweißen Tuch aufgesogen worden war. »Wir sagen es euch die ganze Zeit. Ihr könnt nicht behaupten, das täten wir nicht. Sagt einfach, was ihr sagen sollt. Es ist nicht schwer, sich das zu merken, und es macht euch die Arbeit sehr viel leichter. Warnt sie nicht. Bitte, warnt sie nicht«, sagte er sanft. Dann schloss er wie erschöpft die Augen und nickte kurz, nur ein Mal, woraufhin, ehe das Sonderkommando begriff, was geschah, drei SS-Männer Ochrenberg packten, zwei an den Armen und einer an den Beinen, und ihn mit dem Kopf zuerst in Gradowskis gähnenden Ofen schoben. Der Klang von Ochrenbergs Schreien aus dem Inneren des Ofens ließ alle im Raum ihre Arbeit unterbrechen, aber diesmal schien die unverhoffte Pause Oberscharführer Schillinger ganz und gar nicht zu stören. Die kurze verlorene Zeit war eine Investition in Effizienz. Jetzt konnten sie in den Auskleideraum zurückkehren, ehe sie die Gaskammer leerten und ein neuer Mann von einem neuen Transport gebracht wurde, um sich ins Sonderkommando einzureihen und Ochrenberg zu ersetzen.

Das alles ereignete sich innerhalb der ersten fünfundsiebzig Minuten einer einzigen Tagesschicht von Henryk Mandelbrots Zeit beim Sonderkommando in Birkenau.

»Warum haben Sie sie nicht gewarnt?«, hatte Lamont Williams gefragt. Dreiundsechzig Jahre später, am Tag vor seiner Entlassung aus dem achten Stock der Memorial-Sloan-Kettering, erzählte Mr Mandelbrot dem Mann vom Gebäudeservice vom Tod eines Mannes namens Ochrenberg.

Monate sollten vergehen, bis sie sich wiedersahen. Der alte Mann verbrachte einige Zeit bei seiner Familie auf Long Island, ehe er in die Stadt zurückkehrte, um das ambulante Betreuungsangebot der Klinik zu nutzen. Dann, als der Winter nahte, wurde er wieder stationär aufgenommen, und erst da sahen die beiden sich wieder. Aber in der Zwischenzeit verging kaum ein Tag, ohne dass Lamont an jenen Mann dachte, von dem Mandelbrot ihm erzählt hatte. Es gab vieles, was er den abwesenden Patienten fragen wollte. In verschiedenen Situationen, nachts, auf seinem Weg von der Arbeit nach Hause oder wenn er in der Mittagspause einfach nur die Second Avenue entlangspazierte, hatte Lamont das Bedürfnis, von Ochrenberg zu erzählen, vom Tod jenes Mannes, der die junge Frau in einem der Auskleideräume des Lagers Birkenau gewarnt hatte. Oft waren viele Menschen im Gristedes-Supermarkt, viele Studenten im Umkreis der Rockefeller University und ziemlich viele Leute in der Bank. Immer war Betrieb in den Nagelstudios und den Reinigungen, und es waren immer viele Leute mit ihren Hunden unterwegs. Aber er fand nie jemanden, dem er von Ochrenberg erzählen konnte.

Jede Woche erhielt Adam von Sahera Shukri, der Bibliotheksleiterin am IIT in Chicago, eins oder manchmal mehrere frisch digitalisierte Transkripte der Interviews, die Henry Border im Sommer 1946 mit Überlebenden des Holocaust geführt hatte. Er tat sein Bestes, um mitzuhalten, aber er hatte immer noch Lehrverpflichtungen zu erfüllen. Er las die Transkripte, um mehr über den wenig bekannten Psychologen Border zu erfahren, den unfreiwilligen Pionier jener geschichtswissenschaftlichen Methode, die heute »Oral History« genannt wird. Er las sie auch in der Hoffnung, eben das zu finden, was ihn überhaupt zu Border geführt hatte: einen Beleg dafür, dass afroamerikanische Truppen an der Befreiung des Konzentrationslagers Dachau beteiligt gewesen waren.

Er hatte William McCray mehrmals zum Kaffee getroffen und kannte die Zurückhaltung des alten Mannes, der aus Höflichkeit immer eine angemessene Zeit verstreichen ließ, ehe er fragte: »Was gibt's Neues aus Chicago? Hast du etwas über schwarze Truppen in Dachau gefunden?« Adam hatte noch nichts gefunden, aber wie er William sagte, wartete noch ein ganzer Haufen ungelesenes Material. Nicht nur, und das munterte William besonders auf, dass viele der Drahttonaufnahmen noch nicht digitalisiert waren, sondern es gab auch Spulen, die Border selbst nicht mehr bearbeitet hatte. Wer weiß, was da noch alles ans Tageslicht zu holen war?

Adam stellte sich vor, wie die Situation für Border gewesen sein musste. Abgesehen davon, dass es ihm zu Lebzeiten nicht gelungen war, größeres allgemeines Interesse dafür zu wecken, was den interviewten DPs während des Kriegs zugestoßen war, hatte er es nicht einmal geschafft, alle seine Drahttonaufnahmen zu transkribieren. Er starb ohne zu wissen, ob ein Großteil der wichtigsten Arbeit seines Lebens je von einem Menschen gelesen oder auch nur wahrgenommen werden würde. Und vielleicht wäre das tatsächlich nie geschehen, hätte Adam nicht eine wissenschaftliche Untersuchung beschlossen, nachdem er über die Interviews gestolpert war und ihre Bedeutung ebenso erkannt hatte wie den unausgesprochenen Schimmer Hoffnung, den sie für ihn persönlich bargen.

Die Arbeit gab ihm schubartigen Auftrieb. Soeben kam er wieder von einer Reise nach Chicago zurück. Die Kosten stiegen. Adam bezahlte Studenten des Elektroingenieurs Arturo Suarez vom IIT aus der eigenen Tasche für die Digitalisierung von Borders unbearbeiteten Tonspuren. Das war teuer, aber er dachte sich, das Geld sei gut angelegt, es würde ihm helfen, das Projekt an sich zu binden, ehe irgendwelche anderen Historiker ihm zuvorkämen, fest angestellte Akademiker, die sich den Kopf nicht über ein Leben ohne den Schutz und das Prestige einer Universität zerbrechen mussten. Deswegen fand er es die Sache wert, nach Chicago zu fliegen, statt nur dort anzurufen oder E-Mails auszutauschen. Zweck seiner jüngsten Reise war die Befragung einer weiteren Person aus Borders Studentenkreis gewesen, Amy Muirden, eine von denen, die ihre Masterarbeit über den »Adjektiv-Verb-Quotienten« geschrieben hatten.

Amy Muirden, eine entzückende, sehr angenehme alte Dame über achtzig und berufserfahrene Psychologin, hatte Adam weitere Einblicke in Borders Persönlichkeit als Lehrer, Intellektueller und Mann verschafft. In begrenztem Umfang konnte sie auch von seiner häuslichen Situation berichten, von seiner Tochter Elise und der Haushälterin Callie, die, obwohl nicht viel älter als Amy, damals schon einen halbwüchsigen Sohn gehabt hatte. Amy kannte sie alle, weil Border die Abendseminare für seine Masterstudenten bei sich zu Hause hielt. Sie erinnerte sich, dass Callie irgendwann geheiratet hatte und sie eine Zeit lang zu dritt – Callie, Russell und der neue Ehemann, ein Arbeiter aus der Fleischfabrik – mit Dr. Border und Elly, wie Elise genannt wurde, unter einem Dach wohnten. Russell, erinnerte sie sich, arbeitete mit seinem Stiefvater in der Fabrik.

Am Ende des Seminars reichte Callie immer ein paar Erfrischungen, und Elly half ihr dabei. Manchmal saß Elly, die damals ungefähr siebzehn gewesen sein musste, sogar mit in den Seminaren. Die männlichen Studenten schenkten ihr besondere Aufmerksamkeit, aber keiner wie Wayne Rosenthal. Das merkte jeder. Gelegentlich von den anderen geneckt, protestierten Wayne und Elly mit Unschuldsbeteuerungen, aber ihr Interesse füreinander war unbestreitbar. Amy konnte sich nicht erinnern, dass Dr. Border wegen Waynes Zuneigung zu seiner Tochter auch nur im Geringsten beunruhigt gewesen wäre. Genau genommen war sie, als Adam die Vermutung äußerte, ebenfalls der Meinung, dass Wayne Rosenthal wohl Borders Lieblingsstudent gewesen war, vielleicht ein bisschen vor Arch Sanasarian. Und welche der Studentinnen? Amy Muirden war zu höflich, es zu sagen, aber Adam schätzte, dass sie es gewesen war. Allen Berichten nach hatte Dr. Border versucht, niemanden zu begünstigen und seinen beißenden Humor gelegentlich auch gegen Rosenthal gerichtet. Aber Wayne schien sich nicht daran zu stören. Die Bindung zwischen ihm und Border mochte besonders stark gewesen sein, weil Wayne besser als jeder andere in der Lage war, Border bei seiner Arbeit zu helfen.

»Sehen Sie, Wayne war nicht nur Jude, sondern seine Eltern waren osteuropäische Einwanderer, die zu Hause jiddisch sprachen. Seine Muttersprache war Jiddisch, was ihm bei den Drahttonaufnahmen zugutekam. Seine Hilfe beschränkte sich nicht auf die technische Seite der Dinge, wie bei Arch. Er konnte die Aufnahmen abhören und sie übersetzen. Er brachte viele Stunden damit zu, teils auf dem Campus und teils in Borders Haus. Aber das war ja auch immer eine Gelegenheit, Elly zu sehen, nicht wahr?« Amy Muirden lächelte.

»Ich weiß noch, einmal gab es ein Fest. Ja! Genau. Evie Harmons Bruder hatte seinen einundzwanzigsten Geburtstag, oder vielleicht war es sein Collegeabschluss, jedenfalls wurde eine richtig große Sache aufgezogen. Die Harmons waren furchtbar reich, jedenfalls nach den damaligen Standards. Oh, ich greife vor. Entschuldigung. Evie Harmon war in unserer Gruppe, eine der Masterstudentinnen, die ihre Arbeit über den ›Adjektiv-Verb-Quotienten‹ schrieben. Manchmal nahm Dr. Border sie etwas auf den Arm, aber liebenswürdig.«

»Weswegen?«

»Ach wissen Sie, Evie hatte die besten Schulen besucht, und sie ließ es die anderen gern wissen. Ihr Vater war der Orgel-Fabrikant. Kennen Sie die Harmon-Orgeln? Die standen in jedem Filmtheater in Chicago, vielleicht sogar im ganzen Land. Das war ihr Vater, in alles vernarrt, was mit Tontechnik zu tun hatte, und ich glaube, daher kam auch seine Freundschaft mit Marvin Cadden. Ich kann mich vage erinnern, dass es die familiäre Verbindung zu ihm war, die Evie in Borders Seminar gebracht hatte. Egal, die Harmons waren sehr wohlhabend, und als ihr Bruder ein Fest gab, durfte auch Evie ihre Freunde einladen. Sie lud die ganze Gruppe von Borders Masterstudenten ein, alle. Wir waren etwas überrascht, weil keiner von uns das Geld hatte, einfach so zu Familienfesten einzuladen, Leute, wissen Sie, die nicht zum engsten Freundeskreis gehörten. Aber nicht nur das, sie lud auch Dr. Border ein und sogar Elly, die eine Art … wie soll ich sagen? Sie war wie ein Maskottchen geworden, wenn das nicht zu beleidigend klingt. Ich meine, de facto war sie fast eine Kursteilnehmerin, ermuntert von den männlichen Studenten, insbesondere von Wayne. Ich erinnere mich daran, weil Evie mir erzählt hatte, sie würde Elly und Dr. Border einladen, und ich wirklich nicht damit gerechnet hätte, dass er kommt. Ich meine, obwohl er uns nach den Seminaren bei ihm zu Hause immer eine Kleinigkeit zu essen anbot, habe ich ihn nie … wissen Sie … bei irgendwas erlebt, was man gesellig nennen könnte, keine Albernheiten, wissen Sie. Aber er kam, vielleicht weil Marvin Cadden dort sein würde. Cadden war ein wichtiger Mann auf dem Campus, und ich weiß noch, wie erstaunt ich war, dass nicht nur Elly kam, sondern auch Border. Wissen Sie, dabei fällt mir wieder ein, sogar Callie war da. Natürlich nicht als Gast. Das ist wahr! Evies Familie brauchte Hilfe für die Bewirtung, und am Ende engagierten sie Callie und ihren Sohn zum Bedienen oder was auch immer. Die Border-Gruppe kannte niemanden von den anderen, also rotteten wir uns zusammen. Elly war bei uns und Dr. Border nie allzu weit entfernt. Das Haus und der Garten, alles war ungemein beeindruckend, aber nachdem Evie uns die ganze Pracht einmal gezeigt hatte, standen wir meistens zusammen in der Nähe der Bar herum. Ich will nicht sagen, wir hätten viel getrunken oder so was, aber … ja, es gab einen Zwischenfall. Ich habe es kaum richtig mitbekommen, aber es war etwas. Irgendwas zwischen Border und Wayne Rosenthal. Ich weiß nicht, was genau. Als hätten sie sich gestritten. Ich weiß, das klingt unwahrscheinlich, weil Wayne immer furchtbar respektvoll gegenüber dem Professor war, wie wir alle übrigens, aber irgendetwas war passiert. Keiner von uns wusste genau was, ich erinnere mich nur, dass es Elly betraf. Tut mir leid, die Einzelheiten weiß ich nicht.«

»Das ist ja auch sehr lange her.«

»Es wäre unangemessen gewesen, Border zu fragen, und Wayne wollte ganz klar mit keinem von uns reden. Sie müssen bedenken, das waren andere Zeiten, damals … Man redete nicht so frei über seine Gefühle. Schauen Sie, ich weiß nicht mal, wie viel Elly wusste. Ich erinnere mich, dass ich dachte, es müsse etwas mit ihr zu tun haben, aber warum ich das dachte, weiß ich heute auch nicht mehr. Ich glaube, Wayne Rosenthal ist noch am Leben. Haben Sie ihn kontaktiert?«

»Ich habe es versucht, aber er will nicht mit mir sprechen. Der Sohn hat mir eine E-Mail geschickt, sein Vater wolle nicht über Dr. Border oder seine Arbeit reden.«

»Vielleicht geht es ihm gesundheitlich nicht gut. Ich habe ihn seit zwanzig Jahren nicht gesehen, aber ich weiß, dass er seine Frau verloren hat.«

»Mag sein, aber ich glaube, das ist es nicht. Der Sohn bringt jedenfalls in seiner E-Mail keine derartigen Entschuldigungen vor. Er stellt einfach nur sehr deutlich klar, dass sein Vater nicht über Dr. Border oder seine Arbeit sprechen möchte. Amy, ich frage mich, ob Sie nicht als alte Studienfreundin ein gutes Wort für mich einlegen könnten? Vielleicht –«

»O nein, Dr. Zignelik –«

»Adam.«

»Adam, tut mir leid, das kann ich nicht. Ich habe ihn so lange nicht gesehen. Ich würde mich nicht wohlfühlen dabei. Aber Arch könnte ihn vielleicht dazu bewegen. Ich weiß, er hat viel mehr Kontakt gehalten, auch in jüngster Zeit. Arch ist so ein netter Mann. Alle mögen ihn. Wer könnte ihm etwas ausschlagen?«

»Wayne Rosenthal.«

»Wie bitte?«

»Rosenthal hat es ihm ausgeschlagen. Arch hat sich schon für mich eingesetzt, aber dieselbe Antwort bekommen, die sein Sohn mir gegeben hat. Ich konnte nur meine Adresse hinterlassen, falls er es sich anders überlegt. Vielleicht hat es gar nichts mit meiner Forschung zu tun. Ich meine, die Art, wie sein Sohn sich ausgedrückt hat ... Das klang, als könnte ich Wayne über alles Mögliche befragen, nur nicht über Border – zu allem anderen wäre er bereit.«

Amy Muirden blickte Adam forschend an, mit einer Ernsthaftigkeit, die vorher nicht da gewesen war.

»Dann vermuten Sie also, Sie werden ... gar nicht mit Wayne sprechen?«

»Es sieht so aus, ja.«

»Ich weiß wirklich nicht, ob ich ... Es ist Jahre her, aber ... ich habe Wayne versprochen, nie etwas zu sagen ... Es war streng vertraulich, das musste ich ihm schwören.«

»Alles, woran Sie sich erinnern, könnte hilfreich sein.«

»Nach dem Fest bei den Harmons kam Wayne zu mir, völlig aufgelöst, in einem schrecklichen Zustand. Er wollte nichts sagen, aber ich habe es aus ihm herausgelockt, mit dem Versprechen – das ich gerade breche –, es nie einer Menschenseele zu erzählen. Ich habe ihm gesagt, wenn er sich besser fühlen wolle, müsse er darüber reden. Wir waren schließlich alle Psychologen. Nicht, dass *ich* es sein müsste, aber –«

»Was hat er Ihnen erzählt?«

»Er sagte ... Er glaubte, er sei auf ein Interview gestoßen, das etwas über Borders Frau enthielt, was während des Kriegs mit ihr geschehen war. Er hatte Border auf dem Fest oder kurz vorher darauf angesprochen. Da jedenfalls hat alles angefangen ... auf dem Fest.«

»Wissen Sie, was das für eine Geschichte war, das mit seiner Frau?«

»Nein, das hat Wayne mir nicht erzählt.«

»Wirklich nicht?«

»Nein, wirklich. Jetzt würde ich es Ihnen sagen.«

»Erinnern Sie sich an sonst etwas?«

»Nein, das heißt … außer ihrem Namen. Er sagte mir ihren Namen, und ich habe ihn nie vergessen … ist das nicht komisch? … Eigentlich wegen eines Gedichts von T. S. Eliot, eines antisemitischen Gedichts sogar. Sie hieß Rosa Rabinowicz. Bei Eliot ist es Rachel, nicht Rosa, aber der Aufhänger hat gereicht. Kennen Sie das Gedicht über Sweeney unter den Nachtigallen, wo es heißt: ›Rachel née Rabinovitch‹? Wenn ich es höre, muss ich immer an die kleine Elly Border denken. Komisch, an was man sich erinnert, nicht wahr?«

Es gab noch andere Spuren in Verbindung mit Border und seiner Arbeit. Insbesondere eine, die noch ergiebiger sein konnte, als Wayne Rosenthal es vielleicht gewesen wäre, die aber sehr viel weiter weg als Chicago führte und daher problematischer war. Mit dem Hin und Her zwischen New York und Chicago hatte Adam seine bescheidenen Ersparnisse schon fast aufgebraucht, aber trotz der Zuversicht, aus seinen Forschungen über Border und die Transkripte ein historiografisch bedeutsames Projekt, womöglich eine wichtige Monografie entwickeln zu können, hatte er noch nichts für einen Antrag beisammen, um in nächster Zukunft eine wissenschaftliche Förderung an Land zu ziehen. Bald würde er schon für die Flüge nach Chicago Schulden machen müssen. Und was seine ursprüngliche Motivation in Bezug auf die Rolle schwarzer Kriegsveteranen in der Bürgerrechtsbewegung, namentlich seine Suche nach Beweisen für die Beteiligung schwarzer Truppen an der Befreiung von Dachau anbelangte, so war bisher noch kein Hinweis aufgetaucht.

Die ferne, möglicherweise ergiebige Spur führte nach Melbourne in Australien. Sie stellte nicht nur eine finanzielle Herausforderung dar, sondern auch eine emotionale. Melbourne, die Heimat seiner verstorbenen Mutter, war die Stadt, in der Adam nach der Trennung seiner Eltern aufgewachsen war. Es war dort gewesen, wo die Großeltern seiner Mutter geholfen hatten, ihn, den Dreijährigen, großzuziehen, wo er vor dem College zur

Schule gegangen war und wo er, das sagte sein Gefühl ihm immer noch, hätte sein müssen, als seine Mutter starb. Trotzdem war diese Spur sicher heißer, verlockender als alles andere, worauf er im Zusammenhang mit Border gestoßen war. Adam hatte eine Überlebende des Holocaust in Melbourne aufgespürt, eine Frau, von der er definitiv wusste, dass sie noch am Leben war, und die sich zu erinnern behauptete, im DP-Lager Zeilsheim von Border interviewt worden zu sein. Er hatte den Namen dieser Frau in Borders Papieren gefunden, das Transkript des Interviews aber noch nicht entdeckt. Es konnte eins von denen sein, die Sahera Shukri und ihre Mitarbeiter noch nicht digitalisiert hatten, oder es war auf einer der Spulen, die sich noch nie jemand angehört hatte.

»Liebster, du kannst nicht warten, bis dieses Transkript auftaucht. Wer weiß, wie lange das dauert«, hörte er Dianas Stimme. »In der Zwischenzeit könnte die Frau sterben.«

»Ich schmeiße schon das Geld mit beiden Händen zum Fenster raus für diese Sache.«

»Adam, das ist nicht rausgeschmissen, du investierst in ein Projekt, das sehr wichtig sein kann, nicht nur für deine Karriere, sondern auch für unser Wissen über diese Zeit.«

»Sein kann, du sagst es.«

»Adam, siehst du da nicht ein Muster … in deinem Leben? Du musst etwas Vertrauen haben.«

»Natürlich, du hast recht. Also wenn du so nett wärst, dich an der Ecke 109th Street und Broadway mit mir zu treffen, dann könnten wir das Vertrauen, das ich haben sollte, meinem persönlichen Berater bei der Chase Manhattan Bank verkaufen, und dann könnte ich nach Melbourne fliegen, um diese Frau zu befragen.«

»Bist du immer noch bei der Chase?«

Plötzlich klingelte es an der Tür.

»Erwartest du jemanden?«

»Nein, das weißt du doch. Du lebst schließlich in meinem Kopf.«

»Mag sein, aber manchmal gehe ich aus.«

Es klingelte wieder, und diesmal ging Adam an die Sprechanlage. »Hallo, ich fürchte, Sie haben die falsche Klingel gedrückt.«

»Nein, hab ich nicht. Ich bin's.«

»Sonja?«

»Kann ich raufkommen?«

»Sicher … Wissen deine Eltern, dass du hier bist?«

»Ich komm rauf!«

Die Hände in den Taschen, stand Adam herum und wartete, bis Sonja oben war. Sie kam herein, ein wenig außer Atem, und sie umarmten sich, wie sie es immer getan hatten, seit sie ein Kind gewesen war, nur diesmal, bemerkte er, ließ sie ihn langsamer los.

»Wissen deine Eltern, dass du hier bist?«

»Ja.«

»Wirklich?«

»Du glaubst doch nicht, dass ich lüge, oder?«

»Nein, natürlich nicht. Du wärst gar nicht fähig, zu lügen. Andere Leute schon, aber du doch nicht.«

»Hey, was soll das heißen?«

»Dann wissen deine Eltern wirklich, dass du hier bist?«

»Hab ich schon gesagt.«

»Das stimmt. Nur … War das nicht so, dass du anrufen solltest, bevor du rüberkommst?«

»Hast du … *Besuch?*«

»Autsch! Du weißt wirklich, wie man einen Kerl verletzt. Es hätte doch sein können, dass ich arbeite.«

»Und, hast du?«

»Ja.«

»Tut mir leid, Adam. Soll ich wieder gehen?« Sie schaute ihn flehend an.

»Nein, ich bin fast fertig. Nimm dir schon mal was zu trinken, in ein paar Minuten bin ich bei dir. Ich muss nur eine Sache zu Ende lesen.«

Sie ging zum Kühlschrank hinüber und öffnete ihn. Adam wollte gerade an seinen Schreibtisch zurück, als er bemerkte, dass sie einfach nur dastand und in den Kühlschrank starrte. Sie kehrte ihm den Rücken zu und rührte sich nicht.

»Sonja, du brauchst das Ding nicht abzutauen.« Sie rührte sich nicht. Es war, als hätte sie ihn nicht gehört.

»Sonja?« Sie verharrte steif und still, immer noch in den Kühlschrank starrend. Er ging zu ihr, um zu sehen, was sie sah.

»Sonja, was ist denn da?« Sie drehte sich um und er sah Tränen über ihre Wangen rollen.

»Hey, Kleine, was ist los?« Er nahm sie in die Arme und drückte sie. »Hätte ich die letzte Dr. Pepper für dich aufheben sollen? Was ist los, Süße?«

»Alles ist so anders jetzt. Keiner sagt was, als wäre es genau wie immer. Ist es aber nicht.«

»Was meinst du?«

»Kommt ihr nie wieder zusammen, du und Diana?«

»Weinst du deswegen? Das solltest du nicht. Das ist *mein* Job.«

»Weinst du denn deswegen?«

»Die ganze Zeit.«

»Wirklich?«

»Sicher, was habe ich anderes zu tun? Aber warum weinst *du?«* Sie begann zu schluchzen, wobei ihre Schultern sich nach dem inneren Rhythmus ihrer Traurigkeit unwillkürlich auf und ab bewegten.

»Adam, sie streiten sich andauernd. Ich hasse das. Du glaubst gar nicht, wie ich das hasse. Heute sollte Grandpa zum Abendessen kommen, aber er war nicht da. Niemand sagt, warum. So war es doch sonst nicht, oder?« Und dann fragte sie aus dem Raum zwischen seinen Armen und seinem Inneren: »Wann ist es so geworden?«

Es war Nacht, und Henryk Mandelbrot, wieder bei der Tagesschicht, befand sich in einer der Baracken, in denen das Sonderkommando untergebracht war. Der Heizer Zalman Gradowski wollte mit ihm sprechen, aber Mandelbrot musste warten. Gradowski war noch nicht fertig mit seinem Abendritual. Jeden Abend am Ende seiner Schicht, nach dem *Appell* und nachdem er gegessen hatte, legte er einen *Tallit* an, einen jüdischen Gebetsschal, der bei der Kleidung eines Opfers gefunden worden war, und sprach das *Kaddisch* für all die Menschen, die er gerade eingeäschert hatte. Das machte er jeden Tag. Jeden Tag schrieb er auch einen heimlichen Bericht über die Arbeit des Sonderkommandos und alles, was er beobachtet hatte. Mandelbrot wusste, was Gradowski tat, und er wusste auch, warum. Er musste es wissen. Mandelbrot war einer der beiden Männer, mit denen Gradowski eine Holzpritsche teilte, und es wäre unmöglich gewesen, das Schreiben vor ihnen zu verbergen. Der andere Mann, desselben Vornamens, war Zalman Lewental, ein polnischer Jude aus dem Städtchen Ciechanow. Auch Zalman Lewental führte ein Tagebuch über die Arbeit des Sonderkommandos.

Gradowski und Lewental, die schon länger dabei waren als Mandelbrot, hatten ihm ihre Absicht erklärt. Diese Niederschriften, hatten sie gesagt, seien Akte des Widerstands. Da es ihnen schien, als würde kein Jude den Krieg überleben, und es so gut wie sicher war, dass keiner vom Sonderkommando überleben würde, hatten sie beschlossen, einen schriftlichen Bericht über die Vernichtung der europäischen Juden bis ins letzte Detail abzufassen und ihn in der Hoffnung auf sein Überleben zu vergraben. Das war das Einzige, was ihnen Antrieb gab, so lange durchzuhalten, wie sie konnten. Es gingen Nachrichten oder vielmehr Gerüchte um, die Russen seien auf dem Vormarsch und das Lager würde bald befreit, aber Gerüchte aller Art hatten sich schon immer genauso schnell im Lager verbreitet wie

Läuse, Typhus und die Ruhr. Die Nazis mochten den Krieg gegen die Alliierten früher oder später verlieren, ihren Krieg gegen die Juden aber würden sie gewinnen. Die beiden Zalmans, Gradowski und Lewental, wollten von dem, was sie sahen, so viel wie möglich aufschreiben, obwohl der sofortige Tod ihnen sicher war, sollte man sie erwischen. Wenn sie glaubten, der richtige Zeitpunkt sei gekommen, würden sie ihr Zeugnis an dem sichersten Ort irgendwo in der Nähe der Krematorien, wo sie arbeiteten, vergraben. Das allein ließ sie durchhalten – das Bedürfnis, zu erzählen, was unvorstellbar bleiben würde.

Es war nicht das Schreiben, worüber Gradowski mit Mandelbrot sprechen wollte. Während Lewental Ausschau hielt, gingen die beiden nach draußen, vor die Baracke, und als sie sicher waren, dass niemand aufmerksam geworden war, begann Gradowski sehr leise zu reden. »Du weißt, dass Lewental hier einen Bruder hat?«

»Ja, ein Elektriker, nicht wahr?«

»Ja … ein Elektriker«, sagte Gradowski. Die Flammen von den Gruben erleuchteten den dunklen Himmel. Die Arbeit der Nachtschicht war angelaufen. Nicht für jede Art Sklavenarbeit in Birkenau wurden Tag- und Nachtschichten gebraucht. Die des Sonderkommandos lief ununterbrochen. Sie hörte nie auf.

»Dann ist Lewentals Bruder also Elektriker, ist es das, was du mir sagen wolltest?«

Was auch immer Gradowski ihm hatte sagen wollen, jetzt schien er äußerst zurückhaltend, fast als wäre er nicht völlig überzeugt, ob er es preisgeben sollte. Der Geruch von verbranntem Fleisch hing in der Luft, während ein neuer Transport ausgeladen wurde. »Lewental meint … wir sollten dir sagen …«

»Dass sein Bruder Elektriker ist?« Gradowski schaute sich um. Es war noch sicher, zu reden. Es war eher ein Flüstern.

»Henryk, hast du mal was von einer Widerstandsbewegung gehört?«

»Im Sonderkommando?«

»Im ganzen Lager.«

»Nein, gibt es eine?«

Gradowski nickte.

»Ja?«, fragte Mandelbrot. »Und was haben die erreicht? Schau da drüben. Das übliche Geschäft.« Er zeigte auf den erleuchteten Himmel über den Verbrennungsgruben, wo die Nachtschicht versuchte, die Dinge zu beschleunigen. »Diese Widerstandsbewegung, wer immer das sein mag, hat sich wunderbar bewährt.«

»Ja, also, so weit hast du ja recht, sie haben zu viel Zeit damit verschwendet, untereinander zu streiten, das hat niemandem genützt außer ihnen selbst«, musste Gradowski zugeben. »Aber neuerdings ist es anders. Wir hoffen, es wird besser.«

In der Ferne bellten die Hunde. Die Arbeit der Nachtschicht lief im genauso wie am Tage. Die Sonne tat nichts zu Sache. Grelle Scheinwerfer beleuchteten die Szenerie. Die Schreie hatten gleich an der Rampe begonnen. Je mehr Schreie, desto mehr Schläge. Eine grobe Gleichung, die sich umso schneller als richtig erwies, je früher die Schreie begannen. Wenn einmal Panik ausgebrochen war, war es sinnlos, die Leute zu beruhigen. Dann war es schon zu spät. Also wollte die SS sie nur noch vorwärtstreiben. Sich die Täuschung und ihnen die Hoffnung ersparen, um mit mehr als den üblichen Schlägen schneller voranzukommen. Dieses drohte eine besonders schwierige Schicht zu werden. Nicht nur, weil zu viele Menschen zu früh in Panik geraten waren, sondern weil die Opfer warten mussten. In der Gaskammer von Krematorium III waren noch Leichen auszuräumen. Der Rückstand wurde immer größer, und das machte die SS zunehmend gereizt.

»Wer ist das, diese Widerstandskämpfer? Wo sind sie?«

»Pst! Hör genau zu. Ich sage dir alles, was ich weiß. Es gibt einen Auschwitz-Birkenau-Zweig des polnischen Widerstands, der mit der polnischen Untergrundarmee außerhalb des Lagers kooperiert.«

»Mit der AK?«

»Ja, die AK hat eine Vertretung im Lager. Und es gibt eine andere Gruppe, die sich *Kampfgruppe Auschwitz* nennt, das sind Linke aller möglichen Nationalitäten, auch Juden aus verschiedenen Arbeitskommandos. Dann sind da noch mehrere jüdische Grüppchen, die … ich weiß nicht, auf welcher Grundlage … ideologisch oder einfach, weil sie aus derselben Stadt kommen … Widerstandszellen gebildet haben.«

»So viel Widerstand überall im Lager!«, unterbrach Mandelbrot. »Ein Wunder, dass noch irgendjemand Zeit hat, vergast zu werden.«

»Na, es sind ja nur die Juden, die vergast werden, nicht wahr? Sicher, manchmal auch Zigeuner und Homosexuelle, aber der Rest, die nicht jüdischen Polen, die Russen, Franzosen, die ganzen Linken und wer da sonst noch ist, die haben Zeit, alle möglichen Pläne auszutüfteln, über jede Kleinigkeit zu streiten, die Pläne umzuschmeißen und wieder von vorn anzufangen.«

»Und sie hassen sich gegenseitig mehr, als sie die Deutschen hassen.«

»Ja, kann sein. Vielleicht ist das der Grund, warum aus ihren Plänen nie etwas geworden ist.«

Vor dem Auskleideraum von Krematorium III hatten die Menschen sich in Bewegung gesetzt. Die ersten Fünf kamen die Treppe herunter, alles Frauen – eine Friseurin, eine Witwe, eine Fotoassistentin, eine Lehrerin und die Cousine eines in seiner Stadt berühmten Geigenlehrers, die selber sehr gut spielte. Die erste unter den nächsten Fünf drängte die Geigerin von hinten. Sie drehte sich um, und schon kamen weitere Fünf herunter.

»Neuerdings scheint sich etwas zu verändern«, flüsterte Gradowski. »Die Auschwitz-Zelle der AK und die *Kampfgruppe Auschwitz* haben ihre Streitigkeiten beigelegt.«

»Wie schön für sie.«

»Vielleicht auch für dich. Sie haben einen sogenannten *Militärrat Auschwitz* gegründet …«, Gradowski beugte sich vor, »um einen Aufstand zu planen und durchzuführen.«

»Einen Aufstand?«

»Ja, und das Sonderkommando soll sich daran beteiligen. Geplant ist nicht nur eine Massenflucht aus dem gesamten Lager, sondern die Gaskammern und Krematorien sollen gesprengt und zerstört werden.«

»Und da ist das Sonderkommando gefragt?«

»Wir haben nun mal das Privileg, hier zu leben und zu arbeiten. Und sterben werden wir sowieso hier. Es gibt Pläne, aber auch schon konkrete Bemühungen, den Häftlingen Waffen zu verschaffen.«

»Waffen?«

»Kennst du die Weichsel-Union-Metallwerke?«

»Nein, was ist das?«

»Es gibt ein Arbeitskommando für die Union-Werke. Das ist eine Munitionsfabrik in der Nähe des Stammlagers. Du bist dran vorbeigekommen, als sie dich hergebracht haben. Von dort wollten wir Schießpulver organisieren, um Sprengsätze zu bauen, so was wie selbst gemachte Bomben oder Handgranaten. Es gibt einen Russen, der –«

»Wer ist *wir?«*

»Henryk, so viele Fragen! Lass mich erst mal ausreden. Seit einiger Zeit haben wir Kontakt zu zwei Juden, die in den Union-Werken arbeiten, Israel Gutman und Joshua Leifer, polnische Juden.«

»Gehören die zum Widerstand?«

»Ja, sie haben versucht, die Frauen aus der Pulverkammer, wie die Deutschen das nennen, zu kontaktieren. In der Pulverkammer arbeiten nur Frauen, keine Männer. Aber die stehen unter strengster Bewachung, sodass es nicht mal gelungen ist, eine Verbindung aufzunehmen und zu sondieren, wie sie an das Pulver herankämen.«

»Und sie arbeiten in derselben Fabrik?«

»Das ist eine riesige Fabrik. Nur, diese Frauen werden auf Schritt und Tritt bewacht.«

»Also kein Schießpulver.«

»Wir wissen nicht einmal, ob sie es machen würden.«

»Also, wenn niemand überhaupt mit denen in Verbindung treten kann, ist das doch gestorben, dieser Teil, oder?«

»Nicht unbedingt. Es kommt kein Mann an sie heran, aber was, wenn eine Frau aus dem Widerstand Verbindung zur Pulverkammer aufnehmen könnte, oder irgendeine andere, die woanders in der Fabrik arbeitet?«

Der Auskleideraum von Krematorium III füllte sich derweilen auch mit Männern. Es ging voran, und die Frauen waren fast alle schon vollständig oder zumindest teilweise entkleidet, außer einer Mutter und ihren beiden etwa zwölf- und vierzehnjährigen Töchtern. Diese drei, alle gut angezogen und offensichtlich aus wohlhabenden Verhältnissen, bewegten sich nicht. Voller Entsetzen schauten sie sich ungläubig um. Dann sagte die Zwölfjährige etwas auf Französisch zu ihrer Mutter, und der Zufall wollte es, dass der nächststehende Sonderkommando-Häftling, Chaim Neuhof, ein paar Brocken Französisch sprach.

Hastig inmitten des Chaos, sich vergewissernd, dass die SS ihn nicht mit ihr reden sah, fragte er: »Vous êtes Française, Madame? Madame? Sind Sie Französin?«

»De la Belgique, Monsieur«, antwortete die Vierzehnjährige schüchtern, während ihre Mutter vor Angst unfähig schien, zu sprechen. Der Auskleideraum wurde immer voller.

»Madame, Sie müssen sich ausziehen, alle, sofort! Wenn die SS sieht, dass Sie noch angezogen sind, wird man Sie schlagen. Die schlagen Sie und die Mädchen mit ihren Knüppeln tot! Ziehen Sie sich aus, alle … schnell!«, flüsterte er eilig in gebrochenen Französisch, zum Vorwand damit beschäftigt, einem alten Mann beim Ausziehen zu helfen.

Aber eine Kombination aus Schüchternheit, Scham, Stolz und Schrecken versetzte die Mutter und ihre beiden Töchter in einen Zustand absoluter Lähmung. Sie starrten nur mit ungläubigem Entsetzen auf das Geschehen um sie herum, als gehörten sie nicht dazu.

»Schnell, Madame! Bitte!«, drängte Chaim Neuhof flüsternd weiter, den Kopf gesenkt, während er dem alten Mann half, die Hose abzustreifen. Jetzt hatte ein SS-Aufseher die Szene aus dem Augenwinkel wahrgenommen.

»Ich stelle mich vor Sie, Madame. Bitte! Für die Mädchen, Sie müssen sich beeilen! Sie werden geschlagen!«

Der Sonderkommando-Häftling Chaim Neuhof richtete sich auf und stellte sich mit dem Rücken vor die Mutter und ihre beiden Töchter, aber weil sie ungefähr in der Mitte des von hektischer Bewegung erfüllten Raums standen, konnte er ihnen nur partiell von einer Seite Deckung geben und für nichts anderes garantieren, als dass er selbst sie nicht beim Entkleiden beobachten würde. Doch irgendwie genügte diese Geste, damit sie anfingen. Neuhof bot einige Sekunden Schutz vor dem SS-Mann, der aus dem Augenwinkel immer noch in ihre Richtung schielte, und als er ihm die Sicht nicht mehr verstellte, waren sie beinahe nackt, und der Uniformierte wandte seine Aufmerksamkeit anderswohin. Neuhof drehte sich um und sah, dass es geholfen hatte. Sie hatten sich gefügt. Zum Glück war es ihm gelungen, ihnen brutale Schläge in den letzten Minuten ihres Lebens zu ersparen. Eigentlich hatte er die Tagesschicht, diese Nacht aber ausnahmsweise mit einem Kollegen getauscht, der krank geworden war, einem Mann, der wie fast alle Mitglieder des Sonderkommandos kein Französisch sprach.

»Danke, Madame«, sagte er, als er sich umdrehte. Die drei bewegten sich ein wenig auf ihn zu, als wäre er in der Lage, sie zu beschützen, als hätten sie nicht begriffen, dass in diesen paar Sekunden die ganze Hilfe, die er je würde leisten können, vergeben worden war. Die Mutter machte eine unwillkürliche Geste, wie um ihn zu berühren – eine Folge der Mischung aus seiner Freundlichkeit, ihrer Angst und ihrer Dankbarkeit. Neuhof hielt einen kurzen, ziemlich gefährlichen Moment inmitten des Geschehens inne. Und da sah er sie erneut, alle drei jetzt nackt, alle drei wunderschön, ihre flehenden runden Augen, die makellose helle Haut, das dicke, schulterlange kastanienbraune Haar. Würde er dieses Bild jemals wieder aus dem Kopf bekommen? Unterschiedliche Versionen weiblicher Vollkommenheit waren hier, mitten in der Hölle, vor ihm aufgetaucht. Tränen stiegen ihm in die Augen. Er bückte sich und nahm ihre Kleider auf. »Schau sie an!«, rief eine Stimme in seinem Kopf. So redete der Tod. Er musste sich abwenden.

Draußen vor der Baracke fuhr Gradowski fort mit seinen Erklärungen. »Wir haben einen Verbindungsmann gefunden, der eine Frau kontaktieren könnte, um die Frauen aus der Pulverkammer anzusprechen«, sagte er zu Mandelbrot. Wieder schaute er sich um, ob sie beobachtet wurden. »Lewental hat einen Bruder, Noah, der Elektriker ist.«

»Ach ja, Noah, der Elektriker!«

»Bei seiner Arbeit hat er Zugang zu Teilen des Lagers, in die normale Häftling niemals gelangen.«

»Ja, aber erst mal muss er die Richtige erwischen. Er kann ja schlecht Vorstellungsgespräche mit den Frauen führen.«

»Er weiß schon eine, die perfekt wäre, sagt er. Sie arbeitet im *Kanada*.«

»Großartig, dann ist sie sicher gut in Form.«

»Ja, und sie gehört zu der Gruppe aus Ciechanow. Von dort kommen die Lewentals. Vor dem Krieg war sie Noahs Freundin. Zalman kennt sie auch. Sie wäre bereit, die Verbindung zwischen den Frauen aus der Pulverkammer der Munitionsfabrik und dem

Widerstand im Sonderkommando zu übernehmen. So können wir Sprengstoff bekommen, ihn verstecken und uns mit dem Russen etwas ausdenken, um Waffen herzustellen. Wenn dann der Militärrat Zeichen gibt, dass der Massenaufstand im Lager losgehen kann, setzen wir alles ein, was wir gesammelt haben, und versuchen, die Gaskammern und Krematorien zu zerstören. Wer weiß, vielleicht schaffen sogar einige von uns noch eine Flucht.«

»Glaubst du, irgendwas davon wird funktionieren?«

Gradowski wandte sich ihm zu. »Henryk, wir sterben sowieso hier.«

»Wer im Sonderkommando weiß davon?«

»Nur die Leute aus dem Widerstand.«

»Dann vermute ich mal, wenn du es mir erzählst –«

»Ja, Henryk, ich wollte dich fragen, ob du mitmachst. Bist du dabei?«

»Ja natürlich. Was für eine Frage. Ich verstehe gar nicht, warum du so lange gezögert hast.«

»Es ist nur … wenn wir das … es wird die gefährlichste Aktion in der ganzen Geschichte dieses Vernichtungslagers.«

»Was ist hier nicht gefährlich?«

»Stimmt, aber seit du hier durchs Tor gekommen bist, hast du nie die Wahl gehabt, zu entscheiden, was mit dir passiert. Dies wäre jetzt deine Entscheidung.«

»Trotzdem, Zalman, kannst du dir ernsthaft vorstellen, dass ich nicht mitmachen würde? Und selbst wenn, gibt es sicher andere, die du fragen könntest.«

»Ja, aber man kann nicht allen trauen, und im Übrigen wollte ich Lewental wahrhaftig nicht sagen müssen, du hättest abgelehnt.«

Nun war es Mandelbrot, der lächelte. »Seit wann fürchtest du dich so vor Lewental?«

Aber Gradowski lächelte nicht, er wandte sich ab.

Während sie leise und unentdeckt miteinander redeten, wurden die Letzten des Transports nackt in die Gaskammer von Krematorium III gestoßen und ein SS-Mann knallte die Tür zu. Bei dem Geräusch begann Menschen zu schreien. Binnen Minuten wurden auf ein Zeichen hin die grünen Körner von oben hineingeschüttet. Eine Frau, die bewundernswertes Talent auf der Geige bewiesen hatte, schaute sich entsetzt um, als sie merkte, dass sie von dem letzten Menschen, den sie kannte, getrennt worden war. Sie rief nach ihrer Freundin. Es ging unter in den Schreien von zweitausend Fremden. Sie würde alleine sterben, und sie wusste es. Eine junge Mutter aus Belgien, ungewöhnlich schön, drückte ihre Töchter mit beiden Armen an sich. Es hatte begonnen.

»Nein, ich fürchte mich nicht vor Lewental«, sagte Gradowski, den Blick auf die brennenden Gruben gerichtet.

»Und? Ich kapiere nicht«, fragte Mandelbrot.

»Henryk, ich habe wirklich nicht gedacht, dass du Nein sagen würdest. Aber …«

»Warum hast du dann gezögert, mich zu fragen?«

»Ist das nicht jetzt egal?«

In der Gaskammer von Krematorium III fing das Klettern an.

»Wenn du abgelehnt hättest«, sagte Gradowski, »nach allem, was ich dir erzählen musste … Also, ich weiß nicht, was Lewental gemacht hätte.«

Die Hunde bellten wieder. Der nächste Transport war gerade angekommen.

Zehnter Teil

Es war Nacht. Der endlose Appell war vorüber und die Rationen, die ein Abendessen vortäuschten, waren ausgeteilt, als Rosa Rabinowicz den Eingang eines fremden Blocks innerhalb des Frauenlagers Birkenau erreichte. Sie hoffte, nicht entdeckt worden zu sein. Verstohlen um sich blickend, sprach sie mit der zuständigen Blockältesten.

»Sind hier Frauen, die in den Weichsel-Union-Metallwerken arbeiten?«

»Und wenn, was dann?«

»Können Sie mich reinlassen?«

»Was wollen Sie?«

»Ich suche eine, die dort in der Pulverkammer arbeitet, die junge Jüdin, die ihre Eltern verloren hat. Ich habe eine letzte Nachricht für sie.«

»Was soll das? Hier gibt es keine Jüdin, die ihre Eltern nicht verloren hat.«

Die raffinierte Anrede war so entwaffnend gewesen, wie Rosa es gewollt hatte.

Wieder blickte sie sich um. Nur dort zu sein, war gefährlich. »Lassen Sie mich rein? Dann kann ich's erklären.«

»Warum nicht hier draußen?« Die Blockälteste musterte sie von Kopf bis Fuß: Sie wirkte weniger verhungert als die meisten anderen Häftlinge. Was hatte diese Jüdin getan, um Essen zu bekommen? Vielleicht sollte man ihr nicht trauen. Oder hatte sie Einfluss, war sie es wert, sich mit ihr anzufreunden? Keine normale Jüdin, die in Birkenau eine andere Jüdin suchte, würde die Betreffende als diejenige beschreiben, »die ihre Eltern verloren hat«. Wer war diese Frau? War sie gefährlich? Was wollte sie wirklich?

Rosa langte in ihre Tasche und zog eine silberne Uhr heraus, die sie der Blockältesten zeigte. »Die gehört Ihnen, wenn Sie mich reinlassen.«

»Woher haben Sie die?«

»Sie bekommen die Uhr, wenn Sie mich reinlassen. Erklärungen gibt es nicht.«

»Sie sind im *Kanada,* oder?«, sagte die Blockälteste, während sie Rosa einließ. Im Effektenlager konnte man Lebensmittel finden oder Wertsachen von vergasten Opfern, die man gegen Lebensmittel tauschen konnte.

Noah Lewental gefunden zu haben, machte Rosa Mut, diesen Vorstoß zu wagen. Nicht nur, weil sie ihn, einen, der noch lebte, von früher kannte, bevor dieser Albtraum begann, sondern weil es Noah war. Ihre Eltern waren ziemlich sicher tot und höchstwahrscheinlich auch Elise, ihre seit Langem verschwundene Tochter. Ihre Geschwister würden, wenn sie nicht schon tot waren, früher oder später sterben, denn das war die Logik dieses Ortes. Hier am Leben zu sein, war eine Verirrung, die korrigiert werden würde, sobald das »Dritte Reich« dich nicht mehr brauchte. Aber Noah lebte noch. Er hatte sie in dieser riesigen Todesfabrik gefunden und sie an einem Plan beteiligt, um die Tötungsmaschinerie zu sabotieren. Die meisten Menschen hier konnten sich nicht einmal vorstellen, zurückzuschlagen. Die SS-Leute waren voll bewaffnet und gerüstet, gut ernährt, stark und gesund. Jeder Versuch war garantierter Selbstmord, und obwohl die meisten sich der Unvermeidlichkeit ihres Todes bewusst waren, konnten nur wenige sich überwinden, ihn zu beschleunigen. Was, wenn ein Ehepartner, ein Kind, ein Elternteil noch lebte? Was wolltest du mehr, als sie zu sehen? Ein guter Freund brachte sich um, der beste Freund wartete auf dich. Selbstmord war die einzige Karte, die man immer aus dem Ärmel ziehen konnte. Man musste nur den richtigen Zeitpunkt erwischen. Aber Widerstand gegen die SS? Da träumte man lieber von einer Flucht nach Amerika. Das war realistischer.

Doch nun war Rosa nicht mehr allein. Noahs Anwesenheit hatte ihr Selbstgefühl wiedererweckt, und sie würde kämpfen. Derart entschlossen und mithilfe der Bestechung hatte sie sich Zugang in den Block verschafft. Natürlich wusste sie, was die Blockälteste mit einer Mischung aus Argwohn und Verachtung ausgespuckt hatte: dass fast jeder dort seine Eltern verloren hatte. Aber gepaart mit dem Tauschwert der silbernen Uhr war sie auf diese Weise in den Block gelangt, in dem, wie man ihr gesagt hatte, zwei Mädchen untergebracht waren, die in der Pulverkammer der Munitionsfabrik arbeiteten und vermutlich bereit wären, Sprengstoff herauszuschmuggeln.

Rosa bemerkte auch hier, in diesem Block, ein Abendritual, das in vielen Blocks des Frauenlagers üblich war. Hinten im Raum, wo eine Frau einer anderen die Läuse vom Kopf suchte, lauschten ungefähr ein halbes Dutzend jüdische Mädchen sitzend oder liegend einer ihrer Gefährtinnen, die an der Reihe war, sie mit Beschreibungen aus der heimischen Küche zu ergötzen, Erinnerungen an das Essen vor dem Krieg. Neben ihnen atmete eine Frau durch den Mund, von Fieber geschüttelt, mit glasigen Augen und spröden Lippen. Ruhr oder Typhus, wer wusste das schon? Und egal, ob sie an diesem Abend lebte oder starb, morgen würde es jemand anders sein. Es gab niemanden, der ihren vollen Namen kannte, niemanden, der ihre Sprache sprach und nahe genug war, um das Keuchen dieser Frau zu hören. So erging es ihr, mit kurzen Unterbrechungen, seit Tagen. Die Nächte waren am schlimmsten, und dies war die schlimmste Nacht. Noch einen Appell würde sie nicht durchhalten. Der Schrecken stand ihr ins

Gesicht geschrieben, wenn sie bei Bewusstsein war, lange genug, um ein babylonisches Stimmengewirr zu hören, von dem sie nichts verstand, lange genug, um die Kopfentlausung nebenan zu sehen. Umgeben von Menschen, die sie ignorierten, wusste sie in ihren seltenen empfindungsfähigen Momenten, dass sie vollkommen allein war und so auch sterben würde. Wer würde in der Lage sein, nach dem Krieg irgendjemandem zu erzählen, was dieser namenlosen Frau zugestoßen war?

»Sie nahm ein Kilo Rindfleisch und schnitt das Fett ab. Dann gab sie einen Esslöffel Paprika hinzu, einen Esslöffel zerdrückten Knoblauch –«

»Meine Mutter hat Zwiebeln genommen.«

»So weit bin ich noch nicht. Du hast mich unterbrochen. Natürlich kamen da Zwiebeln dran –«

»Und die Bohnen?«

»Klar, rote Bohnen.«

Rosa näherte sich den beiden Mädchen, auf die die Blockälteste gedeutet hatte.

»Bist du Estusia?«, fragte sie.

»Ja, und du?«

»Bist du diejenige, die in der Pulverkammer der Union-Werke arbeitet?«

»Ja. Und du?«, fragte die Angesprochene erneut, ihre Schwester, höchstens fünfzehn Jahre alt, dicht an ihrer Seite.

»Ich bin Rosa Rabinowicz. Kann ich mit dir sprechen… allein?«

»Worum geht es?«

»Ich sag's dir, wenn wir…« Sie schaute sich in der Baracke um. »Können wir… allein reden?«

»Das ist meine Schwester Hannah. Sie kommt mit.«

»Ich mein's nicht böse, aber vielleicht besser nicht.«

»Besser?«

»Besser für alle.«

»Ich erzähle ihr alles.«

»Also, willst du's dir nicht noch mal überlegen?«

»Sie arbeitet mit mir.«

»In der Pulverkammer?«

»Nein, aber in der Fabrik.«

»Wie alt ist sie?«

»Alt genug, um Fragen fremder Leute zu beantworten, wenn sie es für sinnvoll hält.«

»Wie alt bist du?«, fragte Rosa die jüngere der Weiss-Schwestern, Hannah.

»Ich bin fünfzehn. Was willst du von uns?«

»Kommt mit, beide.«

Rosa schlug vor, in eine Ecke des Blocks zu gehen, wo zumindest im Augenblick nicht viel los war, und bat Hannah, aufzupassen, während sie mit Estusia sprach, weil das, was sie zu sagen habe, von äußerster Wichtigkeit sei und geheim bleiben müsse.

Rosa sprach fast flüsternd. »Was weißt du über den Widerstand?«

»Was meinst du?«, fragte Estusia.

Kein Wunder, dass sie kaum an die Existenz einer Widerstandsbewegung in Auschwitz glauben mochte, einem Ort, wo sie täglich Menschen, mit denen sie zusammenlebte, auf den Pritschen sterben oder während des Appells tot umfallen sah, einem Ort, wo Tag und Nacht immer neue Transporte ankamen, fast alles Juden, die zu Tausenden vergast und verbrannt wurden, wo der Rauch und der unverkennbare Geruch aus den Schornsteinen der Krematorien den Himmel und die Luft erfüllten. Doch als Rosa erklärte, es gebe nicht nur eine Widerstandsbewegung im Lager, sondern die Hoffnung auf Unterstützung durch sie und ihre Kolleginnen aus den Union-Werken, regten sich bei Estusia Gefühle, die den meisten Lagerinsassen vollkommen fremd waren. Zu hören, dass es Häftlinge gab, auch jüdische

Häftlinge, die Pläne schmiedeten, um die Mordmaschinerie zu sabotieren, sich zu wehren, die Flucht zu versuchen, erschien ihr wie eine religiöse Offenbarung. Vielleicht würde jemand das alles überleben. Vielleicht würde die Welt wenigstens ein Zehntel von dem erfahren, was hier vorgegangen war. Trotz des Risikos bedurfte es keiner Überzeugungsarbeit, um sie für die Sache zu gewinnen, und sie war sicher, dass einige, wenn nicht alle anderen jüdischen Frauen aus der Pulverkammer sich ebenfalls anschließen würden. Sie deutete auf eine von ihnen, ihre Freundin Ala, mit der sicher zu rechnen sei.

Es wurde vereinbart, dass Rosa dem Block, in dem Estusia und Hannah Weiss untergebracht waren, regelmäßige Besuche abstatten würde, wenn nötig mithilfe von Bestechung durch Wertsachen aus *Kanada,* um sich Einlass zu verschaffen. Sie würde kleine Päckchen Sprengstoff abholen und für die Weitergabe an den Widerstand im Sonderkommando sorgen. Wie das Pulver aus der Fabrik herauszuschmuggeln sei, musste noch überlegt werden.

Die Frau, die von Fieber geschüttelt auf der Pritsche gelegen hatte, war tot, als Rosa den Block wieder verließ. Niemand hatte es bemerkt. Innerhalb von zwölf Stunden würde ihr Körper auf einem Leichenhaufen liegen, den Zalman Gradowski mit dem nächsten Judentransport nach dem gerade eintreffenden verbrennen würde.

Die Tricks, um den Sprengstoff aus der Fabrik heraus in ihren Block zu schmuggeln, dachte Estusia sich zusammen mit ihrer fünfzehnjährigen Schwester Hannah und ihrer Freundin Ala aus. Es waren immer nur vier Frauen und die Vorarbeiterin, Regina – alles Jüdinnen –, die gleichzeitig in der Pulverkammer arbeiteten. Hannah gehörte zu einer Häftlingskolonne, die für die Wartung in der Fabrik zuständig war. Die Frauen in der Pulverkammer benutzten Pressen, um abgemessene Mengen Sprengstoff in Hülsen zu füllen. Anzahl und Standort dieser Munitionselemente wurden ständig von den Deutschen überprüft, sodass keine Möglichkeit bestand, auch nur eine einzige der Hülsen nach draußen zu bringen. Es war Hannah, die auf die Idee kam, das Pulver mithilfe des Abfallentsorgungssystems lose hinauszuschmuggeln. Überall in der Fabrik gab es kleine Metallbehälter für Abfälle, die regelmäßig in große Tonnen entlang den Mauern und an den Ecken des Gebäudes entleert wurden. Häftlinge aus Hannahs Gruppe bekamen wahllos Abteilungen zugewiesen, wo sie den Boden fegen und die kleinen Abfallbehälter leeren mussten.

Hannah brachte es fertig, die zivile deutsche Vorarbeiterin zu überzeugen, dass sie regelmäßig in die Pulverkammer gehen musste, um die kleinen Metallbehälter zu holen, sie in die großen Tonnen zu entleeren und gefüllt mit Lumpen aus anderen Teilen der Fabrik zurückzubringen, um sie dann wiederum in eine große Tonne in der Pulverkammer zu entleeren. In diese Stofffetzen konnten Estusia, Ala und später andere, unter ihnen auch Regina, winzige Mengen Sprengpulver einwickeln oder -binden und in die zurückgebrachten Abfallbehälter werfen. Hannah machte ihre Runden mit einer Selbstverständlichkeit, dass jeder glauben musste, sie handle auf höheren Befehl. Sobald sie im Besitz der winzigen Sprengstoffpäckchen war, verteilte sie diese an mehrere vertrauenswürdige Kolleginnen.

Keine von denen, die in der Pulverkammer arbeiteten, nahm selber Sprengstoff mit aus der Fabrik. Es waren Hannah und ihre Kolleginnen aus anderen Abteilungen der Union-Werke, die ihn in Stoff gewickelt und in der Kleidung versteckt mitnahmen und in ihren Block im Frauenlager brachten. Ihre Strategie war die, dass sie sich bei Schichtende irgendwo in der Mitte der ins Lager zurückkehrenden Häftlingskolonne einreihten, um im Fall einer SS-Durchsuchung wertvolle Sekunden zu gewinnen, in denen sie das Pulver auswickeln und auf den Boden streuen konnten, bevor sie an der Reihe waren. Aber wenn alles normal lief, wurden die Päckchen von Rosa und später einem anderen weiblichen Häftling des *Kanada*-Kommandos im Block der Weiss-Schwestern abgeholt. Anschließend konnten Mitglieder des Sonderkommandos, die das Hab und Gut der frisch Vergasten ins *Kanada*-Lager brachten, den Sprengstoff übernehmen. Jeder Beteiligte wusste, in welche Gefahr er sich begab. Aber an diesem Ort war ihnen der Tod ohnehin sicher. Nur nicht, wie er kommen würde. Und wann.

Als der Schnellbus von Manhattan nach Co-op City die Endstation erreichte, waren nur noch drei Fahrgäste da. Lamont stieg als letzter aus. Nach einem langen Arbeitstag war er irgendwo auf Höhe der 120th Street eingenickt. Er wäre schlafend sitzen geblieben, hätte der Fahrer nicht gerufen, um ihn zu wecken. Er war kaum zwei Schritte entfernt, als der Bus schon wieder abfuhr. Der Fahrer hatte es eilig. Es war dunkel, und nachdem die beiden anderen, die ausgestiegen waren, sogleich in ihren Wohnhäusern verschwunden waren, setzte Lamont seinen Weg nach Hause auf einer menschenleeren Straße fort. Er sah niemanden, bis er plötzlich den Arm eines Mannes um seinen Hals und eine Messerklinge im Nacken spürte.

»Dreh dich nicht um«, sagte eine Stimme.

Instinktiv wendete er langsam den Kopf, um einzuschätzen, woher der Angriff kam.

»Keine Bewegung«, sagte die Stimme.

Das Wenige, das er sehen konnte, verriet ihm, dass es nur eine Person war, ein Maskierter mit Handschuhen und Kapuze. Der Stimme nach ein Afroamerikaner.

»Hör zu, Mann«, sagte Lamont. »Ich hab kein Geld, und hier in der Ecke wimmelt es von Überwachungskameras, da musst du dich schon fragen, ob du wirklich willst, was du da machst.«

»Es geht nicht um Geld«, sagte die Stimme.

»Drogen hab' ich auch nicht, auch keine Waffen. Ich glaube, du hast einfach den Falschen erwischt.«

»Nein, du bist schon richtig.«

Lamont sog Luft durch die Nase ein, ehe er mit aller Kraft den Arm wegriss und sich wohlkalkuliert vor dem Messer duckte, sodass es ihm nicht in den Nacken fuhr, sondern nur seine Kopfhaut streifte. Wutentbrannt stürzte er sich auf den Angreifer, der seinerseits zu Boden stürzte, das Messer noch immer fest im Griff, aber wenigstens war es nun ein echter Kampf. Während sie sich am Boden wälzten, fühlte Lamont die Klinge in seine rechte Hand schneiden. Mit der linken holte er aus und landete einen Faustschlag im Gesicht des Mannes. Er traf nicht voll, aber es reichte.

»Was willst du, verdammter Scheißkerl?«

»Du Scheißkerl sollst meine Mutter in Ruhe lassen!«

»Ich sag's doch, Mann, du hast den Falschen.«

»Sie hat mir erzählt, dass du da gewesen bist.«

»Wovon redest du?«

»Du lässt sie in Ruhe, wenn du nicht verrecken willst.«

»Ich werd dir zeigen, wer hier verreckt.«

»Halt sie da raus, Lamont.«

Als er seinen Namen hörte, ließ er etwas lockerer. Die Kapuze des anderen war heruntergerutscht, und Lamont stellte sich keuchend über ihn.

»Du verdammter Idiot! Verdeckst dein Gesicht, damit ich nicht weiß, wer du bist. Aber deine Mutter, die soll ich in Ruhe lassen.«

»Genau«, sagte der Mann und erhob sich, ebenfalls keuchend, langsam vom Boden.

»Dann muss ich doch wissen, wer du bist, Idiot. Oder bist du nicht der Sohn deiner Mutter?«

»Wieso? Jeder ist der Sohn seiner Mutter.«

»Zieh die Mütze vom Gesicht, Kevin, du dämlicher Idiot.«

»Du machst ihr Angst, Lamont. Warum? Sie hat dir nichts getan«, sagte Kevin Sweeney, der jüngere Bruder von Michael, dem alten Freund, der Lamont mit seinem Raubüberfall in den Knast gebracht hatte. Jetzt, ohne Mütze, zeigte sich ein blutendes Ohr, getroffen von Lamonts Faust.

»Du kommst erst mal mit, du Vollidiot.«

»Wo willst du hin?« Mit Michaels kleinem Bruder im Schlepptau hielt Lamont ein illegales Taxi an, das sie beide zur Jacobi-Notfall-Ambulanz brachte. Unterwegs erklärte er, warum er vor einiger Zeit bei seiner Mutter, Mrs Sweeney, gewesen war.

»Du sagst also, dir geht's nur um Chantal?«

»Nein, keine Bange, Kevin. Ich suche meine Tochter. Ich fange mit Chantal an, weil sie nun mal die Mutter ist, und ich dachte, du wüsstest vielleicht, wo sie steckt.«

»Ich weiß nicht, wo Chantal –«

»Ist mir scheißegal, wenn du sie geheiratet hast, dämlicher Idiot! Ich suche nur meine –«

»Lamont«, sagte Kevin traurig hinten im Taxi, »ich hab Chantal seit Jahren nicht gesehen, bestimmt fünf oder sechs Jahre. Sie hat mich nie gewollt, nicht wirklich. Ich gebe zu, ich fand sie toll, aber –«

»Ich im Krankenhaus – das kann ich meiner Grandma doch nicht sagen. Das kann sie nicht gebrauchen. Zum Teufel mit dir, Kevin! Verdammt! Wie soll ich jetzt arbeiten?«, sagte Lamont, während er seine verletzte Hand anschaute. »Und der verdammte Mist muss vielleicht genäht werden. Das da, das muss doch genäht werden! Du bist noch dümmer als dein Bruder!«

»Ja, das hab ich schon einmal gehört«, sagte Kevin leise.

»Sitzt er noch?«

»Ja.«

»Hör zu, das hier, diese Taxifahrt, dafür langst du in *deine* Tasche. Das weißt du, oder?«

»Ja, schon klar. Ich will's doch immer nur richtig machen. Meinst du, die könnten auch nach meinem Ohr gucken? Du bist krass, Mann!«

Lamonts Wunde musste genäht werden. Er rief seine Großmutter an und erzählte ihr, er habe sich bei der Arbeit an der Hand verletzt und warte in der Ambulanz auf Behandlung.

»Nein, nichts Ernstes, aber ich weiß nicht, wie lange es dauert, darum warte nicht mit dem Essen und bleib nicht auf… Sicher, ich mache mir die Reste einfach warm, wenn ich nach Hause komme.«

Sie war die Einzige in seinem Leben, die sich so um ihn sorgte, dass es eine Lüge wert war, dachte er, als er den Hörer auflegte, um sich wieder in die Warteschlange einzureihen. Als er nach Hause kam, fand er einen Zettel auf dem Küchentisch, sein Essen sei im Kühlschrank. Daneben stand ein Glas Apfelsaft, der gute Seneca, wie früher. Über der genähten Wunde trug er einen Verband, mehr bekam seine Großmutter am nächsten Morgen nicht zu sehen, bevor sie beide zur Arbeit gingen. Eine ganze Weile bemerkte niemand die Verletzung, niemand sprach ihn darauf an. Er machte seine Runden, sammelte so leise und unsichtbar wie möglich die Abfälle in den Krankenzimmern ein, als er plötzlich eine schwache Stimme hörte.

»Die Hand, Mr Lamont, ist die immer noch nicht heil? Immer noch dieselbe?«

»Hey, Mr Mandelbrot«, sagte er leise. »Ja, das ist immer noch dieselbe. Wie geht's?« Er fragte der Form halber und ohne nachzudenken. Sie hatten den alten Mann wieder aufgenommen, aber zum Sterben diesmal. Das konnte Lamont sehen. Es war ein anderes Zimmer als das im achten Stock, wo er ursprünglich gewesen war. Das, und sein gesundheitlicher Verfall – sonst war alles beim Alten.

»Und? Haben Sie Ihre Frau gefunden?«

»Wir waren nicht verheiratet, aber –«

»Ihre Tochter?«

»Noch nicht.«

Mandelbrot wollte testen, was er von den Kapiteln seines Lebens in Erinnerung behalten hatte, aber Lamont musste erst seine Runden machen und konnte nicht bleiben.

»Ich weiß es noch, Mr Mandelbrot. Wie sollte ich es vergessen?«

»Alles?«

»Ich glaub schon.«

»Dann wollen wir mal sehen.«

»Ich kann jetzt nicht. Ich komme später, nach der Schicht.«

»Aber nicht zu spät. Sie wissen, ich sterbe.«

»Das tun Sie nicht«, sagte Lamont leichthin, wie eine Selbstverständlichkeit.

»Sie werden sehen. Dafür bin ich hier.«

»Ich komme wieder, sobald meine Schicht zu Ende ist.«

Er hielt Wort, und als er am Ende seines Arbeitstages wiederkam, bemerkte er, dass der Patient noch dünner aussah, nicht nur im Vergleich zu früher, in dem anderen Zimmer, sondern dünner als vorhin noch. Dünner, schwächer und verletzlicher.

»Wir müssen weitermachen, wo wir stehen geblieben sind, bevor ich unterbrochen wurde.«

»Unterbrochen?«

»Ein paar Monate Leben … in Great Neck … Das hat uns unterbrochen. Sie müssen mir erzählen, was Sie behalten haben.«

Lamont Williams lächelte. Abgesehen von ein paar unwesentlichen Kleinigkeiten, mit denen Mr Mandelbrot sich nicht aufhalten wollte, hatte er alles behalten.

»Mehr haben Sie mir nicht erzählt. Sie müssen schon noch dableiben, ich weiß ja nicht, wie die Geschichte endet.«

»Sie endet in ein paar Tagen, vielleicht in ein paar Stunden«, flüsterte der alte Mann. »Ich erzähl es Ihnen jetzt.«

»Nein, Mr Mandelbrot, schonen Sie Ihre Kräfte.«

»Wofür?«

»Für Ihre Familie?«

»Die war hier. Hat ihren Besuch schon absolviert. Sehen Sie das? Bringen Sie es her.«

Lamont ging zu einem Regal an der Wand gegenüber, auf dem eine Vase voller roter und gelber Rosen neben einem neunarmigen Leuchter stand, den er wie verlangt ans Bett brachte.

»Wissen Sie, was das ist, Mr Lamont?«

»Ein Kerzenständer, ein jüdischer Kerzenständer. Für Weihnachten, da benutzen Sie ihn, stimmt's?«

»Eine Chanukkia nennt man das. Kennen Sie die Geschichte von den Makkabäern? Wohl kaum, oder?«

»Nein, davon –«

»Wenn ich lange genug lebe, erzähle ich's Ihnen, aber erst muss ich zu Ende bringen, was ich selbst erlebt habe, das ist wichtiger.«

»Soll der Ständer wieder aufs Regal?«

»Noch nicht. Das ist Silber.«

»Sehr schön, wirklich.«

»Mein Sohn und meine Schwiegertochter haben ihn hergebracht. Jetzt bin ich froh darüber.«

»Sicher.«

»Wenn ich sterbe, möchte ich, dass Sie ihn nehmen.«

»Nein, Mr Mandelbrot, ich –«

»Sie müssen sich erinnern, was ich –«

»Mr Mandelbrot, ich brauche das nicht, um mich an Sie zu erinnern.«

»Nicht nur an mich, an alle, alles, was ich Ihnen erzählt habe. Das ist jetzt Ihre Verantwortung. Verstehen Sie?«

»Aber ich brauche das nicht, um mich zu erinnern –«

»Und wie soll ich wissen, dass Sie sich erinnern? Nehmen Sie die Chanukkia, dann werde ich es wissen.«

»Mr Mandelbrot, ich kann nicht. Die gehört Ihnen.«

»Ja, mir, also kann ich sie geben, wem ich will.«

»Aber Mr Mandelbrot, ich kann's nicht.«

»Das sagen Sie immer. Erinnern Sie sich noch an den Tag, als ich Sie kennengelernt habe? Sie haben mich von der Straße, wo alle Zigaretten qualmten, nach oben gebracht. Wissen Sie noch?«

»Sicher.«

»Da sagten Sie genau dasselbe.«

»Was?«

»Ich kann's nicht. Aber Sie taten es. Hätten Sie es nicht getan, wären wir jetzt nicht hier und würden so miteinander reden. Wie zwei alte Freunde.«

»Wie zwei alte Freunde«, wiederholte Lamont leise.

»Alte Leute finden nicht so viele neue Freunde, Mr Lamont. Denken Sie mal darüber nach. Da darf ein Freund einem anderen doch ein Geschenk machen, richtig?«

»Stimmt.«

»Natürlich stimmt's. Schauen Sie, ich bin doch nicht den ganzen Weg hierher …« Er schluckte, und als redete er um sein Leben, nahm er Lamonts Hand in seine beiden Hände, bevor er weitersprach.

»Glauben Sie, ich mache Witze, Mr Lamont? Bei denen verschwindet sie im Schrank, sobald sie von der Beerdigung nach Hause kommen. Und Enkelkinder gibt es sowieso nicht. Der Tod hält sie nur auf. Ihr ganzes Leben ist eine Party. Sie hören mir nicht zu, solange ich *lebe*. Sie verstehen Leiden, wie sie … na, wie Chinesisch. Sie sind ein stiller Mensch, Mr Lamont, aber Sie … *Sie* verstehen Chinesisch. Verstehen Sie? Sie nehmen die Chanukkia mit nach Hause und stellen sie irgendwo hin, wo Sie sie sehen können, vielleicht jeden Tag. Und wenn Sie sie anschauen, wissen Sie, dass ich Sie frage: ›Haben Sie es jemandem erzählt?‹ Es wird nicht leicht sein. Zuerst wollen die Leute es nicht hören, und wenn sie es hören, dann glauben sie es nicht. Aber Sie werden weitermachen und erzählen, was sie Ihrem Freund und seinem Volk angetan haben. Es ist mein Geschenk.«

Der Lauf der Ereignisse außerhalb von Auschwitz-Birkenau wirkte sich oft auf das Geschehen innerhalb des Lagers aus. Im Juli 1944 stoppte das ungarische Staatsoberhaupt, Admiral Horthy, auf internationalen Druck die Judentransporte nach Auschwitz. Über vierhunderttausend ungarische Juden waren bereits in den Gaskammern gestorben, doch während die Deportationen von anderswo auch durch einen Putschversuch des deutschen Widerstands im selben Monat nicht aufgehalten werden konnten, blieben die ungarischen Transporte aus. Keine Häftlingsgruppe bekam das deutlicher zu spüren als das Sonderkommando. Im September wurden zweihundert Männer des Sonderkommandos ohne Wissen ihrer restlichen Kollegen von der SS ermordet. Unter dem Vorwand, sie würden in das Nebenlager Gleiwitz überstellt, brachte man sie in die Gaskammern des Effektenlagers *Kanada,* die normalerweise zur Kleiderdesinfektion benutzt wurden – ein Vorgang, der dem *Kanada*-Kommando, dem eine junge Frau aus dem Widerstand, Rosa Rabinowicz, angehörte, unmöglich verborgen bleiben konnte. Das restliche Sonderkommando hätte innerhalb der nächsten Tage vom Schicksal ihrer Kollegen erfahren, wenn deren Ermordung nicht schon vorher offenbar geworden wäre.

Zum ersten und einzigen Mal in der Geschichte der in Auschwitz-Birkenau betriebenen Gaskammern und Krematorien ordnete die SS an diesem Tag einen Einschluss des Sonderkommandos an, um dessen Aufgaben selbst zu übernehmen, angeblich, weil die Leichen ziviler Opfer eines Luftangriffs verbrannt werden mussten. Aber diese Erklärung erschien unsinnig, da das Sonderkommando immer zur Arbeit gezwungen worden war, egal, wen es zu verbrennen galt. Als der Einschluss vorüber war, konnten Männer der folgenden Schicht die schlimmsten Befürchtungen bestätigen. Die SS-Leute, unerfahren im Leichenverbrennen, hatten schlechte Arbeit gemacht. Als Zalman Gradowski seine Schicht begann, fand er die unvollständig verbrannten Körper, die sie zurückgelassen hatten. Beim Öffnen der Ofentür sah er voller Grauen die verkohlte Leiche eines Kollegen, den er wiedererkannte. Es war ein griechischer Jude, der erst kürzlich zum Dienst im Sonderkommando gezwungen worden war, einer der zweihundert Selektierten, die angeblich nach Gleiwitz überstellt werden sollten. Auch andere Heizer konnten in den halb verkohlten Überresten, die sie vorfanden, ihre Kameraden erkennen, und binnen Stunden nach Beginn der ersten Schicht, die dem Einschluss folgte, hatte die Nachricht sich verbreitet. Die SS war im Begriff, das Sonderkommando zu liquidieren, und noch vor dem Ende der nächsten Schicht wusste es jeder.

Als sie von der Ermordung dieser zweihundert Sonderkommando-Häftlinge erfuhren, vergruben die beiden Zalmans, Gradowski und Lewental, ihre Tagebücher über die Einzelheiten der Massentötung, an der mitzuwirken man sie gezwungen hatte, so sicher waren sie, dass nun, da sie weniger gebraucht wurden, noch mehr, wenn nicht die meisten von ihnen in akuter Gefahr waren, liquidiert zu werden. Wieder einmal drängten Gradowski, Lewental und die anderen aus dem Sonderkommando-Widerstand den allgemeinen Lagerwiderstand oder vielmehr dessen Vertretung, den Militärrat Auschwitz, endlich Ernst zu machen mit dem großen Aufstand, über den seit Monaten geredet worden war. Als sie die übliche Antwort erhielten, namentlich, die Zeit sei noch nicht reif, schickten sie zwei Abgesandte, um persönlich und mit höchster Dringlichkeit auf den Militärrat einzuwirken.

Chaim Neuhof und Henryk Mandelbrot wurden beauftragt, die Seite des Sonderkommandos zu vertreten. Dabei ging es in der Tat nicht nur um die Chance, das Leben der eigenen Leute zu retten, sondern auch um eine Chance, die Mordmaschinerie zu sabotieren. Jeden Tag zogen Sonderkommando-Häftlinge mit einem Karren durch das Lager, um die Leichen jener Sklavenarbeiter, die in den letzten vierundzwanzig Stunden gestorben waren, aufzusammeln. An diesem Tag wurden Neuhof und Mandelbrot von ihrer Widerstandsgruppe für den Rundgang mit dem Karren bestimmt. So tarnten sie ein geheimes Treffen mit drei Delegierten des Militärrats Auschwitz, einem Mann, der nur als »Rot« bekannt war, und zwei anderen namens Dürmayer und Kazuba. Als genügend Leichen auf dem Karren waren, näherten sich Rot, Dürmayer und Kazuba, indem sie selbst einen Toten herbeischleppten – ein geeigneter Vorwand, um mit den Männern vom Sonderkommando in Kontakt zu treten.

»Bist du Rot?«, fragte Neuhof, den Blick auf Dürmayer gerichtet.

»Nein, das ist der hier«, erklärte Dürmayer mit einer Kopfbewegung.

»Worum geht es eigentlich?«, fragte Rot.

»Das weißt du genau. Wir sind geschickt worden, um noch einmal klarzumachen, wie dringend die Aktion jetzt gestartet werden muss.«

»Was heißt jetzt?«, fragte Rot.

»Jetzt! So schnell wie möglich. Ihr lasst uns wissen, wenn ihr so weit seid, und wir werden –«

»Um irgendeine Aussicht auf Erfolg zu haben, brauchen wir Unterstützung von draußen. Das haben wir euch schon x-mal erklärt.«

»Ob das stimmt oder nicht –«

»Vertrau mir, es stimmt«, unterbrach Rot.

»Dir vertrauen!«, murmelte Mandelbrot vor sich hin. Ob sie es gehört hatten oder nicht, alle drei ignorierten seine Bemerkung. Schließlich schien er nicht der maßgebliche Mann des Sonderkommandos zu sein. Sie hatten ihn noch nie gesehen, nie von ihm gehört.

»Die Gerüchte dringen auch zu uns durch. Die Russen können nicht mehr weit sein«, sagte Mandelbrot.

»Nein, nicht sehr weit, aber so nah nun auch wieder nicht«, erwiderte Dürmayer.

»Ich weiß nicht, wie oft wir euch das sagen müssen. Wenn etwas daraus werden soll, dann nur mit verbundenen Waffen«, sagte Kazuba.

»Was soll das heißen?«, fragte Mandelbrot.

»Dass die Russen fast hier sein müssen, bevor unsere Leute draußen mit uns hier drinnen und den Internationalen zusammenarbeiten.«

»Wen meinst du mit ›unsere Leute‹?«, fragte Mandelbrot.

»Wer hat diesen Juden angeschleppt?«, fragte Rot.

»Er meint die AK, die polnische Untergrundarmee«, sagte Neuhof.

»Und was ist mit uns?«, fragte Mandelbrot.

»Wenn der Zeitpunkt da ist, sollt ihr natürlich auch mitmachen.«

»Wir können nicht warten, bis alles für euch stimmt«, hielt Mandelbrot dagegen, doch im selben Moment bemerkte Kazuba einen näher kommenden SS-Mann und verzog das Gesicht, um die anderen zu warnen.

»Das ist einer, den wir geschmiert haben«, sagte Rot leise.

»Wird sich gleich zeigen, ob die Schmiere reicht«, meinte Neuhof.

»Ihr da. Stehen bleiben.« Der Wachposten war jetzt auf Höhe des Karrens mit den Leichen. »Was macht ihr da?«

»Dieser Tote hier ist in der Nacht gestorben. Wir wollten ihn wegschaffen, bevor die anderen sich eine Seuche holen … damit sie arbeitsfähig bleiben«, antwortete Dürmayer.

Der Wächter musterte sie eingehend, alle fünf. »Warum braucht man fünf Leute dafür?«

»Ich sah, wie sie den Mann anschleppten … wissen Sie, ich kannte ihn –«

»Und dann wollten Sie sich verabschieden? Der mag ja tot sein, aber sein Anzug ist noch zu gebrauchen.«

»Um den Anzug kümmern sich die Juden, bevor sie ihn einäschern.«

»Dann stell mal sicher, dass sie es auch tun«, sagte er. Als er sich zum Gehen wandte, schlug er Mandelbrot mit dem Gewehrkolben zu Boden und entfernte sich. Neuhof und Dürmayer halfen Mandelbrot wieder auf die Beine. Er blutete am Kopf. Als sie sicher waren, dass der SS-Mann weiterging, setzten sie ihr Treffen fort.

»Wir können nicht warten«, sagte Neuhof.

»Bald gibt es keinen Nachschub mehr bei den Transporten, und dann sind wir es, die liquidiert werden«, sagte Mandelbrot, während er sich das Blut abwischte.

»Wer wird liquidiert?«

»Das Sonderkommando. Und wir sind die Einzigen, die erzählen können, was hier wirklich geschehen ist, wie sie vierundzwanzig Stunden am Tag gemordet haben.«

»Sieh mal«, sagte Kazuba, »je länger wir warten, umso mehr Unterstützung bekommen wir von draußen. Die Deutschen haben das Gebiet im Umkreis des Lagers noch unter Kontrolle. Solange sich das nicht ändert, sind wir drinnen sicherer als draußen.«

»Nicht alle.«

»Du meinst, nicht die Juden.«

»Genau das meine ich.«

»Ich kann den ganzen Plan nicht nur für die Juden aufs Spiel setzen.«

»Aber wir sind die Einzigen, die nicht warten können.«

»Richtig, wie du sagst, die Einzigen. Ich gebe zu, dass ihr in einer speziellen Lage seid. Ihr seid anders als alle Übrigen hier. Tut mir leid. Aber was kann ich dafür? Das kommt dabei heraus, wenn man in fremden Ländern lebt.«

»Fremd? Ich bin polnischer Jude. Wir sind seit tausend Jahren hier!«, erwiderte Neuhof.

»Überall, in Polen, Griechenland, Belgien, Frankreich, Italien, in ganz Europa sammelt man euch ein, heftet euch den gelben Stern an«, fuhr Kazuba beinahe flüsternd fort. »Hast du es nicht gemerkt? Sie stecken euch zusammen, nicht mit den anderen aus Polen oder Griechenland oder sonstwo. Nur euch, alle wie ihr da seid. Wo immer ihr herkommt, ihr seid Juden. Deswegen ist eure Lage hier anders als für die anderen.«

Inzwischen war dem SS-Mann aufgefallen, dass die Fünf immer noch beisammenstanden und der Karren sich nicht bewegt hatte. Obwohl bestochen, kam er zurück, mit jedem Schritt seinen Missmut bekundend. Daraufhin ließ Rot es sich angelegen sein, die Leiche oben auf dem Haufen weiter nach hinten zu schieben, als brächte er die Sache gerade zu Ende. Dann, den Blick unverwandt auf den nahenden SS-Mann gerichtet, aber mit der zerstreuten Miene eines Adligen aus dem neunzehnten Jahrhundert, der seinem Kutscher nach einer Ruhepause plötzlich Zeichen gibt, klopfte er mit den Knöcheln zwei Mal kurz an die Seite des Karrens und sagte: »Meine Herren, die Zeit ist um.«

Die Erinnerung ist ein sturer Hund. Sie lässt sich nicht rufen oder wegschicken, aber ohne dich kann sie nicht überleben. Sie kann dich stärken oder von dir zehren. Sie kommt, wenn sie hungrig ist, nicht wenn du es bist. Sie hat ihre eigenen Zeiten, die du nie kennen wirst. Sie kann dich vereinnahmen, dich in die Enge treiben oder dich befreien. Sie kann dich zum Heulen bringen und zum Lächeln. Schon komisch, woran man sich erinnert.

Die Uhr zeigte 3:23 in dem Morningside-Heights-Apartment, das Adam und Diana so lange gemeinsam bewohnt hatten. Adam war wieder wach. Im Bad tropfte ein Wasserhahn. Er hörte es, tat aber vorerst nichts. Vielleicht gelang es ihm, sich einzureden, er sei nicht wirklich wach. Es funktionierte nicht. Er fing an zu rechnen, nichts Kompliziertes, aber es reichte, um jeden Anschein von Schlaf zu vertreiben. Über Gedanken an seine Mutter – an ihre Kindheit, ihre missglückten Versuche, nach ihrer Scheidung von Jake jemand anderen kennenzulernen, Versuche, vor denen Adam vergeblich die Augen hatte verschließen wollen – war er in eine nachtdämmrige Rechnerei verfallen. Fast auf den Tag genau fünfzehn Jahre lagen zwischen Henry Borders Reise zu den DP-Lagern in Europa und dem Australienbesuch des renommierten afroamerikanischen Historikers und Bürgerrechtsaktivisten John Hope Franklin. Franklin war nach Australien gekommen, um auf Einladung von Professor Zelman Cowen, damals Dekan der Juristischen Fakultät der University of Melbourne, eine Reihe von Vorträgen zu halten.

Dieser Besuch erfolgte sechs Jahre nach der Entscheidung des Obersten Gerichtshofs der Vereinigten Staaten im Fall *Brown versus Board of Education,* an dem Franklin zusammen mit Thurgood Marshall im LDF, der Rechtshilfeorganisation der NAACP, gearbeitet hatte, und trotz allem, was ihm an negativen Berichten über Australiens als »weiß« verschriene Einwanderungspolitik zu Ohren gekommen war, trotz allem, was er über die Behandlung der Ureinwohner im Laufe der australischen Geschichte wusste, war er erstaunt, dass er selbst, wohin er auch kam, als hoch angesehene Persönlichkeit behandelt wurde. Hotelportiers, Akademiker, Journalisten schienen ihn zu erkennen, und überall wurde ihm ein an Ehrfurcht grenzender Respekt entgegengebracht. Aber niemand in Australien schätzte den schwarzen

Historiker so sehr wie jene junge Frau, eine Jurastudentin, die zu allen seinen Vorträgen in Melbourne ging und ihm dann nach Sydney folgte, um noch mehr von ihm zu hören und mehr mit ihm zu sprechen. Die junge Frau, eine Tochter osteuropäischer jüdischer Immigranten, begann nach seiner Rückkehr in die USA sogar eine Korrespondenz mit ihm. Das war der Auslöser, der sie schließlich in das New Yorker LDF-Büro führte. Dort begegnete sie einem anderen Bürgerrechtsanwalt, Jake Zignelik, und gebar später dessen einziges Kind, Adam, der immer noch schlaflos im Bett liegend spekulierte, ob er ohne Franklins Einladung nach Australien wohl überhaupt geboren worden wäre. Hätte die Welt sich irgendwie anders gedreht?, fragte er sich im schwachen Schein eines gleichgültigen Radioweckers.

John Hope Franklin war auch ein Kollege von William McCray gewesen, der sogar jetzt noch, im hohen Alter von über neunzig Jahren, in Kontakt mit ihm stand. Adam dachte daran, wie enttäuscht William sein würde, wenn er wieder nichts Neues in Bezug auf schwarze Truppen bei der Befreiung von Dachau zu berichten hatte. Bei ihrem letzten Treffen war William untröstlich über den Prozess gegen sechs afroamerikanische Jugendliche in Jena, Louisiana, gewesen. Um ihn abzulenken, hatte Adam ihm von seinen Fortschritten bei der Suche nach Hinweisen auf die Beteiligung schwarzer Soldaten an der Dachau-Befreiung erzählen wollen, aber was er berichten konnte, war sehr spärlich gewesen. Immerhin hatte er von Border erzählt, und die Geschichte des Chicagoer Psychologen hatte William sehr interessiert.

»Hast du Charlie das alles erzählt?«, fragte William. Adam schien keinen großen Sinn darin zu sehen.

»Ach was! Das musst du ihm erzählen! Wenn du es nicht tust, mache ich es.«

Er lag im Bett und schaute auf den Radiowecker. Die Ziffern zeigten jetzt 3:47 an. Der Wasserhahn im Badezimmer tropfte weiter. Das war es, was ihn ursprünglich geweckt hatte und was ihn schließlich veranlasste, aufzustehen, um es abzustellen. Einmal im Bad, öffnete er halb schlafend den Spiegelschrank und nahm Dianas Kamm heraus. Er hielt ihn in der Hand und schaute ihre Haare an. Allmählich wurde das ein Ritual.

»Bist du einsam?«, fragte er unhörbar. »Was isst du? Kochst du oder holst du dir was zum Mitnehmen, weil Kochen für eine Person idiotisch ist? Wie kann man Lust haben, für einen zu kochen? Immer diese Reste, wenn man nicht aufpasst, wird man noch krank davon. Und dann die Einkaufslisten, auf kleine Zettel gekritzeltes Zeug, urbane Überlebenslisten, die einen schon krank machen, wenn man sie nur sieht. Es tut mir so leid. Weißt du das? Hast du je darüber nachgedacht, was ich wohl denke? Ich war dir nie untreu. Das zählt jetzt nicht mehr, nicht wahr? Ich hätte dir untreu sein und es dann gestehen sollen. Das Resultat wäre vielleicht dasselbe gewesen, aber wenigstens verständlich. Denkst du überhaupt noch an mich? Oder hast du schon losgelassen? Manchmal stelle ich mir zwei einander festhaltende Hände vor, die sich langsam voneinander lösen. Ganz allmählich berühren sie sich kaum noch. Und dann, durch Trägheit oder sonst etwas, durch die Schwerkraft, die Anziehungskraft benachbarter Körper sozusagen, beginnen sie, auseinander zu streben. Man selbst bewegt sich fast gar nicht, während der andere sich entfernt.«

Diana sagte nichts.

»Ich habe ein Darlehen aufgenommen. Ich bin zur Bank gegangen und habe mir das Geld für einen Flug nach Melbourne besorgt, um dort mit einer Frau zu reden, einer der Holocaustüberlebenden, die Border im Sommer 1946 befragt hat. Mag sein, dass nichts dabei herauskommt, reine Zeit- und Geldverschwendung. Ich habe der Bank nicht gesagt, dass mein Arbeitsvertrag ausläuft. Ist das die Art Vertrauen, wie ich es deiner Meinung nach haben sollte? Ich glaube, ich habe es jetzt … in meine Arbeit. Es hat mit der Suche nach schwarzen Truppen in Dachau zu tun, und mit anderen Dingen, auf die ich durch Border gestoßen bin. Ich habe jetzt etwas, ziemlich viel sogar. Fast zu viel. Hätte ich das nur früher gefunden. Es geht rund und rund in meinem Kopf. Wie schläfst du? Wachst du mit dem Bewusstsein auf, dass es mir leid tut? Oder hast du losgelassen?«

Am nächsten Morgen rief Adam von seinem Büro aus Dianas Handy an. Es war ausgestellt. Vielleicht war sie schon in der Schule. Er hinterließ ihr eine Nachricht. Er wollte sich mit ihr treffen. Zum Abendessen, etwas trinken, was sie Lust hätte.

»Such einen Ort aus, irgendwo in Hell's Kitchen, mir ist alles recht. Ich will wirklich mit dir reden.«

Die Widerstandsgruppe im Sonderkommando hatte keine großen Hoffnungen gehabt, dass Mandelbrot und Neuhof den Militärrat Auschwitz dazu bringen würden, den Plan eines lagerweiten Aufstands endlich umzusetzen. Die Ermordung von zweihundert Sonderkommando-Häftlingen im September hatte das Denken des nicht jüdischen Widerstands in keiner Weise verändert. Anfang Oktober verschärfte sich die Situation, als die Kapos des Sonderkommandos den Befehl erhielten, der SS binnen vierundzwanzig Stunden eine Liste mit den Namen von dreihundert Sonderkommando-Männern vorzulegen. Scharführer Busch kündigte an, die Dreihundert sollten aus Auschwitz-Birkenau abgezogen und in einer nahe gelegenen Stadt, wo ein Luftangriff der Alliierten schwere Schäden angerichtet habe, zur Trümmerbeseitigung eingesetzt werden. Niemand im Sonderkommando glaubte ihnen das.

In Wirklichkeit hatte Busch den Kapos vierundzwanzig Stunden für die Auflistung von dreihundert ihrer Kameraden gegeben, die ermordet werden sollten, und ihnen die Auswahl überlassen. Jeder der Männer fragte sich: »Habe ich mich irgendwann bei einem der Kapos unbeliebt gemacht?«

Die Häftlinge des Sonderkommandos blieben die ganze Nacht auf. Sie stritten miteinander. Sie beknieten die Kapos und jeden anderen, von dem sie glaubten, er könne die Kapos beeinflussen, so etwa die beiden Zalmans, Lewental und Gradowski, die zu den Ältesten im Dienst des Sonderkommandos gehörten. Die beiden waren beeindruckt von dem Kriterium, das Mandelbrot vorschlug, um die Liste zu erstellen. Der Kapo, den sie am besten gekannt hatten, Kaminski, war kürzlich wegen Sabotageverdachts erschossen worden, also gingen sie zu einem anderen, einem Mann namens Kalniak, der ebenfalls im Widerstand war. Ihm unterbreiteten sie Mandelbrots Vorschlag.

»Zuerst«, hatte Mandelbrot gesagt, »müssen diejenigen vor der Liste bewahrt werden, die mental und körperlich in der besten Verfassung sind, bei einem Aufstand zu kämpfen.«

»Das wäre sinnvoll«, meinte Kalniak, »wenn es irgendeine realistische Hoffnung auf einen Aufstand gäbe.«

»Aber trotzdem –« Das war alles, was Gradowski noch sagen konnte, bevor ein Häftling sich an Lewental vorbeidrängte, um Kalniak seinen Fall vorzutragen. Egal, wie groß sein realer Einfluss oder sein Ansehen bei den anderen Sonderkommando-Kapos war, allein die Tatsache, dass ein Gerangel um die Gelegenheit ausgebrochen war, mit Kalniak zu sprechen, verlieh ihm plötzlich Macht über Dutzende von verzweifelten Männern, die es gesehen hatten. Vielleicht konnte Kalniak dir helfen, nicht auf die Liste zu kommen.

Am nächsten Tag wurden zwei der Häftlinge, die zum Essenholen in die Küche mussten, beauftragt, einem Verbindungsmann eine Eilnachricht für den Militärrat zu überbringen. Es war ein letzter Versuch, die extreme Notlage der dreihundert Männer zu erklären und darauf zu drängen, den lagerweiten Aufstand unverzüglich auszulösen, noch am selben Tag. Innerhalb von eineinhalb Stunden war die Antwort da. Nicht nur, dass der Militärrat sich an diesem Tag nicht an einem Aufstand beteiligen würde, sondern diejenigen aus dem Sonderkommando-Widerstand, die nicht auf der Liste standen, wurden aufgefordert, sich ebenso wenig zu beteiligen. Die dreihundert Männer, wer immer sie waren, sollten wissend in den Tod gehen, ohne sich zu wehren und ohne jede Unterstützung, nicht einmal von ihren Kameraden aus dem Sonderkommando. Das war die Botschaft des allgemeinen Lagerwiderstands, vertreten durch den Militärrat Auschwitz.

»Vielleicht hatte Kalniak recht«, hörte Mandelbrot den einen Zalman zum anderen, Gradowski, sagen.

Sie stellten sich, wie so oft, in Reih und Glied vor Krematorium IV auf, aber diesmal sehr langsam. Hatte die SS etwas bemerkt? Alle waren sie nervös. Keiner hatte geschlafen. Eine Liste war erstellt worden. Einer der Kapos hatte sie. Welcher Kapo? Nur eins wussten sie mit Sicherheit, es war zu spät, um irgendjemanden zu beeinflussen. Scharführer Busch hatte eine Gruppe von SS-Wachen bei sich. Dachten die SSler wirklich, dass ein Einziger von denen, die aufgereiht vor ihnen standen, Männer, die Tag für Tag, Monat für Monat gezwungen worden waren, alles mitanzusehen, sich an der Täuschung und Ermordung so vieler Hunderttausend unschuldiger Menschen zu beteiligen, dachten sie wirklich, dass ein einziger dieser Sonderkommando-Häftlinge auch nur einen Moment lang glaubte, die dreihundert Männer, deren Namen auf der Liste standen, würden aus dem Lager gebracht, um Trümmer zu beseitigen?

Weder Lewental noch Mandelbrot sahen einen der Kapos eine Liste übergeben, aber ein SS-Mann hatte sie und reichte sie an Busch weiter. Es gab Häftlinge, die wussten, dass ihr Name auf der Liste stand. Einige von ihnen hatten Vorbereitungen getroffen. Sie hatten alle möglichen Dinge, die als Waffen dienen konnte, an ihren Körpern verborgen. Diejenigen, die von der Nachtschicht in Krematorium IV kamen, hatten während ihrer Arbeit, wissend, dass es ihre letzten Stunden waren, mit Holzspiritus oder Öl getränkte Lappen in alle Ritzen und Ecken des Krematoriums gestopft, sie zwischen die Dachsparren geklemmt, im Kokslager verteilt, überall. Sogar unter einigen der dreistöckigen Holzpritschen platzierten sie solche Lappen. Sie hatten nicht vergessen, dass nicht nur Menschen brennen, sondern auch Holz. Außerdem gab es noch die Büchsen, kleine Blechbüchsen mit dem geschmuggelten Sprengstoff aus der Pulverkammer. Wenn ein Aufstand losbrach, wenn ein zum Töten bestimmtes Gebäude in Flammen aufging, würden andere Häftlinge, nicht nur die vom Sonderkommando, sondern Gefangene in ganz Auschwitz-Birkenau und vielleicht sogar in einigen der Nebenlager es sehen. Vielleicht ließen sie sich mitreißen. Konnte das passieren? Wie sollten sie es wissen? Einen Ort wie diesen hatte niemand je gekannt.

Wie viele Minuten hatten sie noch zu leben? Scharführer Busch begann, die Namen aufzurufen. Wie kam Chaim Neuhofs Name auf die Liste? Während langsam ein Todeskandidat nach dem anderen vortrat, dämmerte es Scharführer Busch, dass die Sonderkommando-Reihe insgesamt ein bisschen zu kurz erschien, dass welche fehlten. Argwöhnisch geworden, beauftragte er einen SS-Trupp, in Krematorium IV nach den Fehlenden zu suchen. Die Lappen, die Waffen, die Männer, die sich womöglich dort verbargen, alles stand kurz davor, entdeckt zu werden.

Es gab nichts mehr, auf das man warten musste, nichts. Ob Chaim Neuhof der Erste war, dem das bewusst wurde, werden wir nie erfahren. Aber er war der Erste, der etwas tat. Aus den Reihen der Verurteilten schrie er »Hurra!« und stürzte sich mit einer Axt, die er in seiner Hose versteckt hatte, auf einen der SS-Männer, die sich zur Durchsuchung des Krematoriums bereit machten. Plötzlich flog ein Hagel aus Steinen, Kies und allen möglichen Objekten aus der Gruppe derer, die »auf Transport«

gehen sollten, wie das in der Lagersprache hieß. Einige SS-Leute wichen vor den angreifenden Häftlingen zurück, zwei flohen mit Fahrrädern. Andere begannen, wahllos auf alles zu schießen, was zum Sonderkommando gehörte, die Selektierten und die anderen.

Niemand wartete mehr auf irgendwas. Sonderkommando-Häftlinge beider Gruppen griffen die SS an, und bald sah man Rauch über Krematorium IV aufsteigen. Es war nicht der gewohnte Rauch von Leichenverbrennungen. Dieser Rauch war ohnegleichen. Das Krematorium brannte. Ausnahmsweise waren es keine Juden, sondern das Gebäude selbst. Es gab auch Explosionen. Die Juden warfen gebastelte Handgranaten. Während Männer des Sonderkommandos in einem Kreuzfeuer von Schüssen fielen, horchten die Menschen, Gefangene aller Nationalitäten, in anderen Teilen des Lagers auf, hielten inne, um zu sehen, was da los war. Juden schlugen zurück. So unvorstellbar das erschien, war es keine Illusion. Irgendwie gelang es diesen Sonderkommando-Männern, inmitten der ununterbrochenen Schießerei ein Krematorium zu zerstören.

Drüben, bei Krematorium II, hörte die dortige Sonderkommando-Schicht eine Sirene heulen. Erstaunt sahen die Häftlinge, dass Krematorium IV in Flammen stand. Überzeugt, dies sei der Anfang des lange herbeigesehnten Aufstands, griffen sie ihre SS-Bewacher an. In dem Tumult wurden Waffen, auch selbst gebaute Granaten, aus geheimen Verstecken geholt. Eine lange verborgene Isolierzange wurde ausgegraben und ein Loch in die elektrisch geladene Umzäunung geschnitten, groß genug, um Menschen durchzulassen. Die SS-Leute waren so schockiert über den Angriff, der ihnen wie ein organisierter Aufstand erschien, dass in der Zeit, bis sie zum koordinierten Gegenschlag ausholten, viele vom Sonderkommando das Loch im Zaun erreichen konnten. Um das nun eröffnete Maschinengewehrfeuer in diese Richtung einzudämmen, warfen die Häftlinge dort Handgranaten auf die SS. Inzwischen waren etliche Gefangene durch den Zaun geklettert. Nicht wissend, wohin sie sich wenden sollten, rannten sie dem ersten Fliehenden hinterher zum nahe gelegenen Dorf Rajsko.

Viele wurden von der nachsetzenden SS erschossen oder verwundet, aber einige schafften es die zwei Kilometer nach Rajsko, wo sie von Angst gejagt, von Glück berauscht, in einer Scheune unterkrochen. Die polnischen Dorfbewohner, die diese Männer an einem Oktobernachmittag in die Scheune rennen sahen, konnten nicht begreifen, was sich vor ihren Augen abspielte. Sie sahen die SS mit Hunden kommen und versuchen, die Scheune zu stürmen, aber die Häftlinge hatten gerade genug Zeit, die robuste Tür zu verrammeln. Vorübergehend in Sicherheit, berieten sie sich innen über ihre Lage. Was als Nächstes zu tun war, hing davon ab, was draußen geschah. Vielleicht war der Zaun an anderen Stellen durchbrochen worden. Vielleicht leisteten Gefangene im ganzen Lager Widerstand. Vielleicht waren die Russen endlich da und griffen die SS an. Vielleicht hatte die polnische Untergrundarmee den Moment genutzt, um sich mit dem Militärrat Auschwitz kurzzuschließen und die SS zu belagern. Vielleicht war es der Anfang vom Ende dieses Albtraums. Sie schauten einander an. Die Nazis schienen ihren Versuch, in die Scheune einzudringen, aufgegeben zu haben. Hatten die Polen vor Ort, die Bewohner von Rajsko, zu den Waffen gegriffen? Nein, es gab keinen Widerstand in Rajsko, nicht an diesem Nachmittag, nichts, was die keuchenden Männer hören konnten, außer ihrem eigenen Atmen und dem Hundegebell draußen.

Die Dorfbewohner waren Zivilisten. Sie kämpften nicht. Die Sonderkommando-Häftlinge in der Scheune von Rajsko rochen etwas brennen, keine Leichen, sondern Holz. Die Männer vom Militärrat Auschwitz waren nicht da, ebenso wenig wie die lokale Abteilung der polnischen Untergrundarmee. Die SS hatte die Scheune in Brand gesteckt. Als die Flammen den

Raum eroberten, als Hitze und Qualm unerträglich wurden, waren die Flüchtigen gezwungen, die Tür zu öffnen und um ihr Leben zu rennen. Die Russen waren nicht da, aber einige Bewohner von Rajsko waren da und sahen die Männer aus der lodernden Scheune direkt ins Maschinengewehrfeuer der wartenden SS rennen.

Innerhalb des Lagers traten einige, die in den Weichsel-Union Metallwerken Nachtschicht gehabt hatten, vor ihre Baracken und sahen Rauch über Krematorium IV aufsteigen. Es war tatsächlich passiert. Im *Kanada* sah es auch Rosa Rabinowicz. In den fernsten Teilen des Lagers sahen sie es. Andere hörten nur davon, aber alle jubelten. Die Häftlinge des Sonderkommandos, Juden, hatten zurückgeschlagen. Eins der Krematorien, seine Gaskammern und seine Öfen, waren zerstört worden. Unter den Gefangenen in ganz Auschwitz verbreitete sich ein fast surrealer Stolz.

Nachdem die SS Verstärkung bekommen hatte, war der Aufstand schnell niedergeschlagen. Diejenigen vom Sonderkommando, die nicht schon bei der Scheune oder auf dem Gelände der Krematorien getötet worden waren, mussten sich mit dem Gesicht nach unten auf den Boden legen. Gewiss: Sie hatten den Zaun durchschnitten, Sprengsätze aus geschmuggeltem Schießpulver waren explodiert, SS-Leute verwundet, einige getötet worden. Aber während das alles geschehen war, hatte niemand außer dem Sonderkommando die SS auch nur verflucht. Henryk Mandelbrot lag wie alle seine überlebenden Kameraden mit dem Gesicht nach unten auf dem Boden. Aus der Schockstarre erwacht, war die SS nur noch wütend, auf Rache bedacht. Mandelbrot hörte das Geräusch der sich nähernden Schüsse. Er hörte die nahenden Schritte des SS-Manns, des designierten Schützen. Mit dem Gesicht im Dreck, lauschte er und rechnete sich aus, dass jeder dritte Mann des Sonderkommandos erschossen wurde. Eins, zwei, Schuss. Dann wieder eins, zwei, Schuss. Wer würde übrig bleiben, um der Welt zu erzählen, was sich hier am

Nachmittag des 7. Oktober 1944 zugetragen hatte? Eins, zwei, ein Schuss. Wer würde übrig bleiben, wenn das vorüber war? Eins, zwei, Schuss.

»Werde ich es sein?«, fragte Mandelbrot sich, den Mund voller Erde. Eins, zwei, Schuss. Die Schritte wurden lauter, die Schüsse ebenfalls. Eins, zwei, Schuss. Wieder war einer tot. Eins, zwei, Schuss. Noch ein Zeuge zum Schweigen gebracht.

Chaim Neuhof wurde getötet, genauso Dorebus, Panusz und Handelsmann. Auch Kalniak, einer der Kapos, die mit der Namensliste beauftragt worden waren, wurde getötet. Obwohl er selbst nicht auf der Liste stand, hatte er in der Nacht zuvor geholfen, die Sprengsätze in Krematorium IV zu verstecken. Er wusste, was sie erwartete, und dass er sterben würde.

Krematorium IV, die Gaskammer und Öfen, wurde dank der schweren Schäden nie wieder benutzt. Als die Schüsse endlich aufhörten, durfte Mandelbrot sich erheben. Vor dem Aufstand waren im Sonderkommando 663 Mann gewesen. Danach waren es nur noch 212.

Als Mandelbrot sein Gesicht aus dem Dreck erhob und aufstand, sah er die beiden Zalmans, Lewental und Gradowski. Sie waren beide tot.

»Sollte ich nicht das Ende der Geschichte kennen?«, fragte Lamont den alten Mann in der Krebsklinik von Manhattan.

»Dafür sind Sie hier.«

Lamont lächelte, blieb aber mit sanftem Nachdruck bei der Sache. »Was haben Sie gemacht, als die Kämpfe losgingen?«

»Es war Chaos auf dem Hof. Häftlinge –«

»Vom Sonderkommando?«

»Ja, sie rannten in alle Richtungen, und die SS feuerte, was das Zeug hielt. Die zum Zaun rannten, an die Stelle, wo der Stacheldraht durchschnitten war –«

»Die in die Scheune flohen?«

»Ja. Als sie wegrannten und die SS hinterher, sah ich eine Chance, etwas zu tun, aber ich wusste nicht, was. Überall um mich herum waren Männer, Männer, die ich kannte, die getroffen wurden und starben, deren Körper auf den Boden schlugen.«

»Und Sie?«

»Das wird Ihnen vollkommen verrückt erscheinen, aber es hat mir das Leben gerettet: Ich rannte zu Krematorium IV und –«

»Aber das brannte doch, oder?«

»Ja, genau. Aber ich dachte, wenn ich es bis dorthin schaffte, wäre das vielleicht der sicherste Ort.«

»Und was war mit dem Feuer?«

»Mir flogen die Kugeln nur so um die Ohren, und vor den Kugeln der SS hatte ich mehr Angst als vor dem Feuer. Sie schossen hinter mir her, sodass ich mich zwei Mal auf den Boden warf und einfach liegen blieb, damit sie dachten, ich sei tot. Sobald ich lag, schossen sie nicht mehr in meine Richtung. Ich wartete ein bisschen, dann stand ich blitzschnell auf und rannte weiter. Das machte ich zwei Mal und schaffte es zum Krematorium.«

»Aber warum wollten Sie dahin? Da brannte es doch!«

»Weil es so aussah, als würden sie jeden erschießen, den sie zu sehen bekamen. Wer wusste schon, was sie tun würden, auch wenn klar war, dass sie weiterhin Leute für die Arbeit des Sonderkommandos brauchten. Sie waren so wütend, so in Rage, vielleicht auch in Panik, dass sie einfach jeden umbrachten, der ihnen vor die Augen kam, also musste ich versuchen, mich unsichtbar zu machen. Ich musste mich verstecken. Das sagte mir mein Instinkt. Aber wo? Wo würden sie am wenigsten suchen? In Krematorium IV.«

»Aber woher wussten Sie, dass Sie das Feuer überleben würden?«

»Ich wusste gar nichts, Mr Lamont. Ich könnte mich jetzt als Held aufspielen. Ich war kein Held. Es gab viele Helden. Ich gehörte nicht dazu. Die Helden sind gestorben. Sehen Sie, wenn ein Gebäude brennt, steht manchmal nicht alles in Flammen.«

»Aber woher wussten Sie, dass Sie überhaupt reinkommen würden?«

»Auch das wusste ich nicht. Wenn überall geschossen wird, ist man panisch, man hat Angst. Ich musste rennen und war völlig außer Atem. Der Eingang brannte, aber wenn ich es nach innen schaffen würde … keine Kugeln mehr. Also sprang ich durch die Flammen und war drin. Wir kannten das Gebäude besser als die meisten von der SS, und ich wusste, dass es einen Ort gab, den die Kugeln nicht erreichen konnten, da wollte ich hin.«

»Wenn es dort nicht brannte.«

»Sicher, genau.«

»Wo war das?«

»Im Abzug. Verstehen Sie? Der Abzug, der war aus Gusseisen. Er führte von den Öfen zum Schornstein.«

»Und da sind Sie rein?«

»Ja, da habe ich mich versteckt … während andere kämpften und einige zu fliehen versuchten.«

»Aber das ganze Gebäude hätte zusammenkrachen können.«

»Ich habe einfach mein Glück versucht. Da gab es keine Logik außer dem Tod. Wir alle waren todgeweiht. Die Männer, die geflohen und nach Rajsko gerannt sind, die sind alle gestorben, allesamt ermordet – das waren die Helden. Und der Feigling, der in ein brennendes Gebäude lief, um sich zu verstecken, der lebt immer noch.«

»Und die beiden Zalmans, Gradowski und Lewental?«

»Sagte ich schon.«

»Sie hatten sich doch versteckt, wie konnten Sie dann –?«

»Ich bin rausgekrochen, als die Schießerei verstummt ist. Es war zu früh, aber das Feuer oder die herabstürzenden Ziegel hätten mich vielleicht erwischt, wenn ich länger geblieben wäre. Also musste ich mich genau wie alle anderen, die noch nicht tot waren, mit dem Gesicht nach unten in den Dreck legen und jeder Dritte bekam einen Genickschuss. Als ich aufstand, sah ich Gradowski und Lewental … am Boden. Ich war am Leben, sie nicht.«

Es war das letzte Mal, dass Lamont von Mr Mandelbrot etwas über das Sonderkommando erfuhr. Er wusste es nicht, der alte Mann aber schien es gewusst zu haben. Mit einem Lächeln auf dem Gesicht sah er Lamont am Ende des Besuchs die silberne Chanukkia mitnehmen. Am Abend, als Lamonts Großmutter den Leuchter in ihrer Co-op-City-Wohnung sah und ihn danach fragte, erzählte Lamont ihr ein bisschen vom Aufstand des Sonderkommandos.

»Wenn er den anderen durch das Loch im Stacheldraht gefolgt wäre, hätten sie ihn erschossen.«

»Dann hat er nur überlebt, weil er in ein brennendes Gebäude lief?«

»So ungefähr. Er hat sich im Abzug des Krematoriums versteckt.«

»Was für eine Geschichte!«, sagte Lamonts Großmutter, als sie aufstand, um den Küchentisch abzuräumen. Bevor sie ins Bett ging, nahm sie die silberne Chanukkia in die Hand und betrachtete sie genauer.

»Er muss dich wirklich gemocht haben … dir so etwas zu geben. Was glaubst du, was das wert ist?«

Lamont hörte sie nicht, und als sie sich zum Gutenachtkuss über ihn beugte, wiederholte sie es nicht.

»Ich versuche, morgen wiederzukommen«, hatte Lamont an dem Abend, als er ging, zu Mr Mandelbrot gesagt.

»Ja? Gut«, hatte der alte Mann erwidert. Es war das Letzte, das er je zu Lamont sagte, der ihn weder am nächsten noch am übernächsten Tag besuchen konnte. Am dritten Tag nach ihrem letzten Gespräch sah er erschrocken einen anderen Patienten, als er das Zimmer betrat, in dem der alte Mann gelegen hatte.

Ihm war klar, weshalb, aber so wenig es ihn überraschen konnte, war er doch nicht darauf vorbereitet und musste das Ende der Geschichte von jemandem hören, der wirklich Bescheid wusste. Als er einen Tag später auf dem Flur zufällig die Onkologin des alten Mannes traf, wagte er den ungewöhnlichen Schritt, sie anzusprechen.

»Entschuldigen Sie, Dr. Washington«, sagte er nervös. »Dieser Patient, Mr Mandelbrot, wurde er auf eine andere Station –?«

»Er ist gestorben«, sagte sie mit einem Blick auf die Uhr und ging weiter. Lamont Williams stand einen Augenblick allein im Flur, den Wischmop in der Hand und einen Eimer voll grauer Seifenlauge zu seinen Füßen, und dachte an den alten Mann. Wer außer ihm kannte seine Geschichte? Gab es sonst noch jemanden, der das alles wusste? Einen Einzigen? Der Mann vom Gebäudeservice musste den Flur zu Ende wischen.

Adam hatte immer noch nichts entdeckt, was auch nur im Entferntesten auf eine Verbindung zwischen afroamerikanischen Truppen und der Dachau-Befreiung hingewiesen hätte, und wegen der großen Bedeutung seiner Entdeckung von Borders Transkripten und Drahttonaufnahmen aus dem Jahr 1946 fühlte er sich zunehmend von dem Thema abgelenkt, das ihn überhaupt auf Borders Spur gebracht hatte. Doch in einem Transkript fand er etwas, das wenigstens einen Schimmer Hoffnung in Bezug auf die Rolle schwarzer Soldaten bei der Befreiung eines anderen Konzentrationslagers bot. Border hatte einen DP, einen Holocaustüberlebenden namens Taussig, befragt. Wie es schien, war Taussig eine Zeit lang Gefangener in einem Außenlager des KZ Natzweiler-Struthof gewesen. Als er von seiner Befreiung erzählte, sagte er zu Border, bei den ersten alliierten Truppen, die er gesehen habe, seien schwarze Soldaten gewesen. Er sagte, als er diese bewaffneten Schwarzen gesehen habe, habe er gewusst, das müssten Amerikaner sein. Es gab keinen Zweifel, wer sie waren, und er wusste, er war endlich frei.

Als Adam darauf stieß, recherchierte er sogleich alles Mögliche über Natzweiler-Struthof. Er fand bald heraus, dass es westlich des Rheins in der Nähe von Straßburg lag, das einzige KZ, das die Deutschen in Frankreich errichtet hatten. Das Stammlager war schon einige Monate vor dem Einmarsch der alliierten Streitkräfte geräumt worden, aber viele der rechtsrheinischen Außenlager blieben bis einige Wochen vor der deutschen Kapitulation in Betrieb. Adam entdeckte, dass sich in den letzten Kriegsmonaten Häftlinge dort befanden, die wegen der vorrückenden Roten Armee aus Lagern im Osten, einschließlich Auschwitz, westwärts transportiert worden waren, aber auch zur Entlastung verlegte Häftlinge aus Dachau und von anderswo.

Das geräumte Stammlager Natzweiler-Struthof wurde von französischen Divisionen eingenommen, die zusammen mit der 7. US-Armee die alliierte 6. Heeresgruppe unter dem Kommando von Generalleutnant Jacob L. Devers bildeten. Adam konnte schnell feststellen, dass die 6. Heeresgruppe den Rhein um den 24. November 1944 erreichte. Damit kam sie allen anderen alliierten Streitkräften zuvor, und es war Devers' Plan, den Rhein zu überqueren, um am rechten Ufer nach Norden vorzustoßen.

Zwei Aspekte daran erregten Adams besonderes Interesse. Erstens war eines der Bataillone der 79. Division der 7. US-Armee eben jenes afroamerikanische 761. Panzerbataillon, von dem Adam schon gehört hatte, es sei an der Befreiung eines Konzentrationslagers beteiligt gewesen, was die offiziellen Militärberichte jedoch nicht bestätigten. Und zweitens hatte Devers, wie Adam herausfand, zur Absicherung seiner geplanten Rheinüberquerung Aufklärungstruppen vorgeschickt, um die rechtsrheinische Verteidigung der deutschen Wehrmacht zu prüfen. Die Rückmeldung besagte, sie sei überraschend schwach.

Was Adam an alldem so erregte, war die Möglichkeit, dass bei den Aufklärungstruppen, die Ende November den Rhein überquerten, auch Schwarze des 761. Panzerbataillons hätten dabei gewesen sein können, die an Gefechten in der Umgebung eines Außenlagers von Natzweiler-Struthof unweit des Flusses hätten teilgenommen haben können. Wenn er das belegen konnte, wäre der Beweis erbracht, dass schwarze Truppen unter den ersten alliierten Streitkräften an der Westfront waren, die ein funktionierendes Konzentrationslager der Nazis entdeckt und es vielleicht sogar befreit hatten – das wäre ein beachtlicher Erfolg.

So unwahrscheinlich diese Spekulation auch sein mochte, eine Zeit lang forschte Adam wie besessen, um zu sehen, ob nicht doch etwas daran war.

Was gab es an offiziellen oder sonstigen Berichten über die Kämpfe des 761. Panzerbataillons? Welche Männer gehörten dazu? Es hatte sechs weiße Offiziere, dreißig schwarze Offiziere und sechshundertsechsundsiebzig registrierte schwarze Soldaten gegeben. Nach der Einberufung 1942 in Louisiana hatte das 761. Panzerbataillon ein Intensivtraining in Texas absolviert. Zu seinem Entzücken fand Adam, dass es am 10. Oktober 1944 am Omaha Beach in der Normandie gelandet und folglich zur entscheidenden Zeit in Europa gewesen war, mit mehr als einem Monat Zeit, um nach Natzweiler-Struthof zu gelangen. Bei einer Gruppe von über siebenhundert Mann gab es doch sicher jemanden, der seine Kriegserlebnisse aufgezeichnet hatte. Existierten unbekannte Tagebücher, von denen nur Familienangehörige wussten? Vielleicht konnte Adam noch Veteranen dieses Bataillons befragen. Es gab so viel zu entdecken. Endlich hatte er seinem Freund, William McCray, etwas Positives zu bieten.

Die Befehle kamen aus dem fernen Berlin. Mit dem Vorstoß der Westalliierten an den Rhein und den nach Polen einrückenden

Russen im Osten hatte der Krieg sich endgültig gegen die Nazis gekehrt, aber sie wollten es immer noch wissen. Das Reich stand unmittelbar vor dem Zusammenbruch, aber trotzdem wollten sie es wissen. Genau herausfinden, wie das passieren konnte. Wie waren diese halb toten Juden, isolierte Häftlinge in einem Vernichtungslager, an Waffen gekommen? Eine Delegation wurde von Berlin nach Auschwitz-Birkenau geschickt. Es war undenkbar für die SS, dass der Sprengstoff von den ausgemergelten Arbeiterinnen der Weichsel-Union-Metallwerke herausgeschmuggelt worden war; das war ungefähr genauso unwahrscheinlich wie die Möglichkeit, dass Churchill, Stalin oder Roosevelt das Sonderkommando persönlich mit Schießpulver versorgt hätten. Aber dann wurde bei einer Untersuchung des zerstörten Gebäudes, in dem sich die Gaskammer und die Öfen von Krematorium IV befanden, eine kleine Dose gefunden. Sie war rund, aus Metall und hatte einmal Schuhcreme enthalten. Jetzt enthielt sie geflochtene Wollzöpfe, eine Art Docht und Sprengstoff. Es war eine selbst gebastelte Granate, die das Sonderkommando nicht gebraucht hatte, und das Pulver wurde als Sprengstoff aus den Union-Werken identifiziert.

Ungefähr um diese Zeit wurde eine Frau, die einmal im selben Block gewohnt hatte wie Estusia und Hannah Weiss, mit einer ganzen Ladung Brot erwischt. Geschlagen, aber nicht bereit, die Herkunft des Brots zu verraten, gab sie andere Informationen preis, die irgendeinen Wert haben konnten, Informationen über ihre Mitgefangene Estusia Weiss, die regelmäßig Besuch von einer gewissen Rosa Rabinowicz aus dem *Kanada*-Kommando bekam. Das Brotschmuggeln hatte sich erledigt.

Block 11, das »Gefängnis im Gefängnis«, befand sich im Stammlager Auschwitz I, dessen Tor die Inschrift »Arbeit macht frei« zierte. Der Kapo von Block 11 war ein Jude, der sich der SS aufgrund seiner Körperkraft und hünenhaften Größe angeboten hatte, und der den Häftlingen – auch jenen, die ihn nie gesehen hatten – als Kapo Jakub bekannt war. Manche sagten ihm Dummheit nach; andere warfen ihm Grausamkeit vor. Noch andere, die aus Block 11 herausgekommen waren, schworen, nur seine Hilfe im richtigen Moment habe sie gerettet. Wenn die in den Zellen von Block 11 eingeschlossenen Häftlinge Jakub näher kommen hörten, erkannten sie ihn an seinem Gang, und wenn sie am Geräusch der Schritte zu erkennen glaubten, dass er alleine war, riefen sie ihn aus der Dunkelheit ihrer Strafzellen.

»Hilf mir, Kapo Jakub. Bitte hilf mir.«

Der Ruf der Gefangenen folgte dem Geräusch seiner Schritte den schwarzen Betongang entlang. »Hilf mir, Kapo Jakub. Bitte hilf mir.«

Das Jahr 1944 neigte sich dem Ende zu, als Estusia Weiss und ihre Freundin Ala, zwei der Frauen aus der Pulverkammer der Union-Werke, zum Verhör nach Block 11 gebracht wurden. Ihre Vorarbeiterin, Regina, wurde ebenfalls dorthin gebracht, und bald danach Rosa Rabinowicz. Alle vier wurden brutal geschlagen, immer wieder. Die Nachricht von ihrer Inhaftierung in Block 11 erreichte Noah Lewental und andere aus der Widerstandsbewegung. Sie waren so sicher, bei den Folterverhören verraten zu werden, dass viele von ihnen an Selbstmord dachten.

Blutend, wund am ganzen Leib, im Gesicht und an den Beinen, lag Rosa frisch misshandelt in ihrer Zelle auf dem Rücken. Mit gebrochenen Rippen, um Atem ringend, hörte sie die Gefangenen in der Ferne Kapo Jakubs Gang durch den Korridor ankündigen.

»Hilf mir, Kapo Jakub. Bitte hilf mir«, hörte sie die Rufe. Ohne auch nur zu versuchen, aufzustehen, kroch sie zur Zellentür und wartete, bis seine Schritte näher kamen. Dann fing sie an zu rufen: »Hilf mir, Kapo Jakub. Bitte hilf mir.«

Jakub konnte nicht alleine an den Türen vorbeigehen, ohne diesen Ruf überall zu hören. Sogar Gefangene, die nie irgendeine Hilfe von ihm bekommen hatten, die nie mit ihm gesprochen und keinen Grund hatten, zu erwarten, dass er plötzlich sein Leben für sie riskierte, sogar sie riefen ihn, fast wie ein Gebet. Sie riefen, als wäre ihre Überlebenschance vertan, wenn sie es versäumten. Diejenigen, die stumm blieben, waren nicht mehr bei Bewusstsein.

Jakub hörte die Schreie, während er sich durch den Gang im Keller von Block 11 bewegte, und als er an Rosas Tür gelangte, hörte er die schwache Stimme der gebrochenen Frau und hielt inne. Es wäre verzeihlich gewesen, wenn er sie nicht gehört hätte, aber er näherte sich dieser Zelle etwas langsamer. Er wusste genau, wer blutend darin lag. Er hatte Brot und Wasser hineingebracht, als die Insassin ohnmächtig gewesen war. Jakub wusste, dass die Frau in dieser Zelle Rosa war, diejenige, die Sprengstoff zum Sonderkommando geschleust hatte, Sprengstoff für den Aufstand, den einzigen in der Geschichte des Lagers. Er würde jedes Privileg, das seine Stellung ihm verschaffte, mit dieser Frau, Rosa Rabinowicz, zu teilen versuchen.

Als sie seine Schritte nicht mehr hörte, fragte sie sich, ob er noch da war. Dann hörte sie die Schlüssel in ihrer Zellentür und Sekunden später stand hoch über ihr die mächtige Gestalt von Kapo Jakub. Mit einem Schritt über ihren Körper hinweg kam er in die enge Zelle. Er hockte sich nieder und nahm die Wasserschale. Ihren Kopf in seinem Schoß, sagte er ihr, er zähle bis drei, dann solle sie schlucken, und sie tat es. Er legte ihren Kopf sanft wieder auf den Boden, langte immer noch kniend nach dem Brot, das er ihr dagelassen hatte, und brach ein Stückchen ab, um es ihr zu geben, aber sie konnte nichts Festes in den Mund nehmen. Übel zugerichtet von den letzten Schlägen, tropfte das Blut aus ihrem Mund auf seine Hose. Er nahm etwas Brot, weichte es im Wasser auf und begann sie zu füttern.

»Schau dich an«, sagte er leise zu sich selbst, ohne eine Antwort zu erwarten. Aber zwischen schmerzhaften Atemstößen, ihren Kopf in seinem Schoß, sprach sie mit ihm.

»Bring Noah zu mir, Noah Lewental. Bring ihn zu mir, Jakub, tust du das?«

»Wer ist das?«

»Ein Elektriker … aus Ciechanow. Frag herum … irgendjemand wird ihn kennen … *Die* kennen ihn«, flüsterte sie. »Kannst du ihn herbringen, bevor ich sterbe?«

Drei Tage später empfing Kapo Jakub den Elektriker aus Ciechanow. Es war Nacht, als Noah Lewental mit zwei Flaschen unter dem Arm an den Eingang von Block 11 kam.

»Wer ist der Kerl?«, fragte der schläfrige SS-Posten.

»Das ist mein Cousin, und das ist für Sie«, sagte Jakub, während er die Flaschen vor ihn stellte.

»Was ist das? Gib her. Eierlikör!«, lachte der SS-Mann.

»Zwei Flaschen … für Sie«, wiederholte Jakub.

»Ach, ihr Juden! Ihr kriegt doch einfach alles, sogar hier, sogar *jetzt*.«

Noah sagte nichts und wartete ab, was geschehen würde. Der Wachposten machte eine Flasche auf und nahm einen Schluck.

»Jakub, die Leute hier lieben dich. Sogar die Toten zollen dir Tribut. Wohl wahr, du sollst auch einen Schluck haben.«

Der SS-Mann reichte Jakub die Flasche, der sie zum Schein ansetzte und dann zurückgab. Es dauerte nicht lange, bis sie leer war und der Wächter zur zweiten Flasche überging.

»Vom *Kanada,* was?«, sagte er, mittlerweile schon benebelt.

»Egal woher, jetzt ist es Ihrer, oder?«

»Ja, ja … meiner. Stimmt genau, Jakub. *Jetzt* ist es meiner.«

Mit einem kleinen Rest in der zweiten Flasche schlief der SS-Mann ein, und Jakub konnte den Besucher hineinführen. Noah folgte ihm so leise, dass die Gefangenen hinter ihren Zellentüren in dem Glauben, Jakub sei alleine, nach ihm riefen.

»Hilf mir, Kapo Jakub. Bitte hilf mir.«Als sie bei Rosas Zelle ankamen, schloss Jakub schnell die Tür auf.

»Mach's kurz. Ich weiß nicht, wie lange der Posten schläft. Vielleicht die halbe Nacht, er könnte aber auch schon wach geworden sein«, flüsterte er, während er Noah hineinschob und die Tür wieder schloss, ehe er sich, einen Chor von Rufen hinter sich, entfernte.

Noah schaute auf den nackten Körper zu seinen Füßen. Er war nicht wiederzuerkennen. Noah fragte sich, ob der Hüne von Kapo ihn nicht an den falschen Ort gebracht hatte, als eine Stimme sich von dem geschundenen nackten Wesen erhob, das mit offenen Wunden, ohne Decke oder einem Tuch, um sich zu bedecken, auf dem dunklen Betonboden lag.

»Noah, bist du's?«

»Rosa?«

»Wie kommst du hierher? Bist du wirklich da, oder ist das eine Halluzination?«

Er beugte sich hinab. Es war ihre Stimme. Dies war die Frau, die er seit der Kindheit hatte heiraten wollen, die Frau, die er durch einen Akt jugendlicher Ungeduld verloren, die er so sehr verletzt hatte. Und nun das. Was hatten sie ihr angetan?

»Ich bin da, sicher bin ich da«, flüsterte er. »Du hast mich doch rufen lassen, nicht wahr? Ist das Wasser?«

»Ja. Ich dachte nicht, dass Jakub dich finden würde. Ich dachte nicht, dass die Nachricht dich überhaupt erreicht, bevor sie mich –«

»Pst! Spar deine Kräfte.« Er wiegte ihren Kopf in seinem Schoß und gab ihr etwas Wasser. Dabei sah er, wie ihre Zähne zugerichtet waren.

»Wofür sollte ich sie sparen?«

»Sprich nicht so. Wie werden alles tun, um … dir zu helfen.«

»Noah, die Zeit ist kurz. Wir dürfen uns nicht belügen. Sie werden mich töten. Das wissen wir beide, aber ich musste dir noch etwas sagen –«

»Pst! Sei nicht so –«

»Noah, Liebster, rede kein dummes Zeug mit mir. Stimmt es, dass dein Bruder bei dem Aufstand umgekommen ist?«

»Zalman? Ja, das hat man mir gesagt.«

»Ich habe es auch gehört. Er ist der Einzige, den ich verraten habe.«

»Was?«

»Der einzige Name, den ich ihnen beim Verhör angegeben haben. Ich hatte gehört, dass er erschossen wurde, also sagte ich ihnen, er sei mein Verbindungsmann gewesen, der einzige, den ich gehabt hätte.« Noah strich ihr sanft über den Kopf und spürte das vertrocknete Blut im Haar.

»Sag es ihnen, Noah, sag es den anderen aus dem Widerstand, sag ihnen, dass Zalman der einzige Name ist, den ich ihnen gegeben habe und jemals geben werde. Sag ihnen, dass es dabei bleibt. Jeder, der noch lebt, ist sicher.«

»Liebste Rosa! Ich weiß nicht, ob irgendjemand hier sicher ist, nicht einmal Jakub.«

»Aber sag es ihnen, dass niemand wegen dem, was ich sage, getötet werden wird. Erzähl mir, was du sonst weißt.«

»Worüber?«

»Sind die Russen bald da?«

»Das hört man, ja. Das hört man schon die ganze Zeit… aber sie kommen nie.«

»Und der Aufstand, konnte jemand fliehen?«

»Soviel ich weiß, wurden alle Flüchtigen geschnappt und erschossen. Aber sie haben ein Krematorium zerstört.«

»Wirklich?«

»Ja, und bevor alles vorbei war, haben sie ein paar SS-Männer getötet.«

»Noah, du musst überleben.«

»Du auch!«

»Aber ich werde es nicht. Du vielleicht. Du musst, Noah, damit der Rest der Welt erfährt, was hier geschehen ist.«

»Wer wird es glauben?«

»Ich weiß, aber du musst es so lange erzählen, bis jeder es erfährt. Versprich mir, dass du überlebst und –«

»Rosa, wie soll ich dir versprechen, was nicht in meinen Händen liegt?«

»Ja. Du hast recht, aber wenn du überlebst, versprich mir, dass du es erzählst. Du musst –«

»Ja, natürlich. Natürlich tue ich das. Aber was ist mit den anderen Mädchen? Haben sie auch welche von den anderen?«

»Ja, sie haben Estusia und Ala aus der Pulverkammer und Regina, ihre Vorarbeiterin. Aber niemand braucht sich Sorgen zu machen, dass sie etwas sagen. Estusia denkt nur an ihre Schwester, und sowieso, ich war ihre einzige Verbindung von der Munitionsfabrik nach draußen, die sie mit Namen kennen.«

»Hast du eine Nachricht für die Schwester?«

»Estusias Schwester, Hannah?«

»Ja, ich könnte vielleicht –«

»Nein. Jakub will versuchen, einen Brief von Estusia an sie herauszuschmuggeln«, flüsterte Rosa.

»In Ordnung.«

»Noah?«

»Ja?«

»Warum bietest *du* dich für eine Nachricht an?«

»Was meinst du?«

»Ich dachte, du hättest eben gesagt, es würde alles gut?«

Sie hatte ihn ertappt, und als es ihr gelang, ihre Hand an sein Gesicht zu heben, spürte sie, dass er weinte. Es war fast vollständig dunkel in Block 11, und sie wussten, wenn Jakub zurückkam, was jeden Moment möglich war, musste Noah sofort gehen. Er konnte noch auf dem Weg hinaus erwischt werden. Es kümmerte ihn nicht. Er würde sein Leben für sie geben. Das wusste sie nun. Aber sie wussten beide, dass die SS nicht sein Leben gegen ihres tauschen würde. Sie würde beide nehmen.

Er wiegte ihren Kopf, während sie miteinander über ihre Kindheit flüsterten, über Ciechanow, über ihre Eltern und Geschwister. Sie sagte, ihr Vater habe es kommen sehen, stimmte aber zu, was da an Ungeheuerlichem kam, hätte sich niemand vorstellen können. Selbst nachträglich würde niemand ganz verstehen, wie schlimm es war, seine Ausmaße, die rastlose Maschinerie. Nein, egal, was ihr Vater vorausgesehen hatte, *das* nicht. Sie habe eine Tochter, erinnerte sich Noah. Das kleine Mädchen, Elise. Der Vater, erklärte sie, sei mit dem Kind verschwunden. Vor dem Krieg habe sie alles versucht, um es zu finden, aber keine Spur von ihm oder ihrem Ehemann entdeckt.

»Vielleicht lebt sie noch. Was meinst du?«, flüsterte Rosa, auf einmal wie ein kleines Mädchen.

»Gut möglich«, antwortete Noah.

»Es ist so lange her …«

»Ja, aber siehst du nicht, gerade deswegen. Es ist so lange her, dass sie jetzt wer weiß wo sein könnte. Irgendwo in Sicherheit, in Russland oder England … oder gar in Amerika.«

»Glaubst du wirklich?«

»Ja, es war Zeit genug –«

Plötzlich klopfte es. Sie hatten vier Stunden ununterbrochen geredet. Inzwischen war es zwei Uhr morgens, und Kapo Jakub war so leise wiedergekommen, dass kein Rufen ihn angekündigt hatte. Er klopfte ein Mal, ehe er die Tür zu Rosas Zelle öffnete.

»Er ist wach. Komm, los, du musst gehen.« Es war so plötzlich, dass Noah nicht wusste, was er zu ihr sagen sollte. Sie würden sich nicht wiedersehen, das wussten sie beide. Was sollte er sagen?

»Komm schon!«, flüsterte Jakub nachdrücklich.

»Rosa, ich liebe dich. Ich habe dich immer geliebt.«

»Noah, versprich mir, dass du es erzählst, allen –«

»Komm!«, drängte Jakub.

»Ich verspreche dir, ich werde –«

»Sag es allen«, flüsterte sie, »allen.«

Noah hatte ihren Kopf wieder auf den Boden gelegt.

»Was, wenn sie mich hier bei ihr finden?«, fragte er Jakub unvermittelt mit wild klopfendem Herzen. »Sollen sie uns zusammen nehmen. Ich kann sie nicht verlassen … Ich kann es nicht … Ist mir egal, was sie mit mir machen.«

»Dir vielleicht, aber mich würden sie auch töten. Wir hatten eine Abmachung. Also komm!«, sagte Jakub und zog ihn aus der Zelle.

»Sag es allen!«, beharrte Rosa.

»Ja, ich verspreche es.«

»Allen!«, rief sie, nicht mehr flüsternd, sondern so laut sie konnte. »Sag allen, was hier geschehen ist!«

Jakub hatte die Tür geschlossen, und nun waren er und Noah wieder im Gang.

»Sag allen, was hier geschehen ist!«, rief Rosa jetzt zunehmend hysterisch, ohne jede Zurückhaltung.

»Sag allen, was hier geschehen ist!«, rief sie, woraufhin ihr Nachbar in der nächsten Zelle wach wurde und, als er es hörte, statt des üblichen Rufens nach Jakubs Rettung ihren Schrei wie einen ganz neuen Impuls aufgriff.

»Ja, sag allen, was hier geschehen ist!« Und der Nachbar wurde von dem Häftling neben ihm gehört, der den Ruf weitertrug.

Mitten in der Nacht, kurz nach zwei Uhr morgens, wurden die Häftlinge im Keller des Gefängnisblocks durch den von Zelle zu Zelle sich fortpflanzenden Ruf geweckt. Einer nach dem anderen, mehr und mehr stimmten in das Rufen ein, das Noah und Jakub den dunklen Gang des Steinkellers entlang auf ihrem Weg nach draußen folgte. In jeder Zelle wiederholten Häftlinge dieselbe Beschwörung. Niemand dort konnte auf Rettung hoffen, aber dieser Ruf, diese Bitte ergab Sinn. So kam es, dass in einer kalten Nacht des einbrechenden Winters 1944 die Häftlinge im Keller des Lagergefängnisses Auschwitz jedem, der überleben würde, mit einer Stimme zuriefen: »Sag allen, was hier geschehen ist!«

Eine Reihe schlafloser Nächte hindurch erlaubte Adam sich die wildesten Fantasien zu der Möglichkeit, etwas wirklich Stichhaltiges über die Rolle der schwarzen Soldaten des 761. Panzerbataillons und deren Beteiligung an der Befreiung des westlichsten aller Nazilager, Natzweiler-Struthof, zu finden. Aber je mehr Vernunft in seine nächtlichen Spekulationen drang, umso klarer wurde ihm allein aufgrund der Zahlen, wie unwahrscheinlich es bei all den Armeen der alliierten 6. Heeresgruppe war, dass ausgerechnet Männer vom 761. Panzerbataillon zu den Kundschaftern gehört hätten. Obendrein erfuhr er bald, dass die Aufklärungstruppen unter dem Befehl standen, nur zur Selbstverteidigung in Kampfhandlungen einzutreten. Und, was seine Vermutung noch unwahrscheinlicher machte, das nächste Außenlager am östlichen Flussufer war zehn bis zwanzig Kilometer vom Rhein entfernt.

Auch kam es nicht dazu, dass das 761. Panzerbataillon den Rhein überhaupt in der Nähe irgendeines Natzweiler-Struthof-Außenlagers überquerte, weil der Vorstoß der gesamten 6. Heeresgruppe, wie Generalleutnant Devers ihn geplant hatte, vom Oberbefehlshaber der alliierten Streitkräfte in Europa, Dwight D. Eisenhower, abgeblasen wurde. Und das trotz der schwachen deutschen Verteidigungsstellungen jenseits des Rheins und der günstigen Gelegenheit für Devers' Heeresgruppe, nach Überquerung des Flusses der zu diesem Zeitpunkt gegen Pattons 3. US-Armee kämpfenden 1. Armee der Wehrmacht in den Rücken zu fallen. Durch denselben Vorstoß wäre auch die 19. Armee der Wehrmacht abgeschnitten worden.

Ob Eisenhowers Befehl irgendwie von den gerüchteweise bekannten Schwierigkeiten zwischen ihm und Devers beeinflusst war oder eine rein strategische Entscheidung, beschäftigte Adam nur kurz. Es schien, dass Devers von Eisenhower bei Weitem nicht so hoch geschätzt wurde wie andere Generäle seines Ranges, und umgekehrt zollte er Eisenhower keinen übermäßigen Respekt, doch das interessierte Adam nicht wirklich.

Eine andere Frage in diesem Zusammenhang hingegen ging ihm immer wieder durch den Kopf. Hätte Devers' 6. Heeresgruppe im November 1944 den Rhein überquert, wäre es dann überhaupt noch zur Ardennenoffensive des Deutschen Reichs gekommen? Hätte der Krieg vielleicht Monate früher beendet werden können? Und wenn ja, wie viele Menschenleben wären gerettet worden?

Tatsache ist, dass die Deutschen ein paar Wochen später ihre Gegenoffensive starteten und die 6. Heeresgruppe in die Schlacht beordert wurde. Sie sollte den Rhein erst im März 1945 überqueren.

Was Adams Natzweiler-Struthof-Hypothese schließlich den Rest gab, war die Entdeckung von Militärberichten, denen zufolge das 761. Panzerbataillon der 79. Division der 7. US-Armee nur eine oder zwei Wochen lang angeschlossen war, und zwar gegen Ende Februar, Anfang März 1945. In der entscheidenden Zeit, als Devers Ende November 1944 Aufklärungstruppen über den Rhein schickte, war das afroamerikanische Bataillon eine Komponente der 87. Division der 3. US-Armee und nirgendwo in der Nähe von Natzweiler-Struthof oder irgendeinem Außenlager gewesen. Was die Rolle schwarzer Truppen bei KZ-Befreiungen betrifft, war Adam wieder da, wo er angefangen hatte.

Sie wollten sich im Filmcenter-Café an der Ninth Avenue in Hell's Kitchen treffen, nicht weit von ihrer neuen Wohnung entfernt. Sie hatten sich mehrfach gegenseitig auf ihre Mailbox gesprochen, bis die Verabredung zustande gekommen war.

Adam hatte Dianas Antworten x-mal abgehört, um ihrem Ton und ihrer Wortwahl zu entnehmen, in welcher Verfassung sie sich befand.

»Was meinst du, wie ich klinge?«, hörte er sie in einem seiner geistigen Gespräche mit ihr fragen.

»Ich würde sagen … abwehrend.«

»Oder eher auf der Hut?«

»Na schön, dann eben auf der Hut.«

»Glaubst du, ich hätte ein Recht, auf der Hut zu sein?«, hörte er sie in seinem Kopf.

»Ich glaube, du hast sogar ein Recht auf Abwehr.«

»Schau an, wie großherzig du geworden bist!«

»Ja, aber sieh doch. Bitte … Ich bin jetzt mehr im Reinen mit den Dingen, mit der Arbeit, mit mir selbst und … Verdammt, da bist du ja!«

Adam war früh da gewesen, während Diana, die jetzt erst kam, eigentlich nur pünktlich war. Adam sah sie hereinkommen und auf ihn zu gehen. Sie lächelten sich an, ein etwas anderes Lächeln, aber es war keine Zeit, die Ätiologie jedes Lächelns zu analysieren. Ihr Haar war länger. Sie trug Sachen, die er nicht kannte. Sie umarmten sich. Sie roch genau wie immer, trotz der unbekannten Kleidung. Sein Mund war trocken. Sie setzte sich ihm gegenüber an den ruhigen Tisch, den er durch sein frühes Auftauchen hatte ergattern können. Er hatte Angst.

»Du siehst blendend aus«, sagte er.

»Du auch.«

»Nein, das nun wirklich nicht, aber es ist nett von dir, das zu sagen … Also, wie geht es dir?«

»Gut, mir geht's gut, ja, und dir?«

»Na weißt du, im Augenblick … Offen gestanden, im Augenblick bin ich etwas nervös, aber ich war … Ich glaube, es geht ganz gut jetzt. Die Arbeit ist –«

»Du bist nervös?«

»Sicher. Ist doch seltsam, findest du nicht? Das hier …«

»Ja, ein bisschen schon, aber es gibt keinen Grund … Ich meine … du brauchst nicht nervös zu sein.«

»Na schön, ich versuche es. Und du, bist du nicht –«

»Nervös? Nein … ich glaube nicht … nein. Warum, *sollte* ich nervös sein?«

»Nein.«

»Ich freue mich, dich zu sehen«, sagte sie.

»Wirklich?«

»Natürlich.«

»Das ist schön, weil ich so froh bin, dich zu sehen. Du glaubst gar nicht, wie!«

»Siehst du Michelle und Charles öfter?«

»Zwischendurch, aber kaum. Am ehesten wohl Sonja.«

»Wirklich?«

»Ja, sie hat sich angewöhnt, bei mir reinzuschauen.«

»Sie kümmert sich um dich. Wie süß!«

»Ja, sie kündigt es nicht immer an, wenn sie kommt, aber ja, es ist süß.«

»Sie sagt dir nicht Bescheid?«

»Nicht immer.«

»Wie, dann schneit sie einfach bei dir rein?«

»Manchmal ja, manchmal kommt sie, wie soll ich sagen … spontan.«

»Das kann peinlich sein.«

»Peinlich?«

»Ja, ich meine –«

»*Peinlich* ist es nie.«

»Nein?«

»Manchmal passt es nicht so gut, aber peinlich ist es nie.«

»Na dann.«

Die Bedienung kam an ihren Tisch und fragte, was sie trinken wollten. Adam bestellte einen doppelten Scotch mit Soda.

Diana nahm ein stilles Wasser, und er musste sich zurückhalten, keinen tieferen Sinn hineinzulegen, als dass sie einfach Wasser wollte.

»Sie vermisst dich, Sonja«, versuchte Adam anzuknüpfen.

»Wirklich?«

»Ja, total.«

»Wie willst du das wissen?«

»Sie hat's mir gesagt.«

»Wirklich?«

»Ich habe mir etwas Sorgen um sie gemacht … eigentlich um alle drei«, bekannte er.

»Wirklich, warum?«

»Ich weiß nicht, aber ich glaube, sie haben wohl irgendwelche … Schwierigkeiten.«

»Was meinst du?«

»Du hast Michelle gesehen, nicht wahr? Ich auch. Aber beide zusammen?«

»Du meinst Eheprobleme?«

»Charles arbeitet zu viel.«

»Hat er schon immer.«

»Ja genau, das könnte der Punkt sein.«

»Was, dass er mehr an seine Karriere denkt, als der Beziehung gut tut?«

Sie sahen sich in die Augen. Es gab nichts, was er dazu sagen konnte.

»William vermisst dich auch«, fing Adam an.

»Ach ja? Ich vermisse *ihn.* Grüß ihn bitte ganz besonders herzlich. Wie geht es ihm?«

»Also, größtenteils, glaube ich, recht gut. Jedenfalls gesundheitlich.«

»Aber?«

»Er regt sich auf. Sachen in den Nachrichten werfen ihn um.«

»Da ist er nicht der Einzige.«

»Ja, aber er war immer aktiv, beruflich, sozial, politisch aktiv ... ein Kämpfer, weißt du, der etwas verändern wollte. Jetzt liest er die Zeitung, und das verstärkt nur sein Ohnmachtsgefühl –«

»Rassismus?«

»Ja, nicht nur, aber ... Er ist rührend. In seinem Bemühen, mir zu helfen, nachdem wir ... hat er mir sogar ein Thema vorgeschlagen.«

»Ein Forschungsthema?«

»Ja.«

»Taugt es was?«

»Weißt du, irgendwie schon. Es hat mich tatsächlich auf eine faszinierende Spur gebracht, die wohl Früchte tragen wird, vielleicht mehr Früchte –«

»Als du essen kannst?«

»Ich hätte bewältigen gesagt.«

»Das ist ja wunderbar!«

»Ja, wirklich. Ich sehe alles wieder etwas rosiger. Weißt du, dieses Thema, ich würde gern mit dir darüber reden. Stell dir vor, es bringt mich nach Melbourne. Ist das zu fassen? Ausgerechnet Melbourne.«

»Für immer?«

»Nein, nein, ich muss nur jemanden befragen.«

Der Eindruck, sie sei besorgt, er könne für immer in Melbourne bleiben, ermutigte ihn.

»Diana, ich habe einen Fehler gemacht.«

»Oh, du brauchst nicht –«

»In einer langen Reihe von Fehlern war das der größte, den ich je gemacht habe.«

»Adam –«

»Ich wünsche mir, dass du zurückkommst. Dass wir wieder zusammen sind ...«

»Adam –«

»Ich fühle mich jetzt besser mit meiner Arbeit und –«

»Adam, du kannst Menschen nicht an- und ausknipsen, je nachdem, wie du dich mit deiner Arbeit fühlst.«

»Nein, ich weiß. Das meine ich auch nicht. Ich meine … Alles, was du gesagt hast, war richtig. Ich sehe das ein. Vielleicht habe ich bis jetzt gebraucht. Vielleicht musste ich erst etwas finden, wo ich anbeißen konnte, um mir darüber klar zu werden, dass es ein beruflicher Erfolg werden kann, aber viel wichtiger ist das Gefühl, dass ich mir zutraue, ich könnte –«

»Was könntest du?«

»Eine … Familie versorgen. Das Gefühl, ich würde dir nicht so ein Ehemann und unseren Kindern nicht so ein Vater sein, wie … na ja, wie mein Vater es für mich und meine Mutter war.«

»Und was, wenn du keine Festanstellung bekommst?«

»Ich bekomme keine, nicht an der Columbia. Das ist mir egal. Ich meine, natürlich nicht egal, aber es macht nicht so viel aus, dass es mich hindern würde, eine Familie zu gründen. Du hattest recht. Wir sollten zusammen sein und Kinder haben, ganz egal, wie es beruflich läuft. Ich erkenne das jetzt.«

Er beugte sich über den Tisch und nahm Dianas Hand, aber nach ein paar Sekunden zog sie ihre Hand zurück. Zufällig kam die Bedienung genau in dem Moment vorbei, als das passierte. Es sah nicht so aus, als wäre von diesen beiden viel Trinkgeld zu erwarten, aber die Wendepunkte anderer Leute waren oft lehrreich und immer unterhaltsam, besonders für eine angehende Schauspielerin, wie die junge Bedienung sie zu sein hoffte. Die beiden sahen nett aus. Wie alt mochten sie sein?

»Wollen Sie noch etwas trinken?«, fragte sie, als Diana ihre Hand zurückzog.

»Nein«, antwortete Diana, anscheinend für sie beide. »Nein, danke.« Adam blickte zu der Bedienung auf. Sie mochte seine Augen, deren schmerzlichen Ausdruck sie missverstand. Er wünschte sich nur, dass sie wegging, und da sie nichts mehr zu fragen hatte, tat sie es.

»Adam, du kannst Menschen nicht an- und ausknipsen. Weißt du eigentlich, was ich durchgemacht habe?«

»Ich kann's mir vorstellen. Ich musste auch da durch.«

»Ja, aber du wolltest es so. Es war alles deine Schuld.«

»Stimmt … absolut. Wie gesagt, es war ein Fehler … ein schrecklicher Fehler.«

»An- und ausknipsen, das geht nicht.«

»Ich weiß. Das hast du eben schon gesagt, und du hast recht, aber ich glaube, es ist nicht meine Art, das immer so zu machen –«

»Verdammt noch mal, was glaubst du eigentlich, wer du bist?«

»Ich glaube, ich bin jemand, der eine furchtbare, eine schreckliche Dummheit gemacht hat, der dich aber vorher so geliebt hat, wie kein anderer auf der Welt, jemand, der dich zum Lachen brachte, der sich um dich kümmerte, mit dem du deine Interessen und deine Sorgen teilen konntest, den du heiraten und mit dem du Kinder haben wolltest.«

»Vorher?«

»Was?«

»Du sagtest, der dich *vorher* so geliebt hat –«

»Das habe ich nicht so gemeint, nicht im Sinne von ›jetzt nicht mehr‹. Ich liebe dich immer noch. Ich rede mit dir. Die ganze Zeit habe ich mit dir geredet, ich spreche mit dir, auch wenn du nicht da bist.«

Tränen schossen ihr in die Augen, derart unter Druck von Traurigkeit, Frust und Bedauern, dass sie darauf verzichtete, so zu tun, als weinte sie nicht. Adam nahm ihre Hand, und wieder ließ Diana sie ein paar Sekunden in seiner ruhen, ehe sie zurückzog, diesmal scheinbar wütend. So jedenfalls interpretierte die Bedienung ihre Geste.

»Du bist so ein Arschloch, weißt du das?«

»Nein, ich bin ein Arschloch, aber nicht *so* ein Arschloch. Schon eher *so* ein Idiot. Könnten wir uns darauf einigen?«

»Ich kann das nicht.«

»Was kannst du nicht?«

»Zu dir zurück.«

»Diana, du musst mir vertrauen. Ich meine es ernst. Unabhängig davon, was beruflich aus mir wird, und ich denke, das könnte sich lichten, aber … Liebste, du hattest recht, ich will nicht mehr ohne dich aufwachen. Ich bin es leid, mitten in der Nacht wach zu werden und ins Bad zu gehen und –«

»Es gibt da jemanden.«

»Was?«

»Ich habe … jemanden kennengelernt.«

»Wann?«

»Adam, macht das etwas aus?«

»Ich … ich weiß nicht. Ich glaube … Nein, ich glaube nicht.«

Es war für ihn unvorstellbar gewesen, sodass er sich nicht auf diese Antwort vorbereitet hatte, obwohl, dachte er sich, während er mit der Eins vom Times Square in Richtung Uptown und Columbia zurückfuhr, es war vielleicht ähnlich wie der Tod eines Elternteils, etwas, worauf man sich nicht vorbereiten konnte. Jetzt war er wirklich allein. Dies war keine Generalprobe für eine mögliche Eventualität. Es war endgültig. Er würde mit den Konsequenzen seiner Angst, ein gescheiterter Akademiker und gescheiterter Vater und Ehemann zu sein, leben müssen. Wieder zu Hause, setzte er sich auf die Couch und starrte ins Leere. Es war die Couch, die sie zusammen ausgesucht, auf der sie zusammen gelegen, aneinandergeschmiegt ferngesehen hatten.

»Jetzt kann ich nicht mal mehr mit dir reden. Kann mir nicht mal mehr ein persönliches Gespräch mit dir … in meinem Kopf vorstellen.«

»Doch, Liebster, natürlich kannst du das.«

»Wie denn?«

»Na so, wie du's gerade machst.«

»Aber es war immer darauf gegründet, dass wir diese Gespräche irgendwann in Wirklichkeit führen würden.«

»Nein, war es nicht.«

»War es doch. Wie kommst du darauf? Mit wem rede ich? Wer bist du überhaupt?«

»Ich bin immer noch Diana, deine Vorstellung von ihr.«

»Aber jetzt, wo ich weiß –«

»Kann ich in deinem Kopf doch weiterleben.«

»Aber wer ist die Frau, die in meinem Kopf lebt? Du wirst mich nicht heiraten, wirst keine Kinder mit mir haben. Du hast jemand anderen kennengelernt … ich mag nicht mal dran denken.«

»*Sie* hat jemand kennengelernt, nicht *ich*.«

»Und wo ist der Unterschied zwischen dir und ihr?«

»Ich bin deine Erinnerung an sie. Solange du dich erinnerst, wie sie war, als ihr beide zusammen wart, kannst du auch mit mir reden.«

»Aber sie ist weg, sie hat jemanden kennengelernt.«

»Das stimmt, hat sie.«

»Dann rede ich in meinem Kopf nur mit einer Version von ihr …«

»Ja, aber gegründet auf all die Jahre, die du sie gekannt und geliebt hast.«

»Bevor ich –«

»Bevor du alles kaputt gemacht hast.«

»Das heißt, ich rede mit mir selbst?«

»Gewissermaßen.«

»Und ich bin an allem schuld?«

»Ja.«

»Wie traurig ist das denn?«

»Das weißt du selbst am besten.«

»Gibt es was Traurigeres, als so zu leben, in einer Art Dauerzustand von … in dem Bewusstsein, dass alles … alles meine Schuld ist?«

»Du bist doch Historiker.«

»Und?«

»Benutz deine Vorstellungskraft.«

»Ich rede mit mir selbst und weiß nicht mal, was das bedeuten soll. Was bedeutet es?«

»Nun ja, wenn du *das* so schlimm findest, stell dir nur Borders Lage vor.«

Es war am 6. Januar 1945. Der Appell im Frauenlager Auschwitz begann um vier Uhr nachmittags und ging diesmal ungewöhnlich schnell, nicht aus Rücksicht auf die Häftlinge, sondern weil die SS etwas vorhatte, das sie alle sehen sollten. Eine Gruppe männlicher Häftlinge war zu den Frauenbaracken gebracht worden, um den steinhart gefrorenen Boden anzuwärmen. An einer Stelle, wo sonst nur Schnee gewesen wäre, hatten sie ein Feuer aus Kleinholz angelegt. Es war noch hell, als die Frauen von der Tagesschicht in den Weichsel-Union-Metallwerken und viele aus anderen Arbeitskommandos, die durch die Tore ins Lager zurückkehrten, ein Gerüst sahen, das während ihrer Arbeitszeit hastig auf dem angewärmten Grund errichtet worden war. Nachdem der Boden einmal vorbereitet war, hatte es nicht lange gedauert, die Galgen aufzubauen. Die Russen kamen. Fieberhaft gingen die Gerüchte um. Sie kamen, ständig kamen sie, jeden Tag jetzt. Doch dann brach ein neuer Tag an, und sie waren wieder nicht gekommen. Aber sie kamen, jeden Tag jetzt. Also versuchte man, wenigstens noch einen Tag zu überleben. Am späten Nachmittag des 6. Januar mussten endlose Reihen von Frauen im Halbkreis zwischen Block 2 und Block 3 von Auschwitz I antreten. Sie standen reglos im dämmernden kalten Winterlicht, während die SS von Block 11 her kommend zwei Frauen zu den Galgen führte: Estusia Weiss und Rosa Rabinowicz.

Ein bewaffneter SS-Trupp umgab die beiden schwachen, mädchenhaften Gestalten, die langsam auf das Gerüst zugingen, ohne Fesseln an den Armen, ohne Knebel im Mund, gequält und geschlagen wie all jene vor ihnen, deren Tod noch ein bisschen hinausgezögert werden sollte. Vier Frauen waren seit dem Sonderkommando-Aufstand verhaftet und brutal geschlagen worden. Sie hatten keinen Namen einer einzigen lebenden Person preisgegeben. Das war unter den versammelten weiblichen Häftlingen, die im Schnee standen und schweigend zusahen, wie die beiden zarten Frauen an das Gerüst heran und die Stufen hinaufgeführt wurden, weithin bekannt.

Ein Häftling, ein Schwergewicht von Mann, den manche einfach als »Henker« und andere als Kapo Jakub kannten, erwartete sie oben auf den Stufen. Sie wirkten ruhig, fast heiter. Alles war still, bis eine Gefangene aus der Menge eine winzige Geste von Kapo Jakub bemerkte. Den Strick in der einen Hand, strich er Estusia Weiss mit der anderen sanft über den Hals, ehe er die Schlinge über ihren Kopf zog. Jeder sah es, aber nur eine unter den Häftlingen konnte sich trotz der anwesenden Wachposten nicht beherrschen. Ein dünnes Mädchen, erst fünfzehn Jahre alt, stieß einen gellenden Schrei aus. Es war Hannah, Estusias Schwester. Nach ihrem Schrei begann sie hemmungslos zu weinen, flehte den Himmel an, erschütterte mit ihrem Schluchzen den kalten Boden unter ihren Füßen. Als Jakub den Holzstuhl unter den Füßen ihrer Schwester wegstieß, wurde Hannah ohnmächtig. Sie lag reglos im Schnee. Aber da setzte sich das Schluchzen schon in den Reihen der Häftlinge fort. Im Schnee stehend beobachteten sie die Hinrichtung von zwei geschlagenen, halb verhungerten, flügellosen Spatzen, jede der Frauen wissend, dass diese beiden, die da gehängt wurden, gegen die Nazis gekämpft hatten. Jakub machte dieselbe kleine Geste, indem er sanft den Hals der jungen Rosa Rabinowicz, einst aus Ciechanow, berührte. Er hatte beiden, Rosa und Estusia, eine halbe Stunde zuvor ein Betäubungsmittel gegeben. Er flüsterte Rosa etwas zu, als er ihr die Schlinge um den Hals legte, und dann, trotz ihres beruhigten Zustands, in den Sekunden, bevor er den Stuhl wegstieß, erhob sie sich und rief den versammelten Häftlingen, jedem, der sie hören konnte, zu: »Sagt allen, was hier geschehen ist! Sagt es allen! Allen!« Die junge Hannah Weiss war rechtzeitig wieder zu sich gekommen, um es zu hören.

Sie baumelten über den Holzplanken, als der Kommandant des Frauenlagers, Hößler, demonstrativ mit seinen schwarzen Lederhandschuhen an ihre Körper fasste. Er erklärte gebieterisch, das Schicksal dieser gehängten Frauen werde jedem zuteil, der sich gegen das Reich verschwöre. Eine ähnliche Rede hielt er gegen zehn Uhr abends für die Häftlinge der Nachtschicht, vor deren Augen die anderen zwei Frauen aus der Pulverkammer, Ala und Regina, gehängt wurden. »Früher oder später finden wir alle, die sich gegen das Reich verschwören«, bellte Hößler in die Flutlichtanlage neben den hängenden, halb verhungerten, misshandelten Körpern von Ala und Regina. Achtzehn Tage später, als russische Panzer nach Auschwitz eindrangen, war er nirgendwo zu finden.

Im Chicago der frühen Fünfzigerjahre hatte ein junger Psychologiestudent namens Wayne Rosenthal das Glück, ein ideales Thema mitsamt Betreuer für seine Doktorarbeit zu finden. Und, was noch schwieriger hätte werden können, es gelang ihm obendrein, seine Eltern davon zu überzeugen, dass dieser Hokuspokus von »Psychologenkram« nicht nur Zeitverschwendung sei. Seine Eltern waren osteuropäische Juden, die zwar nicht viel darauf gaben, dass ihr Sohn Dinge wie diesen »Adjektiv-Verb-Quotienten« bewältigte, aber die Arbeit mit Zeugnissen von KZ-Überlebenden erschien ihnen doch äußerst sinnvoll. Es ging um ihr eigenes Volk. Ob er mit dem »Psychologenkram«

einmal Geld verdienen würde, war ihnen vorerst nicht so wichtig. Außerdem war der Doktorvater ein gelehrter, kultivierter Mann, der ihren Sohn offenbar besonders schätzte. So sehr, dass er ihn einlud, bis spätabends in seinen Arbeitsräumen im Hauptgebäude des IIT zu bleiben, wo der junge Mann sich seine Muttersprache, Jiddisch, zunutze machte, um Tonaufnahmen von Interviews, die der Professor im Sommer 1946 geführt hatte, zu übersetzen. Der junge Mann war bald geschickt in der Bedienung des hochmodernen Drahttongeräts, und mit seinem fließenden Jiddisch war er ein Geschenk des Himmels für den osteuropäischen Emigranten.

Es würde Border so viel Zeit sparen, wenn der Student einige der Aufnahmen direkt übersetzen konnte. Das ging so viel schneller, als die jiddischen Teile selbst zusammenzustümpern. Vielleicht schaffte er es doch noch, alle Interviews fertig zu bekommen. Sein Buch mit acht Transkripten hatte sich schlecht verkauft, aber jetzt, mithilfe dieses jungen Mannes, bestand die Möglichkeit, die vollständige Sammlung der Interviews zu transkribieren und zu übersetzen. Da Border bei den anderen Studenten nicht den Eindruck erwecken wollte, jemanden zu begünstigen, ließ er sich die Dankbarkeit, die er gegenüber seinem Doktoranden empfand, nicht anmerken. Und da es Wayne Rosenthal bekannt war, welchen Wert sein Mentor auf Integrität legte, begnügte er sich damit, in der Öffentlichkeit die Rolle eines Studenten unter anderen zu spielen, einfach nur froh, Border als Doktorvater zu haben. Aber er wusste, was sein Mentor in Wirklichkeit für ihn empfand. Er wäre schon dankbar genug gewesen, nur das Thema und erst recht den Menschen Border gefunden zu haben. Aber da war mehr.

Der Professor hatte eine Tochter, ein junges Mädchen, das von Tag zu Tag aufzublühen schien. So zumindest sah es Wayne Rosenthal. Mit abgründigen dunklen Augen und pechschwarzem Haar, konnte sie ernst und lustig sein, oft beides zugleich. Sie war sanft, belesen, interessiert an Ideen und der Welt um sie her, und das alles mit einem wunderbaren Sinn für Humor. Es war nicht einfach, sich bei den Seminaren im Haus ihres Vaters zu konzentrieren, wenn man wusste, dass sie hinter einem saß, nur ein paar Meter entfernt, und zuhörte. Wenn sie Tee oder Kaffee einschenkte, wenn sie Kuchenstückchen schnitt, während Callie belegte Brote reichte, hätte der Doktorand sie am liebsten geküsst. Aber dafür war ein Seminar nicht der Ort noch die Zeit. Der rechte Ort und die rechte Zeit, so stellte sich heraus, war hinten in einem Kino, wohin Wayne sie mit Borders bereitwilliger Zustimmung eingeladen hatte, und wo er dem jungen Mädchen, das er glaubte, eines Tages vielleicht heiraten zu wollen, zaghaft den ersten von vielen Küssen gab. Sie schien seine Gefühle zu erwidern. Zumindest ließ ihr Verhalten nie einen Zweifel daran.

Wie so oft war Wayne spätnachmittags allein in Dr. Borders Arbeitsräumen. Es war der Tag, an dem bei einer Kommilitonin aus seiner Gruppe, Evie Harmon, ein Fest stattfinden sollte. Evie hatte ihn zusammen mit den anderen, Dr. Border und dessen Tochter Elly eingeladen. Von der Arbeit gefesselt, hatte Wayne fast alles um sich herum vergessen, obwohl er eigentlich wusste, dass es Zeit war zu gehen, wenn er sich nicht verspäten wollte. In dieser zur Eile getriebenen Verfassung stieß er auf eine Tonspule, die, obwohl nummeriert, getrennt von den anderen lag. War das ein Versehen, oder hatte Border sie absichtlich dorthin gelegt? Er und Border hatten sämtliche Spulen sortiert und je nachdem, wie weit sie bereits bearbeitet waren, verschiedenen Haufen zugeordnet. Diese eine befand sich auf keinem der Haufen, sondern unter losen Papieren auf einem Regal im Experimentierraum von Borders Zweizimmerbüro.

Zuerst dachte Wayne, es sei vielleicht seine Schuld, dass die Spule falsch abgelegt war. Wenn er nur kurz den Anfang laufen ließ, könne er sicher erkennen, zu welcher Kategorie sie gehörte. Eigentlich hatte er keine Zeit, sich damit aufzuhalten, aber er wusste, er würde die ganze Nacht unruhig sein, wenn er das Büro verließ, ohne sie einsortiert zu haben. Also führte er den Draht in Marvin Caddens Maschine ein und setzte sich hin, um wenigstens die ersten fünf Minuten abzuhören.

Er wusste sofort, dass es etwas war, das er noch nie gehört hatte. Er hätte es nicht vergessen. Alle diese Aufnahmen enthielten Geschichten, die einen vollkommen niederschmettern konnten, aber keine begann wie diese. Eine Frau beschimpfte Border auf Jiddisch.

»Jetzt hören Sie mir endlich zu! Keine mehr von Ihren blöden Fragen!«

Was Wayne hörte, war die Geschichte von Estusia Weiss, Ala, Regina und dem Aufstand des Sonderkommandos. Und als wäre das alles nicht erstaunlich genug, hörte er, wie sein Mentor die Befragte, eine junge Frau namens Hannah, unterbrach, ihr ziemlich konkrete Fragen nach einer der Beteiligten, einer gewissen Rosa, stellte. Er wusste, dass Border die interviewten Personen nie unterbrach. Wenn etwas geklärt werden musste, wartete er ab, bis sie mit einem Thema fertig waren oder zumindest, bis sich eine Pause ergab.

»Wie hieß sie mit Nachnamen?«, hörte er Border durch das Knacken in Caddens Drahttongerät auf Jiddisch fragen.

»Rabinowicz.«

»Wo kam sie her, diese Rosa Rabinowicz?«

»Ursprünglich aus Ciechanow, aber vor dem Krieg hatte sie eine Zeit lang in Warschau gelebt.«

»Wie sah sie aus?«

Solche Fragen mitten in einem Interview hatte Wayne noch nie gehört, und er war überzeugt, dass Border diese Rosa Rabinowicz von früher gekannt haben musste. Vielleicht war sie eine Freundin oder eine Verwandte?

Es war spät für Evie Harmons Fest. Er hatte keine Zeit mehr, sich vorher umzuziehen, und so machte er sich direkt auf zu

Borders Haus, von wo aus sie mit dem Auto fahren wollten. Callie und ihr Sohn Russell, die als Hilfe für den Abend engagiert worden waren, würden auch mitkommen. Unterwegs in Richtung Uptown, zur Sheridan Road, ging ihm diese Spule nicht aus dem Sinn: die einzige in Borders Arbeitsräumen, die abseits lag, die einzige, auf der Border beschimpft wurde, die einzige, auf der er jemanden unterbrach, um die genaue Identität einer bestimmten Person herauszufinden. Wayne Rosenthal stand vor Borders Haustür, als er Elly rufen hörte: »Schon gut, Callie. Ich mache auf. Das ist sicher Wayne.«

Er gab ihr einen Kuss auf die Wange, den sie – etwas pikiert, dass er zu spät kam und es nicht für nötig gehalten hatte, sich umzuziehen – nicht erwiderte, sondern in die Küche zurücklief, um Callie und Russel zu holen. Das verschaffte Wayne gerade eine oder zwei Minuten Zeit, ihren Vater nach der Spule zu fragen. Als sie sich alle ins Auto zwängten, war Border schon erregt. Später, auf dem Fest, nach den Begrüßungen, den ersten Drinks und ausgetauschten Höflichkeiten, nahm er Wayne beiseite und sagte ihm in ungewöhnlich schroffem Ton: »Diese Spule ist nicht für Sie. Verstanden?«

Aber Borders Beunruhigung und sein Ton hatten Waynes Anfangsverdacht nur erhärtet. Rosa Rabinowicz war Border nicht nur bekannt, irgendwie hatte sie ihm nähergestanden. Vielleicht war sie seine Freundin gewesen oder sogar seine Frau, Ellys Mutter. Konnte es sein, dass Border, dem nichts wichtiger war, als der Welt zu erzählen, was den Juden in Europa widerfahren war, das unglaubliche Schicksal seiner Frau entdeckt hatte und es seiner Tochter verheimlichte? Aber warum sollte er nicht wollen, dass Elly es erfuhr? Bei allem Respekt für Dr. Border war es Wayne unmöglich, so zu tun, als vermutete er nicht, was er jetzt vermutete.

In seiner Kindheit, als Adam in Elwood, einem an der Bucht gelegenen Stadtteil von Melbourne, aufgewachsen war, hatte sein Großvater immer mit besonderer Betonung darauf hingewiesen, welche Brücken in Melbourne, der Wahlheimat des alten Mannes, von Sir John Monash stammten, dem berühmtesten General Australiens im Ersten Weltkrieg und im zivilen Leben ein angesehener Ingenieur. Immer wieder hatte er Adam erzählt, wie Monash die Hindernisse seines deutsch-jüdischen Erbes überwunden hatte und zum Nationalhelden eines mehrheitlich anglokeltischen Landes aufgestiegen war. Der kleine Junge nahm die Gewohnheit an, seine Mutter, seine Großeltern und manchmal die besten Freunde seiner Großeltern, Mr und Mrs Leibowitz, bei jedem Ausflug mit der Frage zu löchern: »Ist das eine Monash-Brücke?« Die Antwort war öfter Ja, als es den Tatsachen entsprach.

Wie kam Adam gerade jetzt darauf? Er saß hinten in einem Taxi, das auf dem Weg von seinem Hotel in St. Kilda zu einem jüdischen Altenheim gerade über den Elster Creek fuhr. Sein Besuch in dem Altenheim galt einer Frau, einer Holocaust-Überlebenden, die 1946 in einem DP-Lager von Henry Border interviewt worden war und sich bereit erklärt hatte, mit Adam zu reden. Doch nach so vielen Jahren wieder in Melbourne, hatte er den Taxifahrer gebeten, zuerst eine Runde durch sein altes Viertel zu machen.

Das Taxi überquerte die Brücke des Elwood-Kanals, und Adam lächelte, als er an seiner alten Schule, Elwood High School, wie sie damals genannt wurde, vorbeikam. Er schloss die Augen beim Gedanken an seine verstorbene Mutter. Nach Jake Zignelik hatte sie nicht wieder geheiratet. Sie hatte auch nicht geklagt, als Adam in die USA zurückgekehrt war, um dort das College zu besuchen. Adam würde ein wichtiger Mann in der Runde der Historiker werden. Er war nicht dazu gekommen, es ihr zu erzählen. Sie war viel zu jung gestorben. Als das Taxi in der Hawthorn Road hinter einer kriechenden Tram der Linie 64 hängen blieb, schloss er einen Moment lang wieder die Augen und drückte seine Tasche an die Brust.

»Verfluchte Straßenbahnen«, schimpfte der asiatische Taxifahrer, nun ein ausgewiesener Melburnian, vor sich hin.

Adams Großeltern waren vor seiner Mutter gestorben, und es war niemand mehr da, keine Familie, nicht dass er wüsste. Mit Diana hätte er eine Familie gründen können, aber er hatte ihr Vertrauen in seine Fähigkeit zum sorgenden Familienvater nicht geteilt. Es gab nichts, was einen Geschichtsprofessor davon abhielt, ein Idiot zu sein. Das war ihm klargeworden, aber zu spät.

Als er sich umschaute, wo sie waren, bemerkte er das kleine Logo des Carlton Football Club an der Windschutzscheibe des Taxis.

»Früher, als Kind hier, war ich ein heißer Carlton-Fan. Wie sind die eigentlich heute?«, fragte er.

»Das erzähl ich Ihnen lieber nicht«, grummelte der Fahrer. Und weiter grummelnd: »Diese verfluchten W-class-Bahnen sollten sie endlich abschaffen!«

»Was sagten Sie?«, fragte Adam.

»Diese alten Kriecher, die gehören abgeschafft.«

»Ja, weg mit den alten«, sagte Adam, während sie vor dem jüdischen Emmy-Monash-Altenheim in der Dandenong Road hielten.

Eine Frau, wohl von der Heimleitung, holte ihn am Empfang ab. Es war nicht dieselbe, mit der Adam am Tag zuvor gesprochen hatte, aber sie wusste Bescheid und sagte, sie habe ihn erwartet. Sie bestand darauf, ihn durchs Haus zu führen, als wäre es die Einrichtung, die ihn interessierte, nicht eine ihrer Bewohnerinnen. Aber ähnlich wie Border, der sich jedes einzelne DP-Lager hatte zeigen lassen, ehe er mit den Interviews begann, nahm Adam sich die Zeit.

Die Frau führte ihn durch mehrere Gänge, um ihm die Wohnbereiche zumindest von außen zu zeigen. Gelegentlich war eine Tür halb offen, und Adam konnte einen Blick auf die alten Leute in ihren Zimmern werfen. In einem saß ein kleiner Mann, der eine Apfelsine schälte. Vor jedem Zimmer stand ein rechteckiger Schaukasten mit diversen Andenken des Bewohners oder der Bewohnerin. Es gab silberne Kidduschbecher und Menora, aber meistens Fotos mit Personen unterschiedlichen Alters, Kindern, Enkelkindern. Manche der Fotos zeigten die Bewohner selbst vor vielen Jahren, lächelnd neben einem Ehepartner, der vermutlich – es waren alles Einzelzimmer – nicht mehr lebte. Die Frau von der Heimleitung bemerkte Adams Interesse.

»Das sind unsere Erinnerungskästen. Viele unserer Gäste verirren sich, wenn sie von den Gemeinschaftsräumen zurückkommen, und sind nicht mehr sicher, welches ihr Zimmer ist. Das kann ihnen peinlich sein. Sie fragen nicht gern. In den Erinnerungskästen können sie ihren Familienstolz zur Schau stellen. So sagen wir es ihnen. Aber natürlich sind sie in Wirklichkeit dazu da, die Zimmer wiederzuerkennen. Viele hier, auf dieser Etage, haben ein Stadium erreicht, in dem die Erinnerung an ziemlich elementare Dinge schwindet. Die Kästen sind in vielerlei Hinsicht eine enorme Hilfe.«

Die Erinnerungskästen einiger Bewohner enthielten Schwarz-Weiß-Fotos, die sie nach dem Krieg aus ihren früheren Wohnungen geholt hatten. Anders als die meisten alten Menschen, hatte der Apfelsinen schälende kleine Mann alle geliebten Personen auf seinem einzigen Foto innerhalb eines Jahres, nachdem es aufgenommen worden war, verloren. Wer wusste das? Wer außer ihm schaute je in seinen Erinnerungskasten und dachte daran? Adam beobachtete ihn, wie er langsam die Apfelsinenschale löste.

»Sie sprachen von ›dieser‹ Etage. Gibt es Unterschiede zu den anderen?«, fragte Adam.

»Eine Etage tiefer, im Untergeschoss, sind … Das ist für diejenigen, die nichts mehr allein machen können. Sie haben ihr Gedächtnis fast vollständig verloren. Sie können sich nicht mehr waschen oder sauber machen. Sie haben Schwierigkeiten, zwischen heute, gestern und der fernen Vergangenheit zu unterscheiden. Wenn man nach dem Essen abräumt, haben sie die Hälfte in eine Tüte gesteckt.«

»Wieso das?«

»Sie heben es auf. Sie glauben, sie sind noch im Konzentrationslager, in dem sie einmal waren. Sie dürfen da eigentlich nicht rein, nur mit Passierschein oder in Begleitung des Pflegepersonals, aber ich könnte –«

»Danke, aber ich sollte wirklich mit dem Interview beginnen. Vielleicht könnten Sie mir zeigen –«

In dem Moment näherte sich ein eleganter älterer Mann mit Bügelfalte in der Hose, Hemd und Krawatte, der sie unterbrach und die Frau von der Heimleitung herzlich begrüßte. Erst als sie seinen Namen sagte, hörte der ungeduldig gewordene Adam auf, den Zeitpunkt dieser wortreichen Plänkelei insgeheim zu verfluchen. Notizblock und Aufnahmegerät unter den Arm geklemmt, sah er den alten Mann in seiner hellbraunen Strickweste und schwarzen Hose fragend an. So eindringlich, dass der freundliche alte Mann zu ihm aufblickte.

»Mr Leibowitz? Ich bin Adam.«

»Ja, Adam«, erwiderte er. Der Name sagte ihm nichts.

»Ich bin Adam Zignelik.« Er riss die Augen auf und straffte sich so gut er konnte.

»Mein Gott! Oh … mein Gott! Klein-Adam!« Der alte Mann strebte ihm entgegen und umarmte ihn. Er reichte Adam bis zur Brust.

»Sie kennen sich?«, fragte die Frau von der Heimleitung.

»Und ob!«, platze Leibowitz heraus. »Ich kannte seinen Großvater und seine Großmutter, seit sie in Carlton gelebt haben. Ich kannte seine Mutter, als sie noch ein Baby war. Junge, Junge, Adam! Klein-Adam.«

»So klein nun auch nicht mehr«, warf ihre Begleiterin ein.

»Wir dachten, du wärst in Amerika«, sagte Mr Leibowitz. Er sprach immer noch von »wir«, obwohl er schon ein paar Jahre Witwer war. Die Frau von der Heimleitung erzählte ihm ihre Version der Gründe, warum Adam gekommen sei.

»Du willst *mich* interviewen?«, fragte der alte Mann erwartungsvoll.

»Das nicht, aber *reden* will ich unbedingt. Wenn ich fertig bin mit dem Interview, komme ich wieder, dann können wir uns was erzählen.«

»Vergisst du's auch nicht?«

»Natürlich nicht! Also, bis gleich. In Ordnung?«

»Ja. In Ordnung, Klein-Adam!«, rief er, während Adams Begleiterin ihn in die entgegengesetzte Richtung führte. »He, und grüß deine Mutter von mir.«

Adam traf seine Vorbereitungen. Er nahm alles, was er brauchte, aus der Tasche – Notizblock, ein paar Stifte, Kopfhörer, die er an einen digitalen Audiorecorder anschloss, und zwei winzige Mikrophone, eins, das er sich selbst ans Hemd steckte, und eins für das Kleid der Frau, die er befragen wollte.

»Ja, Dr. Zignelik, ich erinnere mich sehr gut an ihn.«

»Sehr gut?«

»Ja natürlich.«

»Darf ich fragen, warum dieser Mann, Henry Border, nach allem, was Sie durchgemacht hatten, diesen ganzen Erlebnissen während des Krieges – warum er sich Ihnen so eingeprägt hat?«

»Nun ja, weil wir gestritten haben.«

»Gestritten?«

»Ja. Wir mochten uns nicht. Also, ich mochte ihn nicht.«

»Warum? … Aber warten Sie, vielleicht können Sie mir erst erzählen, wie es überhaupt zu der Begegnung kam?«

»Nun, ich war damals in Zeilsheim, im DP-Lager Zeilsheim.«

»Ja.«

»Also, deswegen erinnere ich mich so gut an ihn. An dem Tag bekam das Lager großen Besuch, was ganz Besonderes. Wir waren alle sehr aufgeregt, sie zu sehen. Mrs Roosevelt sollte kommen, die Präsidentengattin. Er war nicht mehr Präsident. Da war schon Truman dran. Roosevelt war gestorben, aber für uns war ihr Besuch in Zeilsheim etwas ganz Besonderes, und wir … ich meine, alle im Lager freuten sich darauf. Wir wollten sie sehen. Ich hoffte, mit ihr reden zu können.«

»Warum wollten Sie mit ihr reden?«

»Nicht nur, weil sie berühmt war. Das war es eigentlich nicht. Ich wollte ihr genau erzählen, was wir erlebt hatten. So eine Gelegenheit! Verstehen Sie, wir wussten nicht, was den Leuten bekannt war. Wir konnten uns nicht vorstellen, dass die Amerikaner wussten, was wir durchgemacht hatten. Im Lager glaubten wir, alle glaubten, die Alliierten seien in völliger Unkenntnis über das, was jeden Tag dort vor sich ging, so laut war das Schweigen. Es war die einzige Erklärung, warum niemand etwas tat … nichts, niemand. Nun ja, und dann kommt dieser komische Kauz, ein älterer Mann … bedenken Sie, ich war damals noch ein junges Mädchen, dieser Mann kommt also in den Raum, in dem das Essen ausgeteilt wurde. Und er hat dieses Gerät, mit dem er aufnehmen konnte, was man sagt. Er wollte, dass die Leute erzählten, was sie erlebt hatten, damit er es aufnehmen und nach Amerika mitnehmen konnte. Das sagte er, und die Leute wollten ihre Geschichten erzählen. Ich auch. Ich wollte unbedingt erzählen, was uns passiert war. Darum war ich einverstanden, mich interviewen zu lassen. Aber er hatte diese spezielle Art, wie es laufen sollte.«

»Was meinen Sie? Was für eine Art?«

»Ich sollte mich Rücken an Rücken mit ihm setzen … damit ich sein Gesicht nicht sah. Wozu? Ich wollte das nicht machen, aber er bestand darauf. Ich widersprach. Er bestand darauf. Er hatte diese ganze Strenge, wissen Sie, wie ein Lehrer. Nicht wie heute, sondern wie sie damals in Europa waren, vor dem Krieg … Er war ziemlich schroff, sehr strikt in allem, was er sagte. Das funktionierte nicht, nicht mit mir. Es war mir egal, was er wollte. *Ich* wollte nur eins, ihm die Geschichte von meiner Schwester erzählen.«

»Kamen Sie dazu?«, fragte Adam.

»Sicher. Ich schloss einen Pakt mit ihm.«

»Das heißt?«

»Wenn ich mich auf sein Ding einließ, auf die Form, wissen Sie, wie er es haben wollte … also dann, versprach er mir, würde er mich erzählen lassen, was ich wollte.«

»Und hat es geklappt?«

»Was glauben Sie?«, fragte jene Hannah Weiss, die fünfzehn Jahre alt gewesen war, als ihre Schwester Estusia gehängt wurde.

Und dann erzählte sie Adam die ganze Geschichte von den Frauen der Union-Werke, wie sie den Sprengstoff für die Munition des Sonderkommando-Widerstands geschmuggelt hatten.

»Ich habe es ihm erzählt, er sollte alles hören.«

»Über Estusia?«

»Estusia, aber auch die anderen. Ich habe ihm erzählt, wie Rosa sich in unseren Block eingeschlichen hatte. Ich erzählte ihm von Ala und Regina, von der Sprengstoffschmuggelei aus der Pulverkammer, und dass keine von ihnen mich oder auch nur eine einzige am Widerstand beteiligte Person verraten hat. Ich erzählte –«

»Warten Sie einen Augenblick. Sagten Sie Rosa?«

Jedes Wort aufzeichnend, genau wie Border etwa sechzig Jahre früher, saß Adam Zignelik im leeren Speisesaal des Emmy-Monash-Altenheims in Melbourne und hörte zu.

»Habe Sie ihm von Rosa Rabinowicz erzählt?«

»Ja.«

»Sind Sie sicher?«

»Ja natürlich.«

»Erinnern Sie sich, wie Sie ihm erklärt haben, wer sie war?«

»Ich nannte alle ihre Namen, und wenn ich es wusste, sagte ich ihm auch, woher sie kamen. Ich wollte … Die Welt sollte wissen, wie mutig diese Mädchen waren. Unglaublich mutig waren sie.« Zum ersten Mal seit Beginn des Interviews standen der alten Dame Tränen in den Augen.

»Erinnern Sie sich, woher Rosa Rabinowicz kam?«

»Ja, damals wie heute.«

»Woher war das?«

»Rosa? Aus Ciechanow, aber vor dem Krieg hatte sie eine Zeit lang in Warschau gelebt. Das wussten wir.«

»Und das haben Sie Border erzählt?«

»Ja.«

»Wie können Sie so sicher sein … nach all den Jahren?«

»Weil das mein ganzes Anliegen war. Ich habe nur mit diesem Mann geredet, weil ich ihm, weil ich der ganzen Welt erzählen wollte, was Estusia und Rosa und die anderen Mädchen getan hatten. Am liebsten hätte ich kein Wort mit ihm gesprochen, schon gar nicht, nachdem ich Mrs Roosevelt wegen ihm verpasst hatte, aber ich wollte Estusias Geschichte und die von Rosa und Ala und den anderen, die dem Sonderkommando Sprengstoff verschafft hatten, unbedingt erzählen. Nur darum habe ich seinen Zirkus mitgemacht.«

»Wissen Sie noch, wie er reagiert hat, als Sie ihm die Geschichte … von Rosa Rabinowicz und Estusia und den anderen erzählten? Was er sagte?«

»Keine Ahnung. Woran erinnert man sich schon? Es war das, was ich erzählen wollte. Weshalb sollte es mich kümmern, was er dachte?«

»Natürlich.«

»Ist das nicht sowieso alles aufgezeichnet?«, fragte sie.

»Wahrscheinlich ja. Ich bin noch nicht so weit mit den Spulen, Ihr Interview war noch nicht dabei, aber ich dachte, er hätte vielleicht noch etwas anderes gesagt ... etwas, was nicht aufgenommen wurde.«

»Ich weiß nicht. Wie soll ich wissen, was aufgenommen wurde? Mag sein, dass er sich bedankt hat. Aber das war mir so egal wie sonst was. Ich wollte nur Estusias Geschichte in die Welt bringen. Dafür dachte ich, sei er gut. Die Erinnerung an meine Schwester ... und die anderen Mädchen zu bewahren.«

»Sie haben mir geschrieben –« Adam nahm einen Brief aus einer Mappe und begann zu lesen. »Sie schrieben: ›An Rosas Geschichte war er besonders interessiert.‹«

»Schon möglich. Wenn ich das geschrieben habe, hatte ich es so in Erinnerung.«

»Wie erinnern Sie sich jetzt?«

»Hören Sie, ich will ehrlich sein, dieser Border ... er ist mir nicht so wichtig. Er ist nur ein Mann, der mich in dem DP-Lager befragt hat. Estusia war mir wichtig ... und Ala.«

»Und Rosa?«

»Ja, aber Rosa kannte ich nicht so gut. Sie war im *Kanada*. Ich wollte, dass die Welt ihre Geschichte erfährt. Warum ist Ihnen das so wichtig? Was macht es aus, ob er sich mehr für Rosa interessierte?«

»Ich glaube, sie könnte seine Frau gewesen sein.«

Adam dachte an das einzige Foto, das er von Border gesehen hatte, und versuchte, sich ihn vorzustellen, dieses Gesicht auf der Innenklappe seines kaum gelesenen Buchs in dem Moment, als er ziemlich unerwartet erfuhr, was mit seiner jungen Frau geschehen war, Rosa, der Frau, die er verlassen hatte, der Mutter seines Kindes. Was Border vor all den Jahren von Hannah Weiss gehört hatte, musste eine Flut von Gefühlen, Gedanken und Bildern ausgelöst haben, alle herzzerreißend schmerzlich, alle verdunkelt von unerträglicher Schuld. Etwas davon lag in seiner Stimme am Ende des letzten Interviews, als er den Zuhörer fragte: »Wer wird über das alles zu Gericht sitzen? Und wer urteilt … über mich?«

Niemand konnte auch nur ahnen, was in ihm vorgegangen war. Sooft er daran gedacht hatte, und das war sicher oft gewesen, musste er gehofft haben, wenn es nicht die Nachricht von ihrem Überleben war, nie zu erfahren, was mit der jungen Rosa Rabinowicz geschehen war, dem Mädchen aus Ciechanow, das zu beschützen er versprochen hatte, der Frau, die er geheiratet, mit der er ein Kind gezeugt und es ihr gestohlen hatte, als er sie verließ.

Bevor Adam sich von Hannah verabschiedete, bedankte er sich für all die wertvollen Informationen und sprach ihr seine Bewunderung aus für ihren eigenen mutigen Beitrag zu der Widerstandsaktion, von dem sie so wenig Aufhebens gemacht hatte.

Als Mr Leibowitz, der sich in der Nähe herumgedrückt hatte, ihn seine Gerätschaften einpacken sah, konnte er sich nicht mehr zurückhalten.

»Na, hast du jetzt ein bisschen Zeit für mich?«

»Und ob! Gehen wir etwas essen?«

»Das wäre schön. Oh«, sagte der alte Mann, als wäre ihm plötzlich etwas eingefallen. »Könntest du mir vorher noch einen Gefallen tun?«

»Aber sicher kann ich das.«

»Weißt du, die Abteilung unten, da bringen sie solche hin, die mit ihren Erinnerungskästen nichts mehr anfangen können. Diese Menschen sind ausgehungert, verstehst du? Sie wissen nicht mehr, wer sie sind, können nicht mehr richtig denken und manchmal ihren Körper nicht beherrschen. Verstehst du?«

»Verstehe, ja.«

»Da ist eine Frau, die früher bei uns hier oben war. Als sie nach unten gebracht wurde, hatte sie Angst vor der Veränderung, und ich habe ihr versprochen, ich würde sie besuchen. Sie hat niemanden. Kein Mensch kommt sie besuchen, darum versuche ich hinzugehen. Könnten wir ein paar Minuten zu ihr? Ich würde dich vorstellen. Das wäre der Lichtblick des Tages für sie, der einzige.«

Adam war einverstanden, und der alte Mann führte ihn ins Untergeschoss. Nachdem sie durch die gläserne Sicherheitstür eingelassen worden waren, machte Mr Leibowitz ihn mit der Frau bekannt, von der er erzählt hatte. Ihr Haar war ordentlich gekämmt, aber ihre Augen waren wild, wie von einem unsichtbaren Wind, einem Sturm in ihrem Kopf, herumgewirbelt. Man konnte nicht sicher sein, ob sie wusste, wo sie war.

»Holst du mir draußen ein Glas Wasser?«, bat sie Mr Leibowitz.

»Ja natürlich, meine Liebe«, sagte er und ließ Adam allein in einem Raum voller gebrochener alter Menschen, die sich langsam, manche ruckartig, in verschiedene Richtungen bewegten. Welche geheime Anarchie verheerte den Geist dieser Menschen mit so häufigen Guerillaüberfällen?

Die Freundin von Mr Leibowitz umschlang plötzlich Adams Arm und flüsterte ihm zu: »Die Lagerposten geben mir kein Wasser mehr. Er kriegt sie leichter rum.« Dann nahm sie einen Augenblick seine Hand, drehte sie nach oben und starrte hinein.

»Weißt du, die Jungen mochten mich. Frag, wen du willst. Alle mochten mich. Mein Vater ist jetzt weg, du brauchst keine Erlaubnis, wenn du mich besuchen willst. Ich kann dir aus der Hand lesen. Willst du?«

Von dem Moment an, in dem Adam seine Zimmertür im Melbourner Hotel Tolarno schloss, dauerte es über dreißig Stunden, bis er die Tür zu dem Apartment öffnete, das er von der Columbia University gemietet hatte. Er stellte sein Gepäck ab, machte die Tür zu, schleuderte die Schuhe von den Füßen und sank auf die Couch. Niemand wusste, dass er zu Hause war. Bald würde es nicht mehr sein Zuhause sein. Nächste Woche musste er sein Büro räumen. Wohin mit den Sachen? Was zahlte man inzwischen für die Lagerung, fragte er sich.

Er bemerkte das Blinken seines Anrufbeantworters, und auf dem Weg ins Bad, um zu duschen, drückte er auf den Knopf. Es gab nur einen Menschen, von dem er hören wollte. Er stand da, vor der laufenden Dusche, und hielt Dianas Kamm in der Hand.

»Lächerlich«, murmelte er vor sich hin. Seit irgendwo über dem Pazifik hatte er an den Kamm gedacht, sich auf ihn gefreut.

Aus dem anderen Zimmer kam eine nicht ganz unbekannte, aber nicht unmittelbar angenehme Stimme, zumindest von ihrem Ton her. Es war die Frau, die William McCray gern Charles' »Sekretärin« nannte. »Persönliche Assistentin, Sachbearbeiterin, wie auch immer – sie ist seine Sekretärin«, pflegte er zu sagen. »Ist das Wort irgendwie beleidigend?« Unter der rauschenden Dusche konnte Adam nicht viel verstehen, aber anschließend hörte er die Nachricht noch einmal ab. Während seiner Abwesenheit war ein Anruf für ihn zu ihr geleitet worden. Ein Mann aus Chicago wollte ihn sprechen. Er hatte seine Nummer hinterlassen und bat Adam, zurückzurufen.

»Sein Name ...«, sagte sie, »Entschuldigen Sie, Dr. Zignelik, jetzt weiß ich nicht mehr, wo ... ach, hier ist er! Rosenthal. Dr. Wayne Rosenthal, ein Psychologe, sagte er. Irgendwas wegen Ihrer Arbeit ... in Chicago?«

Bei seinen Recherchen über die Kampfeinsätze afroamerikanischer Truppen im Zweiten Weltkrieg war Adam das 761. Panzerbataillon besonders interessant erschienen. Zuerst hatte er geglaubt, es sei mit der 79. Division der 7. US-Armee zur 6. Heeresgruppe unter Generalleutnant Devers gestoßen, aber dann hatte er herausgefunden, dass es nur ein paar Wochen zu dieser Division gehörte. Die meiste Zeit während seines Europaeinsatzes war es Bestandteil der 87. Division der 3. US-Armee gewesen und sehr spät, am 28. März 1945, der 71. Division der 3. Armee zugeschlagen worden. Dass dieser Wechsel Adam in die Augen sprang, hatte einen guten Grund: Die 71. Division war im April 1945 nach Bayern vorgerückt. Es war unbestritten, dass das 761. Panzerbataillon beteiligt war, als das KZ Gunskirchen, ein Außenlager von Mauthausen, am 5. Mai 1945 befreit wurde.

»Wusstest du, dass das 761. Panzerbataillon an der Befreiung von Gunskirchen beteiligt war?«, fragte Adam leicht triumphierend seinen Freund William bei einem Kaffee.

»Nein, ich muss gestehen, das wusste ich nicht. Und dieses Gunskirchen, sagst du, war ein Außenlager von Mauthausen?«

»Richtig.«

»Und das hast du herausgefunden?«

»Ich hab's nur entdeckt, den Fachleuten auf dem Gebiet ist es bekannt.«

»Niemand bestreitet es?«

»Nein, soviel ich weiß, gibt es keine Diskussion.«

»Und Dachau?«, fragte William an seinem Kaffee schlürfend.

»Schwarze Truppen in Dachau?«

»Ja, irgendwas?«

Die Enttäuschung auf Williams Gesicht verursachte in Adam ein Gefühl, als hätte er ihn im Stich gelassen. So musste es Charles manchmal gehen.

»Ist es wegen deinem Freund?«

»Wie meinst du das?«, fragte William.

»Dein Freund aus Boston. Ist er der Grund, warum es dir so wichtig ist, dass jemand einen endgültigen Beweis für schwarze Truppen bei der Dachau-Befreiung findet? Ich meine, Gunskirchen war ein Außenlager von Mauthausen. Das kann man nicht so abtun. Ehrlich, es wäre ausgesprochen hilfreich, wenn er es sich noch einmal überlegt und mit mir redet –«

»Adam, er redet mit niemandem mehr.«

»Ich weiß, und ich habe große Hochachtung vor dem, was er durchgemacht hat, aber wenn du ihm erklären könntest –«

»Er redet nicht mehr, Adam. Er ist tot«, sagte William und holte tief Luft in dem Bemühen, seine Fassung zu bewahren.

»William, das tut mir so leid.«

»Ja, mir auch.« William hielt einen Moment lang inne und blickte sich im Raum um, bevor er weitersprach.

»Ich weiß, Adam, dass Dachau kein Vernichtungslager war, aber es war das erste KZ, das Hitler errichten ließ, als er an die Macht kam. Schon 1933. Und es war eins der letzten, die befreit wurden. Deswegen hätte es eine besondere Bedeutung, wenn man nachweisen könnte, dass Afroamerikaner an seiner Befreiung beteiligt waren. Und dann diese massive Kampagne gegen die Anerkennung der Rolle von schwarzen Soldaten dort – das ist es nämlich, verstehst du, eine echte Kampagne –, das treibt mich einfach um. Darum bin ich so erpicht darauf, dass jemand der Sache auf den Grund geht. Und ja, um die Wahrheit zu sagen, es ist auch für meinen Freund.«

Am Willen oder an mangelnder Achtung vor William lag es nicht, dass Adam keine stichhaltigen Beweise, nichts aus erster Hand für die Dachau-Frage gefunden hatte. Er versuchte zu entscheiden, ob er seine Zeit besser darauf verwenden sollte, die Kriegseinsätze des schwarzen Panzerbataillons weiter zu erforschen oder sich in Borders Transkripte und Interviews zu vergraben. Erst als er sich wieder den letzteren zuwandte, deutete sich etwas an, das er früher oder später vielleicht mit seinem alten Freund, dem Bürgerrechtsanwalt und Veteran des Zweiten Weltkriegs, würde besprechen können. In einem Zeitraum von drei Wochen stieß er auf Aussagen von drei Überlebenden, die in den Interviews mit Border am Rande erwähnten, dass bei den Militäreinheiten, die das Lager befreit hatten, in dem sie sich bei Kriegsende befanden, schwarze Soldaten gewesen seien. Einer der drei wusste nicht, aus welchem Lager er befreit worden war, oder Border hatte ihm den Namen nicht entlockt, aber die beiden anderen schienen zu glauben, es sei entweder Dachau oder eines der Dachauer Außenlager des KZ Kaufering gewesen. Einer der beiden erzählte sogar, wie überrascht er war, einen schwarzen Offizier zu sehen, einen Captain, dessen Namen er sich dank einer Eselsbrücke zufällig gemerkt hatte.

In den Militärberichten der U.S. Army fand Adam, dass die Befreiung von Dachau am 29. April 1945 zwar der 42. und 45. Division der 7. US-Armee angerechnet wird, die 71. Infanteriedivision der 3. Armee, der das schwarze 761. Panzerbataillon zu dieser Zeit angegliedert war, sich aber ganz in der Nähe aufhielt. Schließlich konnte er den Namen, an den der von Border befragte Mann sich erinnerte, einem afroamerikanischen Captain aus dem 761. Panzerbataillon zuordnen. Der Befragte war nicht mehr am Leben, doch es gab Militärverzeichnisse, in denen Adam die Heimatanschrift des Captain zur Zeit seiner Einberufung 1942 ausfindig machte. Die Anschrift führte zu einer Verwandten, einer Enkelin, die in New York lebte.

So lange war er in dieser Sache kein Stück weitergekommen, und auf einmal, nur weil einer von Borders Zeugen mit dem schwarzen Offizier gesprochen hatte und sich an seinen Namen und Rang erinnerte, konnte Adam die Enkelin des Offiziers aufspüren. Der Mann auf Borders Drahttonaufnahme hatte sich den Namen gemerkt, weil es auch der Name der Hauptstadt und des ersten Präsidenten der Vereinigten Staaten war.

So kam es, dass Adam Kontakt zu der einzig lebenden Verwandten von Captain James Washington aus dem 761. Panzerbataillon aufnahm. Wie es schien, war Dr. Ayesha Washington eine viel beschäftigte Frau, aber Adam war mehr als einverstanden, sie zu einer ihr genehmen Zeit an ihrem Arbeitsplatz zu treffen. Sie arbeitete als Onkologin an der Memorial-Sloan-Kettering-Krebsklinik.

Charles fand, es sei ein guter Kompromiss gewesen, sich Arbeit mit nach Hause zu nehmen, statt bis spätabends in seinem Büro auf dem Campus der Columbia zu bleiben. Michelle war sich dessen nicht so sicher. Wenigstens brauchten sie und ihre Tochter Sonja, wenn Charles abends im Büro blieb, beim Musik- und Radiohören oder Filmeschauen keine Rücksicht auf die Lautstärke zu nehmen. Was brachte es, wenn er da war und mit niemandem redete, ja, schlimmer noch, ihnen indirekt Zwänge auferlegte, wie sie ihren Abend zu verbringen hatten?

Aber er bemühte sich. Er fragte sich, ob sie es bemerkt hatte. Er fragte sich auch, was das brachte, was er den ganzen Abend lang gemacht hatte – ein paar neuere Zeitschriften zu lesen, obwohl nur ein einziger Artikel über seine Ära drin gewesen war. Wurde von einem Mann in seiner Position nicht erwartet, dass er sich über die Entwicklungen in seiner Disziplin auf dem Laufenden hielt, auch außerhalb seines eigenen Spezialgebiets? Las er diese Dinge, um mit seinen Kollegen mitzuhalten? Mit wem wollte er sich messen? Wen wollte er beeindrucken? Nicht seinen Vater. Egal, wie viel er las, es würde seinen Vater nicht beeindrucken, nicht mehr. Lieferte es ihm Gesprächsstoff? Vielleicht, aber mit wem würde er reden: mit Kollegen, Freunden? Seine Kollegen würden zumindest so lange mit ihm reden, bis die Fachbereichsleitung jemand anderem gegeben wurde, und wenn es danach weniger notwendig war, sich an ihn zu wenden, was dann? Seine Freunde … Er fragte sich, wie es Adam wohl mit dieser Forschungssache in Chicago erging. Anscheinend war er ziemlich oft dort. Nur weil es zu spät war, um Adams Stellung an der Columbia zu retten, gab es für Charles noch lange keinen Grund, sich nicht mehr für die Arbeit seines Freundes zu interessieren. William interessierte sich dafür.

Charles beschloss, sich zum Mittagessen oder wenigstens auf einen Kaffee mit Adam zu treffen, um mit ihm über seine Arbeit, seine Pläne für die Zeit nach der Columbia zu reden.

Ging Adam immer noch ein Mal in der Woche mit William Kaffee trinken? Wie konnte es sein, wunderte sich Charles, dass er das nicht wusste? Adam war ein guter Kerl. Wie kam er ohne Diana zurecht? Vielleicht wusste Michelle etwas. So schloss sich der Kreis, und Charles war mit seinen Fragen wieder da, wo er angefangen hatte. Was brachte es, all diese Zeitschriften zu lesen, sie auch nur zu überfliegen? Wer hielt ihn über die jüngsten Entwicklungen im Leben seiner Frau, über die Stimmungswechsel seiner Tochter auf dem Laufenden? Sie waren beide gekommen und hatten ihm einen Gutenachtkuss gegeben. Das war gut.

Michelle war schon eineinhalb Stunden vor ihm ins Bett gegangen, und bis er sich die Zähne geputzt, den Schlafanzug angezogen und sich neben sie gelegt hatte, war sie längst eingeschlafen. Was träumte sie, fragte er sich. Hatte sie es sich, als sie jünger war, je träumen lassen, dass der Mann, den sie einmal heiraten würde, einer wie er wäre, ein Intellektueller, ein Akademiker? Und wenn ja, was für eine Enttäuschung war er, den sie tatsächlich geheiratet hatte, für sie geworden? Er rollte sich auf seiner Betthälfte zur Seite und betrachtete sie. War es ihre Feuchtigkeitscreme oder ihr Shampoo, das so duftete? Er schloss die Augen und sog den Geruch seiner Frau ein. Es beruhigte ihn, und bald schlief er. Es war fast drei Uhr, und er hatte kaum zwei Stunden geschlafen, als das Telefon auf seinem Nachttisch klingelte. Sie wurden beide wach, aber da er am nächsten dran war, nahm er ab.

»Hallo?«, sagte er schlaftrunken.

»Bin ich richtig bei Mrs Michelle McCray?«, fragte ein Mann.

»Wer ist da?«

»Entschuldigen Sie die späte Störung. Ich bin von der Polizei. Ist Michelle McCray unter dieser Nummer zu erreichen?«

»Ja, ich bin ihr Ehemann. Worum geht es?« Michelle regte sich. Spontan dachte sie an ihre Klientel. Aber sie gab ihre Privatnummer nie heraus, also konnte es das nicht sein.

»Könnte ich bitte mir Ihrer Frau sprechen, Sir? Entschuldigen Sie nochmals –«

»Für dich«, sagte Charles und reichte ihr den Hörer.

»Wer ist das?«

»Die Polizei.«

»Polizei? Ja, hallo?«

»Tut mir sehr leid für die späte Störung, Ma'am. Spreche ich mit Michelle McCray?«

»Wer sind Sie?«

»Mein Name ist Brooks, Officer Brooks, NYPD. Sind Sie Mrs McCray?«

»Michelle McCray, ja.«

»Tut mir schrecklich leid, Ma'am, um diese Zeit. Aber mein Kollege und ich sind zu einem Zwischenfall in der Nord-Bronx gerufen worden, und wir haben hier einen ziemlich verzweifelten Mann, der uns gebeten hat, Sie anzurufen, um seine Geschichte zu bestätigen. Er hat keinen Ausweis bei sich, und wir nehmen an, dass er unter irgendeiner Droge steht … Ma'am? Sind Sie noch da?«

Schwitzend, um Atem ringend und mit einem Herzrasen, das sich wie kurz vor dem Infarkt anfühlte, hatte er ein dringendes Bedürfnis empfunden, sich nach draußen zu schleppen, egal, wie spät es war, egal, wie kalt es war, egal, wie viele Stockwerke nach unten. Während er an der Wand des abwärtsfahrenden Aufzugs lehnte, war sein einziger Wunsch, frische Luft zu atmen. Aber als er im Erdgeschoss seines Wohnblocks ankam und auf die Straße ging, merkte er, dass die kalte Luft nicht half. Unsicher auf den Beinen, packte ihn die Angst. Er verlor die Kontrolle. Bald heiß, bald kalt, vor sich hin stolpernd, zu dünn angezogen für die Nacht und für die Jahreszeit, hatte er, mit den Lippen geformt, etwas Unverständliches zu ein paar Kids gesagt, die auf dem Rückweg von einer Feier zufällig vorbeikamen. Sie dachten, er sei vielleicht verrückt, vielleicht gefährlich. Um nicht in Schwierigkeiten zu geraten, rief einer der jungen Leute die Polizei an und benutzte sein Handy zum Schluss, um ein paar Bilder von dem Mann zu übermitteln, wie er sich aus allem normal Menschlichen herauskatapultierte. Jetzt holte Officer Brooks ihn ans Telefon.

»Chelle?«

»Hallo?« Der Mann keuchte wie wahnsinnig. Sein Mund war trocken und die am Gaumen klebende Zunge machte das Geräusch von Konsonanten, während er vergeblich zu sprechen versuchte. Mühsam brachte er schließlich ein paar Worte heraus.

»Chelle, ich bin's … Lamont.«

»Lamont? Was ist –«

»Chelle, sie ist tot. Grandma ist tot.«

Elfter Teil

Sonja McCray war vierzehn Jahre alt, als sie ein paar Schritte von dem Grab entfernt leicht hinter, aber mit einem Fuß zwischen ihrem Vater Charles und ihrem Großvater William stand. Sie war zum ersten Mal auf einer Beerdigung. Bis dahin hatte sich der Tod für sie auf Bücher-, Fernseh- oder Filmgeschichten beschränkt, wobei es manchmal auch in Liedern so erschien, als ob der Sänger oder die Sängerin ohne die besungene Person sterben würde. Es war ein Gefühl, das sie noch nie erlebt hatte. Aber hier stand sie vor dem gähnenden Loch in der kalten Erde, in dem jemand lag, den sie gekannt, ja sogar irgendwie geliebt hatte, jemand, für den sie nie genug Zeit gehabt und der sie doch mit Liebe überschüttet hatte. Beinahe versteckt hinter den beiden Männern, wollte sie sich bei ihrer Urgroßmutter entschuldigen, sie nicht öfter besucht, nicht mehr mit ihr geredet und den Apfelsaft, den sie ihr immer angeboten hatte, abgelehnt zu haben. Wann war sie zuletzt in ihrer Wohnung gewesen?

Vor ihrem Vater und dem Großvater stand ihre Mutter Michelle, und daneben, ebenfalls am Rand des Grabes, stand ein Mann, an den Sonja sich nicht erinnern konnte. Aber anscheinend hatte sie ihn öfter gesehen, als sie noch sehr klein gewesen war. Ihr Vater und ihr Großvater trugen dunkle Anzüge unter ihren Wintermänteln, ihre Mutter einen schwarzen Rock, schwarze Bluse und schwarze Jacke, der Mann aber war anders gekleidet, vollkommen zwanglos. Er trug Jeans mit einem Flanellhemd und Pullover unter dem Mantel, aber sie begriff, dass es nicht aus Missachtung gegenüber ihrer Urgroßmutter war und auch nicht bedeutete, dass er weniger traurig über den Verlust gewesen wäre. Tatsächlich sah man ihm am deutlichsten an, wie erschüttert er war. Sonja konnte es nicht mehr ertragen, diesen Mann anzusehen, genauso wenig wie das Grab. Er stand schwankend am Rand der Grube und Sonjas Mutter, die ihn umschlungen hielt, schwankte mit. Es war der Cousin ihrer Mutter, der Enkelsohn ihrer Urgroßmutter: Lamont.

So, wie die beiden ihren Schmerz miteinander teilten, reimte Sonja sich zusammen, dass ihre Mutter einmal sehr eng mit ihm gewesen war, ihn aber lange nicht gesehen hatte – bis jetzt. Er war es gewesen, der seine Großmutter gefunden hatte. Sie war im Schlaf gestorben. Sonja fragte sich, ob es nun an ihr sei, ihre Mutter zu trösten, oder ob sie das ihrem Vater und dem Großvater überlassen konnte. Sie betrachtete ihren Großvater, eingemummelt in seinen Mantel. Er war älter als ihre Urgroßmutter geworden war. Wie mochte er sich fühlen bei dieser Beerdigung? Gott sei Dank war er noch da. Er hatte sich nicht verändert. Sonja schwor sich, ihn öfter zu besuchen. Wo ist Lamonts Familie, fragte sie sich. Dann wurde ihr klar, dass er wohl niemanden mehr hatte als ihre Mutter – und sie selbst. Kein Wunder, dass er so schwankte. Wie lange dauerte es noch, bis sie wieder gehen konnten?

Würden sie den schwankenden Mann weiter trösten müssen? Für ihn war alles viel schlimmer, als Sonja wusste. Er hatte die Person verloren, bei der er aufgewachsen war, die sich seit jeher für ihn verantwortlich gefühlt hatte. Er verdankte ihr so viel, und nun würde er es ihr niemals vergelten können. Seine Großmutter war gerade zwei Wochen vor dem Ende seiner sechsmonatigen Probezeit als Angestellter der Krebsklinik gestorben. Er würde Zusatzleistungen bekommen. Sie war nicht mehr da, um zu erleben, wie er jeden Morgen zu einer Arbeit mit Zusatzleistungen ging. Die Klinik schicke Angestellte aufs College, hatte er ihr erzählt. Aber zuerst musste er seine Tochter finden, kein Kleinkind mehr, sondern ein acht-, fast neunjähriges Mädchen. Nun würde seine Großmutter sie nicht mehr sehen. Er hatte sich vorgestellt, wie er ihr sein Zimmer zeigen würde, sein altes Kinderzimmer, wo man immer noch die Bleistiftstriche sah, die seine Großmutter zum Messen seines Wachstums an die Wand gemalt hatte. Mit zehn war er schon so groß gewesen wie sie. Mit achtunddreißig schlief er wieder in seinem alten Zimmer. Er wusste nicht, ob er in der Co-op-City-Wohnung bleiben konnte, und er hatte keine Ahnung, wo er sonst hingehen sollte.

Sonja beobachtete ihre Mutter, wie sie den Mann stützte, der zur Beerdigung seiner Großmutter keinen Anzug trug.

»Wahrscheinlich wird deine Grandma dich überleben, Lamont«, hatte ein Mann namens Numbers in der Haftanstalt Mid-Orange einmal zu ihm gesagt. »Kann gut sein, sehr gut sogar! Nichts gegen dich, nur Statistiken, verstehste? Nimm's nicht persönlich, ich rede von statistischen Voraussagen für einen Afroamerikaner mit deinen Rohdaten und deiner allgemeinen … Genealogie.«

»Soll sie nur, würde mich nicht stören«, hatte Lamont geantwortet. Sonja beobachtete diesen erwachsenen Mann, der sich zusammenzureißen versuchte, während ihr Großvater, William McCray, aufrecht dastand und sich beim Pfarrer bedankte. Sie war fest entschlossen, sich mehr um ihren Großvater zu kümmern, aber vorerst lauschte sie dem Cousin ihrer Mutter, Lamont, der sich räusperte, um etwas zu sagen.

»Mrs Martinez, danke, dass Sie gekommen sind. Freut mich sehr, wirklich. Grandma hat Sie so gern gehabt. Sagte immer, was für eine gute Nachbarin Sie sind. Immer für uns da. Erinnern Sie sich an meine Cousine, Michelle … von früher?«, hörte

Sonja ihn sagen. Lamont wünschte sich sehnlichst, dass Menschen sich aneinander erinnerten. Wenn nicht, was hatte dann alles für einen Sinn, wozu sollte es dann gut gewesen sein?

Die Hände mit Handschuhen in die Taschen gestopft, blickte das vierzehnjährige Mädchen sich auf dem Friedhof um – so viele große Jesusse in der Nord-Bronx, alle zu dünn angezogen für den frühen Winter. Von der Überführung aus konnte man sie sehen. Genervtes Autohupen in der Ferne. Wie wenige Menschen gekommen waren.

Lamont Williams saß im Erdgeschoss der Memorial-Sloan-Kettering auf einer langen Bank. Er war gebeten worden, einen Augenblick zu warten, bis er dran war. Sein Vorgesetzter hatte ihm ausgerichtet, der stellvertretende Personalleiter wolle ihn sprechen. In weniger als zwei Wochen ging seine sechsmonatige Probezeit zu Ende. Seine Großmutter war erst Tage zuvor beerdigt worden. Er hatte es seinem Vorgesetzten und einem Kollegen, D'Sean, erzählt. Vielleicht ging es darum? Nein, wahrscheinlich nicht. Wahrscheinlich hatte es mit den Formalitäten zu tun, die beim Wechsel von seiner Probezeit in die Festanstellung erledigt werden mussten.

Leute in Anzügen gingen an ihm vorbei. Was waren sie – Ärzte, Pfleger, Helfer? Nein, ausgeschlossen. Sie sahen eher aus wie Geschäftsleute, Finanzberater oder Verwaltungsangestellte. Lamont sann darüber nach, wie viel nicht medizinischer Aufwand nötig war, um so eine Klinik zu betreiben. Er las die Titel auf den Türschildern, den strategisch ausgelegten Broschüren. Es gab Personen, die nur Forschungsarbeit machten, Forschung jeder Art. Es gab welche, die nur mit Ausbildung beschäftigt waren, medizinischer Fortbildung, pflegepädagogischer Fortbildung. Es gab jemanden für die Schulung von Doktoranden, jemanden für Postdoktoranden und sogar jemanden, der ein

High-School-Projekt betreute. Es gab eine Bibliothek, und es gab Sachbearbeiter, die seinen Namen irgendwo erfasst hatten, wahrscheinlich irgendwo im Computer: Lamont Williams, Gebäudeservice, Probezeit im Rahmen eines Pilotprojekts für ehemalige Strafgefangene. Hätten die richtigen Leute vom Tod seiner Großmutter gewusst, hätten sie ihm vielleicht sogar eine Trauerberatung angeboten. Das hatte seine Cousine Michelle gesagt.

Michelle war eine erfahrene Sozialarbeiterin, sie wusste über diese Dinge Bescheid. Was bedeutet das, »Trauerberatung«, fragte er sich. Erzählst du einem Therapeuten, wie es ist, einen geliebten Menschen zu verlieren? Liegst du dabei auf einer Couch? Gibt die Klinik dem Therapeuten Geld dafür, dass er sich den Kummer eines Mannes vom Gebäudeservice anhört, der seine Großmutter verloren hat? Sie war wie eine Mutter für ihn gewesen, immer schon, die einzige »Mutter«, die er wirklich gekannt hatte. Er schlief nicht mehr durch, seit er sie gefunden hatte, höchstens immer ein paar Stunden am Stück.

»Haben Sie sonst keine Familie?«

»Doch, eine Tochter. Sie ist acht. Ich werde sie finden.«

»Und sonst?«

»Eine Cousine. Als Kinder waren wir sehr eng … Dann ging es auseinander, aber jetzt … Jetzt sind wir wieder in Kontakt … seit meine Großmutter gestorben ist. Früher waren wir wirklich eng, schon komisch irgendwie, dass meine Grandma sterben musste, damit … Ich meine nicht komisch in dem Sinne –«

Eine Verwaltungssekretärin riss ihn aus seinen Wachträumen, eine junge Frau, die für den stellvertretenden Personalleiter, Juan Laviera, arbeitete.

»Sie können jetzt hereinkommen«, sagte sie kühl.

Mr Laviera hatte ein Büro mit einem Schreibtisch, einem hohen Sessel für sich selbst und zwei kleineren gegenüber. Lamont wurde gebeten, Platz zu nehmen. Er warf ein paar verstohlene Blicke auf die im Raum verteilten Fotos von Mr Laviera und Menschen aus seinem Leben. Durch eine Tür, offenbar zu einem angrenzenden Büro, drangen gedämpfte Radiogeräusche.

»Mr Williams«, sagte der stellvertretende Personalleiter, »Sie können sich vielleicht schon denken, warum wir Sie heute hierher gebeten haben. Einer unserer Patienten ist kürzlich verstorben, ein Mr …«, Juan Laviera klickte eine Maustaste und sah mit zusammengekniffenen Augen auf den Bildschirm seines Computers. »Mr Henryk Mandelbrot. Kannten Sie Mr Mandelbrot, bevor er zu uns kam?«

»Sie meinen, in die Klinik?«

»Ja.«

»Nein«, antwortete Lamont.

»Wie es scheint, kam seine Familie, nachdem er gestorben war, um seine Sachen abzuholen, und sie geben an, es habe etwas gefehlt. Wissen Sie etwas darüber?«

Mit einem Schlag verstand Lamont, warum er nach unten, zum stellvertretenden Personalleiter bestellt worden war. Es hatte nichts mit Formalitäten zum Abschluss seiner sechsmonatigen Probezeit und nichts mit Trauerberatung zu tun.

»Ich glaube, ich weiß, worauf Sie hinauswollen«, sagte er leise.

»Und das wäre?«

»Es geht sicher um den Kerzenständer, den jüdischen Kerzenständer.«

»Ja, den Leuchter. Wissen Sie etwas darüber?«

»Sie nennen es *Chanukkia*. Das hat er mir gesagt. Ja, ich weiß, wo sie ist.«

»Haben Sie … Tut mir leid, ich muss Sie das fragen, Mr Williams. Haben … Sie bestreiten nicht –«

»Ich habe sie, aber ich habe sie nicht gestohlen.«

»Was sagen Sie?«

»Er hat sie mir gegeben.«

»Der Patient?«

»Richtig. Mr Mandelbrot hat sie mir gegeben.«

»*Gegeben?*«

»Ja.«

»Als … wie ein Geschenk?«

»Richtig.«

»Würden Sie mich einen Augenblick entschuldigen, Mr Williams?«

»Sicher.«

»Nein, ich meine, ob Sie einen Augenblick draußen warten würden?«

»Ja, sicher.«

Es war früh am Nachmittag, doch Adam Zignelik befand sich, ganz ungewohnt für diese Tageszeit, nicht bei einer Lehrveranstaltung oder in seinem Büro oder sonst wo auf dem Campus, sondern zweieinhalb Meilen uptown in seinem Morningside-Heights-Apartment und wartete auf einen Transporter, der die gepackten Kisten bringen sollte. Sie enthielten seine bisherige Laufbahn. Er hatte sein Büro bis auf ein paar Gegenstände vollständig ausgeräumt. Das meiste konnte er jetzt, wo Diana nicht mehr da war, auf den Bücherregalen unterbringen. Wo zum Teufel blieb der Fahrer nur?

Im Erdgeschoss der Memorial-Sloan-Kettering erhob Lamont sich, wie gebeten, von seinem Platz in Lavieras Büro und ging hinaus. Er hatte die Tür hinter sich geschlossen, aber nicht fest genug. Vom Flur aus hörte er Mr Laviera an die Tür des Nebenraums klopfen und sie öffnen. Dem Tonfall nach hatte er ein lockeres Verhältnis zu seinem Büronachbarn.

»Störe ich, Dan?«

»Nein, was gibt's?«

»Ich habe ihn rausgeschickt.«

Lamont hörte das Radio jetzt, wo die Türen nur angelehnt waren, lauter.

»Er sagt, er habe nichts getan, nichts gestohlen. Der alte Mann habe ihm den Leuchter geschenkt.«

Lamont schaute nach dem Namen an der Tür neben dem Büro des stellvertretenden Personalleiters. Der Mann, mit dem Mr Laviera gerade sprach, war der Personalleiter. Auf dem Schild stand: »Daniel Ehrlich, Personalleiter«. Woher kannte Lamont diesen Namen? In der Schule war mal ein Junge namens Danny Ehrlich gewesen. Das konnte nicht derselbe sein.

»Er soll's ihm gegeben haben? … Eine Chanukkia?«

»Das sagt er, ja.«

Lamont saß draußen im Gang. Der Trick ist, dich nicht selbst zu hassen. Das hatten sie ihm im Knast gesagt. Wenn du es schaffst, dich nicht zu hassen, dann kannst du dich an fast alles erinnern, ohne dass es wehtut: an deine Kindheit, an deine Eltern, an das, was du getan hast oder was dir angetan wurde, hatten sie ihm gesagt. Daran dachte er, während er das Radio im Büro des Personalleiters, eines Mr Danny Ehrlich, leise spielen hörte.

Lamont blickte auf seine Hände, Hände, die einmal ein geschätztes Spielzeug, das Geburtstagsgeschenk eines Onkels, zu einem neuen Freund nach Hause getragen hatten, um es ihm zu zeigen, Hände, die auf Bitten eines alten Freundes einen Lieferwagen zu einem Spirituosenladen gefahren hatten, wo er im Auto wartete, während die beiden anderen spontan einen Überfall ausheckten, Hände, die ihr Geschick bei Holzarbeiten in der Haftanstalt Woodbourne erprobt hatten, Hände, die den silbernen Kerzenständer eines alten weißen Europäers als Geschenk angenommen und die kalte Stirn seiner tot aufgefundenen Großmutter berührt hatten, zwei recht gut koordinierte Hände, genau richtig für einen Mann seiner Größe und seines Gewichts, unauffällig bis auf ein Merkmal, das noch niemandem aufgefallen war – ihre Unschuld.

Gegen Ende der zweiten Hälfte der Vierzigerjahre schliefen zwei Männer in verschiedenen Teilen eines Hauses an der Sheridan Road, uptown Chicago. Einer von ihnen ein Vater, schon so alt, dass er Großvater hätte sein können; der andere ein Sohn, noch jung genug, um als Junge durchzugehen. Es gab Gegenden in diesem Land, wo der Junge, egal, wie alt er wäre, immer nur als »Boy« bezeichnet werden würde. Er war an einigen dieser Orte gewesen und nahm jede Nacht mit in den Schlaf, was er dort gesehen hatte. So unwahrscheinlich es sein mochte, dass diese beiden Männer, Henry Border und der junge Russell Ford, im Chicago der Jahrhundertmitte in ein und demselben Haus schliefen, so hatten ihre jeweiligen Beziehungen zu Russells Mutter, Callie Pearson, es doch wahr gemacht.

Henry Border zog sich abends gewöhnlich erst spät zurück, lange nach allen anderen. Bis dahin saß er allein in seinem Arbeitszimmer und las, schrieb oder lauschte auf dem Drahttongerät fremden Menschen, die von schrecklichen Ereignissen erzählten. Bei geschlossener Tür saß er da, rieb sich die Augen, schloss die Lider, und manchmal tupfte er sie mit einem Taschentuch ab, das Russells Mutter, Callie, gewaschen hatte.

Wenn er schließlich so leise wie möglich ins Bad und danach zu Bett ging, trug er außer seinem Nachthemd ein bleiernes Gewicht, das nie von seiner Brust wich, auch nicht, wenn er sich umdrehte. So ging es schon die ganze Zeit, seit er die DP-Lager besucht hatte. Unten tickte die Standuhr. Er streift seine Armbanduhr ab, legt sie auf die Kommode, löscht die Nachttischlampe, und sobald er die Augen schließt, kommt die geflüsterte Frage: »Was ist das für ein Mann, der seine Frau im Stich lässt, damit sie gefoltert und ermordet wird?«

Henry Border hatte ein berufliches Interesse an »seelisch erschütterten« Menschen. Die Hypothese seiner Forschung über den »Adjektiv-Verb-Quotienten« war die, dass die Häufigkeit, mit der »seelisch erschütterte« Menschen Adjektive und Verben gebrauchen, in einem anderen Verhältnis zueinander steht, als bei nicht »seelisch erschütterten« Menschen. Er war nach Europa gereist, um solche Menschen für seine Untersuchung zu finden. In dem Haus, das er eine Zeit lang gemeinsam mit seiner Tochter, Russell Ford, Callie und deren Ehemann James Pearson bewohnte, gab es zu viele Zimmer und der Flur war dementsprechend lang. Aber er erstreckte sich nicht bis nach Europa.

In Russels Zimmer auf diesem Flur, neben seinem Bett – so dicht daneben, dass er seine Hand unter der Decke hervorstrecken und sie berühren konnte –, lag eine abgewetzte Ledertasche, die seinem Vater gehört hatte. Mitten im Schlaf wurde ihm plötzlich kalt von einem Schweiß, der die Wiederkehr jenes heißen Montagmorgens gegen Ende des Schuljahres in Detroit ankündigte, und er sah alles wieder von vorn: wie sein Vater von Fremden aus einem Straßenbahnwagen gezerrt, wie er geboxt, geschlagen und getreten wurde, wie sie auf ihm herumtrampelten, bis er blutend, dann bewusstlos, dann tot, dann nur noch ein unkenntlicher, zerfetzter Körper, am Straßenrand neben seiner Ledertasche lag. Die Szene suchte ihn nachts mehrmals in der Woche heim, und oft hörte man es draußen durch die Tür. Aber Henry Border, der an traumatisierten Menschen so interessierte Psychologe, ging kein einziges Mal zu dem Jungen hinein, um zu fragen, was ihn quälte, geschweige denn, ihn irgendwie zu trösten. Seine eigenen Albträume machten ihn taub für das Stöhnen unter den Albträumen nebenan.

Callie indes hörte das Stöhnen ihres Sohnes von ihrem Schlafzimmer aus. Ihr Mann, James Pearson, der es ebenfalls hörte, warf einen Bademantel über und ging im Dunkeln den Flur entlang zum Zimmer seines Stiefsohns, oft nur, um festzustellen, dass schon jemand an der Tür war.

»Bin schon da, Mr Pearson«, flüsterte Elly dann, ein Glas Wasser in der Hand. Sie hatte erfahren, was Russell in Detroit mit eigenen Augen hatte ansehen müssen, und nun hörte auch sie ihn jedes Mal, genau wie seine Mutter und sein Stiefvater.

Als Danny Ehrlich ein kleiner Junge war, diskutierten seine freisinnigen und etwas nachgiebigen Eltern, beide Lehrer, beim Abendessen gern über soziale und politische Fragen, nicht nur unter sich, sondern auch mit ihren Kindern. Dannys Beziehung zu ihnen war so eng, dass es ihm immer auf den Nägeln brannte, ihnen alles, was ihm Wichtiges passiert war, sofort mitzuteilen. Aus dieser Gewohnheit heraus war er, als ein neuer Schulfreund ihn zum ersten Mal besuchte und etwas mitbrachte, das er für ein Geschenk hielt, ein sensationelles Geschenk, eine Shogun-Krieger-Figur, den Flur entlang zu seiner Mutter in die Küche gerannt, um ihr zu zeigen, was sein neuer Freund ihm geschenkt hatte. Aber nachdem sein neuer Freund gegangen war, ward der Shogun-Krieger nie wieder bei den Ehrlichs gesehen. Jeder in der Familie war überzeugt, Dannys neuer Freund habe sich so in sein eigenes Geschenk vernarrt, dass er es zurückgestohlen hatte.

Nur im engsten Freundeskreis, in der Familie und von seiner Frau wurde Danny Ehrlich jetzt, als erwachsener Mann, noch »Danny« genannt. Offiziell war er Dan Ehrlich, Personalleiter der Memorial-Sloan-Kettering-Krebsklinik, und er hatte gehofft, diese nunmehr unvermeidliche Begegnung mit der Erwachsenenversion des kleinen Jungen, der ihm damals den Shogun-Krieger geschenkt und wieder weggenommen hatte, zu vermeiden. Auf der Besucherseite seines Schreibtischs saß Lamont Williams, ein Exhäftling, der mit einer auf sechs Monate beschränkten Probezeit beim Gebäudeservice eine Chance bekommen hatte, mit seinem Leben noch einmal neu anzufangen. Die Entscheidung, sich an dem Pilotprojekt für entlassene Strafgefangene zu beteiligen, hatte ein vom Klinikvorstand eingesetztes Gremium getroffen. Beide, Dan Ehrlich und sein Stellvertreter, Juan Laviera, waren in dem Gremium gewesen. Trotz ihrer lockeren, fast freundschaftlichen Arbeitsbeziehung hatten sie in der Frage, ob die Klinik ehemalige Strafgefangene auf Probe beschäftigen solle, respektvoll entgegengesetzte Standpunkte vertreten. Laviera war dagegen gewesen. Seiner Ansicht nach gehörte die Rehabilitierung ehemaliger Gefangener nicht zu den eigentlichen Aufgaben der Klinik und würde Probleme schaffen, die sie nicht gebrauchen konnten.

»Dan, glaub mir, eine ganze Menge von den Kids, mit denen ich aufgewachsen bin, sind da gelandet, und … ehrlich gesagt, man wusste schon damals, dass sie Ärger machen würden. Wir waren ja noch klein, aber Menschen … die ändern sich nicht wirklich.«

Dan Ehrlich war anderer Meinung. Er glaubte, Menschen, zumindest *einige,* seien durchaus in der Lage, sich zu ändern, man müsse ihnen eine Chance geben. Und wenn sie sich änderten, sei das wirklich eine tolle Sache. Es könne beiden Seiten gut tun, dem Krankenhauspersonal, ja sogar manchen Patienten, genau wie den Exhäftlingen, die ihre Probezeit dort absolvierten, sich als Teil einer gemeinsamen Anstrengung zu fühlen, einer Gemeinschaft von Menschen mit unterschiedlichem Hintergrund, alle vereint im Kampf gegen den Krebs. Es würde im Interesse der Klinik das richtige Signal an die Öffentlichkeit aussenden, und wenn sie es langsam angingen, mit nur ein oder zwei sorgfältig ausgewählten Sträflingen auf einmal, was konnte dann im schlimmsten Fall passieren? Eben das, was gerade passiert war.

Juan Laviera wollte nicht als Besserwisser auftrumpfen, aber vielleicht würde dieser Diebstahl aus dem Zimmer eines Sterbenden dem Experiment ein Ende setzen. Er arbeitete gern mit Dan Ehrlich, er mochte Dans unbeschwerte Art und fürchtete, das offensichtliche Scheitern des Projekts könne seinem Ansehen schaden. Dan sollte und konnte jetzt wohl guten Gewissens empfehlen, dass dieses Projekt, das er, Laviera, immer als belastend angesehen hatte, abgebrochen wurde.

Lamont gegenüber, vor dem Fenster, saß Dan Ehrlich, zwischen ihnen ein Schreibtisch, auf dem Fotos von seiner Frau und seinen Zwillingstöchtern standen. Dies war die Begegnung, von der nur seine Frau wusste, wie ihm seit Tagen davor graute, die ganze Zeit, seit die Familie eines kürzlich verstorbenen Patienten sich beschwert hatte, einer ihrer liebsten persönlichen Gegenstände, eine silberne Chanukkia, sei verschwunden. Die beiden Männer sahen sich an, doch obwohl jeder von ihnen so gut wie sicher war, dem erwachsenen Pendant einer kurzen Schulfreundschaft gegenüberzusitzen, ließ keiner von ihnen erkennen, dass die Identität des anderen ihm wohl bewusst war. Stattdessen warteten beide darauf, dass der andere es zur Sprache brachte, und beide fragten sich, wenngleich aus verschiedenen Gründen, wem es nützen sollte, es jetzt anzusprechen. Schließlich war ihre Verbindung auf so unangenehme Weise abgerissen, wie ihre Freundschaft kurz gewesen war.

Lamonts Gedanken versetzten ihn einen Augenblick in die Küche der Ehrlichs zurück, zu Dannys Mutter und ihrer Begeisterung für das Spielzeug, ehe er sich zusammenriss und plötzlich wieder wusste, wo er war: in Dan Ehrlichs Büro, dem Büro des Personalleiters, etwa dreißig Jahre später. Gemäß den Bedingungen des Pilotprojekts für ehemalige Strafgefangene war die Klinik berechtigt, das Beschäftigungsverhältnis mit einem solchen, wer immer er sei, innerhalb der sechsmonatigen Probezeit ohne schriftliche oder sonstige Ankündigung, ohne Angabe von Gründen zu beenden. Nach Ablauf von sechs Monaten erhielt der Kandidat dieselben Rechte und Ansprüche wie jeder andere Klinikangestellte. Henryk Mandelbrot war etwa zwei Wochen vor Ablauf dieser sechs Monate gestorben.

»Die Familie des verstorbenen Patienten –«

»Mr Mandelbrot.«

»Ah … ja, die Mandelbrots waren außerordentlich empört über die verschwundene –«

»Mr Ehrlich, er hat sie mir gegeben.«

»Ich habe ihnen gesagt, das sei Ihr Standpunkt, aber sie –«

»Mr Ehrlich, das ist nicht mein Standpunkt. Es ist mein Kerzenständer. Es war ein Geschenk. Wir waren Freunde. Nach meiner Schicht war ich immer bei ihm. Ich –«

»Mr Williams, die Familie wollte Anzeige erstatten.«

»Was!«

»Die wollten Sie anzeigen.«

»Wegen was denn?«

»Ich weiß nicht. Diebstahl, nehme ich an.«

»Man kann mir doch nicht –«

»Mr Williams, ich hab ihnen nicht verraten, dass Sie im Gefängnis waren. Ich habe ihnen nicht mal Ihren Namen gegeben. Sie wollten den Gegenstand wiederhaben, und ich sagte ihnen, wir hätten ihn nicht.«

»Und was haben Sie gesagt, wo er ist?«

»Die Wahrheit – dass ich es nicht weiß. Sie sagten, sie hätten einen Putzmann im Zimmer des Patienten herumlungern sehen, und –«

»Behaupten sie, ich hätte ihn gestohlen?«

»Die können Sie nicht identifizieren, aber die Klinik haftet für –«

»Ich habe ihn noch.«

»Es ist zu spät, um –«

»Er hat ihn mir gegeben und ich habe ihn noch.«

»Mr Williams, die Klinik hat Ihren Namen vor der Familie Mandelbrot verschwiegen, was nicht einfach war, aber wir werden Sie entlassen müssen. Wir werden den Diebstahlsvorwurf nicht bei der Strafjustizbehörde melden. Wir werden nur sagen, es sei nicht so gut gelaufen, aber wir können Sie unter keinen Umständen weiter hier beschäftigen. Tut mir leid, aber es ist einfach zu –«

»So ein Schwachsinn, Mann!«

»Lamont, was zum Teufel willst du? Es war das Beste, was ich machen konnte.«

Die beiden Männer sahen sich mit einer Intensität an, die sie seit der Zeit vor dem rund dreißig Jahre alten Zwischenfall mit dem Shogun-Krieger nicht mehr füreinander aufgebracht hatten.

»Lamont, ich versuche dir zu helfen, das Beste aus einer schlechten –«

»Es ist eine *Chanukkia*.«

»Was?«

»Der Gegenstand … der heißt *Chanukkia,* Danny. Er hat's mir erklärt. Irgendwas mit den Makkabäern.«

Adam fragte sich, ob es nur seine Einbildung war, oder hatte ihn die Bedienung in der Chi Bar des Sheraton Chicago tatsächlich wiedererkannt? Er war am Vortag in Chicago angekommen und hatte die ganze Zeit damit verbracht, so viele Kopien wie möglich von Borders Schriften anzufertigen, um sie mit nach New York zu nehmen. Kein Zweifel, im IIT erkannte ihn inzwischen jeder. Heute war er mit Wayne Rosenthal verabredet, Borders ehemaligem Studenten, der sich so lange geweigert hatte, mit ihm zu sprechen. Eines Tages, schwor Adam sich, würde er nach Chicago fahren und im Sheraton, wo sie sich treffen wollten, übernachten, aber heute war nicht dieser Tag, und er war mit dem Taxi von seiner üblichen »Fernfahrerabsteige«, wie er es nannte, hingefahren.

»Ich hoffe, es macht Ihnen nichts aus, Dr. Zignelik, aber ohne Tonband wäre es mir lieber. Wenn Sie sich Notizen machen wollen, gerne, aber –«

»Ja gewiss, gut. Vollkommen in Ordnung. Und übrigens, ich heiße Adam.«

»Freut mich … Adam. Danke, nennen Sie mich Wayne.«

Wayne Rosenthal, konservativ gekleidet, mit Jackett, Krawatte und einer ledernen Aktentasche in der Hand, war ein intelligent aussehender Mann von ungefähr achtzig Jahren mit gepflegtem silbergrauem Haar. Er hatte auf den ersten Blick gewusst, wer von den allein sitzenden Leuten in der Bar Adam Zignelik war, und sie gaben sich die Hand. Der pensionierte Psychologe hängte seinen Mantel über einen Stuhl, setzte sich an den Tisch und erklärte, er müsse seine Enkeltochter anrufen – sie habe ihn hergebracht –, wenn er abgeholt werden wolle. Adam war sich sicher, dass der Mann ihm gegenüber im vollen Besitz seiner geistigen Fähigkeiten war, sodass die Bemerkung über die Enkeltochter ihm eher als beruhigende Rückversicherung erschien, denn als Antwort auf eine Frage, die Adam nicht gestellt hatte und eigentlich nicht zu wissen brauchte. Um die Situation zu entspannen, dachte er, ein wenig den Amateurpsychologen spielend, es sei gut, mit dem zu beginnen, was er bereits über Borders Arbeit und Leben wusste, und wen er schon dazu befragt hatte.

»Ja, nun, wie soll ich sagen, Arch und die anderen – war es Amy, mit der Sie gesprochen haben? Sie ist eine reizende Person –, die hatten nicht dieselbe Art Beziehung zu Border wie ich.« Er pausierte, um einen Schluck Tonicwasser zu trinken.

»Ich habe nie … Mit meiner Familie habe ich nie wirklich über Border gesprochen, nicht einmal mit meiner verstorbenen Frau. Es war einfach … Ich wusste nicht, wozu. Verstehen Sie, es war sehr persönlich zwischen uns, und nicht nur zwischen uns. Er hatte eine Tochter.«

»Elly.«

»Ja, Elly. Ich weiß nicht, was die anderen Ihnen erzählt haben.«

»Also, sie haben angedeutet, dass da wohl Gefühle im Spiel gewesen waren, aber nur sehr vorsichtig.«

Rosenthal nahm sein Glas, hielt es mit beiden Händen und beugte sich vor. »Es ist niemand mehr da, den es noch verletzen könnte. Ich war sehr verliebt. Ich kannte meine Frau noch nicht, und ja, Elly und ich … wir hatten Pläne.«

Er erzählte von dem Tag, an dem sie zu Evie Harmon eingeladen waren und er spätnachmittags die separat liegende Spule entdeckt hatte, das Interview mit dem Bericht von Hannah Weiss über ihre Schwester Estusia, über Ala und Rosa, den Sprengstoffschmuggel und den Aufstand.

»Er muss mindestens so wütend auf sich selbst gewesen sein, wie er es auf mich war«, sagte Wayne Rosenthal in der Bar des Sheraton Chicago, den Blick geradeaus gerichtet.

»Warum das?«

»Nun ja, denken Sie mal, da hatte er es fast geschafft, die Spule verschwinden zu lassen.«

»Ich begreife nicht.«

»Außer ihm war ich der Einzige, der Jiddisch verstand, der Caddens Drahttongerät bedienen konnte und der an die Spulen herankam. Es gab sonst niemanden. Nur mich. Und nun hatte er sich schon bemüht, sie beiseite zu legen. Kein anderer hätte die Chuzpe gehabt, in seinem Büro zu machen, was ich mir herausgenommen habe. Ich meine … ich dachte ja, er sei mein angehender Schwiegervater. Verdammt, ich dachte, ich würde ihm helfen, eine wirklich … unglaublich wichtige Arbeit zu machen. Ich meine, stellen Sie sich das mal vor. Es war ein paar Jahre nach dem Krieg. Ich war so verliebt in Elly. Wir wollten zu diesem Fest, und ich war im Büro ihres Vaters. Ich war allein und legte diese Spule ein. Sie kannte meine Eltern. Wissen Sie? Und dann … dann höre ich die Geschichte dieser Frau. Ich hatte nicht vor, das ganze Interview zu hören. Ich wollte nur wissen, auf welchen Haufen ich es legen sollte.«

Wieder nahm er einen Schluck Tonicwasser, ehe er fortfuhr.

»Jedes Interview auf den Drahttonspulen … Die quälten einen alle, und man wusste diese Dinge damals nicht, nicht solche Einzelheiten. Und man hörte es direkt von denen, die es erlebt hatten. Aber dieses, das war noch etwas anderes. Die Frau konnte sich kaum beherrschen.«

»In welchem Sinne?«

»Na, erst hatte er sie wütend gemacht mit seiner pingeligen Art, den Ablauf des Interviews zu bestimmen, und als sie endlich zu ihrer Geschichte kam … hatte sie gewissermaßen das Gefühl, ihre Schwester oder zumindest die Erinnerung an sie retten zu müssen. Sie fing an, die ganze Sache zu erzählen, wie die Unbekannte … Rosa … sie angesprochen hatte … sie war nicht viel älter als Elly damals, zu der Zeit, als ich die Spule fand.«

»Wann kam Ihnen der Verdacht, dass Rosa Borders Frau gewesen sein könnte?«

Vollkommen überrascht, richtete Wayne Rosenthal sich auf.

»Woher wissen Sie das?«, fragte er, ehe er sich selbst die Antwort gab: »Amy … von Amy Muirden, nicht wahr?«

»Ja.«

»Unterwegs vom Büro zu Borders Haus, wo wir verabredet waren, um gemeinsam auf das Fest zu gehen, habe ich mir alles zusammengereimt.«

Obwohl mehr als fünfzig Jahre dazwischen lagen, fühlte er sich von dem, was geschehen war, offensichtlich immer noch zutiefst getroffen. Man merkte es an der Art, wie er erzählte. Vermutlich, dachte Adam, war es überhaupt das erste Mal, dass er darüber sprach.

Der Lieblingsstudent hatte sich seinen Reim auf die Dinge gemacht, doch als er sich seinem Mentor offenbarte, verweigerte Border jeden Kommentar. Stattdessen herrschte er Wayne an, die Drahttonaufnahmen nie wieder anzurühren und verbannte ihn mit sofortiger Wirkung aus Ellys Nähe. Durch einen impulsiven Kraftakt versuchte Border zu verhindern, dass Elly erfuhr, wie er ihre Mutter im Stich gelassen hatte: indem er seiner Tochter schlichtweg verbot, den einzigen Menschen, der es wusste, zu sehen, und ihm verbot, sich ihr zu nähern.

Auf dem Fest bei den Harmons hatte er Elly beiseite genommen und ihr ohne irgendeine Erklärung ab sofort jeglichen Kontakt zu Wayne verboten. Sie flehte ihn an, zu erklären, warum, aber er tat es nicht. Für sie wurde der Abend plötzlich zu einer Art Albtraum. Ihr Vater benahm sich irrational, Wayne weigert sich, mit ihr zu sprechen, aus Angst, Border würde eine öffentliche Szene machen, und sie, jünger als alle anderen Gäste, sollte nett und liebenswürdig ihren gewohnten Charme versprühen. Unfähig, den Schein lange zu wahren, brach sie weinend zusammen und suchte Trost in der Gesellschaft von Russel Ford und seiner Mutter, die bei der Bewirtung mit Getränken und Hors d'œuvres halfen. Doch so gut Russell sie auch kannte und so gern er sie getröstet hätte, musste er nicht nur arbeiten, sondern hütete sich instinktiv, irgendwo allein mit einem weinenden weißen Mädchen erwischt zu werden. Sogar Callie flüsterte ihr zu, egal, was los sei, es müsse warten, bis sie zu Hause waren.

»Du tust niemandem einen Gefallen, wenn du dich weinend bei der ›Hilfe‹ verkriechst.«

Elly stand geschockt, verwirrt, tränenbefleckt und völlig allein unter all den Menschen, die sie liebte. Durch einen ähnlichen Kraftakt wie diesen, der auf Evie Harmons Fest zur Katastrophe wurde, hatte ihr Vater sie von Polen nach Amerika gebracht.

»Warum haben Sie ihr nichts gesagt? Das muss doch ziemlich schlimm für sie gewesen sein«, fragte Adam.

»Soweit ich es mitbekommen habe, war es unglaublich schlimm für sie. Ich glaube, sie hatte danach eine Art Nervenzusammenbruch«, sagte Wayne Rosenthal.

»Wie, haben Sie nie mehr mit ihr gesprochen?«

»Doch, schon.«

»Aber Sie haben ihr nicht gesagt, was eigentlich dahintersteckte?«

»Border gab ihr zu verstehen, er wisse etwas über mich, womit er sie lieber verschonen wolle, aber es sei in ihrem eigenen Interesse, dass wir uns nicht mehr sehen.«

»Wollte sie nicht wissen, was Sie gemacht hatten?«

»Doch. Ich sagte ihr, ich hätte nichts gemacht, und sie solle ihren Vater fragen, warum er uns den Kontakt verbot.«

»Aber haben Sie ihr nicht die Wahrheit erzählt, den wahren Grund für das Verhalten ihres Vaters?«

Der pensionierte Psychologe lehnte sich einen Augenblick zurück. Eine Bedienung erkundigte sich, ob sie noch Wünsche hätten, aber sie wollten beide nichts. Rosenthal streckte sich ein wenig, dann beugte er sich wieder vor.

»Ich habe über die Jahre oft daran gedacht. Es ist kaum zu rechtfertigen, aber … vielleicht kann ich es erklären. Vielleicht nicht. Wir waren jung, auch ich war erst Anfang zwanzig. Ich blickte auf zu diesem Mann und war geschockt von dem, was ich über ihn und seine Frau erfahren hatte. Ich hoffte wohl, er würde es sich überlegen und früher oder später weich werden. Ich weiß nicht. Vielleicht rationalisiere ich nur meine eigene Feigheit. Es waren andere Zeiten damals, schwierig für junge Leute, die zu Hause wohnten und von den Eltern kontrolliert wurden. Wie gesagt, wegen der ganzen Sachen erlitt Elly eine Art Zusammenbruch, und innerhalb eines Jahres … hatte sich alles geändert.«

»Was meinen Sie?«

»Nun, sie war weg, auf einem College in New York. Eigentlich wollten wir in der Zeit, während sie aufs College ging, zusammen sein, aber inzwischen … hatte ich meine spätere Frau kennengelernt.«

»Dann haben Sie Elly nie erzählt, was Sie über ihre Mutter wussten, über ihren Mut, ihre Rolle bei dem Aufstand in Auschwitz?«

»Nachdem sie fort war … und ich eine andere kennengelernt hatte, ich weiß nicht mehr, was zuerst kam … jedenfalls dachte ich …. Verstehen Sie, der Druck war raus, und ich sagte mir, eines Tages würde ich sie aufsuchen und es ihr erzählen. Ich dachte, vielleicht käme sie nach Chicago zurück.«

»Kam sie wieder?«

»Nein, soviel ich weiß, blieb sie in New York. Eine Weile hatte sie wohl einen Job bei einer Bürgerrechtsorganisation, so was wie der NAACP, und wurde schließlich Lehrerin.«

»Sie war bei der NAACP?«

»Ich glaube.«

»In New York?«

»Ja, aber da kann sie nicht lange gewesen sein, weil sie um die Zeit, als ihr Vater starb, und auch danach noch an einer Schule in Brooklyn unterrichtet hat, das weiß ich mit Sicherheit. Wie hieß diese Schule noch? Ich müsste mich erinnern, Ende der Sechziger stand es in der Zeitung, und damals war sie noch dort … 68 muss es gewesen sein. Sie war irgendwie bei der Gewerkschaft engagiert. So habe ich sie gefunden, über die Lehrergewerkschaft. Wie hieß die Schule nur? Ach ja! Ocean Hill-Brownsville. Ich hatte es mir aufgeschrieben, weil ich sie finden wollte, nachdem Border gestorben war. Sehen Sie, das war mein Plan, bis nach seinem Tod zu warten, um es ihr zu erzählen, ihr auf diese Weise nicht ihren Vater … und ihm nicht seine Tochter wegzunehmen. Die einzige Familie, die sie hatten.«

»Dann haben Sie also gewartet.«

»Ja. Bis ich in einem IIT-Rundschreiben las, dass Border gestorben war, da dachte ich, jetzt müsse ich sie suchen. Nur wissen Sie, es war nicht so einfach. Ich hatte inzwischen eine Familie, Kinder und alles.«

»Aber Sie haben sie gefunden.«

»Gefunden schon, aber ich war mir nicht mehr sicher, ob ich es ihr erzählen sollte. Ich meine, sie hatte ihren Vater verloren, ihren einzigen Verwandten, einen Mann, der sie über alles geliebt hatte, was ja überhaupt der Grund des ganzen Unglücks war, und da kam ich und würde ihr auch das noch wegnehmen. Ich wusste nicht, ob es richtig wäre. Sie hatte niemanden, sie war eine Waise.«

»Waise?«

»Also ja, das dachte ich mir damals. Wie alt muss man werden, um keine Waise mehr zu sein?«

»Früher oder später sind wir alle Waisen«, murmelte Adam vor sich hin.

»Das ist wohl wahr. Sie lebte in Greenwich Village. Vielleicht in der Künstler- oder Hippieszene, ich weiß es nicht. Jedenfalls schien sie sich für ihre Überzeugungen zu engagieren ... das habe ich gehört. Ich kann nur hoffen, dass sie nicht allein war ... als sie starb.«

»Sie ist gestorben?«

»Einige Zeit nach diesem Lehrerstreik, dieser Ocean-Hill-Brownsville-Affäre, nicht lange danach.«

»Wie kam das?«

»Ich fragte einen von der Gewerkschaft, als ich Ende der Sechziger dort war, um sie zu suchen.«

»Und?«

»Ich weiß nicht. Er wollte es nicht sagen. Ich nehme an, er wusste es.«

»Wieso?«

»Nun, er schien eine Menge über sie zu wissen, zumindest beruflich. Sie muss wohl länger in der Lehrergewerkschaft gewesen sein, ziemlich engagiert, ziemlich weit oben. Haben Sie schon mal von dem Bürgerrechtsaktivisten Bayard Rustin gehört?«

»Sicher. Ich kenne ihn. Das heißt, als Kind habe ich ihn öfter getroffen. Mein Vater kannte ihn sehr gut. Warum?«

»Offenbar waren sie befreundet. Der Gewerkschaftstyp sagte, er sei eine Art Mentor für sie gewesen.«

»Wirklich?«

»Ja, das sagte er.«

Adam fragte sich, ob es sein konnte, dass sie seinem Vater begegnet war. Wie sollte er es je erfahren? Aber was sollte es auch verändern? Wie klein die Welt doch ist, dachte er, und dann kehrten seine Gedanken zu dem Mann zurück, der ihm gegenübersaß.

»Aber er wollte nicht erzählen, woran sie gestorben war?«

»Nein, er sagte, er wisse es nicht. Es war Ende der Sechziger. Sie war noch … so jung.«

»Dann hat sie nie von ihrer Mutter erfahren?«

»Nicht, dass ich wüsste«, sagte der grauhaarige Psychologe, nun ins Leere starrend.

Adam erklärte, er habe die Frau ausfindig gemacht, die Border das Interview gegeben hatte, Hannah Weiss, die Schwester von Estusia.

»Sie lebt noch?«

»Ja, und wissen Sie wo? In einem Altenheim in Melbourne, nicht weit entfernt von der Gegend, wo ich aufgewachsen bin.«

»In Australien?«

»Genau.«

»Haben Sie ihr gesagt, welche persönliche Bedeutung ihr Zeugnis für Dr. Border hatte?«

»Ja, aber ich weiß nicht, ob ihr das so wichtig war. Ich musste ihr sagen, dass ich die Aufnahme ihres Interviews weder gehört noch ein Transkript davon gelesen hatte. Bisher ist noch niemand darauf gestoßen.«

»Nun, Sie konnten es gar nicht gelesen haben, weil Border keine Gelegenheit mehr hatte, es zu transkribieren. Und die Spule werden Sie auch nicht finden.«

»Warum nicht?«

»Weil ich sie nie zurückgegeben habe«, sagte Wayne Rosenthal. Er griff in seine Ledertasche, zog eine Plastiktüte heraus und fügte hinzu: »Sie ist hier drin. Von mir aus können Sie sie haben. Ich wusste sowieso nicht, wem ich sie hinterlassen sollte.«

»Das ist das Interview mit Hannah Weiss?«

»Genau.«

»Die ganze Geschichte über die Frauen, die den Sprengstoff aus der Munitionsfabrik geschmuggelt haben, über den Aufstand und die Hinrichtung?«

»Alles, was sie erzählt hat, ist da drauf. Er hat mir gedroht, mich anzuzeigen.«

»Und Sie haben sie trotzdem nicht hergegeben?«

»Ich wusste, er würde es nicht tun.«

»Wieso?«

»Weil Elly dann garantiert von dem Inhalt dieses Interviews erfahren hätte, und was mit ihrer Mutter war. Es gab nichts Schlimmeres, was ihm passieren konnte. Ich wusste das, und er wusste, dass ich es wusste.«

»Ich vermute mal, die Spule hat Ihnen auch einen gewissen Schutz geboten.«

»Wie das?«

»Nun, er konnte ja nicht nur seiner Tochter den Kontakt verbieten, er war auch immer noch Ihr Doktorvater. Er hatte Ihr akademisches Schicksal in der Hand, und damit auch Ihre Berufsaussichten.«

Wayne Rosenthal dachte einen Augenblick lang nach.

»Hören Sie … das ist vielleicht schwer zu verstehen, vielleicht glauben Sie es mir nicht mal, aber trotz seiner starren Haltung … trotz der ganzen Geschichte mit der Drahttonaufnahme und meiner Beziehung zu Elly, mir wäre nie in den Sinn gekommen, dass er sich vielleicht rächen oder mir Steine in den Weg legen würde. Ich dachte nie, dass er auch nur damit drohen würde,

Druck auszuüben oder mir meine akademische Zukunft irgendwie zu verbauen.«

»Wirklich?«

»Ja, ich weiß, es klingt seltsam, aber das war eine ganz andere … ich weiß nicht, vielleicht ist das der Schlüssel, um den Mann zu verstehen. Da packte ihn wieder seine Ehre. Ich hatte nie den leisesten Zweifel, dass er mich fair behandeln würde. Ehre, Respekt – darum drehte sich alles bei ihm. Ich glaube, er hat sein ganzes Leben darauf verwendet, sich Ehre und Respekt zu verdienen. Und von wem brauchte er das am meisten?«

»Von seiner Tochter.«

»Richtig. Ich konnte das damals nicht erkennen. Ich war zu wütend und dann zu niedergeschlagen, als dass mir klar geworden wäre, was für einen wunden Punkt ich bei ihm getroffen hatte. Und mir war das alles viel zu peinlich.«

»Peinlich?«

»Vor meinen Eltern. Sie müssen gedacht haben, Dr. Border hätte mich in einer kompromittierenden Lage mit Elly erwischt. So war das gar nicht zwischen uns gewesen …«, er lächelte, »aber wie hätten sie sich sonst erklären sollen, dass mein Mentor mich aus dem Haus gejagt hatte und plötzlich alles, ich meine, *alles* vorbei war?«

»Haben Sie es auch ihren Eltern nicht erzählt?«

»Zurückblickend – mehr als fünfzig Jahre klüger – glaube ich, ich hatte mich selbst auf diese Ehrensache eingeschworen. Ich hielt so viel von ihm. Ich hatte so viel in ihn hineinprojiziert, in meine Vorstellung von ihm, dass ich … ich brachte es nicht fertig. Ich hoffte immer, irgendwann würde er die Kurve kriegen.«

»Und es ihr selbst erzählen?«

»Ja. Wie konnte ich nur so naiv sein!«

Sie standen auf. Rosenthal zog Schal und Mantel an, dann gaben sie sich die Hand, während Adam sich bedankte. Der alte Mann ging schon auf die Tür zu, als Adam ihm hinterherrief.

»Wollen Sie mein Handy benutzen?« Wayne Rosenthal drehte sich um.

»Wozu?«, fragte er.

»Um Ihre Enkeltochter anzurufen … damit Sie abgeholt werden.« Adam sah, dass seine Augen feucht waren.

»Nein, ich habe selber eins. Ich glaube, ich gehe erst ein Stück spazieren.«

Es gab einen Mann, der im New Yorker Stadtbezirk Manhattan die Abfertigung von Bussen der Metropolitan Transit Authority, kurz MTA, genannt, besorgte. Er arbeitete schon etwa vierzig Jahre für die MTA und seit über zwanzig Jahren verbreitete dieser Mann zu jeder Jahreszeit Freundlichkeit und gute Laune rund um die Ecke 67th Street und York Avenue. Er gab Auskünfte, Rat und hatte für jeden ein nettes Wort, nicht nur für MTA-Bedienstete und ihre Fahrgäste, sondern auch für vorübergehende Fremde, Besucher, die mit unterschiedlichen Ängsten, manche bekümmert, andere verzweifelt, hierher nach Manhattan kamen. Dieser vorzeitig gealterte, hutzlige Mann, eine Art Rohdiamant, auf den man sich verlassen konnte, dass er Tag für Tag da sein, einen bei Wind und Wetter grüßen würde, ein Mann, dessen Familie vor Generationen von Süditalien nach New York ausgewandert war, dieser Mann besaß eine ungewöhnliche Gabe, die Menschen aufzuheitern, ganz gleich, ob zufällige oder regelmäßige Passanten, die ihn dank seiner immer wohltuenden Anwesenheit kannten und Vertrauen gefasst hatten. In der Tat war er bei allen, die je etwas mit ihm zu tun bekommen hatten, so bekannt und so beliebt, dass er der »heimliche Bürgermeister« genannt wurde – der »Mayor« von East 67th und York.

Es war nicht irgendeine Straßenecke. Innerhalb von ein paar Blocks befanden sich der Helmsley Medical Tower, das New York-Presbyterian Hospital, das Weill Cornell Medical Center sowie ein Teil der Memorial-Sloan-Kettering-Krebsklinik. Eben dort, auf der »Krankenhausmeile«, wie viele sagten, übte der Major sich täglich darin, Menschen Rat und Trost zu spenden, die, aus dem Nichts aufgetaucht, plötzlich etwas anderes brauchten, mehr suchten als nur Auskünfte in Bezug auf den Busverkehr und sonstige Transportmöglichkeiten.

Außer seiner Gabe, die Stimmung der Leute mit einem lächelnden Blick oder einem warmen »Hallo! Wie geht's?« zu heben, besaß der Mayor ein detektivisches Gespür für jegliche Veränderung ihrer Lebensumstände. In seinem Zuständigkeitsbereich mochte es viele regelmäßige oder auch unregelmäßige Besucher geben, deren Namen er nicht kannte und nie kennen würde, doch das hinderte ihn nicht daran, gleichsam instinktiv zu merken, wenn bei einem bestimmten Menschen eine Änderung eingetreten war. An einem Winternachmittag bemerkte der Mayor von seinem ungeschützten Posten aus etwas, das aus dem Rahmen fiel.

Lamont Williams, ein erwachsener Mann, bald vierzig Jahre alt, hatte seinen Vater nie gesehen und nur eine vage Erinnerung an seine Mutter, und er war sich nicht einmal sicher, ob sie es tatsächlich gewesen war, an die er sich erinnerte. Ein zierlicher Fuß mit Sandale und eine Duftnote, die er in einem Laden gerochen hatte. Etwas später war er in den Laden zurückgekehrt, aber der Duft war verflogen. Die Erinnerung war fast nur sinnlich. Er war bei seiner Großmutter aufgewachsen, in einer vollgestopften Wohnung mit herumliegenden Zeitschriften und Fernsehprogrammen und allen möglichen Sachen, die man für ausgeschnittene Coupons aus den Zeitschriften bekam, und mit Fotos von längst verschwundenen Menschen, über die besser nicht gesprochen werden sollte. In der Schule kurz ermutigt, gerade genug, um ihn wie beim Durchlüften eines stickigen Raums mit etwas Aufmerksamkeit zu umwehen, hatten Lehrer und Obrigkeiten ihn ansonsten ignoriert – bis zu dem Tag, an dem seine Gefälligkeit, einen Freund zu chauffieren, und der neue Freund seines Freundes ihn dank einer Schnapsidee, die den beiden nach dem Aussteigen aus seinem Wagen gekommen war, für sechs Jahre ins Gefängnis gebracht hatten. Im Gefängnis und während seiner sechsmonatigen Probezeit beim Gebäudeservice in einer Krebsklink vom Gedanken an seine kleine Tochter zum Durchhalten getrieben, hatte er einem alten Mann geholfen, der als Einziger in der Klinik sein Freund geworden war, und der ihm eine Chanukkia schenkte, bevor er starb, kurz darauf gefolgt von Lamonts Großmutter, die nie mehr aus ihrem Schlaf erwachen würde und ihn so bekümmert zurückließ, dass er, nicht wissend, wo er in Zukunft leben sollte, fast unfähig war zu sprechen.

Mühsam hatte er sich wieder zur Arbeit geschleppt, doch nun, unter der falschen Beschuldigung, die Chanukkia des alten Mannes gestohlen zu haben, bestürmten zu viele Gedanken den Raum, den die Worte gebraucht hätten, um sich hier und jetzt weiter zu verteidigen – im Büro eines Mannes, der ihn schon als Kind für unehrlich und für einen Dieb gehalten hatte.

Allein in den Gängen des Verwaltungstrakts der Krebsklinik, konnte Lamont in genau diesem Augenblick seines Lebens nichts anderes mehr tun, als atmen und mehr oder weniger aufrecht gehen, ohne der ständig wachsenden Niedergeschlagenheit, die seit jeher tief in ihm steckte, zu erliegen. Seinen winzigen Spind hatte er im Nu geleert, und er war schon im Begriff, das Gebäude zu verlassen, als er hinter sich die Stimme von D'Sean hörte, der mit einem Kollegen vom Gebäudeservice sprach. »Ja, rausgeflogen wegen diesem Kerzenscheiß, Silberkerzen oder so'n Mist. Neun Stück, 'nem alten Mann geklaut, Patient von hier, grade erst gestorben. Dann haben die Juden dafür gesorgt, dass er gefeuert wird.«

Mit dem Gefühl, vollkommen allein zu sein, trat er auf die Straße. Aber er war nicht ganz allein. Der Tod seiner Großmutter hatte die Beziehung zu seiner Cousine Michelle wiederaufleben lassen, wie seine Großmutter es sich immer gewünscht hatte. In ihrem Bemühen, ihn zu trösten, hob Michelle das besonders hervor, als sie ihn kurz nach seinem letzten Tag beim Gebäudeservice besuchte.

An diesem Abend war alles still in der Wohnung ihrer Großmutter, bis auf gedämpfte Geräusche von Fernsehern und Stimmen aus benachbarten Apartments. »Zoloft ist nicht für jeden. Sprechen Sie mit Ihrem Arzt über Zoloft. Solche Gefühle müssen nicht sein, niemand sollte sich so fühlen müssen.« Lamont saß wie betäubt auf der Couch im Wohnzimmer, umgeben von den Sachen seiner Grandma, die verstreut oder in Haufen herumlagen: eine Illustrierte, eine Haarbürste, ein Arzneimittelkatolog und, in der Küche, eine Dose Seneca, die sie vergessen hatte, wegzuräumen – alles unberührt, als käme sie jeden Moment zurück.

Allein in der Küche, öffnete Michelle den Eisschrank und sah die beschrifteten Tupperdosen mit dem eingefrorenen, selbst gekochten Essen, und obwohl sie sich fest vorgenommen hatte, für Lamont stark zu sein, begann sie leise, aber unverkennbar und bald hemmungslos zu weinen. Wenn es ihr mit erfolgreicher Karriere, Ehemann und Tochter schon so erging, fragte sie sich, wie musste Lamont sich dann fühlen? Sie stand in dieser Küche, die sie von früher kannte, wo sie als Kind so oft zu dritt gegessen hatten. Sie vermisste ihre Großmutter. Sie bedauerte, nicht mehr Zeit mit ihr verbracht zu haben. Hatte sie ihr gesagt, was für eine tapfere Frau sie war? Ihre Grandma hätte es nicht verstanden oder zumindest so getan, als verstünde sie nicht, was damit gemeint sei. Hatte sie ihr gesagt, wie sehr sie sie mochte? Hatte sie ihr genug gedankt? Hatte sie sie genug geliebt?

Michelle wischte sich mit den Handrücken die Augen und versuchte sich fangen, ehe sie zu ihrem stillen Cousin ins Wohnzimmer zurückkehrte. Sie würden über die Besitztümer ihrer

Großmutter reden müssen. Es schien ihr unrecht, die Sachen einfach wegzuwerfen, ja sogar, sie für das bisschen Geld, das dabei herausspringen mochte, zu verkaufen. Aber Lamont würde sicher jeden Cent gebrauchen können, und was sollten sie oder Lamont auch mit diesen abgenutzten alten Sachen? Was sollte überhaupt jemand damit, fragte sie sich, während sie ins Wohnzimmer zurückkehrte. Als sie vor Lamont stand, sagte er leise: »Chelle, ich hab meinen Job verloren.«

»In der Klinik?«

»Mhm.«

»Wie, was ist passiert?«, fragte sie, woraufhin er ihr die ganze Geschichte mit Mr Mandelbrots Chanukkia erklärte. Da stand sie, auf dem Sims. Erfüllt von schuldbeladenen Erinnerungen an ihre Großmutter und Sorge um ihren Cousin, bemerkte Michelle sie erst jetzt.

»Aber wenn du sie einfach zurückgibst –«

»Es war ein Geschenk«, sagte er leise.

»Ich weiß, dass du sie nicht gestohlen hast, aber wenn du dadurch deinen Job wiederbekommst –«

»Den bekomme ich nicht wieder. Es würde ihnen nur bestätigen, was sie sowieso denken … dass ich sie gestohlen habe.«

»Aber das … das ist doch Unsinn. Du hast sie noch, also muss es ein Geschenk gewesen sein und nicht gestohlen, sonst hättest du –«

»Chelle, du müsstest es am besten wissen … ich meine, bei dem, was du machst … bei deiner Arbeit.«

»Was müsste ich wissen?«

»Dass es ruhig Unsinn sein kann.« Ein paar Minuten lang, während Michelle sich neben ihn auf die Couch setzte und ihm mit der flachen Hand den Rücken rieb, schwiegen sie beide.

»Chelle, wo soll ich nur wohnen?«

Ihr wurde plötzlich bewusst, dass sie keine Ahnung hatte, was für einen Eigentumsanspruch ihre Großmutter, wenn überhaupt, auf die Wohnung besaß, in der sie nach Michelles Erinnerung immer gelebt hatte. Das Ganze nannte sich Co-op City, aber was für eine Genossenschaft war diese Co-op? Auch Lamont wusste nichts.

Sie musste ihrem Cousin helfen. Als Sozialarbeiterin mit über fünfzehn Jahren Berufserfahrung hätte ihr sofort klar sein müssen, was zu tun war, doch zumindest ein paar Tage lang vernebelten ihre Emotionen alles, was sie an Verstand und Erfahrung gebraucht hätte, um einen Plan für ihn zu entwickeln.

Nur eines war ihr sofort klar: Die Verzweiflung durfte ihn nicht vollständig vereinnahmen, nicht über die Phase hinaus, die ein aktiver, sozial integrierter Mensch um eine verlorene Mutterfigur trauern würde. Sie garantierte ihm, sie und ihr Ehemann Charles würden ihn nicht obdachlos werden lassen. Sie würde sich bei den zuständigen Co-op-City-Leuten nach dem Status der Wohnung ihrer Großmutter erkundigen. In der Zwischenzeit, versprach sie, würde sie sich für ihn einsetzten, die existenzielle Dringlichkeit einer bezahlten Beschäftigung für ihn erklären, um ihm zumindest eine vorläufige Arbeit zu verschaffen. In dieser Absicht vermittelte sie ihn an den John Doe Fund, eine Wohltätigkeitsorganisation, die sich sowohl um Obdachlose als auch um ehemalige Strafgefangene kümmerte.

Nicht mehr in der Uniform vom Gebäudeservice der Sloan-Kettering, trug Lamont Williams nun die leuchtend blaue Uniform der Ready-Willing-and-Able-Straßenreinigungskolonne des John Doe Fund. Ausgerüstet mit einem Besen und einer Mülltonne auf Rädern, gab es einen Abschnitt der York Avenue, der ihm alles bedeutete. Er hatte ihn unter ein paar Optionen ausgewählt und erklärt, das sei zwar nicht so nahe bei seiner derzeitigen Unterkunft, aber er kenne sich in der Gegend ziemlich gut aus. Er habe in der Ecke gearbeitet. Der Abschnitt, der ihn am meisten reizte und dem er sich mit größter Liebe zum Detail widmete, die Straßenzüge, die er am sorgfältigsten fegte, waren die in unmittelbarer Umgebung der Memorial-Sloan-Kettering-Krebsklinik.

Es war der Mayor von East 67th und York, dem der Straßenfeger als Erster auffiel. Obwohl sie immer nur ein Nicken und kurz gehaltene Höflichkeiten ausgetauscht hatten, fühlte der Mayor sich ermutigt genug, Lamont anzusprechen.

»Hey, Kumpel, du machst'n verdammt guten Job. Sag mal, bin ich verrückt, oder hast du früher in der Sloan-Kettering gearbeitet? Ich könnte schwören, da gibt's einen, der genauso aussieht –«

»Nein, du bist nicht verrückt.«

Ahnend, dass die Erklärung, wie dieser Mann vom Klinikangestellten zu einem Ready-Willing-and-Able-Straßenfeger geworden war, Dinge offenbaren würde, die selbst er nicht unbedingt wissen wollte, entzog der Mayor sich mit einem: »Ich bin meistens da drüben, weißt du, wenn mich jemand braucht. Pass auf dich auf, Mann!«

Es war nicht viel, aber schon diese paar Worte gaben Lamont genügend Selbstwertgefühl, um die Chance zu nutzen, die sich ihm eine knappe Stunde später bot, als er Dr. Washington sah, die Frau, die Mr Mandelbrots Onkologin gewesen war. Einem Impuls gehorchend, den er willentlich womöglich gar nicht produzieren konnte, ging er auf die Onkologin zu.

»Entschuldigung, Ma'am. Ma'am? Erinnern Sie sich an mich?«

»Nein«, antwortete sie bemüht, ihn zu ignorieren.

»Dr. Washington, Sie sind doch Dr. Washington, nicht wahr?«

»So steht's da wohl drauf«, sagte sie zerstreut, kurz auf das Namensschild an ihrem Mantel deutend.

»Sie erinnern sich nicht an mich, oder?«

»Nein, sollte ich?«

»Ich bin Lamont Williams. Ich hab' hier –«

»Einen schönen Tag, Mr Williams«, sagte sie, während sie ihr Handy aus der Tasche zog.

»Nein, hören Sie, Augenblick bitte. Ich hab hier gearbeitet, in der Sloan-Kettering. Beim Gebäudeservice.«

»Mhm.«

»Nein, hören Sie, ich war beim Gebäudeservice und hab immer einen Ihrer Patienten besucht, Mr Mandelbrot. Henryk Mandelbrot. Er ist neulich gestorben. Erinnern Sie sich?«

»Natürlich.«

»Also, ich bin der, den sie gefeuert haben, und –«

»Wie bitte?«

»Ich bin der Mann vom Gebäudeservice, den sie gefeuert haben.«

»Ich weiß nicht, was Sie meinen.« Der Mayor beobachtete sie, die Ärztin und den Straßenfeger, wie sie miteinander redeten. Niemand sonst nahm die Szene wahr.

»Ich hab ihn immer besucht … und ich … also … wir waren so was wie Freunde geworden. Und am Ende meiner Schicht, wenn ich bei ihm war, hat er mir immer aus seinem Leben erzählt. Und dann, direkt bevor er starb … ich meine, nicht an seinem letzten Tag, aber … da gab er mir … er sagte, er wolle, dass ich diesen Kerzenständer habe. Es ist ein jüdischer Kerzenständer, *Chanukkia* nennen sie das. Es war seine. Die Familie hatte sie ihm ins Zimmer gestellt, und er sagte, ich solle sie haben. Als er dann starb, nahm ich sie mit nach Hause. Und jetzt sagt die Familie, ich hätte sie gestohlen, wo es doch ein Geschenk war, und jetzt bin ich hier draußen, weil sie mich aus der Klinik gefeuert haben, und … wissen Sie, ich brauche diesen Job … den beim Gebäudeservice.«

»Das tut mir leid, aber ich bin beim medizinischen Personal, da habe ich keine –«

»Ja, ich weiß, Dr. Washington, aber Sie waren seine Onkologin, und Sie haben mich tausendmal in seinem Zimmer oder in der Nähe gesehen, wie ich mit Mr Mandelbrot gesprochen habe, Sie könnten ihnen sagen –«

»Tut mir leid, dass Sie Ihren Job verloren haben, aber da kann ich nichts –«

»Ganz schön kalt, was?«, warf der Mayor ein. »Alles okay?«

»Ja, bestens, danke«, erwiderte Dr. Washington. »Wie gesagt, tut mir leid, aber ich kann nichts für Sie tun. Ich bin beim medizinischen Personal, und das ist –«

»Doch, wirklich, Dr. Washington. Sie könnten ihnen sagen, dass Sie mich bei ihm gesehen haben … ich meine, Sie haben mich so oft gesehen … bei Mr Mandelbrot. Sie könnten es denen in der Personalabteilung sagen. Dass wir so was wie Freunde geworden waren. Sie könnten denen sagen, dass Sie sich an mich erinnern, und dann –«

»Tut mir leid, aber ich erinnere mich nicht.«

Ein paar Wochen nach der Beerdigung von Michelles Großmutter saß Charles mit seinem Vater im Hungarian Pastry Shop an der Amsterdam Avenue statt sich, wie gewöhnlich, auf dem Campus mit ihm zu treffen.

»Nun, ich dachte einfach, wenn du dich mit Adam hier verabredest, warum nicht mit mir?«, fragte er seinen Vater, während sie ihren Kaffee schlürften.

»Ja, aber den sehe ich auch nicht jede Woche hier. Hast du in letzter Zeit von ihm gehört?«

»Nein, ist schon etwas her.«

»Ich will dich nicht triezen, Charles, aber ich glaube, du solltest es versuchen.«

»Ich weiß, aber … Wie geht's ihm?«

»Im Augenblick recht gut. Die ganze Sache mit Diana, da weiß ich nicht Bescheid, jedenfalls nichts Neues. Aber mit der Arbeit läuft es gut. Du solltest mit ihm darüber reden.«

»Das ist schön. Was sagt er?«

William erzählte ihm nicht nur von Adams Nachforschungen über die Anwesenheit schwarzer Truppen in Dachau, sondern auch von der Entdeckung der alten Drahttonaufnahmen aus DP-Lagern und von der Spur zu einer Widerstandsbewegung in Auschwitz. Das schlechte Gewissen, sich nicht genug für die Arbeit seines Freundes interessiert zu haben, kombiniert mit der begeisterten und ziemlich detaillierten Zusammenfassung dessen, was sein Vater darüber wusste, veranlasste Charles, Adam anzurufen und ein Mittagessen mit ihm auszumachen. Bei dieser Gelegenheit erzählte Adam ihm, wie sein Treffen mit Diana verlaufen war. Keiner von ihnen konnte das, was sie gesagt hatte, in etwas Positives ummünzen, aber das spürbare Interesse des Freundes an seiner Arbeit gab Adam Auftrieb. Es war keine Kleinigkeit, Charles' berufliches Augenmerk zu gewinnen, und Charles fühlte sich ein wenig beschämt, als er merkte, wie viel es Adam bedeutete.

»Adam, du solltest wissen … ich wünschte wirklich, ich hätte mehr tun können.«

»Du meinst die Festanstellung?«, fragte Adam, und sein Freund nickte. »Charlie, das habe ich mir selber eingebrockt. Das wussten wir doch beide. Wie ein paar andere Sachen, die nicht so gut für mich gelaufen sind … ich war selber schuld.«

»Na ja, ich wünschte trotzdem … Ich weiß nicht, vielleicht hätten wir reden sollen, bevor du …« Charles zögerte, ehe er den Satz beendete. »Ich glaube, mit einem Freund will man manchmal sprechen können, ohne sich groß zu verabreden.« Adam lächelte. Die Saat, die William eine oder zwei Wochen zuvor in dem stets gerappelt vollen Hungarian Pastry Shop gesät hatte, war aufgegangen. Sie hätte zu jeder anderen Zeit gesät werden können, aber irgendwie war sie trotz der noch winterlichen Jahreszeit an diesem Tag, als Vater und Sohn bei Kaffee und Erdbeerstrudel miteinander redeten, auf fruchtbaren Boden gefallen.

»Dad«, hatte Charles etwas unsicher begonnen, als er den letzten Schluck Kaffee dieses Nachmittags trank, »was ich dich immer fragen wollte … und nie richtig rübergebracht habe – als Thurgood die Empfehlung gab, Jake zum Chefberater des LDF zu bestellen, wie hast du dich da gefühlt?«

William lehnte sich zurück und dachte einen Augenblick lang nach, bevor er etwas sagte.

»Also weißt du, Thurgood war sich schon im Mai oder spätestens im Sommer 61 ziemlich sicher, dass Kennedy ihn in ein juristisches Amt dieser oder jener Art berufen würde. Wie hoch, das stand noch in den Sternen, aber er wusste, dass er gut beraten war, an einen Nachfolger zu denken. Und wir wussten das auch. Es ging also darum, die richtige Person zu finden, jemanden mit den richtigen Fähigkeiten als Jurist und als Leiter und erfahren genug, damit sich nicht so viele vor den Kopf gestoßen fühlten. Wer also waren die Besten unter den älteren Anwälten? Ich will wohl meinen, dass ich einer von ihnen war, neben Jake und Connie Motley. Doch bevor eine Frau drankam, mussten noch über dreißig Jahre ins Land gehen.«

»Was war mit Carter?«

»Bob Carter? Bob … ich glaube, Thurgood hielt ihn so ungefähr für den besten juristischen Theoretiker, der ihm je über den Weg gelaufen war … und *niemand* hatte einen besseren Antrag geschrieben.«

»Also dann, warum nicht er?«

»Nun, es gab persönliche Probleme zwischen ihnen … eine ältere Angelegenheit. Außerdem war Bob damals bei der NAACP. Du weißt ja, die NAACP und der LDF waren ziemlich getrennte Einrichtungen, schon seit vielen Jahren, da konnte Bob kein Kandidat für uns sein. Das waren getrennte Institutionen.«

William bemerkte, dass Charles unruhig auf seinem Stuhl hin und her rutschte.

»Ich habe deine Frage nicht beantwortet, was?«

»Doch schon, teilweise jedenfalls«, antwortete sein Sohn.

»Du meinst, wie ich mich gefühlt habe, weil Jake weiß war, weil er Jude war?«

»Ja, wohl eher.«

»Jude, das spielte keine Rolle, nicht für mich. Unter den Anwälten, die den Sammelantrag im Fall *Brown* unterschrieben haben, waren nur wenige Weiße, aber die waren alle Juden, außer einem. Nein, dieses Zeug wurde erst viel später ein Problem.«

»Aber du hast es bemerkt.«

»Ich nicht. Nur Charles Black, der ja. Ich erinnere mich, dass er drauf hingewiesen hat.«

»Wer war das noch mal, Charles Black?«

»Das war der weiße Anwalt, der *kein* Jude war.«

»Und dass er weiß war, ich meine Jake?«, fragte Charles. Sein Vater lehnte sich zurück.

»Keine Frage, es bestand eine Gefahr, dass es Leuten die Möglichkeit eröffnete, die Geschichte zu verdrehen und zu sagen, die Schwarzen seien intellektuell nicht die treibende Kraft ihrer eigenen Emanzipation gewesen. Das war sicher eine Gefahr, ist es heute noch. Aber dann war da noch der politische Aspekt der Auswahl. Sie erschien vielen gut, denen sie in unserem Interesse gut erscheinen sollte.«

»Aber was war mit dir?«

»Mit mir persönlich? Jakes Ernennung kam gut an. *Er* kam gut an. Er war der Richtige dafür.« William sah, dass sein Sohn immer noch nicht ganz zufrieden war, und so fuhr er fort.

»Siehst du, Charlie, manche Menschen machen ihre beste Arbeit, ohne vor der Kamera zu stehen, leise, fleißig, konsequent, aber außerhalb des Rampenlichts.«

Charles beugte sich über den Tisch, nahm die Hand seines Vaters und drückte sie.

»Das weiß ich, Dad. Das ist es, was ich dir die ganze Zeit sagen wollte.«

Nachdem er schon einmal das Glück gehabt hatte, Dr. Washington nachmittags zu einer bestimmten Zeit aus dem York-Avenue-Eingang der Klink kommen zu sehen, versuchte Lamont Williams, der Straßenfeger der Ready-Willing-and-Able-Reinigungskolonne, an einem anderen Tag um genau dieselbe Zeit dort zu sein. Seit der letzten Begegnung mit der Onkologin hatte er sich mehrere Nächte lang in der Wohnung seiner verstorbenen Großmutter die früheren Gespräche mit der Ärztin durch den Kopf gehen lassen. Es schien ihm unmöglich, dass sie sich nicht an ihn als den Mann vom Gebäudeservice erinnerte, der ihren Patienten, Mr Mandelbrot, so oft besucht hatte. Vielleicht brauchte es etwas guten Willen von beiden Seiten. Er musste sie noch einmal ansprechen, und als er sie wieder aus dem Eingang kommen sah, wusste er, dass ihm nichts anderes übrig blieb, als seine Nervosität zu überwinden und es noch einmal zu versuchen.

»Dr. Washington, ich bin Lamont Williams.«

»Ja?«

»Also wissen Sie, ich bin weder verrückt noch gefährlich oder was, ich muss einfach nur über diesen gestorbenen Patienten, Mr Mandelbrot, mit Ihnen reden.«

Sie erinnerte sich an seinen ersten Versuch, sie an der York Avenue anzusprechen, und hatte keine Angst vor ihm. Es waren viele Menschen auf der Straße, medizinisches und sonstiges Personal aus der Klinik, Leute, die Krankenbesuche machten, und Passanten. Obwohl sie es nicht bemerkte, war auch der Mayor von East 67th und York anwesend. Lamont war zu sehr darauf bedacht, Dr. Washington seinen Fall noch einmal vorzutragen, um den Mayor zu bemerken, aber dieser bemerkte sie beide schon zum zweiten Mal. Wieder war er verblüfft darüber, was sich zwischen der jungen Ärztin und dem Straßenfeger abspielte.

»Nur ein paar Minuten. Ich will Ihre Zeit nicht lange in Anspruch nehmen.« Am Eingang stehend, in der Nähe von

Besuchern und Personal, das in der Pause rauchte, war sie vor allem verlegen.

»Na gut, Mr Williams, was wollen Sie mir über Henryk Mandelbrot erzählen?«

»Also … also ja, er war in Auschwitz. Ein Vernichtungslager in Polen. Wussten Sie das?«

»Er war ein Überlebender des Holocaust, ich weiß.«

»Auschwitz. Erinnern Sie sich an die Tätowierung … die Nummer auf seinem Arm, dem linken Unterarm? Die hat er in Auschwitz bekommen.«

»Also ich –«

»Er war im Sonderkommando. Das waren die Häftlinge, die gezwungen wurden, die Sachen mit den Leichen zu machen, in den Krematorien, den Gaskammern und an den Öfen. Er gehörte zum Widerstand im Lager, ich meine Widerstand von innen, im Sonderkommando. Sie haben einen Aufstand gemacht. Wussten Sie das, Dr. Washington?« In der kalten Winterluft dampften die Worte aus seinem Mund. Leute gingen Richtung Uptown an ihnen vorbei, manche Richtung Downtown, und der Mayor wandte seinen Blick nicht ab.

»Nein, das wusste ich nicht. Ich muss zugeben, das wusste ich nicht.«

»Ja, er hat in den Krematorien gearbeitet«, sagte Lamont, um auf sein Anliegen zu kommen.

»Ich verstehe immer noch nicht, warum Sie mir das alles erzählen wollen.«

»Weil wir Freunde waren.«

»Sie und Mr Mandelbrot?«

»Ja eben, und er hat mir alles Mögliche erzählt.«

»Aber was macht es aus … warum soll ich wissen, dass Sie … Freunde waren?«

»Na ja, ich weiß, wir waren sehr verschieden, er und ich, der ganze Hintergrund, Rasse, Alter … alles. Aber ich habe ihn in der Klinik kennengelernt, in meiner ersten Woche, genau hier war das, vor dieser Tür. Er war zwei Mal in der Klinik. Stimmt's? Erst länger, und dann nur ein paar Tage, bis er starb. Wissen Sie noch? Und die ganze Zeit, beide Male, hat er mir seine Geschichte erzählt, und ich ihm ein bisschen von meiner, und bevor er starb, sagte er, dass ich diesen Kerzenständer haben soll, den jüdischen Leuchter.«

»Die Chanukkia?«

»Ja. Die Familie brachte ihm seine Chanukkia, aber er schenkte sie mir, und als er starb, nahm ich sie mit nach Hause.«

»Ich sehe, das ist wichtig für Sie, aber ich weiß immer noch nicht, warum Sie mir das alles erzählen.«

»Weil sie sagen, ich hätte die Chanukkia gestohlen, und mich deswegen gefeuert haben. Aber ich brauche diesen Job, und Sie haben mich bei ihm gesehen. Sie waren da, als ich ihn besucht habe. Erinnern Sie sich nicht? Er machte Witze über uns, wie wenn … wie wenn er uns verkuppeln wollte oder so. Das war nur ein oder zwei Mal, aber ich war immer bei ihm am Ende meiner Schicht. Sie müssten sich erinnern.«

»Selbst wenn, was macht das aus?«

»Erinnern Sie sich?« Die Frage hing wie gefroren in der Luft.

»Ich glaube, ja«, sagte sie und sah ihm in die Augen. »Aber was macht das aus?«

»Sie könnten denen in der Personalabteilung sagen, dass Sie mich dauernd dort gesehen haben … dass wir Freunde waren, Mr Mandelbrot und ich.«

»Aber selbst wenn ich ihnen sage, ich hätte Sie gesehen, oft sogar, was beweist das schon? Selbst wenn ich mich für Ihre Freundschaft verbürge, wenn ich das tun könnte, was würde es ausmachen? Es gibt auch Freunde, die Freunde bestehlen.«

»Was sollte ich mit einer Chanukkia?«

»Ich weiß nicht. Verkaufen, nehme ich an.«

»Ich habe sie noch.«

»Ich weiß nicht, Mr Williams.«

»Lamont, ich bin Lamont Williams.«

Die Onkologin schaute sich einen Augenblick um und rieb sich die Hände, um sie aufzuwärmen. »Ich sehe, dass es wichtig für Sie ist, Lamont«, sagte sie, nun in einem anderen, weicheren Ton. »Aber was würde es der Personalabteilung ausmachen, wenn ich sagte –«

Lamont unterbrach sie, während der Mayor sie weiterhin beobachtete. Der M66er-Bus kam an. Er verlangsamte, hielt, schnaufte und öffnete die Türen. Fahrgäste begannen auszusteigen. Es war kalt.

»Er wurde am 15. Dezember 1922 in Olkusz geboren. Sein Vater war Fleischer. Er floh aus dem Ghetto von Dąbrowa Górnicza.« Jetzt lag eine Art entschlossene Verzweiflung in seiner Stimme. Leute stiegen aus dem Bus. Der Mayor hätte dem Fahrer etwas sagen müssen, aber sein Blick war wie gebannt.

»Was?«, fragte die Onkologin. »Was für ein Ghetto, *wo?*«

»Dom-bro-wa Gur-nitscha«, antwortete Lamont auf dem halb schneebedeckten Gehweg der York Avenue. Sie sah ihn an. Sprach er Polnisch? Was war das für ein afroamerikanischer Straßenfeger?

»Dom-bro-wa Gur-nitscha«, wiederholte er. Er musste lauter sprechen. Der Bus war im Leerlauf, die Leute standen Schlange, um einzusteigen.

»Dom-bro-wa Gur-nitscha, das war eins von den Ghettos. Da war er drin. Dr. Washington, ich habe eine Tochter. Ich brauche diesen Job.«

Der Mayor winkte dem Fahrer. Er blickte zu der Ärztin und dem Straßenfeger, die immer noch redeten. Der M66 fuhr ab nach Westen, auf seine Reise durch die Stadt. Die Endstation war auch der Beginn.

Es war Anfang Mai 1960, und Präsident Eisenhower war ebenso wütend wie in Verlegenheit. Soeben hatte er öffentlich geleugnet, das über der Sowjetunion verschwundene Flugzeug sei auf einem Spionageflug gewesen, da verkündete Nikita Chruschtschow, die Sowjets hätten die US-amerikanische U-2 nicht nur abgeschossen, sondern auch den Piloten, Francis Gary Powers, in ihrer Gewalt, und das alles wenige Tage vor einem geplanten Ost-West-Gipfeltreffen in Paris. Die Zeitungen waren voll davon, und Elise Border trug die Geschichte unter ihrem Arm, während sie von der Arbeit nach Hause raste, um rechtzeitig da zu sein für ihren Vater, den sie vom Flughafen erwartete. Wo sollte sie die ganzen Sachen unterbringen? Ihr Vater verließ Chicago, um bei ihr zu sein. Sie war seine einzige Familie, und er hatte gesundheitlich sehr abgebaut. Ihr Gewissen ließ ihr keine andere Wahl, als ihm anzubieten, ihn bei sich aufzunehmen, obwohl ihre Wohnung sowieso schon voll genug war. Was würde sie tun, wenn sie jemanden kennenlernte? Vielleicht war es nur eine Übergangslösung. Aber ihrem Vater ging es nicht gut, und er kam zuerst.

Greenwich Village hatte ihm nichts gesagt, als sie es am Telefon erwähnte, und MacDougal Street noch weniger. Aber ein fünfter Stock ohne Aufzug, da wusste jeder sofort Bescheid, Elise, ihr Vater und vor allem die Männer, die dafür bezahlt wurden, dass sie seine Habe in die Dreizimmerwohnung des alten Backsteingebäudes hinauftrugen. Das Meiste in den Kartons, die Arch Sanasarian ihm packen geholfen hatte, waren Überreste seiner beruflichen Karriere, nur sehr wenige persönliche Gegenstände. Aber was er an Arbeit mitbrachte – Dokumente, die Elise nach seinem Tod im IIT in Chicago unterbringen ließ –, war substantiell, sodass es für die Umzugsmänner eine kleine Erleichterung bedeutete, nach ihrem eigenen Rhythmus in dem Haus ein- und ausgehen zu können, ohne ständig um Einlass zu bitten. Der Grund war einfach der, dass die Haustür nicht schloss und auch die Klingel nicht funktionierte. Für 40 Dollar im Monat war das alles, was Elise Border sich leisten konnte.

Die fünf Stockwerke hinauf- und hinunterzusteigen, war das Äußerste für einen Mann in Henry Borders Verfassung, aber er zwang sich, es einmal am Tag zu versuchen, jeden Tag, wenn seine Tochter zur Arbeit gegangen war. Vielleicht gab es ein Café, in dem er sitzen konnte. Aber Greenwich Village war nichts für ihn – nicht das Greenwich Village von 1960 mit seinen Touristenströmen, alle erpicht auf das bunte Treiben des Künstlerlebens, die Straßenszene, die Cafés und lärmenden Coffeeshops, Geheimtipps, wo dubiose Typen mit Ginsberg, Kerouac und Baldwin auf den Lippen Marihuana und Heroin verkaufen sollten. Man brauchte seine Ohren nicht zu spitzen, um den Beweis des Folkrevivals zu hören, und es stand jedem frei, »freie Liebe« zu beobachten, wenn man die richtigen Ecken im Washington Square Park kannte. Aber nichts davon bedeutete ihm etwas, zumal sein Leben sich mehr und mehr im Kopf abspielte. Oft saß er allein in der düsteren Wohnung seiner Tochter und hing Erinnerungen nach. Er dachte an seine Eltern und seine Geschwister, alle tot, und er dachte an das schmächtige Mädchen, Rosa Rabinowicz, das er geheiratet und, so empfand er es, doppelt im Stich gelassen hatte.

Es nach unten, nach draußen und wieder zurück zu schaffen, fiel ihm immer schwerer, und seine Arbeit war sowieso immer noch das Wichtigste für ihn. Jeden Tag setzte er sich in die Küche und fuhr fort, die Drahttonaufnahmen, die er im Sommer 1946 in den europäischen DP-Lagern gemacht hatte, zu transkribieren. Kaum jemand hatte sich dafür interessiert, aber inzwischen war es so etwas wie ein religiöses Ritual für ihn geworden.

Schließlich musste er es ganz aufgeben, nach draußen zu gehen. Seine Gesundheit erlaubte es nicht mehr. Abgelenkt von seiner Arbeit, verdrängte er die Tatsache, dass er nie wieder einen

Spaziergang machen würde. Es war eine Einschränkung, die durch ein äußeres Ereignis eine gewisse Milderung erfuhr: die Ergreifung eines anderen Mannes, die um dieselbe Zeit erfolgte wie die Gefangennahme des U-2-Spionageflugpiloten Francis Gary Powers.

Im Mai 1960 wurde SS-Obersturmbannführer Adolf Eichmann, der Organisator dessen, was die Nazis die »Endlösung der Judenfrage« genannt hatten, in der Garibaldi-Straße in Buenos Aires von Agenten des Mossad gefasst, entführt und nach Jerusalem verbracht. Jetzt, vierzehn Jahre nach seiner Expedition in die DP-Lager, schien es Border, dass die Welt vielleicht an den Stimmen von Eichmanns Opfern interessiert sein würde. Doch als der Eichmann-Prozess elf Monate später begann, war Border bei so schlechter Gesundheit, dass er es kaum noch allein auf die Toilette und wieder zurück schaffte. Er brauchte wirklich eine Vollzeitpflege, jemanden, der rund um die Uhr für ihn da war, aber seine Tochter Elly verdiente bei Weitem nicht genug für diese Art von Fürsorge. Sie konnte nicht mehr tun, als ihm vor und nach der Schule und an ihren Wochenenden so gut wie möglich zu helfen.

Während der Arbeit musste sie ihn allein lassen. Sie stellte ihm etwas zu essen und zu trinken hin. Wenn er sein Fenster morgens geöffnet oder geschlossen haben wollte, öffnete oder schloss sie es, bevor sie wegging, und so blieb es dann den ganzen Tag, bei jeder Wetteränderung, bis sie nach Hause kam. Um dem Lärm auf der MacDougal Street etwas entgegenzusetzen und ihm tagsüber Gesellschaft zu leisten, kaufte sie ihm einen funkelnagelneuen Admiral-Fernseher, den sie in seinem Zimmer einrichtete, sodass er vom Bett aus schauen konnte.

Es hatte nicht viele Frauen in seinem Leben gegeben. Nur eine hatte er gefragt, ob sie ihn heiraten wolle, und sie hatte Ja gesagt. Sie hatte ohne Zögern Ja gesagt, und jetzt dachte er mehr denn je an sie. Er dachte an ihr Haar, an ihre Augen, an ihr Lächeln. Seine Tochter trug all diese Züge täglich in die Welt hinaus. Er dachte daran, wie er sie im Stich gelassen hatte, und was danach mit ihr geschehen war. Warum hatte es jener ultimativen Demonstration ihres Unglücks bedurft, um ihm den Ruck zu geben, Europa zu verlassen? Wäre er früher gegangen, hätte er sie mitgenommen.

Wie viel Kontrolle haben wir darüber, an was wir uns erinnern, und wann? Er bekam das Bild dieses Mannes über seiner Frau auf ihrer Couch, nachdem er, Border, seine Migräne durch die Straßen von Warschau geschleppt und die Tür geöffnet hatte, nie vollständig aus dem Kopf. Das rechtfertigte nichts. Jetzt, mit geschlossenen Augen allein in seinem Bett in Ellys Wohnung im fünften Stock, sah er es wieder. Warum jetzt? Warum immer noch? Er öffnete die Augen einen Spalt und sah den Wasserkrug, den seine Tochter ihm hingestellt hatte.

»Wie ist Ihr voller Name?«, hörte er eine Stimme fragen. »Wer ist da?«, fragte Henry Border von seinem Bett aus. War jemand bei ihm im Zimmer? Er konnte niemanden sehen. War das Elise? Er hatte niemanden kommen hören. War da jemand? Es war niemand da.

Wieder hörte er eine fremde Stimme. »Wer ist da?«, sagte er, aber vielleicht hatte seine eigene Stimme nicht getragen. Wie auch immer, die Stimme antwortete nicht, sondern sprach weiter wie mit jemand anderem. Henry Border war bedeutungslos. Die Stimme kümmerte sich nicht um ihn und fuhr einfach fort. Sie erzählte etwas, doch Border konnte es nicht zuordnen.

»Sie flehte ihn an, sie zu erschießen, aber er tat es nicht. *›Jüdische Schlampe!‹*, sagte er. Dann trat er ihr brutal mit seinem Stiefel in den Mund, und sie spuckte ihre Zähne aus, um nicht an ihnen zu ersticken.« Border schauderte, als er das hörte. Wieso hörte er solche Stimmen? Er kniff die Augen zu und Tränen kamen heraus, hinterließen eine Spur auf der sonst trockenen Haut seiner Wangen.

»Ich hätte alles für dich getan, Rosa«, murmelte er fieberhaft. »Ich hätte alles für dich getan. Wie ist es nur dazu gekommen? Wie konnte ich zulassen, dass sie dich schlagen? Wie konnte ich zulassen, dass sie dich hängen?« Rosa Rabinowicz gab keine Antwort, nichts, was er bei den keuchenden Geräuschen, die er von sich gab, vernehmen konnte.

»Wie ist Ihr voller Name?«, hörte er eine Stimme fragen. »Wer spricht da?«, fragte er die Stimme. Wieder keine Antwort. Wann kam seine Tochter nach Hause? Wie spät war es jetzt?

»Ich weiß, was geschehen ist. Rosa, ich weiß alles«, flüsterte er. »Ich kann nichts sagen. Willst du mich anklagen? Tu es. Ich habe nie wieder geheiratet. Ich habe allein gelebt. Ich habe versucht, zu erzählen … was geschehen ist, aber sie wollten es nicht hören. Nein, nicht was mit *dir* geschehen ist. Das stimmt. Ich habe nie ein Wort davon gesagt, was sie dir angetan haben. Aber Rosa … ich hatte nur sie. Du warst nicht mehr da. Für dich hätte es keinen Unterschied gemacht, aber für mich … war sie alles, was ich hatte. Rosa, es war falsch. Alles, was ich getan habe, war falsch. Aber sie lebt, sie atmet. Weißt du? Es war falsch, dass ich sie mitgenommen habe. Aber darum lebt sie. Sag mir, dass du zustimmst.« Sein Mund war trocken. Sie antwortete nicht, aber die Stimme schon. Er hörte eine Männerstimme die Frage eines anderen beantworten. Henry Border wusste nicht mehr, wo er war. Sein Atem ging schwer.

»Wir waren im Ghetto. Vier Familien schliefen im selben Zimmer auf Pritschen oder in Stockbetten, einer über dem anderen. Es war Nacht.«

»Und was geschah in dieser Nacht?«

»Sie klopften, dann traten sie die Tür auf und kamen ins Zimmer, wo vier Paare schliefen.«

»Wer machte das?«

»Die SS. Sie waren zu viert, alle bewaffnet. Sie …«

»Wie ist Ihr voller Name?«

»Rosa? Wer ist da? Wer stellt dauernd diese Fragen? Und wer antwortet?«, rief Henry Border. Ihm antwortete niemand. Vielleicht konnte man ihn bei dem Lärm auf der MacDougal Street nicht hören. Vielleicht glaubte er nur, er habe gerufen. Aber die Stimme, die er hörte, wenngleich ein wenig gedämpft, ähnlich wie bei den Drahttonaufnahmen, war absolut real. Es war eine Männerstimme, und sie sprach wieder.

»Er trug immer einen langen Mantel und Handschuhe. Aber nur einen hatte er angezogen, den anderen hielt er in der Hand. Er kam, um sich die Gruben anzusehen, die neuen Gruben, die ausgehoben wurden, als die Öfen nicht mehr mithielten. Ja, ich habe Eichmann mehrfach in Auschwitz-Birkenau gesehen«, sagte die Stimme aus dem neuen Admiral-Fernseher, den Elise ihrem Vater gekauft hatte. Adolf Eichmann stand vor Gericht, und die Welt war zugeschaltet. Endlich hörte sie zu.

»Rosa?«

»Bitte sagen Sie dem Gericht, wo Sie geboren sind.«

»In Ciechanów, Polen.«

»Wo liegt Ciechanów genau?«

»Etwa achtzig Kilometer nördlich von Warschau.«

»Wie viele Juden gab es in Ciechanów, als der Krieg begann?«

»Ungefähr sechstausend.«

»Wie viele wurden nach Auschwitz-Birkenau gebracht?«

»Aus dem Ghetto alle.«

»Wie viele waren das also dann, die nach Birkenau kamen?«

»Sechstausend minus derer, die im Ghetto gestorben waren.«

»Wissen Sie, wie viele Ciechanów-Juden heute noch leben?«

»Zufällig bin ich Vorsitzender der Vereinigung der Überlebenden von Ciechanów, daher weiß ich es sogar genau.«

»Und wie viele sind es?«

»Zweiundsiebzig Männer … und zehn Frauen.«

»Wie ist Ihr voller Name?«, fragte der Vorsitzende Richter in Jerusalem.

»Rosa?«, versuchte Henry Border zu rufen.

Die Atemzüge aus dem Bett im fünften Stock waren laut, schnell und flach. Niemand hörte sie, gar niemand. Kreischende Kinder rasten mit ihren Fahrrädern die MacDougal Street entlang. Nebenan schrie ein Baby. Oben stritten zwei Leute in drei verschiedenen Sprachen. Aus dem Autoradio eines am Straßenrand geparkten Wagens schallte *Let's Go, Let's Go, Let's Go* von Hank Ballard & The Midnighters. Elly hatte das Fenster offengelassen, als sie morgens zur Arbeit gegangen war, aber ihrem Vater war nicht mehr warm.

»Wie ist Ihr voller Name?«, fragte der Vorsitzende Richter in Jerusalem.

Hank Ballard sang von der Straße hinauf: »There's a thrill upon the hill. Let's go, let's go, let's go.« Der Wind zupfte an dem Chiffonvorhang. Voller Sehnsucht, nach draußen zu gelangen, frei zu sein von der Schwere dieses Mannes, frei von der Krankheit, die ihn ans Bett gefesselt hatte, frei von den schuldbeladenen Erinnerungen und Halluzinationen, die sich in das reale, gegenwärtige Leben anderer Menschen einmischten, hing er an der Gardinenstange fest und tanzte einen Gefangenentanz. Er flatterte, schlug ein paar Mal hilflos an das Fenster im fünften Stock, dann gab er auf. Unterdessen rührte sich im Zimmer nichts mehr, nichts als die akustischen Schwingungen der Stimmen aus dem Fernseher, wo Adolf Eichmann vor Gericht stand. Henry Border, einst Chaim Broder, regte sich nicht mehr, als im fernen Jerusalem die Frage gestellt wurde: »Wie ist Ihr voller Name?«

»Noah Lewental«, antwortete der Zeuge.

»Hallo, spreche ich mit Dr. Ayesha Washington?«, fragte Adam am Telefon in seinem Morningside-Heights-Apartment.

»Ja, wer ist da, bitte?«

»Mein Name ist Zignelik, Adam Zignelik. Ich bin ein Historiker … aus dem Fachbereich für Geschichte an der Columbia University.« Er sagte sich, die Sache mit seiner tatsächlichen Beziehung zum Fachbereich für Geschichte, die mittlerweile selber schon Geschichte war, würde er ihr später erklären können. Streng genommen hatte er sie bereits in der ersten Minute seiner ersten Kontaktaufnahme belogen. Aber er hatte sie bei der Arbeit angerufen, sie klang beschäftigt, und da sie womöglich sehr wichtig für ihn werden konnte, stützte er sich auf den Namen der Institution, bei der er gearbeitet hatte, bis er ihr nicht mehr genügte.

Adam hatte entdeckt, dass die 71. Infanteriedivision der 3. US-Armee, zu der das schwarze 761. Panzerbataillon in der fraglichen Zeit gehörte, um den 29. April 1945, als das KZ Dachau befreit wurde, nicht weit entfernt gewesen war. Und der Name, an den ein von Border befragter Mann sich erinnerte, stimmte mit dem Namen eines afroamerikanischen Captain aus dem 761. Panzerbataillon überein. Der Captain hieß James Washington. Adam, nunmehr freischaffender Historiker, setzte große Hoffnungen darein, dass die Frau am anderen Ende der Leitung, in der Memorial-Sloan-Kettering-Krebsklinik, eine Verwandte des Captain war.

»Entschuldigen Sie, dass ich bei der Arbeit störe, aber um es kurz zu machen, ich bin bei meinen Forschungen auf einen Veteranen des Zweiten Weltkriegs namens James Washington gestoßen und wollte mich gern erkundigen, ob Sie zufällig mit ihm verwandt sind.«

»James Washington?«

»Ja.«

»Das ist mein Großvater.«

»Tatsächlich? Ich meine Captain James Washington vom 761. Panzerbataillon?«

»Ja, genau.«

Es ist selten, dass Erleichterung und Erregung sich die Waage halten. Gewöhnlich ist das eine so übermächtig, dass es uns im gegebenen Moment als Einziges bewusst wird. Erregung, auch freudige Erregung, schafft eine Nervosität, die man durchaus als das Gegenteil von Erleichterung bezeichnen könnte. Dennoch, einen Augenblick empfand Adam beides zugleich und war sich dessen vollauf bewusst. Was immer es wert sein mochte, sein Instinkt, seine Fähigkeit und seine Ausdauer hatten ihn zu einer Verwandten des in dem Interview von 1946 erwähnten Captain geführt. Doch als er sie sagen hörte, der nämliche James Washington sei nicht nur ihr Großvater, sondern auch noch am Leben, war Erregung das Einzige, was er empfand. Bestenfalls, hatte er gedacht, gebe es womöglich etwas Schriftliches, ein Kriegstagebuch von damals oder etwas Ähnliches. Dass der Mann noch lebte, hatte er gar nicht zu hoffen gewagt. Und mit Sicherheit hatte er nicht erwartet, bei der Enkeltochter, der Onkologin Ayesha Washington, auf solche Begeisterung zu stoßen.

»Das wird das Größte für ihn sein«, sagte sie. »Allein schon Ihr Interesse … Es ging ihm nicht so gut in letzter Zeit, und ich glaube, das wird ihn wirklich … Sie wollen mit ihm reden, oder?«

»Gerne, ja … aber wenn ich fragen darf, ist er kognitiv noch … ich meine sein Gedächtnis, seine –«

»Er ist vollkommen klar, wach wie sonst was. Ich muss aufpassen, was ich in seiner Nähe sage, er erinnert sich an alles.«

»Ich dachte nur, weil Sie sagten, dass es ihm nicht so gut ging …«

»Wegen seiner Hüfte«, schoss sie zurück. »Er muss operiert werden. Das ist nicht so einfach, eine ernste Sache, ehrlich gesagt, aber sein Verstand ist scharf wie immer. Und er ist ein feiner Mensch.«

Sie machte keinen Hehl aus ihrer Begeisterung, wie sie es – was Adam nicht ahnen konnte – nur in Situationen tat, die ihr persönlich besonders wichtig waren. Ihr berufliches Verhalten erlaubte diese fast überschwängliche Art nicht. Es war, als wollte sie ihren Großvater an den Historiker verkaufen. Umgekehrt konnte sie nicht ahnen, welche berufliche Bedeutung er, der Captain, für den Mann am anderen Ende der Leitung besaß. Sie kamen überein, sich zu treffen, bevor sie ihrem Großvater von Adams Interesse erzählte. Sie wollte es dem alten Mann ersparen, dass sich die Aussicht, einem Historiker von seinen Kriegserfahrungen erzählen zu können, die ihn sicher ganz euphorisch stimmen würde, am Ende doch nicht realisierte. Um ihr keine Umstände zu machen, sagte Adam, er würde sich freuen, sie während der Mittagspause an ihrem Arbeitsplatz zu treffen.

Sie gönnte sich mittags selten eine ganze Stunde, sagte aber sofort zu, und kurz darauf lernten sie sich in der kleinen Fresh Food Kitchen an der 68th Street persönlich kennen. Dort, im Trubel der unter Hochdruck arbeitenden Bedienung und des Ansturms der Mittagsgäste, erklärte Adam ihr die mögliche Bedeutung ihres Großvaters für seine Arbeit. Ayesha Washington war ihrem Großvater schon immer sehr nahe gewesen. Abgesehen davon, dass er unerhört stolz auf sie war, war sie jetzt alles, was er noch hatte. Sie für ihren Teil kümmerte sich persönlich um jede Art von medizinischer Behandlung, die er brauchte, um seine finanziellen Bedürfnisse und seine Lebensumstände.

»Er redet die ganze Zeit über den Krieg. Und er hat davon erzählt, dass er an der Befreiung eines Konzentrationslagers beteiligt war.«

Sie konnte ihrem Großvater beruhigt vom Interesse des Historikers erzählen. Das würde nicht abkühlen. Adam versicherte ihr, er werde den Captain befragen, sobald er sich von der Operation erholt habe, sie brauche ihm nur Bescheid zu geben.

»Schon die Aussicht darauf wird garantieren, dass er es übersteht. Wissen Sie, nie will jemand mit ihm reden … nicht über diese Dinge.«

Ayesha Washington dachte wieder an den Mann, der sie an der York Avenue draußen vor der Klinik mehr als einmal angesprochen hatte. Sie musste zugeben, sie erinnerte sich jetzt, ihn bei ihrem ehemaligen Patienten Henryk Mandelbrot gesehen zu haben. Und er schien eine Menge über ihn zu wissen, sicher mehr, als sie über ihn gewusst hatte. War das ein Schwindler? Wenn ja, dann jedenfalls ein raffinierter, und ein höchst ungewöhnlicher. Aber was, wenn er die Wahrheit sagte?

Dieser Mann, der jetzt Straßen fegte, hatte früher in der Klinik gearbeitet. Wenn er sich mit dem alten Mann angefreundet, Geschichten mit ihm ausgetauscht, ihn nach seiner Schicht besucht hatte, ging das aufs Konto seiner eigenen Zeit, für die er nicht bezahlt wurde. Vielleicht hatte der alte Mann ihm den Leuchter tatsächlich geschenkt. Wenn ihre Beziehung so gewesen war, wie der Exangestellte vom Gebäudeservice sie beschrieb, warum eigentlich nicht? Und wenn ja, was für eine schreckliche Ungerechtigkeit war es dann für ihn, des Diebstahls bezichtigt und deswegen gefeuert worden zu sein. Aber sie war keine Anwältin, keine Detektivin, keine Polizistin oder Moralistin. Sie arbeitete in der Klinik, aber nicht in der Personalabteilung. Sie hatte ihr eigenes Leben. Sie hatte ihre eigenen Probleme. Wer hatte schon Zeit für solche Sachen?

Das fragte sie sich und wunderte sich dann, was sie eigentlich mit »solchen Sachen« meinte. Ein paar Minuten später kam sie zu dem Schluss, dass sie wohl »Sachen wie Gerechtigkeit« gemeint hatte. Folglich hatte sie sich in Wirklichkeit gefragt: Wer hat schon Zeit für Gerechtigkeit? Und die Tatsache, dass sie diese Frage nun, wenn auch nur im Stillen, artikuliert hatte, rüttelte sie auf. Sie warf einen flüchtigen, leicht in die Länge gezogenen Blick auf sich selbst, als ginge sie an einer Spiegelwand vorbei, und da sie nicht die Sorte Mensch sein wollte, die sich diese Frage stellte, langte sie in ihre Tasche und holte das Notizbuch mit Adam Zigneliks Namen und Telefonnummer heraus.

Was war sie dem Straßenfeger schuldig? Per Zufall hatte sie den Namen und die Nummer eines Historikers in der Tasche, von dem man wohl sagen konnte, dass er ihr etwas schuldig war. Ein Anruf, ein kurzer spontaner Anruf, wer hatte Zeit für diese Sachen?

Adam hatte ihr seine Mobilnummer gegeben, um sich ihr gegenüber nicht mit seiner endenden Beziehung zum historischen Fachbereich der Columbia aufhalten zu müssen. Sie wählte die Nummer, doch statt sich mit seinem Namen zu melden und ohne die anrufende Nummer zu erkennen, sagte er einfach: »Hallo.«

»Dr. Zignelik?«, fragte sie.

»Ja, wer ist da?«

»Hier ist Ayesha Washington. Tut mir leid, Sie zu stören.«

»Ayesha, hallo. Alles in Ordnung mit Ihrem Großvater?«

»Zum Glück ja. Es bleibt bei der angesetzten Operation. Und er ist so aufgeregt, Sie zu sehen.«

»Wirklich?«

»O ja, das lenkt ihn irgendwie von der Hüfte ab … hebt seine Stimmung ungemein.«

»Wie schön, das freut mich!« Es entstand eine abwartende Pause.

»Wissen Sie, Dr. Zignelik.«

»O bitte, wenn ich Ayesha sagen darf, müssen Sie mich Adam nennen.«

»Gern. Adam, ich rufe an … Das klingt sicher etwas komisch, aber es sieht so aus, als bräuchte ich plötzlich einen Historiker. Ich meine … ich weiß nicht mal, ob Sie sich mit der Sache auskennen, aber da ist etwas, ich weiß nicht, ob ich das selbst überprüfen könnte, aber –«

»Was ist los?«

»Haben Sie einen Moment?«

»Gewiss.«

»Da ist einer … o je, wo soll ich anfangen? Also, ich hatte einen Patienten, der gestorben ist … ein alter Mann … Er war ein Holocaustüberlebender.«

Am Telefon erzählte sie ihm alles, was sie über die angebliche Freundschaft zwischen ihrem verstorbenen Patienten und dem ehemaligen Angestellten vom Gebäudeservice wusste, einem Mann, der jetzt bei der Ready-Willing-and-Able-Straßenreinigungskolonne sei. Sie erzählte ihm, die Klinik habe den Mann wegen Diebstahls gefeuert, weil er dem Patienten seine Chanukkia gestohlen hätte. Er behaupte aber steif und fest, es sei ein Geschenk und kein Diebstahl gewesen. Der Mann versichere, er habe sich über Monate mit dem Patienten angefreundet, und als Beweis für ihre Freundschaft liefere er ziemlich erstaunliche Details über dessen Lebensgeschichte. Wenn er nun für den John Doe Fund arbeite, heiße das, er sei entweder obdachlos oder ein Exhäftling, womöglich beides. Sie habe sich bei der Klinik erkundigt, dort sei er im Rahmen eines Pilotprojekts auf Probe für den Gebäudeservice genommen worden. Wenn es stimmte, dass die Chanukkia ein Geschenk war und dieser Mann in einer so verzweifelten Lage zu Unrecht beschuldigt und bestraft würde, wäre das eine schlimme Ungerechtigkeit. Adam musste zustimmen.

»Die Glaubwürdigkeit der Behauptung, sie seien Freunde geworden«, fuhr Ayesha Washington fort, »beruht letztlich auf der Authentizität der Geschichte, die der alte Mann ihm erzählt haben soll. Deswegen dachte ich, dass ich Sie vielleicht um eine Expertenmeinung bitten könnte, ob das detaillierte Wissen über den Holocaust, das er aus den Gesprächen gewonnen haben will, historisch korrekt ist.«

»Ich verstehe«, erwiderte Adam. »Nur, die Sache ist so. Zeitgeschichtlich fällt das zwar in meinen Bereich, aber ich habe mich eher auf die Bürgerrechtsbewegung spezialisiert. Es stimmt allerdings, dass ich in jüngster Zeit, ohne bewusst in diese Richtung zu steuern, ein berufliches Interesse am Holocaust entwickelt habe. Das hängt mit meiner Forschung über die Kriegserfahrungen von Leuten wie Ihrem Großvater zusammen. Trotzdem muss ich Ihnen sagen, ein wirklicher Experte bin ich nicht, jedenfalls noch nicht.«

»Sicher, tut mir leid, Adam. Es ist ein bisschen verrückt, und ich will nicht Ihre Zeit verschwenden –«

»Nein, Sie verstehen mich falsch. Ich mache es. Ich höre es mir an. Das bin ich Ihnen doch wohl schuldig, selbstverständlich mache ich das. Ich wollte Sie nur warnen, dass es eine Reihe Leute gibt, die sich besser auskennen als ich. Historiker machen immer noch Hausbesuche. Was meinen Sie, wo ich hingehen sollte, um diesen Mann zu treffen? Ich sag's Ihnen, wenn ich glaube, die Dinge nicht richtig beurteilen zu können. Dann kann ich Ihnen immer noch andere empfehlen, die sich besser damit auskennen.«

»Adam, ich kam mir schon blöd genug dabei vor, *Sie* zu fragen, und wir kennen uns immerhin.«

»Glauben Sie mir, es ist wirklich kein Problem. Sie haben recht, wenn er so genau über die Geschichte des alten Mannes Bescheid weiß, ist es wahrscheinlicher, dass sie Freunde waren, und insofern auch wahrscheinlicher, dass er die Chanukkia nicht gestohlen hat und nicht hätte gefeuert werden dürfen.«

»Danke vielmals. Ich kam mir so blöd vor, aber ich dachte, ich müsse etwas tun –«

»Ayesha, ich danke *Ihnen*. Also machen Sie sich keinen Kopf.«

Sie erklärte, sie habe den Mann, den Straßenfeger, oft auf der York Avenue ganz in der Nähe der Klinik gesehen. Sie werde versuchen, etwas mit ihm auszumachen, oder zumindest herausfinden, wie er zu erreichen sei. Ein paar Tage später sah der Mayor die junge Onkologin zum ersten Mal aus eigener Initiative ein Gespräch mit dem Straßenfeger beginnen.

Etwa zwei Wochen später, am späten Nachmittag, als die Sonne schon fast verschwunden war, drängten sich eine Onkologin, ein Historiker und ein Straßenfeger um einen kleinen Tisch in der Fresh Food Kitchen an der 68th Street, um ausführlich über die Erlebnisse von Henryk Mandelbrot während des Zweiten Weltkriegs zu reden. Niemand kann richtig beschreiben, welche Wirkung es auf Adam hatte, diesen afroamerikanischen Straßenfeger, dessen Besen und Karren am Fenster des Esslokals lehnten, das Leben im Sonderkommando beschreiben zu hören. Ahnend, wie wichtig das Treffen war, erzählte Lamont alles, woran er sich erinnern konnte, und er erinnerte sich an viel. Der alte Mann verfügte über ein Notizbuch, in dem er auf Jiddisch alles genau aufgeschrieben hatte, aber Lamont verfügte über nichts als seine Erinnerung an Mr Mandelbrots Geschichte. Als er fertig war, brachte Adam zuerst kein Wort heraus. »Sagten Sie, der alte Mann habe das alles aufgeschrieben?«

»Das hat er gesagt … ich meine … ich habe es nie gesehen. Es wäre ja sowieso nicht auf Englisch gewesen. Vielleicht auf Jiddisch oder Polnisch. Mr Mandelbrot konnte viele Sprachen, aber Jiddisch war seine Muttersprache.«

»Haben Sie das Notizbuch gesehen?«

»Nein, er hatte es nicht mit im Krankenhaus. Aber er sagte, er habe es dahin gelegt, wo seine Familie es finden würde, wenn er tot sei. Da müssten sie es inzwischen wohl gefunden haben.«

Adam rieb sich mit beiden Händen das Gesicht. Dann sprach er langsam und erklärte, er habe erst in den letzten sechs Monaten durch seine Arbeit etwas mehr mit diesem Thema zu tun bekommen, doch nach seinen Kenntnissen sei es fast unmöglich, sich Lamonts Geschichte anders zu erklären, als durch die Erzählungen des Mannes, der sie erlebt habe. Er sagte, obwohl er kein wirklicher Experte sei, glaube er doch sagen zu können, dass nur wenige Menschen auf der Erde so viele Einzelheiten über das Sonderkommando, die Arbeit dieser Häftlinge und ihren Aufstand wüssten wie Lamont.

An einem Samstag im Spätwinter saß Adam allein zu Hause, umgeben von den Kisten, die seine akademische Laufbahn enthielten, und ging Kopien von Schriften des Chicagoer Psychologen Henry Border durch, als ihm der Gedanke kam, der große Fortschritt in der zweiten Hälfte des zwanzigsten Jahrhunderts sei die Archivierung. Er hatte das Inventar seines Büros an der Columbia weitgehend so gepackt, dass jede Kiste ein Thema enthielt, einen Schwerpunkt seiner eigenen Arbeit oder seiner sonstigen Interessen als Historiker. Manche Kisten stellten zugleich eine Art Zeitkapsel seiner Tätigkeiten in einer bestimmten Phase seines Berufslebens dar. Diejenigen, die in dem Moment, als ihm der Gedanke kam, in greifbarer Nähe standen, enthielten Materialien zu Border, die Interviews von 1946 und Adams eigenes Interview mit Hannah Weiss über die Rolle, die ihre Schwester Estusia und Borders Frau Rosa Rabinowicz beim Sprengstoffschmuggel für den Sonderkommando-Widerstand gespielt hatten. Aber wenn das, was der neulich verstorbene Krebspatient, der Freund des Straßenfegers, an Aufzeichnungen hinterlassen hatte, nur annähernd so detailliert war wie der Bericht des Straßenfegers selbst, würde Adam etwas noch Bedeutsameres haben: ein schriftliches Zeugnis aus erster Hand über das Leben im Sonderkommando und den Sonderkommando-Aufstand in Auschwitz. Obendrein gab es noch eine verheißungsvolle Spur zur Mitwirkung schwarzer Truppen an der Befreiung von Dachau. Sobald der Großvater der Onkologin Ayesha Washington sich von seiner Hüftoperation erholt hatte, würde Adam auch dazu den Bericht eines Augenzeugen haben.

Was ist Erinnerung? Nichts anderes als das Speichern, Bewahren und Abrufen der vielfältigen Komponenten, ob grob oder fein, von Informationen. Wie werden sie abgerufen? Ein bestimmtes Protein, ein Enzym im Gehirn stößt eine Kette von Nervenzellen an, wie eine rasche Sequenz von Leuchtsignalen, aus denen sich ein gemaltes Bild oder ein buchstabiertes Wort ergibt, als würde ein zelluläres Arpeggio gespeicherter Daten ausgelöst, um plötzlich eine lange im Geist bewahrte Melodie ertönen zu lassen, und auf einmal erinnerst du dich an ihr Gesicht, an ihre Stimme, an ihr Lachen, an die Art, wie sie sich bewegt, an etwas, das sie gesagt hat, an ihre Ansichten und ihre Vorlieben, bis hin zu ihren staunenden Kinderaugen beim Anschauen eines Dokumentarfilms über wilde Tiere oder ihren langsam sich senkenden Blick, damit er bei aller Enttäuschung über jemanden, den sie liebt, nicht doch Zuneigung verrät. Wenn sie weg ist, bleibt dir nur diese Kaskade in Zellen gespeicherter Daten. Jedes Neuron enthält ein paar Pixel, ein paar Winzigkeiten, und wenn auch nur eines verloren geht, wird die Sequenz unterbrochen. Dann hat man angefangen zu vergessen.

Wie kämpfen wir darum, alle einzelnen Bruchstücke zu bewahren? Jeder versucht es anders, entwickelt eigene Strategien, um sie abzurufen, bis er von äußeren Ereignissen abgelenkt oder von Erschöpfung überwältigt wird. Adam bewahrte einen Kamm im Spiegelschränkchen seines Badezimmers auf.

Wieder wurde er abgelenkt, diesmal von Lärm irgendwo im Treppenhaus. Ehe er sich entschließen konnte, ob er die Ursache erkunden oder sich damit abfinden sollte, klingelte es. Er legte die gerade in die Hand genommene Kopie von Borders Schriften sorgfältig auf den Schreibtisch zurück und ging an die Sprechanlage. Wie immer an Wochenenden war es höchstwahrscheinlich jemand, der zu einem Nachbarn wollte und versehentlich den falschen Knopf gedrückt hatte.

»Hallo«, sagte Adam in der Erwartung, nach jemand anderem gefragt und dann gelöchert zu werden, ob er sicher sei, sich nicht in dem Apartment zu befinden, wo der Besucher hatte klingeln wollen.

»Adam?« Es war Sonja. Er hielt sich das Sprechgerät an die Brust, damit sie ihn nicht ausatmen hörte.

»Adam, ich bin's, Sonja.«

»Hallo, Süße, was ist los?«

»Würde es dir passen, wenn ich raufkomme? Ich weiß, ich sollte vorher anrufen, aber ich war weg und hatte mein Handy vergessen.«

»Natürlich, komm rauf.«

»Du hast keinen *Besuch?«*

»Nur mich selbst.«

»Okay, ich komme hoch! Komm rein«, hörte er sie sagen, als er den Hörer wieder einhängte, und dachte sich: Na toll! Nicht nur, dass sie immer noch unangekündigt vorbeikommt, jetzt lässt sie auch noch Leute von der Straße ins Haus. War er zu nachgiebig mit ihr?, fragte er sich. Das Problem war, wenn er sie sah, konnte er nie lange genug streng bleiben, um ihr klarzumachen, dass er es ernst meinte mit seinen Lektionen, weil ihn immer ein unwiderstehliches Bedürfnis überkam, der »gute Bulle« zu sein, obwohl gar kein »böser Bulle« in der Nähe war. Als es oben an seiner Tür klopfte, freute er sich schon darauf, wie sie ihm gleich um den Hals fallen würde. Aber es war nicht Sonja. Es war Diana.

»Hallo, entschuldige, dass ich –«

»Oh! Komm rein!«

Sie war verlegen. »Passt es dir denn?«

»Aber sicher, ja. Wo ist Sonja?«

»Sie ist weg.«

»Was?«

»Es war ein Trick, ihre Idee, mich dazu zu bringen, mitzukommen und dich zu besuchen. Ich war bei den McCrays zum Essen, und … ist es wirklich nicht ungelegen? Ich glaube, so was habe ich noch nie gemacht.«

»Überhaupt nicht ungelegen. Komm doch rein, bitte. Es ist so schön, dich zu sehen. Ist alles okay?«

»Ja.«

»Wirklich?«

»Ja.«

Diana betrat das Apartment, das sie so lange mit Adam geteilt hatte, aber nach drei Schritten war sie angesichts der vielen Kisten nicht mehr in der Lage, sich zu beherrschen. »Ziehst du aus?«

»Was? Oh, die Kisten. Nein, das ist mein Berufsleben, das sich da an der Wand aufreiht. Siehst du, ich hatte allen ein Selbstmordattentat auf meine Karriere versprochen, und ich stehe zu meinem Wort.«

Er schloss die Tür, und sie kam endgültig herein. Er deutete auf die Lücke zwischen den Kisten auf der Couch, und sie setzt sich dorthin.

»Möchtest du etwas trinken, Kaffee oder Tee?«

»Vielleicht was Stärkeres?«

»Sicher, woran denkst du?«

»Trinkst du noch den billigen Scotch?«

»Nur wenn ich alleine bin oder eine Runde spendiere.«

»Scotch bitte.«

»Gern.«

Er ging in die Küche, um den Whisky einzuschenken, während Diana ihm hinterherrief: »Du scheinst nicht sehr unglücklich zu sein.«

»Ich freue mich, dass du hier bist und meinen Scotch trinkst.«

»Nein, ich meine über dein Selbstmordattentat.«

Er kehrte mit zwei gefüllten Gläsern und der Flasche unter dem Arm zurück und hockte sich auf eine Kiste, die neben ihr auf der Couch stand.

»Nicht sehr unglücklich, meinst du? Stimmt wohl.«

»Das ist … gut.«

»Du zögerst?«

»Ich bin nur nervös. Ich weiß nicht, ob ich das hätte machen sollen, einfach so zu kommen.«

»Ich bin froh, dass du's gemacht hast. Vielleicht ist das der Grund, warum ich nicht so unglücklich über mein Attentat erscheine. Aber im Ernst, ungeachtet der Kisten – deren Zahl ja doch beachtlich ist – muss ich zugeben, dass ich mit meiner Arbeit ziemlich Auftrieb habe, so etwas wie ein Hoch. Überbordernd, sozusagen.«

»*Überbordernd?*«

»Entschuldige, ein Kalauer, den du nicht verstehen kannst. Aber er hätte dir gefallen. Ich muss aufpassen, dass ich nicht mit dir rede, als wärst du nicht da, wenn du wirklich da bist.«

»Was?«

»Weißt du noch, was ich dir bei unserem letzten Treffen in Hell's Kitchen erzählt habe?«

»Du meinst deine Spur nach Melbourne, und dass William irgendwie dahintersteckt?«

»Ja, irgendwie schon, aber inzwischen geht alles viel weiter, als er sich je hätte vorstellen können. Du hast es nicht eilig, oder?«

»Nicht dass ich wüsste.«

Er schenkte ihnen zu trinken nach und begann eine gekürzte, aber nicht allzu kurze Darstellung der Geschichte von Henry Border, Elly, Rosa Rabinowicz, Estusia und Hannah Weiss und den Frauen aus der Pulverkammer der Weichsel-Union-Metallwerke in Auschwitz, von der Onkologin der Memorial-Sloan-Kettering, ihrem Großvater und dem Straßenfeger.

»Dann wirst du also mit dem Captain reden, und du hoffst, die Aufzeichnungen über das Sonderkommando von der Familie dieses Mannes zu bekommen –«

»Mandelbrot – ja, das hoffe ich, wenn die Familie sie nicht weggeschmissen hat.«

»Und die Originalaufnahme von Borders Interview mit der Frau, die du in Melbourne getroffen hast?«

»Die ist hier, in der Kiste. Sein früherer Student hatte die Spule aufbewahrt.«

»Der mit der Tochter liiert war?«

»Wayne Rosenthal, genau.«

»Adam, das ist unglaublich! Eine unglaubliche Geschichte. Kein Wunder, dass du Auftrieb hast. Bei so viel spannenden Projekten. Weiß das jemand, was du da alles ausgegraben hast?«

Er überging ihre letzte Frage. Mittlerweile hatte er ihre Gläser mehrmals nachgefüllt. »Ich bin so glücklich, dich zu sehen. Wirklich wahr. Weiß er ... dass du hier bist, der Typ ... den du kennengelernt hast? Du hast mir ... ich glaube, du hast mir seinen Namen nicht gesagt.«

»Das ist vorbei.«

»Wirklich?«

»Wirklich. Guck nicht so glücklich.«

»Wie lange lief das?«

»Ein paar Wochen.«

»Ein paar Wochen!« Ein paar Wochen, dachte Adam, das war nicht sehr lange.

»Er hat mich nie zum Lachen gebracht, wie du das so gut konntest. Bist du mit jemanden zusammen?«

»Nein, nicht mal kurz. Ich habe nie Zeit dafür. Bin dauernd zu beschäftigt, mit dir zu reden. Ich rede einfach immer weiter –«

»Nicht ... Adam ... du machst mir –«

»Weißt du, ich habe einen Fehler gemacht, aber nur einen. Ich habe meine Meinung nicht geändert.«

Jetzt weinte sie und erhob sich, um sich ein Taschentuch aus dem Bad zu holen, wo sie diese Dinge immer aufbewahrt hatten. Adam verfolgte, wie sie aus dem Zimmer ging, und hörte sie das Licht anknipsen. Er hörte sie Papiertücher aus der Box grabschen, und dann hörte er eine Weile gar nichts. Er fragte sich, was sie machte. Dann hörte er ein leises Schluchzen, das sich schnell zu einem lauten Weinen steigerte, heftiger, als er es seit seinen eigenen Ausbrüchen in den Nächten, nachdem sie ausgezogen war, je gehört hatte. Der Katalysator war bei ihm derselbe gewesen, wie jetzt bei Diana: ihr Kamm. Sie sah ihn dort liegen und nahm ihn in die Hand. Sie schaute ihn an, und zuerst dachte sie, es sei der Kamm einer anderen Frau, bis ihr dämmerte, woher er stammte und was er bedeutete. Als Adam zu ihr in das einmal gemeinsame Badezimmer kam, weinte sie hemmungslos.

Es sollte eine Besprechung geben. Wie lange hatte es gedauert, bis diese Besprechung zustande kam? Die Antwort hängt davon ab, wo man das Maß ansetzt. Aus der Sicht des einen hatte es fast vierzig Jahre gedauert, aus der Sicht anderer noch länger. Aber endlich war es Zeit. Manche Dinge lassen sich nicht überstürzen. Wie sollte er anfangen? Er hatte im Bett gelegen und sich im Dunkeln, mitten in der Nacht vor der angekündigten Besprechung, diese Frage gestellt. Er hatte seine Großmutter gefragt, die in so vielfältiger Weise immer noch da war. Morgens war er mit dem schlechten Geschmack von Unsicherheit und Angst, geboren aus der Glücklosigkeit, die ihn seit jeher verfolgte, in seinem alten Kinderzimmer aufgewacht. Schon zwei Mal und nun ein drittes Mal verwaist, goss er sich seinen Apfelsaft ein.

Alt und Jung, alle trinken Seneca…
Reichhaltiger, köstlicher…

Komisch, woran man sich erinnert. Die Melodie begleitete ihn im Bus, hielt ihm die Hand, während er einen Sitzplatz hatte und während er stehen musste. Es war ihr egal. Sie würde seine Hand auch halten, wenn das vorüber war, ganz gleich, wie es ausging, ganz gleich, wie er anfing. Wie sollte er anfangen? Seine Grandma riet ihm, einfach mit dem Anfang zu beginnen und die Wahrheit zu sagen. Mehr könne er nicht tun. Sie hat recht, sagte er sich, als er in Danny Ehrlichs Büro im Erdgeschoss der Memorial-Sloan-Kettering Platz nahm. Es gab nichts, was er sonst noch hätte tun können. »Hab keine Angst, mein Herz, nicht mehr.«

Er hatte die Chanukkia den ganzen Tag bis nachmittags, zu der Besprechung, auf den Straßen der Ostseite von Manhattan mit sich herumgeschleppt. Was für einen Anblick musste er geboten haben, einen der einzigartigen, die es nur in New York zu sehen gibt. Wie viele Straßenfeger auf der Welt trugen eine Chanukkia unter dem Arm? Nicht mal Numbers hätte behauptet, es gebe auch nur einen. Aber es gab einen, einen einzigen. Lamont musste sicher sein, sie bei sich zu haben, wenn er zu der Besprechung ging. Das war Teil der Abmachung. An diesem Nachmittag hörte man keine Musik, weder aus dem Radio noch sonst woher, im Büro des Personalleiters der Memorial-Sloan-Kettering. Aber es waren mehr Menschen da als gewöhnlich, sodass zusätzliche Stühle aus anderen Büros hereingebracht werden mussten. Denn hier hatten sich folgende Personen zu der Besprechung eingefunden: Dan Ehrlich, Juan Laviera, Ayesha Washington, Lamont Williams, Adam Zignelik, ein Historiker mit australischem Akzent, sowie der Sohn und die Schwiegertochter des verstorbenen Henryk Mandelbrot, ehemals Sonderkommando-Häftling in Auschwitz-Birkenau. Auf Danny Ehrlichs Schreibtisch, zwischen dem Bildschirm seines Computers und den Besuchern, stand die silberne Chanukkia.

Danny Ehrlich eröffnete die Runde, indem er allen dankte, dass sie gekommen waren, insbesondere Mr und Mrs Mandelbrot. Er erklärte seine Position und die seines Stellvertreters, Juan Laviera, innerhalb der Klinik, um dann die anderen vorzustellen, die Onkologin Ayesha Washington, die sie schon kannten, den Historiker Adam Zignelik und den Mann, Lamont Williams, der auf Probe beim Gebäudeservice der Klinik angestellt gewesen war und die Chanukkia des verstorbenen Mr Mandelbrot mitgebracht hatte. Zuerst waren die Mandelbrots unfähig, Augenkontakt mit Lamont Williams aufzunehmen, aber so, wie Dan Ehrlich die Zusammenkunft strukturiert hatte, mussten sie das zunächst auch nicht.

Mr Ehrlich erläuterte den Zweck des Treffens, der sich etwas anders darstellte, als er den Mandelbrots am Telefon beschrieben worden war. Dort hatte man ihnen gesagt, die Chanukkia sei wieder aufgetaucht, und wenn es ihnen möglich wäre, vorbeizukommen und sie als die richtige zu identifizieren, könnten sie sie mitnehmen. Aber nun, überrascht, sich in einer Runde von sieben Personen zu befinden, hörten sie etwas anderes. Mr Mandelbrots Onkologin, Dr. Washington, hatte sich an den Leiter der Personalabteilung gewandt, weil sie fürchtete, dem Probeangestellten sei womöglich Unrecht geschehen. Dieser Mann, Lamont Williams, war wegen der verschwundenen Chanukkia, die er gestohlen haben sollte, aus dem Dienst der Klinik entlassen worden. Aber Dr. Washington erinnerte sich, Mr Williams oft, meistens nach seiner Schicht, zu Besuch bei dem Patienten, in mehr oder weniger langen Gesprächen mit ihm gesehen zu haben. Das allein beweise nichts, sagte Danny Ehrlich, aber es bestätige doch in gewisser Weise die Darstellung von Mr Williams, insbesondere, dass er sich mit Mr Mandelbrot angefreundet und Mr Mandelbrot ihm vor seinem Tod die Chanukkia geschenkt habe.

Dann ergriff Dr. Washington das Wort. Sie erklärte, in Unterhaltungen mit ihr habe der Mann vom Gebäudeservice ein ziemlich genaues und erstaunliches Wissen über den Vater und Schwiegervater der Mandelbrots an den Tag gelegt, das ganz wie dessen Lebensgeschichte klinge, vor allem in Hinsicht auf seine Erlebnisse während des Krieges. An diesem Punkt verwies sie auf ihren Kontakt zu einem Historiker von der Columbia, und nun stellte Dr. Zignelik sich persönlich vor, indem er dem Sohn des Verstorbenen eine Visitenkarte mit seinem Namen und dem der Columbia University als ehemaligem Arbeitgeber überreichte.

»Mein Gebiet ist die politische Geschichte des zwanzigsten Jahrhunderts, und in jüngster Zeit habe ich mich vermehrt mit dem Holocaust beschäftigt«, sagte er. »Durch Zufall bezieht meine Forschungsarbeit sich auch auf Ereignisse, denen Ihr Vater ausgesetzt war. Dr. Washington ist mit der Bitte an mich herangetreten, mich mit ihr und Mr Williams zu treffen, um die Glaubwürdigkeit der Einzelheiten, die er über das Leben Ihres Vaters erzählt, überprüfen zu helfen. Vor dem heutigen Tag habe ich Mr Williams nur dieses eine Mal gesehen und mir seinen Bericht über die Erlebnisse Ihres Vaters, besonders in Auschwitz, angehört. Es scheint mir unvorstellbar, dass er diese Dinge erfunden haben könnte. Deswegen bin ich hier, um Ihnen das zu sagen, aber außerdem möchte ich Sie um Unterstützung für meine eigene Forschung bitten. Mr Williams sagt, Ihr Vater habe von Aufzeichnungen über das, was er durchgemacht hat, insbesondere über seine Zeit beim Sonderkommando in Auschwitz gesprochen. Ich wäre Ihnen sehr dankbar, wenn Sie mir eine Kopie davon überlassen könnten.«

»Aufzeichnungen?«, erkundigte sich der jüngere Mr Mandelbrot. »So etwas haben wir nie gesehen«, sagte er mit einem Blick zu seiner Frau.

»Es ist auf Jiddisch«, warf Lamont ein. »Ich glaube, auf Jiddisch.« Jetzt schauten der Sohn und die Schwiegertochter den Schwarzen in dem leuchtend blauen Overall zum ersten Mal direkter an.

»Das muss dieses Heft sein«, vermutete die Schwiegertochter, an ihren Mann gewandt. »In der Schublade mit seinen *Tefillin.*«

»Ich verstehe ein bisschen Jiddisch, aber ich kann es nicht lesen«, sagte der Sohn wie zur Erklärung und ein wenig verlegen, als sei es plötzlich an ihm, sich zu verteidigen.

»Wenn Sie einverstanden sind, schlage ich vor, Mr Williams selbst zu hören. Hören Sie, was er zu sagen hat«, meinte Danny Ehrlich, »und wenn Sie danach immer noch glauben, er habe die Chanukkia gestohlen, ist er bereit, sie Ihnen zu geben, obwohl er sagt, es sei ein Geschenk Ihres Vaters gewesen. Wenn Sie aber in Anbetracht seines detaillierten Wissens um die Erlebnisse Ihres

Vaters den Eindruck haben, dass ein Geschenk aus Freundschaft doch naheliegt, möchten Sie es vielleicht noch einmal überdenken und ihm die Chanukkia lassen. Mr William hat versprochen, dass er sich an Ihre Entscheidung halten wird.«

Die Mandelbrots brauchten nur einen Blick zu wechseln, ehe der Sohn nickte. Dann schaute Dan Ehrlich, Leiter der Personalabteilung, in der Grundschule als Danny Ehrlich bekannt, seinen alten Schulfreund an und sagte: »Wollen Sie … willst du ein paar Worte sagen, Lamont?«

Lamont Williams räusperte sich und machte sich bereitet, zu sprechen. Niemand anders im Raum sprach oder sah so aus, als würde er gleich sprechen. Seit seinem Prozess wegen bewaffneten Raubüberfalls hatte er nicht mehr das Sagen in so einem Raum gehabt. Aber selbst da hatte er nicht reden müssen. Im Gegenteil, sein Anwalt hatte ihm geraten, zu schweigen. Das letzte Mal, dass eine Versammlung von Menschen darauf gewartet hatte, ihn etwas sagen zu hören, war in der Grundschule gewesen, als er vor Mr Shapiro und seiner Klasse zum Thema der Pfeilschwanzkrebse gesprochen hatte. Die anderen sechs im Raum warteten auf ihn.

»Also, wie Sie wissen«, begann er, »ist mein Name Lamont Williams. Ich habe Mr Mandelbrot … Ihren Vater, an meinem fünften Tag beim Gebäudeservice kennengelernt. Ich war gerade dabei, draußen an der York Avenue zu fegen. Jemand vom PES hatte ihn nach unten gebracht, aber er fror –«

»PES, das ist die Patientenbegleitung«, erklärte Danny Ehrlich.

»Genau«, sagte Lamont. »Wissen Sie, ich darf … wir dürfen das nicht machen, Patienten irgendwohin bringen. Das darf nur der PES, und Mr Mandelbrot … na ja, er fror, und da fragte er mich, ob ich ihn wieder raufbringen könne … in sein Zimmer, wissen Sie? Also, ich sagte ihm, ich könne das nicht, verstehen Sie … weil ich nicht durfte, aber er ließ nicht locker, wissen Sie? Er fror, und er … na ja, jemand vom PES hatte ihn nach unten gebracht, aber dann waren sie alle weg, und Mr Mandelbrot, dem war das egal, er wollte nur wieder in sein Zimmer. Alles andere war ihm egal.«

Nun lächelte der Sohn des verstorbenen Patienten.

»Ich meine, Sie wissen ja, wie er sein konnte, stimmt's? Jedenfalls kriegte er mich rum, ihn wieder in sein Zimmer im achten Stock zu bringen … Es war meine erste Woche hier. Oben schaute er aus dem Fenster, draußen auf den East River und … er dachte, das ist New Jersey. Vielleicht war es doch erst mein dritter oder vierter Tag, auf jeden Fall sagte ich ihm … Dann sah er diese … was aussah wie Schornsteine, drei davon. Die sah er aus dem Fenster irgendwo hinter dem East River, und auf einmal, wissen Sie … wie aus heiterem Himmel sagte er, dass es sechs Vernichtungslager gab, und später wollte er, dass ich ihre Namen lerne, was ich tat, wissen Sie: Belzec, Chelmno, Sobibor, Majdanek, Treblinka und Auschwitz, wo er selber war. Das sind die sechs. Ich wusste nicht, was ein Vernichtungslager ist, aber er hat es mir erklärt. Das ist kein Konzentrationslager, nicht genau dasselbe. Wie die Leute glauben. Ich sollte das alles wissen. Das war ihm wichtig. Ich weiß nicht, warum er mich ausgesucht hat. Er sagte, es gab Hunderte von Konzentrationslagern, überall in Deutschland und im besetzten Europa, aber nur sechs Vernichtungslager, alle in Polen und extra dafür eingerichtet, mit Gaskammern oder Gaswagen und Öfen und Verbrennungsgruben, um auch den letzten Juden in Europa auszurotten. Das war der einzige Zweck, für den sie da waren: Menschen zu töten, hauptsächlich Juden. Er sagte, dass es in Majdanek und Auschwitz noch Fabriken für Sklavenarbeit gab, aber nicht in den anderen. Jetzt bin ich vielleicht … besser der Reihe nach … Soll ich … Soll ich dabei aufstehen?«

Über die folgenden fast neunzig Minuten beherrschte Lamont Williams den Raum mit seiner Erinnerung an das, was Mr Mandelbrot ihm erzählt hatte.

»Von dort, wo seine Familie in Dąbrowa Górnicza wohnte, führte eine Straße aus dem Ghetto heraus, und an dieser Straße wohnte ein SA-Mann mit seiner Frau …« Er fuhr mit der Geschichte fort, wie sein Freund schließlich verhaftet wurde, wiedererkannt von der Erwachsenenversion eines Jungen, der mit ihm in der Schule gewesen war, wie sie ihn geschlagen und dann nach Auschwitz-Birkenau geschickt hatten. Alle saßen da, im Büro des Leiters der Personalabteilung, und hörten zu, ohne sich zu rühren. Es dauerte nicht lange, bis er beim Sonderkommando angelangt war. Lamont nahm sie mit in den Auskleideraum. Er erzählte ihnen, wie die Juden immer zu fünft die Treppe herunterkamen, zuerst meistens die Frauen, erschöpft, verwirrt und voller Scham, sich vor Fremden ausziehen zu müssen, splitternackt.

»›Die Duschen …‹, wurde Mr Mandelbrot manchmal gefragt, ›sind die für Männer *und* Frauen zusammen?‹ Oder: ›Sind Sie Jude?‹ Dann kamen wieder fünf, gefolgt von den nächsten fünf, manche blutend und alle geschubst von denen hinter ihnen. Dann wieder fünf … ›Es ist Gas, oder?‹, ahnten manche.«

Lamont erzählte allen im Büro des Leiters der Personalabteilung, wie die Juden nackt durch die Tür, die einzige Tür, mit dem Schild »Zur Desinfektion« gingen.

»Dort war es wärmer als im Auskleideraum. Erwachsene weinten leise. Kinder, die von ihren Eltern getrennt worden waren, schrien voller Angst nach ihnen, während der Raum sich füllte.«

Er erzählte ihnen, wie das freigesetzte Giftgas der Zyklon-B-Körner, die von der SS durch Luken im Dach hereingeschüttet wurden, vom Boden der durchlässigen Säulen in immer höhere Regionen aufstieg, bis das Klettern begann, das Klettern, um Luft zu bekommen. Er erzählte, wie schnell die Qualen extrem wurden, wie den Menschen Schaum vor den Mund trat, wie ihre Augen hervorquollen und ihre Körper in wilden Krämpfen zuckten, während das Gas auch den letzten Rest Sauerstoff, den sie finden konnten, nutzlos machte. Er erzählte, wie sie nach drei Minuten bluteten, manche vom Gedränge, den Versuchen, nach oben zu klettern, aber alle von der Wirkung des Gases. Wie sie aus den Nasen, aus den Ohren bluteten, jede Körperbeherrschung verloren und in einen Sumpf aus Blut, Urin, Erbrochenem und Kot zurückgestoßen wurden. Er erzählte, wie Personen mit Erinnerungen, Gefühlen, Ambitionen, Beziehungen, Meinungen, Werten und Errungenschaften zu einem einzigen Knäuel menschlicher Wesen verschmolzen, beschmutzt von ihren eigenen Körperflüssigkeiten, alle keuchend, mit zuckenden Gliedern und im Todeskampf verzerrten Gesichtern, bis sie nicht mehr waren. Lamont ließ nichts aus.

Er erzählte ihnen von Hauptscharführer Moll, von Oberscharführer Schillinger und von einem Mann namens Ochrenberg, von den beiden Zalmans, Gradowski und Lewental, die Tagebuch über die Arbeit des Sonderkommandos führten und es vergruben, damit die Welt nach dem Krieg erfuhr, was dort geschehen war.

Er erzählte ihnen, wie Frauen aus dem *Kanada* und aus der Pulverkammer der Weichsel-Union-Metallwerke Sprengstoff für das Sonderkommando schmuggelten.

Er erzählte von den verschiedenen Widerstandsgruppen im Lager, vom Militärrat Auschwitz und vom Sonderkommando-Widerstand, wie sie Chaim Neuhof und Mr Mandelbrot beauftragten, mit dem Militärrat zu verhandeln, und warum nichts dabei herauskam.

»Jetzt sind wir also beim 7. Oktober 1944.«

Er erzählte vom Aufstand des Sonderkommandos und von Kapo Kalniak, der in der Nacht zuvor bei den Vorbereitungen geholfen hatte, ohne sein eigenes Leben zu schonen, von der Zerstörung des Krematoriums und dass, als Mr Mandelbrot sich aus dem Dreck erhob, von den sechshundertdreiundsechzig

Sonderkommando-Männern, die es vor dem Aufstand gegeben hatte, nur zweihundertzwölf übrig waren, unter ihnen weder Zalman Gradowski noch Zalman Lewental.

Als Lamont fertig war, wurde er in den Keller der Klinik zurückbegleitet, um den Besen und die Karre abzuholen, die Eigentum des John Doe Fund waren. Für den Sohn und die Schwiegertochter des Verstorbenen wäre es nicht nötig gewesen, die ganze Geschichte zu hören, aber niemand hatte Lamont aufhalten wollen. Er hatte alles sagen können, was er sagen wollte. Zusammen mit der Onkologin und dem Historiker trat er auf die York Avenue hinaus. Er hatte nicht auf die Zeit geachtet, er würde zu spät kommen zum Essen mit seiner Cousine Michelle und ihrer Familie. Er musste sie anrufen. Adam überließ ihm sein Handy, und damit er ungestört reden konnte, wandten er und Dr. Washington sich ab.

Lamonts Anruf über Adams Handy wurde gerade verbunden, als Dr. Washington, die ihn mit den vielen Gerätschaften herumhantieren sah, anbot: »Hier, ich halte das solange für sie«, und ihm den Besen samt der silbernen Chanukkia abnahm. Sein Bericht hatte die Mandelbrots schon früh überzeugt, dass der alte Mann ihm, seinem unwahrscheinlichen Freund, den Leuchter geschenkt haben musste. Zu diesem Schluss waren sie gekommen, und das erklärte Lamont seiner Cousine am Telefon. Er würde seinen Job wiederbekommen. Später erzählte Adam die ganze Geschichte Diana, und noch später erzählte er sie Charles und Michelle, und erst bei dieser Gelegenheit erfuhr er von der Verbindung zwischen Michelle und dem Straßenfeger. Hätte Adam zufällig auf sein Handy geschaut, hätte er gesehen, dass die zuletzt gewählte Nummer »Michelle« anzeigte, obwohl nicht er, sondern Lamont der Anrufer gewesen war. Aber er schaute nicht drauf.

Dr. Washington bedankte sich bei ihm. Er erwiderte, ganz im Gegenteil, er sei ihr zu Dank verpflichtet, dass sie ihn in die

Sache einbezogen und ihm dadurch zu Aufzeichnungen über das Leben im Sonderkommando verholfen habe, einem Zeugnis von unschätzbarem Wert für seine Forschungsarbeit. Das sei, sagte er, ein Geschenk des Himmels. Als Lamont zu Ende telefoniert hatte, dankte er den beiden für ihre Unterstützung. Sie könnten sich nicht vorstellen, was das für ihn bedeute. Er würde seinen Job wiederbekommen. Noch zwei letzte Wochen auf Probe beim Gebäudeservice, und dann würde er ein fester Vollzeitangestellter sein. Wie lange hatte er sich nicht mehr so gefühlt! Während Dr. Washington ihn beglückwünschte, gab sie ihm seinen Besen und die Karre zurück.

»Ich glaube, das hier gehört auch Ihnen«, sagte sie.

»Muss wohl«, sagte er, als sie ihm die Chanukkia wiedergab.

Der Nachmittag ging zur Neige, aber auf der York Avenue war es noch hell genug, dass die Menschen, die dort unterwegs waren, sich aus einiger Entfernung sehen konnten. Diejenigen, die an den dreien – der Onkologin, dem Historiker und dem Straßenfeger – vorbeikamen, schenkten ihnen, wenn überhaupt, wenig Beachtung. Gegenüber, auf dem belaubten Campus der Rockefeller University, führte ein Nobelpreisträger seinen frei laufenden Hund aus. Offenbar erlaubte die Universität ihren Nobelpreisträgern (und deren Hunden) die Missachtung gewisser Universitätsgesetze in Anerkennung der Naturgesetze, die sie entdeckt haben mochten. Trotz des stürmischen Wetters schien ein ganz bestimmter Baum völlig unberührt von den heftigen Windstößen, die den Bäumen ringsum gnadenlos zusetzten. Nichts an diesem einen Baum nahe der Founders Hall auf dem Universitätscampus gegenüber der Memorial-Sloan-Kettering bewegte sich so, dass es für das menschliche Auge erkennbar gewesen wäre, außer den kleinsten Ästen ganz oben an der Spitze. Der zarteste, zweigartige Wipfel dieses alten, ehrwürdigen Baumes zitterte unbändig, während der ganze Rest wie ein Monolith dastand.

Weder der Nobelpreisträger noch sein Hund bemerkten das seltsame Naturereignis, aber eine junge Doktorandin wusste es zu schätzen. Diese Frau aus einer nordchinesischen Provinz bemerkte das Phänomen, nachdem sie in der Founders Hall ihre Post geholt hatte. Auf dem Weg zur First Avenue, wo sie etwas einkaufen wollte, hatte sie über die Kluft zwischen ihren Erwartungen und ihren tatsächlichen Erfahrungen, sowohl im Labor als auch im Leben, nachgedacht, als ihr Blick auf das wilde Zucken an der Spitze des sonst unbewegten Baumes fiel, und ziemlich ergriffen von dem, was sie sah, wünschte sie sich, sie könnte den Anblick mit einer jener zufälligen Gruppen von Passanten teilen, die sich manchmal spontan zusammenrotten, um eine ungewöhnliche Erscheinung zu betrachten. Dann hörte dieses seltsame Baumverhalten plötzlich auf. Soweit für die Studentin ersichtlich, hatte niemand anders es bemerkt.

Der Nobelpreisträger mit seinem Hund – jetzt an der Leine – musste an der York Avenue stehen bleiben und wartete auf grünes Licht, als sie sich dazugesellte. Auch andere Leute warteten, einige von der Universität, einige nicht, niemand kannte jemanden persönlich.

In dem Moment, als die an der Ampel versammelten Menschen die westliche Seite der York Avenue erreichten, wurden sie plötzlich Teil einer disparaten Gruppe, die ins Stocken geriet, wobei manche sogar innehielten, um etwas zu sehen, das ihre Neugierde erregte. Dort, zwischen der 67th und der 68th Street, standen eine junge afroamerikanische Onkologin aus der Klinik und ein weißer jüdischer Historiker lächelnd im Gespräch mit einem dünnen schwarzen Straßenfeger in leuchtend blauer Uniform. Die Ärztin überreichte dem Schwarzen eine silberne Chanukkia, die er mit einer bandagierten Hand entgegennahm, während er mit der anderen den Stil eines großen, an einer Müllkarre lehnenden Besens hielt.

Es war die abendliche Hauptverkehrszeit, und ein hellhäutiges schwarzes Mädchen, ungefähr zwischen sieben und zehn Jahren alt, die Zöpfe fest mit roten Schleifen zugebunden, hatte keinen Sitzplatz bekommen, seit es auf der Westseite von Manhattan in den M66er-Bus eingestiegen war. Es stand immer noch, als der Bus an der 68th Street bremste und ein Mal heftig ruckte, ehe er endgültig zum Halten kam. Mit einem seufzenden Geräusch öffneten sich die Türen und die Fahrgäste begannen auszusteigen.

»Danke«, sagte das Mädchen, während es sich langsam an dem Fahrer vorbeischob. Aber kaum spürte es das Pflaster unter seinen Sohlen, verfiel es automatisch in hüpfende Sprünge, die bald in einen Trab übergingen, und an der nächsten Ecke bog es schon im vollen Galopp in die York Avenue ein. Den Ranzen voller Bücher auf dem Rücken, legte es noch zu, als es das Grüppchen der drei erblickte. Vielleicht war es der Mayor von East 67th und York, der zuerst bemerkte, was dann geschah, oder er war nur derjenige, dem die anderen folgten. Aber die Leute an der Ecke schienen es sehen zu wollen, und dann reckten sogar die auf der Straßenseite gegenüber ihre Hälse, um zu sehen, was es war, das plötzlich die allgemeine Aufmerksamkeit fesselte.

»Mom!«, schrie das kleine Mädchen mitten ins Gespräch der drei Erwachsenen und rannte mit offenen Armen auf seine Mutter zu, um gleich darauf die Taille der Onkologin zu umschlingen.

»Ist das Ihre Tochter?«, fragte Lamont, und sie nickte lächelnd. Daraufhin ging der Mann in der leuchtend blauen Uniform in die Hocke, während er die Chanukkia hochhielt, als erwartete er, dass einer seiner neuen Gefährten sie ihm abnahm, was die Onkologin tat.

»Hey. Ich hab auch ein kleines Mädchen, ungefähr so alt wie du«, sagte er. Indem er sich, um das Gleichgewicht besser zu halten, aufs Pflaster kniete, bewegte er seinen Oberkörper ein Stückchen auf die Kleine zu, als wollte er sie umarmen. Sie schaute ein wenig ratlos zu ihrer Mutter auf, die ihren Blick mit einem stolzen Lächeln und Nicken erwiderte, woraufhin das kleine Mädchen sich artig von dem Straßenfeger umarmen ließ, nur ganz vorsichtig. Immer noch zu ihrer Mutter aufschauend, während der kniende Mann ihr mit einer Hand über den Rücken strich, sah sie, wie das höfliche Lächeln ihrer Mutter sich in ein breites Grinsen verwandelte, eine Mischung aus Zustimmung, Stolz und Zufriedenheit. Unsicher, welche Benimmregeln in dieser Situation galten, und zu jung, um zu wissen, dass es keine gab, genügte das mütterliche Lächeln, um ihr instinktiv Vertrauen einzuflößen und von sich aus mehr Gewicht in die Umarmung zu legen. Ganz eindeutig neigte sie sich zu ihm hin. Als das geschah, spürte er plötzlich das volle Gewicht des kleinen Mädchens an seiner Brust, und ihm entfuhr ein Schrei. Es war so unfreiwillig, wie es unerwartet war. Tränen begannen über das Gesicht des Mannes zu strömen, während er das kleine Mädchen hielt und es ihn umarmte, und die Laute, die er von sich gab, waren laut genug, dass alle ringsum es hörten. Und als sie es hörten, schauten sie hin.

Jeder aus der wahllos zusammengewürfelten Gruppe der Zuschauer fragte sich, was sich dort vor ihren Augen abspielte. Unter all den Fremden, die an der Ecke standen oder sich ihr gerade näherten, hatte nur der Mayor diesen Mann schon einmal gesehen, und obwohl auch er keine Ahnung hatte, was dort wirklich vor sich ging, musste er unwillkürlich grinsen, und dann strahlte er. Aber er war nicht der Einzige. Andere, die die Szene sahen, fühlten sich ähnlich erhoben.

Niemand, weder der Nobelpreisträger noch die junge Doktorandin, weder der Mayor noch sonst jemand an der Ecke verstand wirklich, was sie sahen und warum es sie so ermutigte. Die Zuschauer hatten keine Ahnung, was zu der seltsamen

Gemeinschaft dieser drei ungleichen Individuen und des kleinen Mädchens geführt hatte. Aber wenn sie die Menschen, die sie dort beisammen sahen, gekannt hätten, wenn sie gewusst hätten, woher sie kamen und was für Geschichten sie erlebt hatten, wenn sie auch nur das Geringste von den Ereignissen geahnt hätten, von denen der Historiker, der Straßenfeger mit der Chanukkia und die Onkologin wussten – wenn sie die ganze Geschichte all dessen gekannt hätten, was diese drei Menschen zu dieser Zeit an diese Straßenecke geführt hatte, dann könnte es sie wohl veranlasst haben, der Welt zu erzählen, was hier geschehen war. Es allen zu erzählen.

Anmerkung des Autors

Fast alle Figuren der Gegenwartshandlung dieses Romans sind frei erfunden.

Die beschriebenen Ereignisse der Vergangenheitsebene haben sich, mit wenigen Ausnahmen, tatsächlich zugetragen und sind historisch belegt. Einige der Figuren aus dieser Zeit sind (bekannte oder weniger bekannte) historische Personen, die meisten jedoch sind fiktiv und beruhen nur zum Teil auf realen Charakteren.

Von den fiktionalisierten Figuren seien insbesondere folgende genannt: Henryk Mandelbrot, Henry S. Border, Rosa Rabinowicz, Estusia und Hannah Weiss, Ala, Regina, Zalman Gradowski, Zalman Lewental, Noah Lewental, Chaim Neuhof, Dorebus, Panusz, Handelsmann, Kalniak, »Rot«, Dürmayer, Kazuba, Nahum Grzywacz, Tommy Parks, James Pearson, Ralph Hellerstein, Herb Marks, Eileen Miller, Marvin Cadden, Cecilya Slepak, Rafal Gutman, Eliyahu Gutkowski, Jacob Grojanowski, Israel Lichtenstein, David Graber, Israel Gutman, Joshua Leifer, Jake Zignelik, SS-Kommandant Hößler, SS-Hauptscharführer Moll, SS-Oberscharführer Schillinger und SS-Scharführer Busch.

Beim Schreiben dieses Buchs war mir bewusst, auf Erfahrungen zurückzugreifen, die nicht meine eigenen sind, und dass es dadurch zu Missverständnissen kommen kann. Ich hoffe, niemanden verletzt zu haben. In einem allgemeineren Sinne glaube ich, dass diese Gefahr bei jedem Versuch besteht, über andere Menschen als sich selbst zu schreiben.

Danksagung

Ich danke allen, die den Entstehungsprozess dieses Romans mit ihrer Freundschaft begleitet und mich dauerhaft bei meiner Arbeit unterstützt haben, namentlich Robert Chazan, Nikki Christer, Rick Goldberg, Carmen Gurner, Deborah Gurner, Diego Gurner, Fred Gurner, Jack Gurner, Deborah Gutman, George Halasz, Ken Jacobsen, Matthias Jendis, Jennifer Keyte, Hootan Khatami, Greg Levin, Sharon Lewin, Brendan Miller, Robert Milstein, Robert Nowak, Corrie Perkin, Suzie Sharp, Mira Unreich, Rachelle Unreich, Larissa Vetrova, Gabrielle Williams und Ted Woodward.

Mein Dank gilt auch denen, die einen Dank an dieser Stelle für überflüssig halten und ihn daher umso notwendiger machen: Lena Martin und Ross Martin, Harry Perlman und Dorothy Kovacs und, nicht zuletzt, Janine Perlman, Toby Handfield und Liv Perlman Handfield.

Ich bedanke mich sehr herzlich bei Jin Auh, Tracy Bohan, Angus Cargill, Sarah Chalfant, Nikki Christer, Britta Claus, Cathryn Game, Jo Jarrah, Geoff Kloske, Marion Kohler, Stephen Page, Brandon VanOver, Katja Scholtz, Stephanie Sorensen und Andrew Wylie, die alle auf ihre Art zur Veröffentlichung dieses Buchs beigetragen und mir bei meiner schriftstellerischen Tätigkeit mit freundschaftlichem Rat zur Seite gestanden haben.

Folgenden Personen bin ich für ihre Hilfe bei der Sammlung des Hintergrundmaterials, auf dem dieser Roman beruht, zu außerordentlichem Dank verpflichtet: Henryk Mandelbaum, dessen Leben mich zu der Figur des Henryk Mandelbrot inspiriert hat; Nina Kliger, Mira Unreich, Audrey Uhre Mivelaz, Charles »Arch« Pounian, Allen Howard, Robert Yufit, Pablo »Paulie« Santos und Wanda Nogeura-Irizarry vom New York-Presbyterian/Weill Cornell Medical Center; Ira Glass und Carl Marziali von der WBZ-Chicago-Radiosendung *This American Life*, die mich durch ihren Beitrag »Mr Boder Vanishes« auf den Psychologen David Boder und dessen Forschungsarbeit – die Grundlage für meine Figur des Henry S. Border – aufmerksam gemacht haben; Sarah T. Phillips, Evan Haefeli und Eric Foner vom Geschichtswissenschaftlichen Fachbereich der Columbia University; Barry Campbell und Amy Harfeld von der Fortune Society of New York; M. Ellen Mitchell, die David Boders Transkripte am Illinois Institute of Technology entdeckte und mich ebenso wie Olivia Anderson, Catherine Bruck, Christopher Stewart, Kristin Standaert und Sohair Elbaz vom IIT mit großer Hilfsbereitschaft unterstützt hat; Yale Reisner vom Jüdischen Historischen Institut in Warschau; Dena Everett vom United States Army Center of Military History; Rebecca Erbelding vom United States Holocaust Memorial Museum; Bethany Fleming von der Holocaust Memorial Foundation of Illinois; Tobie Meyer-Fong vom Geschichtswissenschaftlichen Fachbereich der Johns Hopkins University und Rich Cohen.

Eine besondere Erwähnung schulde ich Robert Nowak, den ich durch seine Tätigkeit als Rundgangleiter im Staatlichen Museum Auschwitz-Birkenau kennengelernt habe. Während meiner sechs Besuche dort hat er sich nicht nur als zuverlässiger Experte in der Lagergeschichte erwiesen, sondern ist mir darüber hinaus ein lieber Freund und Vertrauter geworden. Ich bezweifle, dass ich die vielen Stunden dort, die erforderlich waren, um dieses Buch zu schreiben, ohne seine vielseitige Hilfe durchgestanden hätte: ohne seine Ermutigungen, seine Sprachkenntnisse, seine Klugheit, sein Wissen, seine herzliche, humorvolle Art und sein Drängen, dass diese Geschichte erzählt werden müsse. In Oświęcim geboren, ist dieser feine Mensch ein lebender Beweis dafür, dass seine Heimatstadt nicht Auschwitz ist.

Harry Perlman muss gesondert genannt werden: Er hat sich den zahlreichen Fassungen dieses Buchs über die vielen Jahre seiner Entstehung hinweg mit kritischer Aufmerksamkeit gewidmet. Sein sorgfältiges Lesen und sein wohlüberlegter Rat waren nicht zum ersten Mal von unschätzbarem Wert für mich. Wie sehr ich ihm dafür danke, ist mit Worten allein nicht zu sagen.

Quellen

Persönliche Interviews des Autors mit folgenden Personen:
Henryk Mandelbaum, Robert Nowak, M. Ellen Mitchell, Nina Kliger, Mira Unreich, Paul Bruce, Sarah T. Phillips, Evan Haefeli, Eric Foner, Tobie Meyer-Fong, Amy Harfeld, Pablo ›Paulie‹ Santos, Charles ›Arch‹ Pounian, Audrey Uhre Mivelaz, Allen Howard, Yale Reisner sowie Angestellten der Memorial-Sloan-Kettering-Krebsklinik, die anonym bleiben möchten.

Hirsz Abramowicz: *Profiles of a Lost World: Memoirs of East European Jewish Life Before World War II.* YIVO Institute for Jewish Research, Wayne University Press 1999

Robert H. Abzug: *Inside the Vicious Heart.* Oxford University Press 1987

Anna Achmatowa: *Requiem,* übers. von Gabi Zöttl. www.textübertext.de

Tanner Akcam: *A Shameful Act.* Metropolitan Books 2006

Antony Beevor: *Berlin.* Penguin 2007 (dt. *Berlin 1945, das Ende*, übers. von Frank Wolf. Bertelsmann 2002)

Eberhard Bethge: *Dietrich Bonhoeffer.* Rowohlt 2006

David P. Boder: *I Did Not Interview the Dead.* University of Illinois Press 1949 (dt. *Die Toten habe ich nicht befragt,* hg. von Julia Faisst, Alan Rosen und Werner Sollors, übers. von Holger Drösseler, Julia Faisst u. a. Winter Verlag 2011).

Siehe auch die vom Illinois Institute of Technology digitalisierten Originaltonaufnahmen *Voices of the Holocaust,* http://voices.iit.edu
Robert Brazil: *Memoirs of Bronzeville.* Author House 2004
Michael Brenner: *Nach dem Holocaust.* C.H. Beck 1995
Gwendolyn Brooks: *Blacks.* Third World Press 1987
Earl Brown: »The Truth About the Detroit Riot«. In: *Harper's Magazine,* Bd. 187, Nr. 1122, November 1943, S. 488–99
Christopher R. Browning: *The Origins of the Final Solution.* Arrow Books 2005 (dt. *Die Entfesselung der »Endlösung«*, übers. von Klaus-Dieter Schmidt. Berlin 2003)
Judge Robert Carter: *A Matter of Law.* The New Press 2005
Lizabeth Cohen: *Making a New Deal.* Cambridge University Press 1990
David P. Colley: *Decision at Strasbourg: Ike's Strategic Mistake to Halt the Sixth Army Group at the Rhine in 1944.* Naval Institute Press 2008
Vicki L. Crawford, Jacqueline Anne Rouse und Barbara Woods: *Women in the Civil Rights Movement.* Indiana University Press 1990
Irving Cutler: *Jewish Chicago.* Arcadia Publishing 2000
Adam Czerniaków: *Im Warschauer Getto: Das Tagebuch des Adam Czerniaków 1939–1942,* übers. von Silke Lent. C. H. Beck 1986
Floyd Dade Jr.: *Interview.* 761st Tank Battalion Website: http://www.761st.com
Lucy Dawidowicz: *The War Against the Jews 1933–45.* Penguin 1975 (dt. *Der Krieg gegen die Juden: 1933–1945.* Kindler 1979)
Christopher C. De Santis (Hg.): *Langston Hughes and the Chicago Defender.* University of Illinois Press 1995
Wacław Długoborski und Franciszek Piper (Hg.): *Auschwitz 1940–1945, Studien zur Geschichte des Konzentrations- und*

Vernichtungslagers Auschwitz, 5 Bde. Verlag des Staatlichen Museums Auschwitz-Birkenau 1999
Martin Doblmeier (Regie): *Bonhoeffer: eine Dokumentation.* Journey Films/ Brunnen Verlag 2005
Deborah Dwork und Robert Jan Van Pelt: *Auschwitz 1270 to the Present.* W.W. Norton & Co. 1996
Barbara Engelking und Jacek Leociak: *The Warsaw Ghetto A Guide to the Perished City*. Yale University Press 2009
Richard J. Evans: *In Defense of History.* Norton 1999
Eric Foner: *Who Owns History?* Hill & Wang 2002
Mohandas Karamchand Gandhi: *An Autobiography*. Penguin 2001 (dt. *Mein Leben,* übers. von Hans Reisiger. Suhrkamp 1995)
Jay Howard Geller: *Jews in Post-Holocaust Germany*. Cambridge University Press 2005
Doris Kearns Goodwin: *No Ordinary Time*. Simon & Schuster 1994
Paul M. Green and Melvin G. Holli: *World War II Chicago*. Arcadia Publishing 2003
Jack Greenberg: *Crusaders in the Court.* Basic Books 1994
Gideon Greif: *Wir weinten tränenlos …: Augenzeugenberichte der jüdischen »Sonderkommandos« in Auschwitz,* übers. von Matthias Schmidt. Böhlau 1999
James R. Grossman, Anne Durkin Keating und Janice L. Reiff: *The Encyclopedia of Chicago*. University of Chicago Press 2004
Atina Grossmann: *Jews, Germans, and Allies*. Princeton University Press 2007 (dt. *Juden, Deutsche, Alliierte,* übers. von Ulrike Bischoff. Wallstein 2012)
Brana Gurewitsch (Hg.): *Mothers, Sisters and Resisters*. University of Alabama Press 1998
Yisrael Gutman and Michael Berenbaum: *Anatomy of the Auschwitz Death Camp*. Indiana University Press 1998

Yisrael Gutman, Michael Berenbaum, Ezra Mendelsohn, Jehuda Reinharz und Chone Shmeruk (Hg.): *The Jews of Poland Between Two World Wars*. Brandeis University Press by University Press of New England 1989
Rick Halpern: *Down on the Killing Floor*. University of Illinois Press 1997
Rick Halpern und Roger Horowitz: *Meatpackers*. Monthly Review Press 1999
Henry Hampton (Regie): *Eyes on the Prize: America's Civil Rights Movement.* Dokumentarfilmserie, PBS 1986
Leslie M. Harris: *In the Shadow of Slavery: African Americans in New York City, 1626–1863*. University of Chicago Press 2003
Anna Heilman: *Never Far Away*. University of Calgary Press 2001
Celia S. Heller: *On the Edge of Destruction.* Columbia University Press 1977
Roger Horowitz: *Negro and White, Unite and Fight!* University of Illinois Press 1997
Alter Kacyzne: *Poyln. Jewish Life in the Old Country.* YIVO Institute for Jewish Research, Henry Holt & Company 1999
Samuel D. Kassow: *Who Will Write Our History? Rediscovering a Hidden Archive From the Warsaw Ghetto*. Indiana University Press 2007 (dt. *Ringelblums Vermächtnis,* übers. von Karl Heinz Siber. Rowohlt 2010)
David M. Kennedy: *Freedom From Fear*. Oxford University Press 1999
Joseph Kermish (Hg.): *To Live and Die With Honour: Selected Documents from the Warsaw Ghetto Underground Archives ›O.S.‹ Oneg Shabbath).* Yad Vashem 1986
Ian Kershaw: *Fateful Choices.* Penguin 2008 (dt. *Wendepunkte,* übers. von Klaus-Dieter Schmidt. DVA 2010)

Richard Kluger: *Simple Justice*. Vintage 2004
Angelika Königseder und Juliane Wetzel: *Lebensmut im Wartesaal: die jüdischen* DPs *im Nachkriegsdeutschland.* Fischer TB 1994
Abba Kovner: *Sloan-Kettering.* Schocken Books 2002
Hermann Langbein: *… nicht wie die Schafe zur Schlachtbank.* Fischer TB 1994
Hermann Langbein: *Menschen in Auschwitz.* Europa Verlag 1995
Spike Lee (Regie): *4 Little Girls.* HBO Home Video 1998
Nicholas Lemann: *The Promised Land.* Vintage 1991
Marc Levin (Regie): *Protocols of Zion.* Image/Thinkfilm 2005
Richard Lingeman: *Don't You Know There's a War On?* G. P. Putnam & Sons 1970
Mary Patillo-McCoy: *Black Picket Fences.* University of Chicago Press 1999
John Bartlow Martin: »The Strangest Place in Chicago«. In: *Harper's Magazine,* Bd. 201, Nr. 1207, Dezember 1950. S. 86–97.
Carl Marziali und Ira Glass: ›Mr Boder Vanishes‹. Aus der WBZ-Chicago-Sendereihe *This American Life,* produziert von Chicago Public Radio, 26 Oktober 2001
Geoffrey P. Megargee (Hg.): *Encyclopedia of Camps and Ghettos*, Bd. 1. Indiana University Press 2009
Ezra Mendelsohn: *The Jews of East Central Europe Between the World Wars*. Indiana University Press 1983
Donald E. Miller und Lorna Touryan Miller: *Survivors: An Oral History of the Armenian Genocide*. University of California Press 1993
Wayne F. Miller: *Chicago's South Side.* University California Press 2000
James Moll (Regie): *The Last Days.* Universal Studios 2000 (dt. *Die letzten Tage*. Arthaus 2000)

Simon Sebag Montefiore: *Young Stalin*. Phoenix 2007 (dt. *Der junge Stalin,* übers. von Bernd Rullkötter. S. Fischer 2007)
Deborah Dash Moore (Hg.): *East European Jews in Two Worlds*. Studies from the YIVO Annual, YIVO Institute for Jewish Research, Northwestern University Press 1946
Mary P. Motley (Hg.): *The Invisible Soldier*. Wayne State University Press 1975
Filip Müller: *Sonderbehandlung. Drei Jahre in den Krematorien und Gaskammern von Auschwitz,* dt. Bearb. von Helmut Freitag. Steinhausen 1979
Donald Niewyk: *Fresh Wounds: Early Narratives of Holocaust Survival*. University of North Carolina Press 1998
Miklós Nyiszli: *Ich war Doktor Mengeles Assistent: ein Gerichtsmediziner in Auschwitz,* übers. von Angelika Bihari. Frap-Books 2004
Dalia Ofer und Lenore J. Weitzman (Hg.): *Women in the Holocaust*. Yale University Press 1998
Lynne Olson: *Freedom's Daughters*. Scribner 2001
Lynne Olson: *Domesticity and Dirt*. Temple University Press 1989
John Paulett und Ron Gordon: *Forgotten Chicago*. Arcadia Publishing 2004
Christopher Robert Reed: *The Chicago NAACP*. Indiana University Press 1997
Irving Richter: *Labor's Struggles, 1945–1950*. Cambridge University Press 1994
Emanuel Ringelblum: *Ghetto Warschau: Tagebücher aus dem Chaos*. Seewald 1967
Beryl Sattler: *Family Properties*. Metropolitan Books 2009
Jeffrey Shandler (Hg.): *Awakening Lives: Autobiographies of Jewish Youth in Poland Before the Holocaust*. YIVO Institute for Jewish Research, Yale University Press 2002

Lore Shelley (Hg.): *The Union Kommando in Auschwitz*. University Press of America 1996
Upton Sinclair: *The Jungle*. Barnes & Noble Books 2003 (dt. *Der Dschungel,* übers. von Otto Wilck. März-Verlag 1980; im vorliegenden Roman in eigener Übersetzung)
Isaac Bashevis Singer: *Love and Exile: The Early Years – A Memoir*. Penguin 1984
Maren Stange: *Bronzeville*. The New Press 2003
Yuri Suhl (Hg.): *They Fought Back*. Schocken Books 1975
Thomas J. Surgue: *Sweet Land of Liberty*. Random House 2008
Barbara W. Tuchman: *Practicing History*. Ballantine 1981 (dt. *In Geschichte denken: Essays,* übers. von Rudolf Schultz und Eugen Schwarz. Fischer TB 1984)
Barbara W. Tuchman: *The Guns of August*. Ballantine 1994 (dt. *August 1914*, übers. von Grete und Karl-Eberhardt Felten. Ungek. Neuausgabe. Fischer TB 2001)
Shlomo Venezia: *Sonderkommando*. Michel 2007 (dt. *Meine Arbeit im Sonderkommando Auschwitz*, übers. von Dagmar Mallett. Blessing 2008)
Rudolf Vrba: *I Escaped from Auschwitz*. Barricade Books 2002 (dt. *Ich kann nicht vergeben: meine Flucht aus Auschwitz*. übers. von Sigrid Ruschmeier und Brigitte Walitzek. Schöffling 2010)
Deborah Gray White: *Too Heavy a Load*. W.W. Norton & Co. 1999
Juan Williams: *Eyes on the Prize: America's Civil Rights Years 1954–1965*. Penguin 1987
Juan Williams: *Thurgood Marshall American Revolutionary*. Three Rivers Press 1998
Mark Wyman: *DPs*. Associated University Press 1989
Harry Yeide und Mark Stout: *First to the Rhine: The 6th Army Group in World War II*. Zenith Press 2007

Die Übersetzerin verweist zudem auf folgende wichtige Quelle für die Übertragung des Romans ins Deutsche:

Eric Friedler, Barbara Siebert und Andreas Kilian: *Zeugen aus der Todeszone. Das jüdische Sonderkommando in Auschwitz.* Ungek., aktual. Neuausgabe. dtv 2005

Michael Kleeberg
Vaterjahre
Roman

Die Liebe und Sorge eines Vaters, Selbstbehauptung im Beruf, Konfrontation mit Kindheit und Familie, den Abgründen der Freundschaft, Verlockungen des Ausbruchs und der Einbruch des Todes.

Michael Kleeberg erzählt in *Vaterjahre* die Geschichte von Karlmann Renn, einem modernen Jedermann. Er gestaltet seine Welt mit vielfältigen Stimmen, durch die multiplen Perspektiven seines Erzählens. Komik und Tragik, Lakonie und Zärtlichkeit – die sprachschöpferische Lust dieses Romans ist so groß wie seine Präzision unerbittlich.

»Karlmann Renn ist endlich wieder da! Michael Kleebergs lebenskluger Roman weiß alles über den Mann in den besten Jahren und teilt es großzügig mit uns.«

Frankfurter Allgemeine Sonntagszeitung

»Michael Kleeberg ist ein unendlich begabter, unverschämt maliziöser Schriftsteller, der souverän über alle Register der großen Romanorgel verfügt. Dieses Buch hat Ruhm und Ehre verdient.«

Die Zeit

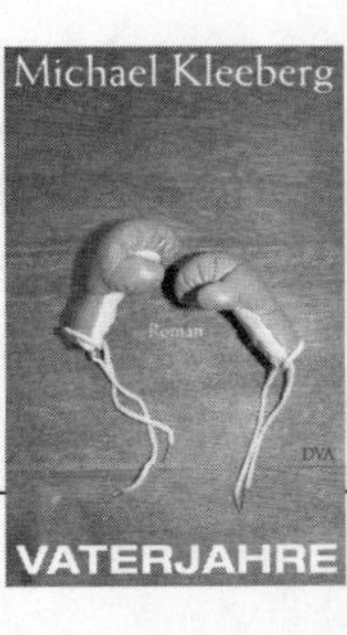

512 Seiten, geb. mit Schutzumschlag
ISBN 978-3-421-04355-9
Auch als E-Book erhältlich

DVA
www.dva.de

Jenny Offill
Amt für Mutmaßungen
Roman

Das Porträt einer jungen Frau in New York, deren Denken um alltägliche Freuden und Sorgen kreist, um Schlafmangel, Treue, die Liebe zu ihrem Mann und ihrer Tochter, sich aber auch davonmacht in die fernen Sphären der Raumfahrt, Meeresforschung und antiken Philosophie. Ein fein schwingendes Gedankenmobile, vergnüglich ausbalanciert mit Zitaten von Kafka, Keats, Einstein und Tipps für die Hausfrau im Jahr 1897.

»Selten hat jemand die Geschichte einer Liebe, die zu zerbrechen droht, so ungewöhnlich erzählt. … Ein kleines Fest, dieses Buch zu lesen.« Christine Westermann, *WDR*

»Offill formuliert mit dem Skalpell, zugleich mit einem ausgeprägten Sinn für Nuancen, Schattierungen, feinste Modulationen. ... Die Wucht dieses Buches entfaltet sich in seinem unhysterischen Realismus.« *Die Zeit*

Aus dem Englischen von Melanie Walz
176 Seiten, geb. mit Schutzumschlag
ISBN 978-3-421-04622-2
Auch als E-Book erhältlich

DVA
www.dva.de

Jenny Erpenbeck

Aller Tage Abend

Roman

288 Seiten, btb 74764

Wie lang wird das Leben des Kindes sein, das gerade geboren wird? Wer sind wir, wenn uns die Stunde schlägt?

Jenny Erpenbeck nimmt uns mit auf ihrer Reise durch die vielen Leben, die in einem Leben enthalten sein können. Von einer galizischen Kleinstadt um 1900 spannt sie dabei den Bogen über Wien und das stalinistische Moskau bis ins Berlin der Gegenwart. Meisterhaft und lebendig erzählt Erpenbeck, wie sich, was wir Schicksal nennen, als unfassbares Zusammenspiel von Kultur- und Zeitgeschichte, von familiären und persönlichen Verstrickungen erweist.

»Eine der kraftvollsten Stimmen der deutschsprachigen Gegenwartsliteratur«
Stefana Sabin, NZZ am Sonntag

»Großartig!«
Welt am Sonntag

btb

Stephen Uhly

Glückskind

Roman

288 Seiten, btb 74612

»Dieser Roman … eröffnet ein ganzes Universum! Ein berührendes, ein grandioses Leseerlebnis!«
Egon Ammann

Deutschland 2012. »Warum war ich überhaupt so, wie ich war?«, fragt sich Hans D. Jahrelang hatte er keine Fragen mehr. Im Gegenteil, er war kurz davor, fraglos aufzugeben. Und dann? Dann bringt er den Müll hinunter, geht zu den Tonnen, findet im Müll ein Kind. Es beginnt ein berührender Prozess über die Entscheidung, was geschehen muss. Das Kind behalten, es verbergen? Und die Mutter? Eine Mordanklage zulassen, wider besseres Wissen? Was ist gerecht? Wie handeln? Am Ende der Geschichte sind die Dinge neu geordnet. Ein Kind wird überlebt haben, und mit Hans D. werden wir wissen, dass Liebe der Schlüssel ist für Erkenntnis, Veränderung, ein gutes Leben.

»Das Buch ist wahrlich ein Glücksfall - auch für den Leser.«
Andrea Steiler, Münchner Merkur

btb

Anna Enquist

Die Betäubung

Roman

320 Seiten, btb 74762

Was ist besser: den Schmerz verdrängen und betäuben oder ihn immer wieder aufrühren und erneut fühlen?

Die einen stürzen sich in die Arbeit, um sich abzulenken, andere verlieren den Boden unter den Füßen. Aber können wir den Verlust eines geliebten Menschen wirklich jemals verwinden? So aufwühlend wie kenntnisreich erzählt eine der bedeutendsten niederländischen Autorinnen von zwei Geschwistern, einer Anästhesistin und einem Psychotherapeuten, denen nach einer Familientragödie auf ganz unterschiedliche Weise die vertraute Welt entgleitet.

»Anna Enquist gelingt es in diesem Roman, eine Dramatik aufzubauen, deren Schrecken uns Leser bannt.«
Gabriele von Arnim, Deutschlandradio

»Beeindruckend, erschütternd, ein Buch wie kein zweites.«
Elke Heidenreich, Die Welt